中国矿业大学人文社科前沿项目"中国传统文论培育社会主义核心价值观研究"（2019WP01）资助前期成果；

中国矿业大学2017年度校级网络在线开放课程资助立项建设成果（2017KCPY10）；

中国矿业大学2016年度校级精品课程《古代文学批评文选》资助立项建设成果（2016YPPY05）；

中国矿业大学第九批青年学术带头人资助学术成果。

中国书籍学术之光文库

中国古代文论教学纵横谈

邓心强 | 著

中国书籍出版社
China Book Press

图书在版编目（CIP）数据

中国古代文论教学纵横谈/邓心强著.—北京：
中国书籍出版社，2020.1
ISBN 978-7-5068-7499-1

Ⅰ.①中… Ⅱ.①邓… Ⅲ.①中国文学—古代文论—教学研究—高等学校 Ⅳ.①I206.2

中国版本图书馆 CIP 数据核字（2019）第 245209 号

中国古代文论教学纵横谈

邓心强 著

责任编辑	朱 琳
责任印制	孙马飞　马 芝
封面设计	中联华文
出版发行	中国书籍出版社
地　　址	北京市丰台区三路居路97号（邮编：100073）
电　　话	（010）52257143（总编室）　（010）52257140（发行部）
电子邮箱	eo@chinabp.com.cn
经　　销	全国新华书店
印　　刷	三河市华东印刷有限公司
开　　本	710毫米×1000毫米　1/16
字　　数	420千字
印　　张	24
版　　次	2020年1月第1版　2020年1月第1次印刷
书　　号	ISBN 978-7-5068-7499-1
定　　价	99.00元

版权所有　翻印必究

内容简介

本著聚焦高校中文系专业课程"中国古代文论"（或"中国文学批评史"），立足于多年课堂教学实践，选择"纵"与"横"两大维度，分别从教材、课堂、教师、学生等多个层面展开教学研究，以切实提高课程教学质量、改善课程教学成效、增强学生能力水平。著作在国内首次对一门专业课程展开立体和多维度的教学研究，寻求"教"与"研"的融合及汇通，具有较强的代表性、典范性及可操作性。著作从"教学学术"视角研究中国古代文论，有助于拓展此学科的学术空间，推动当前高校"金课"的建设，对广大高校人文社科同仁提升教学质量、增强育人效果也具有重要参考价值。

序言（一）

罗承选

高等教育进入新时代。随着慕课、微课、在线开放课程、线上线下混合式课程的到来，以多媒体技术为代表的现代化教育方式的广泛运用，使得高等教育面临前所未有的机遇和挑战，也为创新教育理念、深化高校教学改革提供了新的动力。推动高等教育改革向纵深发展，培育担当时代大任的高水平人才，推动创建中国特色、世界一流大学，服务中华民族伟大复兴，这是大学教师共同面对的时代责任、时代课题、时代荣耀。我在担任中国矿业大学教师和党委书记期间，不仅见证了中国高等教育的巨变，也实际参与其中，愿意为高等教育的发展鼓与呼。

国家教育方针和教育政策为高等教育变革指明方向。教育部相继出台了《关于加快建设高水平本科教育全面提高人才培养能力的意见》（教高〔2018〕2号）和《关于狠抓新时代全国高等教育本科教育工作会议精神落实的通知》（教高〔2018〕8号）等文件，明确指出：各高校要全面梳理各门课程的教学内容，淘汰"水课"、打造"金课"，合理提升学业挑战度、增加课程难度、拓展课程深度，切实提高课程教学质量。重视本科教学、优先发展教学、建设双万课程，这是国家从顶层设计上把学科体系、课程体系包括教学体系提升到新的战略高度，"以本为本"的教育理念不断强化，"本科不牢，山动地摇"的观念深入人心。给大学生"增负"，淘汰"水课"，打造"金课"成为高校教育深化改革的先声，对于高校课程建设和教学管理的要求也与时俱进，对一线教师也是极大的鼓舞和鞭策。我校中文系教师邓心强博士沉潜多年，推出教学新著《中国古代文论教学纵横谈》，不仅契合当前高等教育的主流趋势，也是对教育变革时代做出的应有回应；不仅具有较强的学术价值，也为一线教师"如何上好一门课"提供了示范。

教师以育人为天职。立德树人是大学的根本任务，教书育人是教师的天职。近年来，高校评价和考核指挥棒促使众多教师把大部分精力、时间用于写文章、报项目，他们对科研的投入往往要超过教学。甚至有的老师认为"鱼和熊掌不可兼得"，选择"科研第一""学术至上"，对教学投入不够，遑论自觉进行教学改革和主动提升教育教学质量。这与教师潜心教书育人的要求是不相符的。在此背景下，邓老师的这部书稿更加弥足珍贵。作为一名年轻的副教授，他围绕一门课来思考大学教学，在教学理念、教学设计及教学过程展开创新性探索，取得了丰硕的物化成果，这是难能可贵的。他在教学实践中形成独特的教学风格，而且把教学心得、经验、感悟撰写成文字与大家分享，这种孜孜以求、不懈探索的教学精神也值得我们学习！

教师要以学术立身。湖南师范大学老校长张楚廷先生说过："一个教学好的老师是好老师，一个科研好的老师也是好老师，而教学科研都好的老师是最好的老师。"这是教育家对好老师的标准和期待。著名教育家钱伟长也论述过教、研之间的辩证关系。邓心强博士遵循新时代大学"好老师"的标准，遵循教研辩证法，不仅教学有专长，科研也做得有声有色，获得国家社科、江苏社科、博士后基金项目9项，出版书稿5部，各类获奖近10次。这部书稿融入了他的教学智慧和科研心得，更是他勤奋耕耘的见证。教育学者袁振国教授曾说："一个教师教学很好而科研不行，这是很常见的；而说一个教师科研很好而教学不行，那是很罕见的。"科研是教学的底色，科研为提升教学水平打下坚实基础。假如作者没有对百年古代文论教材的比较分析、没有对课程内容的专题切入，就不会有这部书稿的呈现。从近20节次"如何教好古代文论这门课程"的论述而言，作者倾心投入教学，令人感佩。只有坚持科研和教学"两条腿"走路的老师，才能脱颖而出，有着更好的发展前途，以及工作的成就感和生活的幸福感。

教学不只是一种技能，更是一门艺术。教学学术是围绕教学模式、教学理念、教学工具、教学方法等展开的各种研究。欧美高校教师投入大量精力来备课上课、研讨教学、培养人才，值得我们学习借鉴。据我了解，国内从事"教学学术"研究的学者多在教育科学学院，而专业学院教师围绕教材建设、课程开发、教学改革等进行的研究尚不多见。邓心强博士此部书稿，对于如何在具体的课程教学中展开多维度的研究，发挥优势和特长进行教学反思，寻求适合自己的方法，以增强育人效果进行了积极的探索，值得肯定和提倡。

从文稿来看，作者试图融通教学和研究，并将二者有机结合、相互促进。整个书稿具有内在的逻辑体系和主旨关联。不同于其他教改论文，抽取本书每一节，都可成为一篇相对独立的教改论文，每个章节都是围绕一个主题多角度展开思索，基于学理展开论析。这也正是本书的特点。

这本书不乏新见、启人深思。古代文论学科建立百年，对诸多教材进行整体考察，这是此前没有过的。书稿在这方面的研究具有开拓性，扩大了古代文论学科的研究空间。多维度、全方位研究此课程教学，如人文关怀、能力培养、经典研读等，具有新颖性，读来耳目一新。对文论课程展开教学审视和反思，为改善课堂教学夯实了基础。从道德伦理、治学研究、创新能力和地域文化等多角度探究课程教学，或融入贴近学生实际情况的专题教学，具有鲜明的实践价值。凡此种种，不胜枚举。在重视大学"金课"建设、改善大学教学生态的当下，希望大学教师尤其是文科教师以此为鉴，创新教学理念、提高教学技能、增强教学效果，做一名教学与科研兼备的好老师，为培育新时代人才做出应有的贡献！

2019年9月10日于徐州中国矿业大学

（作者罗承选教授系中国矿业大学原党委书记、教育学博士生导师）

序言（二）

古 风

前不久，邓心强博士将书稿《中国古代文论教学纵横谈》的电子版传给我，请我写篇序。我虽婉辞，但最终还是应承了下来。理由有三点，一是关于"中国古代文论教学"这个话题，我很感兴趣；二是心强博士的教学精神，令我深受感动；三是作为我的出站博士后，理应支持他的工作。

正如心强所言，近些年来，学界关于中国古代文论学术史的研究比较重视，成果也较丰富，但是关于中国古代文论教学的研究却比较薄弱。其实客观地说，一百多年来，中国古代文论教学是与中国古代文论研究结伴而行的，难舍难分，贡献至巨。所以，关于古代文论教学是一个值得认真研究也有很大探索空间的课题。

清末民初，西方的纯文学观念通过日本传入国内，同时也将日本汉学家运用西方纯文学观念研究中国文学和中国文学史的方法传入国内。为了适应新式学堂和大学文科的教学需要，就拉开了中国古代文论教学的序幕。譬如姚永朴在北京大学，参照《文心雕龙》体例，讲授《文学研究法》课程（1914年）；黄侃在北京大学，讲授《文心雕龙》研究课程（1914年–1919年）；刘师培在北京大学，讲授《中古文学史》课程（1917年–1919年）等。我以为，这段史实对于后来的古代文论教学和研究，具有至关重要的意义。

其一，20世纪初期二十多年是中国古代文论教学的开端。有人将黄侃在北京大学讲授《文心雕龙》的课程看作开端，也有人将陈钟凡在东南大学国文系讲授《中国文学批评史》的课程作为开端。其实，中国古代文论教学的开端，不是由某一个人开启的，而是由姚永朴、黄侃和刘师培等前辈们共同开启的。

其二，民国前贤们开创了古代文论教学的基本范式。姚永朴讲授的《文学研究法》课程，开创了古代文论"概论性"和"体系性"的教学范式；黄侃讲授的《文心雕龙》研究课程，开创了"名著导读"和"专题研究"的教学范式；刘师培讲授的《中古文学史》课程，至少具有两重意义：一是选择编排了文学理论和批评资料，并予以解释、分析、概括和论述，实际上是开创了"中国文学批评史"的教学范式；二是选录了曹丕《典论·论文》、《与吴质书》，曹植《与杨德祖书》，《世说新语·文学》篇，沈约《宋书·谢灵运传论》，陆厥《与沈约书》，沈约《答陆厥书》，《南齐书·文学传论》，萧统《文选序》，刘勰《文心雕龙》多篇，钟嵘《诗品》等文论文献，开创了"古代文论选"的教学范式。这四种基本的教学范式，被后世一直沿用至今。

其三，奠定了古代文论学科教学的基础。姚永朴、黄侃和刘师培等人早期的古代文论教学，有名著导读，有文学史，有批评史，也有体系性研究，基本上奠定了古代文论学科教学的基础。但是，长期以来，学界对于"中国古代文论"概念的理解和使用是含糊不清的。我认为，"中国古代文论"是简称，它的全称应该是"中国古代文学理论"，而不是"中国古代文艺理论"，因为不包括"中国古代艺术理论"。现在，"艺术"成为单独的学科门类，"艺术理论"成为一级学科，这个问题就更清楚了。其次，还有一个问题要注意，"中国古代文学理论"应该理解为"中国古代的文学理论"，而不是"中国古代文学的理论"，两者内涵是不同的。再次，学界习惯以"中国文学批评史"称谓古代文论学科，从学科分类、课程设置和研究生学位点的设立等，皆是如此。其实，以这个名称代替古代文论学科是不全面的。所以，上世纪八九十年代，出现了将"中国文学批评史"和"中国文学理论史"分开的做法，或者将两者结合为"中国古代文学理论批评史"的做法。我认为，应该将两者分开，作为"中国古代文学"学科的分支学科。那么，中国古代文学学科，应该包括中国古代文学作品阅读欣赏、中国古代文学史、中国古代文学批评史、中国古代文学理论史、中国古代文学文献学和中国古代文学研究学术史等分支学科。这样划分只是要明确不同的研究对象和侧重点，其实各分支学科之间有着千丝万缕的联系，而且这些联系是不可能割断的。在具体研究过程中，要根据不同的研究对象，既要区分，又要联系，以解决实际的学术问题为目的。

其四，形成了教学与研究结合互动的传统。早期的古代文论教学，是没有成熟的教材可以参考的。姚永朴、黄侃和刘师培等人都是饱学之士，国学根柢深厚。因此，他们都是用自己的古代文论研究成果来教授学生的。也就是说，古代文论研究是他们教学的基础和前提，其古代文论研究带动了早期的古代文论教学。同时，他们通过古代文论教学，或者发现了错误，对于古代文论研究成果进行完善和修正；或者拓宽了视野，深化了认识，对于古代文论研究成果进行优化和提升。这是古代文论教学促进了古代文论研究。总之，在姚永朴、黄侃和刘师培等人那里，教学与研究两者是密切结合和良性互动的，形成了一种优良的教学格局和治学传统。应该说，这个优良传统至今还在影响着我们。

其五，培养了大量古代文论教学和研究的后备人才。早期的古代文论教学是有学缘可寻的。黄侃在北京大学讲授《文心雕龙》研究课程时，培养了范文澜这样一个优秀的学生。范文澜后来曾在南开大学也从事《文心雕龙》课程的教学和研究。1915年，陈钟凡入北京大学学习，授业于刘师培和黄侃，并协助他们编辑《国故》杂志。1920年，郭绍虞也曾去北京大学作旁听生，受到了其学术熏陶。后来，陈钟凡和郭绍虞从事中国文学批评史的教学和研究，无疑为该学科的发展做出了重要贡献，这是学界公认的。

总之，以姚永朴、黄侃和刘师培等人为代表的早期古代文论教学，拉开了20世纪古代文论教学的序幕，开创了古代文论教学的基本范式，奠定了古代文论教学的基础，形成了古代文论教学的优良传统，培养了古代文论教学和研究的优秀人才。这些对于后来的古代文论教学和研究都起到了极其重要的作用。

现在，让我们将话题聚焦到心强博士的这部书稿上来吧！该书是一部研究古代文论教学的论著，包括"纵"论与"横"论两部分。从"纵"论部分看，这是关于古代文论教学史的研究，包括百年来的古代文论教材史和40多年来的古代文论教学史，自然也包含了作者十多年来的古代文论教学经验的总结。在教材史方面，论述了古代文论教材的发展历程、撰著方式、体例结构、著述特点以及成就、问题和展望等。资料丰富，梳理清晰，分析细致，问题抓得准，看法也比较公允，对于读者有很多启发。在教学史方面，作者在广泛搜集资料、参加学术会议、与同行交流和调查研究的基础上，对于40多年来全国各类大学的古代文论教学状况，进行了比较全面的梳理和分析，既肯定了经验，也从中找出了存在的问题与不足。尤其是对于古代文论教学的课程设置、教材编写、教学范式和教学方法等问题，作了较为深入的回顾和反思。他不仅关注名校的古代文论教学，也关注普通高校的古代文论教学；他崇尚学术，既引用名家的言论，也引用一般学者的言论。这与目前学界"唯名"和"唯官"是崇的不良风气截然不同，是真正意义上的"史"的研究，值得我们赞赏。

从"横"论部分看，这是关于古代文论教学法的研究。如果说"教学史"研究部分，主要是研究"别人"的教学状况和经验；那么，"教学法"的研究部分，则主要是作者"自己"的教学经验总结和分析。因为是他自己亲历亲为"做"过的事，所以这部分内容就写得非常具体、细致和实在。譬如将古代文论与人文关怀巧妙结合，从人生理念、身心修炼、坚守正义、为民情怀和人生境界等方面，教育学生"如何做人"。又如充分利用古代文论的优秀资源，从"道德伦理"、"治学经验"、"思维训练"、"创新能力"、"批判精神"和"地域文化"等多维视角，灵活机动地进行课堂教学。尤其是结合课堂教学实践，提炼和总结出了一系列切实可行的教学方法，诸如"问题主导法"、"话题引申法"、"集体朗诵法"、"印象感受法"、"关键词句法"、"总结钩沉法"、"纵横比较法"和"作业展示评析法"等。这些内容都非常鲜活，很接地气，会令读者受到启发。我认为，这些探索和提炼不仅对讲授此课有参考价值，就是对其它讲授文史哲课程的大学老师，也具有很强的借鉴意义。

通过阅读这部书稿，我对于心强博士有了进一步的认识。首先，他是一位非常负责任的好教师。他热爱教师这个职业，热爱每一位学生，将教学作为"良心活"来踏踏实实地做，从钻研教材、编写讲义、制作课件、组织教学、课后辅导和评析作业等，认真负责地做好每一项工作。其次，他是一位非常勤劳的好教师。他一心扑在教学上，除了担任古代文论课程的教学之外，还先后承担了文学批评学、文学欣赏、实用美学等多门汉语言文学专业的主干课程教学，几乎将自己的大部分精力都用在教学上了。再次，他还是一位具有不断探索和改革精神的好教师。他有一个良好的习惯，就是每上一门课程，都要在结束时及时进行总结，肯定正确的做法，找出不足的问题，然后予以修正。正是教学总结和反思促使他不断地前进。更难能可贵的是，他虚心地向前辈学习，向同行学习，吸取他人成功的教学经验，不断完善自己的教学。他从教材、教法和教学效果的维度，以学生为主，不断地调整教学内容，改进教学方法。可以说，他的每一节课，都贯穿着教学改革的精神。关于古代文论课程，他讲授了10多年，也探索、改革和研究了10多年。由此可见，这部书稿就是他10多年来关于古代文论课程教学、改革和研究的总结，相信会对于国内同行具有一定的参考价值。我认为，心强博士在教学上的不懈努力和杰出表现，对于目前一些高校"重科研而轻教学"的不良风气，或许能够起到针砭作用。

2019年10月5日于扬州湖东阁寓所

（作者古风先生系扬州大学文学院资深教授、博士生导师）

自 序

在高校执教中国古代文论近十年，我逐渐积累了一些经验和教训。教学本就是一门有缺憾的艺术，尤其是青年教师要站稳讲台，更需要在备课和授课方面多下功夫。多年来我一直保持着一个习惯，在结课后及时进行教学总结和反思，就内容和讲法进行适当调整，以适应后一阶段的教学。而每一次的教学反思和审视，基本上构成一篇论文的主要框架。我试图用鲜活的教学实践来探索适合自己的教学方法，以逐步形成自己的教学风格。本书稿就是这一探索的产物。

2017年底，我出版了自己首部"教学学术"研究专著《汉语言文学课程教学研究》。如那本专著的"前言"所论，在当前高校普遍认为教学是基础，科研才是发展，教学是良心活，科研才是硬实力。教学和科研的密切关系乃至冲突、融合无疑成为高校的一个焦点，引发众多管理者和一线教师的广泛关注。受当前学术体制的深远影响，重视科研、轻视教学已相当普遍，在教育界几乎成为一种"潜规则"，一个"公开的秘密"。在我看来，它是导致高校扩招后人才培养质量下滑的重要推手之一，也是近年来高校学风广受诟病、教育部接连出台扭转风气文件的重要原因之一。而对教学的重视和投入，保证授课质量和育人成效，是最能体现教师职业的重要标志，某种程度上也最能反映出教师的良知。从教近十年，虽然外界重视科研、轻视教学的风气我无法改变，但自幼在姑姑的带领和影响下选择了师范专业，我便无怨无悔，四季轮回，寒暑易节，我始终对教学未曾轻视和怠慢。我认为"教书"和"育人"如一体两翼，不可分割，它是身份的体现、职业的代码，甚至在一定程度上具有神圣性。在立足于科研领地不断进行学术耕耘之外，每学期力所能及地就专业课程进行改革和探索，将心得和发现撰成文稿与同行交流，则是自己能规划和驾驭的事情。课程如同"责任田"，我可以在自己的园地里"浇水""施肥"，立足于课堂教学，结合专业课程进行教学研究，成为我近十年来从事学术研究之外的另一项兴趣开发。

本书稿的形成，受到多个方面的启发。2013年，我在查阅资料过程中了解到与我同岁的湘潭大学宋德发教授从事"教学学术"研究数载并取得了显著成就，倍受鼓舞和启发。宋老师多年从事比较文学，在教学实践和研究方面成就突出，曾获湖南省教学讲课比赛一等奖，有大学教学名师研究的国家社科立项（后结题出书），并出版有《如何走上大学讲坛》《大学的梦与痛》等著作多部，受邀到国内数十家高校做"教学学术"的演讲。读其书，有知音相惜之感。这也促使自己思考，如果我从事"教学学术"研究，会有哪些不一样？其次，数年来所在单位教务处非常重视教学，且不说各种教改文件繁多，各类教学比赛、评选也纷纷出台，教师发展中心推出的各种教学技能提升报告和培训，也聆听不少，受益良多。我对"大学教学""教学学术"的理解，也在不断地深化。再次，随着教育信息化和"互联网+"时代的到来，慕课、微课、雨课堂、微助教、对分课堂、翻转课堂、智慧教室等各种教学模式或新式工具如雨后春笋般涌现，自己正处在高校教学大变革的时代，这些新兴的教学理念、工具与模式必然或多或少地影响到自己对知识的摄取和对课堂的反思。这些也在促使笔者寻求课堂教学的改革。而出版《汉语言文学课程教学研究》（2017）则使自己对具体课程的驾驭和把握，增添了一份信心，它也为本书的出版打下了基础。总之，依托自己最常讲授的专业主干课"中国古代文论"来多维度地探索教学之路，是变革时代人文学者的责任、担当和使命，是我自己近年来从事"教学学术"研究的一种归宿。

在求学过程中，我遇到的几位导师在"科研"和"教学"方面皆有建树，口碑较好，也给弟子树立了榜样。硕导数十年来兢兢业业于教学一线，自编教材，被评为重庆市教学名师。她把研究生当作自己的孩子栽培。学生毕业后，普遍都想念她。而博导是"985高校"的大学通识课中心主任，马工程教材专家，国家教学名师人选。他们都不是单靠科研"一条腿"走路，而是实现了教、研的良性互动。在我自己近年抽出部分时间从事大学"教学学术"研究的过程中,对于"科研为教学带来智力、武器和思想资源,教学为科研寻求话题、扩大传播"的理念,有着更加深切的体验和领悟。如我多次所言,书稿有些篇章如没有平时学术的探索和积淀,是无法写就的,而离开了科研成果的充实,所谓的教改文章就会显得空洞苍白、干瘪无力;反之,单纯停留于学术的积淀和科研成果的叠加,也无法使自己的学术耕耘得到分享和传播,无法使更多的学生在思维、方法、视野各方面真正受益。那还不如去科研院所工作,留在高校当老师又有何益?因此,这部书稿与其说是多年来教学经验的积累,教学成果的结晶,不如说是笔者在试图寻找"教学"与"科研"的互动与平衡,这在国内颇具典范性。

近年来,有学者曾撰文批判当前高校教学"只教书不育人"的现象较为普遍。表现在只是把上课作为工作任务去完成,主张课程知识的传授,既不依托课程对青年学生展开伦理、品德、修身、素养、技能方面的教育,也不主动走进学生、关爱学生,与学生对话,奔波于新旧校区、积极报账、填写科研本子等,长期以来导致师生关系较为淡漠,教师的育人职责、课堂的育人功能难以真正发挥实效。这是一个复杂的社会话题,身在高校的我体会较深。近二十年来,我曾接触过30后至70后不同年龄段的大学教师,他们对"教""研"的理解、处理是各有特点的,无疑染上了各自时代的印记,甚至给了我很大的触动。但无论如何,我认为大学教书、科研、人才培养、服务社会等功能是兼顾而不可削弱的。育人环节关系到未来社会人才培养的质量,断然不可疏忽和轻视。基于此认识,在本书稿中,我依托中国古代文论课程对大学生展开育人教育,给予了一定的关注和思考。

正如我曾言,之所以写作这部书稿,除了形成"两条腿"稳妥走路的习惯、数位导师的表率作用外,还与自己对大学教师的职责、功用的认识有关。高校教师不仅是创新知识、传播思想的智囊团,更是传道授业、教书育人的急先锋。据著者经验来看,在学生多年以后回校聚会,或者平时谈论当年的任课教师时,能留给他们很深印象、至今难忘的,往往不是其教授头衔和官职官位,因为这些对学生来说很淡,在求学四年中往往是那些最有责任感、最懂得鼓励和关爱学生,或者上课最有个性和特色,生活中最有魅力,学生最能得到收获、启迪甚至震撼的老师们,最让他们难忘。往往一名老师在课堂上的某种观点、某次谈话会直接影响到学生后来的人生观和价值观,其陶冶和感染是潜移默化的。如教学无特色,听讲无收获,为人无魅力,学生对老师的印象会渐渐淡去。因此,我认为大学老师要想让课堂使学生难忘,对其有启发,必须及时进行改革,因材施教,才不至于被学生遗忘、淡忘。只有通过教改和总结,才能推动自己进步、逐渐形成自己独特的教学风格,才能对学生产生深远而持久的影响。

邓心强

2019年10月于徐州寒舍

目 录
CONTENTS

第一章　百年来中国古代文论教材论析 …………………………… 1
　第一节　百年来中国古代文论教材的编写历程与撰述方式　2
　第二节　百年来中国古代文论教材的体例结构与著述特点　16
　第三节　百年来中国古代文论教材的成就、问题及展望　27
　　附录：百年来诸多教材论中国古代文论的教学与特点　43

第二章　中国古代文论教学的审视与反思 …………………………… 66
　第一节　改革开放40年来高校古代文论教学研究述评　66
　　附录：国内中国古代文论教学研究小论文核心观点摘编　82
　第二节　当前高校古代文论教学反思与新探　101
　第三节　当前高校古代文论教学存在问题及应对策略　113
　第四节　"一本书主义"与中国古代文论教学反思　125

第三章　中国文学批评史教学的三维透视 …………………………… 139
　第一节　中国文学批评史教学漫议·课程与教材篇　139
　第二节　中国文学批评史教学漫议·教师与课堂篇　146
　第三节　中国文学批评史教学漫议·学生与研习篇　157

第四章　中国古代文论教学模式与方法新探 …………………………… 166
　第一节　以学生为主体的古代文论教学模式建构　166
　第二节　中国古代文论教学的人文关怀　174
　第三节　古代文论教学方法与学生能力培养初探　186
　第四节　新近古代文论教学中的五大调整　196

附录：学生设计并成为期末考查试题的 7 个问题 208
第五节 "经典研读"与中国古代文论教学 209

第五章 中国古代文论教学的多维视角 …………………………… 224
第一节 中国古代文论教学中的道德伦理视角 224
第二节 中国古代文论教学中的治学研究视角 236
第三节 中国古代文论教学中的创新能力视角 250
第四节 中国古代文论教学中的思维训练视角 259
第五节 中国古代文论教学中的地域文化视角 284
第六节 中国古代文论教学中"质疑精神与批判能力"视角 291
第七节 中国古代文论教学中的价值观建构视角 302

附 录 ……………………………………………………………… 320
一、近年来著者"教学学术"研究相关立项、成果、获奖、培训及交流
　　一览 320
二、论大学之"教"与"学" 323
三、近年来对本科生实习、论文、求职和深造的指导要略 335
四、首部教学学术专著《汉语言文学课程教学研究》书评两篇 340

主要参考文献 …………………………………………………… 349

后 记 …………………………………………………………… 358

第一章

百年来中国古代文论教材论析

学界一般认为，1927年陈钟凡先生出版《中国文学批评史》是中国古代文论学科产生的起点和标志。再追溯到黄侃在北京大学、范文澜在南开大学讲授《文心雕龙》，则古代文论学科（又名"中国文学批评史"或"中国古代文学理论批评史"等）整整有百年的历史。数代学者开疆拓土、筚路蓝缕，在这个领域勤勤恳恳思考、兢兢业业耕耘，为其发展做出了巨大贡献。百年来中国古代文论学科先后产生了约80本各式各样的教材（见参考文献），体现了民国时期、"文革"后、新时期不同阶段学者们对该门学科的教学认识和研究水平，它们和古代资料整理、学术专著、工具书编纂等共同成为中国古代文论学科建设的重要组成部分。

这些教材均陈列在当前高校图书馆文学类的I206系列中，一架架排列，既有新中国成立前陈钟凡、郭绍虞、朱东润、罗根泽等前辈学者最初在讲义基础上写成、完善的教材（多半带有专著性质），也有这批民国著作的多次再版，款式新颖；既有20世纪八九十年代周勋初、侯敏泽、张少康、蔡镇楚、夏传才、霍松林、王运熙等学者在"文革"后新的学术环境和条件下编著的各种教材，也有近十年来黄霖、蒋凡、郁源、李建中、李春青、袁济喜、张利群、党圣元、陈洪、朱志荣、张金梅等学者为配合高校教学改革、推动课程建设而编著的教材。这约80种教材成为百年来高校中文系学子的知识源泉和精神食粮，滋养了十几代中国人，带领他们走近博大精深的中国传统文论世界，为其建构了文艺学"古代"板块的知识结构，为他们搭建了文学理论的"古代"部分框架。这些教材不拘一格，体现了不同时代学者们对中国古代文学理论与批评的认识与理解，反映出他们的学术造诣，体现出他们的学术个性，也是不同阶段古代研究成就的集中体现。十余年来，其中的代表性教材我已陆续买齐，连同图书馆借阅来的，面对共一米多高的中国古代文论教材，我叹为观止、兴奋不已，同时也惊讶这笔宝贵的资源却并未引起人们的足够重视，对其展开专题研究。世纪之交，国内各学科掀起了学术史撰写的热潮，十多年前单就中国古代文论学科而言，就涌现出了《20世纪中国古代文论学术史·文论卷》《20世纪中国古代文论学术史》等大部头著作，对这一学科的学术进行了全面回顾和深入研究①。从笔者近年来所读资料来看，国内较少有文章对百年来尤其是改革开放后四十年来中国古代文论各式教材的全面审视和深刻反思②，这似乎与当前高校教学研究不受重视、百年来古代文论教材未被学者大力关注有关。基于此，本章对百年来中国古代文论教材建设的阶段特点、体例结构、成败得失等进行全面的总结，以惠泽同仁，求教于方家。

第一节 百年来中国古代文论教材的编写 历程与撰述方式

以成书特点为标志并结合学术研究的进程，我们可将百年来中国古代文论教材建设大体分为三个阶段："民国"时期（1927—1949）、新中国成立后20世纪到八九十年代（1949—1999）、新时期（2000—2018）。它们基本反映出这一学科在不同时期发展的风格特点和整体面貌，体现了此学科从产生、发展到深化、拓展再到立体、兴旺的走向与态势。这80本左右的教材中，很多具有鲜明的学术个性，成为这个学科史的学术经典，有的则因发行量大而深得高校文学院或中文系师生的好评。有的教材则体现了编著者对中国古代文论学科体系和知识框架的深入认识，既折射出不同时期学者们对大学教学的认识，也反映出他们在这一领域的孜孜以求和不懈开拓。

一、百年来中国古代文论教材的发展历程

纵观百年中国古代文论学科发展史，我认为高校教材的形成受到四个方面的因素制约。一是该学科学术研究情况。任何学科的发展都会经历由基础到厚重、由薄弱到强大、由单一到立体的复杂过程，百年来中国古代文论学科也是如此，在三大阶段中，最核心、最基础性的学术研究会直接决定教材编写的框

---

① 这类著作中有对新中国成立郭绍虞等前辈教材的总结和分析，未有对1978年以后四十年教材的全面清理。
② 目前观黄毅：《新时期古代文论教材的编写与出版》，载《昆明学院学报》2008年第3期。

架体例、知识构成和内容阐释，学术研究的深度、广度、厚度和格局往往会通过教材的编写体现出来。二是高校教学改革方针、政策的影响。中国古代文论学科的教材建设，不同于学者在个人兴趣基础上选定某个领域或专题展开的学术研究，它以古代文论知识为载体，在教学大纲的指导下服务于高校活生生的课堂教学实践，从而在教书育人的具体环节中发挥作用，有着鲜明的实践性和导向性。百年来中国高校教育经历了从零起步到精英化再到大众化的发展演变，国家先后出台了一系列旨在推动高等教育发展、高校教学改革的文件、政策，各学科教材的编著不能不充分考虑到教学实际的需要，一般会配合国家和社会教育改革的实施。三是先进科技的应用促使教学手段、工具发生了显著变化。在全球化格局到来之际，教育界受计算机、网络、移动电子产品的猛烈冲击，在先进科技的带领下高校课程教学的手段、方式也在发生着显著的变化，这在近四十年来表现得格外明显。这也必将促使编著者改变教材编写的思路和模式，以适应日新月异的教学环境。四是不同教学模式和理念更新、变化的影响。前两个阶段的古代文论教学还主要是传统模式，采用板书和口讲的方式，注重知识传授，讲究教材体系的完整性。进入新时期，在慕课、微课、翻转、对分以及人工智能的多种影响下，各种教学模式不断出新，各种教学理念也在深刻变化，这将对高校教育发生革命性影响，引领教材编写者重新对中国古代文论的知识构成、授课方式做出调整。此外，不同时期学生的学习基础、趣味爱好、身心特点变化，以及时代的风气、外界的社会环境等，也或多或少地影响到教材的编写。总之，百年来中国古代文论教材的编写总体上而言，与学科的发展阶段、学术研究水平、教学生态环境、时风世态等因素密切相关。

通常所谓"教学相长"，如将"学"理解为学者对该学科的钻研、探索似乎也能成立。基于此，则古代文论的学术研究、学科发展与古代文论教材的编写有着密切的关联。

（一）1927—1949 年：学科草创与建立

这一阶段中国古代文论处于草创期，受西方批评观念的影响，以陈钟凡、郭绍虞为代表的一批先驱在"平地起高楼"，以翔实的史料和独到的分析，搭建起中国古代文论的学科框架，突破了传统诗文评重感悟和体验、重印象批评、零散而不求体系的格局，开始融合传统文论和新式文学观念，在一定的逻辑体系和层次结构内编制中国文论之网，相继推出系列中国文学批评史著作，为这一学科的发展奠定了厚实的基础。

1927 年，上海市中华书局出版的陈钟凡《中国文学批评史》（为行文方便，如下简称陈著），约 12 章七万多字的篇幅，简要勾勒了古代文论的基本框架。接着郭绍虞《中国文学批评史》（上、下册，简称郭著），共计 80 万字，分别于上海商务印书馆 1934、1947 年出版，此书史料丰富，论述周密。1934 年，罗根泽《中国文学批评史》（北平人文书店出版，简称罗著）、方孝岳《中国文学批评》（约 18 万字，世界书局印行，简称方著）随之出版。前者由于作者早逝，只写到了五代十国，但分册陆续发表后，在当时产生了很大的影响。四十年代，朱东润《中国文学批评史大纲》（开明书店 1944 年出版，27 万字，简称朱著）问世。民国时期出版的同类型著作还有傅庚生的《中国文学批评通论》（约 14 万字，开明书店印行，简称傅著）、朱维之的《中国文艺思潮史略》（开明书店 1946 年版），以及日本著名汉学家青木正儿先生的《清代文学评论史》（杨铁婴译，后由中国社会科学出版社在 1988 年出版）。这些著作基本为独著，在体例、行文和风格上前后保持一致性，通览细读，我们认为整体展现出三大突出的时代特征。

其一，多数是应当时教学需要，在讲义的基础上出版、印刷，体现了编者严谨的治学态度和对学科建设的不懈追求。

其二，新中国成立前的这批中国古代文论教材经过了不断地修订和完善，逐渐成为大师们的文化精品和民国时期的学术精品。

其三，这批教材为著名的文史专家单独著述完成，体现了老一辈学者的治学风格和研究特点，也反映出学科早期发展中一些重要的学术观念。

这些著作"受到西方认为学科和中国史学方法论的影响，超越了前人感想式、摘录兼评点式的研究模式，带有学科意义上的系统性、理论性色彩。"① 虽被学者评析为缺乏专题研究、微观分析不够深入，但作为学科草创期的奠基性著作，我们不能过于苛责，以后来之发展来否定其开拓之功。如果将民国时期兼有专著性质的这批教材，与今天成熟的教材相比，我们可以在体例、论述、角度等多个方面予以褒贬，但不容忽视的是这与抗战时期中国高等教育处于"摸着石头过河"的快速发展阶段有关。无论是古代文论的学科定位和归属、课程的教学大纲和教学设计等，都还处于初步阶段，与今日之完备程度不可同日而语。因而，我们在考察民国时期这一批著名学者的教材撰写，不可强人所难，而应"具了解之同情"，宜充分考虑到当时高教的发展程度以及他们艰苦的治学

---

① 参见赖力行、李清良的《中国文学批评史》（湖南教育出版社 2003 年版），"绪论"，第 4—5 页。

环境。也正是基于此，时过境迁后，民国学者的古代文论教材并不见得适合当今高校汉语言文学专业学习所需，无法作为教材直接使用，多数在"更新换代"中只能作为教学的辅助资料，或成为学者研究的案头必备工具书。

（二）1949—1999年：资料整理、注释、通译与今译

这一阶段的中国古代文论教材建设，又大体可以1978、1990年为节点区分为前后三个时期。与之对应的是政治风气之影响、改革开放后读书治学风气的纯净化与学科的深入推进、九十年代高校教学改革力度加大与多维文化的兴起，直接对相应时期文论教材建设产生重要影响。

1. 第一时期（1949—1978年）

新中国成立后百废待兴，新中国的成立为学者创造了难得的和平局面，承接民国而来的那批学者潜心治学。但马克思主义在中国迅速传播，受当时政治气候的多元影响，国内人文社科界掀起了以马克思辩证唯物主义和历史唯物主义为总纲和原则的教材改编和学科建构运动。人文知识分子自觉而主动地通过著述来响应这一号召，并实现思想改造。

新中国成立至"文革"十几年期间，古代文论教材建设的前期性工作是资料整理。先后出版了郭绍虞、罗根泽主编的《中国古典文学理论批评专著选辑》丛书（人民文学出版社出版）。在此基础上，郭绍虞先生主编了《中国历代文论选》（三卷本）。作为当时高校的文科教材，在教材类型和品种还不够丰富的五六十年代，这套书几乎成为高校中文系的必读教材，后来在使用中考虑到实际需要，压缩为一卷本（上海古籍出版社1979年首版，2001年后又版），在全国发行，该教材选文66篇，以正文、注释、评析和相近古文为附录的体例编排，初步奠定了后来古代文论各式教材编写的基本框架①。该教材不仅因郭先生在学界的崇高地位而在高校大量发行，还因是当时国家教委之指定而被众多高校所采纳。后来学者比照后普遍认为，该教材的注释较为翔实和完备，且有近似篇章语段对照，便于相互阐发对照研究，体现了编著者的学术功力，也成为众多考研学校指定或推荐的必读教材之一。

2. 第二时期（约1979—1990年）

"文革"十年动乱结束后，随着改革开放的全面推进，社会风清气正，学术

---

① 国内此后编写的多套文论选或作品注析的教材，都不过是此模式和框架的基础上略做调整和完善，参见张金梅等《中国文论名篇注析》（人民出版社2016年版）1-10页之"前言"。

研究也如火如荼。一批学术中坚异军突起，中国古代文论学科在宽松的学术环境中进入了快速发展时期①。学者们还对港台、海外的中国文学批评历史研究进行了分析和总结。这门学科的教材建设也随着学术研究的推动而获得了蓬勃发展，取得了巨大成就，呈现出新的时代特色。

一是研究主体多元化，呈现出百花齐放之格局。此阶段既有郭绍虞、王文生、侯敏泽等学术前辈扛起大旗，也有周勋初、夏传才、孙耀煜、朱恩彬等学术中坚参与各式教材编写。研究阵地遍布全国各地，从复旦大学延伸到南开大学、陕西师大、南京大学等多所重点高校，突破了此前国家教委指定教材、学者独立著述的格局，出现了教研室共同编写教材的局面。北京师范大学中文系文艺理论教研室集体编写有《中国古代文论选注》（陕西人民出版社1983年版），开创了此后团队作战、集体编写教材的先河。

二是对中国文学批评史资源进行重新挖掘，对传统文论进行新的分析和阐释。复旦大学王运熙、顾易生合著有《中国文学批评史》（上、中、下三册，上海古籍出版社，依次于1979、1981、1985年出版），这套教材系统而完备，在当时极具学术分量。作为通史之范本，它连同郭绍虞先生主编的四卷本《中国历代文论选》，成为20世纪八九十年代国内高校公认的权威教材（虽价格昂贵，学生买不起，多为教师备课使用）。此外，敏泽先生独著的《中国文学批评史》（共两册，人民文学出版社1981年版）也属这一类。

三是其他一些探要、概要性的教材也陆续涌现。这以湛兆麟《中国古代文论概要》（湖南文艺出版社，1987年）、王乃彬等人所编《中国古代文论概述》（重庆出版社，1988）、朱恩彬《中国文学理论史概要》（山东文艺出版社，1989）等为代表，充分显示出不同学者对古代文论学科的把握与探索，也满足了20世纪80年代国内高校不同的教学需求。

四是随同古代文论资料的整理，文论的选译、选注等教材也开始大量出现。最有代表性的教材有：夏传才《中国古代文学理论名篇今译》（一、二册，南开大学出版1985、1987年版），霍松林：《古代文论名篇详注》（上海古籍出版社，1986年），王达津、陈洪《中国古代文论选》，辽宁教育出版社，1989年），孙耀煜（《历代文论选释》，江苏教育出版社，1989年）。这类教材在郭绍虞、王文生主编的四卷本教材基础上，做了精简处理，在篇目选择、注释翻译、观点

---

① 参见赖力行、李清良的《中国文学批评史》（湖南教育出版社2003年版），"绪论"，第5页。

评析等方面，均体现了20世纪80年代编著者独到的理解和把握。

3. 第三时期（约1991—1999年）

进入20世纪90年代，古代文论课程成为很多高校汉语言文学专业的必修课或限选课，随着教学的深入，众多一线教师深感此前通识性质的教材太厚，体系宏富、内容庞杂不便于把握，于是一批抓重点、挑精华、理线索的简要型教材应运而生。典型的有：杨星映《中国古代文学理论批评纲要》（重庆大学出版社，1996年）、李泽厚《中国古代文学批评简史》（辽宁大学出版社，2000年）、张少康《中国历代文论精品》（时代文艺出版社，1995年）、孟蓝天《中国古代文论精华》（河北教育出版社，1993年）、吴枝培《中国文论要略》（南京大学出版社，1994年）等。这批教材普遍除了阐释的角度、深入度方面与20世纪80年代有所区别外，基本以"凝练"和"简要"著称。总体上，在内容选取上普遍"抓大放小""消肿减肥"，更加适合新时期高校专业课教学。

其次，这一时期学者编写教材、服务于高校课程教学的意识也更为强烈。鲜明地以"教程"为名的教材便有多种，如彭会资《中国古代文论教程》（广西师范大学出版社，1996年）、王思焜《中国古代文学理论教程》（南京师范大学出版社，1999年）、张少康《中国文学理论批评史教程》（北京大学出版社，1999年）等。这类教材虽然厚薄不一，体例有别，但普遍都对中国文论知识做了"史"的梳理和系统总结。

再次，这一时期国内一批学者领衔邀请数十所兄弟高校、组成庞大的学术队伍集体编写古代文论教材，也成为重要的迹象。典型如蒋凡、郁沅主编的《中国古代文论教程》（中国书籍出版社，1994年），由国内24所高校、科研院所，老、中、青三代学者集体作战编成，既有学识渊博的教授、博导，也有才华横溢的青年讲师、学术新秀。该教材在九十年代多次印刷，发行数万册，极为可观。其他如《古代文论的篇选读》（1998年）亦然。

此外，此阶段通史性的教材和选本注译性的教材也产生了不少。前者以张少康、刘三富《中国文学理论批评发展史》（上、下册，北京大学出版社，1995年），蔡镇楚《中国古代文学理论史》（岳麓书社，1999年）、敏泽《中国文学理论批评史》（吉林教育出版社，1993年）等为代表，后者以韩湖初、陈良运的《古代文论名篇选读》（中国书籍出版社，1998年）等较为突出。

（三）2000—2018年：融入新的研究范式与体例，追求学术个性的多样化

世纪之交，文史哲等众多领域都对20世纪的学术研究进行了系统爬梳和回顾展望，学术反思和专题审视将开启各学科新的发展航向。随着多元文化的碰

撞、高校教学改革的不断深化、不同学术思潮的激荡以及多种研究范式的作用和渗透，中国古代文论学科开启了新的研究历程，教材建设也相应地呈现新的风采。除延续此前选读、教程、述略、通史编写的方式外，两种新的变化也较为显著。

一是依托院校平台或出版优势，推出教材系列，"古代文论"教材成为其中一种，以新的姿态和面貌出现。如武汉大学文学院发动众多教授，在2008年前后组织策划了"高等院校中文专业创新性学习系列教材"，共约12本，由北大出版社统一版式出版，李建中主编的《中国文学批评史》（北京大学出版社2009年版）为其中一种，该教材贯彻丛书旨意，在内容、体例和形式方面均有一定的创新性。北京师范大学出版社依托其资源优势，出版了新世纪高等学校教材"中国语言文学类"系列，北师大文艺学专业的师资几乎全部调动，出版了"文艺学系列教材"，展示了京师文论研究的最强阵容和最新水平。李春青教授主编的《中国古代文论新编》（北京师范大学出版社2010年版）为其中之一种，该教材延续团队编写的传统，融合了传统史论和名篇相结合的优势，在同类著作中也新颖别致、自成特色。此外，华中师大王先霈先生领衔的系列文艺学教材改革、高教出版社联合北师大文学院推出的系列文艺学教材，都包含古代文论教材。单本教材依托平台和丛书获得了更大的品牌，赢得了口碑，并迅速在国内产生了一定的学术影响。

二是以"新""新编"为名称的教材大量涌现，体现出新时期学者们推陈出新、探索新路子的学术尝试。典型如袁济喜《新编中国文学批评发展史》（中国人民大学出版社，2006年）、黄霖和蒋凡主编《中国历代文论选新编》、上海教育出版社，2007年）、王运熙和顾易生主编《中国文学批评史新编》（上、下册，复旦大学出版社，2001年）、孙秋克《中国古代文论新体系教程》（浙江大学出版社，2007年）等，无论是名篇选读还是通史阐发，都力图融入编写者最新的研究所得（下节详论）。的确，经过1949—1999年半个世纪众多前辈学者的探索，中国古代文论各式教材琳琅满目、较为完备，在新时期要推陈出新是相当有难度的。新时期十余年来，学者（50后至70后皆有）面对前代丰厚的教材库和文化资源难免会产生"心理焦虑"，但从"新""新编"字样足可看出他们不畏前言、试图超越的勇气。

三是体制内从教育厅到各学校的教学改革项目，一定程度上推动了新时期古代文论教材的产生和转化。部分院校进行汉语文学专业创新型课程改革，教材直接是院系教学改革的最终成果。这与20世纪八九十年代主要由学者牵头、利用资源与人脉优势自发编写教材有很大不同。张金梅等所著的《中国文论名篇注析》（人民出版社2016年版），是学校教改立项的成果；赖力行、李清良的《中国文学批评史》（湖南教育出版社2003年版），便是湖南教育厅立项资助的结题成果。这体现出新时期古代文论教学与科研的紧密结合。依托各级教改立项来编著教材，是过去靠权威部门（如国家教委）安排与指定、各院校联合人员集体编写教材之外的一种新路子。进入新时期，随着国家经济的快速发展和各高校加大资金扶持力度，立项式编写教材将成为中国古代文论教材新的生成路径。

四是体例编排上出现新变化，争取与图文时代和大众化接受时代的传播与学习特点相吻合。表现为在教材中加入一定的图片，使阅读起来较为直观，避免纯文字解析带来的沉闷，如王汝梅、张羽《中国文学批评史》（北京师范大学出版社2011年版）插入了三十余幅图片，使阅读和观赏相结合，减轻理论批评文本研读的疲劳。又如李建中《文心雕龙讲演录》（2008），这是当时广西师大出版社发动全国各学科教授、博导，精心策划的《大学名师讲课实录丛书》之一，以课堂录音的方式对经典文论作品予以解读，通俗易懂，在生动性和趣味性上体现了新时期文论教材编写的特色[①]。此外，刘淮南《中国文学批评史十六讲》（安徽大学出版社2012年版），也近乎是课堂录音的整理版，教材选文精炼，分成十六个专题，解析结合口语和书面语，十分"接地气"，是新时期古代文论通俗性、大众化教材的典型代表。

此外，新时期教材在融入最新研究、体现编写者学术个性以及形式的多元化方面，相比此前也极为突出。近20年来，国内各种纲要、述略、读本、讲读、简编、诠释、通论的古代文论教材，也数不胜数。还有老教材供不应求，如郭绍虞、王文生主编的四卷本《中国历代文论选》在新时期不断重印，以满足广大院系和科研机构师生学习、研究的不同需要，教材百花齐放，多元并存。

总体而言，百年来中国古代文论学科的教材建设经历了早期搭建框架、艰难起步，中期理论研究深入拓展、选编和通论齐头并进，以及近年来融入个体研究心得、在丛书中发挥品牌效应、形式丰富多样并走向百花齐放的发展历程，充分显示出这一传统学科蓬勃而旺盛的生命力。

[①] 参见拙文：《经典的现代激活与通俗化策略——评李建中〈文心雕龙讲演录〉》，载《石家庄铁道大学学报》2011年第4期。

二、撰述方式

通观百年中国古代文论的各式教材，我们还发现教材的编著由单一走向多元，由静态走向动态，由立足于课堂知识传授转型到注重学生创新能力培养，在不同时期发生了显著的变化。随着学者们对中国文论研究领域的拓展和专题的深入，以及对课程特征、性质及定位的认识发生变化，中国古代文论教材也呈现出不同的形态和风格。大体而言，形成了如下四种编著方式。

（一）名篇注析

新中国成立后，学者们发现要想对中国古代文论展开深入研究，必须有充足的文献资料做保证，这是研究的前提和基础。于是20世纪60年代应教育部要求，由郭绍虞、罗根泽等牵头国内组织骨干力量编写了四卷本的《中国历代文论选》[①]，成为此后中国文论领域流传最广、影响最大的出版物，也是众多学者案头必备的重要参考书，尤其是其中"一卷本"成为20世纪80年代很多高校的配套教材，该书精心选取各时期反映文学思想和主张的正文，附录则跨朝代选择近似的理论批评文章（或段落），其后的"校注"和"说明"则尽可能采用各种版本加以校勘，体现了编选者的学术理念和学术视角。

这种"正文+注释+解说+附录"的编写模式，成为古代文论学科上的经典范式，此后为各时期教材所仿效。后来教材虽形式上略做调整，但精选文论作品，辅以注释和解说的方式，一直延续至今。20世纪八九十年代国内使用广泛的多本教材即是如此，如霍松林《古代文论名篇详注》（上海古籍出版社，1986年），精选各朝代文论名篇，在注释之后加以解说，提炼该篇的文论精华。朱志荣主编的《中国古代文论名篇讲读》（北京大学出版社，2006年）精选汉代至近代文论30篇，以"正文+注释+讲解"的模式编排，不同之处在于加大了解析的力度，以体现编者的学术创新。和早期教材相比，新时期名篇注解类的教材，在评析的角度和解读力度方面有所变化，为便于传授，并照顾到学生初学和接受水平，在层次感上做了很多努力，教学起来纲举目张、思路清晰。

与厚重的四卷本文论选不同的是，后来教材普遍不再采用近似篇章或段落作为"附录"以互文的方式，旨在压缩篇幅，使教材更适合于高校课堂教学。

[①] 该书最开始是1964年中华书局出版的三卷本，"文革"后，在三卷本基础上修改、增补而编写成四卷本，体例大体相似。在国内发行量最大，使用广泛。其后又有一卷本的浓缩版，只是篇目做了压缩，内容未变。

但问题往往具有两面性，这也恰恰使学生的学术视野受到限制，教学中缺乏了前、后的观照和统揽，以及不同知识点之间的连贯和融通。

此后在发展演进中，这种教材在体例上发生了三大改变。

一是增加了"选译"和"今译"板块。为"正文"（原文）做准确而简明的注释，帮助学生和读者理解作品内涵，这是多数教材都能做到的，如南开大学的夏传才教授等学者独出机杼对文本进行翻译，使其教材较受初学者的欢迎。20世纪80年代中后期，他分期出版了《中国古代文学理论名篇今译》（第一册1985年、第二册1987年），对历朝各代的文论名篇进行翻译和解读，此后出版的《古文论译释》（上、下两册，清华大学出版社，2007年）也延续了其体例和风格。虽然在个别篇目或语句的翻译准确性上尚可商榷，但这是一项任务繁琐、具有难度且富有挑战性的工作，他在教材"后记"中多次谈到甘苦，自谦之辞颇能引发读者共鸣。其今译之教材，充分体现了夏传才先生治学的功力，也有助于古文论在大学课堂的传播。

二是篇目解题或作者简介的形态发生了变化。郭本开创的篇首简要介绍文论家及其作品的方式，体现"知人论世"的文论建构，后来类似教材或者把它融入讲解中，如朱志荣《中国古代文论名篇讲读》（2006）的每篇"讲解"中，用1—2段的篇幅扼要介绍文论家其人其作。张金梅等《中国文论名篇注析》（2016）则在正文后专设"选文题解"和"作者简介"两块。李春青《中国古代文论新编》（2010）则采用"文论原文+作者简介+文本解读+问题概说"的体例，每章首节对该节次的多个文本集中排列和分析，在文论正文后专设"作者简介"板块，融合了多位作者的介绍，或拓宽篇幅，加大了介绍力度。而把篇目及选段原文、原书（如《文心雕龙》整部书）的介绍纳入专劈一节的"相关问题概说"中去，从而以"文本+解说+拓展"的体例统摄整部教材，体现了较强的收合性，在弹性和张力方面为学人所称道，这也是北师大"文艺学系列教材"的独特之处。

三是在正文解读后增加了相关板块，丰富和完善了这种体例结构。典型如张金梅《中国文论名篇注析》（2016年版）在"选文详析"后增加了"拓展阅读"和"延伸思考"两部分，成为全书出新和出彩的地方。"拓展阅读"增选10条文献（先书后文式排列），其"主要内容是围绕所选篇目搜集整理相关材料，包括选文作者代表性文献和现代学者的研究著作、范围等，作为重要线索，既方便作者初学入门，又为以后进一步研修铺平道路。"① 既然是教材的拓展，其初衷在于引领读者去顺藤摸瓜地查阅和研读，进而对该节内容深入理解和掌握。而"延伸思考"实则是该节的复习思考题，精选代表性问题便于读者理解相关知识，提高分析和解决问题的能力。但这并非首创，在此前多种教材中均已包含，只不过称法不同而已。其实贯通来看，这无疑是武汉大学出版的"高等院校中文专业创新性学习系列教材"（2009）的借鉴和沿用罢了。这种教材无疑有利于拓宽学生（尤其是善于学习或拟打算考研深造的本科生）的视野，帮助他们寻找学术话题、巩固知识要点、掌握文论内容。而这恰恰是2000年之前近七十年中古代文论教材所没有的，体现了新时期教材体例结构的新变。

（二）通史阐发

将中国古代文论作为一个整体，分朝代、分阶段对各个时期文论思想进行深入而系统地解读，对不同批评家的文论观点进行独到的阐发和评析，这是民国至今一直延续的、占据主流的教材编写模式，为众多学者所厚爱。百年来，中国古代文论学科的发展也与不同学者的通史式教材和著作的建构有关，学科的演进在一定程度上也通过通史阐发的深度和广度来体现出来。早期学科草创阶段陈钟凡、朱东润虽然编写讲义，体例上各有千秋，但只是搭建了初步的框架。学界公认在很多文论思想的解读上尚不够深入，微观研究有待加强。但在资料有限情况下不能苛求前人。而新中国成立前出版的郭绍虞先生《中国文学批评史》（上下册，80万字）奠定了基础，此后蔡忠翔主编的五卷本《中国文学理论发展史》，王运熙、顾易生的《中国古代文论新编》（上、中、下），复旦大学集体编写的七卷本《中国文学批评通史》则几乎把这种教材编写模式演绎到了极致。无论是三卷本、五卷本还是七卷本文论史，它们与其说是教材，不如说是教辅参考书或研究专著更为合适，它旨在系统深入阐发中国文论精华和发展演进，其内容之庞杂远远超过了课堂教学所需。

在20世纪八九十年代和新时期，不同学者纷纷以通史式方式编写中国古代文论教材，融入了他们对三千年中国文论发展演进的学理思考。无论教材是名为"概要""精华""纲要"还是为"教程""新编""述略"等，均体现了他们在各自领域研究的心得和收获，在单位院系或全国高校中文专业学生采用。此种教材后来变化有二。

一是提炼精华，篇幅变短。从篇幅上来说，为充分考虑到当前高校古代文

---

① 张金梅等：《中国文论名篇注析》，人民出版社2016年版，第10页。

论课程的课时设置和教学实际需要，有的教材以概要、纲要、小史、多讲的方式呈现，篇幅压缩，阐发以精炼取胜，如杨星映《中国古代文学理论批评纲要》（重庆大学出版社，1996年）对每个阶段文论择要点、抓要害，阐发精湛而透辟，文笔凝练，干脆利落，分析到位，体现了著者对文论精髓的独到的理解和深厚的学术功力。周勋初《中国文学批评小史》（长江文艺出版社，1981年首版，后多次再版）自先秦至晚清，共分七编，举重若轻、精挑重点，简明扼要地梳理了中国传统文论的发展和演进脉络。著者关注每一阶段时代思潮、社会风气和文学创作的特点，在此背景上介绍文学理论的兴起与汩没，以及各家各派之间的继承和发展。学术界普遍认为此书文字深入浅出，条理明晰，内涵很丰富。该教材1981年出版这三十年来，前后多次翻印，较受欢迎。国外也有多所大学用作教材与参考书，且有译本行世。当然这其中不乏一些重复性较大、创新度不够的教材。

二是充分融入教材编著者的文论思考和研究心得。教材的编写必须以学科知识为主干，以内容、体系为基本框架，充分呈现学科发展动态及研究前沿，尤其要能体现出编著者的学术个性和独特思考。百年来中国古代文论学科在这方面有着较好的学术传统，自民国时期郭绍虞、罗根泽、朱东润等学者在学科建设中率先垂范后，以复旦大学、南开大学、中国人民大学、武汉大学、湖南师大文学院为研究基地的诸多高校，纷纷秉承这一传统，基于学术研究而编写教材，熔铸研究心得以夯实教材内容，而不是滥竽充数、拼凑而成。如中国人民大学袁济喜教授在教材中充分融入中国古代思想史、哲学史内容，强调文论人文精神之阐发，这与其一贯研究相一致。北京师范大学李壮鹰和李春青先生充分发挥该校以"文化诗学"切入文艺学研究的优势和传统，在古代文论教材的编写中，加大了对每个阶段文论思想与社会、时代、士人心态、审美趣味之关联的考察，在同类教材中脱颖而出。此外，武汉大学李建中以儒道释文化、批评文体的形成为范式，在2002、2008年分别推出了两种古代文论教材，也具有很强的代表性。

（三）融通综合式

在新中国成立前后各三十年，中国古代文论教材沿着朝代通史阐发和经典文本评注两条线路各自独立在发展，均取得了很大的成就。进入20世纪90年代，众多学者（同时为高校一线专业教师）在教学实践中开始比较参照、取长补短，使近二十年来古代文论教材在内容和体例上均呈现综合、融通的趋势。

一是名篇注析和通史论述相结合。一些教材既有文论篇目精选、注释，也有对该篇文论思想的深入阐发,甚至将每个朝代的社会发展与学术思潮融入评析之中,体现了文本导读和理论阐发的结合。早期的文论选读以篇目节选为重心,注重文论作品的研读,配以一定的文论主张分析。早期霍松林(1986)、王达津(1989)、孙耀煜(1989)等学者的著作均是如此。从篇幅和体例来看,有倾向于一篇一篇的作品选读的,主张培养学生研读典籍的基本功,近似于"古代文学作品选",而通史评论则为"中国古代文学史",两者是紧密关联的两种教材,不可分离,不同学校、不同主讲教师有不同的教法和处理方式。20世纪90年代后,蒋凡、郁沅主编的《中国古代文论教程》(1994)以论述带动文本,每个朝代的文论思想梳理和阐发后,专附录一节"文论资料",配以文论原文供读者参考。此模式后被编写者之一的李建中在《中国古代文论》(2002年)、《中国文学批评史》(2008年)中屡试不爽。作品选成为"配角",不同之处在于对文本个别字句进行了文中注释,换汤不换药。

最为经典的是黄霖、蒋凡主编的《新编中国历代文论选》(2007)的四卷本和一卷本,将文本精读和理论阐释二分,几乎同等重视和对待。其每篇的评析较为集中,主要立足于该文本展开,不再过多延伸和扩散。而李春青主编的《中国古代文论新编》(2010)也基本如此,先精选文本,作注释、解读,而把此前通史论述模式中第一节涉及朝代社会文化、学术思潮等相关内容,统统融入每一章第二节"相关问题概说"(此标题全书通用)中,是解读后的深化和延伸。显然具有一定的综合性,只是形式上发生了变化。这种综合性的教材编著模式在袁峰《中国古代文论选读》(2003)等教材那里依然很鲜明。

二是体例和形式的综合。20世纪90年代后,一些教材考虑到学生的课后思考和复习巩固,每章结束会设置思考题甚至相关参考文献。这不断被后续编写者吸纳,如王汝梅、张羽《中国文学批评史》(2011)、张金梅《中国文论名篇注析》(2016)中均很明显。在李建中主编的《中国文学批评史》(2009)中,这种体例之综合被发挥到了极致。该教材把此前通行的文论通史阐发作为"基础知识"成为第一板块,另设置"问题研讨""导学训练""拓展指南"三大内容,体例上焕然一新。全书综合了大纲("学习建议")、关键词释义、学术选题、佐证文本、思考题、书目文献等多种方式,融合师生维度、教研维度,几乎就是"大杂烩",但这对体例的丰富性和多元性是有贡献的。

(四)研究生专题教材

20世纪80年代,国内研究生教育蓬勃发展,为硕、博士生开设古代文论专题研究的课程,学界也涌现了多本针对研究生使用的古代文论教材,主要以当代文学理论的编排体系来对三千年来传统文论资源进行整合与研究，以形成不同的专题，大体有整体研究和经典研读两大类。

一是对古代诗学理论的全面开掘和整体研究。如吴建民《中国古代诗学原理》（人民文学出版社2001年版）在参考、借鉴前辈学人关于古代文学理论研究的基础上，从诗歌本质论、诗歌创作过程论、构思想象论、审美体验论、创作动力论、创作心态论等方面，对古代诗学进行了全方位的论析较适宜作为硕士生教材。祁志祥《中国古代文学理论》（山西教育出版社2008年版）是普通高等教育"十一五"国家级规划教材，从观念论、德才学识论、创作发生、创作构成、创作方法、作品论、风格论、形式美论等多个层面，对传统文论进行了深入研究，亦别具一格。而蔡钟翔、袁继喜合著有《中国古代文艺学》，人民文学出版社2011年版），教材将西方现代文艺学与中国传统诗文评理论相融合，可以广泛用作研究与教学参考。此教材从本体论、价值论、发展论、作家论、创作论、作品论、批评论共七个角度探讨与梳理了中国古代文艺现象发生演变与内在机杼，对传统文学理论与批评进行了系统而全面的揭示。

二是对古代文论经典名作的专题解读。这主要集中在文论巨制《文心雕龙》上。复旦大学汉语言文学元典经典系列教材，杨明《文心雕龙精读》（复旦大学出版社2016年版）选取书中的十七篇加以精细的讲解，力求实事求是、准确深刻地阐述该书的性质、主旨与历史地位，介绍刘勰文学思想的各个方面，尤其注重对于重要概念范畴的辨析。此书兼顾普及与提高，既吸取学术界的研究成果，也不乏作者个人的心得。其后，周兴陆著《文心雕龙精读》（北京大学出版社2015年版）为复旦大学中文系本科阶段"精读"系列课程之一，不少院校硕士阶段也在使用本书在作者近年来多轮讲课的讲稿基础上整理加工而成。著者从《文心雕龙》中精选三十篇，分为十九个专题形成"十九讲"的框架结构，联系《文心雕龙》全书和刘勰整体文学思想，乃至先秦至六朝文学理论批评史，对此作的重要篇章和理论问题进行了细致的疏解和辨析，并证之以典型文本案例，为进一步理解《文心雕龙》基本理论引路。李建中、吴中胜主编的《文心雕龙导读》（武汉大学出版社2015年版），为"中国文学批评史系列教材"之一种，从《文心雕龙》中精选出18篇，每一篇都由背景、原文、注释、导读、延伸阅读五部分组成。背景部分主要介绍该篇的基本情况；导读部分主要是对该篇文论思想进行阐释与解读；延伸阅读部分列举出五部（篇）古代与现代相关著作或文章目录，以便学生课后进一步阅读。此外，李建中《文心雕龙讲演录》（广西师范大学出版社2008年版），为"大学名师讲课实录第三辑"之一种，亦是武汉大学文学院多年的课程教材。著者分思想资源、范畴术语、思维方式等多个专题对《文心雕龙》展开讲授，既考镜源流、辨析义理，又赏析丽辞、品藻佳构，在类似教材中较有特色。

此外，还有刘明今、王涌豪、陈良运、李壮鹰等诸多学者的学术专著，亦兼有硕博士生课程教材的性质。整体而言，这种教材有较强的学术性。由于硕士、博士课程设置和讲授较有弹性，这两类教材有的作为校本教材在研究生的"专题研究"课程中长期使用，甚至有数种同时为本科生教材。无论是从数量上还是质量上，国内针对硕博士的古代文论教材都不及本科生教材多元和广泛，这与教材发行市场、学者重视程度等有关。总之，它们都是百年来中国古代文论教材的重要组成部分，在人才培养方面发挥了重要功用。

百年中国文论的教材经历了漫长的发展过程，体现出了鲜明的时代特征，也从一个侧面展示了该传统学科百年来的学术研究历程。作为此学科重要的资源宝库，它对高校中文专业的人才培养发挥了重要支撑作用，尤其是20世纪90年代以来，文艺学界陆续兴起"失语症""古代文论的现代转换""当代文论话语体系建构"等前沿话题，引发了古代文学、现当代文学、文学理论等多个学科的讨论和关注。而近年来中国政府和整个社会高度重视"传统文化的弘扬与传承""文化自信的渊源与建构""当代文化的发展与使命"，在此语境下"古代文论"学科义不容辞，无疑有极大的发展空间。而据了解各地"文艺学"专业考研、考博中"古代文论"板块的力度也在不断加大。从中我们可以看出，新时期高校古代文论教材的编著是一项事关学科发展、人才选拔、素养提高乃至社会发展的大事，应引起我们足够的重视。

第二节　百年来中国古代文论教材的体例结构与著述特点

回首百年，数代学者共同参与古代文论教材的编写，既有德高望重的学术前辈如郭绍虞、王文生、罗根泽、朱东润、张少康、黄霖、蒋凡、夏传才、王达津等先生，也有中坚力量或学术新秀如赖力行、李春青、李建中、袁济喜、袁峰、张利群、彭玉平、朱志荣、陈洪、张金梅等。他们"各显神通"并薪火相传，促使古代文论在体例和结构上呈现出多元的姿态。从上一节百年古代文论教材的编著历程与方式便可见一斑，这里结合内容和形式，进一步论析，以见出中国文论百年教材的整体脉络与特点。

一、体例结构

以怎样的脉络和线索贯穿博大精深的中国古代文论,以怎样的经纬交织来建构该学科的高楼大厦,以怎样的教研姿态切入知识点的论析,这些都直接关乎一本教材的编写模式和最终形态。百年来80余种中国古代文论教材,五彩缤纷,呈现出丰富多彩的体例结构。现择要论述,以求教于方家。

(一) 发展演进式

20世纪90年代学界曾掀起了中国文论范畴和体系的研究热潮。一般认为中国文论在千年发展演进中有着自己独特的理论话语和体系构架,在儒道释文化的作用下,无论是诗文还是后来兴起的小说戏曲,都有着自己的发展研究历程。有的古代文论教材聚焦学科内部,以发展、演进的体例建构全部内容,如袁济喜《新编中国文学批评发展史》(2006)"侧重从整个发展历史的解读来叙述中国文学批评史,因而在阶段划分、人物与典籍的详略处理上都遵循这一原则。"① 全书以七编29章的巨大篇幅及融合型标题(文论家、篇章和关键词综合采用)勾勒了中国传统文论的发展历程。该教材在发展中紧扣其中蕴含的思想内核和人文精神,形成了其独特的学术取向,在同类教材中显得新颖别致,修订后多次发行。

赖力行、李清良《中国文学批评史》(湖南教育出版社,2003年)认为"中国古代文学批评的发展带有滚雪球的特点,即基本问题并非层出不穷,但是这些问题的回答却会随着社会、文化和文学的发展不断丰富,使中国文学批评史成为由这些独特问题构成的知识体系。"② 基于此认识,著者以这些基本问题为线索来结构全书的基本框架。所分五编打破了通行的朝代先后为编的格局,分别为:中国文学批评的萌芽与奠基(先秦两汉)、文学观念的演进与文论体系的建构(魏晋南北朝)、文道论的发展与意境论的形成(唐宋)、通俗文学批评的兴盛与诗文批评的总结(明清)、传统与现代的双重变奏(近代),实则体现了"以文论发展为纲"的体例结构。郭绍虞认为古代文论发展有三大阶段,其《中国文学批评史》便以演进期、复古期、完成期涵盖朝代式结构,具有鲜明的

---

① 袁济喜:《新编中国文学批评发展史》,中国人民大学出版社2006年版,"后记",第416页。
② 赖力行、李清良:《中国文学批评史》,湖南教育出版社2003年版,"绪论",第8页。

问题意识。这些教材需要通观全局,透过朝代深入三千年文论的演进脉络,从中总结出中国文论发展的规律和特点,从而以关键节点带动章节的建构,成为百年中国文论教材最鲜明之体例。

(二)朝代更迭式

与中国古代"史"发展同步,依据朝代的先后顺序,历时性地建构中国文论知识框架,是早期通行的一种教材体例。民国时期,陈钟凡的《中国文学批评史》便以朝代为主脉。20世纪40年代,罗根泽先后出版了《魏晋南北朝文学批评历史》(1943)、《隋唐文学批评史》(1943)、《周秦两汉文学批评历史》(1944)、《晚唐五代文学批评史》(1945)四本,鲜明地以朝代为线索建构其理论体系。由教育部组织、黄霖等学者牵头主编的"马工程"教材《中国文学理论批评史》(2016年)在延续这一体例的基础上,结合研究心得和阅读习惯稍做了调整,如每一节采用关键词法,以其为要点来逐次阐发,全书有数十个关键词相连接,并在书中增补了42位重要文论家的图片,辅以肖像、影印本等资料。

国内蒋凡、王汝梅、李壮鹰、杨星映等大批学者编著的教材莫不如此,差别在于朝代的跨度有别,组合或称谓略有不同,如有"先秦两汉"合并的,"隋唐五代"和"宋金元"分开的,有"明""清"分开的,这些都是最早的、最基本的、最具线性的教材体例。而在绝大多数的文论选读式教材中,"作品"往往成为静态的注解对象,大多采用此种体例。其优越是便于在时间更迭中把握,符合中国人的学习习惯和接受心理,不足处在于问题意识不够强,一味地以朝代更迭为序,有时会忽略文论自身发展的规律及特征。

(三)文体区分式

另有一种教材是以文学体裁为框架编写而成。邓承奇、蔡印明编著的《中国古代文学理论导引》(东北师范大学出版社1989年)在众多同类教材中独出机杼,虽自称是一本"关于中国古代文学理论批评通俗简明的理论性读物"(后记),但它"在广泛批览、深入探究的基础上集芳集萃,精心熔裁"①。该书共计六章,概论分朝代对中国古代文论的发展演进和成就贡献做了扼要梳理,其后依次以诗论、散文论、词论、小说论、戏曲论建构全书后五章,完全依"文体"来排序,在体例设计上具有很强的创新性。全书以简驭繁、点面结合,至

---

① 邓承奇、蔡印明编著:《中国古代文学理论导引》,东北师范大学出版社1989年版,第2页。

少在80种左右的文论教材中，极为独特。鉴于古代广义之"诗"较为宽泛，拆分为诗论、词论。而每一章下面大体依据从先至后的文论家和篇目设节，其长处在于对一种文体的评析非常集中，能使读者获得较为完整的印象、较为全面的把握。作者旨在"探讨一下各种文体理论批评发展的线索"（后记），但这种文体是基于"文学创作"而非"批评议论"，中国传统文论自身的文体即批评文体主要以书信体、序跋体、骈体、赋体等呈现，有其自身的发展规律和演进特点。

（四）文艺思潮式

与之相呼应的是，在众多教材中还有朱维之的《中国文艺思潮史稿》[①]，在体例上也较为独特。该教材最初在新中国成立前颇受读者欢迎，打破朝代的框架，以文艺思潮为序，论述中国古代的文学主潮，旨在帮助读者一目了然地见到文学发展、变迁的全貌。如全书十二章内容分别为："绪论""北方现实思潮的发达""南方浪漫思潮的发达""南北思潮的合流""佛道思潮泛滥""社会问题和复古运动""唯美思潮的泛滥""民族意识的高涨""文体大革命的民族意识""古典主义""浪漫主义""现实主义"等。虽然每章以括号包含朝代分期，但主线索、主脉络是"文学思潮"，涉及社会、学术、文化、空间、体式、流派等相关因子。这与作者认为"以朝代和世纪为纲的旧体例，破碎枝蔓"（小序），而读者最容易抓住的是"各时代的文艺胜概"有关。该教材在不同时期多次再版，与其独特的体例分不开，具有相当的创新性。

（五）学术思潮为经

无论是文学创作还是文学批评，都离不开特定时代的社会、政治、历史、文化之熏染，尤其是学术思潮、审美心理、时代风气等因素对文学的影响与渗透，是持久、深刻而全方位的。虽然李建中主编的首本教材《中国古代文论》(2002)主体上以儒道释文化与中国文论关联为脉络建构，以大篇幅论述影响中国社会深远的儒家、道家、释家文化对历朝文学理论批评的深远影响，但并未将其贯彻到底，近代则以"西学与文论"为切入点论析。所涉及的儒道释也与学术思潮有关，但归根到底还是以民族文化为主轴展开的，何况其对儒释道文化的后世变体——玄学、理学、心学等有所遮蔽，至少论述得不够完善和全面。此外，一些以朝代更迭或发展演进为主要框架的教材，在每章首节也或多或少

[①] 此书在作者在民国时期所著《中国文艺思潮史略》（1939年长风书店、1946年开明书店）的基础上，于20世纪80年代修改基础上而成，前后名称有变化。

地论析到儒道释学术文化（毕竟为中国文化的主脉）对文学理论批评的影响，但体例上都标举得不够鲜明。

国内真正从始至终以阶段学术思潮为线索贯穿全书的首本教材当属蔡镇楚《中国古代文学批评史》（中华书局，2005），著者认为各朝代呈现出的艺术风貌，"往往受特定的文学思潮影响很深"（《中国文学批评史教学法》），而学术思想，是一切文化的精髓和灵魂，历朝各代"文学观念、审美情趣、文学批评标准都打上其学术文化的烙印"。基于此，该教材"主要根据先秦诸子学、两汉经学、魏晋玄学、隋唐佛学、宋明理学、清代朴学与近代西学等线索来撰写"，从而使中国文论建构在一个更加宽广的学术文化背景中，使其深厚的文化底蕴和文化内涵呈现出来。这部教材以十章、33万字的篇幅论析了学术思潮与文论之关系，发行量极大，在众多教材中具有鲜明的学术个性，是古文论教材编写的一次大胆尝试，一个成功范式。

（六）综合贯通式

如前节所论，1990年代伊始，古代文论教材的编写开设出现了融合文本注析和通史论述两种模范于一体的新趋向。进入新时期后，从内容到形式的综合与贯通在很多教材中相当明显。

一方面，作品导读型的教材中不再像90年代之前那样将重心放在题解、简介和注释上，而是加大了每篇作品文论观点的评析力度和论述深度。如同为文论精选的教材，80年代郭绍虞的历代文论选"一卷本"每篇有说明，较为梗概和简略。老一辈学者将很多功力花费在注解上，以求是的精神求客观和准确。30年后同为复旦学者的黄霖、蒋凡推出的新编一卷本不仅在选文上做了很大调整，也在论述上大大地拓展了篇幅，使作品和阐发较为平衡。编者还试图在每篇评析中体现其研究进展和心得。而朱志荣的《中国古代文论名篇讲读》（2006）则极力压缩篇目，对先秦夹在子史著作中的零散语录、片段甚至具有哲学和政治色彩的篇章，一概不选，仅从汉代开始精选较为纯粹的文论篇章，每篇讲解在4—7页之间，抽出来近似一篇专题论文。足见学者们一方面充分认识到文论作品是基础，元典教学是关键[1]，另一方面也对理论阐发相当重视，力图在评析方面出新出彩。至于通史论述型教材，也常将文论作品附录于后，也属综合之一种，前有论及不再赘述。

另一种综合则体现在教材的内涵、性质上，融合了教、研两个层面。百年

---

[1] 张金梅等：《中国文论名篇注析》，人民出版社2016年版，第1页。

来，中期阶段（主要指1980—1990年代）文论教材的教学倾向比较明显，编者在章节设计、体例构建、篇目选取和具体论述上，多考虑到实际教学需要，教材主要是文论知识的载体，服务于教师备课、传授和中文学生学习、接受。而新时期随着社会对创新的呼唤，教材编写者除把自己的研究范式、研究心得融入古代文论内容阐发中外，还把学科发展中的选题、前沿、文献等融入教材之中，以体现学术志趣和追求，实现教材的创新，典型如李建中的《中国文学批评史》（2009）和张金梅的《中国文论名篇注析》（2016），附思考题之外，增加学术选题，进行简洁的所谓"提示"；在"研讨平台"中，既罗列文本，也剪取今人研究段落，将学者平时学术研究中的材料、内容纳入教材；在"拓展指南"或"拓展阅读"中，对相关的书、文进行罗列或简介，大量融入研究生层面的内容进入教材之中。

这种综合教、研的教材体例，宜话分两说，其优势是能在一定程度上扩宽学生视野，其短处在于对当前大学生的学习状况和身心实际缺乏充分的考虑。我们认为，将过多学术内容搬入教材，学生接受效果如何，是否"一厢情愿"等，都还有待于实践和检验。但这多少反映出一些"研"有心得的学者，或能充分将学术研究和教学实践结合的学者，具有一定的使命和担当。毕竟，任何时期教材的编写，除在知识体系、体例结构等方面必须科学外，也应具有一定的超前性，能体现编写者的学术个性和追求情怀。

（七）专人和专篇

在百年来的众多古代文论教材中，朱东润的《中国文学批评史大纲》（开明书店印行，有1944、1946、1947版）在体例上以古代一个个文论家为主线建构讲义与教材，这在民国乃至此后都是独一无二的。这与朱先生为传记家对这种体例驾轻就熟有关，也与其独特的文学史观有关。他在教材中强调这一安排"一切都是出于有意"，书中只能见到一个个的人，而没有突出时代和宗派，他"认为伟大的批评家不一定属于任何的时代和宗派。他们受时代的支配，同时他们也超越时代""伟大的批评家和伟大的政治家一样，他们的抱负往往是指导宗派而不受宗派的指导。"（《自序》），因此将一个个批评家列为专节加以叙述，把各家对文学各种体式的批评，合在一起慎思明辨地加以分析说明。这样整部教材以文论家为线索贯穿，每个文论家的观点无论关涉品诗论赋，还是小说戏曲批评，都囊括其中。

该书特点，正如朱东润先生所言，一是全部以个人立目，尽量规避作时代或宗派的叙述；二是对于每个批评家，常把论诗论文的主张放在一起讨论，避免割裂；三是特别注重近代的批评家，即明清两代的文学批评，几乎占全书之半。章培恒先生曾总结本书的成就，一是"中国文学批评史框架的奠定"，二是"新颖文学观念的贯彻"。

其优长在于突出了人物这一批评主体，而且"在对具体批评家的论述中也注意到对中国文学批评史的发展特点和自身规律这些宏观问题的接受，使读者并不感到这是一串单个批评家的排列和堆积。"① 即朱东润在以人物为脉络建构教材时，也能考虑到古代文论发展的内部特点及规律。在人的统摄下，通过勾连法、比较法、回顾法等来完成相关内容的分析，这在民国众多文论史家那里都有体现。虽然此后半个多世纪这种教材体例再难见到，但我们不否认它在早期相对容易操作，对老师之"教"来说也容易讲授，对学生之"学"来说，则需要有融会贯通的功夫。我们认为，多种体例的教材结合既有助于教学的实施，也有助于对中国文论的全面和深刻把握。无论如何，朱氏用"文论家"贯穿讲义之体例，是一种典型性的教材范本。

此外，百年来还有一种教材是依时代为序，结合人物和篇章来编纂，如方孝岳《中国文学批评》的编写，旨在推阐"各家义蕴"，讨论"各家的批评原理"。全书45章，从先秦排到近代，一气呵成、未曾间歇地展开论析。限于篇幅，不再赘述。

教材是学科成熟和发展的标志之一。中国古代文论百年来先后涌现出80余种教材，如园地中的花朵争奇斗艳，似山林中的树木碧绿苍翠。这七种编写体例各有千秋，自成特色。单一的体例会使学科发展受到局限，会使课堂教学失去生机，而多元的、丰富的体例之产生，既能体现出不同时代学者多侧面、多角度的研究，使中国古代文论学科蓬勃兴旺地发展，也能为一线教师提供更多的选择，为广大学生深刻地掌握学科知识、增强其活学活用能力提供了可能。

二、编著特点

通观百年中国古代文论教材的发展历程和呈现姿态，五个突出的编著特点较为明显。

（一）逐渐融入编写者对教学之思考

教材虽以研究为基础，但不同于学术专著，它承载该学科的知识体系但同

---

① 蒋述卓、程国赋、刘绍谨：《二十世纪中国古代文论学术研究史》，北京大学出版社2005年版，第54页。

时也必须考虑到实际教学的需要。这其中既考虑到国家的培养人才目标、教学方式和手段的变化、教学方法的创新，也要考虑到学生的学习习惯于接受成效。纵观百年古代文论教材，我们发现民国时期的教材很多兼有"学术专著"的性质，发挥余地比较大，可供研究者（同为大学教授）自由阐释，体现其学术造诣，在教与学的实际操作中基本没有多少规约。"文革"后，随着高等教育的管理和组织日益加强，尤其重视教材的实际成效，当然其学术的品格、研究的推进依然没有降低和放松。这预示着近四十年高校古代文论教材的编写要求日趋提高，难度也在增大。在数十本教材摆放在面前，再想推陈出新，着实不易。

通观近四十年各式教材的序言、目录以及后记修订版说明等，我们发现很多教材能充分融入编著者对教学的思考。从取材、选篇、体例、注解、阐发到拓展等内容，都力图为课堂教学而设计，如张金梅《中国文论名篇注析》充分考虑到该课程学时和学分的变化（主要由48节压缩为32节），认为"在有限的三四十个学时中，讲授六七十篇元典，任务相当艰巨。根据当前高校课程设置与课时安排的实际情况，宜适当减少总体数量。"① 她据此在比对了此前四套经典的文论选教材后，选取重合篇目来注析。该书采用页下注以便于学生研读，每篇增加阅读文献和思考题，都是出于教学的便捷需要。

而李建中在2002年前后，也考虑到此前复旦大学文论选"四卷本"难以适合新时期教学需要、通论式的三卷本价格昂贵学生买不起，才编写首部教材。该教材发行量达到三四万册，解决了广大师生教与学的需求。他在2009年北大版的教材《中国文学批评史》"后记"中指出上课听写、课后抄写、考试默写的"三写"适用于学生识记基础知识，不利于创新意识的培养。基于此，这本教材采用五分之二的篇幅在探究性内容和训练性环节上，提出："教材是为了满足教学的需要，因而教材的怎么说本质上源于教学的怎么说。"该书"旨在培养学生的问题意识、质疑精神，对学生进行初步的却是系统的学术训练，提高学生的理论思辨和学术研究能力。并为学生的进一步思考和研究提供相关学术史背景和最新学术进展的文献目录。"② 该教材从组织策划到内容编排，均融入了主编对古代文论课程教与学的思考，是新时期服务于中文专业实际教学需求的一个经典范本。该书总序中交代这套丛书的编写理念，"注重基础与拓展的有机结合"；"体现将知识传授与素质提高、能力培养、智慧启迪融为一体的理念"；

---

① 张金梅等：《中国文论名篇注析》，人民出版社2016年版，"前言"，第2页。
② 李建中主编：《中国文学批评史》，北京大学出版社2009年版，第341页。

"贯彻课内外一体的精神,……注重课内和课外的有机衔接";"引导学生改变被动学习、简单记忆的惯性,培养学生进行自主学习、创新性学习的能力和习惯";"强化文本研读""建构立体化教学资源系统"。这些所谓特色、原则也成为该套教材编写者对教与学(尤其是学习方、接受方)的思考。这在1927—2008年这八十余年间的古代文论教材建设中是没有过的。

此外,湖南师大蔡镇楚先生希望在教材编写中为学生提供学术选题,在开篇阐发教学思路和方法;陈良运在邹然主编的教材中对思考题"趣味性"的肯定;李壮鹰在所编教材"卷首语"中谈及数十年执教古代文论课程的"三大不易"[①];蒋孔阳在蒋凡、郁元教材序中从篇幅和厚度上论及此前教材之通病,等等,都体现出不同时期古代文论教材编写者们的教学体验、心得和认识,也反映出他们重编"新教材"的创新与改变。

(二)要求简化的呼声日趋高涨

在中国,凡是带"古"的课都呈现出悠久而厚重的特征,古代文论绝无例外。作为一门学科它虽只有百年历史,然其摄取的内容来自经、史、子、集,数千年地滚着"雪球儿",且有庞大的国学体系作为支撑,相继产生的文论家不计其数,文论典籍汗牛充栋。编写古代文论教材,若贪多求全、无一遗漏,则自然拉大篇幅,动辄三四十万字,自然不适合具体教学,不仅增加任课教师负担也让学生左右为难。教材编写是一项费力又费心的艰苦工作。总之,简化内容、压缩篇幅,尤其是凝练精华又不失文论概貌,便成为近年来众多学者的普遍期待。

1980年代之前的教材动辄六七十万字乃至百万字,简化的则有七到十来万字,难窥全貌也遭到诟病。近四十年来,编写"简史"教材的呼声此起彼伏,从未间断。"文革"后,黄海章先生率先编出《中国文学批评简史》(广东人民出版社,1981年),鲜明地以"简"示目。周勋初《中国文学批评小史》(长江文艺出版社,1981年),为古代文论的大体勾勒,发行量极大,多次再版,受到高校的广泛好评。简化的呼声一直很强烈,并延续到新时期。如2008年黄霖、蒋凡从四卷本中精选了73篇,并对一些篇章文字与注释作了删节,以求抓住要害,突出重点,在这有限的篇幅中反映中国文学批评史的整体脉络和基本理论,既便于初学入门,又为以后进一步的研修铺平道路(见"内容简介"),形成其

---

① 此三大不易分别是:整体上的古典式,思维模式和理论形态讲起来不容易;教学主体上,不得法容易使学生产生厌倦;内容比较凌乱和琐碎,缺乏西式的那种体系独立性。

一卷本新编教材。该教材是1970年代先辈郭绍虞、王文生主编的一卷本文论的"现代版",在众多综合型文论教材中具有典范性。朱志荣、张金梅的文论选本也基本上在45篇以下。刘淮南鉴于课时太短,更是首次以16次专题讲座的体例代替系统讲授,这也是古代文论教材简化的另一种体现。

(三)众多教材融入了编写者的研究心得和研究范式

百年来,无论是数十所院校集体编撰还是单个学者编著古代文论教材,多数充分融入了学者们的研究心得,有的教材还体现了鲜明而独特的研究范式,这在近二十年尤其明显,既与该学科进入新的研究阶段分不开,也与有的学者运用新的研究视角、研究方法有关。如李壮鹰认为:"在古代,基于人们的生存状况,整个社会存在着一种特定的文化系统。这种文化系统由哲学、宗教、伦理、文学、艺术等等因素所构成,文论亦属其中之一,它不但与这个大的学术文化系统中的其他因素彼此密切有关,而且文论话语本身往往就是人们整体的文化观念的一种表达形式。"(卷头语),所谓将古代文论置于整个大的文化系统中来审视,便是北师大"文化诗学"的编写模式,视野宏阔,具有立体感。该教材基本上每个阶段(先秦、两汉、魏晋南北朝、隋唐五代、宋金元、清代、近代)第一节"概述"从文化的视角切入论析,把文论置于政治、心理、风气、文化综合形成的场域中来分析,这无疑体现了北师大文化诗学研究的最新成果。主笔李春青还将这一研究模式进一步贯彻、融入其后的多本文论教材(2010、2014)编写中。因有独特研究模式作为支撑,多年研究积累作为基础,其文论教材在同类书籍中均具有一定的独特性和厚重感。

此外,李建中在2002年出版首部中国古代文论教材之前,便长期从事传统文化和魏晋文学研究,在华中师大为硕、博士生开设儒道释与文论关联的课程多年,自然地选择以儒、道、释文化为切入视角来编写其教材。其曰:

> 本书作为新世纪的新教材,其独特之处是紧紧扣住古代文论与儒道释文化的关系,在古代文化的思想背景和精神源流中,把握并阐释古代文论的演进脉络和理论精粹。沿着这一思路,本书力图在民族文化和民族精神的层面揭示古代文论的理论意义和当代价值;而这一思路除了整体地贯穿于全书的各个章节,还开章明义地体现在此"导论"之中。[①]

这是对传统教材的一种突破,在当时具有典范性。没有长期对古代文论学科的

[①] 参见李建中主编:《中国古代文论》,华中师范大学出版社2002年版,"导论",第1页。

钻研，没有研究中的独特心得，编写教材是很难有学理支撑的，也是很难编出新意且具有个性风格的。纵观百年中国文论学科，蔡镇楚、张少康、王运熙、李建中、黄霖等教授的教材在这方面具有一定的代表性。

（四）教材编写走向通俗化、普及化是新时期的一大趋势

中国古代文学理论具有很强的理论性和思辨色彩，一方面众多专业教师反映教学具有难度，不及生动形象或故事情节性较强的文学类课程好讲；另一方面除研究者外，它的对象长期是高校中文系专业本科、硕士生，甚至很多古代文学、现当代文学专业的硕士生也较少选课或自学拓展。总之，20世纪90年代之前高校的古代文论教材长期在相对狭小的专业领域内使用和传播。而进入新时期，该课程教材编写走向通俗化和普及化也是一大趋势。这与90年代大众文化兴起、世纪之交互联网快速发达、高等教育由精英化走向大众化、信息传播方式多元化的巨大变化有关。

如刘淮南的"十六讲"式教材基于课时严重不足，并坚信"政治史是帝王体系，文学史则是经典体系"，大胆"砍削"传统公认应该讲授的中国古代文论篇目和知识，而抓大放小，挑选经典组成十六讲，成为此课程的校本教材。一方面，全书近似课堂授课实录，保留原汁原味的叙述方式，口语与书面语相结合，在导入、要点、评析等方面非常通俗易懂，一反惯常以严谨规范、体系宏富的古代文论教材编写方式。另一方面，大幅度缩水，以专题讲座、报告的方式替代传统的连贯式授课，非文学专业的爱好者也能看懂、理解。这种教材是普及化、通俗化的一次大胆尝试。虽有可能众说纷纭，对中国古代文论的传播有利，也不必吹毛求疵。学习者如结合此前常规教材深入学习，也许能催发对这门传统课程的浓厚兴趣。

（五）初步实现了多学科的贯通与融汇，推动了学科的发展

新时期，人文社科乃至理工科都在呼吁跨学科研究，它有助于开辟新的学术空间，是实现学术创新的重要途径，这已成为学界基本共识。对古代文论研究者和一线教师来说，早已认识到中国古代文论在发生演进中绝不是孤立的，自古文史哲不分家，互融共渗，文论脱胎于传统的经、史、子、集，古代诗文评与政治、宗教、书法、绘画等学科休戚与共，其涉猎领域相当广泛，诸如以文化诗学、学术思潮等模式编写的教材在这方面多有努力。近年来，有学者开始转向文学外围，寻求文论与其他学科的融合，以推动学科的发展，寻求教材编写的创新。如袁济喜教材尝试连通文论和朝代思想史、哲学史、美学三大学

科，在思想对话和联合融通中使课程的讲授"走出以往的静观模式"①。

应该说，以跨界的方式和姿态来著述，不仅研究者宜大力运用，教材编写者也可广泛采用。我们认为，结合多个相关学科来重新编写古代文论教材，在新世纪尚还有极大的探索空间，值得尝试。

百年中国古代文论各式"教材"是这个学科一笔宝贵的资源，值得在学人们普遍重视文本内容、学术研究而轻视教学研究的今天，深入挖掘和多方探视。我们从多种教材体例的分析、诸多编写特点的总结中，也窥视到了这个学科的发展脉搏和日后走向，希望能对编写者和学习者有所裨益。

第三节　百年来中国古代文论教材的成就、问题及展望

教材能体现学术研究的进程和现状，其构成和品质既是学科发展进程的显著标志，也是一个时代和民族教学理念和教学改革的风向标。在这个多维因子构成的场域中，既有学者在后方书斋的辛勤耕耘和不懈探索，也有为师者在前台对教书育人工作的使命、责任和担当。教材的编写没有完美无瑕，它一定程度上能体现编写者对高校教学的理解，也能反映出学者对学科知识构成的拓展与深化。百年来，中国古代文论学科涌现出约80余种各式教材，对促进这门"古"字课的发展，发挥着重要的作用，其成就、贡献以及存在的问题、不足等，都值得当下深入反思和探讨。我们或许能从中获得某些经验性的认识，从而有助于今后教材的进一步编著。

一、百年来中国古代文论教材的成就贡献

在通行设置上，文艺学方向（或专业）包括"文学基本原理"（即文学理论）、"西方文论"和"中国古代文论"，前者也是一门百年老学科，从民国到新中国成立期间就在快速发展，相关教材和专著众多②，甚至其学科发展史也

---

① 袁济喜：《新编中国文学批评发展史》，中国人民大学出版社2006年版，封底。
② 参见程正民等：《中国现代文学理论知识体系的建构——文学理论教材与教学的历史沿革》，北京大学出版社，2005年版；董学文、毛庆耆：《中国文艺理论百年教程》，高等教育出版社，2004年版。

被写成好几部硕士论文①。而西方文论，国内学科点众多，师资雄厚，原本20世纪中国的现当代文学就受西方思潮、西方文化与文学的影响极大，加之外国文学、比较诗学又与之紧密相关，尤其是20世纪90年代末国内文化研究兴起、当下西方马克思主义又异常火爆，这一切都促使这个学科颇受关注。就"文艺学"内部比较而言，中国古代文论作为"文艺学"重要分支，虽同为理论课程，无论是研究队伍还是关注程度上都逊色得多。从多年的研究生入学和毕业来看，很多学生对以文言文方式呈现的古代文论兴趣不浓，对以"主义""思潮""流派"见长的西方文论与文化则乐此不疲，致使当前国内研究古代文论的学者多是大浪淘沙、坚持到最后的。有的学者几乎中途改了行，换了方向②，有的是古代文学专业老师"临危待命"，自身搞的还是正宗古代文学课题。鉴于其"两重性"（为文艺学和古代文学之交叉），古代文论学者申报项目还不太好"站队"，要视具体题目而定。但多年来笔者执教该课程，常结合学术史在"导论"（概述）中高屋建瓴地介绍此门学科辉煌而曲折的发展历程，以及在古代文论的阶段、文体、名著等方面研究取得的巨大成就，以切实弥补这一课，避免让学生过度青睐外来"西方"而藐视本土"古代"，对这门古老而厚重的学科产生畏难情绪。通观百年来中国古代文论学科的各式教材，琳琅满目、丰富多彩，确实取得了巨大的成就，存在的问题也应理性反思。

（一）成就之一：深入学习不同体例之教材，以管窥中国文论宝库资源之丰富、学科之厚重

从前两节论析来看，百年中国古代文论教材的体例构成多有不同，切入路径多种多样，既有民国时期以郭绍虞、朱东润、罗根泽、方孝岳等学者以深厚的国学功底、传承朴学的精神，在古代文海中钩沉，在教材（兼有专著性质）中披沙拣金、集腋成裘，或以文论家人物，或以文学发展观念与关键词，或以朝代和名篇为线索来展现中国古代文论的丰富性和广袤性。其对丰富材料的选取与调度，其对文论观点的阐发和评析，其前后文学思潮的勾连，其对重要范畴和命题的研究，都见出这门学科包含博大精深的内容，构成庞杂而立体的体系，这为后来学者进一步"挖金寻宝"夯实了基础。

---

① 截至2019年3月，在"中国知网"硕博论文库中输入"文学理论教材"，涌现出17篇成果。代表论文有：赵敏：《新世纪中国文学理论教材研究》，河北大学2013年度硕士论文；张玲：《在探索中前进——新时期以来中国高校文学理论教材研究》，沈阳师范大学2013年度硕士论文，等等。

② 这从咨询国内众多古代文论方向硕士生导师就可见一斑。

新中国成立后，无论是配合教材进行的资料整理，还是教材中由关注诗论、文论到小说戏曲理论批评的拓展，或者结合儒道释文化、创作思潮、中西诗学比较等展开文论研究①，都让读者看到了这门学科丰富的资源，它像一座金矿，取之不竭、挖之不尽。各门学科教材是高校学子主要的精神食粮，他们在吸收和消化中，无不受到传统文论中学术观念、人文精神和智慧思想的多方面启迪。无论他们日后是否继续深造或从事相关专业研究，文论教材都会弥补他们传统知识不足的这一课。一言以蔽之，百年来各式各样的古代文论教材让中国一代又一代的青年人认识到传统文化和文化的浩瀚和无际，了解到中国古代文论这门学科的主要性质和突出特点，增强了他们学习、研究文学理论的热情，激发起他们对祖国悠久而厚重的历史文化充满豪情，主动承担起传承与弘扬传统文化、发扬光大中国古代文学理论与批评的重任。从这个维度来看，古代文论教材功不可没。

（二）成就之二：融入研究成果，体现学术个性，深入浅出

无论是"民国"还是20世纪八九十年代，有些教材兼有学术著作的性质，编写者身为学者同时也是大学教师，他们在扎实研究的基础上从事此学科教材的独著、编著甚至主编，把研究中的创新和发现融入课堂教学及知识传授中。大量古代文论教材的编写一方面在促进学科知识的推陈出新（武汉大学、湖南师大在这两方面尤为突出），使部分单位实力得到提升与发展（复旦大学、北师大之贡献极大），扩大了对外知名度。另一方面教材也使长期坚守中国古代文论领域研究的学者在学科圈内迅速脱颖而出，他们不仅通过教材的发行与传播在高校青年学子（未来古代文论研究骨干）中树立了声望，而且迅速地在学术界奠定其学术地位。除复旦、武大、湖师大、南开等名校在古代文论研究实力和教材编写方面极具声望外，近年来教育部为推动马克思主义在新时期的进一步传播，在意识形态方面扩大其影响，发动了各学科的马克思主义理论研究和教材建设（简称"马工程"），国家加大人力和财力投入，由编写组联合高等教育出版社推出了系列教材。就中国古代文论而言，首席专家是近二十年编写了多种文论教材、经验极为丰富的黄霖（复旦大学）、李春青（北师大）、李建中（武汉大学）三人，这种官方途径无疑进一步奠定了他们在体制内、学术界的地位，同时在中共十九大后，马克思主义在新时期的内涵阐发、重新认识以及相

---

① 这里不做展开，相关论述请读者查阅国内蒋述卓、李春青、张海明、黄念然等教授关于古代文论学术史研究的著作。

关理念、方法、原则等将贯彻到古代文论教材中去、课堂中去,这也是近年来的一大趋势。如何在古与今、中与西的维度重新编写新式古代文论教材,将再次被提上日程。

复旦大学中国文学批评史学科的负责人黄霖先生,从事《金瓶梅》、小说理论、近代文学与文论研究多年,在此前郭绍虞、王运熙组成的团队中积累了丰富的学术研究和教材编写经验,组织复旦大学雄厚的师资和团队力量推出了《新编中国历代文论选》(含四卷本、一卷本两种)、"近代文论与文化转型"等系列丛书,颇有影响力。该学者近似一位指挥带兵打仗的人文"帅才",具有较强的组织能力和策划能力,也具有极强的学科意识和担当意识,善于在学术前沿、学科边界乃至宏观层面发现学科的重大问题,并组织团队实施。从其主编马工程教材《中国文学理论批评史》"绪论"和章节撰写来看,他能高瞻远瞩,也有着相当鲜明的学术风格和研究个性①。

北师大的李春青教授长期致力于古代诗学研究,系著名文艺理论家童庆炳先生嫡传弟子,在其团队中历练多年,先后从事文艺心理学、文艺美学等研究,出版过《诗与乌托邦》《在文本与历史之间》《宋学与诗学观念》《趣味的历史》等影响较大的学术著作,在以"文化诗学"模式从事古代文论研究方面,走在国内前列,是新时期国内"文化诗学"研究的领军人物。在将文化诗学的方法、思路和经验带入古代文论教材的编写后,陆续合著或主编了三本古代文论教材②,同样有着鲜明的学术个性和影响力。武汉大学李建中教授在2002年出版首本以儒道释文化贯穿文论史的教材后,一发不可收拾,至今已陆续出版多个模式和版本的古代文论教材六种③。他把批评文体、创新性学习之研究带入文论教材的编写中,不断赋予其活力和生命力,在学术界也具有较高声望和地位。

因此,通观近二十年古代文论教材之编写,这三位学者的共性在于:长期致力于古代文论研究,前期有着扎实的研究基础和鲜明的学术个性,编写过古代文论教材三部以上且大多发行量极大,善于融通、结合教研两大维度,生活、

---

① 如在该书"绪论"中提出中国古代的文学思想是以人为本,概括和阐发为:文自人,文似人与文为人三个层面。
② 参见:李春青主编:《中国古代文论新编》,北京师范大学出版社2010年版;李春青主编:《中国文学批评史》,高等教育出版社2014年版;李春青主编:《中国文学批评史经典精读》,高等教育出版社2016年版。
③ 代表性教材有李建中主编:《中国古代文论》,华中师范大学出版社2002年版,其余见参考文献。

工作中都非常活跃。可以说，他们都是古代文论教材编写的集大成和受益人。马工程教材的编写组在全国物色专家，选择此三位也属情理之中。从"循环论"来看，他们三人合作主编的"马工程"古代文论教材，也因融入了他们的学术个性和研究心得而能创生出不少的新意。

总之，从百年教材的编写来看"研"与"教"从来都是紧密互动、融为一体的。研究内容和成果融入教材编写中，能带动学科的发展，并形成学者独特的学术个性和学术追求，扩大其声誉和影响。而教材编写融入学者的治学理念和研究模式，则能提升教材的品位和档次。

（三）成就之三：通过一定平台或教改方式来推陈出新

近二十年中国古代文论教材的编写和20世纪90年代之前相比有了很大的变化，其中显著的不同是通过平台和教改来促使教材体例更新，或传播的方式与速度发生了变化。如李建中2007年前后出版的两本教材《中国文论与文化经典讲演录》《文心雕龙讲演录》是当年广西师大出版社策划的《大学名师讲课实录》丛书之两种。该丛书规模较大，推出多辑并涵盖人文社科各领域，在全国名校推选各学科的教授和博导，组织骨干力量，结合其专业所长将授课内容录音转化为文字而编成。丛书涉猎多门学科，是新时期高校"教学"和"出版"联合的成功范本，其特色在于通俗易懂，便于普及，使专业课程跨时空传播和接受。一些学者抓住了机会，从而获得免费出书、快速编教材的机会。据一些非古代文论作业的高校学子反映，教材简易、朴实，便于理解，比较"接地气"。这对古代文论学科的传播是有一定益处的。

又如忻州师范学院的刘淮南所编的《中国文学批评史十六讲》也是利用机会，经出版社平台物色和推介而面世的。从"前言"和"后记"内容来看，当时安徽大学出版社拟筹划一套《大学精品资源共享课程系列丛书》，便催生了这本课堂实录教材的出版。它和前述李氏教材一样，都是出版社和课程、课堂联姻的产物，都有助于具有思辨色彩和理论性、学习起来具有一定挑战性的古代文论在社会上进一步传播。

此外，近年来依托院系的教改项目来主编古代文论教材，也反映出高校对教学改革的重视。如张金梅的《中国文论名篇注析》（2016）便是教改结题的最终成果。如果说古代文论教材的编写是基于教学立项而来，在获得验收后又反过来推动主讲教师申报级别更高、资助额度更大的教学改革和立项课题。如李建中在推出四五种古代文论教材后，在2011年前后以此为基础成功申报到国家精品资源共享课，其录制的古代文论课程视频已上传，促使了文论课程在新兴媒体上的传播。新时期，教材编写、教改立项、出版平台、网络传播之间形成一种联合与共赢、相互依赖又牵制的互动关系，这在2000年之前的文论教材编写史上是没有过的。这是新时代的趋势和反映。

（四）成就之四：推动了古代文论课程立体化学习方式的出现

20世纪90年代之前，中国古代文论教材主要是一种静态呈现，即以书面方式来选文或论析，教材基本成为教师和学生沟通的主要桥梁。更不要说在民国时期，很多教材还具有学术专著的功能，基本看不到学人们对教学的思考。①这与前八十年高校课程教学基本延续粉笔加口头讲授的传统教学方式有关。进入新时期，教材编写的方式多元化，建构体系也更加立体化。所谓"多元方式"者，既有学者因单位教学需要而编，也有学者进行研究而编，还有学者结题教改项目而编，更有学者利用平台和机遇而编。而其"立体化"的突出表现在线上、线下相结合，线下有配套辅助资料，线上有PPT和相关教学资源的分享，它们和教材相呼应构成一个有机整体，国内不少高校在这方面较为突出。如武汉大学中文专业"创新性学习"系列教材除纸质教材外，还"研制与之配套的辅助性多媒体教学资源，如适应学生资助学习的电子文献库、专家资料数据库、习题与项目训练库、自我检测系统、多媒体课件、网络课程、师生互动学习平台等，为学生提供形式多样、方便实用、全方位的学习服务"②某种程度上讲，是教材的编写促使了系列立体化学习方式的更新与换代。

（五）成就之五：研究领域的推进与关注对象的拓展

教材不能只是材料搬家或知识的机械展示，必须结合学科发展，融入国内外新的研究成果，并体现编写者的视角、眼光、心得及所长。百年来，众多教材虽然在主要文论著作、文论篇章的选取上大同小异，在某些具有代表性的重要文论思想阐发上具有相通之处。但一些教材在编写中不断生产知识，表现在选取他人未曾或很少提及的文学理论与批评来展开，以提供新的"学术增量"。古代文论教材选篇之多与少完全由编者决定，论述之广与窄也不完全一样，这里仅就规模宏大、体系完备的通论性教材做一比较，以见出此种成就。

如民国时期，桐城派文论在陈钟凡本教材中基本未曾涉及，在朱东润、方孝岳教材中有一些提及，主要关注曾国藩。这对于延续时间长、队伍庞大而影

---

① 由于朱东润的《中国文学批评史大纲》是在讲义基础上多次修订完成的，其自序和后记中还能看得到对教学的思考。其余教材则很少涉及。
② 李建中主编：《中国文学批评史》，北京大学出版社2009年版，赵世举"总序"，第3页。

响深远的桐城派来说，是不全面也不深入的。而郭绍虞先生上、下本教材则以约8万字、100多面的鸿篇巨幅来系统分析桐城派文论，在新中国成立前几乎所有文学史和批评史教材中都是无出其右的。这也为其后七十年各类文论教材关注、论析桐城派打下了基础。又如袁济喜《新编中国文学批评发展史》（2006）阐发了此前教材未曾关注的"庾信文论"和"林语堂文论"。结合时代变迁和具体作品分析庾信的人生感发与"拟物化"诗赋创作，其身世遭遇与"以悲为美"的文学批评，在创作中重视生命感受与文学史诠释。① 其后在近代文论批评中，分析了林语堂的"性灵"论，将"幽默"作为一种泛人生与文化的概念加以推崇，提出中国艺术与文化精神相契合，诗歌在中国宛如宗教等文论观点。这些都是绝大多数教材所没有的。一般教材写到明清诗论文论时，多对王翼德《曲律》、李渔《闲情偶寄》、李贽与金圣叹的小说理论等关注较多，而蒋凡、赖力行教材则对汤显祖文论有详细阐发，后者还对创作型批评家冯梦龙、凌濛初的文论有揭示。王汝梅教材第三章第七节详细论述"魏晋六朝的小说观念"②，显示出对通俗文学、叙事文学发展的重视；该书第八章第二节"旧红学时期的《红楼梦》评论"集中论析张新之、姚燮、哈斯宝等人对红楼梦的点评③，亦为诸多教材所未涉。此外，蔡镇楚《中国文学批评史》对元代方回、清代纪昀诗学的章节论析④，都一定程度推陈出新，填补了其他教材的空白。此外，赖力行和邹然教材对近代谭献、陈廷焯的词学理论给予了充足的笔墨论析，后者对近代夏曾佑、狄葆贤的小说理论也给予较多关注。这些也都是寻常教材中极少见的。

虽然古代文论学科的研究主要靠学术专著来推进，但教材作为老师备课、传授以及青年学子研读的载体，能便捷地涉及一些为学界冷落或暂时不受重视的文论人物或作品，也能引发大量群体的关注，为他们后续研习打下基础。单就一两年的某本教材也许看不出来奥秘或玄机，但通常后来教材编写者是会参考、吸收此前代表性教材的成果，众多教材汇聚到一定阶段，就会爆发出能量，

---

① 袁济喜：《新编中国文学批评发展史》，中国人民大学出版社2006年版，第158－162页。
② 王汝梅、张羽：《中国文学批评史》，北京师范大学出版社2011年版，第98－106页。
③ 王汝梅、张羽：《中国文学批评史》，北京师范大学出版社2011年版，第279－282页。
④ 蔡镇楚：《中国古代文学批评史》，中华书局，2005年版，第243－246页、第368－373页。

使学术研究得到推进。从文学史哲学的角度来观照①，文论史是被叙写和建构起来的，哪些文论家或著作或思想需重点关注，哪些有价值，哪些尚不被重视，这些都是在活动和变化之中的。从此角度看，当前一些教材对新文论、新话题的关注，无疑有助于学科的推进。

（六）成就之六：推动视域的融合，跨界研究得到重视和突显

百年来，中国文论的很多教材率先关注到跨学科研究这一重要话题，很多学人在"前言"或"绪论"中论及传统文论的综合性，它与历史、乐论、书论、哲学的复杂关系，也垂范性地在教材中就其关联进行了深入地阐发，从而推进了古文论跨学科研究的进程。

先看内部。古代文论与文学理论、文学批评和文学史紧密交叉，此三者构成文学的三个基本维度。民国时期，古代文论教材多在"文学"学科内部演绎，不约而同地注意到古代文学理论批评与文学创作、文学作品之间的紧密关联。方孝岳教材格外重视总集的时代价值和批评意义，故在论析中不能只顾"文史"（诗文评包含于其中），其谓：

> 研究文学批评学的人，往往只理会那些诗话文话，而忽略了那些重要的总集了。其实有许多诗话文话，都是前人随便当作闲谈而写的，至于严立各人批评的规模，往往都在选录诗文的时候，才锱铢称量出来。②

他研究桐城派便常围绕方苞和姚鼐的选集（《古文约选》《古文辞类纂》等）来展开，实现文学作品和文论思想的汇通。在拜读民国文论著作后我们发现，引文非常多，材料极其丰富，倘若放在当前教材和著作中，似乎有"述多论少"之嫌，但这些引文皆出自桐城派的具体作品中，有的评论文章本身就是古文创作，融而为一；有的则能侧面反映出民国学者对作品和文论关系的深切理解。他们熟读各类总集，语句、段落信手拈来，对作品有感悟和体察，分析文论观点时得心应手。这在郭绍虞教材中也有鲜明体现。此后，罗宗强、党圣元、詹福瑞等在学术著作中高度重视古代文学理论与创作实践之间的具体关系③，便是乘此而来。

---

① 参见陶东风《文学史哲学》、张荣翼《文学史哲学》等书。
② 方孝岳：《中国文学批评中国散文概论》，三联书店2007年版，第20页。
③ 参见罗宗强：《魏晋南北朝文学思想史》，中华书局2006年版；詹福瑞：《中古文学理论范畴的形成及其特点》，载《文学评论》2000年第1期；党圣元：《中国古代文论研究范畴方法论管见》，载《文艺研究》1996年第2期。

再看外围。诚如袁济喜教授所言："中国文学批评史的研究在坚持自身学科定位的同时，也越来越呈现出多学科融合的趋势。"① 近十年来的发展印证了他2006年所论。其教材始终关注文论发展、生成与相关人文学科（如美学、哲学、思想等）的联系，体现了其治学理念和学术坚守。可以说，纵观国内三十年来古代文论教材，跨界研究开始不断走向外围，集中探讨古代文论与政治、与宗教、与社会、与伦理、与艺术、与民俗之间的复杂关系。李壮鹰教材清醒地认识到文论与外围学科之间的紧密关联，其高屋建瓴的"绪论"便由专门从事文化诗学研究的李春青教授执笔，此后各阶段文论（尤其是首节概述部分）基本贯彻了跨学科研究的方法与范式。教材以服务教学为旨归，有其较稳定的知识体系和内容结构，在跨学科研究的力度和范围上自然不如学术专著，但适当的跨界视域不仅能在一定程度上深化和拓展中国古代文论研究，使文论思想更具有深度与厚度，阐发也更加立体，也能为广大读者打开一扇窗口，极大地开拓学生视野。

二、百年来中国古代文论教材存在问题分析

百年来，中国古代文论教材既取得了巨大成就，不仅彰显了学科的厚度、推动了学科的发展，也为众多一线教师备课、讲授提供了资源和便利。然而此学科的教材编写也并非尽善尽美，存在诸多问题和不足，宜引起足够重视。

其一，总体上注重于文论知识的静态传授。

上节大体勾勒了百年来古代文论教材的发展历程和体例特点。如以西方教材为参照，并结合近年来国内对高等教育和大学课堂教学的反思，我们发现各式教材的"中国特色"极为鲜明，体现出完完全全的中国风格和中国气息。体例构成、内容内容上虽有一些变化，但都侧重于知识的传授，服务于填鸭和灌输式的传统教学模式。虽有学者做简化的努力，但动辄四五十万字的厚本教材还是占据多数，无论是一名学者苦心孤诣花费数载独著完成的教材，还是主编牵头、邀约国内一二十几名学者合作完成的教材，几乎都在传统文论的领地中编制"精致的瓮"，力图涵盖全面，包罗万象，致使有些教材只能做专著参考，无法动态展开，不大适用于课堂教学。如主讲教师没有一定的教学理念，缺乏灵活的剪裁和调度方法，则基本遵循着阶段、朝代、择主要数家的方式来展开。

---

① 袁济喜：《新编中国文学批评发展史》，中国人民大学出版社2006年版，后记，第416页。

古代文论成为众多范畴、术语和命题的化身，课堂变为静态的知识传授，有人总结教学基本上是PPT展示，老师适当展示发挥，学生边记边写。从而使数十年来，众多执教古代文论的老师"亚历山大"，内容庞杂，压根儿讲不完，且传授起来比较辛苦，抽象与枯燥并存，学生听课成效也不佳，学习起来也具有难度①。这一方面与任课教师的技巧、风格和学生的态度有关，但教材也是其中不可忽视的原因之一。总之，当前古代文论教材建设在前瞻性和先锋性上做得不够，教材主要是静态知识的大杂烩，适合于传统的讲授模式，还赶不上当前教育改革的时代潮流，我们认为在体现自主探究、独立思考、合作学习、参与学习等方面，还有很长的路要走。

其二，新教学模式和方法融入不够。

当前众多古代文论教材是各高校教师所编写。一个有趣的现象是，百年来的中国社科院到各省社科院及相关研究机构——包括各地党校的文史部学者，基本上没有编著过教材，尽管他们有的也招收研究生，甚至也从事古代文学和文论相关的研究。他们的案头不可能没有古代文论教材。这说明古代文论教材的编著与主体身份密切有关。作为一线教师编写教材，几乎是顺理成章或义不容辞的责任，这与他们长期接触学生、多年执教经历有关。应该说，他们对大学教学的变革，对教学理念、模式和方法的运用，要比科研人员自觉和熟悉得多。然而通观百年古代文论教材，尤其是近二十年来随着全国乃至全球教育受"互联网+"和"人工智能"的带动，教学的手段、方式和观念发生了翻天覆地的变化，而现行教材的编著相对比较传统甚至有些封闭，对外界的教育变化未做出及时而应有的回应。比如近年来翻转课堂、对分课堂、混合式学习、探究式学习等纷纷兴起，极大地冲击了原有的教学秩序和课堂理念，随着教学模式的转换，大学教材的建设不能一成不变，刻舟求剑。又如慕课和微课的崛起以及国家推出精品资源共享课、在线课程建设后，教与学的方式、载体和内涵等等，都发生了变化。总之，这是一个教育急速变革的时代，教材应与时俱进，体现新的教学模式和理念。

其三，缺乏研究创新和学术个性。

对于优秀的教材，上文论析较多。而今约80种教材中，也不乏一些教材缺乏主心骨，没有自己的气质个性，表现得很平淡，近乎是资源的重复，是既有

---

① 于光荣：《让多媒体技术走进"中国古代文论"课堂》，载《邵阳学院学报（社会科学版）》2008年S1期。

教材的翻版，内容大同小异，看不出编者的研究心得和学术个性。俗话说，"不怕不识货，就怕货比货"。在纵向与横向的对比、参照中，我们能发现哪些教材能体现编者的用心和才识。有的教材非常平淡，从材料到观点都难见新意，限于少数院校使用，没有发行量和传播力，不能让专业领域的师生耳目一新、为之一振，自然失去了生命力。尤其是那种文论选本加注释的教材，很大程度上是重复用力，为了编教材而编教材。这种现象，在并不缺经费出书的一些单位，还并不少见。

还有的教材呈现出"拼凑""组装"的迹象，如《中国文学批评史》（北京大学出版社，2009）"导论"是此前两本教材"导论"的组装与重复，编者难辟新径。又如新近出版的《中国文论名篇注析》（人民出版社，2016）综合此前郭绍虞、霍松林、张少康、黄霖等学者选本，取其重而最终敲定四大选本中均有的44篇文本作为所谓"元典"来注释和评析，笔者认为如不采取求同而避异的方式，似乎更能彰显所编教材独特的学术个性。编者完全可以在篇目上有个人的取舍与眼光，能基于一定的文学观念充分展示自己选篇的缘由，展示篇目的意义、价值、魅力和影响。殊不知，从《诗经》到《古文观止》再到清代桐城派的多个选本①，在选篇上都是有个性、有取向的，而非趋同的。所论如有不妥，可再学求商榷。

纵观百年来古代文论教材的发展历程，并结合其余学科中使用广泛、口碑良好的教材，我们认为教材的编写必须融入编写者的教学理念、研究心得和学术个性，才能确保其品质、创新和风格。这能否成为今后古代文论教材编写者的原则和坚守呢？我们拭目以待。

如袁济喜《新编中国文学批评发展史》便极富创意，"充分吸纳了过于中国文学批评史的大量主要和前沿学术成就，着力彰显中国文学批评中深挚博厚的人文精神，追求国学精神与现实人生的贯通，既注重对西方学科的借鉴，更追寻国学蕴涵，全书富有文献和思辨有机结合的学术风格。"② 国学蕴涵、人文精神等关键词在本教材中贯穿始终，体现了袁济喜多年的研究心得和经验。该教

---

① 桐城派选本众多，典型的有方苞《古文约选》与《四书文选》、刘大櫆《唐宋八大家文钞》、姚鼐《古文辞类纂》、吴德旋《初月楼诗钞》、曾国藩《经史百家杂钞》与《十八家诗钞》、方宗诚《桐城文录》与《古文简要》，以及黎庶昌《续古文辞类纂》等10余部。

② 见袁济喜：《新编中国文学批评发展史》，中国人民大学出版社2006年版，封底内容介绍。

材 2006 年出版后，2010 年、2014 年被人大出版社多次再版，销售异常火爆。

其四，陷入"一本书"主义，缺乏学科对话和融通。

自 20 世纪初以来受西方学科划分的影响，高校人文社科的边界意识日益强烈，导致师生长期"画地为牢"，仅仅依靠一本书——老师教一本书（教材），学生平时学一本书（从不拓展），考试则考一本书（如勾勒画重难点和考试范围则更为糟糕），从而形成近年来广被诟病的"一本书"教育、"一本书"课程。

纵观百年中国古代文论的众多教材，虽对相邻学科和领域有所涉及，但基本上严格而完整地在自身知识话语体系中演绎和阐释，不涉及美学、西方文论、比较诗学以及当代文论建设等学科或知识，这对老师讲授和学生学习是不利的。当前很多教材在这方面是有欠缺的。过于强调学科独立、划清自身界限，容易固化学科、失去活力。这并不是要求在原本知识结构就够复杂和丰富的古代文论中，无限地涉猎其他学科内容，是要求编写者能深入浅出的予以融合，以打开教学视域。比如阐发中国文论的相关术语、范畴时，引入比较诗学的方法，涉及中西文论对比；又比如讲到某些文论思想时，要有大量古今作品之例证；如需考虑到文论和中华美学精神、观念的相通性，等等。

其五，多与少、厚与薄之间的平衡及思考。

从如上百年古代文论教材的发展、特点和走向分析来看，教育界和学术界早已意识到洋洋洒洒四五十万字甚至七八十万字的教材太厚太重，不适合于课程教学，单选其中两章一个学期也讲不完。任何学科的教材也有一个更新换代的升级过程，从后来使用来看，那些厚本"教材"逐渐成为学者们的案头参考书。

故近四十年来，学界要求浓缩学科内容、简化体例结构、促进样式改变的呼声日益高涨，也做出了很多努力，出现了多种新式教材（如上所析）。但无论是文选导读还是通史论析型教材，简化过了头，就极易遗漏一些学科发展史上公认的、有重要价值的篇章，省掉一些具有代表性的文论家及其理论批评。

比如发行量极大、多次再版的《中国古代文论》（2002）"明清文论"编对"桐城派"只字不提，不仅未有单节，就概述部分大谈小说评点和诗词理论等，对自成体系且影响深远的桐城派文论采取"放逐"态度，也是不科学的。所幸后来出版的几本详尽教材（如李壮鹰、邹然）都对桐城派文论给予了高度的重视和足够篇幅的论析。再如《中国古代文论名篇讲读》（2006 年）开篇从汉代《毛诗序》选起，大约是认为先秦儒道文论只是夹杂在经部和子部中的"名段"，这是有欠妥当的，无法给学生一个完整的文论史发展的印象。属于发端、源头部分的先秦文论可择要合并来注析，完全不选则说不过去。又如《中国文学批评史十六讲》（2012）简直是对阶段文论的"掐尖"式讲解，选最著名、最显赫的文论，而未曾在论及相关部分时略带地提及其余重要篇章。比如第四讲论《毛诗序》与儒家的"诗教"主张，对《礼记·乐记》毫不涉及；第五讲论"怨愤"的创作心态，对两汉诸多士人评屈骚的大型文艺论争却避而不提。明清文论就提到"童心"说和小说评点部分，对戏曲和诗文批评也是彻底忘却、抛诸脑后，未免就事论事而显得有些狭窄。凡此种种，我们认为这是不符合中国文论史实际状况的，不是一种求真而务实的课程讲解方式。采用点面结合、前后勾连的方式叙述，是否更为可取呢？这些都还值得商榷。

总之，这涉及教材如何在"厚"与"薄"之间寻找一种平衡。表面看似乎涉及到论析或选篇的多与少，实则深层次上需要在学科内容、课时冲突、体例驾驭之间艺术把控和灵活调度。愚以为，教材的编写是一项关乎科研、育人和声誉的严肃的工作，需要编著人审慎而严谨，在具体论析上可以见仁见智，大展拳脚，倡导百家争鸣、不拘一格，但在每个阶段文论家、篇章的选取上则宜尊重历史、多方比较、合理定位，才不至于留下遗憾。

其六，在专著和教材之间的处理。

百年来，每个阶段都有文论教材同时也是学者的专著，如早期郭绍虞、朱东润、方孝岳之著作，都是基于讲义而修订完善的，在学科早期具有奠基性的意义，亦多次被他们曾工作过的武汉大学、复旦大学作为民国学术著作而多次再版。相比而言，新中国成立后三十年国内教材较为单一，可选择余地不大，且多为官方指定；进入20世纪80年代，则陆续出现了古代文论教材编写的黄金时期，各种体例和风格的教材如雨后春笋，大有百花齐放之势。师生们的选择余地也加大，这需要教师引导学生做合理鉴别与取舍。

专著增加"作者介绍"以突显其声誉，是学界惯例。2000年之前的教材大多朴实无华，作者情况及编书心得完全可置于"后记"中，读者一目了然。而近年来一些古代文论教材内封编排主编成果或著者简介，则似乎是对惯例的打破，笔者不是特别认同。书编得好，读者断然不会忘却作者的成就与芳名。当然，推出大幅度、量化般的文字介绍，也是编者之自由。此外，近年来依然有教材同时以专著面目出现，我认为有学人对二者区分不够，定位尚不明晰。这表现为整本书深奥、艰涩，学术味儿太浓，不利于课堂讲授和本科生研习。而有的所谓教材，在选篇的质量、论析的规范性上还有很大提升空间。研究和教学、学术专著和通行教材之关联，前文有析，不赘述。我认为学术著作完全鼓励在专题上深入挖掘和展开，而文论教材则必须考虑到接受对象的学习、层次及身心状况，要充分估计到教学实际需要，要在实用性、操作性上下功夫。否则，模棱两可，会无法突显教材的质量及品味，也会因内容、体例等问题而导致师生在使用中的本能排斥。

三、相关认识与展望

百年中国文论教材的编写，留下了各种宝贵的经验。如从认识层面予以提升和总结，可能对今后如何进一步推出适应新时代、适应课堂教学的高品质教材有所裨益。

（一）教材编写必须有个人的学术研究作为基础

百年来林林总总的各式教材，质量和生命力是各不相同的，大凡多次再版、发行广泛的教材，多是在教学中被广大师生高度认可的，或者是得到学界认可的学术精品（如民国教材）。它们的共性在于有独到的学术理念，对文学价值、文论思想有独到的思考与阐发，并有着鲜明的学术个性和风格面貌。虽然其中有的被后来居上的教材更新、替换，甚至不一定被初学者购买使用，但其教学价值、学术价值则不可磨灭，无人否认。而教材个性、风格必然来自编著者长期的学术研究和积累，短、平、快的教材只能如过眼烟云，没有多少生命力。高品质的教材是基于研究而形成的，不是简单靠知识组装、头脑发热就集体加工的。即便是一些依托平台和机会来策划的文论教材，细读文字或考察其使用成效，也离不开编写者的研究实力和思考内功。

教学相长，教研结合，这似乎是一个人人皆知的常识。然而通读约80本各式各样的古代文论教材，这种感受和体验尤为深刻。正所谓"没有金刚钻不揽瓷器活儿"。教材的编著需要慢工出细活儿，其编写者宛如老中医，越是有长期坚持的研究阵地，经验丰富，见多识广，加之有团队和资源，则越容易编写出高质量的文论教材（其他人文社科莫不如此）。新近马工程教材《中国文学理论批评史》（2016）的三名专家无一不是六七十岁的"老学者"，而鲜有45岁之前的年轻学者编写古代文论教材的，即是这个道理。何谓"研究"？它并不是那么神圣和玄妙，通观诸多文论教材，它包含两大层面：一是中国古代文论学科内部的研究，即立足于个人研究领地有钻研，有心得，有成果；二是教育教学研究，即对国家教育改革的方针政策、全球教育途径和方式的变革、大学教学模式和方法的更新、教学的规律和特点等等的研究，而这一点常被一些"书斋"内的教材编写者所忽视。我们认为这两者缺一不可，新时期宜有机结合。

（二）对古代文论学科中众多争鸣、存疑的涉猎

当前社会各界都异常推崇"创新"，这也成为全民呼唤的一个关键词。国人曾对青年学子缺乏创新意识、创新能力不理想有深刻反思。这与中国大学生缺乏质疑能力和批判精神有一定关联。而高校课程应有这种担当，主动并自觉地培养和增强学生的创新能力。当前高校古代文论课程对于文论史上具有争鸣性的话题设计不是非常理想。

表现之一在于以知识叙述的方式来再现争鸣，如春秋战国儒道墨法对乐的争鸣，两汉刘安、扬雄、班固、司马迁等文论家评价屈原和离骚的争鸣，汉魏论文学本体有言志和主情两派，明清对汉学和宋学的论争，以及大量书信体批评中的争鸣（如沈约和陆厥论声律、复古派何景明和李梦阳讨论古人之"法"等），如此种种，没有通过体例改变和知识组合来呈现这种争鸣与交锋，类似资源还很多，但显然当前教材中设计不佳。

表现之二在于教材求统一，对于未有定论或具有多种说法的话题，统一化了，没有体现出存疑和争鸣。如《文心雕龙·隐秀》篇中的部分文字缺损问题，教材中没有注释或阐发体现；司空图《二十四诗品》以诗体方式来展现的究竟是 24 种文学风格还是 24 种人格境界？学界是有争鸣①的，教材也未对相关知识展开链接。又如桐城派鼻祖戴明世《南山集》案与方苞文论的关系，也是存疑的话题。我认为，如今后教材如充分利用和激活这笔宝贵资源，或以之为一条重要线索展开，则可能带来教材新的面貌。

（三）对新时期古代文论教材的相关期待与展望

鉴于既有教材注重知识承载、适宜于传统讲授法，以及在一些方面处理上的偏颇，我认为新时期古代文论教材编写尤应注意把握好如下几个方面。

一是要充分考虑新的教学模式，以及师、生的新需求。教材应具有权威性、引领性和前瞻性，一本好的教材是学科发展和教学需求的产物，也在一定程度上引领着主讲教师的教学方式和育人理念，建构着他（她）对"教"与"学"的多维理解。新时期古代文论教材必须变革既定编写模式，在知识更新、体例多样之余，必须充分考虑慕课、微课、翻转课堂、混合式学习对课程的冲击、对师生的影响，适应快节奏时代、信息化社会知识传播和接受的规律及特点。

---

① 20 世纪 90 年代前后，国内陈尚君、祖保泉、李竼唐、王步高、张少康、张健、周裕楷等学者，均参与过《二十四诗品》作者的激烈讨论，并撰写了相关争鸣文章，学术反响很大。读者可参见：张国庆《〈二十四诗品〉百年研究述评》，载《文学评论》2005 年第 1 期。

二是新式教材的编写必须以学生为主体，适合教学。教材不能纯粹是知识的集合，除在体例、形式等方面寻求变化以满足新生代本科生的需求外，还必须充分考虑到实际教学。比如大学的课时分配，课程之间的关联和互动，学生学习的习惯和心理特征，以及教师和学术双方的需求等，如能做一调研、听取多方意见也许会获得新的编写思路。"教师为主导""学生是主体"已成为当前教学的共识，新的教材编写必须服务于"学生"，服务于"人"——人的专业学习、知识吸收、能力提高和素养增强，而不能"一厢情愿"地继续延续讲授式的编写惯例。

三是把古代文论课程建设作为一个整体来设计和编写教材。团队集体编写教材，尤其能发挥各自的学缘优势和研究特长，目前国内教材主要有名篇选读和通史论析两种，对于各自优长和不足，这里不做展开。如何在教学中配合使用以达到最好效果，各高校做法不一。今后教材编写宜融合二者，把课程作为一个整体来设计和建设，比如线上和线下教学资源的开发，比如文学理论批评和中外文学史、文学作品的结合开发；比如多领域跨界研究的最新成果之融入；比如文艺学专业教师和古代文学专业教师编写此课程教材显示出不同视角和优长来；比如促进多个学科的对话避免"一本书"教育；比如突破现有格局采用问题、案例等方式来编写教材；比如开放式地设置成知识点的串联，便于以微课和慕课形式上线推广……

四是突破现有体例，有效融入中华美学、当代文论及比较诗学等知识到古代文论教材中去。任何学科既有它的边界，也在与专业体系中与其他课程形成一种照应或联系。在教材编写和课堂讲授中，都不可忽略。如每个阶段、典籍的文论思想，都离不开古代美学知识、古代文学史尤其是作品实例，如结合当代文论知识、西方诗学知识进行古今、中外的融通，则能脱离"一本书"主义。从高校人才培养现状来看，我们认为如教材编写不能跳出"书"外来实现多学科的融通，不能将前后相关的课程、相关的教材进行对话和融合，则谈不上培养学生解决问题的能力及综合创新能力，谈不上继续深造（如读研、读博）或就业后具有较强的研究能力。总之，综合、融通，促进学科对话，这是提升教材品质的途径之一，我们认为这有可能成为今后教材编写的主要方向。

百年中国文论教材的编写，在数代学者的努力下取得了巨大的成就，无论是独著还是主编，无论是战争时期艰难写作，还是和平时期团队写作，学者们的辛勤付出和无私贡献，都应值得我们充分铭记和肯定。百年文论教材的变迁史，也体现了古代文论学科的发展史，它为高校人才培养、学科接班人的成长做出了重要贡献。然而，教材的更新换代是一条永无止境的路，需要学者们针对既定问题来寻求教材编写的创新之道，我们期待新时期能涌现出一批高质量、高品位、能经得起读者检验和时间考验的经典教材。

附录：百年来诸多教材论中国古代文论的教学与特点

著者按：百年来中国古代文论学科涌现出约八十本各式各样的教材，主要以中国古代文论、中国文学批评史、古代文论名篇选注、中国文论名篇导读等名称和方式出现，通读后摘选部分文字如下，便于读者从"教材建设""教学思考"角度管窥中国古代文论学科的百年发展历程，深入了解历代学者对这一学科如何建设、怎么教学的多维探讨与思考。因篇幅之限，主要从代表性教材的"前言""序""后记"或"绪论"中摘选精华，此中更易看出编著者的想法与思考。研究生课程主要为《文心雕龙精读》《中国古代文学原理》等，亦有兼顾，这种著作多结合课堂教学，并具有一定的学术性。对于断代史教材及部分自考教材等，则一律从略。此外本课程的教学研究论文有近30篇，观点摘编见第二章第一节后附录，与本篇相呼应。如有遗漏和疏忽，请读者海涵。特此说明。

"一九三一年，我在国立武汉大学授中国文学批评史，次年夏间，写成《中国文学批评史讲义》初稿。一九三二年秋间，重加订补，一九三三年完成第二稿。一九三六年再行删正，经过一年的时间，完成第三稿。一九三七年的秋天开始排印。这时对外的抗战爆发了，烽火照遍了全国，一切的机构发生障碍，第三稿印成一半，只得搁下，其余的原稿保存在汉口。一九三八年春间，武汉大学西迁。就在这一年，放弃武汉，整个的战局起了变化。这部《中国文学批评史讲义》第三稿也只剩了上半部。"

"讲义便有讲义的特点。因为授课的时间受到限制，所以每次的讲授不能太长，也不能太短，因为讲授的当中不能照本宣读，所以讲授的材料不能完全搁入讲义。因为在言论中要引起必要的注意，同时因为引证的语句，不能在口头完全传达；所以讲义中间势必填塞了许多的引证，而重要的结论有时不尽写出。因为书名人名的目录，无论如何的重要，都容易引起听众的厌倦；所以除了最关紧要的批评家和著作以外，一概不轻阑人。这些都是讲义的特点，姑不必问其是优点或是劣点。

然而讲义确有讲义的劣点。因为要避免掉书袋的批评，所以引书不一定注明篇卷。因为校对的疏忽，所以字句的误植，标点的错排，有时多至惊人。这里的责任，有些属于我自己，也有些不属于我。在出版的时候，当然应该全部改定，责无旁贷。在平时，本来应当如此的，然而现在是战时。战争增加了无限的光荣，然而也发生了不少的困难。战时的书肆，贫乏到怎样的程度，战时的图书馆，凌乱到怎样的程度，在太平了以后，大家也许不易想象，但是身经战时的我们，正在抗战的当中，必然会加以体认。我相信宽恕的读者对于这本书的疏忽，也许会加以格外的优容。我也希望还有书籍凑手，重新写定的一日。然而我对于这本书的疏忽，只有负责，只有引咎。"

"我认为伟大的批评家不一定属于任何的时代和宗派。他们受时代的支配，同时也超越时代。这是一个矛盾，然而人生本来是矛盾的。……就宗派而论，伟大的批评家也和伟大的政治家一样，他们的抱负往往是指导宗派而不受宗派的指导。宗派会有固定的规律，甚至也会有因袭的恩怨，然而伟大的人经常会打破这些不必要的规律和不可理喻的恩怨。"

"中国文学批评史究竟不是文论史，诗论史，词曲论史的联合的组织，所以我决意放弃分门别类的叙述；除了仅有的例外，在这本书里所看到的，常常是整个的批评家，而不是每个批评家的多方面的组合。"

"但是我的意见，是应当根据'远略近详'的原则，对于近代的批评家加以详密的叙述。……但是我愿意声明，一切史的叙述里，纵使我们尽力排除主观的判断，事实上还是不能排除净尽。"

——朱东润：《中国文学批评史大纲》"自序"（1943年，重庆）

"一本书的写成，和写作的时代有关，因此在不同的时代里，对于这种的著作，已经是另写而不是改订的问题。"

——朱东润：《中国文学批评史大纲》"后记"（1957年）

"我屡次想尝试编著一部中国文学史，也曾努力搜集材料，也曾努力着手整理，而且有时也还自觉有些见解，差能满意；然而终于知难而退，终没有更大的勇气以从事于这巨大的工作。《文心雕龙·序志篇》之批评以前各家，议其'各照隅隙，鲜观衢路。'在我呢，愿意详细地照隅隙，而不愿粗鲁地观衢路。所以缩小范围，权且写这一部《中国文学批评史》。我只想从文学批评史以印证文学史，以解决文学史上的许多问题。因为这——文学批评，是与文学之演变最有密切的关系的。"

——郭绍虞《中国文学批评史》"自序"

"对于每一个批评家,他在通读大量材料,获得了较全面深入的认识以后才下笔,一个批评家的重要观点是什么,哪些文字表现了重要观点,他都经过慎重考虑,然后进行论述,因而显示出在运用、分析材料方面具有很深厚的功力。在这方面,郭先生可说是继承、发扬了清代学者黄宗羲、全祖望认真编撰《明儒学案》《宋元学案》的精神。"

"本书在史的叙述与论断方面,也很有识见和特色。本书自序指出,著者对于古人的文学理论,注意客观地'说明他的主张和所以致此的缘故'。努力探求事物真相及其形成原因,是历史研究工作者所应具有的基本原则和科学态度,郭著在这方面是一个良好榜样。著者在论述一些批评现象时,往往在纵向上注意前后的继承发展关系,在横向上注意同时代文论的相互影响关系,在涉及背景时又注意说明文论与文学创作、哲学思想的关系,凡此等等,使读者获得鲜明的历史线索和图景,而不仅是按时代先后排列的代表文论的辑录。"

"在五十年代,郭绍虞先生曾经把本书加以改写,删繁就简,编成了一卷本的《中国文学批评史》,作为大学文科教材,较便初学,同时也受到当时重视政治标准思潮的影响。由于不少翔实的材料、细密的考订分析被删削,旧著的许多长处失落了,从总体质量看,修改本较旧著逊色。五十年代末,郭先生又编成新著《中国古典文学理论批评史》上册(写至唐代)问世,在"左"倾思潮影响下,用现实主义与反现实主义为线索来贯串文学批评史的发展;他后来大约也觉得这样做不是实事求是,因而不再写下去了。"

——郭绍虞:《中国文学批评史》"前言"(王运熙撰)

"至于我们现在把一个国家古今来的文学批评,拿来做整个的研究,其目的在于使人借这些批评而认识一国文学的真面目。批评和文学本身是一贯的,看这一国文人所讲究所爱憎所推敲的是些什么,比较起来,就读这一国的文学作品,似乎容易认识一点。"

"我们翻开我国所有的论文的书来一看,觉得他们都是兴到而言,无所拘束的。或友朋间的商讨,或师弟间的指点,或直说自己的特别见解,都是兴会上的事情。"

"但是我们要知道,惟其他们都是兴会所到真情流出的批评,所以我们现在把他整个的叙述出来,才可以使人从许多个别的"真"得到整个的"真"。凡是赏鉴一国文学,我以为都是借助于这些真情所露兴会所到没有背景的批评为最好。"

"再者,我们研究一国的文学批评,第一要注意文学批评和文学作品的本身有互相影响的关系。某时代有某种的批评,多半不外乎一时文学本身的风气。六朝尚藻丽,所以昭明太子就以沉思翰藻为鉴衡。宋人尚义理,所以真西山就以文章畜理为正宗。时代风气所激荡,个人师友所熏陶,因此论文之言,就不知不觉有万态千形不名一格之妙了。第二要注意的,就是文学批评和文学作品本身的风气,又可以互相推动。"

"研究文学批评学的人,往往只理会那些诗话文话,而忽略了那些重要的总集了。其实有许多诗话文话,都是前人随便当作闲谈而写的,至于严立各人批评的规模,往往都在选录诗文的时候,才锱铢称量出来。"

"完全赞成我这书的人,我也希望他不要以为得着这一部书,就可以知道中国文学批评的总相,我希望他把古今来论文的原书,仍要自己去一部一部地用心看过。赅括的叙述,终于不能使人满足的。"

"我在前面说过,人人有批评的本能,有的心知而不能口达,有的含苞而有待于点化;但是我们务必牢记在心,我们所需要于批评家者,正是恰恰到他能代达能点化而止,不是抄著他人的批评而忘了我们自己也能批评的本能。换一句话说,不过是借他们的帮助,来引起自己的思想罢了。专听人家的批评,不管他于心安不安,或者听人家一句批评,不能触类旁通引出自己许多批评来;又或者听了人家对于某种文学的批评,就自以为可以完全认识那种文学而不肯用一点脑筋去自己研究;这几种人都是自失其本能,把工具当作目的了。……凡是研究文学批评的人,随时顾到自己的批评本能,那才是上上等!"

——方孝岳:《中国文学批评　中国散文概论》"导言"

"这里可以补充一说的是,全书力求客观推阐各派各家批评理论的意蕴,但作者自己自有一定审美趋向,最突出的表现是第二十六节《晏殊对于富贵风趣的批评》。看来,谈文学批评而自己坚持一个审美趋向,是一回事;自己写作实践能不能体现自己的审美趋向,又是一回事。前者决定于主体,后者决定于时代。哪个力量更大?难言之矣。此书第三次问世,作者自己的审美趋向会不会与今天举国主流正在高唱的某种声音有巧合之处呢?善读者当自有别择,而且不忘时代的制约终究是难于逾越的。"

——方孝岳:《中国文学批评　中国散文概论》"新版前记"(舒芜撰)

"……也因此见谤于人,同一作家身上,集中表现出一种矛盾运动的规律:文学批评时时回返古义,和文学本身时时要轶出古义之外,这两个轮子是在那儿平头并进的。这就是通过对于各个时代的批评家的研究,对于各个时代文学批评和文学创作的关系的研究,揭示出贯穿首尾的规律性的东西。"

"读者更深刻的印象,恐怕还是在于,本书经常指出某一文学观念是某一批评家首先提出的,某一批评家的理论比他的前辈多了些什么,更新了什么,丰富了什么。"

"所有这些,给读者以这样一种发展的认识:每个批评家的出现,都给文学批评的总宝库中增加一份新的财富,同时也总还留下未竟之义,有待于后代批评家用更新的东西去补足,去更新。而后代的批评家,又总是从前辈已到达之点继续前进。"

"在这个问题上,主张此书重印的几位师友给了我很大的启发。他们对此书有一个评价:此书不以材料胜,而以见解胜,以内行胜。……通观全书,每一论断都是从自己心得中来,即使论点并非他人所无,体会和论证也是完全属于自己的,不是人云亦云的。"

"即如本书提倡圆融通达的批评眼光和批评标准,在审美欣赏上显然倾向于和平愉悦、雍容华贵之风,这在三十年代的中国,和战斗的人民群众的心情相距很远,今天来看,却又未尝不是一种境界,一种欣赏,这里就有值得深入分析的问题。"

——方孝岳:《中国文学批评 中国散文概论》"重印缘起"(舒芜撰)

这部批评史新编,以原来的三卷本为基础,体例框架大致照旧,分为两册,按时代前后,分为先秦两汉、魏晋南北朝、隋唐五代、宋金元、明、清代前中期、近代七编。在内容方面则变动较大,对原著做了许多增删,重写了不少章节,改正了过去一些不妥当的提法,因此改名为《中国文学批评史新编》。在内容的改动方面,主要吸取了七卷本《中国文学批评通史》的研究成果,也参考了时贤的若干看法,由于体例限制,未能一一注明,请读者谅解。

——王运熙、顾易生主编:《中国文学批评史新编》"前言"

"因此,两版之后曾建议暂停再版,并于1980年起着手增订,历时十载有余,到1990年初,终于告成,做了很大的改动,并增加了大量新的内容。此次增订,要而言之:一为修正了一些欠妥之处,二为增加了一些章节和大量的新的资料和观点。增加部分,从题材方面说,增加得最多的是小说理论;其次,戏曲理论、词论等等方面,都有较多的增订;从文论家说,过去被作为"禁区"的,如钱谦益、曾国藩等,都求实地做了补充和历史的叙述,应写而未写及的,如李兆洛、潘德舆等,做了必要的补写,原有文论家失之简略的,也都做了尽可能的补充;散见的、零星的,却属理论批评史上重要的问题,也都进一步做了钩稽和耙疏(如钱钟书先生指示我的"春秋笔法"对于后世文学理论的影响问题,以及意象问题等等),并在一些方面增加了中西文论的比较。每一时代的绪论部分也都进一步加强了,对每一时代的文学理论特点、新的概念等,也都做了很大的丰富。总之,改动较大,增订颇多。第一版原章节未做大的修改、增订的,为数很少。引文中的讹字一律放在括号之内,正字放在括号之外,做了统一。引文也都逐一做了核查校订,改正了原版中的个别疏漏。在增订过程中,笔者对许多问题都做了进一步的认识和思考。"

——敏泽:《中国文学批评史》"序"

"本书的编写原则是:既适于教师讲授,又适于学生自学。其体倒是:精选必读名篇,文内用夹注,文后附说明。'夹注'力图做到:一、特殊的虚词、实词及句子,加以注音、释义及语法说明,二、难句今译或用通俗语言讲解,三、重点词语注明出处,艰深的引文做必要的解释。'说明'的意图是:一、简介作者生平、思想和在文论方面的成就,二、节录、节选的篇章,介绍原著梗概和有关情况,三、以分析本文为主,不但撮述文论要点,并指出段落大意及段与段之间的内在联系,以便学生充分掌握。"

——霍松林主编:《古代文论名篇详注》(高等学校文科教学参考书)"前言"

"此书为高师专升本和中学教师继续教育教材。它最大的特点,就是可读性强,点面结合,能够深入浅出地勾勒出中国古代文论发展的概貌。本书并未在学术概念中兜圈子,而是重视事物之'理',追本溯源,条理清晰地展开分析论述,并用极其精炼深刻的语言,对古代有代表性的理论家和理论著作,给以恰到处的定位和评判。研究方法上,作者尤其重视古代思想家对于艺术的哲学思考。……"

——李铎:《中国古代文论教程》"序"(王清珍撰)

"新编的教材,或者只有十来万字,点面结合不够,未能餍足学生的需要;

或者越写越长，从六七十万字发展到洋洋洒洒数百万字，这又大大超过了学生的负担。现在这本《教程》，参加编写的有年老的教授，也有年轻的讲师，他们活跃在教学的第一线，了解实际情况，一切从实际出发。无论课时的安排，教学内容的深浅繁简，以至学生的接受能力等等，都力求符合实际，以有利于教学的进行。"

"从编写体例看，本《教程》也颇具创新意识。新中国成立以后，有的院校开设中国文学批评史，以阐述古文论的历史发展为主；有的开设中国历代文论选，以介绍作家作品和理论发挥为主；有的同时开设上述两门课程，各讲各的，似有分割之势。实际上，中国文学批评史就是中国古代文论发生、发展的历史，批评史与古文论，二者有机统一，不可须史分离。有鉴于此，所以本《教程》另创体例，充分发挥以史带论、史中有论、史论结合的特点。在古文论研究中，如何把历史研究与现代视角辩证地统一起来？这是目前学术界共同关心的一个热点。《教程》在这方面应当说有较为突出的表现。"

——蒋凡、郁沅主编：《中国古代文论教程》"序"（蒋孔阳撰）

"二、教材有课时的限制，内容以少、精为宜，故本书只选注了我们认为最重要的古代文论著作四十八篇（含节选）。

三、篇目入选的原则，着眼于论著的理论价值，而不求史的完整。过去选本中所收的某些时代的某些篇目，本没有多少新的理论内容，只是为了照顾史的完整而不得不选的，我本皆删除，不以为憾。

四、入选的理论著作，以建设性的理论为主，文学评论一般不选。

五、选篇注重纯文学的理论著作，关于一般文章的理论和属于文章学一类的论述尽量不选。不过因为我国古代的所谓"文学"始终是一个包容颇广的概念，故这一类内容不可能完全剔除。

六、力图贯彻古为今用的原则，对篇目的定夺，以用今天的眼光看来是否有价值为立足点。有些著作，虽然在历史上声誉颇高，但现在看来价值不大，不选；某些著作在当时虽然不太惹眼，但在今天看来很有见地，选。

七、注文力求紧扣全篇的理论核心，重点放在帮助读者掌握匿著作的理论精神上。有必要进行理论剖析的地方，注文不避长，与理论关系不大的地方，以疏通文意为限，人人都懂的，不再饶舌。

八、为了帮助读者领会论著的内容和理论价值，除了在每篇的标题中用必要的文字稍加说明外，文后还适当附录了历代与此篇在理论上相关的其他论述。

考虑到我国古代各类艺术在理论上彼此相通、互相渗透，故附录中也选了乐论、画论，甚至哲学理论。

十、一本古代文论著作的选注，其对材料的去取，牵涉到编者的理论眼光和对历史的整体把握，其对文句的释诂，也直接反映着注者的学识功力。……"

（一、九条目略。）

——李壮鹰主编：《中华古文论选注》"前言"

"本书选录的都是中国文学理论批评史上最有影响、最有代表性的文学理论批评家的著作，在编辑过程中考虑到中国古代文论的特点，采取了以人为主不以篇为主的体例，这样可以更清楚、更正确地反映这些文学理论批评家的文学思想面貌，但也尽量保持篇目的相对完整性。由于篇幅的限制，我们对有些选录的内容不得不做部分删节，敬请读者原谅。"

——张少康：《中国历代文论精选》

"此书于两年前列入教育部'普通高等教育十一五国家级规划教材'，故有此新版问世。与同类教材相比，本书可能有以下稍微特殊一点的地方：

1. 选篇注重理论价值，尤其注重具有理论原创性的篇章。有一些在文学批评史上影响较大的'名篇'，如果理论性不够强，或理论原创性不足，就爱莫能选了。

2. 破除"正统"的文学及文学理论的偏见，对古代小说理论与戏曲理论给予更多的关注。

3. 注疏并重，必要的情况下，对难以理解的句子有所疏解。

4. '要点提示'不拘一格，有的着重于理论源流的梳理，有的则着重于理论内涵的挖掘。或有一些论述中含有很可贵的理论因子，受时代话语能力的局限，未能很好表述，真义隐而未彰，便本着'疑义相与析'的态度，予以指出。"

——陈洪、张峰屹、卢盛江：《中国古代文学理论读本》"新版后记"

"当我的学习兴趣逐渐偏重于它，阅历至今，敢于贸然地断言：作为中文系出身的大学生，只是研读了历代文学作品和中国文学史，不学点古代的文学批评理论，古代文学这门主课，实际上只学了一半！"

"如艾青的《诗论》，多处阐释他心目中的'意境''意象'及在自由体诗中的表现，臧克家的《学诗断想》一书里常谈'炼字''炼句'及从古代诗论论至少是其中很多有关审美创造、审美鉴赏的观念术语,至今还有生命力,还活在当代人的各种话语里。"

"这表明他们在长期的古代文学教学实践中,已充分意识到理论批评的重要性,要将古代文学的教学质量,提到一个新的高度,让学生具备一定的理论批评意识,方能积极地、能动地、真正地学好古代文学这门重要的功课。这样,也有利于他们毕业后自由择业,立足于一个更高更全的知识层面,多方向发展。"

"本书的简洁在于没有资料的堆积,以不同时代的文学观念范畴为中心而纲举目张地论列,且重在理论的分析与阐释。全书八章实即展开八个时代,每个时代突出名家名著和最重要的文论话语,然后稍稍旁及其他;对于并非通代名家的前人尚未重视的观点,也能从新的视角予以张扬(如明代林翰、熊大木的小说观);同时,对文学批评健康发展的反面也不回避,南朝的裴子野、隋代的李谔、王通,赫然标目其中,当然少不了'理论的分析与批判'。总之,展开目录一看,熟悉文学批评史的人立即明了本书的结构、要领;不熟悉文学批评史的普通读者,扼要的标目已先入为主地连贯在脑海中,从而引发阅读学习全书的兴趣。"

"本书主编在《导言》中呼吁,中国文学批评史在高校课堂教学计划中安排的课时太少,应'讲两个学期,一百多课时'。这个意见我非常赞成,根据本人过去的教学经验,四五十个课时讲下来总是捉襟见肘,蜻蜓点水式地读几篇文论,使学生不能获得较完整较系统的知识,反而印象零乱,可说费时而无功。不知有关教学领导部门能否体谅本书编者于这门功课传道授业解惑的拳拳之心。"

——邹然主编:《中国文学批评史》"序"(陈良运撰)

"《中国文学批评史》作为高校课堂的教材,要比作为研究者的学术论著有更高的或者说不同的要求。它要求有比较全面、比较完整的知识体系,不能随研究者的专业所长或兴趣爱好而偏重一隅、录阙欠当;它要求有比较精审、比较新颖的结构框架,不能单调平板、千部一腔;它要求有比较鲜明的理论观点和比较简洁的表述语言,不能连篇累牍而旨趣难觅;它要求有繁简适中的文本阐释,不能一味高论而忽略对原始资料的导析;它要求有必要的课时意识与篇幅意识,由博返约,不能旁征博引而下笔不休;它要求有合乎当代社会理论背景的指导思想——如理论界倡导建构的以'马克思主义实践论哲学和人学统一'

（赖大仁《文学批评形态论》）为理论基点的文学批评思想原则，而不能观念陈旧、观点老化。当然，这是一种祈尚和追求，我们愿意朝此目标去努力，去实践。"

——邹然主编：《中国文学批评史》"导言：中国文学批评史的使命"

"'文革'十年动乱结束后，中国文学批评史的研究在前所未有的宽松环境中得以深入发展。具体表现在：批评史研究领域大大拓展，由只关注诗论、文论拓展到小说戏曲理论批评，出现了一批高水平的小说理论批评史、戏剧理论史；批评史研究的角度走向多样化，有的从佛学、禅学等文化背景入手，有的结合创作思潮与文学批评研究文学思想史，有的进行中西文论的比较研究，等等。近二十年中国文学批评史研究的发展还体现在出版了一批高质量的文学批评通史、文学思想通史、断代史、分体文学理论批评史以及各种专题研究（专人、专书、范畴等）著作，组建了若干中国文学批评史专业的博士点和全国性的研究学会等机构。"

"为了使对文论家和文论著作的选择评述具有历史的连续性和整体感，我们采取'重点评析，上下勾连'的方式。照顾到中国文学批评发展具有的'滚雪球'特点，我们将对成熟时期的文学理论思想、文学批评范畴的代表作进行较为细致的分析评论；以中国文学理论批评的基本问题为线索来结构本书的基本框架。"

——赖力行、李清良：《中国文学批评史》"绪论"

"本书定名为《中国传统文论读解》，尚基于以下考虑：用"传统"代替"古代"，既体现了对历史选择的尊重，减却了或大而化之不分主次，或枝节纷争不得要领的窘迫，又符合作为教材的需要。同时，也便于以后把近现代部分纳入视野。当然，这就不免要重复经典精英支配世界的陈旧预设，如此一来，对文论的发生演进和突破进行总结就成为必要。……因此我们的研究目的就不仅要面向历史，描述本来面目，印证文学史，还要面向当代，探讨共同规律，分析中西差异及利弊，以构建新学。这一艰巨繁杂的任务绝非一人之力能够胜任，但方法多元、各有侧重无疑是迅速优化的一条途径。"

——牛月明：《中国传统文论读解》"绪论"

"可作为中国古典文论教材的当代论著已有几部，或纵或横，或简或繁，各具特色，各有优长。然而一些著述或侧重历史的还原，常简而失据，繁而失要；或侧重今人读解，穿凿附会，自说自话的味道过浓。而致力于文化建设的本科教材，进一步要求纵横结合、繁，既要立足于本土背景去探索思维偏向及文化成因，又要知晓中国文论的发展状况及其对世界文论的贡献。这在目前当然还只是理想，本人力虽不及，心向往之，但遗憾的是教书成"匠"，数年来总难觅一段相对完整的时空来深入梳理探究。"

"以一人之力，穿越五千年时空，即使以著书为务的专门研究者，若不立巨人之肩也恐难企及。本书虽非面对专家学者的专著，但也力图在些许处有所创新。本书征引因课程性质需要，多随文而注。另有借重时贤言论而未能注明处，又列参考书目于后。撰写过程中，尤困扰于博约繁简之矛盾，具体引证与行文畅达之取舍。又常一叶障目，敝帚自珍，故错漏当如秋风落叶，随扫随生。此似终点，宜为起点。诚望方家同仁不吝教正。"

——牛月明：《中国传统文论读解》"后记"

"古代文论，不只是古人对于当时文学创作的具体评论，其实也是他们表述自己社会思想的特殊方法。如果讲授时忽略对当时特定的历史文化背景的考察，不涉及当时的社会思潮，甚至不涉及当时的文学创作，只是管窥锥式地就理论来谈理论，那就无异于剪一花于圃苑，切一指于全身，完全扼杀了它的活气。"

"我们认为，在古代，基于人们的生存状况，整个社会存在着一种特定的文化系统。这种文化系统由哲学、宗教、伦理、文学、艺术等等因素所构成，文论亦属其中因素之一，它不但与这个大的学术文化系统中的其他因素彼此密切相关，而且文论话语本身往往就是人们整体的文化观念的一种表达形式。因此，研究古文论，必须把它置于整个文化大系统之中来审视，才能看出它的合理性、深刻性和系统性。"

"为了能够真正把握古代诗学的意义与价值，进入古人精神世界，就必须采取一种新的研究视角，这就是文化诗学。借用'文化诗学'这个概念是为了倡导一种阐释方法。这种方法简单说来就是将阐释对象置于更大的文化学术系统之中进行考察。就古代文论（或古代诗学）而言，就是要将文论话语视为某种整体性文化观念的一种独特表现形式，因此在考察其发生发展及基本特征时能够时时注意到整体性文化观念所起到的巨大作用。"

"在古代，基于人们的生存状况，整个社会存在着一种特定的文化系统。这种文化系统由哲学、宗教、伦理、文学、艺术等等因素所构成，文论亦属其中之一，它不但与这个大的学术文化系统中的其他因素彼此密切有关，而且文论话语本身往往就是人们整体的文化观念的一种表达形式。"

——李壮鹰、李春青主编：《中国古代文论教程·卷头语》

"从学科内涵来说，我们所说的中国文学批评发展史，是指中国古代至现代的文学批评产生与演变的历史，它是现代的人们运用西方学术观念对中国原生态的文学批评史所做的梳理与阐释，也是中西文化有机融合的产物，同时，这种融合过程也是不断磨合与演进的过程。这一学科的完善与发展是动态的而非静态的。"

"学习中国文学批评史首先要从中华文化的一体性去加以思考，注重从中国传统文化的哲学与伦理层面下功夫，而不能局限于西方文化本位的视角与方法。"

"中国文学批评有着丰富的创作与鉴赏的经验。许多批评家不仅有着深厚的理论素养，而且有自己的文学创作的经验与成就。比如韩愈、苏轼等人的文论就是如此。因此，学习中国文学批评史必须与学习中国文学史紧密相联，使互相渗与促进。"

"中国文学批评史的文献工作非常重要，是学习与把握中国文学批评史的基础。中国文学批评史是一门交叉性、互融性的学科，学科的边际相对于其他学科来，不甚清楚。因此，除了要学习中国文学批评史的原始文献外，对文献资料本身的整理与归纳也是一项很重要的工作。只有弄清楚原始资料和文献基本含义的基础之上，才能对其理论意义加以正确认识与阐释。"

"由于中国文学批评史从学科上来说，是建立在现代文化基础之上的一门学科，因此理所当然地要将重点放在理论的阐释上面，这是学科建设的根本目的，而且对文献的梳理与归纳也离不开理论观点的指导。这就要求学习者不仅要有扎实的文献功底，而且要注重对中国古代哲学与思想文化的学习，同时对西方哲学等理论要有所掌握，自觉地用现代人文社会科学的理论来深化对中国文学批评史这门学科的认识及研究。"

"学习中国文学批评史不仅要注意把握基本典与观念范畴，更要领会这些思想学说背后的人文精神。比如对先秦诸子文论的把握，以及对六朝文学批评的认识等。在这里，学习中国文学批评史与学习中国文学史一样，除了从知识层面加以把握之外，体验与对话是更为根本的把握方式。不仅要掌握这门学科的知识，更要体验与领悟其中的精神蕴涵，传承与光大这种人文精神。这是我们学习中国文学批评史应当充分明确的。"

——袁济喜：《新编中国文学批评发展史》"引言"

"这是一部富有创意,推陈出新的中国文学批评史,本书凝聚著名学者袁济喜先生多年来从事中国文学批评史教学与研究的心得与经验,并充分吸纳了关于中国文学批评史的大量重要和前沿的学术成就,着力彰显中国古代文学批评中深挚博厚的人文精神,追求国学精神与现实人生的贯通,既注重对西方学科的借鉴,更追寻国学蕴涵。全书富有文献和思辨有机结合的学术风格。

本书侧重从整个发展史的角度来叙述中国文学批评史注重与思想史、哲学史以及美学等相邻人文学科的联系并从学术史的整理与论述层面说明古代文论与现代文论之间的内在联系,力图使中国文学批评史的讲授走出以往的静观模式。

在材料的选用上,本书力图突破以往同类著论偏重在诗文评的范畴上下功夫的局限,尽量从广泛的意义上去爬梳别理。例如对六朝时代直接启发文论与美学的玄学与佛学思潮做了较深入的论述,而不仅仅作为一般的背景性交代。

本书每节开始部分列出叙述脉络;章后附有关键概念、思考题和参考书目书后附有教学大纲,有助于教学互动;加上全书详略分明,语言简约凝练,因此,非常适合实际的讲授和学习。"

——袁济喜:《新编中国文学批评发展史》封底"内容简介"

"社会在进步,学术也在发展,一个时代有一个时代的学术。前贤们的批评史著作当然也还具有重要学术价值,但是也并不能完全满足现实的需要了。譬如高校'中国古代文论'或'中国古代文学批评史'课程,现在有许多学校并不开设,开设的学校一般也只有一个学期,实际授课不超过36个学时。这样的课程显然不适合用大部头的教材。另外,以往的教材都是叙述与阐释,极少选原文,这对于现今的学生来说也'隔'了一层。鉴于这种种情况,我们编写这部教材以简明扼要为原则,重要概念、观点都先列出原文,然后加以释义、解读,这样或许可以使学生对古代文论的原貌有更贴近的了解,也是对当下学界、教育界关于"阅读原典"的呼吁的响应吧。"

——李春青主编:《中国文学批评史》"后记"

"经典文本阅读是学术训练的基础。任何一门学科都有其必须研读的经典,作为该学科全部知识的精华,它凝聚着历代学人不间断的持续思考和深入的探索。我们组织编写的这套'现代学术经典精读'系列丛书,旨在提升研究生教学水平,提高研究生的学术鉴别能力和学术素养,向需要开拓学术领域的年轻教师和研究人员提供研究读本，帮助学生和青年教师为将来的研究奠定基础。更为重要的是，通过阅读这些学术经典，读者非但可以摸清治学门径，领悟写作和研究范式，也能拓宽学术视野，见识学术研究的高下之分，在研究起始阶段即能站在学术的制高点上。"

"这套丛书内容涵盖文、史、哲、艺术等学科。丛书中每卷主编都是该学科领域有较大学术影响的专家。每卷的选文为该研究领域学生所应读、必读的经典论文（或经典著作的节选），时间跨越20世纪，并以读者较难获得的论著为优先；而且，这些所选论著大体上构成了该学科研究的学术史体系，展现了该学科研究的发展历程、主要代表人物以及标志性成果。在每卷前，该卷主编撰写前言，介绍该领域学术史概况及论著遴选标准等，以开放的视角和批判性的思维，对所选论著进行简要介绍和点评等，在如何阅读学术经典、如何培养问题意识等方面，也殊多新意和创见。每篇选文前的导读，使每一卷都成为一本该领域最新的核心论著，选文后列出的延伸阅读文献也是编者们精心遴选的，可作为扩展阅读和参考。"

——李春青主编：《中国文学批评史经典精读》"出版说明"（高教出版社撰）

六、《中国文学批评史经典精读》选文的标准

"中国文学批评史或中国古代文论作为一门学科已经有近百年历史了。在这个过程中，许许多多学者殚精竭虑、矻矻独造，为该学科的发展做出了卓越贡献。我们编选这部'经典精读'，一是要把这些学者的学术贡献凸显出来，以垂范于后人；二是为了呈现出这门学科形成演变的大致脉络，以为今日研究提供参照。为达此目的，本书的选文宗旨是：所选学者都在'中国文学批评史'这门学科的形成或发展过程中起到过重要作用，所选文章在整体上能够勾勒出'中国文学批评史'发展演变的大致脉络。刘师培、章太炎、王国维、姚永朴、黄侃、朱希祖等人的文章呈现出在'中国文学批评史'这门学问即将出现之前中国学界关于'文'或'文学'的看法，目的在于使读者明了'中国文学批评史'产生的思想基础与历史语境。杨鸿烈、陈钟凡、郭绍虞、朱东润、罗根泽、方孝岳、朱自清、傅庚生、程千帆等人的文章则都是在'中国文学批评史'学科建设过程中起到重要作用的，为这个学科打下了坚实的基础，搭建了基本框架。王达津、王运熙、罗宗强、敏泽、吴调公、蔡钟翔、陈伯海、张少康等人的文章则是在新中国成立以后，特别是'新时期'以来具有代表性的，代表着在这个研究领域中国当代的最高水平。徐复观、陈世骧、刘若愚、叶维廉等人

的文章则代表了海外华人学者对于这一学科的贡献。当然，在这个领域中辛苦耕耘的学者不下千百，有重要贡献的人物与著述所在多有，特别是一批中青年学者，在许多方面都有超越前人的建树，但限于篇幅，也只好忍痛割爱了。"

——李春青主编：《中国文学批评史经典精读》之《"取今复古，别立新宗"：中国文论传统的断裂与重建——代前言》

"本书作为新世纪的教材，力图在民族文化和民族精神的层面揭示古代文论的理论意义和当代价值；紧紧扣住古代文论与儒道释文化的关系，在古代文化的思想背景和精神源流中，把握并阐释古代文论的演进脉络和理论精粹。主编和各位作者多年来已经在这些方面做过系统性的研究，所以能够成一家之言，相信会对本学科建设做出自己的贡献。"

——李建中主编：《中国古代文论》"序"（王先霈撰）

"这几年，在桂子山上为硕士、博士研究生讲'儒道释文化与中国古代文论'，同时也在这个大题目之下写过一些文章，由此而对古代文论的教学以及教材的编写有了一些新的想法，这些想法后来就成为编撰这本教材的立意与思路。本书《导论》的写作，每章之中的概述、经典理论家评介、文论选录等等，都力图体现'新的想法'（或曰'新意'）。"

——李建中主编：《中国古代文论》"后记"

"中国古代文论从思想观念到范畴术语，从思维方式到理论形态，无一不受到中国古代文化的影响。遗憾的是，这一重要的文化事实并未引起学术界的足够重视。20世纪已经问世的几部古文论教材，或留意于'史'的梳理或倾心于'论'的辨析，却不同程度地忽略了古代文论与古代文化血肉相连的'史''论'事实。本书作为新世纪的新教材，其独特之处是紧紧扣住古代文论与儒道释文化的关系，在古代文化的思想背景和精神源流中，把握并阐释古代文论的演进脉络和理论精粹。沿着这一思路，本书力图在民族文化和民族精神的层面揭示古代文论的理论意义和当代价值，而这一思路除了整体地贯穿于全书的各个章节，还开章明义地体现在此'导论'之中。"

——李建中主编：《中国古代文论》

"旨在培养学生的问题意识、质疑精神，对学生进行初步的却是系统的学术训练，提高学生的理论思辨和学术研究能力。并为学生的进一步思考和研究提供相关学术史背景和最新学术进展的文献目录。"

——李建中主编：《中国文学批评史》"后记"

"国内目前已有多种中国文学批评史教材，而本书在同类教材中有两大创新：第一，紧紧扣住中国文学批评与儒道释文化的关系，在古代文化的思想背景和精神源流中，把握并阐释文学批评的演进脉络和理论精粹，力图在民族文化和民族精神的层面揭示中国文学批评史的理论意义和当代价值。第二，尝试从批评文体的角度，重新清理中国文学批评史，全书在每一章的概述部分专门辟出一小节，介绍本时期批评文体的时代特征，其具体内容包括：此时期批评文体的独特之处，此时期文学批评在文体样式（体制）、批评语言（语体）和批评风格（体貌）等方面的特征。此外，本书每一章均有'资料选注'，精选本时期最具代表性的文学批评材料并随文略加注解，为教师授课、学生自学以及广大读者的阅读提供文本依据。"

——李建中主编：《中国文学批评史》"后记"

"作为一个学科，'中国文学批评史'则是松散的甚至是名实乖离的，因为在现有的学科体制下，'中国文学批评史'已经不是一个二级学科，她或者归于'文艺学'，或者归于'中国古代文学'，这种'游离'状态反倒赋予了她更多的学术自由和更大的理论空间。这也就是前述种种体例、风格或学术观念的批评史得以纷纷问世且能并行不悖的深层缘由，也是我们这一套'中国文学批评史系列教材'得以出炉的现实原因。"

"这套'中国文学批评史系列教材'，首批推出三种：《中国文学批评史》当然属于'原始表末'式，而《中国文论经典导读》和《文心雕龙导读》，就编撰体例而言属于'尚友古人'式，而解读方式则属于'洪范九畴'式。因而，这套书的广大读者，无论是将之视为教材还是视为学术著述，若能既将三种读本相互参照，又将三种方法交互使用，则可以有意外之收获。"

"《礼记·学记》曰：'学然后知不足，教然后知困。知不足，然后能自反也；知困，然后能自强也。故曰：教学相长也。'作为高校教师，我们的'所知之困'，是如何在自己的教学活动中最有效并最大限度地激发起学生的学术兴趣，使学生成为'善学者'和'善问者'。《礼记·学记》说：'善学者，师逸而功倍，又从而庸之；不善学者，师勤而功半，又从而怨之。'又说：'善问者，如攻坚木，先其易者，后其节目，及其久也，相说以解；不善问者反此。'可见与'善学（问）者'一道，才能真正实现'教学相长'。正是在这个意义上，《礼记·学记》引用《尚书·说命》的话说：'学学半。'第一个'学'字读作'效'，意谓'教'：教别人，自己也能收到一半成效。这是何等有趣味的事情，无怪乎梁启超要说"教师是一种最有趣味的职业"。希望我们这套系列教材在为广大读者提供知识和思想的同时，也能为读者平添几分兴致和趣味。"

——李建中主编：《中国文学批评史》（第二版）"总序"

"就性质而言，本书当为系列教材的纲要或导引；就体例而论，本书既依时序'原始表末'，又择经典'敷理举统'。而系列教材的两种'导读'，既是对中国文论经典的'选文定篇'，更是对中国文论精粹的'释名彰义'。三部书互补互济，相得益彰：读这一部'史'，可以领略中国文学批评的历史流变和理论要义；读另两部'导读'，可以识鉴中国文论经典的思想精华和诗性魅力。"

——李建中主编：《中国文学批评史》（第二版）"后记"

"本教材名称确定为《中国古代文学批评史论》，旨在打破过去或中国古代文学批评史或中国古代文学批评理论的框架与模式，试图以'史论'结合方式综合两者所长，并在两者结合点上构成教材内容更新和教材建设的新思路、新框架和新格局，以凸显课程及教材改革建设的特色和亮点。"

——张利群主编：《中国古代文学批评史论》"后记"

"整个教材中专题的选择，先秦为两个，汉代为两个；魏晋南北朝则是四个，显然与那是一个文学的自觉时代有关；而对于唐宋时期文学理论与批评的大量内容，他只选取了三个专题，其他均放在课后；元代选取了一个；明清时期也是三个。这样的安排确实体现了如淮南自己介绍的'抓大放小''消肿减肥'的教学思路与方法。换句话说，将一些讲不过来、没必要在课堂上讲的内容放在课后，既使得课堂'精干'了，也使得学生'轻松'了，这又何乐而不为呢？"

"而且，我通过仔细阅读，还发现各个专题的选择和讲法上有着一种'互文性'。这样说的意思是，专题之间除了各有侧重外，彼此某种内在的联系，这种内在联系也应该是文化的原因使然。"

"如果说，着重于专题性是《中国文学批评史十六讲》的特色之一的话，那么，在阐释原典的基础上进一步理解原典，可以说是这本教材的又一特色。这说明，原典是需要不断地进行阐释的，而淮南教买进行了这方面的努力。比如，对《毛诗序》中诗乐舞排列次序的重新思考，对意境中禅境内容的相关探讨，对白居易的《长恨歌》《琵琶行》如何消解文学观念中政治情怀的分析，等等，都是有利于把握对象、开阔思路、改进教学的。"

"作为一个从事了几十年教学工作的教师，我也曾经主编过多部教材，也算是了解人们在教材编写上的一些作法，知道不少人往往注重追求教材的系统性、全面性。至于能否做到有自己的见解，是否适合于教学，恐怕未必都去认真思考过，更不用说教学之后的追踪调查了。特别是看到有的教材编写得越来越厚时，我确实有一种莫名其妙的感觉。既然课时有限，图书馆又有那么多的书籍、期刊，为什么不能告诉学生一些思路，而让他们中有兴趣的人在课后进一步去阅读和思考呢？教材写得厚是否就意味着学生能够获得更多的知识呢？这些都是需要大家认真思考的。我以为更重要的是厚积薄发，善于以少总多。特别是要授给学生以'渔'，而不仅仅是'鱼'。"

"我还常想，教育的创新是人们不断谈论的话题，尤其是在大学教育中，创新的话题格外醒目。但是，如何培养学生的创新能力，靠老师照本宣科只能说是越谈越糊涂，甚至有些人的谈论恐怕还会扼杀学生的创新思路。一位大学教师倘没有知识和经验的积累，没有自己对教学内容的新理解，没有在教学方法上的认真思考，很可能是隔靴搔痒的空谈。特别是，受当前商业大潮和不正之风的影响，一些教师不愿意在业务上下功夫、缺乏敬业精神，客观上使得教学质量在某些方面下降了也并非是稀罕的事。由此也就更显示了踏踏实实、埋头于教学的教师的可贵。"

——刘淮南：《中国文学批评史十六讲》"序言"（吴家荣撰）

"确实，如今中文系（文学院）的学生在古代文化和古代文学方面的底子逐渐显得薄弱已经是不争的事实，理论思维能力的欠缺也是明显的。……

于是，我就想，如何采用一种能够把一些基础性的知识交代已当时的感觉是以专题的形式来讲授，并且，在讲述中尽量吸收给学自己当时的感觉是以专题的形式来讲磬且，在讲述中尽量吸收学术界的新成果、新见解，在有些问题上尽量古今联系，中外对比。这样不仅能够开阔大家的视野，而且能够使得相关的知识在联系中更易于把握，更易于理解。虽然这样做将会在备课上花费较多的时间，可是课堂效果还是令人满意的。十几批学生（包括函授生）的课上下来后，我对自己的教学方式基本上是肯定的，多次征求学生的意见，他们也觉得这种讲法不错。"

"在当年备课对，我就思考着这样一个问题：面对历史悠久、内容繁复的"中国文学批评史，仅仅靠几十个课时是根本讲不完的，而且，即使是再增加几十个课时也是不够的，况是不可能增加课时呢？那么，如何处理相关教学内容与教学时数，并且能够产较好的教学效果呢？思考的结果上面已经提到了，就是以专题性取代'通史'性，以重点性取代'系统性'，或者说是抓大放小，'消肿减肥'。其实，这里也涉及对'史'的重新理解。记得有学者说过，政治史是帝王体系，而文学史则是经典体系。既然如此，作为'批评史'课来说，抓住在历史上产生过重大影响的经典文本和经典批评家，将这些内容讲好，也就可以了。如果说，即使是作为帝王体系的政治史也不是每一个帝王都要提到的话，那么，'批评史'更不可能是事无巨细、面面俱到了。西瓜、芝麻一起抓是费力不讨好的。由此，也应该注意到'历史'与'历时'的不同。如果说，历时是过去的时间中所发生的事件及其史料的总和与记录的话，那么，历史则应该是其中产生过重大影响的事件了。所以，将课堂下面的任务放到课堂上，不仅没必要，也不应该。另外，对于文学史和文学理论课程方面的教学来说，回到'原典'本来就是人们多年来的呼声。而面对原典时，又应该考虑到原典的来龙去脉，注意到其产生的原因和对后来的影响，所以，文化背景的介绍和文化意义的阐述同样是不可或缺的。特别是在浮躁的当下社会，引导学生读原典，也是培养他们踏实学风的途径之一。正是因为有了这样的思考，我确定了呈现在大家面前的十六个专题（十六讲）。

就我的做法来说，还需要介绍的就是问题意识的贯穿。在我看来，按部就班地向学生介绍知识是正常的，但是，仅仅平铺直叙地介绍似乎就有些呆板了。所以，如何在问题的引领下激发学生的求知欲，同样是我们教员应该思考的重头。如果说，'文似看山不喜平'的话，那么，这里的'山'就是具体的对象和问题了。为此，在教学中，应该尽量将问题凸显出来，尽量向学生提出问题并共同来回答问题。即使是一下子回答不了、需要存疑的内容，也应将之作为问题摆出来。

虽然从教学思路上来说，我采取了'抓大放小'的方式，但是，除了大与小（以及重与轻）具有的相对性之外，还应该看到大又是离不开小的、是由小构成的。所以，我们也应该鼓励学生对'小'的接触和喜爱，也应该介绍相应的'小'的知识，让他们从'小'做起。这不仅是教学应有的整体性，同时也是知识积累的应该。换句话说，宏观着眼，微观着手，是培养学生应有思维方式的途径之一。为此,我除了课堂教学中对知识点的逐步介绍外,还介绍相关的参考文献,并希望学生多到图书馆、阅览室。而每一讲之后的'进一步阅读'和全书后面所附的'主要参考书目',正是给他们提供的一些指引;同时,这些参考也说明了我备课时的依据。"

——刘淮南:《中国文学批评史十六讲》"后记"

"本书在比较分析郭绍虞、王文生《中国历代文论选》(一卷本),霍松林《古代文论名篇详注》,张少康《中国历代文论精选》,黄霖、蒋凡《中国历代文论选新编》(精选本)的篇目和体例的基础上,借鉴吸收四大名家文论选本的优长,充分考虑高校中国文论教学的实际需要,精选先秦迄近代共44篇元典范文,分别按名篇正文、页下注释、选文题解、作者简介、选文详析、拓展阅读、延伸思考七大体例予以注析,是一本既具有鲜明的元典教学特色,又适合高校教学实际的中国古代文论教材。"

——张金梅等《中国文论名篇注析》"内容简介"

"总之,在建设当代科学的、民族的文论系统时,传统的文论大有用武之地,它们将生生不息地为丰富与发展中国的文论做出贡献。

中国传统的文学理论批评为构建当代具有中国特色的文学理论体系不可或缺,关系重大,而更深层的意义还在于:传统文学理论批评的教学、研习与传播,对于培养并提高青年学子的文学修养,养育真善美的心理和塑造健康向上的人格,对于提高中国文论在国际舞台上的话语权,增强国家的文化软实力与民族自信心,更是意义重大。……"

——黄霖、李春青、李建中主编:《中国文学理论批评史》"绪论"

"一部漫长的中国文学批评史,显示了优秀传统文化的丰富多彩,伟大辉煌。……古代文论的体制采用了文学的样式,无不是一篇篇美文。即使是一句话一个短篇,也像一颗橄榄,含在口中,馨香满嘴,耐人回味。

本书在拟定提纲时,注意增加了小说理论批评的章节。试图通过对魏晋小说观念及明清小说理论的深入论述来展现历史漫长的两种小说观念(史家崇实疾虚与文家爱奇用虚)与两种小说作品并行交互影响的演变过程。以便呈现中国文学批评史的全貌。"

——王汝梅、张羽主编:《中国文学批评史》"前言"

"《中国文学批评史》（插图本）共八章，以时间为序分八个历史时段，以文论家、文论名著名篇为纲，面对历史，欣赏经典，点面结合，以点带面，尽量帮助读者反复品味感悟经典名篇的原汁原味，对传统文化的精髓留下深刻烙印。少写或不写概述简介性的内容。"

——王汝梅、张羽主编：《中国文学批评史》"后记"

"在这种情况下，要学生由点及面，由浅入深，形成对汉语言文学相关知识的完整认识几无可能。即使有大体上的认知，也终因缺乏作品或文本的支撑而显得肤泛不切，不够深入。正是鉴于这种情况，三年前，我们开始在中文系本科教学中实施精读经典作品的课程改革。调整和压缩一些传统课程的课时，保证充足的时间，让学生在大学的前两年集中精力攻读一二十种经典原著。具体做法是选择其中重要的有特色的篇目，逐字逐句地细读，并力求见迩知远，举一反三，然后在三四年级，再及相关领域的史的了解和理论的训练。有些比较抽象艰深的知识和课程被作为选修课，甚至放在研究生阶段让学生修习。我们希望由这种'回到读书'的提倡，养成学生基本的专业教养。有感于脱离作品的叙述一直占据讲坛，而事实是，历史线索的了解和抽象义理的铺排都需要有大量的作品阅读做支撑，没有丰富的阅读经验，很难展开深入有效的学习，学生普遍认同了这样的教改，读书的积极性得到了很大的调动，有的就此形成了明确的专业兴趣与方向。在此基础上，我们进而再引导他们'回到感性'，在经典阅读中丰富对人类情感与生存智慧的体验与把握，最终'回到理性''回到审美'，养成清明完密的思辨能力，以及关心人类精神出路和整体命运的宽广心胸，关注一己情趣陶冶和人格修炼的审美眼光，由此事业成功，人生幸福。我们认为这样的教育理念，庶几比较切近'通识教育'和'全人教育'的本义。"

——杨明：《文心雕龙精读》（第2版）"总序"（陈思和、汪涌豪撰写）

"《文心雕龙》是美文，龙学是显学，讲授者只要投入热情和睿智，就能够激发起青年学子的浓厚兴趣，使《文心雕龙》乃至中国古代文论的思想精华和诗性言说方式，真正进入青年学子的日常生活。"
"我们鼓励并指导学生尝试用各种古典的文体书写当代的文学理论和文学批评，在继承并弘扬古代文论文体自由和诗性言说之传统的基础上，真正创造出青春版的文论，从而赋予'青春版'以三层含义：一是创作主体的青春互动，二是研究对象的当下性与全球性，三是书写方法的典雅与涵泳。"

——李建中、吴中胜主编：《文心雕龙导读》"后记"

"为适应当前教学的实际需要，本书的编写应遵循以下两大原则：一是选篇数量应适合教学课时量，二是体例安排应适合不同专业学生学习。在这两大原则指导下，我们为本书确定了选材篇目和每篇的编写体例。……为便于学，学习者还需注意，'中国文论经典'的学习一定要与'中国文学批评史'的学习结合起来，两者一经一纬，正好组成'中国文论'系列课程的主轴，学好这两门课，是学好'中国文论'的基础。"

——高文强主编：《中国文论名篇导读》"前言"

"本书从《文心雕龙》五十篇中选取三十篇，分为十九个专题进行串讲。点面结合，既联系《文心雕龙》全书对各个具体问题进行细致的剖析，又在先秦汉魏六朝文学批评的历史发展中阐述刘勰文论的来龙去脉、沿革因创，引导学生阅读、掌握刘勰的基本文学思想，并能够在文学批评史学科背景中做出恰当的评述。每个专题后列有三四篇论文作为"扩展阅读"篇目，均是《文心雕龙》研究颇有成绩的学者撰写的，希望读者能对相关专题做进一步的探究。"

——周兴陆：《文心雕龙精读》"前言"

"教学改革既要以坚实的专业理论为基础，又要走出纯理论的象牙塔，注重对未来中小学语文教师实际能力的培养，促进传统学科与现代教育的对接，达成从理论学习向应用能力的转化。教材撰写则应演变史略与理论体系并行，经典研读和实践探究并重。只有立足传统，着眼现在，面向未来，才能构建一个较为科学合理的专业教学新体系。"

"这些教材存在两个基本缺陷，其实这是古代文论教学理念和教学方法陈旧落后的反映。其一，现行教材几乎完全按历史年代发展顺序编排，倾力于对"曾有过什么"进行铺叙和描述，却忽略了本学科基本理论形态应有的内在体系。其二，现行教材几乎纯理论的教学走向，弱化了理论学科应有的应用性能。"

"注意到古代文论教学方法和现行教材的缺陷，力求改变这种状况，我们的教学理念就要有一个重要的更新：以坚实的专业理论为基础，但要走出纯理论的象牙塔，注重对未来语文教师实际能力的培养，促进传统学科与现代教育的对接，达成从理论学习向应用能力的转化。教材撰写则应演变史略与体系阐述并行，经典研读和实践探究并重。强调师范院校本科古代文论教学要联系实际，并不等于说我们轻视这门课程的理论含量。恰恰相反，我们认为，在当代语境下，高等师范院校本科古代文论教学新体系的建立，应当立足于深厚的理论基础，在此基础之上突出对学生实际能力的培养。因此，我们在矫正纯理论教学倾向的同时，也要避免使实践性教学流于简单宽泛的形式化操作。"

"要使高等师范院校的古代文论教学真正走出从理论到理论的怪圈，仅只局限于课堂教学体系的教、学、研、练还远远不够。所以在古代文论教学新体系的构建中，我们又设计了戏曲表演、诗词吟唱、经典研读、原理辩论等范式，并设置了走进中学，开展古代文论研究性学习的后续课程，让学生带着理论学习的所思、所想、所获走进中学，进一步在从理论向实际能力的转化上下功夫。这就展开了一个活的课堂，让中学语文教改的实境激发学生的创造性思维，特别是提高运用古代文论原理来进行古典文学范文教学的能力。"

"不囿于历时与共时的界限，不胶着学术和实用的畛域，而是以纵横交错的态势，注重对学生实际能力的培养，促进传统学科与现代教育的对接，达成从理论学习向应用能力的转化，是当代语境下师范院校本科古代文论教学的一条可行路径。"

"在教学理念上首先要有一个重要更新，把转变重理论轻实践的倾向，培养具有实际能力和创新精神的语文教师，作为本课程教学的基本目标。由此出发，我们在教材中设计了古代文论演变史略、基本体系阐述、经典文本选读和重要论著索引等三个理论板块，最后，通过第四个板块——能力培养系列训练，以促进从理论学习向实际能力的转化。这四个板块构成一个相互衔接的课程教学新体系，旨在循序渐进，有效地实现本课程教学的基本目的。"

"如第二板块'体系阐述'中'文学主体论'一讲分别从'养气''立德''积学''炼识''入世'等五个方面进行归纳，'文学特征论'一讲则分别从'别趣''意象''意境''性格'等四个方面进行概括。古代文论的基本原理被纳入合理的逻辑体系后，再尽可能结合它们发生嬗变的文学环境和文学创作实践阐释其合理内核，实质上已经历了提炼过程，而呈现为比较清晰的理论体系和范畴形态。"

——孙秋克：《中国古代文论新体系教程》

第二章

中国古代文论教学的审视与反思

从首章教材论析来看,中国古代文论课程在民国时期便进入快速发展阶段。新中国成立后,它在高校汉语言文学专业高年级纷纷开设,在人才培养中发挥了重要作用。尤其是近30年,随着课程体系、教学大纲以及学生群体、教学方式、接受特点的多元变化,古代文论教什么、如何教一度成为众多一线教师共同关注的话题,这从此课程教学学术研究成果的日趋增多便可见一斑①。在教学生态环境发生巨大变化的今天,我们需要全方位审视和反思此课程之教学,为新时期寻求课程教学改革提供思路和参照。

第一节 改革开放 40 年来高校古代文论教学研究述评

《中国古代文论》(又名《中国文学批评史》)在当前高校中属于汉语言文学的一门必修专业课。鉴于其学科特点及各高校课程安排,通常在修完文学理论、中国文学史、美学甚至古代汉语等课程之后的大三高年级开设。虽然从现有学科划分和归属上它基本上属于"文艺学"下面的分支,但因此课程需跨越时空、大量研习古代的文言篇章等特殊性,在高校中文系诸多同类课程中,其教学成效甚至不及文学原理、中国古代文学。这引起了全国很多高校同行的反思,近十年来随着各高校对教改项目的扶持力度加大,关于此门课程的教改已提上日程。截至 2019 年 3 月,据笔者初步搜索,在中国知网上共涌现出 30 篇左右的相关文章,虽角度多元且无多大重复,但整体质量和水平并不高,与其密切相关、具有相通性的古代文学百余篇教研文章相比,显然受文论界众多学者

---

① 参见邓心强:《近 30 年古代文论教学研究述评》,载《西南交通大学学报》2015 年第 3 期。

的普遍重视还很不够。作为同样一门内容丰富、体系庞杂的博大精深之学科，其教学研究还有很大的空间。这里笔者拟结合多年教学实践和点滴思考，就当前古代文论教学的相关研究路数、范式与成就做一梳理和回顾，以期在总结和分析中进一步发现问题，寻求对策，开拓新的研究空间，同时为此课程教学提供新的参照。

一、对学科与课程的认识及当前教学中存在不足的分析

古代文论学科自建立近百年来，在各高校得到迅速发展。世纪之交前后，各种总结性著作一波接一波。学界对其反思主要着眼于研究领域，其教学中存在的不足还有待于进一步探索。

1. 对学科特征的认识、对课程特点的总结

古代文论学科自 1920 年代诞生以来近百年历程中，它具有怎样的性质和特征？在高校教学中如何把握和因材施教？众多同仁进行过总结，观点较具启发性。

于光荣认为，此课程在整个中文系的课程设置体系中是一门较难课程。将其比喻为世界上最高的"珠穆朗玛山峰"和深邃无比的"太平洋海沟"，他总结此课教学特征为：枯燥乏味、板书量大、时间有限，并进行了相应分析。[1] 刘雪燕指出，由于古代文论是我国古人在古代历史条件下对于文学问题的思考和探讨，在思维模式和理论形态上都不易为现代思想、现代意识影响下的大学生所接受；加之古代文论课程理论性较强，教师孤立地讲授同样不会引起学生太大的兴趣，就更谈不上对中国古代文论的继承和发展了。[2] 司宁达分析了此门课程的特殊性：内容杂；与美学杂糅；用文言文传达。而当前大学生普遍对文言文有畏难情绪，这必然影响到此课程在大学课堂上的接受和传播。[3] 刘玲指出，古代文论课在高校不仅难教也难学，其难点主要存在于三个层面，分别是语言关的问题，古典文化关的问题，学科背景知识的问题。她围绕这三点谈

---

[1] 于光荣：《让多媒体技术走进"中国古代文论"课堂》，载《邵阳学院学报》2008 年第 S1 期。
[2] 刘雪燕：《发挥现代多媒体技术在古代文论教学中的优势》，载《电影评介》2008 年第 20 期。
[3] 司宁达：《中国古代文论教学存在的问题透视》，载《南阳师范学院学报》2010 年第 2 期。

了些可资借鉴的意见与看法。① 此外，其余同仁在各自篇章中都程度不一地论及古代文论课程的特点及在大学教学中的特殊之处。

2. 对学科教学中存在问题的分析

司宁达在《中国古代文论教学存在的问题透视》中专门分析了此门课程教学中普遍存在的三大问题：重视元典不够、史料脱节、教学手段和方式陈旧，缺乏特色和创意。并相应地从研习元典、以论带史、运用多媒体三个方面提出了改进建议。② 齐海英则指出，中国古代文论课程因其与现代接受者文化背景差异及时空间隔久远而产生现代研习上的困惑与障碍，影响了接受者的学习效果。接受障碍具体表现为三个方面：古代语言文字的阅读理解障碍；历史文化语境的隔阂；相关文学创作实践的认知与理解缺失等。③ 孙秋克教授指出当前很多教材存在两个基本缺陷，这是古代文论教学理念和教学方法陈旧落后的反映。其一，现行教材几乎完全按历史年代发展顺序编排，倾力于对"曾有过什么"进行铺叙和描述，却忽略了本学科基本理论形态应有的内在体系。其二，现行教材几乎体现纯理论的教学走向，弱化了理论学科应有的应用性能。④ 其余同仁也在各自文章中分析过当前高校古代文论教学中普遍存在的问题，大体说来有如下几个方面：一是文论史和作品选所讲比例和侧重点把握不当，多数意见倾向于以论带史，以直面批评篇章，采用讲解为主的方式，更有利于学生专业学习和知识掌握。二是在课时太紧时对三千余年多个阶段文论的重心把握不准，草草上到南北朝就结束了，隋唐以后改变无法涉及，不利于学生知识体系的建构和知识结构的完善。三是整体而言，多数教师采用的还是传统单一的讲授法，教师一言堂、满堂灌，教学模式单一，方法陈旧，不利于学生文论兴趣的激发。四是文论教学从理论到理论，显得抽象和枯燥，缺乏现实关怀，未能很好地突显其应用价值。所存问题多来自教学实践，具有很强的针对性，宜引起同仁们重视。

---

① 刘玲：《面向元典，基础知识与实践能力相结合——古代文论教学方法探新》，载《南宁师范高等专科学校学报》2007年第3期。
② 司宁达：《中国古代文论教学存在的问题透视》，载《南阳师范学院学报》2010年第2期。
③ 齐海英：《中国古代文论课程接受效果优化论》，载《高教论坛》2010年第1期。
④ 孙秋克：《论高等师范院校本科古代文论课程的教学改革》，载《昆明师范高等专科学校学报》2007年第3期。

二、对教材编写及教材体系的研究

古代文论学科自诞生近百年来,先后涌现出郭绍虞、陈钟凡、罗根泽、侯敏泽、王运熙、郁沅、李建中、李春青、袁济喜、党圣元、赖力行、朱志荣、陈洪、张利群等不同学者编著或主编的教材约80种之多。作为教师执教的依托和学生学习的蓝本,教材是一门课程教材体系的承载和体现。学界转换角度对古代文论的教材编写和教学体系进行了总结。

黄毅全面总结了新时期古代文论教材的编写成就与得失。① 在1980年代以来的约30年时间里教材编写呈现出不同的学术思想与体例特点。首先就前者而言,从一种比较僵化的思想走向文化诗学的思想;其次,后者也发生了较大的变化:由单一的一种"史"的模式分化为三种模式,或侧重"史",或侧重"论",或侧重"料",即古代文论原典。并且,三种模式都有一种再走向综合的趋向;第三,古代文论教材的针对性日益增强,并走向人性化。表现在教材编写因使用对象(本科还是研究生,师范生还是其他)的不同,而有所侧重,并且在凝练便捷、价格实惠方面有所考虑。作者将具体的代表性教材置于史的演进中对比和钩沉,就夏传才、王思琨、吴枝培、陈良运等学者教材著作的体例和特点进行了详细的分析和比较,指出当下教材为满足不同类型学生的需求,开始出现"史""论"与"料"三者的融合。

也有学人鉴于当前教材重史轻论、太厚不利于老师教学和本科生接受,探索在自己的教学中编出"要点+正文"模式、厚薄适宜、便于配套适应多媒体教学的教学材料。② 孙秋克则指出,当前古代文论教材撰写则应演变史略与理论体系并行,经典研读和实践探究并重。只有立足传统,着眼现在,面向未来,才能构建一个较为科学合理的专业教学新体系。③ 为弥补现行文论教材的缺陷,作者指出教学理念应更新为:以坚实的专业理论为基础,要走出纯理论的象牙塔,注重对未来语文教师(主要针对师范生)实际能力的培养,促进传统学科与现代教育的对接,达成从理论学习向应用能力的转化。她还指出,当前高等师范院校的古代文论教学真正走出从理论到理论的怪圈,仅只局限于课堂教学

---

① 黄毅:《新时期古代文论教材的编写与出版》,载《昆明学院学报》2008年第3期。
② 于光荣:《让多媒体技术走进"中国古代文论"课堂》,载《邵阳学院学报》2008年第S1期。
③ 孙秋克:《论高等师范院校本科古代文论课程的教学改革》,载《昆明师专学报》2007年第3期。

体系的教、学、研、练还远远不够。因而在多年教学实践和经验的基础上，她设计出了戏曲表演、诗词吟唱、经典研读、原理辩论等范式，并设置了"走进中学"等板块，开展古代文论研究性学习的后续课程，让学生带着理论学习的所思、所想、所获走进中学，进一步在从理论向实际能力的转化上下功夫。为此，她在教材中设计了古代文论演变史略、基本体系阐述、经典文本选读和重要论著索引等多个理论板块，最后通过第四个板块——能力培养系列训练，以促进从理论学习向实际能力的转化。这四个板块构成一个相互衔接的课程教学新体系，旨在循序渐进，有效地实现古代文论课程教学的基本目的。

中国社科院党圣元先生主编有《中国古代文论读本》，在序言①中结合古代文论发展史以开阔的视野，详细回顾了选本作为高校教材的优势和存在的问题，他指出：

> 既有的形式单一化的文论选教学模式，已经不能很好地适应当下高校文学院古代文论课程的教学需要，由此有必要根据当下高校中文系本科、研究生教学出现的新特点，以及结合近年来古代文论研究在学术理念、方法方面出现的新特点，增强创新意识，重新思考、探索中国古代文论选的编撰理念与方式，从而为古代文论教学、研究提供一个具有学术创新性的、超越以往的"文论选"范式的"读本范式"。同时，我们也应该努力尝试提供一种"读本范式"的别样的批评史言说、书写类型。

其读本试图以范式来实现"文论选"编著和教学模式方面的创新理念，通过点线面结合的方式，力求在充分的"国学"和"大文论"视野中来了解、认识传统文论，还原"大文论"特点生成及理论风貌。作者据此详细交代了编选文论选本作为教材的初衷与设想。同时，他还在序言中以民国时期清华大学中文系的课程设置为例，回顾和分析了清华早期教学"整个中国文学教学的思路是非常清楚的，就是重视对中国文学各体作品的研读和对文体流变的梳理，而对纯粹的文学理论问题并无太多的注意，相比之下，似乎更注重具体的文学批评。"而郭绍虞和朱自清讲课格外"注重新旧文学贯通与中外文学融合的课程设置，正体现了对民族传统文化的系统化创新姿态。"② 他们注意用新方法研究文

---

① 此序言已发表，见党圣元：《选本与中国古代文论教学——从古代文论读本编纂谈起》，载《人文杂志》2017年第11期。
② 党圣元：《选本与中国古代文论教学——从古代文论读本编纂谈起》，载《人文杂志》2017年第11期。

学的内容，重视对文字基本功与国学典籍的教学，这些理念都融入他们的教材编写和学术研究中去了。党先生总结民国时期古文论的教材编写，也给了我们极大的启发。

再者，刘淮南认为当前 30 多节的教学容量太有限，在回顾了国内先后产生的多种教材后指出现有教材太注重系统性，模式固化，以"通史性"见长，而缺乏向"专题性"的转变①。认为此前很多教材从篇幅容量到体例设计都已不适合当前大学的实际教学，与变化着的《中国文学批评史》课程方案及设置明显不适应。基于此，他编写《中国文学批评史十六讲》，本着"抓大放小""消肥减肿"的理念和原则，从先秦到明清选取了近二十个篇章成为"十六讲"。这是新时期在比较、参照和具体实践后对古代文论教材编写颇有想法的典型案例，为今后推进古代文论课程教学改革提供了全新的思路。

三、对教学理念、模式和方法的具体探讨

教学模式是执教者为完成教学目标和任务，而在一种相对稳定的教学活动中形成的、具有套路规范和整体特征的教学特点。

李建中先后撰文两篇谈自己的课程教学经验，形成其文论教学的基本模式与思考②。这一模式有三个基本特点：

其一，力图古今结合，通过挖掘文论家的文化精神、人格诉求与批判精神，来体现课程教学的当代视野。他认为，"中国古代文论"这门课程的人格诉求分别指向两个维度：古代与当下。就"古代"而言，是要指出文论家人格与文学理论之间的内在关联，从而"知人论世"地揭示出古代文论的真谛；就"当代"而言，则是要从古代文论家的人格生成及其风貌中获取现代启示，从而为学生的人格塑造提供传统文化和文学理论的思想资源。并且，传统文论出自文论家的生命体验，是其个体人格的自然流露，其中所蕴藉的文化精神，不仅可以应对我们这个时代的文学理论问题，还可以治疗当下文学艺术创作中的种种病症。

其二，作者在阐释批评史上的文论经典时，经常有意识地援引学生所熟悉

---

① 刘淮南：《从"通史性"到"专题性"——"中国文学批评史"教学改革尝试谈》，载《黑龙江社会科学》2013 年第 5 期。
② 参见李建中：《古代文论教学的当代视野》，载《中国大学教学》2009 年第 5 期；李建中、吴作奎：《借石攻玉，依经立论——中国古代文论教学方法新探》，载《郧阳师范高等专科学校学报》2008 年第 2 期。

的当代文艺创作中的例子,并体现出"依经立论"的一贯教学模式,实现古今对话,在充分激活传统资源的同时,又有助于加深对传统文论的深入理解。如讲解李渔"立主脑"理论时,以张艺谋早期电影为例,分析其"主脑"极为分明,体现出的主要人物和事件可概括为"三个一":一意,一人,一事。后期电影的失败在于丢掉体现主脑的"三个一"而偷换成为"三个大":大明星、大制作、大色彩。这种对经典理论的背弃,直接导致后期电影如《英雄》的"意"、《十面埋伏》的"事"和《满城尽带黄金甲》的"人"都是有严重缺陷的。

其三,借石攻玉,即教学中引入西方文论的观念和方法来分析中国本土的文学和文学理论问题,进行中西文论的对话。如以阿德诺的自卑心理学的观念和方法来分析司马迁的"发愤著书"说,让学生更深刻地认识了司马迁的创作心理和创作动机,从而实现了中西文论的对话。

贺根民指出,古代文论教学应据学生层次和专业归属的不同,采取适当的取舍策略,他从教学内容、教学方法等方面分析了具体的取舍途径。① 比如在教学中适当增加关于文论家文人心态和人格精神的介绍与分析。作者指出:"在现行的几种古代文论教材中,吸取它们按朝代叙述的惯例,适时添加文人心态和人格精神的成分。……文论文本便是古人精神人格与心态境遇的真实记录。"其次,应增加二、三线文论家论文的零散语句,对非专文专书的只言片语式文论思想也应适当参照,予以补充。"对作家在文学创作中体现出的潜隐式的文论思想,也应关注,此谓之'取'。而像文论原典的字句梳理、篇章大意、文本欣赏方面的内容,我们可以少讲或略而不谈,因为中国古代文学的课堂教学已为此打下了基础;历朝的政治制度和时代背景,我们也不用着墨太多,因为那是文化史所关注的内容,虽提倡学科交叉,但在十分有限的教学时间内不宜在'外缘'逗留太久,合理编排教学内容,也意味着我们要对所选教材的批评文类进行适量的删改。"② 如传统诗文评部分可不讲,把时间精力留给小说和戏曲批评,此谓之"舍"。教师对教学内容、方法的取舍,实则贯穿着一种独特的教学理念和模式。此外作者还指出,要在教学中结合当下语境弘扬审美精神,要把文论置于多元语境中进行综合考察。

---

① 贺根民:《刍议古代文论教学的取舍策略》,载《廊坊师范学院学报》2008 年第 6 期。
② 此处二段引语,见贺根民:《古代文论教学的复眼透视观发微》,载《教育文化论坛》2011 年第 3 期。

柳倩月指出，在古代文论教学中要挖掘古代文艺理论典籍中的文化内涵，展示出传统文化特色和魅力。毕竟文论典籍产生于不同朝代的文化土壤之中，离不开传统的孕育和滋养。因此，在教学中要充分结合传统的儒、释、道文化，来观照古代文论的范畴、术语、命题等思想。① 司宁达针对当前文论课教学存在的不足，建议从三个方面展开：一是以原典为蓝本和依托，研读文论作品，打下坚实基础；二是以论带史，史论结合；三是改进教学手段和方式，形成填鸭式向启发式教学的转变。②

齐海英鉴于古代文论在学生接受中广泛存在的障碍，采取如下教学策略从而形成先后"三部曲"，建构起独特的教学模式：先进行重点理论文字资料的采择，让学习者课下独立预习；接着课堂介绍和分析理论生成的文化背景；最后才是重点作家的了解与作品的体验性研读等。这些具体措施的实施使学生的接受得以不断优化。③

为吸引学生注意力，激发其学习兴趣，切实保证课程教学效果，李宜蓬提出如下较灵活的教学方法可资借鉴：一是强化问题意识，通过不断的设置问题启发学生思考。二是加强师生交往，从而为解决问题扩展思考范围提供更多的可能性。要相信学生具备的知识总量远远超过单一教师，因此在设置问题的时候，既要预设答案，又要不为答案所局限，保持开放性的态度，这样才能使学生畅所欲言，在精神自由和思维活跃的状态下，学生会提出很多富有启发性的想法。同时也允许学生就学习过程中发现的问题随时向老师提问，通过大家的共同交流来求得知识、丰富思考。三是通过多媒体等现代化的教学手段，为学生展现更为丰富的教学材料，将文学、文论的相关内容尽量多地呈现出来，从而充实古代文论的课程内容，拓展学生的知识范围。

为培养学生良好的感悟能力和逻辑思维能力，刘玲设计的古代文论课程教学模式可分为三步走④：

> 第一，启动以读、翻译、背诵为基本功的训练工程，形成"字词梳理——翻译理解——文论思想"的路线和格局；

---

① 柳倩月：《高校古代文论教学的传统文化视野》，载《中国成人教育》2005年第2期。
② 司宁达：《中国古代文论教学存在的问题透视》，载《南阳师范学院学报》2010年第2期。
③ 齐海英：《中国古代文论课程接受效果优化论》，载《高教论坛》2010年第1期。
④ 刘玲：《面向元典、基础知识与实践能力相结合——古代文论教学方法探新》，载《南宁师范高等专科学校学报》2007年第3期。

第二，以论为主，以论带史；

第三，加强学科知识的背景学习。

此教学模式注重文本和史论的分析。王瑞云则指出，古代文论教学应在内容上注意系统性、前沿性；方法上注重教学设计，提倡作业式、提问式、实践式教学，鼓励学生自主学习；在教学中注意讲授治学方法，加强写作训练。① 为此，她认为首先应在教学中增强古文论的现代化色彩。在教学中，立足于时代的制高点，结合现代人的思想文化分析评价该命题的进步与局限，以及对当前文学发展和文化建构的价值与作用。即通过古今、中外文学思潮的比较，采用全景式视角，在学以致用中强化对古文论命题的现代化认识。其次，多吸收学术前沿的最新信息并在课堂上及时介绍。在较新科研成果中，包含着很多新颖的见解。在教学过程中，介绍新著作、新观点，增强学生的求知欲，引导学生自主地查阅文献，及时了解最前沿的学术信息。通过对提问式、作业式、实践式教学的综合运用，引导学生有目的系统学习，这才是对追问、怀疑的求知态度与学以致用的动手能力的培养。

贺根民教授曾发表过多篇古代文论课程研究的文章，在实践中对此有较深入的思考。2015年后他指出："博观约取、点面结合，古代文论课教学是一项系统工程。应对学科教学改革的需要，我们有必要调整课程设计目标，发扬课堂教学的点面思维。以专题性讲授、开设选修课取代陈陈相因、均衡有力的通史性的知识灌输；以重点讲授取代全面梳理，抓大放小，注重课堂讲授与课外自学的结合。构筑优化古代文论教学的长效机制，形成点的深入和面的拓展的有效对接，从而让古拙的文论典籍在大学课堂内焕发鲜活如新的理论生命。"② 在抓大放小、专题性教学方面，他与刘淮南等学者观点不谋而合，并已在业界得到了多数一线教师的认同和采纳。他在撰文中还指出，讲授古代文论要充分考虑如下几点：要与文学作品相结合、关注当下生活、还原文化语境、通过点线面的贯通形成整体视野、阐发文论的当下价值和意义，这些都是新时期该门课程教学理念、方法的探索，带给众多一线教师很大启发。

刘淮南教授以专题方式来执掌该门课程学习，在几轮教学后撰成《中国文学批评史十六讲》。他指出："我就想，如何采用一种既能够把一些基础性的知

---

① 王瑞云、彭友舜：《中国古代文论教学改革浅探》，载《科学大众》2007年第10期。
② 贺根民：《高校"中国古代文论"教学的点面思维断论》，载《北京教育学院学报》2015年第3期。

识交代给学生、又显得生动活泼的教学方式,从而很好地完成教学任务呢?思考的结果是以令题的形式来讲授,并且,在讲述中尽量吸收学术界的新成果、新见解,在有些问题上尽量古今联系、中外对比。即使是一些一下子说明不了的地方,将问题提出来,留给大家进一步思考,也是有益的。这样的做法,不仅能够开阔大家的视野,而且使得相关的知识在联系中更易于把握,更易于理解。虽然这样做将会在备课上花费较多的时间,可是教学效果还是令人满意的。"[1] 段宗社还就问题意识、聆听古人来从事教学进行了深入思考:

> 应在"中国古代文论"教学中提倡由教科书之"体系意识"向"后教科书"之"问题意识"的转向。这一转向意味着,该学科建设及教学思路不以纠正以往教科书的问题并重构教科书体系为重点,而是把教科书作为某种退入背景的理论框架,从文学活动和哲学思潮中提问题,并聆听古人的回答,从而使古代的问题和观点真正参与现代思致,使古代文论的当代价值得以激活。这一转向的重点其实并不在于要不要教科书或选择什么样的教科书,而在于转换一种全新的教学理念,建立一种不依赖教科书体系的、灵动的、带有当代性问题关注的教学思路。[2]

通观百年来中国古代文论学科之发展,教学思路与方法上的觉醒应是近几年的事情[3]。其论析体现了学者试图改变古代文论课程教学的清醒意识。这种探索均给人耳目一新之感。

汪国林指出在高年级"开设中国文学批评史课程,理应有较好的教学效果。然而,实际情况却不容乐观,甚至陷入颇为尴尬的境地,即学生普遍反映消极,认为没有多少现代价值。同时,由于课程理论性较强,内容比较艰深抽象,学生甚是敬畏,纷纷敬而远之,'批评史'变成'批评死'。"于是,他针对教学中出现的问题,认为要转变教学原则以适应不断变化的时代需要,以便更好地提高教学效果。他倡导一种元典教学,提出要对各个时间段内批评元典有深入体认,教学中要精选批评元典,精读、研习,"一切从批评元典出发,去发现问

---

[1] 刘淮南:《从"通史性"到"专题性"——"中国文学批评史"教学改革尝试谈》,载《黑龙江社会科学》2013年第5期。

[2] 段宗社:《"问题意识"与"中国古代文论"教学》,载《安康学院学报》2014年第6期。

[3] 从笔者多年搜查、研读古代文论资料来看,2008年前有意识地研究古代文论教学的材料并不多,主要有蔡镇楚在独著的《中国文学批评史》"绪论"及部分教材、专著的序言。参见本书第一章的"附录"部分。

题、分析问题，吸取古人思想精华。""要对批评元典进行现代阐释，揭示其当下价值与意义，让学生觉得它不是故纸堆，而是潜力股。"① 并且，他就批评元典的现代阐释（文本阐释、古今对话、参与当下创作和人文涵养等）做出了富有启发性的思考。近年来，国内呼吁对古代文论课程进行元典教学的学者还不少。②

陕西师大段宗社博士也是对注重教材体系性、知识覆盖全面性、讲授阶段完整性的一种反思和解构。他倡导"以问题统辖文本、在问题中理解文本、以问题贯穿文本、进而理解古人阐述相关问题的特殊维度，由此呈现中国古代文论特殊性和基本线索。"③ "问题意识"的切入有助于教学模式的全方位转换，他主张以"向古人提问"的方式来组织课堂教学，也值得当前课改中采纳和应用。

以上不同观点对探索全新的文论课程教学模式，寻找最佳最适合的教学方法，以提升学生学习的积极性，增强课堂教学效果发挥了重要作用，给了读者很多思考和启迪。

四、对优化课程教学的其余思考

学界除对古代文论课程的教学特点、不足、模式、方法专门探讨外，还从教学所涉及的各个要素与环节方面做出思考。约略说来有如下数端。

其一，如何激活文论资源运用于教学之中的探讨。

有少数学者充分认识到古代文论的现实价值并作出过积极探索。如钟一鸣指出当今人们形成创新崇拜，陷入单一的变革、革命之中而不知通变一体，他主张当前教学中应对古代资源精华求通，在延续和继承中推陈出新。因此，古代文论对作家、作品分析评论的诸多思想方法，于我们今天仍然富有启发性，把它运用到"大学语文"教学中去，不失为一种有效的教改手段。作者分析了古代大量论述，认为当前大学语文教学可从直觉感悟、诵读体味、分析品鉴，

---

① 此处二段引语，均见汪国林：《中国文学批评史教学原则新探——以批评元典与现代阐释及文化背景为考察中心》，载《教育与教学研究》2014年第4期。
② 典型如张金梅等人所编著的《中国文论名篇注析》（人民出版社2016年版）"绪论"；复旦大学推出大学精读系列教材，基于课程教学而编写，在丛书"总序"中有详细设想和深入思考。读者可参考。
③ 段宗社：《"问题意识"与"中国古代文论"教学》，载《安康学院学报》2014年第6期。

指导阅读等方面向传统文论寻求资源。① 前面评述的诸多篇章也在这一方面做出过有益探索。

其二，对多媒体技术在课堂教学中的引介与运用。

在信息时代多媒体技术使用极为普遍，并对高校多种课程教学产生了深远影响。部分学者鉴于古代文论课程的理论性过强、抽象枯燥的特征，试图引进多媒体技术来改善教学。如于光荣对引进多媒体技术来教学古代文论做出了充分的尝试，在自行编写出配套的教案资料后，精心搜集素材，制作PPT，他结合教学实践，详细谈到了课件制作的途径与技巧。指出以多媒体进行课程教学有五大优势：由抽象变为直观；使课堂由枯燥走向生动；便于学生记笔记；有助于扩大学生知识面；可有效激发学习兴趣。此外，刘雪燕也从"提纲挈领与理清脉络、画龙点睛与生动形象、旁征博引与融会贯通"三个方面，专门分析了使用多媒体技术来教学此课程的优势。

其三，对古代文论课程教学原则的分析。

鉴于古代文学理论产生、发展历程中，先天性地与传统文史哲有着不可分割的密切关联。高林广撰文指出，古代文论教学应当体现三大原则：史论结合、文论结合、古今结合。② 具体说来，教学中应以史为纲，以论为魂，史论结合，有助于客观分析文学遗产的现实价值；其次，对理论辅以抽象的作品进行分析和探讨，可以避免"以古证古""以古注古"的模式所带来的消极影响，从而促进教学的直观性；再者，古为今用，理论联系实际，或许能使对古代文学现象和文学作品的阐释和说明更为科学和合理。汪超对略显枯燥而深奥的古代文论课程，提出在具体教学中可遵循五大原则：文、论结合，突出古代文论的丰富性；知人论世，强化古代文论的传统性；点线贯通，梳理古代文论的条理性；重视研究，确立古代文论的学术性；横纵观照，构建古代文论的当代性。③ 并举例分析了具体操作，极有启发性，兹不赘述。

汪国林博士就课程优化探讨和分析了四种原则，"还原批评元典为文学元典""把批评元典纳入文化的视野""实现中西文论的平等对话""对传统文论元典进行合理有限的现代转化并参与现代文论体系建设、服务于当下文学创作、

---

① 钟一鸣、孙旋：《古今通变，古为今用——论古代文论思想方法在大学语文教学中的继承》，载《海南师范大学学报》2009年第3期。
② 高林广：《不述先哲之诰 无益后生之虑——古代文论基本教学原则之我见》，载《内蒙古师范大学学报》2003年第4期。
③ 汪超：《中国古代文论教学的探讨与思考》，载《安庆师范学院学报》2011年第1期。

丰富人们的人文涵养"。① 这也是任课教师备课、讲解中需要引起关注的重要方面，亦给了教学同仁们极大启发。

其四，对古代文论课程的教学目标、教学重点及优化措施的思考。

李宜蓬对课程教学效果的优化提出独到的看法。② 他指出古代文论课程的教学目标由低到高应该包括三个层次：一是介绍古代文论的代表作家作品、重要命题、基本理论和核心概念，使学生对于古代文论的基本面貌和历史演变有所了解；二是打通古代文学与古代文论的关系，能够运用所学古代文论知识来分析古代文学，运用所学古代文学知识来验证古代文论，实现二者互动和对话；三是培养学生具有融汇中西文论的眼光，在教学过程中用中国文论去丰富和发展文学概论的理论体系，并且注意与西方文论参考印证，在比较中彰显中国古代文论的价值。三者结合使古代文论课程成为一个多学科知识的交流平台，多层次思考的训练平台。作者还认为，当前学生普遍缺乏对于古代文论的基本了解，可采取以对古代文论原典的解读和阐释作为根本，而辅之以对文论史面貌与线索的描述为辅的教学内容和教学方式。在教学过程，可选取最重要、最有价值、亦最具生命力的古代文论的命题、范畴以及经典著作作为教学重点。

李宜蓬指出，在教学过程中应立足于对古代文论名篇及专书的解读———训释核心字词，发掘文本的微言大义，从而为考察古代文论的命题及范畴的演变奠定基础；同时也要阐释古代文论的内涵、价值及其历史发展，揭示古代文论演变线索。这不仅是呈现古代文论的内涵及生成演变逻辑，而且也是对学生进行良好的示范。比如关于"诗言志"，首先要从甲骨文和《说文解字》入手，阐释"诗"与"志"的本义；其次要根据先秦的文化特点，论述"志"的历史内涵；再次，介绍"诗言志"理论的历史地位，并与《毛诗序》的"吟咏情性"和《文赋》的"诗缘情"进行比较分析；最后介绍"诗言志"理论的中国特色和未来发展潜力。

为了在教学过程中，促使学生具有可持续发展的潜力，作者还指出应该采取以下措施来教学：一是介绍学科发展的历史和现状，使学生了解学科发展历史、古代文论研究名家以及当代高校古代文论研究重镇的学科建设情况，这样就为古代文论知识与当代阐释之间架起了桥梁。二是引入学术研究成果，深化

---

① 汪国林:《中国文学批评史教学原则新探———以批评史元典与现代阐释及文化背景为考察中心》，载《教育与教学研究》2014 年第 4 期。
② 李宜蓬、高岩、姜广振:《中国古代文论课程教学改革的实践与思考》，载《绥化学院学报》2009 年第 5 期。

学术内涵。只有不断地引入有分量有价值的学术成果，才能使学生对古代文论的了解趋于深入。三是开设针对不同层次的不同需求的参考书目，以便于满足学生课外学习的需要。四是布置专题论文，加强论文写作指导，要求学生就某一文论命题进行深入阐释，锻炼学生搜集组织材料、思考辨析问题以及驾驭语言的能力。只有通过从课程论文到毕业论文的逐级训练，才可能使学生的思维能力、表达能力获得不断地提高。显然，这种思考更加关注课程教学的实际成效，具有较强的可操作性。

此外，众多学者还就古代文论在高校普遍压缩课时后如何处理和对待、怎样提升新生代本科生的学习兴趣等，做出了多元的思考和有益的探索①，兹不逐一赘述。

五、当前古代文论教学研究中存在的问题分析

虽然古代文论课程相比古代文学和文学原理等，在汉语言专业课程设置中处于相对边缘的位置（比如有的学校设为限选课而非必修课；有的课时由48节压缩为32节；有的无对口的专门教师，多由古代文学老师打打"擦边球"顺带担任），但改革开放40年来，还是有学人结合各自教学实践和研究所得，断断续续地就其教学做过多方面思考，取得了一定成绩，无论是相关教材的编写修订，还是教学模式的更新变化、教学方法的改进，都极大地推动了其在高校的传播和接受。然而，依笔者浅见，当前古代文论教学的研究中尚存在如下四大问题，值得引起同仁注意，以便在教学中进一步改进，从而推动此课程教学的效果，提升教学研究成果的质量、档次与品位。

（一）课程讲授中，对古代文学理论与具体创作之间的紧密关联关注和阐发不够

从现有教学成果和诸多教师实施来看，在内容庞杂、课时极紧的情况下，许多老师唯理论是讲，使课堂沉浸在较为抽象和枯燥的文论盘点甚至是灌输之中，来不及或无意识将文论和创作实践相结合，加深学生对理论的理解。詹福瑞、党圣元等大批学者早就认识到并提出过，古代文论中很多范畴、术语、命

---

① 相关文章参见：朱宏胜《中国文学批评历史教学》，载《职业教育》2013年第12期（下）；汪国林：《中国文学批评史教学原则新探——以批评史元典与现代阐释及文化背景为考察中心》，载《教育与教学研究》2014年第4期；刘淮南：《从"通史性"到"专题性"——"中国文学批评史"教学改革尝试谈》，载《黑龙江社会科学》2013年第5期。

题乃至思想观点都是建立在深厚的文学土壤基础之上的，和创作有着千丝万缕的密切联系，古人提出关于文学的看法、讲解很多是随同评论具体作家作品而出场的。因此，这就要求主讲教师要对古代文学史极为熟悉，并且课堂教学中切实贯彻"文"（创作实践）与"论"（文学理论）结合的教学理念。

（二）教学中对古代文论蕴藏的人文意蕴挖掘不够，未能从人文精神角度研究文论家及其批评作品

文学是人学，文论便是人论，即中国古代文论关乎人的思想情感、价值追求、人生境界、审美心理和气度情怀，在亦论亦文、诗思兼美的传统社会，很多批评作品写得美轮美奂，具有很强的艺术性，是身兼诗人作家的批评家们寄托情怀和心灵的载体。无论是文本的诗学内涵还是外在形式，都承载并显示出创作主体浓郁的人文精神。比如孔子四处颠簸为寻道奔波不息的执着，庄子看淡名利寻求虚静逍遥的超脱，屈原忠贞爱国九死未悔的追求，司马迁遭受宫刑隐忍苟活发愤著书的坚持，王充反对强大谶纬迷信学说的斗士精神，王逸不顾陈言旧论依然拨云见日还原屈骚真相的学者良知，曹丕广泛交友纵横捭阖纵览全局为文坛树立法则的大将情怀，刘勰辗转儒道佛三界看透红尘独辟蹊径精心雕龙的以求立言不朽的文人情怀……从先秦至明清三千多年，一部中国文论的形成史与发展史，实则是一部文人展现观念、追求和价值的心灵史，是一部彰显批评家对文学价值、意义、功用进行思索和探求的人文史。而从当前约 30 篇研究古代文论课程教学的文章来看，尚无人深入和全面涉及。我们认为这方面还有极大的研究空间①。

（三）当前教学中密切关注现实，督促学生结合中国当下文学、文艺现状进行思索的力度还不够，古为今用的教学理念贯彻还不彻底

虽有李建中等人在教学中依经立论，结合当下案例，彰显课程的当代视野②，但就全国而言目前做得还很不够。笔者认为，任何从事"古代"有关领域（如古代文学、古代哲学、古代历史、古代宗教等）的研究，都不能也不该只是"就古论古"，似进入古代博物馆带领学生去观赏祖宗留下的各种"宝贝儿"，不能只是在抚摸中认知，而应在把玩中传承，弘扬其古今一理的人文价值，发挥它至今对当前文学和文化有救弊功效的文学规律之作用。因此，古代

---

① 在学术研究领地，有何懿《〈文心雕龙〉：陶冶情灵、承传人文精神的巨著》（载《辽宁大学学报〈哲学社会科学版〉》2010 年第 2 期）等成果问世，给了读者很大的启迪。
② 参见李建中：《古代文论教学的当代视野》，载《中国大学教学》2009 年第 5 期。

文论教学不可只拘泥于时代久远的"古代",而应吸收、运用古代的理论资源密切关注当下,对中国现实的文艺境况做出必要回应和反馈。除弘扬承传人文精神这一维度外,还可专门立足于文学和文化,挖掘古代文论中对当下仍有价值的各种理论资源。比如在课堂讲解、问题设计、作业布置三个环节中,均可按如下方式进行:

孔子的文质彬彬观要求作品内容与形式兼备、协调,结合当前你最熟悉的几部作品展开分析。

选取1~3部悲剧,运用司马迁"发愤著书"说,点面结合地分析作家的创作动力和作品的价值意义。

选取你最熟悉的一位作家,运用曹丕"文气"说分析其创作。

用2000字左右的篇幅,结合你多年来写作的体验,谈谈对庄子论虚静、陆机论构思立意、刘勰论想象的心理与技巧。

刘勰的"通变"观对当前论文选题、学术写作、大学生创业、社会发展等方面有何价值与启迪?

……

这种开放式的问题或作业,便是实现课程学习古为今用的典范,每位学生都有话可说,笔者示范仅为抛砖引玉。只要任课教师改变教学理念、敢于运用新的教学方法,在平时教学中大胆尝试和探索,精心设计,不断反馈和督促,总可以找到很多的切入点与好题,从而在激发学生好奇心和探究欲的同时,实现课程效果的最大优化。

(四)当前关于古代文论课程教学的研究,重视程度还不够,水平还有待提高

通观目前可搜索到的约30篇此门课程的教改文章(见本书"参考文献"),或者是部分普通本科院校任课教师教改项目成果,部分是具有忧患意识的同仁写下的感受认识与经验介绍,甚至是初入职场不久、对此课程教学充满困惑并希望通过探索解决目前教学窘况困境的心灵独白。其中不乏一些在教学内容、教学模式、教学方法、教学提醒等方面有真知灼见的成果,其观点和思路值得借鉴和吸收。然而我们认为整体而言研究质量不高,水平有待提升。表现有二:一是成果多发表于普通省刊上,仅5篇文章见诸核心期刊(《中国大学教学》《福建论坛》《人文杂志》等),分布范围和影响力还不够,和当前古代文论学科迅速发展、如日中天的"学术研究"比起来,"教学研究"还很单薄,二者

很不对称。二是作者多为热衷于教学、勤于思索和总结的中青年教师，古代文论学科发展至今百余年来，关于其教学，各期刊、报端还鲜见该领域的名流、大家发表较有分量的高水平文章。这与当下高校普遍一边倒、重视科研轻视教学的局面有关。难道郭绍虞、王文生、杨明照、王元化、詹瑛等著名学者在大学数十年教学此课程就没有多少教学研究，甚至是体会、经验？① 当然，笔者绝不是为难、苛求名流前贤，只是通过客观陈情来呼吁当前文论界各位专家学者：在致力于个人"一亩三分地"研究的同时，也应不忘古代文论学科的教学总结和探索。正是基于这种目的和追求，我才在多年教学实践基础上撰成此著，以了却平生心愿。毕竟，"教学"与"科研"理应共同发展、相互促进已成为学界共识，但愿在新世纪不是一个梦幻般的泡影。毕竟，古文论教学的研究与实践关乎成千上万名青年学子对传统的学习，关乎这门课程人才梯队的形成。无论是具有影响力的权威学者，还是耕耘在教学一线的普通教师，只有勤于把古代文论的学术研究思想和成果转化到教学中去，只有勤于思考和总结，并通过教改在大学课堂积极传播古代文论，才能共同促进此门学科在 21 世纪的向前发展。

附录：国内中国古代文论教学研究小论文核心观点摘编

著者按："文革"后四十年，国内围绕中国古代文论课程先后产生了约 30 篇教研文章。现选取部分，就其核心观点摘录如下，以飨读者。文章仅列篇名，详细来源见书末"参考文献"。

李建中《古代文论教学的当代视野》：

大学文科的教师都知道：带"古"字的课难讲。难在何处？一是学生缺乏相关的知识储备，二是学生缺乏足够的学习兴趣。二十余年的经验告诉我：带"古"字的课能否激发出学生的学习兴趣，能否在授业、解惑之时亦臻传道之境，取决于教师是否能既"资于故实"又"酌于新声"，是否能"望今制奇，参古定法"，是否能"文律运周，日新其业"。一言以蔽之：是否具有当代视野。

"中国古代文论"这门课程的人格诉求分别指向两个维度：古代与当下。就

---

① 据笔者阅览所见，有霍松林《我的学习经历和体会》、徐中玉《当前古代文论研究中的一些问题》、王运熙《学习和研究古代文论的体会》，李建中有《我是刘勰的学生》等文章发表或收入其著作中，但都是研究论而非教学谈。

"古代"而言,是要指出文论家人格与文学理论之间的内在关联,从而"知人论世"地揭示出古代文论的真谛;就"当代"而言,则是要从古代文论家的人格生成及其风貌中获取现代启示,从而为学生的人格塑造提供传统文化和文学理论的思想资源。文学是人学,文学理论也应该是人学理论。而同样是"人学理论",中国与西方却有着很大的不同:西方古代文论大多是出自哲人的书斋,是形而上的建构和产物;中国古代文论则是出自文论家的生命体验,是个体人格的自然流露。

古代文论之中所蕴藉的文化精神,不仅可以应对我们这个时代的文学理论问题,还可以治疗当下文学艺术创作中的种种病症。就后者而言,我在阐释批评史上的文论经典时,有意识地援引学生所熟悉的当代文艺创作中的例子。

李建中、吴作奎《借石攻玉,依经立论——中国古代文论教学方法新探》:

中国古代文论的教学,一方面要引入西方文论的观念和方法来分析中国本土的文学和文学理论问题,另一方面要运用古代文学理论分析当前文艺现象,尝试中西对话,古今对话,实现古代文论的现代价值,从而激发学生学习古代文论课程的积极性。

依经立论,就是运用古代文学理论解说当代文艺现象,实现占今对话。如果说学习西方,是为了解决我们本土的问题,那么研究古代,是为了解决我们当下的问题。古代文论教学,不仅仅要学生了解古代文论的有关知识,而其要训练学生能够举一反三,运用古人的文论观点来观察思考当前的文艺问题,这样学生才能感受到古代文论的现代价值,才能深深体会到学习古代文论的必要性。

高林广《不述先哲之诰 无益后生之虑——古代文论基本教学原则之我见》:

古代文论教学应当体现史论结合、文论结合、古今结合的原则。以史为纲,以论为魂,史论结合,有助于辨析间色与正采,也有助于客观分析文学遗产的现实价值;对理论据以抽象的作品进行分析和探讨,可以避免"以古证古""以古注古"的模式所带来的消极影响,从而促进教学的直观性;古为今用,理论联系实际,或许能使对古代文学现象和文学作品的阐释和说明更为科学和合理。

于光荣《让多媒体技术走进"中国古代文论"课堂》:

高等院校任教过这门课程的老师曾经说它是"大学汉语言文学专业课程中

的'珠穆朗玛'和太平洋的海沟,把这门课程比喻为世界上最高的珠穆朗玛山峰和深邃无比的太平洋海沟,由此可见,这门课程的难学和难教性。

第三是时间不够。"中国古代文论"虽说是一门专业必修课,但是课时却不多,一般情况下,也就30来个课时。但是这却是时间跨度大,内容涉及广的课程。时间的跨度便是2000多年,从先秦开始,经历了秦汉、魏晋南北朝、隋唐宋辽金、元明清一直到近代。内容上在我国古代丰富而芜杂的文学理的作品中,又杂踩着经学、玄学、佛学、理学和国外的一些文学理论。由于时间跨度大,牵涉面广,内容繁杂,然而在课堂上讲授的实际课时却只有30来个。要在30来节课中,完成这门课程的教学任务,实际上是根本不可能的。因此,老师便只能将内容尽量精简,但是就是尽量精简了的内容,老师在讲课的时候还是经常要背时间包袱,担心难以完成教学任务。

司宁达《中国古代文论教学存在的问题透视》:

中国古代义论课程自身的特殊性增大了其教学难度,教学中对于文论元典的重视不够,教学中"史""论"脱节,教学手段和方法陈旧而缺乏特色等三方面是当前我国高校在中国古代文论教学中存在着的突出问题,为解决教学中存在的问题,需要注意采取重视文论元典著作在教学中的作用等对策。

王瑞云、彭友舜《中国古代文论教学改革浅探》:

随着经济、科技的高速发展,现代礼会对古代文论教学提出了更高要求。即内容上注意古代文论教学内容的系统性、前沿性重教学设计;提倡作业式、提问式、实践式教学;鼓励学生自主学习。

古代文论教学提出了更高要求。即内容上注意古代文论教学内容的系统性、前沿性;方法上注重教学设计,提倡作业式、提问式、实践式教学,鼓励学生自主学习。在教学中注意讲授治学方法,加强写作训练。

首先,增强古文论的现代化色彩。在教学中,立足于时代的制高点,结合现代人的思想文化分析评价该命题的进步与局限,以及对当前文学发展和文化建构的价值与作用。即通过古今、中外文学思潮的比较,采用全景式视角,在学以致用中强化对古文论命题的现代化认识。其次,吸收学术前沿的最新信息。在较新科研成果中,包含着很多新颖的见解。在教学过程中,介绍新著作、新观点,增强学生的求知欲,引导学生自主的查阅文献,及时了解最前沿的学术信息。

尊重学生，就应尊重学生的智慧，通过提问式、作业式、实践式教学，调动学生的积极性，引导学生有目的系统学习，这才是对追问、怀疑的求知态度与学以致用的动手能力的培养，从而达到更好的教学效果。

吕亚宁《中国古代文论教学漫谈》：

《中国古代文论》课程在教学内容上，不同时段的文论有不同特点，在教学中应重点突出；教学难点上，各种范畴和中国特定的意象式思维方式都给教学增加了难度；教学方法上，文论教学除应完成了解古代文论的任务外，还应注重对学生思维能力的培养，鼓励学生积极思考，主动将理论与实践相联系。

作为《古代文论》课程的学习者，不仅仅是了解古代文论的有关知识，哪怕就一个小问题能够举一反三，能用古人的文论观点来观察思考当前的文艺现象，才能感受到古代文论经久不息的生命力，才能深深体会到学习古代文论的必要性。如《毛诗序》中言："治世之音安以乐，其政和；乱世之音怨以怒，其政乖；亡国之音哀以思，其民困。"联系到当前，我们文艺界倡导高歌主旋律作品，不就是这一理论的最鲜明体现吗？记得每次讲到这里，学生总是非常活跃，兴奋不已地补充各方面的例证，不知不觉中完成了知识的迁移。

认识到这一点，再从教学方面找原因。目前大学课堂过于偏重教学内容，而忽视教法，不客气地说，是在灌输，没有多少交流。这在一定程度上抑制了学生的学习热情和学习的主动性。教学的重点应该是引导学生主动地去比较、分析、归纳、综合，而不是提供一个完美的答案，或者一个伸手可得的结果。因此，教学中设计问题就成了一个关键之所在。设计出什么层次的问题，体现着教师的知识结构、思维方式；而对学生五花八门的回答，则需要教师个人良好的素质、见识为底蕴。问题设计得过于简单，其实是轻视学生的智慧；难度过高，又无法激励、鼓舞学生的活跃思维。"不愤不启，不悱不发"，问题的设计应是遵循从易到难的规律，让学生的思考有一个爬坡的过程，从被唤醒到接受鼓舞，再到相互争论乃至凌空一跃，在争论的过程中将感知条理化、理性化、稳定化，产生质的飞跃。

李宜蓬、高岩、姜广振《中国古代文论课程教学改革的实践与思考》：

古代文论课程的教学，不仅应该局限于课程内容本身，还应该把触角伸展到古代文论学科，这样才能使学生在思想方法上进入学术研究领域，从而为古代文论课程教学目标的实现提供可能。为了在教学过程中，促使学生具有可持续发展的潜力，应该采取以下措施：一是介绍学科发展的历史和现状，使学生了解学科发展历史、古代文论研究名家以及当代高校古代文论研究重镇的学科建设情况，这样就为古代文论知识与当代阐释之间架起了桥梁；二是引入学术研究成果，深化学术内涵。只有不断地引入有分量、有价值的学术成果，才能使学生对古代文论的了解趋于深入。

为了保证本课程的教学效果，在不断提高讲授水平之余，还需要采取灵活的教学方式，不断吸引学生注意力，激发学生的学习兴趣。一是强化问题意识，通过不断的设置问题启发学生思考。这些问题包括对古代文论内涵的分辨、价值的界定以及中西古今的比较，从而有效地调动学生的思维，鼓励学生积极参与融入课堂之中。二是加强师生交往，从而为解决问题扩展思考范围提供更加多的可能性。要相信学生具备的知识总量远远超过教师，因此在设置问题的时候，既要预设答案，又要不为答案所局限，保持开放性的态度，这样才能使学生畅所欲言，在精神自由和思维活跃的状态下，学生会提出很多富有启发性的想法。同时也允许学生就学习过程中发现的问题随时向老师提问，通过大家的共同交流来求得知识、丰富思考。三是通过多媒体等现代化的教学手段，为学生展现更为丰富的教学材料，将文学、文论的相关内容尽量多地展现出来，从而充实古代文论的课程内容，拓展学生的知识范围。

齐海英《中国古代文论课程接受效果优化论》：

中国古代文论课程因其与现代接受者文化背景差异及时空间隔久远而产生现代研习上的困惑与障碍，影响了接受者的学习效果。接受障碍具体表现为：古代语言文字的阅读理解障碍；历史文化语境的隔阂；相关文学创作实践的认知与理解缺失等。基于存在的以上问题，采取如下教学策略：重点理论文字资料的采择及学习者课下的独立预习；理论生成文化背景的延展介绍；重点作家的了解与作品的体验性研读等。期望在以上措施的实施中，学生的接受能呈现更优化的效果。

汪超《中国古代文论教学的探讨与思考》：

中国古代文论是一门略显枯燥而又深奥的课程。对这门课程可以从五个方面来进行把握：文论结合，突出古代文论的丰富性；知人论世，强化古代文论的传统性；点线贯通，梳理古代文论的条理性；重审研究，确立古代文论的学术性；横纵观照，构建古代文论的当代性。

刘玲《面向元典，基础知识与实践能力相结合——古代文论教学方法探新》：

在古代文论的教学中，我们本着以元典为基础，面向元典，熟悉元典的原则，要求将字词之类的基础知识和理论本身，以及与理论相关的文化背景、学科背景等相关知识统一起来进行教学，使理论能够科学地、合理地被学生所掌握。

古代文论这门课作为某些高校的专业必修课，不仅难教也难学。其难点主要存在于三个层面，分别是语言关的问题，古典文化关的问题，再一个是学科背景知识的问题。无论是教与学，都离不开这三个方面的有机配合。

在教学中应做到以打基础为主，面向元典，熟悉元典，在通读元典的基础上牢固掌握理论及其系统，使三个方面：字词知识、文化知识与学科知识有机结合起来，这样的教学才不至于浮光掠影，让学生切实学到一门专业的理论知识，培养良好的感悟能力和逻辑思维能力。教学模式可以分为三步都要走和三步一起走，它包含如下内容：

第一，启动以读、翻译、背诵为基本功的训练工程。……正是为了纠正这种模式的教学教法，我们在每篇文论的学习中，有意识引导学生，并且督促学生自己预习，通过查字典的方式排除字词的障碍，并就某些有争议的字词在课堂上讨论，通过疏通字词，让学生体会到排除拦路虎之后阅读的喜悦感，并真正把文论作品当作文学一样来赏析来阅读。第二，以论为主，以论带历史；……第三，加强学科知识的背景学习。……

学科知识就是理论知识的体系构架了，中国文论的特点是散而碎，以点评式、感悟式居多，不像西方文论，在逻辑层次有个大体的连接关系，这样就是线性的，不是点式的。所以对学生来说，要系统地掌握古代文论知识，或者说对文论知识有个系统的认，能把它们串在一起，就需要老师在方法上有创新性和科学性。

基于这样的难点，我们在教学中应做到以打基础为主面向元典，熟悉元典，在通读元典的基础上牢固掌握理论及其系统，使三个方面——字词知识、文化知识与学科知识有机结合起来，这样的教学才不至于浮光掠影，让学生切实学到一门专业的理论知识，培养良好的感悟能力和逻辑思维能力。

刘雪燕《发挥现代多媒体技术在古代文论教学中的优势》：

由于古代文论是我国古人在古代历史条件下对于文学问题的思考和探讨，在思维模式和理论形态上都不易为现代思想、现代意识影响下的大学生所接受；加之本门课程理论性较强，教师孤立地讲授同样不会引起学生太大的兴趣，就更谈不上对中国古代文论的继承和发展了。

在中国古代文论的教学过程中，多媒体教学设施不是单纯展现教学内容的"电子黑板"，可以巧妙利用现代多媒体教学技术化抽象为具象，化理论为形象，让学生在学习掌握中国古代文论的过程中，感受中国古代文化艺术的魅力，提高审美能力的同时，增强民族自信心，为深入研究古文论，真正实现古文论的"现代转换"奠定坚实基础。

贺根民《古代文论教学的复眼透视观发微》：

古代文论教学主要通过对文论遗产的发掘、盘点和阐释，进行历时性和共时性的交叉研究，彰显中国传统文化的精气神，进一步激活学术传统，促使古代文论教学与研究在"继承—超越"的文化嬗变脉络中获取足够的营养与启示。教学过程实质就是一种师生沉浸其中、话语碰撞的交流行为，在现代教学语境下，全盘抛弃西方文论话语的影响，完全恢复古代文论的原始生态，可能还只是一种美好的愿望。无论承认与否，我们现在的话语体系和评说方式就是欧化模式的具象折射，很难将其全盘过滤掉。当下之际，我们不应疲于争论中西文论话语的优劣问题，而应复眼透视古代文论的生存形态，各项教学和科研工作的开展都应服从于建设有中国特色的中国文论这一重大的时代命题。

文化巨匠的实践为我们指明文论研究和教学的方向，我们的古代文论教学在引导学生领悟文论命题的之时，应当适时强化学生大文化视野，进行多元多边的综合探究，阐明古代文论赖以成长的思想根源，创设文化语境，将古代文论命题放置于具体的言说语境之中，进行哲学、史学、社会心理的甚至是跨文化的多方考察。

我们所提倡的复眼透视观，不单表现在古代文论资料的梳理上，更体现为教学理念的更新，我们应该向文论史家学习，古今结合、中西汇流，复眼透视古代文论的研究与教学。新时代为我们的教学提供诸种挑战，我们应当尽可能地应对时代的需要，推动文论元典与当代意识的融合，挖掘古代文论命题的时代新质，促进教学效果的最大优化，从而展现一个有意义的古代文论的教学新天地。

引导学生复眼透视这类短章约言式的文论资料，由确定性指向泛指性，由单一性导出多义性，从而整体把握古代文论涵盖万有思维特点。在古人言说层面，在概念阐释、原理建构上，重视训诂见义；在命题分析上，重视事物之间的彼此关联，以异质同构的方式来比类见象。将自然之天与主宰之天对比平移，构建伦理化的言说体系。古代文论这种根基于宗法伦理基础之上的言说方式，在原始表末、以意逆志等方法推演下，最后形成审美超越思想。

我们所主张的复眼透视观，就是尊重古代文论资源的碎片形态，从其生存的文化网络去多角度地考察，从中国文学史和文学理论的双重视野去组织古代文论的教学。……在运动变化的场域去把握各种社会思潮的激荡及其背后的文论旨趣的演变，对特定时代的文论进行政治的、社会的、心理的或伦理的多方解读。同时，应该尽力贴近现代的教学语境，组织古代文论教学，并不是将古代文论资料视为一件古董而高高悬置，应尽力挖掘蕴含其中的文论思想，包括种种为现代教育提供参照的人文思想，落脚于其之于当下社会的审美情趣与人文品行的可行性，提高中国古代文论研究的水平，发扬光大我们的民族文化传统。

贺根民《刍议古代文论教学的取舍策略》：

中国古代文论教学的取舍策略是一个不断发展的动态过程。传统义化立场，是古代文论教学的取舍之本；教学内容的科学编排，是古代文论教学的取舍目标；创设情境、培养学生的独立钻研能力，是古代文论教学的取舍之法。这三个环节相辅相成，共同推动古代文论课堂教学的优化取舍策略，不是颠覆传统或排斥西学，而是整合现行的教材资源，弘扬中国古代文论教学与研究的文化生机。

古代文论的教学，可以在古今对话的平台上发掘古人的文化心态和精神人格，推动古代文论的现代转换，古人的种种价值系统和言论意蕴也只有在传统文化视域中才能得到很好的阐释与再认。譬如我们讲解"发愤著书"说，就不能只满足于它的字面意蕴或司马迁创辟时的文化指向。其实"发愤著书"说是从《诗经·魏风·园有桃》"心之忧矣，我歌且谣"和《论语·述而》"不愤不启，不悱不发"而来，至司马迁拈出成为一说，途经刘勰"蓄愤"（《文心雕龙·情采》）、韩愈"不平则鸣"（《送孟东野序》）、欧阳修"穷而后工"（《梅圣俞诗集序》）和李贽"泄愤"（《忠义水浒传序》）等发扬，"发愤著书"说才成为影响古代文人至为深远的文学命题。

其实，在整个古代文论的教学实践之中，我们还面临着一个潜在的对话者：古人。古人的文化背景、立身处世，与当下时代的我们相差甚远，如何选择一个合适的角度去洞察历代的文学思潮，去体认古人的文学创见，显得十分重要。当下通用的一些古代文论教材，对文学思潮的嬗变规律阐述可谓有力，对时代背景的剖析也相当详尽，但却相对忽略了文论的直接诱因——文人心态这一环节。明乎此，我们可以在现行的几种古代文论教材中，吸取它们按朝代叙述的惯例，适时添加文人心态和人格精神的成分。古人的生存方式、言论指涉，归其一点，均为文人心态和精神人格的具象折射。

柳倩月《高校古代文论教学的传统文化视野》：

在古代文论教学中立足于传统文化视野即是说在古代文论教学中要以中国传统文化为背景，挖掘古代文艺理论典籍中的文化内涵，展示出传统文化特色和魅力，儒释道文化是中国传统文化的主流，所以，古代文艺理论典籍中的文化内涵。具体而言就是指中国古代文论中所蕴含的儒、释、道文化精神，它们是支撑起中国古代文论精神气质的主干。以这种宽阔的文化视域来观照中国古代文论的整体教学思路，有利于解决目前存在于高校古代文论教学中的一些弊病。

1983 年王元化先生在《论古代文论研究的"三个结合"——〈文心雕龙创作论〉第二版》中就提出过古代文论研究要克服分工过细、各学科彼此隔绝和孤立的状态，而采用古今结合、中外结合、文史哲结合的综合研究法。这种综合研究法的思路，应尽快进入到古代文论的教学中来，尤其要强调文史哲的结合，强调与儒释道文化的结合。

在高校古代文论的教学中提倡"史"与"论"的结合是正确的思路，但必须应该明确，古代文论要结合的主要对象是思想史和文化史、而不仅仅是文化批评史。只有从传统的思想文化视野来观照中国古代的文艺理论与批评文本，才可能抓主干，去芜存精，再现理论和批评之本的文化魅力，从而激发学生深入学习和继续钻研的兴趣、

黄毅《新时期古代文论教材的编写与出版》：

新时期古代文论教材的编写与出版取得了很大的成绩。在这 20 多年的时间里，首先，古代文论教材编写的学术思想发生了巨大的变化：从一种比较僵化的思想走向文化诗学的思想；其次，古代文论教材的体例也发生了较大的变化：

由单一的一种"史"的模式分化为或侧重"史",或侧重"论",或侧重"料"即古代文论原典的三种模式。并且,三种模式都有一种再走向综合的趋向;第三,古代文论教材的针对性日益增强,并走向人性化。又一次学术思想的变化发生在2005年前后,随着学界文化研究这一研究方式的兴起,古代文论教材的撰著也开始走向文化诗学,即在教材中更注意揭示古代文论发生的整体、全面的文化环境。如李壮鹰、李春青的《中国古代文论教程》就是以这样的方式撰著的。

改革开放后撰著与出版的古代文论教材,越来越注意教材的针对性,以满足不同类型的学生学习需要。这和改革开放后,我国的高等教育规模不断扩大,学生的层次日趋增多的实际是相适应的。而改革开放后的古代文论教材能出得这么多,这也是一个重要的原因。中文系的学生,不仅有层次上的差异,还有专业方向上的差异,如师范生与非师范生的差异。这种多样化、针对性强的教材,无疑很好地满足了学生学习的实际需要。

新时期之初,古代文论教材只有一种体例,即史的叙事方式的体例,如郭绍虞的《中国文学批评史》,敏泽的《中国文学理论批评史》。这种体例无疑是古代文论教材的主流体例,前而所谈古代文论教材编写学术思想的发展演变也主要是针对这种体例的教材来说的。但从20世纪80年代中期起,由于侧重点的不同,古代文论教材又出现了两种新的体例,一是由最初只是作为辅助教材的古代文论选演变而成的体例——侧重于讲古代文论作品的体例,如夏传才的《中国古代文学理论名篇今译》。……二是一种侧重于系统地讲古代文学理论的体例,如王乃彬等的《中国古代文论概述》,该书的体例是……上述两种新的教材类型,第一种应是受到郭绍虞先生的古代文论选的启发,并在这个基础上发展起来的。第二种则显然是在20世纪40年代傅庚生出版的《中国文学批评通论》的基础上的一种新的发展。

上述三种体例的教材各有所长也各有所短。就侧重于讲史的体例来说,读这样的教材,学生往往是见史而不见理论。就侧重于古代文论作品的体例来说,学生又常淹没在文论资料里,既理不出古代文论发展的头绪,也很难让学生得到一个中国古代文论的完整体系。而就侧重于古代文学理论的体例来说,这种教材由于把所有的古代文论放置在一个平台上,中国古代文论无疑要失去其真实的、生气贯注的具体语境,这样的组合,学生不仅不能从中把握古代文论的发展过程,而且由于这种组合带有明显的当代性,因而它还带有极大的阉割古代文论的危险。因此,这三种体例的教材的所长恰恰又是它们的所短。正是这样的原因，当前的古代文论教材出现了把"史"（古代文论发展史的陈述）、"料"（古代文论的原著）、"论"（对古代文论的阐释）尽可能地融合在一本教材里的趋向。

党圣元《选本与中国古代文论教学——从古代文论读本编纂谈起》：

　　大学中文系的古代文论课程，承担着传承弘扬中华优秀传统文化与中华文脉和中华文学经典精神的重要使命，而我国历史悠久、内涵丰富、形态多样的文学理论批评历史以及文论名篇，为这门课程提供了丰厚的资源。

　　中国古代文论是一个内容丰富、形态复杂、话语形式多样的思想和知识系统，其作为一门学科与课程的形成，情况同样复杂。因此，简要地了解传统诗文评在中国现代大学教育体制形成过程中如何转化为"文学批评史"或"古代文论"的，了解中国古代文论作为学科与课程形成的过程，了解百年来中国古代文论研究与教学的历史，了解当下古代文论教学中所存在的一些需要加以改进的问题，以及知晓在这一过程中所出现的一些观念和方法层面的现象，对于学习这门课程是不无益处的。

　　在中国现代文学理论学科创建和发展的过程中，中国古代文论似乎一直处于边缘化的位置，但一个世纪以来的中国古代文论研究与教学却对现代中国文论的发展演变产生了不可低估的影响和制衡作用，而且这种作用还将继续发挥下去。

　　20世纪以来的中国古代文论史学科建构以及研究与教学，便不可避免地受影响于学科创建之时的文化学术思想、思潮，同时又因学者们的文化认同差异而形成不同的研究与教学模式。

　　1949年新中国建立以后，尤其是1978年新时期以来，古代文论的研究和教学出现了全面展开和推进的局面。在20世纪五六十年代，郭绍虞、罗根泽、朱东润等的批评史著作得到重印或修订再版，70年代末以来，郭绍虞主编的《中国历代文论选》分四卷本和一卷本两种不同版本先后出版，既满足了学生精读和教师参考的不同需要，也为深入研究古代文论的具体问题提供了初步的资料和线索。从1964年到1985年，复旦大学中文系集体编写的《中国文学批评史》（三卷本）陆续出版。……

　　我国的现代大学教育体制建立以来，在高校中文系的课程系统设置中，中国古代文论课程得到相当程度的重视，因而对于高校中文系学生的文学理论批评、中国文学史专业知识培养和人文素质养成力一面，始终扮演着重要的角色。

尤其需要特别指出的是，当前的中国古代文论教学与研究，与传承发展中华优秀传统文化有着密切的内在关联性，当代中国文学理论批评话语体系和核心价值理念的建构，需要我们更多地从传统文论资源中汲取思想的营养成分。因此，在中国古代文论的课程设置和教学实践中，加强对于古代文论经典名篇的讲述、精读、思考，可以使我们更好地理解与把握中国古代文学的元典精神，重新发展和重视中国古代文论的当代价值意义，以及可以更加有效地促进我们通过创造性阐释而传承发展中华优秀文学思想传统，并且在文化、美学自信的基础上增强文学理论批评方面的文化自为意识，使中国古代文论成为当代中国文学理论批评学科建设和话语体系建构的重要思想和理论资源，从而使具有几千年发展历史的中华文脉得以传承、得以重新焕发生机活力。中国古代文论课程设置以及教学实践，应该具有这一文化担当意识。

当时的清华大学中文系对于包括文学批评史在内的整个中国文学教学的思路是非常清楚的，就是重视对中国文学各体作品的研读和对文体流变的梳理，而对纯粹的文学理论问题并无太多的注意，相比之下，似乎更注重具体的文学批评。在当时，清华大学较早在中文系开设中国文学批评史课程，并且由亲历新文学运动并参与其中的郭绍虞和朱自清讲授，这种注重新旧文学贯通与中外文学融合的课程设置，正体现了对民族传统文化的系统化创新姿态。

在随后的发展中，清华的中文课程又有较多的调整，尤其是渗入了更多的用新方法研究文学的内容。1936年，朱自清指出，"研究中国文学又可分为考据、鉴赏及批评等"，并认为做文学考据，"自当借镜于西方，只不要忘记本来面目"。他还为学生开列出了"基本科目"和"国学要籍"，十分重视对文字基本功与国学典籍的教学。《学程说明》要求"中国文学批评"（朱自清讲授）"以讨论中国文学批评中之问题为主；并编诗文评钞，作为参考资料。"

以文论选的形式进行的古代文论教学模式，点与面兼及，史料与理论评析并至，方式简明扼要，其长处不言而喻。但是，这种形式，也易于流于平面罗列、结构单一。同时，如果由于所选篇目随意性大，选篇之间缺乏应有的结构性联系的话，便不能很好地通过选篇来展示中国古代文论发展演进的过程、环节，以及每个环节之间的有机联系；如果当今选家不具备古时选家那样的专业眼光，以及如果对于传统文学批评史细节相当隔绝的话，便会出现从选篇到注解、讲疏俱粗糙化的情形。此外，客观而言，文论选由于形式方面的制约，在对于传统文论的范畴、概念、术语等进行"关键词"研究层面的提示和理论诠释方面，确实存在着一定的局限性，而对于选篇所涉及的文论史上的重要理论问题，也不能进行突出而有效的列示。凡此种种表明，既有的形式单一化的文论选教学模式，已经不能很好地适应当下高校文学院古代文论课程的教学需要，由此有必要根据当下高校中文系本科、研究生教学出现的新特点，以及结合近年来古代文论研究在学术理念、方法方面出现的新特点，增强创新意识，重新思考、探索中国古代文论选的编撰理念与方式，从而为古代文论教学、研究提供一个具有学术创新性的、超越以往的"文论选"范式的"读本范式"。同时，我们也应该努力尝试提供一种"读本范式"的别样的批评史言说、书写类型。

《中国古代文论读本》以"读本范式"来实践"文论选"编著和教学模式方面的创新理念。为了充分体现这一理念，本教材的内容结构包括了作者介绍、原文、题解、注释、讲疏、关键词解读、相关知识链接、延伸阅读、思考题九个方面。我们意欲通过审慎筛选出的每篇选文，及其诠释、考辨、概说中包含的内容，来联结文论经典名篇、文论家、文论概念范畴系统、文论术语和命题、理论内涵和思想意义、传统文论批评言说方式、古代文论发展演进过程及其特点、文学史和思想文化史及学术史语境、批评史史料学（包括文献、版本、考辨和训诂等）等传统文论的构成因素，以每篇选文为一个小单元，以每一个朝代为一个大单元，同时又根据中国古代文学理论批评发展演进的历史阶段性，将全书厘分为四编，并且在每编前面加一段系统而又极其简要地介绍这一阶段文论发展演变的概述性文字，凡此种种，目的是为了有点有面，点面结合，力求在充分的"国学"和"大文论"视野中来了解、认识传统文论，从而实现为读者还原中国传统文论"大文论"特点之生成及其批评言说方式等的理论风貌，以使学生通过学习该《读本》，达到对中国古代文论的深度理解。

朱宏胜《中国文学批评史教学》：

在实际教学过程中，可以对文论选的学习作刚性要求，而对原著学习只鼓励、提倡，作柔性要求，时常激发学生学习兴趣，随时检查学生读书笔记。在开列原著书目时，还要特别重视版本，要尽量开列有标点、有注释的本子供学生研读，极力避免学生在刚入门时就产生畏难情绪。

学习魏晋南北朝文学理论，在导入课中讲嵇康的青白眼、穷途而哭和广陵散；讲阮修答"老庄与圣教同异"问的"将无同"妙语；讲王羲之的"坦腹东床"；讲王子猷雪夜访戴的"乘兴而行，兴尽而返"；讲陶渊明的"不为五斗米折腰"；讲谢灵运的穿木屐和刀斧开路登山。这些趣味盎然的故事是魏晋人物风流自任的形象体现，是体认魏晋玄风的绝佳材料。故事的讲解，提高了学生的学习兴趣，趁热打铁，及时补充鲁迅《魏晋风度及文章与药及酒之关系》一文相关论述，由此展开魏晋南北朝文学批评的学习，教学任务自然容易完成了。

汪国林《中国文学批评史教学原则新探——以批评史元典与现代阐释及文化背景为考察中心》：

  大学高年级学生基本完成了古代汉语、文学理论、中国古代文学、中国现当代文学、外国文学等专业基础课的学习，具备了一定的古文阅读能力、作品解析能力及基本的理论知识。在这个基础上开设中国文学批评史课程，理应有较好的教学效果。然而，实际情况却不容乐观，甚至陷入颇为尴尬的境地，即学生普遍反映消极，认为没有多少现代价值。同时，由于课程理论性较强，内容比较艰深抽象，学生甚是敬畏，纷纷敬而远之，"批评史"变成"批评死"。针对教学中出现的问题，笔者结合自己的教学体会，认为要转变教学原则以适应不断变化的时代需要，以便更好地提高教学效果。

  虽然"中国文学批评史"课程注重"史"的勾勒与把握，但只有粗浅的"史"的线条，没有对各个时间段内批评元典的深入体认，"史"的"大厦"必定是苍白的空虚的，甚至都不可能真正建立。中国文学批评史教学，应该是批评元典的教学。为此，我们就要精选批评元典，精读批评元典，一切从批评元典出发，去发现问题、分析问题，吸取古人思想精华。

  抓住各个时期批评元典就抓住"中国文学批评史"课程内核与精华，但仅有这个内核与精华还不够。现代社会使得现在学生比较"势利"，批评元典没有时下价值，是很难引起他们的持续热情的。这就需要对批评元典进行现代阐释，揭示其当下价值与意义，让学生觉得它不是故纸堆，而是潜力股。

  从教学的层面看，批评元典肯定要进行现代阐释，而且这种现代阐释是有层次性的。首先是文本解读，弄清元典精髓；其次是实现中西文论的平等对话；再次对传统批评元典进行合理有限的"现代转化"，并积极参与现代文论体系建设、服务时下文学创作与丰富人们的文化涵养。

  要把批评元典纳入文化的视野。众所周知，我国的文学批评从萌芽之日起就与文学、史学、哲学、宗教、伦理甚至心理学等等联系在一起。要想较为贴切地解读批评文本，深入理解批评元典的精髓，不以文化的视野与角度来考察是很困难的。……总之，要紧扣批评元典与传统文史哲的密切关系，在中华文化的大背景下，把握批评元典的演进脉络和理论精华。

对这一问题，李建中先生也曾说过："中国古代文论的教学，一方面要引入西方文论的观念和方法来分析中国本土的文学和文学理论问题，另一方面要运用古代文学理论分析当前文艺现象，尝试中西对话，古今对话，实现古代文论的现代价值，从而激发学生学习古代文论课程的积极性。"

为此，我特意推荐学生阅读朱光潜先生的《诗论》、曹顺庆教授的专著《中西比较诗学》、叶维廉先生的《比较诗学》等等，学生视野得到很好开拓，不再局限于课本了。在具体讲课时，也时时留意相似观点在西方文论中的阐释，尽量做到中西对话，引起学生的学习兴趣。这类的教学实例有很多，如：联系西方柏拉图与亚里士多德的"模仿说"，来谈我国先秦元典关于文学起源问题的"言志说""感物说"；联系西方文学鉴赏过程的"怜悯""恐惧""净化""延留""宣泄"等核心观点，来谈我国批评元典中涉及的"兴""观""群""怨"；联系西方的"典型说"，讲解传统批评元典中的"意境说"；联系西方文学创作时的"迷狂""灵感"，来谈我国批评元典中的"神思""兴会"说；联系西方"风格即人"来看中国的"文气说"；如此等等。让学生明白"东学西学，道术未裂；东海西海，心理攸同"，我们的批评元典具有极高的学术价值，不仅学习积极性提高了，而且增强了学生继承与发扬传统批评元典的使命感。

对传统批评元典进行合理有限的"现代转化"，并参与现代文论体系建设，服务时下文学创作与丰富人们的文化涵养。

中国古代批评史的教学原则众多，除了上述原则之外还有不少，诸如重点讲授与学生自学相结合的原则、启发性原则、循序渐进原则、因材施教原则等等。在中国文学批评史教学中可以撷取精华，丰富课堂教学，提高教学质量，这里不再赘述。

总之，在现代思潮冲击下的当代中国，传统学科都面临严峻的挑战，中国文学批评史学科自然也不例外，其教学存在诸多困难与迷惑。对于如何吸引学生学习兴趣，提高中国文学批评史的教学质量，乃至于建立自己的文学理论体系都是任重而道远的事情。

刘淮南《从"通史性"到"专题性"——"中国文学批评史"教学改革尝试谈》：

随着学科的发展和教学对象的改变，这些教材的内容也都进行了较大的调整，尤其是关注到了史和论的关系，关注到了教学内容的深浅和繁简，关注到了讲法与学生的适宜,客观上更加有利于教学,这些也都是事实。

于是,我就想,如何采用一种既能够把一些基础性的知识交代给学生、又显得生动活泼的教学方式,从而很好地完成教学任务呢?思考的结果是以令题的形式来讲授,并且,在讲述中尽量吸收学术界的新成果、新见解,在有些问题上尽量古今联系、中外对比。即使是一些一下子说明不了的地方,将问题提出来,留给大家进一步思考,也是有益的。这样的做法,不仅能够开阔大家的视野,而且使得相关的知识在联系中更易于把握,更易于理解。虽然这样做将会在备课上花费较多的时间,可是教学效果还是令人满意的。多年来的讲授下来后,我对自己的教学方式基本上还是肯定的,多次征求学生的意见,他们也觉得这种讲法不错。

对于文学史和"文学批评史"课程方面的教学和研究来说,回到"原典"本来就是人们多年来的呼声。而面对原典时,又应该考虑到原典的来龙去脉,注意到其产生的原因和对后来的影响,所以,文化背景的介绍和相关意义的阐述同样是不可或缺的。更何况,文学、文学批评本来就是文化构成中的一部分。特别是,在浮躁的当下社会,引导学生阅读原典,也是培养他们踏实学风的途径之一。

以"专题"的形式来讲述"中国文学批评史",在具体专题的确定和具体内容的讲解上,每个教师因为兴趣、爱好以及对对象的不同理解,都是可以进行自己的选择的。而且,在具体的令题中还可以涉及一些题目上并没有出现的批评家和批评观念。比如,就明清的文学批评来说,诗文理论是非常丰富的,谢榛、王世贞、前后七子、王夫之、王士禛、袁枚等也是可以成为一个或者几个专题的;而且,明清的戏曲理论同样可以成为专题。每个教师都可以根据自己的兴趣和爱好加以选择,这是教员的权力,不能强求千篇一律。更何况,任何一部教材都离不开教师的"具体化"这一环节,都应该允许有教师取舍和发挥的余地及"空场",照本宣科是不对的。而《中国文学批评史十六讲》呈现给大家的也只是我的想法和做法而已。

段宗社《"问题意识"与"中国古代文论"》:

自然,教学改革也就成了题中之义。所以,我非常赞成教学改革,但是又对没有经验积累和观念变革的教学改革不以为然,甚至认为这样的教学改革不如守成,因为它很可能成为一种不踏实的儿戏,很可能成为一种对教学改革的亵渎,也很可能成为一些沽名钓誉的人们占有资源的依据。特别是,将商品包装中的花样翻新也当作教学改革,对学生又会产生什么样的影响呢?对此我是十分怀疑的。这种做法很可能恰恰是知识难以扎实,甚至做人也难以扎实的,因为这样的做法本身就是浮泛的。而且,这样的做法并不是培养创新性人才的方式,而可能是社会上浮躁的风气在教学上的反映罢了。

从"学"的方面说,多数学生将他们对古代文论的学习感受形象地描述为"找不到感觉"。因为一些概念范畴及理论表述,即使知道是什么意思,也无法和现代文学观念对接,如"风骨""滋味"之类,在现代文学理论中很难找到相应的位置。所以学生情不自禁问得最多的一个问题就是,学习古代文论有什么用呢?对于学生来说,这样的问题并不能理解为极端实用主义,而恰恰体现了他们对该课程的基本困惑,即诸多概念与知识点总给人一种悬空感、隔膜感,无法将其落实到实际文学经验中。因为现代人不能用古人的术语解释他们的文学体验;而表述古人文学体验的那一套话语体系,一经翻译成现代汉语,要么显得简单浅近,毫无理趣;要么玄虚难懂,不可捉摸。为了给上述"教"和"学"的问题提供一种解决途径,我们尝试在教与学中体现"问题意识"。

应在"中国古代文论"教学中提倡由教科书之"体系意识"向"后教科书"之"问题意识"的转向。这一转向意味着,该学科建设及教学思路不以纠正以往教科书的问题并重构教科书体系为重点,而是把教科书作为某种退入背景的理论框架,从文学活动和哲学思潮中提问题,并聆听古人的回答,从而使古代的问题和观点真正参与现代思致,使古代文论的当代价值得以激活。这一转向的重点其实并不在于要不要教科书或选择什么样的教科书,而在于转换一种全新的教学理念,建立一种不依赖教科书体系的、灵动的、带有当代性问题关注的教学思路。

所以"问题意识"涉及教学模式的全方位转换,即以问题统辖文本、在问题中理解文本、以问题贯穿文本、进而理解古人阐述相关问题的特殊维度,由此呈现中国古代文论特殊性和基本线索。

"向古人提问"可以成为组织课堂教学的基本方式。中国古代文论文本(尤其是后期诗篇)大多有即兴感悟、含混朦胧的特征,很难按现代逻辑思维理出头绪,不妨以"提问"为起点。哲学之品质。牟先生问题看似平常简易,却抓住了问题关键,需要对道德哲学有深透的理解方能提出。

……在古代文论教学中,"向古人提问"水平的高低,正取决于对相关文学问题的理解深度。

为了使组织教学的"问题"深刻而有效,对"问题"的设计还注意到以下几点:首先,提问的目的是将散乱的内容统辖到一个有价值的议题中,所以问题在精而不在多，多了则难免产生新的纷乱。所以我们主张"一课一问题"，大多数情况下一节课只对一个核心问题横说竖说，前后勾连，中外比较，力求做到融会贯通。其次，"提问方式"应该统一而不纷杂。古代文论主要涉及文学观念和创作、批评的原则。提问应始终围绕"是什么""怎么样""如何做"等简单而恒定的问题展开。"问题"教学要显示和培养的是一种相对恒定的问题关注，以便形成一个有利于学生展开自觉问题学习统一模式。第三，在简单恒定的基础上，要有敏锐的当代意识，这主要应体现在对问题的理解和阐发上。"中国古代文论"的学习和研究应该在当代意识的统辖之下，其当代价值亦应基于当代意识而开发和建构。为了确立当代意识，老师应有整体的历史和哲学素养，对当代西方全新的文学艺术理论有较充分的理解，这样方能保证问题的提出和解答都能够在一个较高的水平上进行。

贺根民《高校"中国古代文论"教学的点面思维断论》：

一部古代文论史即是鲜活的文人精神生态的动态呈现。自20世纪90年代以来，我国高等教育趋向大众化和平民化，大学课程设置和培养目标走上实用性理路。中国代文论作为（人）文学院带"古"字系列的专业课，面临着各种实用课程和实践科目的冲击，课时锐减，教学内容被不断压缩。如何化解教学困境，对接学科教学改革的需要，笔者认为有必要调整课程设计目标，发扬课堂教学的点面思维，全面提升课堂教学质量。

学习古代文论的目的，不仅是打捞古代文明的碎片，而且是借以梳理前人关于文学批评的各种理论，找出规律，服务于鲜活的文学创作。文学创作和文学批评是文学的两翼，作品是理论产生的土壤，从作品中抽绎出理论，以期促进当下的文学批评实践，这是古代文论实践品格的重要体现。

从事古代文论教学或研究，光凭一腔热情还远远不够，须得尊重学术规律和教学原则。教学本身就是一种对话，古代文论课堂中的师生对话根基于古代文论典籍之上，我们只有假借文论典籍，才能把捉到古代文论学说的发生语境及其理论的传承脉络。古代文论教学所面临的对象是基本完成了文学概论、中国现代文学、中国古代文学等专业课程的学习、已具备一定阅读和鉴赏能力的大学高年级学生。学生作为教学的主体，已不满足于基本知识的接受，更有对能力提高和方法引导的期待。古代文论教学原本至少有两套教材，亦即《中国古代文论》和《中国历代文论选》，而随着大学教学改革的深入，古代文论教学的两套教材只能合二为一，以此来应对捉襟见肘的课时分配。学如积薪、后出转精,当下的古代文论教学不可忽视蓬勃发展的研究现状,这势必增加古代文论的教学内容。古代文论有着叹为观止的文论学说:诗言志、诗缘情、文气说、风骨说、文道说、童心说、性灵说、境界说……一个个看似碎屑的文论碎片借着大学课堂的具体语境复现了其丰富灵动的形态,但是各种文论学说和范畴大多是某一时段、某一文论家话语阐释的静态呈现,大学课堂的照本宣科无法表现出其动态延伸轨迹。古代文论承载厚重的传统文化,以点带面,在教学内容的传统性和教学方式的现代性上找好平衡点,即便是,讲授《中国历代文论选》,也可在精讲与泛读的张力中去把握古代文论学说的演变轨迹。

古代文论作为文学理论或中国古代文学的辅助课程,逐渐由通史型课程向专题型课程演变,其课时锐减就是有力的注脚。既然面向应用型的教学改革集结号已经吹响,当下境遇中的古代文论教学,自然得对接课程改革的需要,在选修课的开设上多花些心思。譬如魏晋六朝的文论教学,可开设《文心雕龙》研究、《诗品》研究、《文赋》研究等选修课,弥补因古代文论课时不足而造成的教学缺失,引导学生去徜徉文学批评的工国。依据《典论·论文》《文赋》《文心雕龙》《诗品》等专题研究,显示魏晋六朝文论的发展脉络,把捉魏晋文学自觉说的发生缘由,勾勒文论发展史上的审美中心论和政教中心论的演变图景。专书研究既是某一朝代文学思想的特殊之点,又呈现了专题研究的变化之面。

古代文论有其一以贯之的学术品格,历史究其实质而言就是一种影响史,任何一门学科的发生都离不开它的文化语境。古代文论是古人生存智慧的折光,它之所以为当代部分大学生所抗拒,个中不无缺乏现实关注的原因。我们的教学应当不只满足于客观而准确地传授古代文论知识,更应阐述古代文论对当今生活的意义与价值。古代文论之于当代大学生,不只是一类知识资源,更是一类盘活于当下、可持续发展的学术资源,学生从中可以获得关于人生存在和诗性智慧的现代启示。促使古代文论资源和现代教育的有效对接、提升学生解决现实问题的能力,或许是当下文论教学值得深长思考之点。方兴未艾的古代文论的现代转换、诗文评定位、古代文论体系等话题,是当下古代文论研究领域的研究热点,教学之中适当迁移学术界的研究趋势,既抖搂了古代文论的价值向度,又展示了现代文论重构的文化诉求。这种基于古代文论当下性之思的点而思维,构成古代文论现代身份标识的形而上思考,为理论繁荣而基本问题探讨缺失等当下文艺学建设误区祛魅,促成反思文艺学学科存在危机的契机。

古代文论教材大多消释了文论学说的嬗变图像。职是之故,教师在组织教学之时，既本于教学大纲的基本要求，又属意点和线的贯通，为学生绘制一幅动态的文论演进图像，很有必要。

博观约取、点面结合，古代文论课教学是一项系统工程。应对学科教学改革的需要，我们有必要调整课程设计目标，发扬课堂教学的点面思维。以专题性讲授、开设选修课取代陈陈相因、均衡有力的通史性的知识灌输；以重点讲授取代全面梳理，抓大放小，注重课堂讲授与课外自学的结合。构筑优化古代文论教学的长效机制，形成点的深入和面的拓展的有效对接，从而让古拙的文论典籍在大学课堂内焕发鲜活如新的理论生命。

第二节　当前高校古代文论教学反思与新探

在当前高校，"中国文学批评史"又名"古代文论"，有的甚至以"古代文学批评文选"课程来代替，不仅和"古代文学"一样涉及传统知识与文化精髓，而且又是"古代"中的"理论"，这种学科特征决定了它浓郁的理论色彩和极强的思辨性，故对于很多中文系本科生来说，心存畏惧，兴趣不浓，难以亲近，普遍反映理解、接受和消化的不易，爱上它又谈何容易！笔者从多年学习、教学和研究体验来看，亦深有同感，并认为本科阶段学习这门课程主要是积累一些古代文论的基础知识，在于了解其梗概，而真正登堂入室、爱上它恐怕还要到硕士阶段重新温故、深入学习之时。

自学科建立近百年来，文论界前辈在优化、改良这门课程的教学方法方面曾做出过积极努力和探索，发表了许多真知灼见（见上一节"附录"）。然而随着近年中西文论对话的频繁、国学热背景下对传统文化的重新审视、文化研究对文论领域冲击与渗透，以及学生主体（95后居多）学习条件、知识趣味、接受心理等诸方面的变化，关于这门专业基础课教学中还存在的问题和不足突显出来，无论在教材选用、讲授方式还是课堂安排与设计、学生研习等方面，都可大力改革与建设。我们拟结合多年教学体验与心得，略谈几个方面抛砖引玉，并求教于方家。

一、教学中加强文学创作实践与古代文论之关联

古代文论的很多核心范畴如"虚实""形神"等，往往从最初的哲学范畴衍变为文艺和美学范畴。或者说很多文论范畴是在哲学影响下实现转化并被广

泛应用的。如"虚实"范畴的提出、形成以及历经千年的发展与演变，便与道家和佛教哲学息息相关①。但古典文论中范畴的形成与发展、含义的丰富与革新，又并非全部来自思想史与哲学史，而与文学创作密切相关，是受着文学实践活动这片丰厚土壤的滋养和培育。因此，课堂教学中不应忽视文论的文学实践土壤，对文论思想与文学创作之关系应重点讲解。这样不仅避免了单纯讲解范畴的哲学渊源而陷入枯燥乏味和空洞单一之境地，且一旦结合创作实践，课堂便生动丰富起来，更有助于学生加深理解和掌握。

当前无论是讲课还是写文章，学界常常将主要精力放在外界社会风尚、哲学精神和学术思潮对核心范畴形成和发展的影响上，通常先从先秦哲学、美学中寻找文论形成的源头，而人为割裂了其与创作活动的密切关联，或者说对其发展、演变历程中与不同时代创作实践的互动关系，还讲授、关注、研究得很不够。对此，部分学者意识到并谈及过这个问题，认为这种研究视角要予以改观。如詹福瑞先生认为近年来古代文论的研究"多比较重视文学理论范畴的哲学渊源，然而却忽视了影响文学理论范畴的另一个重要因素，即文学创作的现实基础。"② 其实这种忽视是很不应该的，毋宁说是对理论与实践、文论范畴与文学创作的一种割裂。党圣元先生也谈道：

> 以文学创作为核心的文学现象，是文学理论认识的对象。比起哲学范畴，文学创作对文学理论的影响似乎更为直接更为具体。中国古代文学理论中的许多问题，多从历史与现实的文学现象中归纳总结出来，建立在创作实践的基础之上。③

所论切中肯綮，直指要害。应该说，哲学思想和文学创作同时置身于时代政治、社会思潮和士人生活共同构成的一个文化场，它制约、影响着某一个文论范畴的内涵与发展。因此，单纯只顾及一方必会产生偏执，"必须将传统文化的概念范畴与传统文学创作和批评鉴赏结合起来加以研究……在融会贯通的基础上进行考察研究，这样至少可以保证使我们从不同的角度、不同的层面对传统文论的范畴及其体系的形成、演变的历史轨迹和义理、特征获得较为深入的把

---

① 参见拙文：《论佛教思想对"虚实"范畴发展的影响》，载《武汉科技大学学报》2009年第4期。
② 詹福瑞：《中古文学理论范畴的形成及其特点》，载《文学评论》2000年第1期。
③ 党圣元：《中国古代文论研究范畴方法论管见》，载《文艺研究》1996年第2期。

握。"① 这提示我们，在古代文论课程教学中，要把文论观点和创作实践相结合，不可厚此薄彼，人为割裂。此外，罗宗强在《魏晋南北朝文学思想史》中，张利群在总结古代批评范畴的类型，以及业师尚永亮先生在武汉大学博士生课堂上，都提及过这个问题。② 正是在这种呼吁、主张与背景下，李凯先生在反思古代文论范畴研究方法时，曾以"文气"说为例做出过尝试③，给了我们有益的启示，如果将其迁移于课堂，必然事半功倍，使学生受益匪浅。

兹以"虚实"为例，便可窥见一斑。作为中国古代文论中一个异常复杂而又极具民族特色的元范畴，其含义在千年演变中不断扩大、增生，且与有无、形神、情景、远近、明晦、显隐、浓淡、疏密等范畴具有一定交叉性。其虚涵性、空廓性使之普泛地适用并表达许多文艺现象，涉及文艺创作的客体、作家精神修养、创作方法、表现手法、作品与接受、作品风格和美感特征等方面的问题，有着极强的普适性阐释功能。其内涵在不同阶段各不相同，与受创作的影响不无关系。

这里笔者聚焦笔墨，重点谈谈在魏晋六朝时期"虚实"范畴的产生发展及与当时文学创作的互动关系。从根本上来说，"虚实"在魏晋六朝时期之所以呈现出如此丰富的内涵，固然与当时玄学思想、人物品评等政治和社会思潮有关，但它在实现文艺转变之中和之后，根本上来说已是文艺土壤上开出的艳丽的花朵，是在文学创作基础上的理论总结和升华。因此，探讨"虚实"与当时文学创作的互动关系，看看文学创作对此范畴内涵的激发和提炼，它在发展中又给当时文坛带来了怎样的影响等，就显得尤为必要。

魏晋六朝时期的文论是繁荣的，璀璨的，"虚实"连同"情景""形神""言意"等相关范畴都得到了极大的发展。这种繁荣是建立在文学创作不断活跃基础之上的。随着儒学的松动、经学的崩溃、玄学的勃兴，这近四百年的时间历经不断的分裂、战争、迁徙，伴随着饥饿、瘟疫、残杀、死亡，士人们的生存状况和心灵世界面临着重重煎熬，发生了新的变化。这一时期的文学创作是典型的乱世文学，主题关乎生死、游仙和隐逸等方面，是士人作家内心苦痛和挣扎的自然流露，他们对人生的短暂、生命的脆弱、政治的残酷、命运的坎坷、祸福的无常，及个人的无能为力有了全新而深刻的感悟，也奠定魏晋六朝文学

---

① 党圣元：《中国古代文论研究范畴方法论管见》，载《文艺研究》1996年第2期。
② 罗宗强：《魏晋南北朝文学思想史》，中华书局2006年版；张利群：《论中国古代批评范畴的类型特征》，载《文艺理论研究》2000年第4期。
③ 李凯：《古代文论范畴研究方法论再探》，载《西南民族大学学报》2001年第5期。

悲剧性的感情基调，正是这种种感悟、思绪、情感和体验的传达构筑了虚实内涵中"虚"之维。伴随着对传统礼法、名教的怀疑和否定之风，崇尚自然在文人身上程度不同地表现为蔑抛世俗、放诞不羁、顺任情性，表现为对个体人格尊严、个性自由、理想家园的执着追求。此即鲁迅所说的"文学的自觉的时代"（《魏晋风度及文章与药及酒之关系》）。"文章经国之大业，不朽之盛事"（曹丕《典论·论文》），文人赋予文学前所未有的重要地位，首次将文学（立言）放到了与立功、立德同等的地位，肯定了文学独立存在的不朽价值。而且文人开始摆脱儒家的文学功利观来从事创作，由日常生活到作品内容、形象刻画等，都表现出对个体人格、尊严、情感、个性、自由等的强烈追求，各自的创作呈现出不同的个性特征和美学风貌：曹丕以身作则，首倡"文气说"，把文学创作看作个性化的活动，独一无二，不可重复，于是，魏晋作家群的创作特色呈现出"争奇斗艳"的多元化格局："曹子建如三河少年，风流自赏"（敖陶孙《诗评》），而"曹丕质近美媛"（徐祯卿《谈艺录》），"王粲长于辞赋。徐干时有齐气，……应场和而不壮，刘桢壮而不密。孔融体气高妙，有过人者"（曹丕《典论·论文》），"阮旨遥深"（《文心雕龙·明诗》，"嵇志清峻"（《文心雕龙·才略》），此外，陶渊明之平淡自然，谢灵运之富丽清新，左思之雄迈，鲍照之俊逸，颜延之雕饰，谢玄晖之清丽，不一而足。这些都标志着一个艺术风格和流派多样化时代的到来。这一阶段，文学摆脱了儒教"止乎礼义"的束缚以及"温柔敦厚"之风的单一和刻板，日益体现出赏心悦目、抒情言志的审美特点来，获得了自身存在的独立价值。

　　作家人格的觉醒，个性的张扬和文学创作的繁荣是引发众多批评家进行总结和探讨的前提，极大地诱发了他们（其自身也是诗人，这种双重身份是中国古代文学创作繁荣和文论繁盛的先天优势）对此进行深入的研究，以进一步引导当时文坛良性地发展，同时也为后世提供师法的楷模。魏晋六朝文学创作的整体格局，是这一阶段文学批评得到长足发展取得极大成就的重要土壤，是诞生单篇作家作品评论（如曹丕《典论·论文》）或系统理论著作（如刘勰《文心雕龙》）的前提条件。并且，这种关乎作家主体的人格精神、气质个性和对时世对人生抒发的复杂情感是"虚实"含义多元化产生的基础。

　　正是社会背景、时代精神和审美风尚等对文学的繁荣起了巨大的促进作用，为"虚实"思想准备了温床。那么具体到这一阶段的文本和创作呢？纵观魏晋六朝近四百年的文学创作，一部《世说新语》便是文人言行、思想和心灵的折射。他们在反叛和怀疑中，在失望和憎恨中，在蔑视和怠慢中，散发出一种昂扬的激情和鲜明的个性。随着作家个性的弘扬、激情的催发、诗情的酝酿、天才的表现，这一阶段诗歌全面涉及后世文学创作的各种题材，举凡感时伤世、咏史咏怀、揶揄世态，到游仙谈玄、出塞从军、闺情闺怨、交游留别、山水田园等，都留下不朽的千古名篇，取得了丰硕的创作成果。在创作特点上，作家的创作意识更加鲜明，发现了许多新的审美对象，把文学"从群体的工具变为强烈的个体生命意识"的表现，以强烈的直面现实精神，对人生价值、生命意义等问题做了深入地思考。此时的作家，均能敞开胸怀，无拘无束地书写自我，所以行诸诗文，都能写出个性，见出性灵。文学的发展历程虽有玄言诗和宫体诗的波折和演变，但总的说来，是遵循"缘情"的道路来书写情怀，表现自我。

　　罗宗强先生曾对此做了深入的梳理和剖析①。从其著书中可见，不同的文学思潮互为消长，不同理论观点互相碰撞和交锋，都在文学理论批评中得到直接或间接的反映。比如就张扬作家独特个性、体现个体生命情感的诗歌创作，陆机提出"诗缘情而绮靡"看法，是当时对"虚"的认识和总结；刘勰提出"然才有庸俊，气有刚柔，学有浅深，习有雅郑……各师成心，其异如面。"是在分析、比较了当时众多作家后做出的见解，是对作家主体之"实"的推进。可以说，没有丰厚的文学创作，没有建立在对大批作家创作情况的研究，对大量抒情性作品的感性体悟和理性分析的基础上，单单认为魏晋六朝"虚实"范畴中情感与物象的关系，来源于玄学体无说及玄学言意关系的认识，是远远不够的，也是不能让人信服的。反过来，正是理论批评对"虚"所表征的情感及"实"所指向的物象的总结，和着玄学思辨对"无"的重视，对"意"的开拓，共同作用于当时文坛，极大地增强了作家对文学本体的清醒认识，提高了他们的自信力，也导引了整个文学现状向着良性方向发展。

　　这一阶段作品数量与种类之多，从《文选》可见；诗人数量之众，从《诗品》可见；文体的繁多，流派风格的多元化，从《文心雕龙》可见。这些繁荣的文坛局面为理论的产生提供了基础，加之玄学思潮的勃兴，士族的兴起和对山水的发现，为虚实等大批范畴的催发提供了契机，注入了血液。故陆机、刘勰论"虚实"之缘情，不单作为诗人身份，就是面对当时大批既有的创作成果，是有总结的可能和必要的，是有亲身的体会和感受的；参差不齐的创作格局，个性化诗人的成批涌现，各具特色的魏晋风度等等，所有这些都为刘勰探讨诗人的学识素养，为陆机总结创作的过程，为他们理清自然物象与人的情感，情

---

① 罗宗强：《魏晋南北朝文学思想史》，中华书局1996年版，第453-459页。

感与表达之关系等,奠定了基础。

可见,"古代文论"作为与"古代文学"紧密相关的专业课程,它完全建立在作家作品积累之上。诸多文论思想都是古人在对具体作家、作品评析的基础上总结、归纳和概括出来的。当前高校普遍将这门课程讲得枯燥和乏味,让学生望而生畏,一个重要原因是课堂上理论色彩过于浓厚,让学生接受起来较为费劲,无法拉近和学生的距离。如果将其与创作活动结合起来,必定会增强课程的"亲和力","软化"其理论抽象甚至艰涩的一面,可讲得引人入胜,有滋有味。然而不争的事实是,文论范畴、术语、命题等与文学创作的关系远不及其与哲学、学术思潮关系那么明显,较为隐蔽,需要任课教师去归纳和钩沉,尤其需要认真备课、狠下功夫。从成效来看,这种付出是值得的,可运用于多轮教学中。

二、处理好文论教学与"学术思潮、传统文化"之关联

中国古代文论作为民族文化土壤上的"开花"与"结果",与传统的学术思潮和诗乐舞合一、文史哲不分的文化"滋养"分不开。这尤其需要讲解者立足主干、紧抓重点,挖掘促使文本面貌形成的文化资源,同时呈现文本所蕴藏的文化内涵和理论意义。①

如两汉文论深受当时"宗经"思想的深刻影响便表现为连个方面:一是经学促进了文论之发展。汉代很多经学家在论述自己的政治学术观点时,也涉及对文学问题的论述或与文论问题相关。如董仲舒论六经之异提出"诗无达诂"、文艺可"以类相动"等命题;古文经学家扬雄宗经、征圣的崇古思想极其深厚,自然地以之评价文学。二是随着两汉经学的繁荣,对儒家经书阐释的加强带动了文论的发展。如汉代列《诗经》为五经之一,朝廷设立经学博士官职,研究、阐发经学便成为必然。又如王逸对屈原作品的阐释,同样受经学章句阐释之风的影响。正是汉代经学的权威地位,使文论家的思想观点从很大程度上受儒家经典的限制,宗经、征圣、依经立论是汉代文论的又一突出特征。诚如学者所论,"汉代经学对文论起着制约性影响,这在古代文论史上没有任何一个时代能与之相比。"② 如果不讲清儒学独尊及其法则,就无法理解班固、刘向、王逸等

---

① 柳倩月在《高校古代文论教学的传统文化视野》(《中国成人教育》2005 年第 2 期)中有所揭示,但侧重在儒、道、释传统,而对诗乐舞、文史哲合一之传统揭示不够。
② 李建中主编:《中国古代文论》,华中师范大学出版社 2002 年版,第 70 – 71 页。

学人对经骚的不同评价。

　　再看玄学与中国文论。玄学不同派别思想全方位地对魏晋南北朝文论家的著述体例、批评方法和思维方式等产生了深远的影响。如陆机以深刻的体验和缜密的思维来传达创作构思活动的全部过程，将微妙而抽象的过程以形象的语言描绘得淋漓尽致；钟嵘将汉魏至南朝123位诗人（含五言诗）溯源至《诗经》《楚辞》系统分别进行品第，在描述不同诗人风格时又阐述其变异与特征等；刘勰更是采用"四种基本批评准则"贯穿全书50篇评论，并且各部分前呼后应、浑然一体，显示出他精心构筑文论之网的杰出创造力，其为文用，四十九篇的章节设计，其以一为多、以多为末的结构方法，其标题之思辨（如《风骨》《通变》《情采》《隐秀》等）、析理之周全严密（如奇正、比兴、华实之论析等），莫不受到玄学之深刻影响。一部《文心》的折中性思维贯穿全书，刘勰在各篇阐发文论问题时总是想得那么周全、严密、圆通，包容性极强，近乎滴水不漏，无不令人叹服。至于其余名家如曹丕、王弼、葛洪、萧统等在批评时无不深受玄学之影响。

　　其次，系统讲授古代文论要与古代诗、乐、舞三合一的传统紧密结合。中国古代"诗学"极其发达，然而"诗学"绝非只是单纯关乎"诗歌"之理论，在古代文化传统中，"诗"与"乐""舞"甚至"书法""绘画"等艺术门类具有先天的姻缘关联。如涉及先秦儒、道、法、墨诸家对"乐"（实为古代文艺）之评析，必须将当时之诗置于古代歌咏、动作同步进行的"文艺活动"去，这样才能更深切地理解"兴观群怨""韵味"说等理论。《左传》记载了"季札观乐"的故事，季札系统地观赏了鲁国保存的周代的诗歌乐舞并逐一作了评论。其观齐、周南、召南、郑风等乐曲后，无限感叹其声音之美，"季札从音乐包括诗歌的风格上去考察其中所体现的思想感情，从而借以辨别政治优劣，风俗好坏。……把文艺看作是政治的晴雨表。……"[①] 因为在当时诗乐舞结合的艺术活动中，最初"乐"占据主导地位，后来才是诗歌从乐舞中剥离而逐渐独立。因此，先秦的诗歌理论脱胎于乐论，只有把这一阶段诗学置于宏阔的文艺领域中才能讲得透彻。才能对后来的《礼记·乐记》和阮籍的《乐论》等篇章有清晰的阐发。此外"韵味""韵致""气韵生动"亦然，兹不展开。

　　再次，将古代文论置于宏阔的文、史、哲合一的传统文化土壤中来开展研究，尤其是紧密结合儒、道、释来阐发中国文论，方可避免陷入很多教师惯用

[①] 张少康、刘三富：《中国文学理论批评发展史》，北京大学1999年版，第10页。

的先梳理生字词、再概括文意最后稍做总结的窠臼和范式之中，而使文论阐发获得深厚的哲学品格和文化滋养。如解读道家文艺思想必先对老庄社会、人性和祸福的论析了如指掌，这需要将"大音希声、大象无形"，"法天贵真""得意忘言""虚而待物"等文论思想置于老、庄的哲学思想中去理解。道家哲学对中国文艺的深远影响集中表现在"虚静其心""法天贵真"和"言外之意"。而另一本土的儒家思想则从人格主义（视诗歌为塑造人格的工具）、功利主义（强调文学载道的社会功用）等方面给予中国文论不同的滋养。而佛家思想直接赋予了作品"熟参""妙悟"和"境界"说，提升了传统品鉴和接受维度的理论品性。① 又如，在魏晋南北朝时期，很多伟大批评家如曹丕、陆机等同时又是杰出作家，身份的兼职性使他们提出理论见解、进行批评实践时灵活自如地采用创作文体，其文论篇章写得文采斐然、诗意盎然，除陆机以赋体论文外，刘勰《文心雕龙》通篇采用骈体论文，而颜延之等则采用诗体对文学现象发表见解，开了其后杜甫、司空图以诗论文的先河。为何《二十四诗品》等文论作品能写的辞采流丽、精妙脱俗，给读者美不胜收的愉悦感？这与中国古代文论的诗性传统密不可分。② 如果授课教师从这一文化传统着手，则必然会引领学生进入一种诗意昂然的、唯美的艺术天地。从笔者近十年的教学实践来看，其效果较为显著，极大地促进了学生以"文学"作为突破口对中国传统文化的深切热爱。

有学者曾曰："钱锺书《管锥编》，以锥刺地、以管窥天，以渊博的知识展示其跨文化的学术视域。文化巨匠的实践为我们指明文论研究和教学的方向，我们的古代文论教学在引导学生领悟文论命题的之时，应当适时强化学生大文化视野，进行多元多边的综合探究，阐明古代文论赖以成长的思想根源，创设文化语境，将古代文论命题放置于具体的言说语境之中，进行哲学、史学、社会心理的甚至是跨文化的多方考察。"③ 的确，这种将文论置于宏阔文化背景中考察，使教学、科研视野极为开阔的方式值得尝试和借鉴。

三、教学中持久贯穿"三大精神"

古代文论作为中文系汉语言文学专业的基础课程之一，其教学目的并不只

---

① 李建中主编：《中国文学批评史》"导论"，武汉大学出版社2008年版，第2—9页。
② 详情可参见李建中等：《中国古代文论诗性特征研究》，武汉大学出版社2007年版。
③ 贺根民：《刍议古代文论教学的取舍策略》，载《廊坊师范学院学报》2008年第6期。

是传授知识，让学生在32节课堂上知晓中国历史长河中涌现过哪些批评家，发表过怎样的见解，取得过哪些成就，而是让学生在学习知识了解传统的同时，重点把握古代文论资源的价值和意义①，而我认为，其"价值和意义"不独指向古代社会，更与中国当下的文艺创作和批评实践密不可分。这就需要讲解凡是带"古"字课程的教师，必须紧紧立足当下社会现实，用古代文论中的各种资源（观点、材料、视角、方法等）来针砭当下，古为今用，同时增强学生运用古代文学理论来分析现实社会中各种问题的能力。

（一）引领学生"活学活用"，培养其运用理论知识解决多种现实文艺问题的迁移能力

如曹丕提出"文气"说，全然脱离此前从伦理道德角度论析主体之气的色彩，高度重视表现在文学作品中的作家的自然禀赋、个性气质等，强调创作个性的不可更改性。"强调作家独特个性对于作品风格的决定性意义，表现出魏晋时期人的自觉及文的独立的时代精神。"②虽然曹丕提出此理论是基于对竹林七贤等魏晋作家的分析判断，然而中西作家在生理与心理方面的不可替代性决定了此理论具有相当的普遍性。于是我采用随堂提问的方式，让学生迅速结合西方作家作品分析作家主体和创作个性方面的差异，这便是对"文气"说理论的迁移和运用。学生异常活跃，纷纷举出大仲马和小仲马等文学世家、同时代的马克·吐温和惠特曼等作家之不同。这种拓展性学习有利于启发、引导学生将文学理论与实际运用相结合，增强其迁移能力，去解决文学中的实际问题。

又如讲到孟子"知人论世"的著名文学思想时，不仅要结合文本理解其原意，更重要的是引导学生将这个重要的文学阅读、分析的原则运用于文学品鉴和接受中去：仅仅只是阅读原作是不能准确理解作品的，还应该考察作者的生平、为人和他所处的时代才可获得深入理解。让学生从自身阅读经历和体验中，举例分析文学史上有些作品倘若不"知人论世"则对作品无法有准确的把握，学生参与意识非常高涨，举例曹植、庾信、李清照等，结合前、后之"人世"论其文风的转变；有的则分析西方文坛上陀思妥耶夫斯基和高尔基等文坛巨匠前后遭际和所处时代对作品主旨和文风的影响……这种运用中国古代文论去分析西方作家作品的做法，作为拓展和延续有助于学生更深切地理解作品，实现

---

① 参见李春青：《中国古代文论两大基本研究路向之反思》，载《思想战线》2009年第1期。
② 李建中主编：《中国文学批评史》，武汉大学出版社2008年版，第130页。

活学活用，后来我让学生提交作业，整理成文件在专业公众号上相互传阅。

此外，讲到唐宋文论中韩柳的古文主张和严羽等批评家提出"妙悟""兴趣"说对江西诗派以文字、才学、议论为诗的批判和反驳时，引导学生结合作品对"以文为诗""以诗为词"等文体互渗、弥漫的现状进行分析，从而更深切地理解中国作家的杰出创造。在讲到孔子、《荀子》和《礼记》提出的"中和之美"时，引导学生分析为何后来的中国文坛没有西方意义上的悲剧，而多是被"大团圆"的结尾给稀释掉了？在讲到《礼记·乐记》中提出的"物感"说时，让学生与此前在"文学理论"课程中学到的"劳动"说进行比较，就中西两种文学起源观点之异同进行比较，凡此种种，都是一种迁移性学习。任课教师只有在讲解中不断地精心设计问题，结合文本，巧妙融汇，方可引导学生以既有文论去分析作家作品，才能切实增强其创新能力。

（二）古为今用，教学中密切关注现实，结合当下文学、文艺现状引导思索

中国文论教学不可只拘泥于时代久远的"古代"，而应吸收、运用古代的理论资源密切关注当下，对中国现实的文艺境况做出必要回应和反馈。早在20世纪80年代初，王元化先生就曾提出过古代文论研究的"综合研究法"：古今结合、中西结合、文史哲结合①。其古今结合即是要运用传统文论来分析当下文坛现象，解读当代作家作品。虽然传统文论提出的语境已与当下实况迥异，且的确有不少文论资源近乎"过时"，然而很多范畴、术语乃至命题、思想等具有普遍的适用性。如司马迁"发愤著书"说揭示了文学创作的心理动因与作品思想蕴含之间的关联；"知音"论揭示了读者接受过程中和作品的互动关联，等等。因此，讲解中国传统文论必须具有当代视野，不时地关怀现实，只有教师不断增强这种联通古今的教学意识，并在设计和引导过程中"打通古今，使学生真切地感受到古代文论的思想和方法在今天依然有效，古代文论依然活在今天，活在当下。"② 这里笔者以钻研多年的"虚实"范畴为例，以窥其一斑。

古代文论中的"虚实"是古典常用艺术手法的集成与浓缩，是诗性特征和经验归纳的凝聚与统一，它体现了古代士人的生存状况、人生理想、精神境界、艺术趣味和价值追求，具有鲜明的民族特色和丰厚的文化意蕴。它在这方面的典型品格绝不会失去光芒，依然可以反观中国当下文坛和文化现状，对所存在的问题进行针砭和批判。

---

① 王元化：《论古代文论研究的"三结合"》，载《社会科学战线》1983年第4期。
② 李建中：《古代文论教学的当代视野》，载《中国大学教学》2009年第5期。

比如从文坛现状和作家创作来看，虚实立足于作家的精神人格修养来说，要求主体必须以虚怀若谷的"虚静"心理，积极营造最佳的创作心境，消除各种杂念，超越功利和求知等，这有助于对审美和艺术之"道"的领悟与体认。

当今文坛鱼龙混杂，状况堪忧，许多学人和读者都表示过不满甚至愤懑。这固然与商品经济及读图时代的外界环境有关，但作家的创作心态欠佳和作品水准不高也是重要的原因。当今文坛和作家存在之问题为：作家在这样一个市场化和产业化，传播方式多样化的今天，竞争日益激烈，心态日趋浮躁，面临着更多的压力和考验：对名利、金钱和地位等的追逐，主体的人格和修养等受到了全方位的冲击，许多普适性价值在当代社会急剧转型中尚未真正形成；从文联和作协看，作家纳入体制化，决定了不肯完全自由地以"虚静"方式来表达自己真正的心声，或者迫于生存不敢与体制脱离关系，拿了别人的钱，有了组织的名，就要替人说话或响应号召。或者自觉向体制妥协、靠拢，在依附中潇洒而油滑地生活，在遮盖与隐匿中丧失了自己的原则和立场，无法真正地表达自己；创作由于非常在乎读者市场、点击率和排行榜、卖座率等，不得不"量体裁衣"，甚至存在舍本逐末的"迎合"（读者、观众的题材、趣味等）倾向，无法自由抒写；主体的创作追求和人格理想等决定了难以"忘"——而这是"虚静"的极致，是中国古典艺术思维的最高境界，也是文坛上出现大家产生名作的重要因素。

从创作手法上来看，文坛受西方小说主张情节曲折和结构新颖的风气之影响，极大地盛行写实，"实"过了头，淡化了"虚"的维度，也制约了虚实之美的营造，表现为文学尤其是主流文体——小说过于质实，而少空灵之风。不管是20世纪80年代以来的伤痕小说、反思文学、改革文学、新写实小说，还是其后的女性小说、新生代小说等，以至当今的报告文学、反腐文学、官场文学等，普遍存在着凝滞于反映现实、追求奇异情节的现象，对"虚境"的营造要么单一、肤浅，要么视而不见。比如于坚等人的诗歌虽自成风格，过于板实相当明显，走的完全不是"虚实"一路。也有的艺术追求方向发生了很大的转变，如新写实干脆注重对现实生活的"原生态"还原，多采用"客观化"的叙述态度，提倡"零度介入"和冷漠叙述。其影响在于不单文本失去了空灵的美学风范，而且缺乏作家主体在"虚"中的人格和理想寄托，缺乏回味的余地。这种作品在深度抒情和传播久远上，可能无法和古典以"虚实"见长的诗文相比。此外，当今部分文学在创作时就冲着荧屏而来，专门针对影视拍摄而写，作家动笔时从主题酝酿、人物构思到情节安排等均有实"象"的视觉考虑，极大地压缩、排挤了"虚"境的营造。当然,影视文学经过编导加工利用"蒙太奇"来生成"虚实",这与剧本的"虚实"体现颇为不同。

从读者接受层面来看,正因为如上创作和文本原因,读者可以想象和品位的空间——"虚"的领地,大大减少了。这与当今信息网络、电子文本及读图时代的冲击有关,读者主动调动自己的想象力,参与文本意蕴建构的意愿和能力大大减弱了。长此以往,品鉴力就会下降,仅满足于实象的直观视觉冲击而缺少对"虚"的"涵泳",故此作品"象"外的"虚"也无法真正激活起来。

因此,如教师在讲解"虚实"等大批元范畴时结合当下文坛和文化现实,则必使文论古为今用,激发学生的兴趣,不仅活学活用而且极大地拓宽学生的视野,真正学有所获。虽目前有教师结合李渔《闲情偶寄》中的"三个一"(一意、一人、一事)思想来剖析张艺谋前后期电影的风格及成就[1],但这种尝试在此门课程教学中还远远不够。我们认为,还有极大的探索空间。

(三)激发学生的怀疑精神和批判意识

古代文论作为传统文化的一部分,因语境差异等原因,精华与糟粕并存。许多诗学话语或者已经失去了生命力,或者已显得落后,这就尤其需要任课教师激发学生的批判意识,在"扬"与"弃"中增强学生的逆向思维能力,从而熏陶、培养其思考能力和创新能力。

如讲到《礼记·乐记》中的"以类相动"论,引导学生结合当下各式音乐为何出现悲伤场合使用欢快音乐,这是否与古人对"乐"特征和性质的认识不符?学生便对"乐"的使用及变异,《礼记》此论的原义等有更准确和深入的把握。此外,钟嵘在《诗品》中把123位诗人(含古诗)分为上、中、下三类进行品评,让学生结合所学文学史质疑其中存在的不当之处?在总结钟嵘对陶渊明、曹操二位作家的贬低后,结合其作品成就还原其应有的文学地位,同时从传播和接受角度来归纳和提升文学史中的建构规律。

有学者指出"中国文学批评史,从先秦到晚清,从来就不缺乏批判意识;而古代文论的这种一以贯之的批判意识,对于我们今天的文学艺术批评尤其具有现实价值。"[2] 的确,一部古代文论史某种程度上可以说是在批判和反驳、在质疑和开创中的"前进史"。如先秦庄子"虚静"说是对儒学"仁义"论的背弃,其"得意忘言"是对儒家语言万能论的解构;至汉代,王充的"实诚在胸

---

[1] 李建中:《古代文论教学的当代视野》,载《中国大学教学》2009年第5期。
[2] 李建中:《古代文论教学的当代视野》,载《中国大学教学》2009年第5期。

臆"是对当时谶纬神学的反拨；而唐朝陈子昂呼唤"建安风骨"则是对六朝绮靡文风的批判；宋代严羽推崇"兴趣""入神"，显然是针砭江西派诗病；而至明清，复古与反复古的对立与斗争更是此起彼伏……因此，当下学习、教授古代文论，就应该发扬、传承中国古人善于批判和质疑的精神①，才能从中发现问题，促进学习的深入，巩固学习效果。

可见，当前高校古代文论教学中，加强文学创作实践与古代文论之关联，处理好文论教学与学术思潮、文化传统之间的关联，同时贯穿活学活用、关注当下、批判意识三大教学精神，必将能使教学视野极为开阔，文论课堂丰富生动、活泼有趣，激发学生的深入思索和浓厚兴趣，增强、提升其关怀现实、运用古代文论解决实际问题的能力。

第三节 当前高校古代文论教学存在问题及应对策略

自 20 世纪 20 年代陈钟凡先生在高校开设"中国文学批评史"并于 1927 年出版同名著作以来，这门课程在郭绍虞、方孝岳、罗根泽、朱东润等前辈的推动与建设下，历经 90 余年发展，现已成为我国高校汉语言文学专业的一门必修专业（限选）课，具有举足轻重的地位。然而从笔者 2005 年至今十余年的教学经历和实践成效来看，要上好这门课程并非易事。有人曾准确地概括其三大特点为：枯燥乏味、板书量大、时间不够。② 李建中教授曾颇有感慨地说，在高校凡是上过文科的老师都知道带"古"字的课程都难讲。③

而"古代文学批评文选"，因涉及"古代"之"理论"尤其如此。据笔者调查，这门课程学生接受起来普遍较为困难，内容庞杂，理解抽象，因其和古代文学、美学、中国传统文化等课程联系极为紧密，对建构学生"古代"版块的文论知识结构、提升其理论思维能力乃至增强其作品鉴赏能力既有帮助，故教学改革势在必行。笔者结合多年教学经验和体会，分析教学中普遍存在的问题，并提出相应的应对策略。不妥处，恳请诸位同行批评指正。

---

① 参见本书第五章第六节。
② 于光荣：《让多媒体技术走进"中国古代文论"课堂》，载《邵阳学院学报》2008 年第 1 期。
③ 李建中：《古代文论教学的当代视野》，载《中国大学教学》2009 年第 5 期。

一、古代文论教学存在问题管窥

教学是一门带有缺憾的艺术，离完美总会有一段距离。有部分教师对当前高校古代文论课程教学所存在的问题进行过探索①，笔者不重复。从我数年的教学观摩和与同行交流切磋来看，我认为另外普遍存在四大问题亦应引起重视，现抛砖引玉如下。

一是过于依赖多媒体展示和直观画面呈现，使学生失去了回味余地，剥夺了其必要的想象空间。不容否认，在信息时代采用多媒体来教学古代文论势在必行、成效显著，能使课堂便枯燥为生动，变抽象为直观。有些文论内容辅以图片、音响来教学，字幕、图像、声音并用，会起到事半功倍之效果。

然凡事具有两面性，"古代文论"毕竟是关于"古代文学"的"理论"，在涉及相关范畴、术语、命题时，必要时需呈现古代文学的具体作品，而以典雅文言写成、讲究意象运用的古代作品需要读者调度自我想象力去回味品啒，去领略无穷的"言外之意"，而当前普遍采用的课件直观图示，必然剥夺了学生想象的空间和回味的可能。如有的教师为了让学生理解"韵味""意境""境界"等相关理论的深刻含义，采用多媒体技术展示和放映王维的绘画作品和水墨山水动画片《山水情》等，认为让学生流连在传统国画所塑造的艺术氛围中便可迅速理解以上审美范畴所承载的艺术精神。然笔者不敢苟同，王维的《山居秋暝》即为体现"意境"之美的典范之作，"明月松间照""清泉石上流"所描绘的山水图景，所体现的那种清澈宁静之美，是需要读者调度想象力去体验和感知的，绝不只是几幅图片所可取代的。长此以往，将增加学生对图画的依赖而使想象力板滞，这对专业学习是不利的。对于图像和文字之接受差异，学界多有分析，笔者不赘论。

二是在"史""论"讲解的处理和协调方面不太恰当，建议采用"历史＋专题"的形式，点面结合。当前古代文论教材如雨后春笋，有80种左右，大体有两种编排模式②，一是以核心范畴为主线对理论进行归类分析，谓之横向梳理；一是从古至今的分朝代历时性梳理，重在对代表性文论篇章的解读。"或留意于史的梳理或倾心于论的辨析，却不同程度地忽略了古代文论血肉相连的史

---

① 司宁达：《中国古代文论教学存在的问题透视》，载《南阳师范学院学报》2010年第2期。

② 参见本书第一章第一节更详析的分析。

论事实"①，在"史""论"方面往往顾此失彼，很难处理得恰到好处。

笔者曾尝试采用"史"的脉络和"专题"梳理相结合的方式来教学，效果相对而言较为理想。即先秦到南北朝部分作为中国文论的发端、起源与发展予以重点讲解，尤其是文论辉煌、灿烂的魏晋南北朝时期更是不遗余力，而唐宋至明清部分则精心挑选两个具有统摄性的专题——"意境"理论和"小说理论批评"来展开，前者即可汇总秦汉《周易》、老庄、王弼关于有无、虚实、言意之阐发，以及魏晋南北朝刘勰、钟嵘关于情采、诗味之解说，同时也可串通王昌龄关于"境"、司空图关于"象外之象"以及严羽、梅尧臣关于言外之意、兴趣妙悟说的诸多理论，这个专题的教学效果极为明显：一方面使唐宋众多批评家的诸多零散理论贯成一线，纲举目张；另一方面使学生此前所学内容贯穿起来，融会贯通，触类旁通。而进入叙事文学占据主导的明清时期，小说理论批评则可将张竹坡、金圣叹、脂砚斋等人的小说评点连成一线，同时衔接近现代的叙事文学。此阶段关于古文理论、戏曲理论则可布置作业给学生自修并及时检查。这种教学设想和调整不仅照顾到点、面，而且基本上为学生搭建起了此门课程完整的知识结构。

三是无纵、横比较，课堂缺少必要的拓展、延伸和迁移，致使学生解决问题的能力较弱。古代文论体系庞杂，知识点众多，要在32或48节有限的课时里学完全部内容并熟练掌握，教师必须在课堂上不断引导、督促学生进行各种纵横比较，无论是面对前后朝代，还是各式文体，或者不同观点等，均可在鲜明地比照中看出不同文论观点的"特征"与"差异"，发现不同批评家的推进和创新，评价某种观点的成就、价值、地位和影响等，形成复习的清晰脉络。

如秦汉时期刘向、司马迁、班固、扬雄乃至后来的王逸等士人都曾评析过屈骚，可采用表格方式横向比较各自评价屈原其人其文的出发点、立场、观点等，使学生从纷乱的头绪中跳出来，形成一条主线。又如战国时期，孔、孟、韩、墨等诸子均论及过"乐"，采用横向比较来窥测诸家对"乐"的态度和评析，从中掌握各家各派发表见解、进行批评的立场、出发点以及成败得失等②；西晋陆机和南朝刘勰都曾论及过"灵感"和言、象、意之关联，他们各自是从怎样的角度来论析，又达到了何种程度，通过专题式横向比较，方可使差异凸

---

① 李建中、吴作奎：《借石攻玉，依经立论——中国古代文论教学方法新探》，载《郧阳师范高等专科学校学报》2008年第2期。
② 参见张少康：《先秦诸子的文艺观》，上海文艺出版社1981年版。

显,使特征鲜明;此外,先秦时期儒、道论"言意"关系,亦针锋相对,各自有哪些合理处和深远影响等,这都需要在比较中加深认识。古代文论课程跨度久远、知识丰富,可横向比较处比比皆是,只有任课教师多留意,以身作则、勤于运用,才可带动学生在平时学习中去梳理和总结,去概括和深化。

而纵向比较则可不断地"向前看""向后看"①,它有助于从演变脉络中把握文论的独特性和差异性。诚如著名学者朱东润所言:

> 读中国文学批评,尤有当注意者,昔人用语,往往参互,言者既异,人心亦变。同一言文也,或则以为先王之遗文,或则以为事出沉思,功归翰藻之著作。同一言气也,而曹丕之说,不同于萧绎、韩愈之说,不同于柳冕。乃至论及具体名词,亦复人各一说。②

因此,只有将诸家对同一文论命题进行前后对比,才能将其置于动态的发展演进长河中,获得整体性的认识。如魏晋南北朝阶段文体分类日趋细密,曹丕、桓范、陆机、挚虞、刘勰等皆论及过文体的分类和特征,如将之纵向做一梳理和比照,则能对文体发展的线索了如指掌。又如秦汉和魏晋南北朝两大阶段的批评体式进行对比,能见出后者的巨大创造。后者不仅承传两汉的既定文体(依然有少量的寄生体和大量的序传体、史志体、书信体等),而且创造出自身独有的骈体、赋体、诗体、家书体等批评体式。

四是课件制作方面文字排列太密,太重展示,播得过快,如同"赶集"般的加快节奏让学生不太适应。排列过密不仅会因字体较小影响后排学生观看,而且极易造成学生的疲劳感。如果只是为了节省课时"赶集"似的一片一片地播放(据笔者调查,学生对这种课堂的认同与评价都不高),也剥夺了学生及时理解和消化的时间。这些问题在当前各高校古代文论教学中比较突出。

二、课堂集体朗诵、领略优美篇章

虽是立足于古代文学的"理论"(而非韵律协和、生动优美的具体作品),但很多古代文论篇章依然写得文采斐然,千百年来经久不衰,散发出迷人的艺术魅力。这与古代批评家同为作家的双重身份有关。以诗性的语言表达对文学的看法和评价作品,文字美轮美奂。不仅是赋体写就的《文赋》、骈体写就的

---

① 贺根民:《古代文论教学的复眼透视观发微》,载《教育文化论坛》2011年第1期。
② 朱东润:《中国文学批评史大纲》,上海古籍出版社1957年版,第3页。

《文心雕龙》,还是杜甫、司空图、元好问的论诗等,都为批评界千古美文。课堂教学中不能只是停留在观点的概括和理论的总结上,可对原本入乐的美文集体朗诵。中国古人就非常重视对作品的阅读和品味。作为诉诸人视觉的文字符号,首先便是"阅",刘勰谓之为"阅文情"(《文心雕龙·知音》)。而"阅"和"读"从来都是一体之两翼。

古人相当重视反复朗诵的效果。如前人谓"熟读唐诗三百首,不会作诗也会吟"。陆游则曰"有一读再读至百十读乃见其妙者"(《何君墓表》)。历代论及朗诵作品的高见不胜枚举,如:

读《骚》之久,方识真味;须歌之抑扬,涕泪满襟,然后为识《离骚》。(严羽《沧浪诗话·诗评》)

李杜诗,韩苏文……反复朗诵,至数十百过,口颔涎流,滋味无穷,咀嚼不尽。(贺贻孙《诗筏》)

今人通籍或成人后,即不肯高声读书,此最是大病。……至于三史诸子百家集,本是做出的文章,若不高声读之,如何能得其推敲激昂之逸势。至古人作诗,原为被之管弦,播之乐府,后来乐府与诗家分路,然试取两京、六朝、唐宋大家诗篇读之,无不音节圆足,声情茂美。"他认为:"自家作诗,必……须高声读之。理不足读不下去,气不盛读不下去,情不真读不下去,词不雅读不下去,起处无用意读不起来,篇终不混茫读不了结。(何绍基《与汪菊士论诗》)

可见,只有诵读,才可感受到批评文本"音节圆足,声情茂美",才可"口颔涎流,滋味无穷"。

桐城派先祖姚鼐曾提出"从声音征入","放声疾读,又缓读",其谓:

诗、古文各要从声音征入,不知声音总为门外汉耳。(《与陈硕士》)

大抵学古文者,必要放声疾读,又缓读,只久之自悟。若但能默看,即终身作外行也。(《与陈硕士》)

急读以求其体执,缓读以求其神味,得彼之长,悟吾之短,自有进也。(《与陈硕士》)

其对"声"于体味作品神理气味的重要性,强调得无以复加。他视熟读精诵、因声求气为获取"活法"之独门秘诀,即从或缓或急的诵读中把握作品的章法结构,体味其神气韵味。此后方东树亦大力提倡熟读和精诵:

> 夫学者欲学古人之文，必先在精诵，沉潜反复，讽玩之深且久，暗通其气于运思置词，迎拒措注之会，然后其自为之以成其辞也，自然严而发，达而藏。（《仪卫轩文集·书惜抱先生墓志后》）

熟读精诵古代佳作，于沉潜涵泳中独自玩味，"领略古人写作的甘苦曲折和文章妙处。"① 这是对刘大櫆"因声求气"和姚鼐注重熟读的继承与延续。

可见，历代文人作家都高度重视对作品的熟读和朗诵。中国古代文论历代皆有千古美文，对于集中而经典的段落甚至篇章，可通过课堂朗诵的方式来强化对文字语句的理解，来领略中国文论的诗意美感。譬如先秦《老子》中的经典文论：

> 五色令人目盲；五音令人耳聋；五味令人口爽；驰骋畋猎令人心发狂；难得之货令人行妨。是以圣人为腹不为目，故去彼取此。（十二章）
>
> 绝圣弃智，民利百倍；绝仁弃义，民复孝慈；绝巧弃利，盗贼无有。此三者以为文不足，故令有所属：见素抱朴，少私寡欲，绝学无忧。（十九章）
>
> 故道大，天大，地大，人亦大。域中有四大，而人居其一焉。人法地，地法天，天法道，道法自然。
>
> 信言不美，美言不信。善者不辩，辩者不善。知者不博，博者不知。圣人不积，既以为人，己愈有；既以与人，己愈多。天之道，利而不害；人之道，为而不争。（八十一章）

此外，第11、25章皆是美文。当全体学生聚集这种散文诗的语言时，能感受到中国古圣的哲学智慧和深邃眼光，以及文艺思想在对社会进行强烈批判时的出场语境。又如朗诵司马迁提出"发愤著书"说的这段经典语段：

> 于是论次其文。七年，而太史公遭李陵之祸，幽于缧绁。乃喟然而叹曰："是余之罪也夫！是余之罪也夫！身毁不用矣！"退而深惟曰："夫诗书隐约者，欲遂其志之思也。昔西伯拘羑里，演《周易》；孔子厄陈、蔡，作《春秋》；屈原放逐，著《离骚》；左丘失明，厥有《国语》；孙子膑脚，而论兵法；不韦迁蜀，世传《吕览》；韩非囚秦，《说难》《孤愤》；《诗》三百篇，大抵贤圣发愤之所为作也。此人皆意有所郁结，不得通其道也，故

---

① 杨怀志、江小角主编：《桐城派名家评传》，安徽人民出版社2001年版，第113页。

述往事,思来者。"于是卒述陶唐以来,至于麟止,自黄帝始。

文字气势充沛,顿挫沉郁,感人肺腑,带领学生身临其境地走近遭受宫刑、身心俱创的司马迁,不仅对其文艺思想有深切的体验,而且可从其一口气举出的八个事例中获得人生的丰富启迪。再如讲到曹丕《典论论文》中论及文学价值的这段掷地有声的美文:

> 盖文章,经国之大业,不朽之盛事。年寿有时而尽,荣乐止乎其身,二者必至之常期,未若文章之无穷。是以古之作者,寄身于翰墨,见意于篇籍,不假良史之辞,不托飞驰之势,而声名自传于后。故西伯幽而演《易》,周旦显而制《礼》,不以隐约而弗务,不以康乐而加思。夫然则古人贱尺璧而重寸阴,惧乎时之过已。而人多不强力,贫贱则慑于饥寒,富贵则流于逸乐,遂营目前之务,而遗千载之功,日月逝于上,体貌衰于下,忽然与万物迁化,斯志士之大痛也。

结合魏晋"人的觉醒"这一独特的时代背景,对曹丕此论的批评价值和理论意义就会有更深切的理解。

课堂集体高声朗诵古代文论经典篇章和段落,我们认为有两大好处:

一是促使学生集中注意力,感受批评美文的声韵效果。也许是进入大学阶段已很少有课程采用课堂朗诵了(多是默记和理解),我发现学生每次集体朗诵时都热情高涨,声音洪流,可谓声情并茂。中国大学文科教学普遍已远离朗诵,笔者呼唤应适当回归。在笔者近年主编的《中文系学生专业基本功》一书中,已将"朗诵"列入必备基本功之一。

二是通过聚焦、涵泳作品来加深对文论思想的体味和把握,体验作品的多元况味。刘熙载《艺概》曾谓"读书须切己体认,方觉有味。"朱熹则认为:"读诗之法,只是熟读涵味"。(《朱子语类》卷八十),又如:

> 读词之法,取前人名句意境绝佳者,将此意境构于吾想望中。然后澄思妙虑,以吾身入乎其中而涵泳玩索之。(况周颐《蕙风词话》)

> 善读者,约略身入境中,便知其妙。(同上)

> 读诗者心平气和,涵泳浸渍,则意味自出;不宜自立意见,勉强求合也。(沈德潜《清诗别裁·凡例》)

> 读者试平心静气,涵泳此诗……则此诗不必细绎,而自得其妙焉。(方玉润《诗经原始》)

可见，原本在文学赏析和古代文学使用的朗诵也可在古代文论教学中借鉴使用，对激发学生兴趣、强化记忆和增进理解大有裨益。

三、发挥教师学术优长，使教、研齐头并进、相互促进

寒暑易节、春秋更替，每一届学生毕业后，我都在思索如何拓新求进，避免使用千篇一律的同一教材、同一教案，力求每两三年尝试一种新的讲授方式，既增强自身对学科知识的驾驭力，也能带给学生不一样的清新气息。比如2006—2008年，在重庆的部分职业学院和自考学校讲授此课时，采用本课最常用的教学方式，从先秦到明清（因课时实在有限，实际只能讲到南北朝）以"史"的方式来梳理；2009—2010年在武汉又尝试使用以批评家为主线，运用专题踩点的方式来讲授；近两年则回归到具体文本，讲授"古代文论作品精读"，以"论"带"史"。这样两轮后，拟计划以后给学院硕士研究生讲授古代文论专题，从古代创作论、作品论、鉴赏论、批评论等层面切入，横向拓展。这样一来，每种授课方式既"通"又"变"，持续两三年的讲解，保证了课程的稳定性；同时在尝试和开拓中寻求变换，不断总结和反思，在比较中寻找到最佳的授课路数。当然，教学方式的采用关乎教材的选择，还必须考虑到授课对象的层次、水平和接受能力，需"因材施教"才能实现教学初衷，需不断吸收新的教学理念、方法和工具，才能"为有源头活水来"。

自学科建立近百年来，国内古代文论教材如雨后春笋，不计其数，各类配套资料也相当丰富，浩如烟海，部分"安逸"型教师过于依赖现有教材，往往数年一成不变地讲授，而缺少将平时科研和此课教学相结合的意识与行动。为有机结合教、研二者使之相互促进，笔者执教约十年来，尝试融入自己从事的相关研究，将平时自己关注的前沿、思考的心得和写成的文章等，在课堂上与学生交流、分享。如"古代文论的阅读写作思想"一直是笔者倾心投入研究的课题之一①，在讲解魏晋六朝、唐宋明清文论时，便可充分发挥。而中国历代经典批评文本中都蕴藏着丰富的写作经验和表达技巧，如陆机《文赋》绝不仅仅只是提出构思过程、灵感特征等文论话题，而是潜藏着丰富的写作技巧，比如怎样选择语言、如何有效传达等。刘勰《文心雕龙》中有20篇可视为写作通

---

① 先后发表了《"文人其人"观的写作特点及其启示》（载《重庆社会科学》2009年第3期）、《〈原诗〉的写作镜鉴》（载《邯郸学院学报》2009年第2期）、《叶燮的阅读思想：读什么和怎么读》（载《淮北职业技术学院学报》2009年第2期）等系列论文，读者可参考。

论，其深入性和丰富性尤其值得深入挖掘。而这两部经典批评文本分别是采用赋体和骈体写就的千古美文，两位文人的写作手法、语言思维等同样值得今人揣摩和思考，总结和借鉴。为锻炼学生的迁移和运用能力，我布置严羽的《沧浪诗话》让学生下来思考和查阅资料，课堂上讨论这篇著名批评文本所蕴藏的"写作启迪"，同学们积极发言，相当踊跃。此外，在其余轮次的课程讲授中，笔者融入"古代批评文体与言说方式""古代士人心态与文论形成"等方面的研究来驾驭课堂，从实践成就来说，这于"教"于"学"均有裨益。教学相长，这对教师备课和学生学习都是一种极大的推动与促进。我们认为只有将平时的科研和教学有机结合、相互促进，才能不断地有"活水"涌现。

四、改进与完善多媒体课件制作

当前高校课堂中，课件教学极为普遍，充分利用现代多媒体技术已成为当前教师的一项基本技能。发挥多媒体在声、光、影、色等方面的功能，不仅能从视觉、听觉和触角方面全方面地形成信息刺激，有效地调动学生的学习兴趣，而且可极大地提升教学效果，化抽象为具体，变枯燥为生动，并能扩大学生知识面，方便学生记课堂笔记。①

在古代文论课堂的多媒体制作方面，国内不少老师已在尝试。就笔者教学体验和总结来看，我先后教过三届学生后才使课件不断完善和成熟。先是搭建整个框架，备齐必需的文字材料，包括知识点阐发（重点讲解）和相关辅助性史料（拓展参考）；第二年搜索、添加各种配套图片和视频资料，如讲到儒家孔子文论观时，推荐周润发主演的《孔子》给学生课外观赏；讲到道家文论时，展示 20 世纪 90 年代较有影响的"重读"系列书系，帮助学生了解先哲提出道法自然、虚静内心等系列观点的社会背景。讲到唐宋明清杜甫、苏轼等批评家时，适当辅以"百家讲坛"和"光明大讲坛"方面的视频资料，尤其是"上下五千年"的一集一家讲解，每人三五分钟，凝练、扼要而省时。第三年再在课件格式和文字图片编排等形式方面多下功夫，不断完善，使之最终凝练简洁，便于学生接受。同时，课件播放生动活泼，赏心悦目，能激发学生们的新鲜感和好奇心。不仅如此，我在教学中还尤其重视调动学生的积极性，引导他们主动参与到学习中来，分配任务让每位学生来搜索先秦到元明清历代批评家的经

---

① 于光荣：《让多媒体技术走进"中国古代文论"课堂》，载《邵阳学院学报》2008 年第 1 期。

典逸闻趣事，有的放矢地挑选其中部分精华内容在课件中展示、分享，因内容活泼，学生参与积极性都很高。这将极大地"软化"这门课程先天具备的理论抽象性和艰涩性，增添其生动性与活泼性。

在备课中，我也常参考国内一些同行们的课件，并旁听了数位老师的现场授课，觉得采用多媒体教学中国古代文论，有如下三点尤其需要引起注意。

一是因科目特点，这门课程需要用课件展示大量的文本原文（否则文言文难懂，学生很难接受）及相关史料，不同于现当代文学可以凭借教师口头讲述，授课不能只是马不停蹄地播放、展示文字图片，而少了独特的阐发和讲解。据笔者课后调查，学生普遍都厌倦教师照本宣科地对着文字念读，因此PPT最好提供纲领式要点，更多内涵需要教师去讲解。这要求教师必须吃透内容，相当熟练才能游刃有余。亦有教师采用"隔离"技术和"隐藏"形式，使部分电脑上的补充性内容不在屏幕上出现，仅供教师参考或添加板书使用，此法亦可取。

二是忌讳课件文字过多过密，排得太满，播得太快。教师必须始终考虑到这门建构在"古代文学"基础上的课程的抽象性与理论性，要让长期习惯于形象思维的大三学生有理解的间歇，有思考和回味的余地，因此这一方面要求教师备课时课件文字必须格外凝练，无多语废字；另一方面，要求任课教师在课堂上恰如其分地把握好节奏，不可贪多求快，影响接受效果。

三是虽然采用课件节省出板书时间，但并不等于"完全告别了粉笔"①。由于课堂具有变化性，无论面对学生的不同提问还是教师凭借兴致地自由阐发，都需辅以必要的人工板书，我们不否认多媒体的优长和先进性，然而现代科技并非万能，恰到好处的板书往往能锦上添花，如虎添翼。十足地依赖课件展示和口头表达会使课堂稍显机械与晦涩，而愚认为，以课件为主、板书为辅的授课方式更加具有灵活性。

五、激发学生学习兴趣，提高其研修的积极性

老师异口同声地认为高校带"古"字的课程都比较难讲，其中既有时代久远、学生倍感隔膜和望而生畏的原因，也有"古"字课程采用文言形式，给理解带来一定困难等原因。为激发学生对这门课程的兴趣，提高其接受的积极性，依笔者多年教学经验，宜从如下几个方面着手。

---

① 于光荣：《让多媒体技术走进"中国古代文论"课堂》，载《邵阳学院学报》2008年第1期。

（一）课前精心准备、发放相关教学材料，布置部分内容让学生课后及时预习

因课时极紧，加之内容全是文言文学生有阅读障碍，教师可提前发放文论元典材料给学生，就其中重点文字采用黑体或下划线提示，课堂上主讲这部分内容，如庄子的《秋水》，《孟子》的《万章上》《告子下》，荀子的《乐记》，《文心雕龙》的《原道》《神思》《知音》等篇章即是。发放作品原文让学生下来预习，主要在消除文字障碍，提高课堂效率，培养学生课余独立、主动利用工具书查阅资料的自学能力。这远比课堂上老师通篇讲、满堂灌、学生大脑被"跑马"的效果要好得多。

（二）在课堂教学过程中，可在以下三个方面综合运用或大力改进，必能增强课堂教学的直观性与生动性，激发学生的学习兴趣

首先，精心制作课件，充分发挥多媒体在文字、图像、声音方面的优势功效。由于古代文论通篇用文言写成，文字量大，且具有很强的理论色彩，课堂教学采用传统板书和口说方式，显然迟缓拖沓、不合时宜。而提前准备的课件不仅省时省力，而且直观生动，使学生立即看清读懂每一句话，课堂笔记清晰而完备，而视频资料的配套播放则形成视觉、听觉甚至触觉的信息刺激，更显示出传统教学方式无法替代的教学优势。当然，这需要任课教师不断积累资料，完善课件，使之充实饱满、清新活泼。

其次，课堂教学中忌讳老师滔滔不绝地"一言堂"，而应多设计一些"开放性"问题供学生讨论和回答。当前社会已进入"微时代"，学生的身心特点决定了其注意力的短时性，通常在讲解15~20分钟后，需停下来设计问题，或变换教学方式，方可调动新时代大学生学习兴趣。如讲解完老庄的文论思想后，请学生结合文学史，分析其对后世作家和作品产生了哪些影响？学生会积极从"作家"和"作品"两个维度展开思考，这极大地增强了学生运用理论知识独立分析和解决现实问题的迁移与应变能力。讲到司马迁的"发愤著书"说时，请学生结合古今中外艺术家（不仅只是作家）的遭际、变迁与作品内容、成就之关系进行分析，学生必然见仁见智，纷纷从文学、美术、绘画、书法等领域寻找并分析自己所熟悉的典范。讲到陆机《文赋》和刘勰的《文心雕龙》后，请学生分析骈、赋体批评的文本魅力，进而领略中国文论的诗性特征，学生纷纷根据汉赋和魏晋六朝骈文在文字、音韵、修辞方面的特征进行分析，这就激发了他们对原本枯燥、艰涩、深奥理论的青睐与热爱；这种开放性问题的设计可谓不胜枚举，它使众多学生都有话可说，并在迁移性地解决问题中获得一种

学习的成就感和收获的乐趣，极大地有利于课堂教学的顺利推进。

再次，课堂教学中应"古为今用"，多多关注当下文坛与文化现状，建构起"传统"与"当代"的桥梁，使古代的资源精华发挥其功效，呈现其千古的魅力。如讲解儒家"兴观群怨""思无邪"时，就其对古代士人人格建构的影响以及当今很多作品脱离群众、缺乏社会关怀进行对话反思；讲到"乐以和其中"文艺观时，就后世乃至当代文艺界鲜有西方式的"悲剧"寻求深层根源；讲到道家针对主体提出"虚静"观时，对当下文坛作家为功名驱使陷入浮躁心态难以成就经典作品进行针砭；讲到扬雄、班固、王弼等对屈原其人其文展开的不同评论时，拓展性地立足当代文坛上批评的变异，重新认识批评家的立场与良知；讲到李渔《闲情偶寄》提出的"三个一"（一人、一事、一意）时，针对张艺谋前后电影的变化寻求医治良药；在讲到陆机、刘勰的骈赋体批评时，就当前批评界的批评思维陷入单一状态进行反思；在讲到杜甫、司空图、元好问的论诗诗批评体式时，就当下批评文章过于受到西方注重分析、判断、推理等理性思维影响而缺乏艺术美感进行拷问，如此等等，不一而足。无论是针砭还是传承，亦无论是救弊还是批判，只有将课堂与当下文学、文化现状发生关联，打通古今，形成对话，才能"使学生真切感受到古代文论的思想和方法在今天依然有效，古人文论依然活在今天，活在当下。"①

（三）在课后宜适当布置作业，进行拓展和迁移性训练，促进学生查阅资料，增强其动手能力

因古代文论课程内容庞杂，时间跨度大，涉及面多，而为了让学生在有限课时内多涉猎一些内容，教师必须指引方向，调动学生让其课余自己消化。如讲到曹丕"文气"说时，布置学生将其与孟子"气"论相比较，同时就熟悉的古今中外作家举例分析"文气"对风格形成的影响。在讲到刘勰的《文心雕龙·原道》篇时，让学生下来就荀子、扬雄、刘勰乃至其后韩愈、欧阳修等人对"经"与"道"的阐发进行异同比较。在讲解钟嵘《诗品》涉及诸如"直寻"说、"吟咏情性"说时，布置作业让学生从结构到语句方面分析思考《诗品》的文体特征。此外，当即将讲到很重要的理论（如王夫之的"情景相生"）时，也可以作业方式让学生体验性地去研习一些经典作品篇章（如《诗经·采薇》和陈子昂的《登幽州台歌》等）。

我认为，课余作业引导具有开放性，对学生有三种锻炼好处：一是节省课

---

① 李建中：《古代文论教学的当代视野》，载《中国大学教学》2009 年第 5 期。

时，让学生在"躬行"中领悟和掌握，实现"教是为了不教"之效果；二是促使学生勤查资料，增强其动手能力，逐渐摸索到治学的方法；三是通过检查作业，来形成课堂讨论的氛围。如对《诗品》文体特征的认识，学生可能从定位作家的"三品"品第法、意象批评的运用等方面着手，可谓"盲人摸象"、众说纷纭，最后须由老师进行总结和评析。笔者经过两个学期的训练，教学效果较为明显：学生普遍反映比"填鸭"式教学收获更大。后来实践证明，多名学生升研后，其动手操作能力在团队中表现得更为突出。

（四）对于学生而言，要在引导中转变其学科认识，同时督促前期打好必要的基础

在"古代文学理论"尚未开课之前，许多学生认为这是对"古代文学"的延续，对秦汉文学饶有兴趣的学生颇怀期待，而上完数节了解先秦子学与文论之关联后，不禁有些失望。这时尤其需要教师引导学生转变认识，在观念上对这门理论色彩浓厚的课程有所认同和接纳。我通常在开篇定位性地介绍这门课程是高瞻远瞩地评价文学，旨在提升学生的逻辑思维能力和辩证看待问题的能力，对于女生较多的中文系而言，极有帮助，不妨将之作为训练思维的"磨刀石"。然后就这门课程与文学创作、文学批评以及学术思潮、哲学基础之间的关联进行了辨析和澄清，让学生有一个整体性的必要认识。同时，强调要在之前学好古代文学、美学和传统文化三门密切相关的课程作为衔接，打下铺垫。督促学生课余多在作品积累、美育熏陶和传统文化储备方面多看书多思考，多下功夫多拓展。有了课堂内、外师生的齐心协力，这门课程的教学效果将得到极大的提升。

第四节 "一本书主义"与中国古代文论教学反思

中国古代文论在现代大学开设有百年之久[①]，是和中国古代文学一样久远的重要课程。近四十年来随着高等教育的蓬勃发展和高校教学改革浪潮的持续推进，关于这门课程教学方法、手段和模式的各种反思也增多起来，由早期PPT使用、教学内容选取发展到后期对教学原则、教学理念的探讨，近年来则

[①] 1919年前后，范文澜和黄侃先生分别在高校开设《文心雕龙》，是该课程的先导。此后，该课程在高校的教学几乎与民国时期的学科发展同步。

更多地紧扣学科特点和文本构成，围绕文论知识从教学内部入手展开分析，均给了学人极大的启发。中国古代文论的相关教学改革资助也增多起来①。其中从"一本书主义"的视角对此课程教学展开反思，目前尚未见到相关文献。这是一个很有价值、意义的新话题。

一、"一本书主义"内涵及其变化

2018年7月底，我随同单位教务处四十余位青年教师千里迢迢来到厦门大学，参加两校联合进行的青年教师教学技能培训会。期间聆听了厦大高等教育研究院院长别敦荣教授的报告《大学课程的内涵》，受益良多。他分析了当前高校课堂教学存的普遍问题，结合多年来听课的丰富经验，指出当前高校课程教学缺乏内涵与师生长期奉行"一本书主义"的教学模式有关。这个凝练的概括富有新意，给我留下极深的印象，返校后在查阅资料基础上展开思考，触动也很大。

1. "一本书主义"的来源与早期内涵

"一本书主义"最初由近代著名作家丁玲提出。她在青年作家座谈会勉励年轻人要努力写作，写出一本有价值、有意义的书，方可传世不朽。这充分体现了老一辈作家对创作精品的追求。它"是指一个作家必须写一部立得住、传得下去的书，要有一本足以支撑自己的书。"② 后因政治原因，丁玲被划分为右派，其"一本书主义"也相应地受到激烈批判。新时期在社会各领域经历了重视数量的阶段后，"一本书主义"被重新提出来，受到出版界、学术界的广泛关注和大力弘扬。

一个概念、范畴产生后，在实际使用和不断阐发中，其内涵和外延都会发生一些变化。其所指范围在逐步扩大。近年来，"一本书主义"由最初创作上出力作，转向在策划、研究方面出学术精品、文化精品，避免没有社会价值和市场价值的书籍泛滥成灾，以数量冲淡了质量。它日益成为图书品质的保证，成为数代出版人士和研究人员的不懈追求。唐瑾、郭海涛、雷群明、郝铭鉴等人曾结合著名出版人赵家璧、汪家明等人的事迹，对此含义做了新的阐发，指向

---

① 如湖北民族学院文学院张金梅教授编著的《中国文论名篇注析》便是该校教改立项的最终成果。以笔者为例，《中国古代文论》课程曾获中国矿业大学2016年度校级精品课程建设，2017年获校级网络在线开放课程资助立项建设。本书是相应课程改革的成果结晶。

② 文心：《郭海涛："一本书主义"的新诠释》，载《出版参考》2009年13期。

"做一本书就要在现有的条件下做到最好",即提倡在每一本书的编辑、出版环节精雕细刻,做好每一个细节,力求完美。如有人指出它"要争取把每一本书都做出精品,从而形成精品群。"一本书主义"不是一个数量的概念,而是一个质量的概念。它体现一种认真的精神、一种高贵的品质、一种诚实的态度。"一本书主义"是一种长期坚持与追求的、在内容与形式相结合方而体现出的独特风格。"① 这揭示出了该范畴的人文精神,对于写书、出书乃至读书的人都普遍使用。通过文本来引发读者和作者的共振,以对优质书籍的称赞和认同来回馈辛勤耕耘的作者,同时也勉励作者树立读者意识,为他们提供源源不断的精神食粮。

"一本书主义"体现了社会由粗放型发展到集约型发展的必然趋势,也符合当前社会各界对"精品"的高度重视,其积极意义甚为明显。诚如学人所呼吁:

> 由此我再一次联想到,无论是编辑、作家还是专家、学者,是否也应像丁玲一样,有"一本书主义",不要急着编书、写书、出书、发表论文,而要潜心自去写一篇文章、著一本书、做一项研究,特别是那些大事难题,是要花费很多时间和精力的。也许几年没有东西出来,但最后出版发表的可能就是一本有突破性的著作,一篇大文章。因此我真诚地希望与企盼出版界的同行和译界朋友,去追求有一篇或有一本立意深远、见解独到、值得人们记忆留存的优秀论文或著作。社会上的浮躁之风在出版业内流行,"一本书主义"或许会让我们静下心去思考,去工作。②

总之,"一本书主义"要求学者能坐冷板凳,十年磨一剑,写出精品力作,要求出版社和编辑善于策划和选题,发现具有社会价值和商业价值的好书,精心打磨提升图书质量,满足社会需求。

2. 向研究界挪用及内涵变化

结合厦大别敦荣教授所论,"一本书主义"在当前高等教育中比比皆是,其含义已由正面的肯定、称赞转向负面的嘲讽和批判。近年来,此词开始指高校师生在某一门课程学习中唯手头一本教材是问,只以一本书为纲要而毫不顾忌其他书本的延伸,这种教与学的模式是对师生创造力的扼杀。笔者借用过来具体指"课程教学中限于一种教材来教书和学习"。很显然,其内涵从鼓励创造精

---

① 文心:《郭海涛:"一本书主义"的新诠释》,载《出版参考》2009 年 13 期。
② 文心:《郭海涛:"一本书主义"的新诠释》,载《出版参考》2009 年 13 期。

品转变为批判画地为牢和墨守成规的大学课程学习。从外延来看，它已由创作、研究和出版领域扩招到教育、学习领域，从写书、出书、编书扩展到读书、用书层面。

3. 在大学教育中的固化

自20世纪90年代以来，中国高等教育在发生快速变化，教学改革大力推进，教学产业化力度也在增大。各学科教材层出不穷，以满足不同层次、类型和年龄段读者的多元需求。无论是大学课程教学还是社会上成人自考，都在"指定书目"下进行学习和考试。而在教育部推动下，一些有条件的高校充分利用基地、平台和师资力量推出所谓"国家级规划教材"，编写热情空前高涨。在"指定书目""通用教材"的模式运行多年后，各专业、各学科采用相对权威或实用的一本教材，也有部分学校自编教材，在小范围内发行和使用。教材作为老师备课的依据、上课的指南，也同时成为学生系统接受该学科知识的载体，课后复习的手头读物。在标准化考试的推动下，师生不约而同地以所讲授的"一本书"为考试的范围。总之，在备课、讲授、学习、阅读、考试诸多环节的共同作用下，一个学科的"一本教材"为师生共用，视为法宝，他们默认该学科所有相关的知识点都集中在"一本书"中。认为利用好"一本书"即掌握了该学科的全部内容，从而形成了对"一本书主义"的信奉。事实果真如此吗？学好一门课程仅一本教材就畅通无阻吗？随着体制考核和功利学习对高校师生的挤压，这种观念和做法在高校不断强化并最终固化，其弊端也日益彰显出来，值得今人重新审视和反思。

二、"一本书主义"与《中国古代文论》课程教学

"一本书主义"在当前高校普遍存在，在长期运作后被众多师生所认同和接纳。当人们失去觉醒能力和反思精神后，这种教学模式的存在似乎合法也合理。然而其形成与危害早已被教育学领域学者所认识。我们认为，这种固化而落伍的教学做法已不适应新时期社会对人才培养的要求，不适合创新性人才成长的规律。

1. 普遍存在与表现

梳理百年来中国古代文论学科的各类教材并结合高校中文系课程设置，我们发现20世纪80年代之前该课程的教材整体而言是开放的，学习也是跨学科和融通性的。在该学科处于创制阶段的民国时期尤其如此。以清华大学二三十年中文本科课程的设置为例，可以看出教学中开阔的视野：

> 一方面注重研究我们自己的旧文学，另一方面再参考外国的新文学。……课程依着年级分配，第一年是普通科学，及历史的根底，特别是中国文学史，先给大家开一个路径。第二年第三年是泛滥于各体的研究，如上古文，汉魏六朝文，唐宋至近代文，诗、赋、词、曲、小说以至新文学都于此二年中养成普通知识。文字学、音韵学列在二年之始，是为必须有了这类工具，才能研究诗赋词曲及韵文，到了第四年，大家对于文学的各体都经亲炙了，再实之以中国文学批评史。对于中外文学都造成相当的概念了，再继之以文学专家研究。这就是排列次第的根据。①

可见，当时清华大学中文系重视各体作品的研读和对文体流变的梳理，对具体文学批评的关注远远高于对纯粹文学理论问题的注意。② 虽然20世纪30年代郭绍虞、罗根泽和朱东润在教学过程中编写讲义、出版教材，各有体例、自成特色，但从当时教学现状来看，教师的主体性得到了充分发挥，他们或看重古代文论自身的发展演变，或者注重与文学作品的结合，或者在西方文论思想和学术体制的带动下从事课程教学和教材编写工作，其受到上级教学管理部门的规训远不及当前，即任课教师可自行备课，上出个性，有自己的弹性空间。

20世纪60年代后，教育部指定郭绍虞和王文生主编的《中国历代文论选》（四卷本）作为高校普遍采用的教材，畅行全国并奠定了由行政主管部门加入高校课程教学的基本格局。此后，政府主导高校日益强化，权力之手不断渗透到各专业学科建设中。"文革"后，国家教委成立"教学司"，推动高校编写新型教材，并在计划经济模式下为各高校、各学科制定通用教材。蒋凡、郁沅主编的《中国古代文论教程》等教材多次再版，成为几代人系统学习中国古代文论知识的典范，也因而古代文论的"一本书主义"模式便由此形成。而新时期随着出版机构改革和教育部功能的转换，武汉大学、华中师范大学、北京师范大学等高校文学院纷纷编写文艺学系列教材，中国古代文论成为其中一种，该课程的一本书教材在民间扩散，而迅速取代其他影响力不大的古代文论教材，被众多高校广为采用。

2. 来源与危害分析

中国古代文论课程呈现"一本书主义"越演越烈，这不过是高校人文社科

---

① 《国立清华大学本科学工程一览》（1929—1930），北京师范大学图书馆藏。
② 党圣元：《选本与中国古代文论教学——从古代文论读本编纂谈起》，载《人文杂志》2017年第11期。

课程的一个缩影罢了。分析其成因,我们认为大约有三个方面:

其一,在上一代教材更新换代时,由众多高校合作撰写的新教材在体例上更适合教学。郭先生的《中国历代文论选》被学者认为价格太贵或内容太多,在20世纪90年代不太适合于教学。复旦大学王运熙等学者推出中国古代文论新编,这比民国期间的教材更为全面和系统。因该校文论研究传统及团队的雄厚实力,教材迅速被众多高校采用,发行量大,流行很广。此后蒋凡等多校学者合作主编的教材因融合了文论元典和通史阐发,两者结合,被众多师生广泛运用。

其二,20世纪90年代后高校推动课程改革,一批学者纷纷转向古代文论教材编写,并率先在本校、本省使用,如张少康、李建中、赖力行、李春青、朱志荣、邹然、王汝梅等学者近三十年来尝试不同模式编出多本古代文论教材,以扩大自己和单位的学术影响。而李壮鹰、朱志荣、陈洪、张金梅等学者的文论选读也纷纷问世。

其三,更为重要的是在数代教材大量使用后,强化了读者的接受意识:他们认为中国古代文学理论与批评的主要知识、历朝各代不同体式的文学理论都在某本教材中了,一册在手,学习无忧。这已成为一种习惯。而此后随着各高校课时的普遍压缩,庞杂和丰富的中国古代文论学习便大打折扣,迫使师生更没有精力去做相关拓展。在这门课程来说,"一本书主义"变成了"半本书主义",但本质上拘泥于教材来学习文论,依托"半本书"来把握整个古代文论,是没变的。此外,这也与教育部对规划教材的制定、教师在社会转型时期教学模式的固化等原因有关。

依笔者研习和教学中国古代文论十余年的经验,对通常的教材多上到南北朝即告结束,最多在唐宋以后选几家大体勾勒。在有限的32节课里结合文本和通史来讲授,对此前数代学者编写的文论资料无暇顾及,相关拓展往往容易变成了水中月、镜中花。也根本无法连接古代美学、古代文学史、比较诗学等学科,几乎在相对狭小的古代文论世界中讲授课程内容。少部分具有研究基础和心得的老师在讲到某个文论范畴与理论时,能适当前后勾连,做一些学科拓展,以加深学生对知识要点的理解和掌握,但这毕竟非常有限。

3. 新时代中国古代文论教学反思

对于中国古代文论课程而言,目前有选读和通史两种教学方式。前者侧重于面对朝代做名篇讲读,后者分阶段和朝代拉通做文论发展演进史的梳理。少数教师则两者结合。从现状来看,立足于名篇分析的占多数,也得到多数学者的认同和支持，它有助于增强学生的精读意识。但几乎所有教学都依托 1~2 本古代文论教材，长期在学科范围内演绎，师生都很难打通学科森严的壁垒。对教师来说，拓展到古代文学、古代美学、比较诗学、当代文论与批评等方面无疑增大了备课量，知识结构上也提出了更高的要求，况且当前高校很多教师在学术研究中学科和领域意识太强烈甚至顽固，走不出多年精心积累的所谓"学科底盘"，很难展开跨学科研究。无论是当堂讲授还是批改作业，对古代文论以外的相关交叉、链接知识和板块基本不去涉及，长此以往，这对拓宽学生视野，培养创新性人才是不利的。

而对于学生，则在奉行"一本书主义"的过程中，对于学科知识的学习是不全面和难以深入的，缺乏在更宽广的学术视域中前后观照和左右汇通，不利于创新性人才的培养。集中表现在毕业论文时难于选题，很少有学生涉猎中国古代文论之选题，而读研深造的学生知识面狭窄，视野有限，不擅长在古代文学、古代文论、古代文献学之间融通和转换。对跨学科研究极畏惧，也无从涉猎。这与他们在本科阶段长期受"一本书主义"的教学模式是分不开的。总之，"一本书主义"对师生的"教"与"学"都是不利的，不利于学科的深入掌握和运用，不利于知识点之间的融会贯通，不利于发现和分析学术选题，不利于知识的增量和创新的产生，甚至不利于当前高校人才的培养。

三、方案、对策和出路：改变中国古代文论"一本书主义"的教学格局

基于"一本书主义"固化后逐渐产生出的负面效应，我们认为当前通过教学改革来推动这种模式的转变不仅必要也可行。

（一）学科特征与前期基础

中国古代文论根基于传统集部的"诗文评"，在近代大学学术建制中日趋发展为一门学科。它依托传统国学，从经史子集部的大量文献资料中搜罗出古人对作家作品、文学现象的认识、看法和评论，体现出古人对文学创作特征的把握、对艺术审美规律的深入总结。它从先秦发展到两汉、隋唐和明清，不断地在滚雪球中与每个阶段的学术思潮、传统伦理道德等密切相关。它在开放的社会文化和学术体系中吸收了国学丰富的养分，成为连贯政治、哲学、美学等领域的一门学科，具有很强的综合性和统摄性。以先秦为例，诸子百家对礼乐的评析掀起了中国古代首次大型的文艺争鸣，诸子的文艺观是在"文化"大框架内探讨形成的，他们对文学的看法、主张来源于其政治主张、哲学思想，是

"随意"出场的,并具有很强的"寄生性"。① 两汉诸家评屈骚是在经学背景下展开的,而魏晋南北朝文论则与玄学思潮、佛学东渐不可分离。简言之,中国传统文论与乐论、画论、书论以及政治、哲学、伦理学、艺术学等具有很强的关联性。它与众多学科的交叉、互渗之特征决定了我们在古代文论学习中要全方位打开格局,促进知识的融通,要在学科对话中激活传统资源,寻求话语空间。

而在古今碰撞、中西交融的当下,坚守传统文论的学科领地而无视西方文学理论②(何况它们在20世纪"五四"时期和20世纪80年代大量融入中国学术界,产生了极大的影响),不在共同对话和比较中选择中西"文心",则会在画地为牢中阻滞学科的发展。因此,我们认为在教学中国古代文论中,对当代文艺理论与批评、比较诗学的理论与方法等,也要有所关注。立体地讲授中国古代文论、多学科跨界的视野,是当前突破"一本书主义"教学模式的必经之途。

(二)教材编写采用多学科融入的新模式

从本书第一章评析来看,百年来中国古代文论教材众多,但基本是在传统讲授法主导下的编写产物,尤其注重文论知识的系统性、全面性和深入性,无论是以阶段朝代为纲,还是以文章自身发展为脉络,或者以文论家人物为线索,都将古代丰富的文学理论与批评作为知识载体来呈现,严守"传统文论"学科领地,几乎不与其他学科对话,显得有些封闭和守旧。教材的书写中较少考虑到当前汉语言文学本科生的实际能力和学习需求,虽有蔡镇楚、刘淮南等学者在序跋和后记中用较多篇幅深入谈到对该课程教学的认识与设想(参见首章附录),但现有教材整体而言走不出讲授法的教学模式,追求文论知识的细密、周全和深入,而相对忽视了当前教学技术、教学手段和教学环境的巨大变化,没有将"学生"学习和教学模式纳入教材编写的考虑之中。③ 进入新时期,随着慕课微课、翻转课堂、对分课堂的快速兴起,我们认为高校教材的编写要走出

---

① 李建中主编:《中国文学批评史》,武汉大学出版社2008年版,第38-39页。
② 在学科分科越来越细化的当今,学习古代文论和学习西方文论的学者,不关注对方领域似乎已成为一种习惯。严守自己学科的话语习惯、思维方式、研究方法,无法给学科带来旺盛的生命力。
③ 我认为虽然现有众多教材在序跋和后记中谈到便于学生接受、是教改的产物和结题成果云云,但实际上编写成的数十万字的教材根本不适合教学——具体教学活动之展开,称之为"老师备课的参考书"更为合适。照现有高校课程开设情况,教材一半内容都讲不完,即文本内容不利于教学展开。

多而全、厚重而系统的既定模式，要充分考虑教学实施过程，适合教学实际需求。过去将三千多年繁杂的文论知识梳理以及学术研究的贯穿融入作为第一位，今后应将教师在32节（或40节）内展开教学、学生便于接受、通过增强兴趣来提升创造力等要素放在第一位。这种转变才能真正实现由知识本位、讲授本位到教学本位、模式翻新的转变。高校长期顽固而僵化的"一本书主义"的教学才有可能被终结①。

在这种导向下，可尝试编写一本学科对话、知识融通的新型教材，彻底打破在古代文论话语内部演绎、就文论谈文论的编写格局，以古代文学理论批评为重心，实现它与相关联学科的互动对话。如下拟出三大设想，供学界和教学界参考。

1. 实现古代文论与古代文学作品的对话。

古代文论是关于"古代文学"的理论与批评，无疑"古代文学"是它的根基，二者具有先天的亲缘关系。传统诗文评的很多范畴、术语和命题都是文论家对作家作品、文学现象进行评析基础上产生的，离开了传统文学这一根基，文论便成了空中楼阁。而在该学科发展百年历程中，人们多将传统文论作为"文艺"学的"古代"分支加以研究，致使理论脱离了文本。任课教师对大量生动、丰富而感性的作品不熟悉，停留在理论的阐发上，无法吸引学生和加深其理解。早已有敏锐的学者意识到中国古代文论的教研不能脱离文学史，要从文学作品出发，提炼或印证其文学思想。如早期文论教材中，郭绍虞、方孝岳等前辈便格外重视文学作品和文学批评之关联。方著重视总集的时代价值和批评意义，认为论析中不能只顾"文史"（诗文评包含其中），其谓：

> 研究文学批评学的人，往往只理会那些诗话文话，而忽略了那些重要的总集了。其实有许多诗话文话，都是前人随便当作闲谈而写的，至于严立各人批评的规模，往往都在选录诗文的时候，才锱铢称量出来。②

---

① 以汉语言文学专业为例，虽然国内配合教材编写了一些辅助资料，如《文学理论教程》学习辅导与习题集（刘伟厚编写）、《中国文学史》学习辅导与习题集（李杰编写）等，但多是考研辅导机构所或数学者推出。客观来说，这在学生复习时促进知识融会贯通有一些作用。更多中文系课程奉行的还是"一本书主义"。众多教师还是不愿意花费精力去编写教学辅助熟悉或参考资料的。

② 方孝岳：《中国文学批评 中国散文概论》，三联书店2007年版，第20页。

他研究桐城派便常围绕方苞和姚鼐的选集（《古文约选》《古文辞类纂》等）来展开，实现文学作品和文论思想的汇通。在拜读1949年前文论著作后我们发现一些共性问题是引文非常多，材料极其丰富，倘若放在当前教材和著作中，似乎有"述多论少"之嫌，但这些引文皆出自桐城派的具体作品中，有的评论文章本身就是古文创作，融而为一；有的则能侧面反映出民国学者对作品和文论关系的深切理解。他们熟读各类总集，语句、段落信手拈来，对作品有感悟和体察，分析文论观点时得心应手。如方先生认为好的批评能引导和调适人对作品的欣赏趣味，他在"导言"中反复谈及每个人都是评论家，只要心知、口达，能通过他人评论获得"点化"，从而引发自己的批评或思考。党圣元先生曾指出："以文学创作为核心的文学现象，是文学理论认识的对象。比起哲学范畴，文学创作对文学理论的影响似乎更为直接更为具体。中国古代文学理论中的许多问题，多从历史与现实的文学现象中归纳总结出，建立在创作实践的基础之上。"① 实则指出了古代文论学科中极易忽视的一种规律。詹福瑞认为近年来古代文论的研究"多比较重视文学理论范畴的哲学渊源，然而却忽视了影响文学理论范畴的另一个重要因素，即文学创作的现实基础。"② 也同样指出了文论与作品之间的密切关系。这些学者都高度重视古代文学创作对理论批评形成的深刻影响。罗宗强先生的《魏晋南北朝文学思想史》以文化诗学的研究视角汇通了文论和作品，其对此阶段文学思想的分析和评析，大量从当时作品中得来。因此，我们认为新型教材在阐发文论观点和思想时，要大量增加文学作品例析，让师生获得深入认识和准确把握。

作品如何使用？这值得探究，一是依作品提炼而来的文论知识，附上相应的作品。如孔子提出"兴观群怨""思无邪"的诗论观，则找出《诗经》中能体现纯正思想、符合儒家正统伦理道德观念的作品，找出体现兴观群怨思想的作品，让文论观点"有据可依"，让本科生产生兴趣。如曹丕"文气"说，是在他对当年建安七子作品不同风格和特点的认识和评析基础上提出的，则《典论·论文》所涉及的相关作品应在教材中有所体现（哪怕仅是节选）。二是不限于具体篇目和语境来配作品，而是从文学史中寻找典范作品作为例证，深化对文论的认识。如司空图《二十四诗品》论及24种诗歌风格，则诗歌史上涉及典雅、雄浑、含蓄、劲健、绮丽、高古、悲慨……的作品各有哪些，每一类找2～

---

① 党圣元：《中国古代文论研究范畴方法论管见》，载《文艺研究》1996年第2期。
② 詹福瑞：《中古文学理论范畴的形成及其特点》，载《文学评论》2000年第1期。

3首典型作品进入教材，在阐发中稍做论析。这些都能促使文论和作品的互动、对话，远比单纯讲文论知识点要有趣得多。

2. 实现古代文论与中华美学的对话

古代文论从孕育到发展、从奠基到演进都与中华美学有着密切的关联，二者同源又同根。中华美学的很多范畴如虚实、形神、风骨、意境等，以及澄怀味象、象外之象等命题，与传统文论是相通的。而就中华美学精神来说，学者指出"可从五个方面来具体探讨'中华美学精神'的内涵：'一个世界观'下的情本体论；现世超越的形上追求；自由逍遥的个体生存观；虚实结合的艺术观；艺术—自然—人生—社会一体化的境界论。"① 所谓情本体论，与《毛诗序》提出"情动于衷而行于言"，以及"情为文之本"等观点相通。尤其是先秦时期，传统文论处于朦胧时期、初级阶段，在大文化的滋养下，与哲学思想和政治主张有着千丝万缕的联系。而受道家思想影响的传统文论，在主体精神和创作风格诸多方面体现出对"自由"的追求，尤其是文论中对自由人格之评析，更是"个体生存"式传统美学的体现。而虚实结合的艺术观，与文论中"情景交融""言外之意"等是相通的。艺术和人生的境界，在文论范畴如风骨、隐秀等中，鲜明可见。中华美学提倡自由逍遥、任情适性却又以理性睿智的悟解为底色的个体生存观，它"通过迁想妙得、以形写神、妙悟、虚实结合等方式"来以有限的符号表达、呈现出超越有限形象、通达于无限之"道"的本体。② 所谓以"澄明清净的本真之心面对世界与自我"，这与童心说、妙悟说都是相通的。此外中华美学的本体论、功能论是"文以载道"，这也是从两汉到宋代传统文论逃不过的重要话题。而所谓"中和之美"和超然物外的"神妙之美"，在文论中以批评家概括和追求文学作品的审美特质来体现。

2014年10月，习近平总书记在文艺工作座谈会上提出"传承和弘扬中华美学精神"的时代任务，并把"中华美学精神"与"中华优秀传统文化"并列。他指出"要结合新的时代条件传承和弘扬中华优秀传统文化，传承和弘扬中华美学精神。"由此掀起了国内中华美学研究的热潮，应该说这是一个极好的契机。因此我们认为，新时期在编写古代文论教材中，有必要在每章中提炼出中华美学精神作为参照，或系统阐发它与传统文论之间的复杂关联。虽然对美学精神的阐发在某种程度上需要较强的哲学思维，但作为教材它需要有一定的前

---

① 徐碧辉：《"中华美学精神"探析》，载《中国文学批评》2016第4期。
② 徐碧辉：《"中华美学精神"探析》，载《中国文学批评》2016第4期。

瞻性和指南性。这种考虑及双方互动对话，要比宽泛意义和基础层面上讲审美心理、审美感知等"美学理论"要具体一些，它立足于中国"古代社会"而侧重于美学观念的提炼。在当前本科课程中，设置有"美学"（概论），但普遍无"中华传统美学"这门课，我们认为新的教材中这种拓展和关注很有必要，也极具价值。

3. 实现古代文论与西方文论对话，与比较诗学融合

古代文论具有鲜明的民族特色，如将它与西方文论形成对话，通过一定的比较和参照，则其优势长处和缺陷不足便格外鲜明，学生学习和接受起来也印象深刻，得心应手。当前教材完全立足于本土，在"传统中国"内部演绎，几乎未涉及西方文论。我们认为，这既与学科发展和细化后壁垒森严有关，也与学者们的知识储备、思维视野有关。

在教材论及不同阶段文论时，可以用非常简约的文字将西方文论相关范畴、术语和命题列出，提供出来供学生参照，加深对本土文论的理解和掌握。不妨将引领学生从中西诗学渊源、中西诗学现代化、中西现代诗学主导等方面加强学习。如就艺术本质方面，在论析"意境"时，以"典型"作为参照。将"和谐"与"文采""大音、大象"与"美"本身进行比较；在艺术思维方面，将"物感"与"模仿""文道"与"理念"作为参照；在艺术思维方面，将"神思"与"想象""迷狂"与"妙悟"等进行对比；在风格方面，将"风格"与"文气""风骨"与"崇高"进行对比；在鉴赏论方面，将滋味与美感对比，将移情、距离与出入对比。① 类似可比较的范畴还是非常多的。近年来几本《中西比较诗学》教材都有一定涉猎，且相关研究也很多，这些也是此教程重要资源之一。

当然在古代文论教材中涉及西方诗学话语，需要注意三点：一是中主西次适当，不可平分秋色，以冲淡主题。二是适当兼顾，不贪多求全，适当时候抛出话题，引发学生自行去查阅和思考。三是挑选关键比较点，以点带面，不可面面俱到。我们认为，这不失为融通型教材的编写模式。

当然，突破"一本书主义"的僵化模式，实现古代文论与现代文论及批评的融合也不失为突破口之一。但面面俱到、追求完美的教材是不存在的，不利于学科知识的建构，也容易导致不伦不类。笔者认为，如能把握如上几个主要

---

① 参见曹顺庆：《中西比较诗学》，中国人民大学出版社2010年版，各章节对此有详细比较。

方面，则将是当前古代文论教材的一次重大突破，也是此课程突破"一本书主义"的重要途径。

（三）课程教学

编写得再好的教材也需要去实施。好的教材，需要在课堂中发挥效应。古代文论教学中，任课教师需要不断完善自身知识结构，精心备课，发挥学术优长。在章节的梳理中突破"一本书主义"，在具体知识讲解中要充分结合古代文学作品、比较诗学、中华美学乃至当代文论话语等学科和领域的知识。作为拓展和延伸，这在重科研、轻教学的现有大学体制下，需要教师有宽广的知识结构，需要有多学科的文学和理论知识储备。由于古代文论课程课时极其有限（多为32节），据笔者多年的教学经验，教学中拓展和延伸需要格外注意两点。

1. 点到为止

讲到文论知识要点时，据语境灵活调度作品来对理论加以印证，培养学生分析和解决问题的迁移能力。或以开阔的视野调动比较诗学的相关理论和知识，观照西方文论，加深学生对本土文论的理解。或者把文论知识置于中华美学的宏阔视域中，将美学和文论打通，把古代关于文学理论和批评的范畴、观点置于书画、乐舞的文化系统中审视，深入把握文论的本质和精髓。这种兼顾和融通，需要教师有较强的驾驭力，点到为止，不可过多展开，导致内容无法讲完，头重脚轻。

2. 调动学生

新时期随着大学教学改革的深入推进，教学上不讲学生能看懂的内容，不讲学生自行查阅资料就能消化的内容，主要讲解框架结构、知识脉络和重难点。教师近似主持人、导演和编剧角色，不再是演员，不再推行讲授式教学，而尝试小组合作学习、探究式教学乃至微课、翻转课堂等多种教学方式。因此，在采用多学科兼顾而教授古代文论时，对于不能过多展开的内容，教师要以作业、小组训练等多种方式布置下去，让学生在课外查阅资料、自行消化。这也远比此前的一本书从头讲到尾、基本上停留在文论内部而毫不观照相关学科知识要好得多。教师要精心设计话题和作业，要千方百计让学生"动起来"，其"主体性"才能真正得到发挥。

由于多种复杂因素的综合和长期作用，高校"一本书主义"的教学大有市场，可谓根深蒂固。要改变此现状绝非朝夕之功，需要很长的探索过程。我们认为突破单一学科知识框架寻求相关学科的融会来编写教材，以及在课堂讲解上对相关学科予以观照，是当前突破这一局面的两大重要途径。当然，这还需要在具体教学实践中进行调研和调整,尤其是需要听取学生们的心声来不断加以改进。

改革开放四十年来,通观各类古代文论教学研究论文、书籍和视频资料,或采访历届汉语言文学专业毕业生,我们发现当前古代文论教学在积极改革的同时,在讲授方法、作品理解、课程融通、关注当下等方面依然存在很多问题,学界在其教学上既提供了可操作的改进方法,这些问题也可成为我们推动此课程教学改革的突破口。教师在发挥个人特长、完善教学手段、突破"一本书主义"教学模式、推动教材编写、激发学生兴趣等方面,还有很长的路要走。

第三章

中国文学批评史教学的三维透视

很多直接以"中国文学批评史"命名古代文论课程教材,既有"返本归真"(二三十年代学科建立时,陈钟凡、郭绍虞先生即以此为名)之效果,也能在"史"中彰显文学理论和批评。其教学改革大体涉及"课程与教材""教师与课堂""学生与研习"三个层面,逐一审思,将能在"教"与"学"中获得多种启迪,且对增强教学成效,功莫大焉。

第一节 中国文学批评史教学漫议·课程与教材篇

无论是在师范性大学还是综合性大学,都在高年级开设了中国文学批评史,这门课程要求学生先期储备一些古代作品、文学原理和美学常识,接受起来才会水到渠成。然而由于此门课程主要涉及"古代"部分(非当下语境),且又是文学方面的"理论"(而非作品),故与学生存在一定距离,普遍反映不易掌握。有人曾准确地概括出这门课程的三大特点:枯燥乏味、板书量大、时间不够。① 基于这种学科特点,教学中如何"软化"其理论色彩,讲得生动活泼、亲切自然,饱含信息量又不乏启发性,始终成为萦绕在笔者心头的话题。这尤其需要通过系列教学改革来进行,笔者经调研、访谈、观摩并结合个人教学经验和体会,拟从课程与教材、教师与课堂、学生与研习三大方面来展开,本节略谈一孔之见,以求教于方家。

---

① 于光荣:《让多媒体技术走进"中国古代文论"课堂》,载《邵阳学院学报》2008年第1期。

一、课程与教材方面

师、生在教、学之前均要对此门课程的性质、内容与特点有一个清醒而理性地认识。在当前有的高校，古代文论甚至以"古代文学批评文选"课程来代替，不仅和先秦至明清的"古代文学"一样涉猎传统知识和先贤精髓，而且又是古代中的理论，具有浓郁的理论色彩和很强的思辨性，故对于很多中文系本科生来说，心存畏惧，兴趣不浓，难以亲近，普遍反映理解接受和消化不易，爱上它更需时间。笔者身为一线教师，从多年学习、教学和研究体验来看，深表理解，我曾说本科时学习这门课程积累些基本知识，有些大体认知，留下些许印象便可，真正登堂入室、爱上它还要到研究生深入学习的阶段。

首先，在开课前期要学好三门基础性课程。中国古代文论作为汉语言文学专业的主干课程，要想深入扎实地学好它必须以如下三门基础课程作为前期铺垫：中国文学史、中国文化概论、美学概论。

这门课程涉及的诸如"诗言志""文质彬彬""发愤著书""滋味"说、"象外之象""韵味""境界"等文学理论，都是牢固地建立在古代文论家对文学现象的评析基础上，古代系列范畴、术语、命题的提出都离不开文论家对作家、作品的批评与看法。虽然古代文论很多资源如"形神""虚实""道法自然"等是从哲学领域转入文论和美学领域的，然而其在后来的深入发展、不断演进及广泛运用等，都离不开各类创作的滋养与哺育。可以说，中国文论是在历代文学实践土壤基础上开出的"花朵儿"。此外，纵观中国文学批评史，许多批评家身份具有双重性，如庄子、曹丕、陆机、王昌龄、杜甫、司空图、苏东坡、严羽、王夫之等既是作家也是批评家，他们紧密结合自身的创作经验和体会提出文论思想，不理解他们及其所处时代的创作，就难以对其文论观获得深入的理解和阐发。因此，学好中国古代文论必须首先扎实学好中国古代文学，对传统文学的发展与演进、脉络与线索需了如指掌，尤其要对作品极为熟悉。

其次，古代文论是中国传统文化的重要组成部分，是中国文化在"文学"领域方面的体现，其教学必须紧紧依托儒、道、释等传统文化展开，同时充分挖掘、呈现文论典籍中的儒、道、释文化精髓，"中国古代文论是中国古代文化的组成部分，古代文论的发生、发展及演变既以儒道释文化为思想背景和精神资源，而古代文论本身又是古代文化巨苑中一道靓丽的风景。中国古代文论从思想观念到范畴术语,从思维方式到理论形态,无一不受到中国古代文化的影响。"① 可以说,古代文论与中国传统文化血肉相连,如果初学者(甚至研究者)能"紧紧扣住古代文论与儒道释文化的关系,在古代文化的思想背景和精神源流中,把握并阐释古代文论的演进脉络和理论精粹",就可"在民族文化和民族精神的层面揭示古代文论的理论意义和当代价值"② 如把握孔孟文论提出的温柔敦厚、文质彬彬、思无邪、知人论世等文论思想,领会他们对文艺伦理教化功能、哀怨讽谏作用和温柔敦厚风格的重视,必须将其置于百家争鸣时代儒家"以文教化"的文化背景之中,必须对儒家主张"礼乐""仁义""忠恕"和不偏不倚、无过无不及的"中庸"之道,以及在政治上提倡"德治""仁政"和"王道"等文化内涵有深切了解。此外,以老庄为代表的道家文论追求虚静淡泊的人生境界,格外主张文学作品的言外之意和文学风格的自然真美等,都必须对道家文化有整体而深入的把握。此外,佛教文化对文论中的"文学真实论""艺术思维论"和"审美境界论"亦产生了深远的影响。③ 因此,这不仅要求学生通过对中国古代文化的研习来提升对"传统"的热爱,激发民族自豪之情,同时为深入理解和掌握博大精深的古代文论提供背景,获取边缘性知识。

再次,专业课程的开设必须考虑到前后衔接和基础关联问题。通过笔者多年的教学经验和体会,古代文论课程之前宜学好"美学概论"这门课。一方面,古代文论本身和中国传统美学具有很多相通之处,诸如《老子》《庄子》《论衡》《文赋》《二十四诗品》《沧浪诗话》《人间词话》等文论经典著作本身也是美学典籍,④ 在古代文史哲融通、诗乐舞合一的文化背景下,先秦两汉时期很多美学范畴逐渐转入文论领域成为文论范畴,而这在"美学概论"课程中均有所涉及。另一方面,中国古代文论教学过程涉及古代批评家对作品不同风格的论析,诸如清空、雄浑、豪放、自然、沉郁等,都是美的类型与体现,并且有些风格类型极其接近和微妙,如无美学课程作铺垫,没有有意识地锻炼和提升学生的审美能力,则理解起来会比较吃力。反之,有此前美学课程的熏陶和培养,则容易得心应手地把握文论中对各种微妙风格(如古淡与冲淡、沉郁与顿挫、劲健与遒劲、悲壮与宏壮、华靡与绮丽等等)的精准评析。

---

① 李建中主编:《中国古代文论》"导论",华中师范大学出版社2002年版,第1页。
② 李建中主编:《中国古代文论》"导论",华中师范大学出版社2002年版,第1页。
③ 参见李建中主编:《中国古代文论》"导论",华中师范大学出版社2002年版,第5—6页。
④ 叶朗《中国美学史》大纲对这些典籍中的美学思想,均有深入论析。

由上可见，中国古代文论课程在高年级开设前必须且至少有前期古代文学、中国传统文化、美学概论三门课程作为基础，才能顺利实现学习的衔接。任课教师在教学中，要会把握它们之间的关联以及它们在实现专业人才培养目标中的功能与作用。此外，古代汉语、文学概论亦与此课程密切相关，为其先导课程，也需学好。① 课程的倒置和缺席都不利于学生兴趣的激发和知识的掌握。同时，学生要想扎实学好此门课程，必须平时在这三门课上多下功夫，多进行巩固、拓展和延伸。

二、学科发展史及其特征的交代、描述与勾勒

作为汉语言文学的一门专业限选课，学生到了大三高年级依然对此门课程的属性、定位较为模糊，且部分高校定名为《古代文学批评文选》，极易使学生将其看作主干基础课"古代文学"的附属或分支。这门课程既不是纯粹的"古代文学"也不是一般意义上的"文学理论"，与此二者均有关联然而它却关乎"文学"和"理论"。虽然此门课程课时极紧，教师在讲授开始时把此学科的发展演进史及学科特征大体做一回溯和介绍，明了它在中国语言文学中的位置，就能在观念和意识上逐步接纳、走近该学科和课程。笔者在教学的前一周便简练、扼要地论及如下四个方面。

一是整体性地勾勒了此课在19世纪20—40年代的初创和发展，介绍了陈钟凡、郭绍虞、罗根泽、朱东润等前辈学者的早期开拓，总结了其各自治学的路径、特征及得失，将此课置于宏阔的学术视野中打量，让学生明了其来龙去脉，以及前辈为学科建设的筚路蓝缕之功。

二是辨析"中国古代文论""中国文学批评史""中国古代文学理论发展史""中国古代文学原理""古代文学批评文选"等课名，厘清其关联，分析学生在图书馆看到的不同题目的教材之关联，从命名角度剖析此门课程的特征，以获得定位性认识。

三是结合当下实例并以形象、生动的比喻来介绍此门课程即将涉及的内容。当前周汝昌、刘心武等红学家对曹雪芹、《红楼梦》和清代文化进行评析和解说，而他们亦被国内学者所研究。在中国古代，历史承传的前代作家作品，当时文坛上涌现的作家作品以及各种文艺现象，也被古代批评家评析和解说，并

---

① 在李宜蓬等撰写的《中国古代文论课程教学改革的实践与思考》（《绥化学院学报》2009年第5期）中曾对"中国古代文论"与其余课程之关联有详细揭示，可参考。

由此生发出系列文学理论,这门课程就专门学习古人如何评价古代作家作品及其观点看法,要求学习者既要对古代作品了如指掌,也要高瞻远瞩地对古代批评家如何评析相当熟悉,即通过古代文论这扇"窗口"来窥探"大观园"背后的"迷人风景"和"过往游客"。同学们一下子豁然贯通。

四是介绍了"古代文论"作为一门独立的专业课程,在硕士和博士阶段专业设置时所处的具体位置。读研时多置于"文艺学"下面,成为和"西方文论""美学"等并驾齐驱的方向之一;而攻博时则多单独设点,目前国内有包括复旦大学在内的部分院校设置"中国文学批评史"博士点。同时,简约地介绍了复旦大学数代学者的"古代文论"治学成就及其启示。

这种描述和勾勒不仅厘清学生心中的困惑,而且有助于加深学生对课程的了解,好的开端迅速引领学生登堂入室。

三、学科书目推荐与学术前沿介绍

在和朝气蓬勃、对知识充满渴望的当代大学生相处数年中,我一直认为不给学生推荐书目、不引领学生去发现"新大陆"的老师,不是好老师。自己在平时备课和科研中发现有适合本科生阅读、又和课程密切相关的好书,就及时在课堂上推荐。教师决不能只是教书匠,每年机械不变地重复所讲内容,而应及时地向学生介绍学科发展的动态及研究的前沿信息,做好学生的引路人。

如讲先秦孔孟老庄文论时,我给学生配套推荐九十年学界颇有影响的《重读庄子》等丛书(十余种),以加深对庄子文论提出时代和背景的了解;又如推荐李建中先生的《中国文化与文论经典讲演录》,该书以讲课实录的形式来讲解文论,生动活泼,深入浅出;在讲到刘勰时,为学生推荐其《文心雕龙讲演录》;在讲到隋唐文论时,为学生推荐罗宗强先生主编的"中国文学思想史"系列,同时推荐《唐诗艺术讲演录》以及《唐宋诗词十五讲》,加深学生对该阶段作家作品的深入把握,才能对诸如"风骨""兴寄""情境""象外之象"等理论的把握。讲到明清文论时,为之推荐"历代学术思潮与文学和批评"丛书,等等。

据课余反馈,学生不仅很喜爱,而且读后由点及面,收获甚丰,尤其是"讲演录"和"十五讲"等丛书,邀请国内多所高校著名学者撰写,深浅适中,具有趣味性,尤其适合于本科阶段初学者使用。据笔者了解,当前高校文论课老师在向学生推荐书目时普遍存在三大问题:一是学术性较强,适合老师从事科研,超出初学者接受水平;二是理论色彩太浓厚,显得艰深、板滞有余而趣味、活泼不足，对学生没有吸引力；三是书目没有可持续性，不能作拓展、延伸性阅读，而系列"丛书"恰好可弥补这一缺陷。为此，笔者在教学中尤其考虑到学生的接受能力和爱好所在，所推荐的"讲演录"和"十五讲"以及"重读""之谜""中华读书之旅"等系列书目，都较受学生欢迎。课堂上讲解到相应知识点时向学生推荐书目，有利于开阔学生视野，为其敞开一扇扇知识的窗口。

此外，为避免教学陷入模式化，千人一面而缺少更新和创意，我在古代文论课堂上增添了"学术前沿"介绍，带给学生清新的气息，以起到引领作用。如部分教师在讲授杜甫的诗学思想时，结合其"三吏""三别"等作品，引申出对"诗史互证"研究方法的介绍，包括"以诗证史""以史证诗"两个方面，并进而分析这种方式对清代诗歌诠释方法的深远影响。这种文、史紧密结合的讲授方式，加强了课堂的学术含量。① 在讲解先秦两汉融汇于诸子、史传中的文论思想时，我系统介绍了国内外近三十年对文体学的论析与研究情况，钩沉了学界由"创作文体"到"批评文体"再进而研究古代批评界的"言说方式"之研究历程，进而总结此阶段文论界涌现出的子史体、序跋体、经传体、书信体之表现与形成，并将之进行前、后朝代的纵向比较，介绍了国内批评界目前从事文体研究的几种范式（单个体式、谱系追溯、整体通论、形态生成等）和知名学者（吴承学、彭玉平、李建中、党圣元、何诗海、姚爱斌、陈军等）。以学术前沿的方式引出该学科近年来研究的新进展、新动态，同学听来不仅耳目一新，而且大开眼界。

当然，每位教师的关注热点和研究重心各不相同，但结合自身擅长在课堂上向学生输入新鲜"血液"却是基本的要求。这就要求教师勇于开拓，勉励推动自己去从事科研，了解动态，使教、研有机结合。引领学生触摸学术前沿，是任课教师化解学科枯燥性并得到学生拥护和称赞的重要途径之一，否则较为枯燥、单一的单纯知识性讲解远不能满足当今学生的多元需求。笔者在讲解中国文论最为发达、辉煌和灿烂的魏晋南北朝阶段时，结合自己的博士论文，从曹丕、陆机、刘勰、钟嵘以及颜之推等批评家如何建构此阶段美轮美奂的赋体、骈体和家书体等，进而试图开拓古代文论"转换"② 的新维度：由言说内容转

---

① 汪超：《中国古代文论教学的探索与思考》，载《安庆师范学院学报》2011年第1期。
② 此为20世纪90年代学界热点之一，详见钱中文等主编：《中国古代文论的现代转换》，陕西师范大学出版社1997年版。

入到言说方式，进而过渡到言说主体——谁在言说，怎么言说？笔者在课堂上重点剖析了批评家建构文体的策略、方式和技巧，从学生"目瞪口呆"般的神情来看，他们惊讶中国文论竟然可以这样解读。

四、对教学内容的初步设想与改革

自有"中国文学"以来，就有与之对应的"中国文学批评"，而前者作为高校核心专业课程，从先秦到明清三千余年共四个阶段需教学四个学期，而古代文论目前几乎在所有高校都只安排一个学期32节（极少48节），且有的定位为"文论选读"，只有篇章的踩点，而无"史"的勾勒。鉴于这门课程时间久远、跨度较大、内容庞杂等特点，教学中必须有的放矢，分清主次，取舍有度①，突出重点。

对于如此丰厚的内容，我在教学中尝试采用"史"的脉络和"专题"梳理相结合的方式来进行，即先秦到南北朝部分作为中国文论的发端、起源和发展部分予以重点讲解，尤其是文论辉煌、灿烂的魏晋南北朝时期更是不遗余力，而唐宋至明清部分则为文论演进、扩散、深化时期，精心挑选两个具有统摄性的专题——意境理论和小说理论批评来展开，前者即可汇总秦汉《周易》、老庄、王弼关于有无、言意之阐发，以及魏晋南北朝刘勰、钟嵘关于情采、"诗味"之解说，同时也可串通王昌龄关于"境"、司空图关于"象外之象"以及严羽、梅尧臣关于"言外之意""兴趣""妙悟"说的诸多理论，这个专题的教学效果极为明显：一方面使唐宋众多批评家的诸多零散理论贯成一线，纲举目张；另一方面使学生此前所学内容贯穿起来，融会贯通，触类旁通。而进入叙事文学占据主导的明清时期，小说理论批评则可将张竹坡、金圣叹、脂砚斋等人的小说评点连成一线。② 此阶段关于古文理论、戏曲理论等则可布置作业给学生自修并及时检查。这种教学设想和调整不仅照顾到点、面，而且基本上为学生搭建起了此门课程全部的知识结构。

---

① 有学者称之为"复眼透视"，详见贺根民：《古代文论教学的复眼透视观发微》，载《教育文化论坛》2011年第1期。
② 我的硕士生导师、致力于古代文论研究多年的杨星映教授提出并建议采用此法，特致谢忱。

第二节　中国文学批评史教学漫议·教师与课堂篇

"中国文学批评史"在高校开设近百年来①，取得了累累硕果，先后涌现出各种教材约 80 种，各种学术专著更如雨后春笋，各高校纷纷设置博士点（或方向）。随着文论课程体系的改革，古代文学批评成为强化学生基础知识、弥补完善文论之"古代"版块的主干课程之一。然而它先天地具有枯燥乏味、板书量大、时间不够之特点②，要想上得生动活泼、趣味盎然、深受学生欢迎却绝非易事。这固然需要在教材编著、教学内容、教学方式和学生研习诸多方面进行必要的改革，但笔者认为核心和关键还在于教师之课堂教学，任课教师需要具备怎样的专业素养和学术视野，采用哪些适合大三学生特点的教学方式，又怎样编排深浅适中、难度适宜的教学内容，以及在教学此门课程中应注意哪些问题，等等，都应引起诸多同行们的高度重视。这里笔者结合数年来在多所高校执教此门课程的经验和感受，以及与诸多同行的切磋、交流，受到学生的评价与反馈等，特撰文抛砖引玉，求教于各位教学专家。

一、教材的选择与授课方式的采用

中国古代文论知识丰富、体系庞杂，不仅时间跨度大（先秦至明清），而且批评家众多，作品浩如烟海，且很多内容涉及儒、道、释等文化内容，在有限的课时里全部涉猎和讲授是不现实的，即便精简内容，提高上课效率，依然会感到捉襟见肘。据笔者了解，因课时太紧目前很多高校老师大致从先秦讲到魏晋南北朝时段就结束了，而唐宋以后的千余年的文论发展只能忍痛割爱。其实作为一门课程，宜顾及体系的完整性和内容的充实性，缺斤少两的授课对建构学生知识结构、提升学生专业能力是极为不利的（日后方可显现）。而如何协调课时有限和内容庞杂之间的悖论呢？笔者以为，这涉及任课教师对教材的选择

---

① 自 1927 年陈钟凡先生出版此前的讲稿《中国文学批评史》以来，这门学科在郭绍虞、罗根泽等前辈的建设下正式成立。
② 于光荣：《让多媒体技术走进"中国古代文论"课堂》，载《邵阳学院学报》2008 年第 1 期。此外，武汉大学李建中教授曾颇有感慨地说凡是上过文科的老师都知道，在高校带"古"字的课程都难讲。见李建中：《古代文论教学的当代视野》，载《中国大学教学》2009 年第 5 期。

和授课方式的运用。

先看教材选择。据笔者收集和统计,中国文学批评史自学科创建至今,国内先后涌现出不同教材约80种(包括配套教材),体例因"史""论""料"的处理而呈现不同面貌。早期教材体例是"史"的叙事为主,如郭绍虞、敏泽所著即是,大体按照先秦两汉、魏晋南北朝、隋唐五代、两宋、元明清等不同阶段,全面梳理中国文论发展、演进史,长处在于体系清晰、内容全面,然而教材偏重于研究,不利于课堂教学和学生接受。郭绍虞、王文生选编的四卷本《中国历代文论选》,从浩如烟海的材料中钩沉和提炼,材料丰富,适宜作配套资料选用,同样不适于课堂教学,学生感觉很"隔",一时抓不住重点,难以接受。此外,徐中玉先生组织编选的文论和美学资料汇编亦是如此,然而其研究价值却功不可没。

进入20世纪80年代以来,因侧重点的不同,古代文论教材出现了两种新的体例,一是由最初只是作为辅助教材的"古代文论选读"演变为侧重讲解古代文论作品的体例,如夏传才的《中国古代文学理论名篇今译》根据上课讲义扩充、完善而成的,多采用原文、注释、翻译、评说等体例来编排,有助于引领学生细读文本、直面文论作品。此外,孙耀煜、韩湖初、李壮鹰等学者著作亦是如此。二是侧重于系统地讲解古代文论理论的体例,如王乃彬的《中国古代文论概述》即是,全著17章以专题形式构成①,此外,吴建民、刘明华等人的《中国古代文学原理》类的著作也是横截面地选取重要理论命题来进行讲解。显然这种教材体例探索对于推进中国古代文论研究是大有裨益的。然而笔者认为,这种横向专题式教材适宜于作研究生教材,对本科生学习接受还较有困难。偏重于史、料和论的三种教材模式,特征和优点各有千秋②:依"史"讲,有助于学生把握文论发展演进的线索和脉络,课时相比内容又太有限;依"论"讲,学生难以掌握其知识体系;依料讲,不仅授课难度大,学生亦觉得相当枯燥,易被淹没在材料之中。因此,如何协调好三者之间的关系便成为授课教师必须首先思考和面对的问题了,而教材的选择则首当其冲。

这三类教材在20世纪八九十年代各高校教学中均有尝试,而据笔者跟踪了解其成效,三者结合而不是偏重一方的教材较受欢迎。经综合比较,我认为李

---

① 这里教材类型参照了黄毅:《新时期古代文论教材的编写与出版》,载《昆明学院学报》2008年第5期。

② 黄毅:《新时期古代文论教材的编写与出版》,载《昆明学院学报》2008年第5期。

建中先生2002年主编的《中国古代文论》可资参考，此教材多次再版，发行数万册，分阶段、依史的顺序，精选重点批评家点、面结合地论析其文论思想和批评观念，结合儒、道、释文论进行精辟地阐发，每编后面附录简体横排的文论选读原文供参考，在同类教材中，较具特色。此外，李春青、王汝梅、黄霖、邹然、赖力行等学人的教材亦较可取（参见本书第一章）。诸如《中国历代文论选》之类的教材适宜作为辅助读物和工具资料；《中国古代文学原理》之类的教材即可配套使用，也可作为研究生读物。

在课时与内容产生矛盾时，应选择精炼的教材。一本适合本科教学的好教材，既要有完整的知识体系和结构线索，也须因地制宜地顾及教学实况，因此教材不能太厚，篇幅不能太长，阐发不能太繁琐和沉冗，必须充分考虑到初学者的接受能力和学习水平，教材以精炼简洁、深入浅出、浓缩精华较为可取。

次看授课方式的选择。相应地，当前我国高校本科课程设置存在着两种情况，一是定名为《中国古代文论》，以论带史，文论材料掺杂其间；二是开设为《历代文论作品选读》之类的课程，以张少康、韩湖初和夏传才教材为主。这两种上课模式笔者先后均有尝试，相比较而言，前者对于呈现学科完整体系、建构本科生知识结构更有帮助，既避免了陷入材料大海的尴尬，也有利于防止只见树木不见森林的教学弊端。而后者则宜作为研究生教学使用，毕竟他们已有一定专业基础，深入、细致的文本阅读，有利于他们研究能力的培养和提升，并可从中寻找论文选题。

其次，即便现行教学优先采用"史、料、论"三结合的第一种授课方式，历史悠久、博大精深、知识丰富的古代文论依然不可能在32（乃至48）节课时里全部完成，在教学中为避免"头重脚轻""短斤少两"，依笔者经验可灵活采用先史论结合、后专题展开的形式进行教学，既可完整呈现整个中国文论发展线索，又可克服课时有限带来的弊端。具体做法为：先秦两汉至魏晋南北朝为中国文论的萌芽、发展和繁荣期，宜以"史"为序重点讲解，尤其是文论辉煌而灿烂的魏晋六朝时期，鉴于其承前启后性，既可追溯前源又可分析带来的后世影响，从而波及隋唐文论，六朝以后中国文论众体兼备，诗学理论、词学理论、小说、戏曲批评较为繁杂，为避免陷入琐碎，可抓住主线和关键来展开，以点带面，如唐宋选择"意境"理论重点展开，自陆机、刘勰、钟嵘对情景关系探讨后，唐宋时期的殷璠、王昌龄、皎然、刘禹锡、司空图、严羽论"兴象""境""妙悟""象外之象"等则集大成，对此理论的推进贡献尤为巨大，需重点讲解，而对"诗味"的探讨则牵涉司空图、梅尧臣、欧阳修等，讲清楚了

"意境"与"意境"理论的思想渊源、内涵表现、基本特征，就可以点带面地把握整个唐宋文论。而对于元明清时期，因叙事文学占据主导，可紧抓小说理论批评这条主线纲举目张地展开，将刘辰翁、罗烨、李贽、冯梦龙、金圣叹、张竹坡、脂砚斋等人的小说批评连成一线，既把握了阶段重点，也提高了课堂效率，同时避免了唐宋以后文论的讲解陷入琐碎和支离。从教学反馈来看，这种先史论、后专题的教学方式，较受学生欢迎。倘若中途布置作业（运用理论选择最熟悉的唐诗宋词作品分析其"意境"之美等）让学生总结、钩沉或练习、讨论，便锻炼了学生的笔头功夫、动手能力以及运用专业知识解决问题的迁移能力。

再次，在讲解每个阶段的"绪论"时，笔者以为宜采取点、面结合，史、论兼顾的教学方法。先从"面"切入，了解每一时期理论批评的概况和特点，然后再向"点"深入，了解这一时期重要的理论批评家和重要观点。之后，将"面"和"点"的知识综合起来，理清这一时期文学观念、理论范畴的来龙去脉、发展线索，使学生获得轮廓性的完整认识。此外，在讲授秦汉六朝文论时，也必须从我们民族的思维方式、审美意识的特点出发，从古代文论产生、发展的社会历史状况、哲学文化背景出发，从观念、范畴的发生和演变的过程中来寻绎、辨析、理解概念范畴的内涵，尤其是它的精微之处，以求得对古代文学理论的准确理解和科学阐述。这也是初学者应引起注意和重视的。

二、跨越文字障碍，发放简体材料，促进学生自觉预习

"古代文论"不同于"古代汉语"的讲解，它必须立足于字句理解、语句梳理、知识洞察，在此基础上进行意义的生成与价值的阐发[①]。而文论经典全以文言形式呈现（四卷本《中国历代文论选》等甚至是繁体字编排），因时空之隔，学生理解起来较为困难。近十年来，虽然各种教材和配套资料等采用简体横排并附有注解，然而课堂教学必须尽快跨越文字障碍，在理解后梳理、提炼和总结文学思想，以缩小理解隔阂、减少阅读障碍，全面提高课堂效率。有教师采取精心编选文论材料、课前发放给学生，对照问题和要求有的放矢地去预习的方式，笔者认为较为可取，"将原典资料集中起来，按照教学目标及教学重点采择出课堂教学中必须涉及的重点文字及段落，按拟定的教学思路对采择的文献资料进行合理的排列，并标明通过各段文献资料所要完成的教学目标。

---

① 李春青：《中国古代文论两大基本研究路向反思》，载《思想战线》2008年第1期。

文献资料的采择力求少而精，通过这些精要的原典文字力争能够提纲挈领地展现出某种文学理论的基本精神与风貌。"① 比如《论语》中的精彩片段、《庄子》诸篇、《孟子》之《告子上》《万章上》、陆机《文赋》、刘勰《文心雕龙》之《原道》《神思》等篇章的简体电子版，提前发放，人手一份。此举的教学意义有二：一是促使学生借助工具书来查阅和预习，有助于增强其学习的主动性和积极性；二是使课堂的时间效率得到提高。

课前发放文论材料让学生预习，然后由老师梳理、提炼和总结，是一种可取的教学选择。笔者以为，亦可分配、落实具体篇章到人，轮流由学生登台主讲，其余学生补充，或形成探讨、互动的课堂氛围，有利于改善授课成效。而对学生而言，通过完成作业主动去借阅、查找资料，并精读文本、准备发言提纲，并自主发现问题，通过老师讲解来寻找论文选题，对锻炼其自学能力极有帮助。

三、谨防教学与科研的脱节

高校是培养人才和创造知识的舞台，教学和科研结合得好，可彼此促进、相得益彰②。教学古代文论和其余任何汉语言专业课程一样，最好能以"科研"为龙头带动"教学"，促进个人教学水平的提高，同时在教学过程中去发现极有价值也值得去做的选题，不断踩点切入去推动科研。然而当前很多非重点高校多安排古代文学方向的老师来教授这门课程，他们的主要精力或者集中在纯粹作家作品上，对于古代文学理论探索并不多，并没有将其融通，史论结合、以论带史；或者完成任务似的去教学古代文论，过于依赖现有各类教材和资料，照搬式地去梳理古代文论发展演进的脉络（毕竟这门学科发展近百年以来各种教材琳琅满目，资料也汗牛充栋），而并不能将个人平时的思考和所得融入课堂，这一方面与这门学科难度较大不易出成果有关（需要开阔的视野和多年的沉潜），另一方面也与部分教师缺乏开拓精神分不开。一年又一年的照本宣科，不仅不利于教学技能的提高，也不利于学科科研的推动。

在讲授中国古代文论时，为谨防教学与科研的脱节，笔者平时尽可能地将自己关注的动态和从事的研究贯穿于教学之中，并敏锐地从中发现选题，带领

---

① 齐海英：《中国古代文论课程接受效果优化论》，载《高教论坛》2010年第1期。
② 关于高校教学与研究之复杂关系，近三十年来曾引起国内众多学者热烈而持久地讨论，可参见葛宇宁：《论大学教学和科研之间的关系》（载《社科纵横》2016年第5期）等系列论文。

学生来收集和查阅资料，踩点切入。如笔者读博时期集中研习中国古代儒、道、释文化与批评文体，从关注"怎么说"（言说形式）转向"谁在说"（言说主体），以此观照先秦两汉和魏晋南北朝文学批评史，既对公元3—6世纪四百余年中国文坛涌现出的序跋体、书信体、子书体等与此前秦汉文体进行比较，也对此阶段曹丕、陆机、刘勰、钟嵘等批评家采用吸纳、融通、借用等手法创造的赋体、骈体、品第体、诗体等进行透视，从批评形式角度出发窥测中国古代批评家的杰出创造，领略此阶段美文体式的风格与魅力。课后据调查，学生普遍反映这种突破言说内容从言说形式和言说主体的角度来讲解的方式，新颖别致，对开拓其眼界极有帮助。因批评家及其文体建构是笔者近年来全力关注的课题①，将平时思考融入教学中得心应手，避免了备课和讲解的人云亦云、步人后尘。课程结束后，部分学有余力的学生联系我，想将唐宋批评家建构诗话体、诗体以及明清文论家建构评点体的方式作为毕业论文选题，对于他们的自觉好学和积极钻研，作为教者，我倍感欣慰并予以指导。

在这样进行两轮教学后，笔者近年又调整教学方式，课堂上贯穿古代士人心态精神和文论发展之间的关联，全新的授课方式极大地吸引了那些原本对此课心存胆怯、望而生畏的学生。如在讲授司马迁"发愤著书"的理论和其创作不朽巨制《史记》时，结合司马迁因李陵之祸而遭受宫刑，身心重创后内心的不平、长期缠绕的自卑心理转化为不懈的动力等生存处境和论文心态，就对此理论提出的背景、揭示创作心理动因的内涵及其后世影响等，有一种深切的理解和把握。②此外，在讲解庄子"道法自然"观时，结合其在战乱时代看破红尘，面对苦痛以回归内心宇宙的方式进行自我抗争的心态来切入；在讲解孟子"知言养气""知人论世"文论观时，结合孟子推崇的"威武不能屈"的士大夫人格及其毕生对"气"的修炼来切入。古代文论思想的提出，往往背后都蕴藏着批评家主体对理想人格、艺术之美乃至生存状态的思索和拷问，任课教师只有结合其提出这一理论命题前后士人所处的心态和精神来讲解，才会引导学生对文论思想有最真切的把握。

也有学者从士人人格诉求角度来讲授，"讲他们的文论时，也顺带叙叙他们

---

① 在三十余万字博士论文《魏晋南北朝批评家研究——从文体学角度切入》的基础上申报的课题，荣获2018年度国家社科基金后期资助项目，这里对各位评审专家深表感谢。
② 李建中教授曾分析了刘勰在面对外来佛教文化对本土文化形成挤压和冲击情况下的写作《文心雕龙》，可参见其《古代文论教学的当代视野》，载《中国大学教学》2009年第5期。

的人格性情,诸如曹丕的文人气质与曹植的才子派头,嵇康的峻直与阮籍的忧郁,刘勰的耿介与钟嵘的偏激等等。没有想到,听了我的课之后,学生们对魏晋南北朝文论家的人格产生了极大的兴趣,并爱屋及乌地去研习他们的文论,而且逃课的学生也重返教室。"① 这与笔者从士人心态切入具有异曲同工之妙。毕竟这种授课方式赋予了课堂更多的人文气息,无论是教师还是学生都激发起浓厚的钻研兴趣。

为激励学生走进古代姿态各异的杰出批评家的内心世界,增强其动手解决问题的能力,笔者带领学生收集、查阅先秦至明清中国近三千年批评史长河中涌现出的杰出批评家的相关经历遭际与趣闻轶事等,力图还原他们著书立说的原始语境和真实心态,批评家名单、相关资料和最终提纲由我拟出,学生分头行动,分工协作,参与意识极为浓厚。这对锻炼学生以书本理论解决实际问题、培养其迁移能力颇有裨益。

四、本门课程的教师类型及素养要求

鉴于古代文论这门课程时间跨度大、涉及批评家众多、涵盖内容丰富等特点,要想课程讲得深入浅出,颇费一番功夫,再进一步要想让学生很受欢迎,尤其不易。而课堂的实际效果直接取决于任课教师的专业水平、知识结构、授课技能以及内在素养。鉴于笔者多年的研习心得和教学体会,我认为任课教师宜在如下四个方面多下功夫。

其一,无论教师专业和方向类属如何,都应扬长避短,不断充实和完善自己。

据笔者了解,因这门课程涉及中国传统文学理论,广义上属于"文论"课,而立足"古代"又与"古代文学"专业密不可分,即它跨越"文艺学"和"古代文学"两个专业方向。目前国内担任此门课程的教师部分是"文艺学"出身,部分在硕博时学的正宗"古代文学"②,纯粹的古代文论方向的毕业生无法满足实际需求。应该说,这两类教师从事古代文论教学各有千秋,宜结合个人所长,扬长避短。前者优势在于广泛、大量地涉猎古今中外的各种文艺理论,视野较为开阔,讲授此课时可适当地进行中西诗学比较,形成文论对话,与将中国意

---

① 李建中:《古代文论教学的当代视野》,载《中国大学教学》2009年第5期。
② 据笔者所知,国内设置纯粹"中国文学批评史"专业的博士点的院校大约有南开、复旦、北师大、陕师大等院校(近年来亦有所变化),而硕士阶段多半设置在"文艺学"专业下的"古代文论"方向。

象与西方形象比较，如将中国意境与西方典型比较等等，从而增强学生对中国文论民族特征的领悟和把握。此外，在结合传统文化和文论之关联讲授宗法制、天人合一对古代文论思维方式、审美心理等之影响时，也较有优势。而对于古代作家作品的把握，对于经典篇章字句的理解与阐发，对于古代创作实践和文论关系的梳理等，则稍逊于科班出身的后者。因此，笔者认为任课教师宜扬长避短，充分发挥自己所长，不断完善自身知识结构，使此门课程讲得深入浅出。

其二，任课教师必须学术视野开阔，有较深厚的传统文化储备和积淀。

此门课程横跨古代"文学"和"理论"两个领域，链接博大精深的古代文化，而在诗乐舞合一、文史哲不分的传统社会，文论中许多范畴、术语、命题的生成与演进，其内涵和外延的形成等，都离不开相应时代独特的学术思潮、社会文化和精神气候，如战国时期子学与先秦文论、两汉经学与文论、魏晋南北朝玄学与文论、唐宋佛学与文论、明代心学与文论、清朝朴学与文论等，均形成前后因果关系。在讲授每一阶段的文论成就、特征时，总离不开对该阶段学术思潮的全面梳理和深入剖析。如没有对玄学思维方式和话语特征的分析，没有对人物品藻风尚的整体把握，就无法厘清、领略《文心雕龙》《诗品》等巨制的体例结构、话语形态及其形式美感。同样，没有对佛学思想的把握，就无法领略唐宋"象外之象"说、"意境"论、"妙悟"说、"虚实"论等命题、范畴的内涵。中国古代文论与传统文化具有天然的"脐带"关联，血肉不可分离，就其关系而论，我认为任课教师的传统文化储备和积淀大体从如下两个方面加强和进行：

一是古代政治、道德、伦理、宗教等偏重于整体、宏观方面的知识。不理解战国诸多士人（同时是说客和批评家）在当时百家争鸣舞台上的政治活动，就无法把握儒道墨法诸家对文艺的不同态度及相应的文艺观；不把握儒道宗教思想，就无法把握文论中虚实之观、空灵之美以及以禅喻诗的理论实质①。

二是与文学、诗论密切相关的音乐、舞蹈、绘画、书法方面的知识。古代诗乐舞三合一，先秦孔孟老庄韩墨等批评家对"乐"的评析看法与"诗"相通。苏轼论王维创作"诗中有画"，以及扬雄提出"言为心声、书为心画"，王士祯的"神韵"说等，甚至对诗论、词论方面的教学等，都离不开对古代"文艺家族"的必要了解。

其三，要具备"当下观照"的教学意识，多立足当下，关注现实，并用今

---

① 李建中主编：《中国古代文论》，华中师范大学出版社2002年版。

语阐发。

　　古代文论的教学并不只是进入博物馆去浏览古人的创造，不只是对过去知识的简单温故和回忆，而必须古为今用，"带'古'字的课能否激发出学生的学习兴趣，能否在授业、解惑之时亦臻传道之境，取决于教师是否能既'资于故实'又'酌于新声'，是否能'望今制奇，参古定法'，是否能'文律运周，日新其业'，一言以蔽之：是否具有当代视野。"① 而所谓"当代视野"，尤其需要任课教师立足当下文艺语境和现实问题，运用古代文论的精髓来针砭当下中国文艺和文化现状。

　　前人曾在这方面做出过尝试，如武汉大学李建中先生试图挖掘古代文论之中所蕴藏的文化精髓，以治疗当下文学艺术创作中的种种病症。如李渔《闲情偶寄》中针对戏剧提出"立主脑"，就作品的主要人物和事件确立"三个一"（一意、一人、一事），而某著名导演后期拍摄的电影则以"三个大"（大明星、大制作、大色彩）取代了前期的"三个一"。只有"在批判意识的层面打通古今，使学生真切地感受到古代文论的思想和方法在今天依然有效，古代文论依然活在今天，活在当下。"②

　　笔者始终认为在研习带"古"字的课程时，只有立足当下、古为今用、针砭现实才能激活传统丰厚的资源。因此我在平时科研中也极其重视③，教学中也不断尝试。如讲授司马迁"发愤著书"的理论时，在结合作家因李陵之祸遭受官刑而含恨屈辱的经历与心境对此理论提出的背景、内涵讲解后，组织课堂讨论：中国当下文坛和艺术界哪些作家作品是发愤著书而成的，作品有何艺术魅力，而很多低俗化娱乐作品难以震撼人心、广泛流传的原因，等等，同学发言非常活跃，纷纷列举张贤亮与《绿化树》、史铁生与《我与地坛》等展开分析，还拓展波及绘画、音乐和戏剧等领域，从而加深了对这一理论的理解与运用。又如，在讲解完曹丕提出的"文气"说后，为提升学生的拓展和迁移、以所学理论分析解决现实问题的能力，让学生分别纵向与横向举例分析中外作家，结果学生思维非常活跃，畅所欲言，有的举文学世家的"三曹"和"三苏"为例，有的则举法国大、小仲马父子作家；有的则结合诗人遭际性格和气质来横向分析李白、杜甫以及小李杜之差异，分析边塞诗派高适和岑参之不同等等，

---

① 李建中：《古代文论教学的当代视野》，载《中国大学教学》2009年第5期。
② 李建中：《古代文论教学的当代视野》，载《中国大学教学》2009年第5期。
③ 参见拙文：《文艺必须虚实结合的当代阐释与文化思考》，载《理论与现代化》2008年第5期、《〈庄子〉"畸人"形象的当代借鉴》，载《雄楚师范学院学报》2009年第6期。

不一而足。这种关注当下文坛并适当进行迁移分析的教学方式颇有成效，受到学生的普遍欢迎。古代文论课程虽有一定难度，容易枯燥、艰涩，但关键还是在于任课教师如何去进行教学设计，尝试古为今用激活资源进行迁移不愧为一种好的教学方式。

其次，教学中多采用当今语言进行转换和阐发。古代文论课程立足于传统，时过境迁，接受语境发来了巨大变化，当下很多80、90后学生反映学习起来较为困难，加之很多古代范畴、术语和命题较为概括和抽象，且使用非常灵活，具有多义性，如形神之"神"在绘画、诗歌和小说中的含义各不相同；"虚实"在世界、作家、文本和接受层面的含义也大相径庭，而"风骨""兴寄""韵味""意境""清空"等审美范畴都较为抽象，不易理解和掌握。因此，讲授这门课程时，就要求任课教师不能一味地用古代专业术语来讲授。适当采用当下活泼俏皮、通俗易懂的语言来阐发，不仅可软化较抽象的理论使之更"平易近人"，而且便于学生理解接受。

试问易中天在"百家讲坛"上讲解"三国"为何如此受人欢迎？其成功的重要原因在于其口才和表达方式，其采用当下大众喜闻乐见的语言来讲解古代作品与文化，或者用形象、生动的各式比喻，或者用俏皮、风趣的时下语言，如"韩信刚参加工作那会儿""诺，相当于现在的OK。""哪个想待在这种鬼地方哟！""我被你雇用了，我是忠心耿耿给你谋划，如果我的主意你不听，bye-bye，我换一个老板。""韩信，你不是个厚道人！"……其中的语言技巧值得当今教师揣摩、总结和借鉴。比如在讲到《文心雕龙·练字》篇专谈文章练字，针对刘勰采用的四层式带数释方法，我们可这样表述：

> 这四层也是我们做文章的方法。先提出一个概论，所谓的key words，然后来解释它，给它一个定义，再举例论述，最后就前面的例子展开来讲。和我们现在不同的是，刘勰写的是骈文，比较简洁，一层只有一句话，而我们现在一层就可以写很多内容，特别是在举例阐释的时候。

当前大学论文的通行格式就是摘要、关键词，如何先概括再分述阐释，大家都懂。这样便采用通俗化的方式把刘勰论文的"带数释方法"讲解得非常清晰明白。

二十余年来，关于古代文论的现代转换一直为学界所关注①，对"转换"

---

① 钱中文等主编：《中国古代文论的现代转换》，陕西师范大学出版社1997年版。

的认识及其方法、对策等当然见仁见智，笔者认为适当辅以当下通俗语言深入浅出地阐发抽象性和多义性较突出的古代文论，是其中重要表现之一。因此，讲解此门课程的教师不妨在授课语言方面多下功夫，这需要对理论内容吃透消化、烂熟于心，方可讲解得圆融活泼而不至于生硬走样。

其四，授课方式的改进与教学技能的提高。

作为一种古代的又是理论性的课程，加之生字难词又多，资料杂糅分散，缺乏体系性和形象性，板书量大且时间不够，[1] 且一卷本历代文论选读又是繁体字，如果教师没有很强的授课技能，此课就很难讲得形象生动、受人欢迎。这在20世纪八九十年代较为突出。因此在新的语境下，教师积极改进授课方式，提高教学技能便迫在眉睫。

先说授课方式。愚以为，数年凝固的授课模式、一成不变的教材教案必然招致学生的反感与非议。如前所论，这门课程在高校的名称和授课方式因学生层次（本科与研究生）的不同而有所出入，无论如何，教师可尝试变换授课方式，比如在以"史"为主、以"史"带"论"的方式教学两轮后，可采用以专题、线索为主兼顾"史"的脉络之方式，或者使用直面作品、选读与讲析相结合的方式。甚至可以采取提前发放文本材料，规定基本篇目让学生查阅资料认真准备，课堂发言交流然后教师总结、补充、升华、拓展的方式。这对激发学生自主学习、增强其积极性较有帮助。

次说教学技能。21世纪以来，伴随着多媒体技术的广泛运用和制作课件的大量普及，此课相对而言容易讲解得直观形象，彻底地从传统"填鸭式"走向"启发式"教学。这就要求教师平时多留意搜索多媒体教学有关的诸如图像、视频、音频、动画等各类素材，尤其是简体原文和史料背景以及拓展延伸性的文字材料作为辅佐和印证使用。此外，在课件制作的方便、简洁和适用方面多努力，不仅能激发学生学习古代文论课程的兴趣，而且有利于扩大学生知识面，使原本枯燥、抽象的课程变得直观而生动[2]。

---

[1] 于光荣：《让多媒体技术走进"中国古代文论"课堂》，载《邵阳学院学报》2008年第1期。

[2] 关于多媒体制作，可参见于光荣：《让多媒体技术走进"中国古代文论"课堂》，载《邵阳学院学报》2008年第1期。

第三节　中国文学批评史教学漫议·学生与研习篇

我在多所高校执教中国文学批评史已有十余个春秋了，先后接触到自考、本科和硕士不同层次的学生，教学历来相长，每届教学过程中和结课之后，我都会有意识地收集、整理学生们对听取此门课程的各种感受、体会、印象和宝贵的建议，以吸收进来作为自己日后调整、改进教学的依据。数年来，几乎无一例外地发现研习汉语言文学的当代大学生们，普遍对诸如唐宋文学、当代文学等涉及众多作家作品的课程较感兴趣，而对古代文论、西方文论等理论型课程则较为淡漠，反映学习、接受起来枯燥乏味，课堂沉闷，提不起兴趣。这固然由此门课程先天的学科特点所决定，既然学习"古代"就未免与当下有一些隔阂，在很多同学眼里就似乎进了"博物馆"，无非是在老师带领下去浏览、欣赏中国古人创造的那些范畴、术语、命题等，与文化背景、知识体系迥异的当下文坛和文艺现状难以发生关联；另一方面，又是关乎古代用文言来表达的各式"理论"，就未免抽象甚至晦涩，远不如以丰富的作品取胜、以形象思维见长的各式"文学"类课程那么吸引人心了。笔者曾虚心听取学生们的各种有效反馈和宝贵建议，并结合自身教学经验和体会，进行过一些这方面的教学改革①，这里针对学生研习（无论是平时学习还是考研考博）此门课程在观念、方法诸多方面存在的问题，略谈如下陋见，以对推进高校古代文论之"教"与"学"有所裨益。

一、提升学习兴趣，热爱文化传统，激发研修的积极性

几乎所有老师都异口同声地认为，在当前高校凡是带"古"字的课程都比较难讲，其中既有时代久远、学生倍感隔膜和望而生畏的原因，也有"古"字课程采用文言形式，给理解带来一定困难等原因。好在当下时代遇上了国家和社会都高度重视中华优秀传统文化传承与发扬的大好契机。为激发学生对这门课程的兴趣，提高其接受的积极性，依笔者多年教学经验，宜从如下几个方面着手。

---

① 见拙文：《高校〈文学理论〉课程建设的三维思考》，载《高等教育研究》2008 年第 6 期、《高校文学理论课程调查研究》，载《新余师专学报》2006 年第 11 期。

1. 课前精心准备、发放相关教学材料，布置部分内容让学生课前及时预习

因课时极紧，加之内容全是文言文学生有阅读障碍，教师可提前发放文论元典材料给学生，就其中重点文字采用黑体或下划线提示，课堂上主讲这部分内容，如庄子的《秋水》，经典著作《孟子》中的《万章上》《告子下》，荀子的《乐记》，刘勰《文心雕龙》中的《原道》《神思》《知音》等篇章即是。发放文本原文让学生下来预习，主要在消除文字障碍，提高课堂效率，培养学生课余独立、主动利用工具书查阅资料的自学能力。这远比课堂上老师通篇讲、满堂灌、学生大脑被"跑马"的效果要好得多。

2. 在课堂教学过程中，可在以下三个方面综合运用或大力改进，必能增强课堂教学的直观性与生动性，激发学生的学习兴趣

首先，精心制作课件，充分发挥多媒体在文字、图像、声音方面的优势功效。由于古代文论通篇用文言写成，文字量大，且具有很强的理论色彩，课堂教学采用传统板书和口说方式，显然迟缓拖沓、不合时宜。而提前准备的课件不仅省时省力，而且直观生动，使学生立即看清读懂每一句话，课堂笔记清晰而完备，而视频资料的配套播放则形成视觉、听觉的信息刺激，更显示出传统教学方式无法替代的教学优势。当然，这需要任课教师不断积累资料，完善课件，使之充实饱满、清新活泼。

其次，课堂教学中忌讳老师滔滔不绝地"一言堂"，而应多设计一些"开放性"问题供学生讨论和回答。如讲解完老庄的文论思想后，请学生结合文学史，分析其对后世作家和作品产生了哪些影响？学生会积极从"作家"和"作品"两个维度展开思考，这极大地增强了学生运用理论知识独立分析和解决现实问题的迁移与应变能力。讲到司马迁的"发愤著书"说时，请学生结合古今中外艺术家（不仅只是作家）的遭际、变迁与作品内容、成就之关系进行分析，学生必然见仁见智，纷纷从文学、美术、绘画、书法等领域寻找并分析自己所熟悉的典范。讲到陆机《文赋》和刘勰的《文心雕龙》后，请学生分析骈、赋体批评的文本魅力，进而领略中国文论的诗性特征，学生纷纷根据汉赋和魏晋六朝骈文在文字、音韵、修辞方面的特征进行分析，这就激发了他们对原本枯燥、艰涩、深奥理论的青睐与热爱。这种开放性问题的设计可谓不胜枚举，它使众多学生都有话可说，并在迁移性地解决问题中获得一种学习的成就感和难得的乐趣。

再次，课堂学习中应"古为今用"，多多关注当下文坛与文化现状，建构起"传统"与"当代"的桥梁，使古代的资源精华发挥其功效，呈现其千古的魅

力。如讲解儒家"兴观群怨""思无邪"时，就其对古代士人人格建构的影响以及当今很多作品脱离群众、缺乏社会关怀进行对话反思；讲到"乐以和其中"文艺观时，就后世乃至当代文艺界鲜有西方式的悲剧寻求深层根源；讲到道家"虚静"观时，对当下文坛作家为功名驱使陷入浮躁心态难以成就经典作品进行针砭；讲到扬雄、班固、王弼等对屈原其人其文展开的不同评论时，拓展性地立足当代文坛上批评的变异，重新认识批评家的立场与良知；讲到李渔《闲情偶寄》提出的"三个一"（一人、一事、一意）时，针对某位导演前后电影的变化寻求医治良药；在讲到陆机、刘勰的骈赋体批评时，就当前批评界的批评思维陷入单一进行反思；在讲到杜甫、司空图、元好问的论诗诗批评体式时，就当下批评文章过于受到西方注重分析、判断、推理等理性思维影响而缺乏艺术美感进行拷问；如此等等，不一而足。无论是针砭还是传承，亦无论是救弊还是批判，只有将课堂与当下文学、文化现状发生关联，打通古今，形成对话，才能"使学生真切感受到古代文论的思想和方法在今天依然有效，古人文论依然活在今天，活在当下。"①

3. 在课后宜适当布置作业，进行拓展和迁移性训练，促进学生查阅资料，增强其动手能力

因古代文论课程内容庞杂，时间跨度大，涉及面多，而为让学生在有限课时内多涉猎一些内容，教师必须指引方向，调动学生让其课余自己消化。如讲到曹丕"文气"说时，布置学生将其与孟子气论相比较，同时就熟悉的古今中外作家举例分析"文气"对风格形成的影响。在讲到刘勰的《文心雕龙·原道》篇时，让学生下来就荀子、扬雄、刘勰乃至其后韩愈、欧阳修等人对"经"与"道"的阐发进行异同比较。在讲解钟嵘《诗品》涉及诸如"直寻"说、"吟咏情性"说等文本思想时，布置作业让学生从结构到语句方面分析思考《诗品》的文体特征。此外，当即将讲到很重要的理论（如王夫之的"情景相生"）时，也可以作业方式让学生体验性地去研习一些经典作品篇章（如《诗经·采薇》和陈子昂的《登幽州台歌》等）。

课余作业引导具有开放性，对学生有三种锻炼好处：一是节省课时，让学生在躬行中领悟和掌握，如俗语所说"教是为了不教"；二是促使学生勤查资料，增强其动手能力，逐渐摸索到治学的方法；三是通过检查作业，来形成课堂讨论的氛围。如对《诗品》文体特征的认识，学生可能从定位作家的"三

---

① 李建中：《古代文论教学的当代视野》，载《中国大学教学》2009年第5期；

品"品第法、意象批评的运用等方面着手,可谓"盲人摸象"、众说纷纭,最后须由老师进行总结和评析。笔者经过一个学期的训练,教学效果较为明显:学生普遍反映比"填鸭"式教学收获更大,后来多名学生升研,其动手操作能力在团队中表现得更为突出。

4. 对于学生而言,要在引导中转变其学科认识,同时督促前期打好必要的基础

在古代文学理论尚未开课之前,许多学生认为这是对古代文学的延续,对文学作品饶有兴趣的学生颇怀期待,而上完数节了解先秦子学与文论之关联后,似乎有些失望。这时尤其需要教师引导学生转变认识,在观念上对这门理论色彩浓厚的课程有所认同和接纳。我通常在开篇定位性地介绍这门课程是高瞻远瞩地评价文学,洞幽烛微地论析作品,旨在提升学生的逻辑思维能力和辩证分析问题的能力,对于女性比例普遍偏高的中文系而言,极有帮助,不妨将之作为训练思维的"磨刀石";然后就这门课程与文学创作、文学批评以及学术思潮、哲学基础之间的关联进行了辨析和澄清,让学生有一个整体性的必要认识。同时,强调要在之前学好古代文学、美学和传统文化三门密切相关的课程作为衔接,打下铺垫。督促学生课余多在作品积累、美育熏陶和传统文化储备方面多看书多思考,多下功夫多拓展。有了课堂内、外师生的齐心协力,这门课程的教学效果将得到极大提升。

二、善于灵活进行纵、横学习比较

俗语道,没有比较就没有鉴别。在古代文论学习中不断地展开纵横比较,有利于加深学生对杂乱、零散知识点的理解和掌握,并在比较中梳理并形成复习的线索,最终融会贯通、举一反三,活学活用。因此,比较法在原本抽象和枯燥的古代文论课程上使用,尤为迫切和必要。而这又可分为横向与纵向比较两类。

先看横向比较。即是选择大体同一或近似时空里的可比双方进行"专题"式对话,以见出差异与个性。如秦汉时期刘向、司马迁、班固、扬雄乃至后来的王逸等士人都曾评析过屈骚。然而各自的出发点、立场、观点各异,在讲解中如果以批评家为轴线逐一介绍,则难以一线贯穿形成线索,学生也会觉得头绪繁多,无从掌握,如聚焦"屈原其人其文"采用表格进行横向比较就会非常清晰、鲜明。从此五名杰出代表对屈原其人品性情操、其文题材主旨风格的评析对比中去进行总结,去发现问题。

又如，"虚实"作为中国古代文论和文艺美学中的一个核心元范畴，历经千年之演进与发展。① 然而它在不同朝代的内涵所指是有时侧重的，其含义呈现出多元化态势。这里笔者按照美国学者艾布拉姆斯在《镜与灯》中提出的"世界、作家、作品、读者"四要素说②，将其不同义项对比列表如下：

古代元范畴"虚实"内涵、义项对比表③

四大层面	古代内涵	举例说明
世界层面（哲学）	宇宙观上的道家有无论，实即实有，虚即虚无。	老子："无名，天地之始；有名，万物之母，故常无，欲以观其妙；常有，欲以观其徼。" 老子"大象无形""大音希声"观； 老子论"有无"时关于车毂、陶器、房屋三个比喻；
作家层面（主体）	主体的人格修养，实即人生阅览广博，学养富足，虚即虚静心境。	老子："致虚极，守静笃"； 庄子："唯道集虚。虚者，心斋也。" 荀子："虚壹而静"； 刘勰《神思》："是以陶钧文思，贵在虚静，疏瀹五藏，澡雪精神；积学以储宝，酌理以富才，研阅以穷照，驯致以绎辞。"
作品层面（文本）	1. 文艺创作与客体对象关系：实即真实，虚即虚构。 2. 内容的主客观关系：实指景物，虚指情思。 3. 创作技法与表现手法：虚实与隐显、疏密、详略、聚散、动静、宾主、奇正等均有交叉含义。 4. 审美风格看：实即质实，虚即空灵。	东汉王充《论衡》："疾虚妄""务实诚"； 唐刘知几《史通·叙事》："章句之言，有显有晦。显也者，繁词褥说，理尽于篇中；晦也者，省字约文，事溢于句外。" 宋张炎《词源》之《清空》："词同要清空，不要质实。清空则古雅峭拔。质实则凝涩晦昧。" 明谢榛："写景述事，宜实而不泥于实。有实用而害于诗者，有虚用而无害于诗者，此诗之权衡也。" 清李涂《文章精义》："庄子文章善用虚，以其虚而虚天下之实"，"太史公文字善用实，以其实而实天下之虚。" 清蒋和："山水篇幅以山为主，山是实，水是虚。画水村图，水是实而坡岸是虚。"……

---

① 参见拙文：《魏晋六朝时期"虚实"发展与文学创作的关系》，载《内蒙古社会科学》2008年第6期、《文艺必须虚实结合的当代阐释与文化思考》，载《理论与现代化》2008年第5期。
② 【美】艾布拉姆斯：《镜与灯》，北京大学出版社1989年版，第5-6页。
③ 参考了胡立新等部分研究成果：《虚实范畴在传统文艺学中的表义系统辨析》，载《中南民族大学学报》2003年第5期。

续表

四大层面	古代内涵	举例说明
读者层面（接受）	从作品接受关系看，实即作品内的形象内容，虚即指由此引发的联想和再创造。	象外之象；言—象—意关系； 钟嵘："诗味"说； 唐皎然："采奇于象外"； 刘禹锡："义得而言丧""境生于象外"； 司空图："不着一字，尽得风流"； 严羽："妙悟"说；……

这种义项的鲜明对比既有利于对复杂文论思想的深刻掌握。长期这样横向地分层面比较并养成习惯，是一种值得倡导的良好学习方法。又如战国时期，孔、孟、韩、墨等诸子均论及过"乐"，采用横向比较来窥测诸家对"乐"的态度和评析，从中掌握各家各派发表见解、进行批评的立场、出发点以及成败得失等①；西晋陆机和南朝刘勰都曾论及过"灵感"和言、象、意之关联，他们各自是从怎样的角度来论析，又达到了何种程度，通过专题式横向比较，方可使差异凸显，使特征鲜明；此外，先秦时期儒、道论"言意"关系，亦针锋相对，各自有哪些合理处和深远影响等，这都需要在比较中加深认识。古代文论课程跨度久远、知识丰富，可横向比较处不胜枚举。在教师带领下，学生在平时学习中勤去梳理和总结，多去概括和深化。

再看纵向比较。即从发展的角度来进行前、后对比，以见出特征、推进与变异。纵向比较亦可看作是古代文论的"向前看"和"向后看"②，它有助于从演变脉络中把握文论的独特性和差异性。诚如著名学者朱东润所言：

> 读中国文学批评，尤有当注意者，昔人用语，往往参互，言者既异，人心亦变。同一言文也，或则以为先王之遗文，或则以为事出沉思，功归翰藻之著作。同一言气也，而曹丕之说，不同于萧绎、韩愈之说，不同于柳冕。乃至论及具体名词，亦复人各一说。③

因此，只有将诸家对同一文论命题进行前、后对比，才能将其置于动态的发展演进长河中，获得整体性的认识。

比如魏晋南北朝阶段文体分类日趋细密。在这四百余年时间中，随着文体

---

① 参见张少康：《先秦诸子的文艺观》，上海文艺出版社1981年版。
② 贺根民：《古代文论教学的复眼透视观发微》，载《教育文化论坛》2011年第1期。
③ 朱东润：《中国文学批评史大纲》，上海古籍出版社1957年版，第3页。

意识的自觉，众多批评家对文体分类和特征等进行了评析。曹丕的文体分类是四科八体：奏议、书论、铭诔、诗赋；桓范的文体分类是序作、赞象、铭诔三种；陆机则分为十类：诗、赋、碑、诔、铭、箴、颂、论、奏、说。由"八体"到"十类"，变化和原因何在，如何评析等，这可通过纵向比较来钩沉。而其后挚虞的《文章流别志》有三十卷，李充的《翰林论》有五十四卷，均有文体分类的理论和实践，而刘勰《文心雕龙》从《明诗》到《书记》二十篇以及《辨骚》篇，共论述34种文体，如再算上有些种类里包含的众多小类，已达60多种。萧统《文选》选录39种文体，其中赋、诗、书、檄等又各分子类。任昉《文章缘起》分类更细，多达84种。从前后文体的分类对比来分析此阶段创作的繁荣和批评家对不同文体的深入认识。

两汉魏晋批评体式亦可通过对比来掌握。将不同阶段涌现出的批评文体进行对比，可看出后一阶段批评的繁荣及批评家的杰出创造。先秦时期的文学批评是寄生体，寄生于经史子集之中；两汉时期则有了专门的序传体（《诗大序》和《楚辞章句序》）、史志体（《史记》）和书信体（《报任安书》等）。而进入魏晋南北朝时期，则不仅承传两汉的既定文体，依然有少量的寄生体和大量的序传体、史志体、书信体，如《抱朴子》《世说新语》和《颜氏家训》均为子书体，而葛洪、刘义庆和颜之推的文学思想则分别寄生于这三部子书之中。而较著名的序传体有左思《三都赋序》、陆云《逸民箴序》、郭璞《注山海经序》、干宝《搜神记序》、萧子显《自序》、刘孝绰《昭明太子集序》、萧绎的《金楼子序》、庾信《哀江南赋序》等。这些序往往是作者对自己或他人文学创作的说明或总结，追溯文学思想或体制的产生、表明自己的文学观念和批评态度，具有文学批评的性质。此时期的史传体文学批评也极为发达，范晔的《后汉书·班固传论》、沈约的《宋书·谢灵运传论》、萧子显的《南齐书·文学传论》、王僧孺的《太常敬子任府君传》、萧统的《陶渊明传》等等，都通过对传主的生平叙述、作品引录和思想评论，表现史传作者的文学理论和批评观点，与两汉史传体相比，已是明显地"论"多于"叙"。而这时期的书信体，如陆云《与兄平原书》、刘琨《答卢谌书》、范晔《狱中与诸甥侄书》、王微《报何偃书》、沈约《答陆厥书》、陆厥《与沈约书》、萧绎《与刘孝绰书》、李昶《答徐陵书》等等，也是亲朋挚友之间交流文学思想、讨论文学批评的重要载体。

此外，魏晋南北朝时期创造了独有的文学批评文体，最为著名的是四大类：具有文学色彩的骈赋体、具有玄学色彩的论辩体、具有诗话色彩的品第体、具有集部色彩的选评体。课堂教学中，只有加强纵向对比，才能对这一批评文体的继承与新创、变异与特征等有更清晰的认识。依此,学生还可下来就唐宋与魏晋南北朝批评文体、明清与唐宋批评文体等进行深入而广泛的比较。

三、随时进行中西比较,寻求参照

中国古代文论具有注重直觉感悟、形式零散等鲜明的民族特征,与西方文论差异明显,学习过程中如能不时地以西方话语为参照,在比较中可凸显中国文论的民族特色。

如在唐宋时期,经王昌龄、刘禹锡等人提出"境"、司空图提出"象外之象"后,中国"意境"理论开始初步形成,作为中国文论和美学领域中最为重要的核心元范畴,可将其与西方的"典型"说进行对比,二者虽都主张主观与客观的统一,"意"与"境"的交融。然前者重主观,后者重客观,"典型论主张客观形象的再现,意境说注重主观情感的抒发"①;进而从双方各自的文化传统哺育来寻根,典型论源自"西方具有商业性特征的社会所产生的以描写人物为主的模仿再现的叙事文学传统",而意境偏重主观情感的抒发,是从具有宗法性和农业性的古代社会产生出来的以表现为特征的文学传统所决定的。这种以西方文论为参照的学习法,一方面能加深学生对"意境"理论的深刻认识;另一方面也能深入到各自文化层面,在追根溯源中提升文论的理论品格。

再看中国之"神思"与西方之"想象"。关于创作构思和立意过程,在陆机和刘勰那里都有明确而深刻的阐发,它和西方文论中提出的"想象"极为近似,二者都具有自由性、紧扣形象进行、是主客观相互作用的产物。然而差异也极为明显,"神思"侧重通过打破时空界限来获得自由,"想象"则具有偶然性和任意性,这在曹顺庆的《中西比较诗学》中都有明确阐发,兹不重述。此外,在讲到文学产生之来源的"物感"说时,也可以西方的"模仿"说为参照,加深中西对文学来源的不同认识。

不仅中西大量范畴可由学生在课堂上进行对比,很多研究方法在课后也可在比照中加深理解。如学习司马迁的"发愤著书"说时,可以西方阿德诺的"自卑心理"学说分析司马迁遭受宫刑后的处境心态和创作动因②;又如在讲及中西四大奇书、四大戏剧经典作品乃至梁山伯与祝英台、白娘子与七仙女、董

---

① 曹顺庆:《中西比较诗学》,北京出版社1988年版,第42页。
② 李建中、吴作奎:《借石攻玉,依经立论——中国古代文论教学方法新探》,载《郧阳师专学报》2008年第2期。

永等形象的流传时，可采用西方的接受学理论予以阐发，对陶渊明在南北朝的不被重视再到宋代高度评价的历程，可通过接受变异来看历代文学观念的演化。① 这种尝试都是非常可取的，必将极大地拓展学生的学习视野，获得一种醍醐灌顶般的认知和醒悟。当然，这需要学生宽广的知识结构和开阔的学习视野，以及良好的自觉习惯，同时也离不开课堂上教师的示范与引导。

当然，笔者以为这种中西理论互相参照的学习方式尤其需要注意两点：一是因时间有限，重心应放在中国本土文论上，西方文论只是作为参照以加深理解，忌讳主次不分、平均用力；二是比较要圆融通脱，避免生搬硬套、机械对比，或者使中国古典作品、文论话语等成为西方文论的注脚。

可见中国文学批评史虽理论色彩浓厚、抽象性较强，接受起来较有困难，但学生如在平时多搜集、预习简体文本材料，多利用多媒体课件优势及时理解、消化，多关注当下文学和文艺现状及问题，并转变观念和认识，打好美学、中国传统文化等数门课程基础，同时多进行纵横、中西之比较，就可极大地改善学习成效，实现由担忧、畏惧到青睐、喜爱的学习心理转变。

中国文学批评史应开设在美学、明清文学等课程同时或之后。教师宜督促、引导学生加强中国传统文化、中国文学史等关联性课程的学习，从而形成前后衔接。教师在课程中适当为学生推荐趣味性书目，多介绍、讲授学科的学术前沿，调试教学内容与方法，以开阔学生视野，激发其学习兴趣。对任课教师而言，如何使自己具有开阔的学术视野和深厚的文化积淀，是一门永无休止的学问，扬长避短、改进方法、中西参照、纵横比较，不失为有效的选择。此外，积极寻求西方文论话语作为参照，能使学生获得深刻而立体的认识。

---

① 汪超：《中国古代文论教学的探索与思考》，载《安庆师范学院学报》2011年第1期。

第四章

中国古代文论教学模式与方法新探

在当前高校课程教学中,教学模式的选择和教学方法的运用至关重要。教学模式是执教者基于对教学理念的理解和知识内容的把握,根据个性风格和教学特点而选择的一种教学范式,它对教学手段、教学方式具有统帅性。当前很多教学模式均是基于一定教学理念而形成,或背后有教育理论作为支撑。教学对象、教学条件、教学空间在不断变化,没有一种教学模式是万能的,这要求任课教师"与时俱进",不断探索恰当而适合的教学模式,并"因地制宜"地变换使用多种教学方式与方法,方可"通向罗马",以不变应万变。

第一节 以学生为主体的古代文论教学模式建构

自笔者到所在单位中国矿业大学中文系工作多年来,一直教"古代文论"这门基础专业课。然而众所周知的是,在高校带"古"字的课程(如"古代文学""古代哲学"等)不仅教师难讲,学生也难学,这已是不争的事实。一方面这与课程涉及篇章基本采用"文言"语体理解有些隔阂有关;另一方面也因时空久远,很多90后乃至00后大学生接受起来较为生疏有关。古代文论课程自不例外,讲授全程几乎都是在带领学生不断玩"穿越",从先秦穿到两汉,直到南北朝时期,依然感到距今云雾重重。且课程涉及的又是"古代"的文学理论部分,理性抽象性使很多学生望而生畏、拒之门外。有鉴于此,笔者曾在多个学期中进行了一番"以学生为主体"的教学模式改革,从激发学生学习兴趣、提高其专业学习积极性的角度,以从根本上改变此门课程抽象晦涩、枯燥乏味的现有局面。从数届学生反映成效来看,取得了较显著的教学效果。

一、动因与初衷：教学改革的背景因素分析

作为上有老、下有小的青年教师，虽然平时教学、科研工作极为繁忙，但笔者依然大刀阔斧、毫不松弛地进行本次教学改革，以期在个人的责任田里进行实验，种出较茂盛的庄稼。这几学期内教改的力度和强度都是空前的，其动力得益于三个方面的原因。

一是由当前高校普遍重视教学方法改革和人才培养模式探索的现实背景决定。自上个世纪末大学普遍扩招以来，已培养出十余届毕业生，从他们在学校的学习面貌和踏入社会后的工作表现来看，普遍感到培养质量的下滑。这引起相当一批从事教育学的专家的高度重视，并提出了很多警醒的意见。笔者身边同行常发生当前学生每况愈下、"一届不如一届"的无奈感叹。当反思何以如此时，当前高校教学方法的陈旧和落伍是导致这种状况的重要原因。基于此，才有2008年在江苏南京召开的首届中国大学教学论坛会议的召开，议题明确定位"大学教学方法的改革与创新"，很多成果引发了国内高校教师的共鸣。近年来，各高校教务处关于教学方法的改革日益受到重视，从督导、立项、评估等方面加大了支持力度。

二是笔者所在高校中国矿大的教务处自2013年以来，尤其重视对青年教师教学技能提高的管理，先后推出教学沙龙、教学观摩、"百佳"评选、教案比赛、讲课比赛、教学立项、在线课程建设等系列活动，数年多来进行得如火如荼①。在学校本科生教学质量大会上，校领导结合校史深刻、系统反思了学校百年来尤其是近十年来人才培养的影响力下滑后，领导重视教学的力度也是空前的。自2014年起，设立教学贡献奖，对长期在教学岗位上进行教学改革，默默奉献与追求并取得显著成效的教师予以重奖，最高可达10万元。这是继2013年浙江大学高额奖励教学成就突出的教师之后，国内高校中又一家，在当前高校中也许具有一定的倾向性和必要性吧。211工科大学尚且如此，那些培养专门型人才的地方性高校重视教学，便可想而知。从笔者常年查阅相关学科教学论文来看，几乎80%的文章都是2009年以后发表问世的，且多标明有各学校教务处或有教育厅教改资助课题编号。

---

① 据笔者多年搜查、研读材料发现，鉴于扩招和评估后大批青年教师涌入高校，自2008年前后，各高校先后重视"青椒"教学能力的培养，北大、北师大、复旦等大学在教育部组织下相继成立"高校教师教学发展中心"，并陆续开展教学观摩、报告讲座等系列教学活动。

三是笔者个人的深刻反思和初步尝试。入职前两年由于教学经验方面存在欠缺，年度教学评估中并不理想，与付出有些差距。但自幼喜爱师范的我决不甘休，在全面反思个中原因后开始着手寻求改进之策，从备课、讲授、批改作业、师生关系等各个方面进行调试，数载探寻路走得并不平坦。其后数载，伴随着教学学术研究的开展，在教学上亦有不少起色和转变，先后获"教学新秀""教学成果奖"近八次。在近五年围绕"课堂提问、师生互动、教学方法、教学艺术"等主题查阅、研习了千余篇文章后，开始筹划一次又一次的教学改革。2013年，是笔者生命历程中转变教学认识①、重新做人并积极投入课堂进行改革的转折性一年。

二、教学改革的实施步骤、具体操作及训练目标

由于古代文论已先后在中国矿大南湖和徐海执教过好几轮，对教学内容比较熟悉，教改旨在改变此前由教师主讲、学生被动接受、课堂呈现满堂灌的局面，变为教师主导下的学生为主体的教学模式，从激发学生学习兴趣、增强其专业技能出发，提高课堂学习效果。在备课前，教师想方设法通过各种方式让学生"动"起来，竭力使其在预习、授课、作业等环节参与进来，而不是只有老师在课堂上口干舌燥地单向传授、学生在座位上安静地抄写笔记。虽然经验不很充足，但从实践效果来看，具体的操作的确富有成效，基本上达到了预期目的。

其一，为便于将选篇落实到责任人，课前联系班干部将学生分组，约4~5人为一组，基本以宿舍为单位，便于相互协助和探讨。然后将精心挑选的文论篇目再编辑加工后发放给学生，打印时统一页码，人手一份，确保学生在很难有统一教材的情况下，紧扣所发教学材料，提前仔细预习，认真研读文本。

其二，课程"导论"和每一阶段的"绪论"部分由任课教师主讲，以带领学生高瞻远瞩地迅速把握某一时段文论的民族特征、发展演进与巨大成就。为腾出充足的时间给学生，这部分内容必须精挑细选，不能面面俱到，贪多求全，否则后面节奏极慢，既无法完成教学目标和任务，也无法在学生主讲和老师点拨之间寻求到一种平衡。再者，在老师主讲时一并布置具体篇章让小组预习，使其在分工中合作，完成字、词、句的梳理和段意的归纳概括。

其三，由任课教师提出相应要求。总体如下：

---

① 见本书附录二：《论大学之"教"与"学"》

1. 分组研读文本，确保学期内每一位同学有发言、展示的机会，组长牵头（名单）负责督促和推进；

2. 课前务必充分准备：个人自觉查阅资料，仔细研读作品，疏通字、词、句后直接点出其中包孕的文学思想；同时做好相应笔记，个人思考，准备发言。

3. 视"准备"和"发言"情况，判定平时成绩。

4. 课前准备和讲坛导读时，主要解决三个方面问题：一是你负责的该篇（或该段）中关键的字、词、句的梳理，不清楚或没把握的多方查阅，的确有疑问弄不透彻的做出记号课堂解决；二是总结该段讲了什么内容，体现出哪些文论思想，表达了作者关于文学的哪些基本观点（开始不过多求深）；三是就你发现的感兴趣的重要话题，在课堂上提出来和大家分享，课后进行发挥、阐述，形成"博文"作为成果或传播，或学期末交上作为评定成绩依据，或生发成"学年论文""毕业论文"的选题，一举两得。

5. 建议小组疏通、讲解时使用课件，进行全方位锻炼。

6. 需要背诵部分建议随堂划线或红色标出，熟读、深思、记忆，日后"发酵"，融会贯通，切实增强文学功底，提升思想素养。

7. 每一编的"资料汇编"由小组负责查找和搜集，其余发现的资料建议班级分享，勿拖延。

8. 每次上课前务必带上这些资料和笔记本，注意笔记的内容和方法，以形成个人风格和特点。

明确要求并加强督促，是确保教学改革成效的前提。

其四，学生主讲和课堂互动。小组成员逐一登台讲演，就各自负责的部分（一般1~2段原文）按照上述要求进行串讲，学生在其带领下对批评文本有初步的认识和基本的理解。这是调动学生学习积极性的关键环节，因内容不同，虽不规定具体讲演时间，但力求简练扼要。然后进行课堂最为精彩的双向互动：先由小组外同学就所讲内容不懂或生疑的地方现场提问，主讲同学作答，必要情况下组员可出主意，或帮忙解围，共同作答。在学生没有问题或问得不够集中和深入时，改由教师提问，小组回答，课堂上及时解决具体问题。这种同学之间和师生之间的双向互动如使用得当，必能产生出很多课堂火花，产生传统教学方式意想不到的教学效果，不仅能激发学生的课程兴趣，活跃其思维，锻炼其口才，而且能培养学生独立思考及擅长发现问题的能力。

当然，视课程进展情况，个别篇目可根据需要灵活调整，通知、要求提前告知学生。

其五，教师小结和主讲。应该说，这种方式从根本上改变了此前教师一人满堂灌的表演式教学模式，真正实现把学习的主体地位交给学生，也促使学生去认真研读文本、熟悉所讲内容、做出发言准备。当然，这并不意味着教师为省事而把讲授权全部下放，在小组学生挨个串讲后，教师针对存在的问题主要从两个方面来总结，以升华本次课堂：一是针对学生所讲存在的漏洞、错误或需要强化、纠正的地方立即进行必要补充，这需要教师认真聆听，敏锐发现问题；二是就篇章体现出的文论思想，文字中蕴藏的批评家思想、观点、主张、见解等内容进行点到为止的讲解，并非小组学生讲后就结束，每篇都需要教师及时回溯和总结，使学生获得准确认知及深刻印象，真正地把握和理解文论内容。

三、话题引申法和作业评析、传播法的综合运用

如果说 50 分钟课堂是进行本项教学改革的主要阵地，那么笔者将其延伸到课堂之外，真正将学习的主动权还给学生自己，建构其学习中的主体地位，这又集中体现在话题引申、作业评析与传播两种教学方式的推广上。

（一）关于话题引申法

1. 具体使用。每组学生在准备发言和登台主讲过程中，要求就所讲内容水到渠成地提出 1~3 个相关专业话题，即读完某篇文章和某位批评家作品后，谈出你得出的心得和认识，引申为具体话题，旨在推动学生调动脑子、积极思维、独立思考、敢于"立言"。很多科学家都深有同感，"发现问题"有时比"解决问题"更为重要，很多话题可以成为课程——乃至日后作文的依据和契机。所作"引申"以专业话题为主，但也可不拘泥于本专业，开放式谈论你所能得出的初步认识。总之，话题引申法作为本教学模式的辅助形式，可有效促使学生珍惜读书过程中自己、主动形成的某些认识，并最终形成"思路""灵感"与"火花"，形成课程作业或日后论文选题。

在本轮教改过程中，笔者作为任课教师共提供话题 30 个，全程南湖学生提供话题 50 个，徐海提供话题 40 个，学生话题写上提供学生名单，落实到人。所有话题经班委筛选、过滤后进行汇总，师生互换，最后由主讲教师对话题精挑细选，缩小范围，确保每一位同学获得作业选题，更重要的是培养发现问题的能力。当然，最后一次布置作业时由主讲教师对所有话题的品质进行把关性

讲解。

2. 实践成效。最后教学实践效果证明，话题引申法教学的价值和作用集中体现在两个方面：

一是训练了学生开放式的思维方式，让其从狭隘、被动的命题作文中彻底解放出来，由以前教师出题学生作答后递交作业，变为学生自身出题自身解决的模式，真正实现学生的"学习主体地位"。据课后与同学交流，同学高度认同这种作业练习和期末考察相结合的改革方式，一方面他们看到自己的提供名单后很有成就感，另一方面学生们做着身边同学提供的作业，很是亲切。

二是训练学生如何独立自主地进行学术研究，熟悉科研的基本流程和步骤，领会入门要领，至少减低从事学术科研的畏惧感。每年冬夏季节，无论是大三学年论文还是大四毕业论文，总有很多同学为寻找选题而忧愁烦恼，压力重重。笔者经常劝导学生从课程学习、课堂研讨、看书思考、社会前沿、学科热点、老师研究等方面去获得话题，而话题引申法是带领学生如何去面对一篇作品开动脑筋、独立自主地去发现问题，生发话题。只是，这个过程需要老师对其话题的价值进行鉴别和判断，需要老师不断地予以鼓励甚至是诱导。

（二）关于布置、传播和评析学生作业

教学的艺术在于合理有效地进行设计，包括课程同步作业和课后及时练习。针对教学材料完全由学生生发话题，有时比较浅显和有限。教师在推动教学进展过程中，针对具体篇章精心设置延伸性问题或拓展性话题，课后及时布置给学生，督促学生们及时查阅和写作。如本期在讲到先秦文论时，笔者便布置了如下四个问题，每个学生都有话可说，可训练其书本理论联系创作实际的结合能力，以切实解决现实问题。

A. 孔子论语提出"兴、观、群、怨"的诗学观，试结合《诗经》《离骚》两类作品分析其中兴、观、群、怨的具体体现，并简要分析其价值和意义。

B. 中国古代文论就提出诗"言志""缘情"的文学观，试结合中国古代诗、词、曲、文中体现出了哪些"情"和"志"？

C.（在讲完孟子"知言养气"后）从中国历史长河中选择出你认为具有"浩然之气"的人物进行分析，如果是文学界志士，试结合其作品分析主体之"气"对其创作和作品的影响。

D. 墨子"非乐"观和荀子"倡乐"论针锋相对，试将其改编为辩论赛。

对于这种开放性问题，同学们的兴趣比起那些需死记硬背或只是局限于书本知识的传统问题要浓厚得多。笔者从学生提交的作业精心选择三到五份，利用课堂时间就审题、思路和作答进行了简要评析，由于是电子版，精选其中最具代表性的一份在多媒体上及时展示，大家分享其思想观点，其余优秀作业通过公邮、博客、微信与公众号等方式上传，便于大家相互交流和习鉴，在实践和交流中体验课程学习的乐趣。在学期课程结束后，由各班学习委员汇总学生的代表作，作为班级成果编订成册，相互回味和探讨。从本期学生所提交的数十份作业来看，当代95后大学生的思维、观点和解决情况远远超出了我的预期，他们不仅思维活跃，而且经引导后极为配合，颇有个人观点和见解。这与其说是开放式作业题单符合他们的兴趣爱好，不如说是以学生为主体的教学模式极大地增强了学生学习的积极性。通观最后学生汇编的作业成果，他们的选题贯穿文史哲，广涉天文地理，很多都有一家之言，且不乏现实思索，充满浓郁的人文关怀。

四、反思与总结：推行此种教学模式的注意事项及价值意义

以学生为主体的古代文论教学模式，极大地改变了现有"满堂灌""填鸭式"的教学模式，调动了学生的积极性，通过激励学生主动思考和自觉参与，极大地开发了其学习潜能，学生普遍反映这门课程虽然教学法在同期诸多课程中有些"特别"，但最后较有收获和启发。然而每次教改对于笔者来说，都是摸着石头过河，一切都在尝试中，因经验不足、无名师指点，教学过程中一定存在着诸多不足和缺憾，如课堂上教师讲授和学生串讲比例分配不当，课堂驾驭力有待提高、节奏感有待进一步控制，教师对学生回答的反馈机智性不够，等等，这些都需要总结，以少走弯路。现将经验进一步推广，与学界同行分享。

其一，以学生为主体的教学模式，和传统的由教师单向传授的方式相比，课堂上的宝贵时间给予学生的（用来串讲、互动等）更多，教师讲授的就急剧压缩，而这门课程课时很紧（通常为32节），内容丰富庞杂，如对教学内容不加控制、对教学过程不加设计，就会使课时根本不够用，精彩开局仓促收尾，显得头重脚轻。因此，以此种模式展开教学，要求教师必须通观全局，精选各阶段教学内容，并提前发放教学材料，布置任务留给学生足够的预习时间。笔者经综合比较，在先秦部分便舍掉了韩非子文论，对于老庄文论也进行了大幅度压缩，涉及"道"论的语句和片段一律舍去，由老师概讲；而在两汉部分，对王充、扬雄文论概讲为几个要点，约略带过，把教学重心放在诸家评屈骚及儒家正统文艺观的建构等内容上。而中间如有内容改变或者穿插便提前、及时交代学生。

其二，此种教学方式对专业教师的各种素养提出了较高要求，要求教师必须极为熟练备课内容，不仅有利于学生串讲时发现相关问题，而且能对互动学生提出的不同意见——甚至质疑、批判性看法现场答疑予以指导。由于课堂呈现开放性结构，无法预知众多学生针对某个知识点提出何种问题，需要教师较强的专业知识储备和良好的随机应变能力。再者，为统筹教学内容、合理分配课时，针对部分学生串讲时间超长和自由发挥过多，以及课堂不够活跃等局面，教师要有较强的临场提问力和课堂驾驭力，以把握好上课节奏。在以学生为主体的教学模式下，教师在熟悉内容、专业储备、现场作答、心理素质、课堂掌控等方面，都需不断充电和提高。

其三，在串讲要求中，需学生就某段（篇）文论的主要观点进行总结，而任课教师最后也需总结升华，或适当拓展和补充，这就需要避免内容的重复。处理方式是：如学生对概括提炼出的文论观点讲得较多，教师可进一步完善、补充，不做交叉展开。反之，则需总结和强调。由于课堂处在动态的生成过程中，这尤其需要教师灵活对待已制作好的PPT，随机进行处理和变通。

其四，避免让学生过多依赖、展示课件而忽略了讲解重心内容，或对作品把握不熟悉、不透彻。当前凡有公众讲演机会并且多媒体设备齐全，就采用PPT进行汇报和展示几乎成为当前一种时尚，然而对于初学者来说要把前期的时间、精力主要放在文本的细读和内容的熟悉上，不能过于追求形式之美而顾此失彼。当然如果能文质彬彬就再好不过了。学期内90%的同学均采用PPT来登台讲解，锻炼了他们制作课件的基本能力。然而少数结合提纲和笔记采用粉笔加口述的方式来讲解，亦较为成功，甚至独具特色。传统和现代方式可不拘一格，相得益彰，教师在学生串讲方式上可精心指导。

我们认为，学生主讲式的课堂值得反思和审视。本次教改采取精选内容后由学生主讲、亲自"下水游泳"后师生互动的教学方式，是对传统教师课堂上一言堂模式的反拨和突破。将课程内容按阶段分配到相应小组，在组长带领下由学生分段串讲，其训练目的和效果大体有四：

首先，避免任课教师单向灌输和注入法，尝试"以学生为主体"的教学思路，调动其学习积极性，激发他们的专业潜能。课程教学中几乎每堂课总有5~

7人参与发言、提问和讨论，他们的想法（哪怕起初非常稚嫩）都得到了极大的尊重，他们课后写下的作业都得到了及时的反馈和最大限度的传播。

其次，通过此种方式督促学生自主查阅资料，独立思索和力所能及地解决所遇到的各种问题。如教育学家叶圣陶所说，"教"的目的是为了"不教"，即让学生自己发动起来达到独立自主解决问题的成效。俗话说，"授人以鱼，不如授人以渔"。本课程教学中始终贯穿三大理论：一是如何"平地起惊雷"从材料中生发出有价值的话题？怎样开动脑筋去积极思考进行互动提问和探讨？如何在平常处去发现问题？二是如何快速、高效地查阅相关资料？如何就资料进行分类和取舍，以尽快地获取个人所需的信息？三是发现了问题后如何圆满地去解决？如何发散性、多元化、批判性地去展开思考？如何通过研讨、写作将自己的观点和见解表达出来，供商榷和传播从而产生影响力？本期教学的各项改革，大体围绕此展开。

再次，增强学生的团结与合作能力，小组以宿舍为主，师友分工又合作。据了解，当前大学生基本为在"4—2—1"结构模式的家庭中成长起来的90后，个人主义色彩浓厚，比较以自我为中心，而本课程从内容分组、互动提问等多个方面锻炼学生的协作能力，培养其在宿舍内和课堂上各抒己见、敢于独立思考的能力，以及和老师亦师亦友地展开专业探讨的能力。（全程有近5名学生就个别问题以面谈和邮件的方式和笔者展开过探讨、询问。）

最后，训练学生课件制作和登台讲演的能力。虽不强行要求学生制作课件，但绝大多数学生还是认真准备了所讲内容并精心制作课件，其课件制作才华得到张扬，无论是在内容布置还是形式安排上，都超出了老师。最后，笔者将其汇总后发给了每位同学，便于其相互借鉴和取经。此外，经此教改学生们的当众演讲能力得到了普遍提高，由最初的紧张、口吃、害羞转变为冷静、沉着和理性。见证学生的进步和转变，对于从教者来说，是一大欣慰。

教学是一门有缺憾的艺术，虽有法却无定法，需要任课教师转变教学观念、增强改革意识，并积极探索适合相应班级、体现个人风格的教学策略。如上尝试可能不尽成熟，需在实践中不断完善，期待同行专家多提宝贵建议。

第二节　中国古代文论教学的人文关怀

"中国古代文学理论"涉及"古代"之"理论"，前者需穿越"时空"，后者会远离"形象",二者叠加,犹如火上浇油、雪上加霜,常让学生觉得晦涩难懂,无法亲近,而这恰恰成为本门课程迥异于他课的自身特点。和"古代文学"涉及大量生动活泼的诗、词、曲作品不同,古代文论直接面对文论家提出的文学思想和观点见解,长期浸泡在比较理性、冷静和抽象的范畴、术语、命题和主张之中,要求初学者必须具有一定的哲学、美学素养和逻辑思辨能力。有学者干脆将之誉为汉语言文学专业所有课程中的"珠穆朗玛峰"和"太平洋的海沟"。① 这门课程,不仅学生难懂,教师也难教,精心备课,认真讲解,教学效果往往并不理想,很多同行深有感触。笔者以为,这与教师坚持怎样的教学理念、采用何种教学方式、运用哪种教学切入点进行教学有关。教学的角度和理念直接关乎教学的成效。有鉴于此,通过笔者多年的教学摸索和实践,此课程教学中强化人文关怀、增强精神导向不失为一种成功的尝试,既增添了课程的趣味性有效避免教学带来的枯燥感和乏味感,也可以课程为载体对当代90后大学生进行人文教育和精神熏陶,砥砺学生的精神品格,留下终生难忘的印象。

一、当前高校以课程为载体和依托进行人文教育的"必要性"

新时期,通过课程设置和课堂教学来提升大学生的人文素养,以课程为载体对其进行人文主义教育,具有很强的必要性,这在信息网络时代全民陷入通俗狂欢、一度引发精神危机的今天,尤为迫切。

其一,素质教育和新课标的基本导向。从当前大环境来看,中央领导和教育部多次呼吁,要对当前大、中、小学生进行人文主义教育,并将之作为提升学生素质教育的重要组成部分。近年来教育部发送和开展的高校课程思政,便与人文主义教育有紧密关联和交叉之处。尤其是中国近年来经济迅速发展、正走在民族复兴的道路上,国人的思想素质、道德观念、精神水准等出现系列问题的情况下,对当代大学生——祖国未来的接班人和生力军——进行一定的人文主义熏陶就尤为必要了。从政府到民间的重视可见一斑。在此背景下,为社会输送优秀人才的我国高校,担负有义不容辞的教育责任。不仅如此,在近十年的中小学倡导新课标、进行教学改革的系列活动中,就鲜明提出对学生不只是进行知识传授来答疑解惑,更重要的是依托课堂进行价值观教育和情感教育。鉴于此,人文主义教育便成为其中重要的一环。

---

① 于光荣:《让多媒体技术走进"中国古代文论"课堂》,载《邵阳学院学报(社会科学版)》2008年S1期。

其二，对古代文论的认识和特点定位。古代文论课程主要学习中国无数先贤关于文学实践活动的思考和评论，涉及他们在评析作家作品、文学现象时提出的诸多思想、观点和见解，而这些绝不单纯只是知识的传授，其中更多地蕴含着古人关于光阴、生命、人的生存、创作要素以及艺术形式的种种思索，彰显出浓郁的人文主义气息，读来具有趣味性和启迪性。尤其是古代很多文论观点是作家毕生阅读和写作的心血结晶，甚至是付出生命代价换来的体验和感悟，极具感人的魅力，震撼人心。而这些常常包蕴于优秀的文论篇章之中，或者文论思想出场的背景和语境之中，需要不断挖掘和弘扬。从此种角度来看，我们认为古代文论名篇选读课程是对当前大学生实施人文主义教育的极佳载体。

其三，改革开放四十年来中国的物质文明建设取得了极大的成就，国人有目共睹，然而精神文明建设落后时代，致使近年来社会在风气、人际、心理、道德等方面出现了一些问题。据媒体披露，相关案例比比皆是。这引发了国人的忧思：当社会的"火车头"急速奔驰时，谁决定其去向？各种问题的根源究竟何在？是国人的思想观念和精神状态出了问题。有学者也深表担忧：

> 高等教育的任务就是要培养高素质的创新型人才，使学生学会怎样读书、怎样做事、怎样与人相处、怎样做人。但目前在大学教育的指导思想上，存在着较为严重的"工具性"和狭隘的功利教育观念，在教育内容上表现为重理工轻人文，重专业轻教养，重知识轻能力的单纯职业化倾向；在教育的效果上，容易造成受教育者人文知识的欠缺和知识结构的失衡，天文、地理、文史哲等大学生应该具有的人文素养有些学生差得让人难以置信。一些学生民族意识淡漠，对中国文明史缺乏了解，对传统文化没兴趣，很多学生不了解"清明""端午"的来历，对西方的圣诞节、情人节、愚人节等却十分崇尚。许多学生很少读课外书，即使读书也只是看那些"快餐文学""地摊文学"。不要说哲学伦理学等有着抽象理论的著作，就是文学名著、历史传记，不少人一部也没有认真读过，偶尔涉猎也觉得"不刺激""太过时"或看不懂。特别是大学教育大众化后的部分院校高年级学生，相当一些对课程学习没有兴趣，尤其是对提高人文素养的课程，如古典文化导读、文学欣赏等，更是不愿学习，对人文知识的厌学成为一种普遍现象。①

---

① 江秀玲：《大学生人文素质培养与古代文学教学》，载《陕西教育学院学报》2011年第1期。

所揭示与现实基本吻合。在新时期商业环境、市场语境和网络背景下成长起来的90后大学生，深受当前浮躁、功利社会风气侵蚀，通过课堂人文主义教育来熏陶其精神、重塑其人格就显得尤为必要。鉴于此，中国古代文论课程教学中宣扬其中蕴藏的丰富的人文精神，将大有可为。

二、具体操作：精选切入点，分门别类论析

中国古代文论涉及数以百计的经典批评家，包含从古代经史子集中精心筛选出的上千篇经典篇章，其博大精深让人浩叹。这使古代文论课程犹如一座储备丰厚的库藏，蕴藏着丰富多元的人文思想，无论是关于做人的品行修养，还是个体的身心修炼，或者人生的追求境界等，都能给人带来深远的启迪。

（一）如何做人——品行修养类

自古至今，中国都非常重视修身养性、品行修炼，无论是工作、生活还是学习、仕途等，都将"做人"置于首要地位。早在三千多年前的上古时期，以《尚书》为代表的典籍就对"君子"人格进行了详细的规定和描述，此后这些典籍逐渐成为古代青少年接受教育的必读教科书。

如《尚书》中最核心的文论观点是开山纲领"诗言志，歌永言"的提出，然而任课教师固然需以此为教学中的，但也不能忽略其前紧密连同出场的典范语句：

> 帝曰："夔，命女典乐，教胄子。直而温，宽而栗，刚而无虐，简而无傲。

为人直率而谦恭有礼（"直而温"）、刚强而不暴戾（"刚而无虐"）是古代最理想的人格刻画，四个"而"，寥寥数字，简要地概括，时至今日对当代张扬个性、特立独行、缺乏团结协作能力的大学生，进行品行教育和修养熏陶仍然具有重要借鉴价值和启迪意义。

一代宗师孔子在《论语》中多次论及"仁"，其描述凝练简洁，启人深思，所选篇章中近十次提及"仁"和"礼"，其谓：

> 弟子入则孝，出则悌，谨而信，泛爱众，而亲仁。行有余力，则以学文。

> 人而不仁，如礼何？人而不仁，如乐何？

孔子基本上将"仁爱之心"提高了做人的本体高度，其对做人要内心诚恳、言行谨慎的推崇可见一斑。孔子将仁爱之心向周边推广的提倡与呼吁不遗余力，他毕生也以身作则地去践行。这些响当当的话语千年来深入人心，在学习文论观点时大学生如能温故知新，仍能成为其言行指南和处世宝典。此外，在讲孔子文论时还涉及其"中庸"哲学观的阐发，这不仅是对学生长期以来误解"中庸"的一次纠正，更是对其进行做人境界的人文教育的最佳契机。孔子曰：

> 子曰："中庸之为德也，其至矣乎！民鲜久矣。"（《论语·雍也》）

孔子说："中庸作为道德，该是最高层次了！人们不了解它，已经很久了。"中庸之道的关键在于"中"。《中庸》曰：

> 喜、怒、哀、乐之未发，谓之中。发而皆中节，谓之和。中也者，天下之大本也。和也者，天下之达道也。致中和，天地位焉，万物育焉。

意思是说，人的欢喜、发怒、哀伤、快乐没有表现出来时叫作"中"，表现出来而且符合节度就叫作"和"；"中"是人人都有的本性，"和"是大家都遵守的原则，达到"中和"的境界，天地便各在其位，万物便生长繁育。这不仅是为人处世应当遵循的基本原则，更是做人应当追求的最高境界。它和有人认为中庸就是"和稀泥""耍滑头"，就是"左右逢源"，就是谁也不得罪的"老好人"主义，或者处世中"隔山观虎斗"，"坐收渔人之利"等说法，是不可同日而语的。教师在纠正世俗观念对中庸之道产生的各种偏见和误解后，可立即设计问题或作业让学生开放式应用，从而得到如何做人处事讲究折中、调和的人文熏陶。比如设计问题如下：

1. 生活中哪些做法是"中庸"的体现？其特点和魅力何在？
2. 形成"中庸"的做人风格需要怎么做起？

由学生各抒己见，教师总结，从而明了儒家的中庸之道是一种思想，它是儒家修身养性、待人接物、治国平天下的最高的道德标准，也是儒家解决一切问题的最高智慧。在古代文论教学中，教师要善于抓住进行人文教育的切入点和契机来实施教学。

又如，在讲到《礼记·乐记》和《荀子·乐论》时，必然涉及先贤对礼、乐关系的深刻论述。荀子曰："礼以节其外，乐以和其中"，可诱导学生既要继承传统，遵纪守法，对自己的言行举止加以必要的约束和收敛，并顾忌他人的感受("己所不欲，勿施于人")学会在集体生活会中与人和谐相处。① 同时荀子乐论还对做人是乐"道"和好"欲"有过详细记载：

> 故乐行而志清，礼修而行成，耳目聪明，血气和平，移风易俗，天下皆宁，美善相乐。故曰：乐者，乐也。君子乐得其道，小人乐得其欲，以道制欲，则乐而不乱；以欲忘道，则惑而不乐。故乐者，所以道乐也。

这段反差强烈的对比性论述至今读来酣畅淋漓。这启示大学生做人要向君子看齐，终身亲道好道践行道，而不是沉醉于各种感官欲望的追逐和满足（老子"驰骋田猎令人心发狂"亦有批判），做人应该有自己的坚守原则和境界追求。由于古代诗、乐、舞不分的传统，类似人文教育是与文论观点的讲授同步进行、水乳交融的，课堂上多一些这样的强调和拓展，必能对90后大学生起到良好的人文熏陶。

又如，孟子在《万章下》篇中提出"知人论世"的文艺观，附带表达出"与人为善"的价值观：

> 孟子谓万章曰："一乡之善士，斯友一乡之善士；一国之善士，斯友一国之善士；天下之善士，斯友天下之善士。以友天下之善士为未足，又尚（上）论古之人。颂其诗，读其书，不知其人，可乎？是以论其世也。是尚友也。"

如此密集地出现"友""善"二字，表明孟子开阔的胸怀和与人为善的做人原则，这对当前大学生如何处世也是有启迪价值的。

（二）坚守正义，提升自己的浩然之气

在儒家思想的影响下，中国古代士人自孔孟起就以格物、致知、诚意、正心的标准严格要求自己，并形成一种敢于抗争邪恶势力和黑暗社会的人格魅力，表现在言行、举止之间就是全身散发出一种凛然正气。古代文论家无论是通过自己的传奇遭遇还是诉诸其传世文字，似乎都在跨越时空向当今大学生昭示着中国民族的这种传统美德不可磨灭，会长久地在青年学子之间薪火相传。

先看孔子提出"诗教"观时对"雅乐"和"郑声"的区分与态度。

> 子曰："放郑声，远佞人；郑声淫，佞人殆。"

---

① 近20年来的马加爵事件、复旦大学宿舍投毒案以及大学生宿舍关系难处、频繁要求更换宿舍即是这方面的反面例子。

> 子曰："恶紫之夺朱也，恶郑声之乱雅乐也，恶利口之覆邦家者。"

孔子为何多次提出要"放郑声""恶郑声"？在于当时郑国盛行的流行歌曲情感轻佻，与其倡导的纯正雅乐是背道而驰的。在鲜明亮出自己态度的背后，我们可以看到孔子对人间美乐甚至内心原则的坚守。他老人家是毫不含糊的，其周游列国、颠簸坎坷的一生也是一部彰显正气、传承使命的"活教材"。教师结合这些来展开文论讲解必能对学生进行生动的人文教育。

再看孟子提出"知言养气"时提出的"浩然正气"。文论节选中这段掷地有声的文字几乎成为传承千古的格言警句，激励世人，振奋人心：

> "敢问夫子恶乎长？"曰："我知言，我善养吾浩然之气。""敢问何谓浩然之气？"曰："难言也。其为气也，至大至刚，以直养而无害，则塞于天地之间。其为气也，配义与道；无是，馁也。是集义所生者，非义袭而取之也。行有不慊于心，则馁矣。我故曰，告子未尝知义，以其外之也。必有事焉，而勿正，心勿忘，勿助长也。……"
>
> "何谓知言？"曰："诐辞知其所蔽，淫辞知其所陷，邪辞知其所离，遁辞知其所穷。生于其心，害于其政；发于其政，害于其事。圣人复起，必从吾言矣。"

孟子所言"浩然之气"，是指人们经过道德的修养所达到的博大而崇高的精神状况，表现出来的是一种由义与道凝聚而成的凛然正气。"知言养气"合起来理解就是，一个人经过养气而具备了浩然之气，就能够知言，即具备正确鉴赏文学作品的能力。① 引申于日常生活中，就要求大学生善于从平时点滴小事做起，在长期历练中去增强自己的道德修养，提升自己的品格操行，最终获得火眼金睛的鉴别力。

（三）个体的身心修炼

中国文论中有大量古人关于如何进行个体身心修炼的文字论述，这在竞争加剧、生存压力加大的今天，同样具有很强的人文意味，即启迪人们在学习工作和日常奔波中如何去友善而有策略地对待自己的身体和心灵，从而实现人与自身、人与他人、人与自然的和谐相处。

且以秦汉以前孔孟为代表的儒家文论为例。孔孟都高度重视个体的修身养性。孔子提出人应"富而无骄"（《论语·学而》），在品德修养上应"如切如

---

① 李建中主编：《中国古代文论》，华中师范大学出版社2007年版，第35页。

磋、如琢如磨"；熟读《诗经》，方可达到"乐而不淫、哀而不伤"境地，从而保持个体情感的有效节制与中和。孟子则指出应集"义"为"气"，践行道义，以在个体道德情操上有所提升，从而增强个体的鉴别力，这启迪当代大学生只有长期的行"义"训练，才能使内心无比强大从而抵御外界的诱惑。这和孔子指出的六十"耳顺"、七十"从心所欲不逾矩"之说异曲同工。

而道家文论提出的少私、寡欲观则是个人修炼的另一种途径和效果。教师在分析老子文论出场的时代背景和社会语境时，就其提出人们执迷于物质追逐和感官享受的批判性语句（"五色令人目盲；五音令人耳聋；五味令人口爽；驰骋畋猎令人心发狂。"），并适当结合当下现实予以启迪和诱导，并能使学生获得警醒，有茅塞顿开之感，从而调试其人身价值和追求导向。

（四）孟子和墨子的为民情怀

中国文学批评自先秦起便形成了"与民同乐"的优良传统。孟子和墨子在阐发其文论主张时尤其重视为民着想，站在老百姓立场，为天下苍生谋福利。其体察民情、了解民意的情怀影响了后来以民为本的民族传统。典型如孟子，其仁政思想的核心便是"以民为本"，切看其精典论述：

（1）乐民之乐者，民亦乐其乐；忧民之忧者，民亦忧其忧。

（2）仁则荣，不仁则辱。

（3）老吾老，以及人之老；幼吾幼，以及人之幼。

（4）得道者多助，失道者寡助。寡助之至，亲戚畔之，多助之至，天下顺之。

（5）天时不如地利，地利不如人和。

（6）贤者在位，能者在职。

（7）尊贤使能，俊杰在位。

（8）民为贵，社稷次之，君为轻。

类似这些言论和主张具有跨时空性，在当下语境下仍然适用。如果教师适当以之教育学生，并勾勒中国以民为本思想的发展脉络和后世价值，这对于提高当今大学生为人民服务的意识、选择村干部时忠于职守等不无帮助。而墨子的名篇《非乐》更是对学生进行人文主义教育的绝佳篇章，彰显出古代无数士人为苍生谋利的伟大情怀。围绕墨子为何反对音乐及演出，精心设计教案，让学生在关键语句勾画、分析文章结构、阐发非乐的立场和出发点、如何评析等环节展开思考，必能极大地受到熏陶，深深为墨子的苍生情怀所感染，也被其清晰而雄辩的说理文所折服：

> 仁之事者，必务求兴天下之利，除天下之害。将以为法乎天下，利人乎即为，不利人乎即止。
>
> 虽身知其安也，口知其甘也，目知其美也，耳知其乐也，然上考之不中圣王之事，下度之不中万民之利。是故子墨子曰：为乐非也。
>
> 民有三患，饥者不得食，寒者不得衣，劳者不得息，三者民之巨患也。然即当为之撞巨钟、击鸣鼓、弹琴瑟、吹竽笙而扬干戚，民衣食之财，将安可得乎？即我以为未必然也。
>
> 是故子墨子曰：姑尝厚措敛乎万民，以为大钟鸣鼓、琴瑟竽笙之声，以求兴天下之利，除天下之害，而无补也。是故子墨子曰：为乐非也。
>
> 今王公大人，唯毋为乐，亏夺民衣食之财以拊乐，如此多也。是故子墨子曰：为乐非也。

《非乐》篇论题集中，观点鲜明，结构层层递进，论析雄辩有力，将带领学生去体察始终处于底层的中国老百姓。类似文字千百年后读来依然催人泪下，深受鼓舞。如果任课教师在讲解时能结合中国政府当下反腐的决心和行动展开审视和反思，不仅更能凸显出此篇文论在历史长河和当今社会的地位和价值，也能对学生重新认识政府和民众的关系以及民众在推动历史前进及社会变革中的作用进行一次洗礼。

（五）立志追求、著述抱负以及人生境界

通过古代文论的文字记载，后人依然能窥视到中国古人宏伟的志向，感受到其不甘平庸、决心在有限的生命中励精图治有所作为的人生抱负，以及通过勤勉创作以文字传世的不朽追求。如教师以此为契机对当代大学生进行人文教育，必能带来无限正能量，其励志效果远比当前地摊上"故事＋名言"的小册子有效得多。

如《左传·襄公二十四年》记载："'太上有立德，其次有立功，其次有立言'，虽久不废，此之谓三不朽。"今人胡适曾将"三不朽"称为"三 W 主义"。"三 W"即指英文"Worth""Work""Words"，内涵分别与"立德、立功、立言"相近。唐人孔颖达在《春秋左传正义》中对德、功、言三者分别做了界定："立德谓创制垂法，博施济众""立功谓拯厄除难，功济于时""立言谓言得其要，理足可传。"针对此，教师如涉及训练题如"古代文学史中哪些人物分别是立德、立功、立言的典范？"必能激发学生的写作欲望和兴趣。

而古代文论中真正显示在逆境中顽强抗争，面对苦难仍然坚强不屈的典范当属司马迁。据笔者了解，其在当代大学生中"粉丝"无数，他们大多被如下这段血泪文字所激励和振奋：

  古者富贵而名摩灭，不可胜记，唯倜傥非常之人称焉。盖西伯拘而演《周易》；仲尼厄而作《春秋》；屈原放逐，乃赋《离骚》；左丘失明，厥有《国语》；孙子膑脚，《兵法》修列；不韦迁蜀，世传《吕览》；韩非囚秦，《说难》《孤愤》；《诗》三百篇，大底圣贤发愤之所为作也。此人皆意有所郁结，不得通其道，故述往事，思来者。乃如左丘无目，孙子断足，终不可用，退而论书策，以舒其愤，思垂空文以自见。（《报任安书》）

在遭受屈辱、身受宫刑后的司马迁，并没有颓废和沉沦，而是放眼历史长河，空谷觅音，列举近10名在逆境中仍然抗争以文字求声名不朽的"知音"，在心心相惜中获得抚慰和勉励，通过文字著述以求声名不朽，著《史记》以成一家之言。这段文字对当前大学生普遍脆弱的内心是一剂强心剂，任课教师结合背景分析"发愤著书"的心理动因和文学影响的同时，哪怕只是对这一连串的历史人物稍做发挥，从励志角度予以强化，必将能成为学生此后人生道路上不懈前进的动力源泉。

  有宏伟抱负和立言追求的远不止屈原、司马迁等人，这在魏晋以后士人的篇章中表现得尤其鲜明。魏文帝曹丕在《典论·论文》等篇章中多次提及著述以求"一家之言"，并深感：

  盖文章，经国之大业，不朽之盛事。年寿有时而尽，荣乐止乎其身，二者必至之长期，未若文章之无穷。是以古之作者，寄身于翰墨，见意于篇籍，不假良史之辞，不托飞驰之势，而声名自传于后。故西伯幽而演《易》，不以隐约而弗务，不以康乐而加思，夫然则古人贱尺璧而重寸阴，惧乎时之过已。而人多不强力，贫贱则慑于饥寒，富贵则流于逸乐，遂营目前之务，而遗千载之功，日月逝于上，体貌衰于下，忽然与万物迁化，斯志士之大痛也。（《典论·论文》）

古人关于存在的价值、生命的意义以及活着的姿态等，在这段文字中彰显无疑。此外，曹植在面对人生苦短、处境艰难的局面时，也是通过发愤著书来"成一家之言"。在有限的光阴岁月里珍惜人生、多干实事，这段文字不仅彰显出在有限之年立言以求不朽的气魄，也体现出古人对怎样活着才更有意义的思考和回答。此外，刘勰《文心雕龙》尤其是《序志》篇交代了其志向与追求：

> 夫宇宙绵邈，黎献纷杂，拔萃出类，智术而已。岁月飘忽，性灵不居，腾声飞实，制作而已。……形同草木之脆，名逾金石之坚，是以君子处世，树德建言，岂好辩哉？不得已也！

当今学者曾深入剖析过《文心雕龙》中蕴藏的人文思想和精神资源，兹不赘述。①

（六）对自然的推崇与本色的坚守

老子反对圣智、仁义、巧利带给社会动乱，主张回归到小国寡民的原始社会，提出"见素抱朴"的思想观，倡导自然、素朴之美，并以犀利的语言尖锐地批判了当时社会真善美分离、割裂的局面，其《道德经·第八十一章》曰：

> 信言不美，美言不信。善者不辩，辩者不善。知者不博，博者不知。

思辨性地道出了对"真"的渴盼与坚守。课堂教学中教师可结合生活中的真实案例对学生进行人格教育，如何识别华丽的假言，真诚学做人，说真话，遵循自然之道。后来庄子在《渔夫》篇中对"真"的效果进行了集中、深入地概括：

> 孔子愀然曰："请问何谓真？"客曰："真者，精诚之至也。不精不诚，不能动人。故强哭者虽悲不哀，强怒者虽严不威，强亲者虽笑不和。真悲无声而哀，真怒未发而威，真亲未笑而和。真在内者，神动于外，是所有贵真也。其用于人理也，事亲则慈孝，事君则忠贞，饮酒则欢乐，处丧则悲哀。

庄子对强求、强行、勉强的憎恶和鞭挞可见一斑，字里行间彰显出庄子对自然本色的一种坚守。对于文学作品来说，具有真情实感的作品往往感人至深；对于生活和处事来说，保持本真面貌更得人信赖和亲近，任何伪装和面具都是对自然本色之美的破坏。如果教学中教师在阐发文论观点的基础上适当引申和发挥，就可画龙点睛地给听课大学生诸多启迪，在领悟和感染中得到进步。

后来刘安在《淮南子》中关于美、丑的论述亦承接老庄对"真"的不懈追

---

① 读者诸君可参见涂光社：《〈序志〉篇的生命意识——追求不朽的刘勰》，载《广东民族学院学报》1997年第1期；涂光社：《有关〈文心雕龙〉当代意义的一些思考》，载《辽宁大学学报》2010年第2期；何懿：《文心雕龙：陶冶情灵、承传人文精神的巨著》，载《辽宁大学学报》2010年第2期。

求,都体现出古人对素朴本色和自然之美的推崇和坚守:

> 且喜怒哀乐,有感而自然者也。故哭之发于口,涕之出于目,此皆愤于中而形于外者也。譬若水之下流,烟之上寻(往)也,夫有孰推之者?故强哭者,虽病不哀;强亲者,虽笑不和,情发于中而声应于外。(《说山训》)

> 求美则不得美,不求美则美矣。求丑则不得丑,求不丑则有丑矣。不求美又不求丑,则无美无丑矣,是谓玄同。(《齐俗训》)

并且,他还举出"东施效颦"的例子说明人应保持个人的本色,不能盲目模仿和借鉴,否则适得其反,进入美的反面。教师可随机布置作业(如举出生活中过于求美、非真的细节及表现,分析并体会其效果)来对学生进行人文教育,达到学生醒悟和自察的效果。由于道家文论影响极为深远,后世像刘安这样坚持追求真、善、美的文论家比比皆是。

(七) 坚持优良的文艺熏陶

当然,一个人的人文修养并非与生俱来而需要在平时不断接受良好的文艺熏陶,从长期研读经典文艺作品起步。这在古代文论中名家论"文"之价值与功用中也能找到答案。如孔子指出:

> 子谓《韶》(《韶》乐,禹舜时乐曲),"尽美矣,又尽善也。"谓《武》(《武》乐,周武王时乐曲),"尽美矣,未尽善也。"
>
> 子曰:"君子博学于文,约之以礼,亦可以弗畔矣夫!"
>
> 子曰:"志于道,据于德,依于仁,游于艺。"
>
> 子在齐闻《韶》,三月不知肉味,曰:"不图为乐之至于斯也。"
>
> 子曰:"兴于诗,立于礼,成于乐。"

君子良好人格的形成,臻于七十知天命的人生历练,以及良好的欣赏品鉴能力,都离不开长期对经典作品的浸泡和习得。而在当前大学生课外阅读普遍减少的情况下,[①] 如何在有限时间内提高读书效率,增强自身内涵,强化本领、增强素质,从而腹有诗书气自华,古代文论也提供了很多方法:

> 夫声乐之入人也深,其化人也速,故先王谨为之文。……
>
> 乐者,圣人之所乐也,而可以善民心,其感人深,其移风易俗,故先

---

① 赵玉光:《影响大学生阅读行为的几种因素》,载《江西图书馆学刊》2010年第1期。

王导之以礼乐而民和睦。夫民有好恶之情而无喜怒之应则乱。先王恶其乱也，故修其行，正其乐，而天下顺焉。

即优先阅读"化人也速"的经典作品，多亲近文艺，在和古人对话、在被艺术形象感染的过程中，增强主动接受人文教育的意识，方可实现自身素质的全面提升，达到熏陶渐染的理想效果。

当然，古代文论中蕴藏着的人文思想远不止如上总结的七个方面，此外关于朋友之间的沟通交流和缔结亲密无间的深厚情谊，关于以天下为己任的士人情怀，关于在纷扰杂乱中求得片刻宁静以灼照万物，关于路见不平敢于立言批判等等方面，皆十分鲜明。因篇幅之限，本节不再详细展开。如果任课教师本着开放式的教学原则，适当以中学新课标的理念和方式展开大学古代文论教学，必能找到更多的切入点，寻找到更多教学创新之处。

第三节 古代文论教学方法与学生能力培养初探

随着社会对人才要求的日益提高，以及高校近来相继涌现出诸多问题，学界对高校教学方法改革的重视和呼吁也不绝于耳，① 尤其是"金课"的建设也提上日程。2008年由中国大学教学学会组织的首届大学教学方法改革研讨会在江苏南京召开，来自全国教育战线的数百名教师参加了会议。然而一个不争的事实是，部分高校教师在现行学术体制下更加重视科研，依然故我地采取传统一言堂和填鸭式陈旧方式来教学者不在少数，教学成效很不显著。这是让笔者很寒心也无可奈何的尴尬局面。——那就不如先种好自己的"责任田"使其长出"庄稼"来吧！鉴于此，笔者近年来就所执教的《中国古代文论名篇选读》尝试性进行了几轮教学改革，力求在教学方法和学生能力培养上寻找结合点和突破口，其中的经验和不足值得总结并反思审视，以供同行取长补短，相互切磋和交流。

教学方法就是围绕着一定的教学目标，依据教学内容和高校学生身心发展的特点以及条件因素，设计教学要采用的策略与方法，它是提高教学效率、保证教学质量的前提与基础，是决定教学质量的关键因素。良好教学方法的运用

---

① 姚利民：《高校教学方法研究述评》，载《大学教育科学》2010年第1期。

需要任课教师在长期教学实践中不断探索和总结，往往能起到事半功倍的效果。

数年来，就中国古代文论课程，笔者综合采用了如下教学方法。如下就其与学生能力培养之关联做一初探。

一、问题主导法

高校不同课程设置均有其明确的人才培养目的，每门课程在建构学生知识结构方面发挥的功能是不尽相同的。然而，据我们多年的教学观摩和与同行交流观察来看，当前高校很多教师均依照章节顺序来讲解知识内容，最多据课时稍有取舍，一学期下来讲课节奏、方式并无大的改变，虽然稳妥但较为拖沓，也不利于学生的接受，时间一长就觉得过于平淡。笔者受中学教学的启迪，认为问题主导法在当今大学教学中值得倡导，能有效提高教学质量。

问题主导法是教师在课前备课时，将教学内容消化透彻后，站在一定的专业高度，结合学生现有水平，发散式设计出主导型问题，来进行课堂设计、推动教学过程的基本方法。无论一次课两节还是三节，也无论一次讲授内容是多么丰富复杂，总会有本次课、本次内容的教学重点。教师忌讳在内容与时间上平均用力。好钢用在刀刃上，牵牛要牵牛鼻子，教师依据教学重难点设计出主导型、关键性问题，以之作为课堂主线，解决了主要问题就纲举目张，其余知识点可作为其附着或拓展适当展开。就学生而言，围绕问题展开课前预习或课堂思索，就有了基本依托，能极大对开发其思考力，避免教师单向讲授、学生被动接受这一传统局面出现。以本课程中"孔子文论"为例，笔者精心设计如下问题（括号内文字为思考切入点或相关提示）：

(1) 孔子的教育重心是什么？从材料来看何以见得？

（以道德为中心，重德行和修养，文艺不过是推行仁义的舞台和入口。）

(2) 从所选文字来看，孔子给你了留下了哪些深刻印象，何以见得？

（发散式回答：可结合电影和以前对孔子的了解。思考切入点：博学、坚持原则、爱憎分明、性情中人、好乐、坚持道德修炼、倡导仁义。）

(3) 孔子分别喜好和厌恶什么？（发散作答）

（喜好：熟读诗经灵活运用；有悟性的学生，能举一反三；雅乐和韶乐；）

（厌恶：不学诗；巧言令色、恶利口、不善的武乐及郑声之类的流行歌曲。）

(4) 孔子为何如此重视"诗"的学习？

（成于乐、外交实用、应对四方……）

(5) 孔子论述文艺的功用有哪些句子，其态度和观点分别是什么？（详见材料）

(6) 孔子采用了哪些言说方式？

（譬喻、类比；问答式；这在诸子文论中常见。）

(7) 在"赋诗言志"的春秋战国时期，从材料来看孔子的阐发有否牵强之处？

（如切如磋；先素后绘。）

由于是"批评文选读"，故要求教师带领学生紧扣文本、细读作品，设计的七个问题大体可分为三类：一是体会、总结文论思想和批评观点的，如第4、5问；二是推动学生层级思考的开放式问题，如第1、2、3问；三是衍生出的拓展性问题，如第6、7问。一般情况下，解决了第一类问题就把握了孔子文论的精髓，做出圆满回答就解决了课堂的核心。然而，生动活泼的教学设计应充分发挥材料的功能，由浅入深地调动学生的积极性，激发其专业学习兴趣。故第二类开放问题的设计就尤为必要，这三问虽然难度不大，但见仁见智，有极大的思考空间，学生既需调动已有知识进行必要迁移，又需紧扣文本展开详细分析，这种开放式提问必须考虑到全班学生的学习水平和特点。而第7问在于训练学生的质疑能力和批评性思维。从课堂情况来看，学生发言极为活跃，回答水平也较高，这与问题的设计类型及考察特点是分不开的。此后，每讲一位文论家之前，笔者都在精心设计问题上狠下功夫，有时需提前发给小组让其预习准备，有时当堂探讨，争鸣激烈。

教师在参照教学大纲和目标设计问题时，我们认为最好能着力于学生如下能力的培养：一是诱发其开动脑筋，形成思考的习惯。勤于思考和发言，并形成习惯享受思考的乐趣，良好的习惯能使人终身受益。二是细读作品的能力，想方设法通过问题让学生逐渐获取答案，自己解决问题，而不是教师口干舌燥地单向传授、一味"给予"。以上七个问题几乎都将学生导向教学材料，而不是单纯结合背景、依据此前对孔子了解就可作答的。在当前大学生阅读能力普遍下滑的今天[①]，培养学生直面文本的能力、增强其细读作品的功夫，就显得尤

---

① 张淑琴：《当代大学生阅读情况分析及对策研究》，载《内蒙古财经大学学报》2013年第3期。

为迫切。而这在笔者看来，几乎是当前高校汉语言文学专业学生必备的一项基本功。

依笔者经验，推行问题主导法展开教学有如下事项尤其值得注意：

其一，问题必须由浅入深，由易到难，逐层递进。因学生的基础、特点、类型和层次的不同，设计问题不能过难，学生回答不上来，不仅打消其积极性，也难以实现当堂教学目标；过易又流于走形式，让学生轻视老师。问题宜先易后难，逐层递进，让学生跳一跳就能摘到"桃子"。

其二，学生选题作答，把自由权交给学生。教师呈现问题后，无论是学生举手还是教师点名，学生都有单可选、有言可发。对某一开放性、发散性问题可由多名学生接力棒式作答，各抒己见。此方式能充分照顾到学生的兴趣，哪怕是最后的"硬骨头"也可由师生共同解决。

其三，开放式问题必不可少。问题设计要具备一定的开放性，让众多学生都有话可说，并且如同温度计检测气候一样，开放式问题检测出不同同学的思考动向和掌握程度。如第2、3问。在讲完孟子文论后，提出问题：在你的阅读经历和文艺品鉴中，遇到过"己之意"和"诗人之志"的出入吗？在讲完《毛诗序》后提出：结合作品，分析中国古代的"物感"说和当前文艺界的"劳动"说是否矛盾？为什么？等等。这种问题几乎每个同学都有话可说。

其四，拓展式问题亦应设计。问题不能完全拘泥于教材，就书本论书本，而应有一定的迁移与扩散，对拓宽学生视野、满足优秀学生胃口有帮助，这是大学教学设计区别于中学的显著之处。比如第6问讲完文论内容后就言说形式做一涉及和延伸，能使课堂锦上添花。

二、印象感受法

此法即指在课堂上师生共同面对某篇文选作品，先由学生自主发言谈谈对此文的初步印象，包括首次阅读后在文章难易、手法、辞格、技巧、内容、风格等方面的最直接、最鲜明的感受、体会和心得，不求多么全面和深入，只要耳濡目染后遵照自己的内心的想法，越真切越直接越好，比如"觉得此文思辨性很强，晦涩难懂"，找出地方或稍做分析均可，又如"感觉作者娓娓道来，平易近人，文字朴实自然"。以阅读曹丕《典论·论文》为例，先后有四位学生谈出了他们的印象和感受（姓名略）：

A. 这才知道魏文帝曹丕不仅是作家，竟然还是批评家啊！

B. 此文写得比较通俗好懂，不那么晦涩；

C. 曹丕对建安七子等他身边的朋友进行了评析，很有自己的看法；

D. 曹丕高度认可文章的价值，什么"经国之大业"啊，好像此前不多见。

充分尊重学生的最初感受后，任课教师亮出了如下看法和感受，以和学生交流并形成比照：

1. 如此密集地谈论诸多作家，曹丕对作家作品真是了如指掌；
2. 其理论的提出来自创作（文学实践）：可信且有说服力；
3. 曹丕对作家的评析较客观、中立；
4. 曹丕把文学地位、价值抬得好高！
5. 其论文学价值的一段话大气而豪迈，掷地有声！
6. 此篇麻雀虽小，却五脏俱全。……

如有不同意见，学生可当堂提出，通过补充、切磋来升华认识。至此，学生茅塞顿开打开思路，对此篇有了进一步的基本了解，带着好奇心在后面逐一讲解中去探个究竟，对课程充满着期待。在开始使用时，学生各式反映、情态都有：有的不屑一顾，认为感受印象离作品讲解和分析很远，教学重心应在后者；有的眼高手低，谈得较为肤浅和表面，在和老师感受印象对照后惭愧、汗颜；有的只可意会难以言传，无法形成简洁、精辟的文字并将其流畅、连贯地表达出来。在实践了一段时间后，方才逐渐上路，领路到了老师运用此法的独特和别具匠心。

此种教学方法旨在训练中文系学生培养直面作品进行发散性思考的习惯，并增强其作品的审美感受力。据笔者连续数届对汉语言文学学生的专业技能全面了解，在信息化时代，随着读图的渗透和学生阅读方式的重大转变，中文系学生普遍对作品缺乏直观而独特的审美感受力，一些学生过于依赖易中天、于丹等人的讲解，而这对深入学习本专业是极其危险的。因古代文论选读篇章简短精粹，故本课程使用此法有效弥补了专业学习的不足。此法贯穿课程教学始终，几乎每篇文选都使用，笔者认为也可延伸至汉语言专业古、今、中、外全部作品（如《外国文学史》《中国现当代文学》等课程）的学习。

三、关键词句法

20世纪90年代以来，文学界形成了一种研究范式，即聚焦某种文学思潮、活动或某部作品，选择最能代表其演进历程、阶段特征和文本特色的数个关键词，以观管窥豹地研究其全貌。此后，以"关键词"为切入点研究某位作家作品成为一种趋势，先后涌现出《中国现代文学关键词》《西方文论关键词与当代中国》等典范性著作范本。笔者亦将之引入到课堂教学中，几轮实践下来成效较明显。

简单来说，关键词句教学法即要求学生搜索出篇章或段落中密集出现的常见字、词、句，以看出作家文人的思想重点和见解倾向。如孔子文论选读篇章中，论"仁"8次、"礼"12次、"诗"13次、"乐"14次，从论"诗""乐"的高频率足以见出孔子对文艺的高度重视，并有利于学生迅速从材料中勾画出来聚焦学习。又如孟子文论中论"民"处可做出记号，讲解"与民同乐"思想时就会真切直观、水到渠成；讲到荀子文论时，学生一致地将"礼""乐"作为通篇关键词，并且在做记号时发现荀子都是同时思辨性地论及二者，这为后面集中、深入讲解礼、乐二者之关联和功用打下了基础。此外，荀子文论中"而墨子非之"，《礼记·乐记》中的"情"，陆机文论序言之"难""不逮""不称"，等等，都出现过多次，都可运用关键词法来教学。

此种教学法旨在启示学生掌握一种阅读和分析作品的方法，并可逐渐形成研究方法进而运用到毕业论文的写作中去。对于初学者来说，有助于尽快熟悉、掌握一套解读套路。

四、总结钩沉法

古代文论课程需不断跨越时空带领学生研读有些隔阂与生疏的文言文，并深入系统学习文论家较抽象的思想观点。课程性质决定了它是汉语言专业中是一门极具难度的课程，被同行一致誉为是中文系课程体系中的"珠穆朗玛峰"或"太平洋海沟"。[①] 尽管学界不断在探索各种教学方法，软化古代理论，变为易于为本科生接受的知识，但成效并不那么显著。[②] 记者执教多年来，也一直在苦苦思索：为何本科生难以和这门课程轰轰烈烈地"谈一场恋爱"，而到了硕、博阶段才解其中味、才高度重视起来？原因何在，是学生前后基础不同、兴趣转变还是老师讲解的方式有别、教学效果迥异？据笔者结合多年学习体验

---

① 于光荣：《让多媒体技术走进"中国古代文论"课堂》，载《邵阳学院学报（社会科学版）》2008年S1期。
② 司宁达：《中国古代文论教学存在的问题透视》，载《南阳师范学院学报》2010年第2期。

分析，其中一个重要原因在于学生由本科到硕士甚至博士阶段，是在不断进行总结、温故的，本科时是通史讲解，熟悉课程的发展脉络和基本框架，硕士时是专题透视，再一次从横向层面系统学习；博士阶段是聚焦朝代或者某种批评著作再次深入地作专题研究，如此下来几番巡回，学生不仅对原本枯燥乏味的理论知识滚瓜烂熟，而且逐渐领略到其中的滋味和奥秘。因此，鉴于该课程内容抽象、晦涩甚至艰深的特点，不断回溯、总结、钩沉应是一种富有成效、值得提倡的良好学习方法。

这就要求教师不能一味往前赶地讲解知识，而应当在讲解到某个部分（如诸子论"乐"）或阶段（如两汉）后，引导学生在回顾中及时进行总结，在差异中寻找共性，通过不断钩沉来加深理解，通过总结形成梳理知识的习惯，同时提升认识，达到真正掌握的成效。如：诸子对动乱时代、社会现实的批判，各自有怎样的角度和表现？诸子论"乐"，各有哪些双重性？两汉诸家评屈骚，各有怎样的观点和态度？你能得出哪些初步的认识？孟子、庄子对"言"的态度有何异同？荀子、扬雄、刘勰是如何论"宗经"的？曹丕、陆机论文体、刘勰、曹丕论文学批评存在哪些问题、开出了哪些药方？刘勰、钟嵘对当时文坛和批评界的不满和针砭有哪些……不一而足，均是一种有趣的带领和示范。

这种教学方法旨在启示、带领学生在平时养成勤于总结的良好习惯，把知识难点通过化解、对比和温故知新的方式来加以消化和吸收，逐渐生成、激发学习的兴趣，进入专业学习的良好状态。

五、纵横比较法

广义上来说，此法属于如上"总结钩沉法"，但因其独具特色、十分普及、便于操作，现将其派生为单独一种。纵横比较法，即以开阔的心胸、宏观的视野和敏锐的专业眼光，在讲解文论篇章时，开放式地进行各种专业内外的比较，如先秦中儒、道文艺观比较，墨子荀子韩非子论"乐"比较；推荐话题有：孔子与柏拉图比较，孟子与苏格拉底比较等；陆机和刘勰论创作构思之比较；曹丕、陆机论文学价值之异同；曹丕和陆机的文体论比较；曹、陆二人论文学风格论的形成；陆机和刘勰论想象和构思的异同；……类似比较点在本课程教学中比比皆是，只要留意总可以寻找到切入点。

简单来说，教学中纵横比较法大体包含两种：一是前后的纵向比较，当涉及不同朝代、时期某位文论家观点，或者某种观点、文体的前后演进、变异时，进行前后比较；二是横向的专题比较，包括中外文论家特点、思想观点的对比，同期文论家比较等。从笔者数轮实践来看，此种教学方法可训练学生的两种能力：一是逐步具备开放的学术眼光，在知识学习中绝不只是坐井观天、画地为牢，而要逐渐形成开阔的学术胸襟；二是推动学生进行一定的思维训练，尤其是求异思维力的提升，我们认为这对日后的专业学习及创新能力培养，功莫大焉。

六、作业展示、评析法

为彻底改变此门课程由教师单向传授、学生被动接受的局面，我们近年来初步探索并形成了"以学生为主体"的新型教学模式。这其中便涉及学生作业展示、评析及交流法的使用。其操作为：根据课程讲授内容进程，进行设计近20个题目，有的题目在课堂上作为随堂问题提问过，其余同学下来写成作业后及时提交给教师，待下次课利用课前十分钟时间进行展示和评析，以增强学生积极性，达到训练的目的；更多的题目则布置成作业，学生全写，定时提交后老师利用专门时间（需挤课时）展示、评析。最后，由班干部负责将作业电子版以公邮、博客等方式上传，让每位同学都可分享和交流。学期末，由学委将所有作业汇编成册，作为班级年度成果。这对积极写作的同学是莫大的鼓励，当他们看到自己的作品发布传播、其观点言论众所周知后，学习上极有成就感；同时对学习懒散拖拉的学生来说，也是一种激励。

在设置问题和布置作业时，我们全程贯穿两大理念：一是题目必须紧扣文学作品，让学生结合具体文本展开，严禁空谈理论。阐述分析必须将书本文论观点、见解和所阅读的作家作品结合起来。近三十年来学界早已认识到学习古代文论必须熟悉文学史，必须将其与文学创作实践结合起来。此法也有利于促使学生进行跨课程互动和学习，避免进入专业便过早地画地为牢。二是题目必须尽可能关怀现实、联系当下，忌讳"空中飞舞"，就观点论观点。本课程学习的是中国古人关于文学的各种评论、观点和看法，涉及古人在彼时彼地对文学鲜活的体验与感知，具有很强的思想性、实践性和人文性，绝不只是进博物馆去欣赏老祖宗留下的"古董"，文论的学习必须和现实发生关联。这种教学理念在本书的前两篇文章中已有贯彻和体现，兹不赘述。基于此，现挑选出本学期全程教学中设计的问题和作业汇编作为本节附录，以供同行参考。

这种教学方法使用目的和成效在于：推动学生养成独立思考、勤于写作并敢于发表自己言论的良好习惯；促使学生在学习本课程时竭力将理论（文论）和实践（文学史、作家作品）结合起来，避免停留在抽象理论的呆板、机械学习上；训练其"迁移"和"动手"能力，逐渐具备活学活用、运用书本知识解决实际问题的能力。

以上这些教学方法综合运用的最终目的在于在激发学生学习兴趣、调动其专业积极性，拟重点训练学生的如下几项能力：

一是亲自动手查阅资料的能力。在接到作业任务或选题后，迅速知道需查找哪些资料、寻找方式和途径有哪些？如何对资料进行鉴别和判断？

二是将书本理论学习和文学创作实践相结合。课堂提问、作业设计均需结合所学的文学作品分析，要求阐述必须紧扣作家作品。

三是细读作品的能力。在不借助背景论述、配套资料及运用相关史料的情况下，如何研读作品并发现问题？

四是学会在读书和学习中如何调动积极性、激发潜能自由寻找话题，初步熟悉独立从事科研的要求与过程。

五是增强写作功底，训练其将所思、所想用文字表达出来，并通过各种方式和途径及时交流、传播的能力。

这六种教学方法是我们探索古代文论课程新型教学模式的心血结晶。经几个学期的实践经验，综合使用后教学效果还不错，这以学生的互动反馈、期末学生的成果汇编以及毕业论文选定古文论领域选题大增为证。教学方法的使用因人而异，并且也需与时俱进地做进一步改进，故所思、所想仅供参考，不成熟处还望学界同行海涵并斧正。

附：《中国古代文论》教学全程中设计的问题、作业举隅

【关怀现实的开放型问题】：

1. 《论语》提出"兴、观、群、怨"的诗学观，试结合《诗经》《离骚》两类作品分析其中兴、观、群、怨的具体体现，并简要分析其价值和意义。

2. 古代有诗"言志""缘情"之说，试以古代诗、词、曲作品为例，分析中国文学曾经体现出哪些类型的情、志？各举出代表作并稍做分析。

3. （在讲完孟子"知言养气"后），从中国历史长河中选择出你认为具有"浩然之气"的人物。如果此人是作家，试结合其作品分析主体之"气"对其创作和作品的影响。

4. 墨子"非乐"观和荀子"倡乐"论针锋相对，试将其改编为辩论赛。

5. 结合孔子、荀子文论，分析中国文学史中哪些典范作品体现了"中和"之美？

6. 举例分析古、今中国文学史中某个"经典"被建构的过程（陶渊明除外）。

7. 结合古代作品，举例分析其中未曾说尽的"虚空"。（四大文类中各举1~2例。）

8. 举例分析作品的"诗味"。（形成及其魅力）

9. 找出中、外作家论构思、想象、灵感等方面的创作谈各2~5条（种）。

10. 找出中国古今某部作品曾经被误读后又被重新认识的例子，稍加分析。

11. 尝试用自己的语言凝练地概括当前短信文学、网络文学、报告文学的体性特征。

12. 尝试用直观、形象的语言描述你在构思、立意和想象、灵感到来时的过程或感受。

13. 你认为当前文章的价值有哪些？这种认识促使你在今后的写作中将做出何种调整或转变？

14. 荀子对"乐"的特点与功能做出了详尽的阐述，认为"其入人也深、其化人也速"，考试结合你最熟悉的文学和音乐类作品各一例展开分析。各2000字以上。

15. 各从自然景物和社会画面（劳动场景）中选择一例，分析中国古代的"物感"说。（理论、作品动因、特点及艺术魅力等入手）

16. 从所涉的数个阶段古代文论学习中，结合具体作品分析古人言说方式的特点，这在思维、写作、认识等方面哪些启发？

17. 结合南北朝以前的中国古代文论，分析其中蕴藏的丰富的人文精神。

18. 选择你最熟悉的某些作品，分别用骈体、诗体和赋体对其人其作进行评析，古今中外不限。（提示：学习、借鉴陆机、刘勰、司空图、杜甫的相应体式批评）

【结合文学作品类的运用性问题】：

1. 结合中国早期诗歌作品，分析"诗言志"理论。（体现诗人志向胸襟和各种思想情感）

2. 结合文学史经典作品，分析中国文艺批评中"诗可以怨"的优良传统。

3. 结合历史现实，运用古今具体作品，分析文艺的思想教育作用和积极为政治服务的作用。

4. 结合作品分析统治阶级与老百姓审美趣味的异同。

5. 为什么会"悲愤出诗人"？就你最熟悉的古、今、中、外文坛，精选2~3个例子并结合其作品进行具体分析。

6. 运用曹丕"文气"说理论，选择你最熟悉的一两（家）部古今、中外作家作品进行具体分析。

7. 选择一篇典范作品（古、今不限），运用刘勰提出的"六观"说进行分析。

8. 结合钟嵘提出的"滋味"说，从古代小说、戏曲、散文、诗歌每一种文体中各选一篇经典作品，稍做分析。

第四节　新近古代文论教学中的五大调整

大约在读本科时，我就喜欢聆听不同风格老师的课程，尤其是对那些自成特色、信息量大、收获较丰富的专业课程（如陈昕老师的《唐宋文学》、张家恕老师的《基础写作学》、黄良老师的《文学批评方法》、朱丕智老师的《人际交往学》等），至今印象深刻，难以忘怀。在大四全年开始跨学院、跨专业听课，历史学院邓晓老师的《古希腊神话传说》《艺术概论》和教科院刘东刚老师的《心理咨询》等课程，也给了我很深的启迪。有道是"转益多师是汝师"，博览"群师"后视野不断开阔，许多知识日积月累后开始发酵，听课的口味随之变化，要求也与日俱增。硕博六年里先后聆听了数十门老师的精彩课程，对每门课是否喜好、质量如何大体有了自己的理性判断。我通常遵循如下两个标准来选课：一是是否有很大信息量，给人饱满、充实的感觉，甚至填补某个方面的知识空白；二是口才表达如何，是否有情商、做人、治学方法等方面的启迪。这和当时同时代的70后同学主张幽默、风趣，讲课生动活泼是很不相同的。这也许是个体的差异吧，与每个学生的成长际遇和性格气质有关。

到了硕二，我就基本确定了自己的终身职业：大学教师。此后四五年求学生涯中便不断地参照和借鉴不同学科老师的长处，吸取他们教学上的优势和治学上的长处，并进行反刍和改进，探索属于自己的教学之路。那时自己为了解决生存危机也在一些职业技术学院、中专等学校兼职做代课教师。① 大约从读研开始，我就决定自己以后绝不能做一名教书匠，多少年教案不变，教科书不

---

① 难得而感人的是在自己离开重庆、武汉求学之地到徐州后，依然有曾经上过课的学生通过QQ联系到我，寄送当地茶叶或土特产表示感谢，有的至今成为好朋友。

换，常年循环。至少在有生之年于教学上有所探究，每带完几届学生，在教学方法、教学模式上尽自己的努力去尝试和变换，然后把过程中的所思所做写下来与同行分享，或请教教学前辈与大家，或通过提炼逐渐形成自己的教学思想。这才有了本节的思路及如下的文字。

因课时甚紧①，中国古代文论课程的教学内容通常包括五块：绪论、先秦文论、两汉文论、魏晋六朝文论、唐宋以后文论等，隋唐至明清部分主要以两大专题——"意境"理论和"小说理论批评"专题，梳理清晰的线索后提供资料给学生。整个五大组成部分的核心内容，在最后一次课浓缩精华后以 PPT 方式（一般也就十几片）与学生一起回顾和温习。2014—2016 年间的几轮教学除了延续此前教学改革所采取的模式（比如以问题主导学生）所取得的方法外，还着重在如下五个方面做了相应的调整，使教学创新真正落到"实处"。

一、设计话题、结合作品（话题引申法的运用）

在教学方法上，除采用此前"印象感受法""关键词句法""总结钩沉法""纵横比较法"② 外，还进一步运用了"话题引申法"。即让学生读完某篇文章和某位批评家后，谈出你得出的心得和认识，引申为具体话题，旨在推动学生调动脑子、积极思维、独立思考、敢于"立言"。"发现问题"有时比"解决问题"更为重要，很多话题可以成为课程——乃至日后作文的依据和契机。所作"引申"以专业话题为主，但也可不拘泥于本专业，开放式谈论你所能得出的初步认识。总之，珍惜读书过程中学生自身主动形成的某些认识，并最终形成"思路""灵感"与"火花"，形成课程作业或日后论文选题。

全程两个班级 58 名学生提供话题 50 个，任课教师提供话题 30 个。让学生设计相应问题，其教学设计初衷有三：其一，促使学生认真听课或积极思考，避免自我放纵、随意玩手机或根本不看书、不自学，有了问题设计就能让学生感到有任务，有压力，就能变成学习的动力。其二，调动学生的主观能动性，充分激发其潜能，从学生最终设计的数十个问题（节选如后）来看，有的无论是角度还是思路都较有水平，超乎任课教师的预期。让学生自行去发现问题，

---

① 在笔者执教的中国矿业大学，课时自 2012 年起就从 48 节调整为 32 节并保持多年，很多专业课程皆是如此。
② 参见本书第四章第三节。

去寻找选题，避免做毕业论文时被动等待老师"命题作文"。① 其三，实现学习、考试民主化管理，让学生最终从他们自己所出的题目中选出一道，经教师把关选择后划定一个宽泛范围，作为最终考试题之一，实现最初"考题源自民间又运用于民间"的承诺。

作为任课教师，在首堂课"绪论"中我便高屋建瓴地勾勒了学好中国古代文论必须培养的几大能力，着重形成的几种品性。其中之一便是"理论结合作品"意识的形成。无论是平时涉及每个批评家的核心文论观点还是布置相关作业让学生训练（20个左右题目中自由选择），促使学生学习本课程时竭力将理论（文论）和实践（文学史、作家作品）结合，避免理论的抽象和空泛，调动学生活学活用，训练其"迁移"和"动手"能力。数载这样设计，对学生解读作品的深度和广度训练都是非常有效的。特将结合作品的训练题附录如下。作为考察类课程，学生最终从中任选1个作为结课考题：

1. 结合中国早期诗歌作品，分析"诗言志"理论。（体现诗人志向胸襟和各种思想情感）
2. 结合文学史经典作品，分析中国文艺批评中"诗可以怨"的优良传统。
3. 结合历史现实，运用古今具体作品，分析文艺的思想教育作用和积极为政治服务的作用。
4. 结合作品分析统治阶级与老百姓审美趣味的异同。
5. 为什么会"悲愤出诗人"？就你最熟悉的古、今、中、外文坛，精选2~3个例子并结合其作品进行具体分析。
6. 运用曹丕"文气"说理论，选择你最熟悉的一两（家）部古今、中外作家作品进行具体分析。
7. 选择一篇典范作品（古、今不限），运用刘勰提出的"六观"说进行分析。
8. 结合钟嵘提出的"滋味"说，从古代小说、戏曲、散文、诗歌每一

---

① 从近几届学生毕业论文选题来看，学生的自主性明显增强，他们在我的课堂上学到了一种如何凭借自己寻找选题然后进行论证、和老师商量推敲的能力。这是任课教师无比欣慰的事情。如2011级汉语言的黄睿同学受我课堂启发所做的选题《〈文心雕龙〉的日常生活场景化批评》，获2014年度"中国矿大毕业论文优化创新项目"（"大创"项目之一种）。

种文体中各选一篇经典作品,做一分析。

9. 结合南北朝以前的中国古代文论,分析其中蕴藏的丰富的人文精神。反观自身,其中哪些对你最有启发性和指导性?

10. 采用诗体、赋体、骈体或序跋体,对你近来阅读的一部文学作品(或你最熟悉的一部作品,或一位作家)进行评论,字数不限,透彻、精湛为妙。

二、总结中国文论的几大民族传统

鉴于中国古代文论的学科特点,作为初学的本科生在极其有限的课时里涉猎上千年的丰富文论知识,能理清其大致脉络线索并掌握阶段重点知识,就算是不小的收获了。有些较深入的学科认识就算不错了,真正爱上它并"能解其中味"可能要到硕、博阶段。但如果任课教师充分利用当前网络资源和多媒体教学手段,并尽其所能地为学生做出教学改革和尝试,就会使学生有更多的体验和收获。其中,最后一次课引导学生进行内容提炼和总结的方式,是这一轮教学的又一大尝试,给了学生很深的印象。

笔者的具体方法是:课前设计问题抛出后让班级集体思考——"中国文论三大阶段一千多年讲了很多批评家,涉猎那么多文论思想,那么学完后整体来看,你可从中提炼出哪些共通性特点?中国文论在你看来具有哪些独特的民族特征?"学生起初不太活跃或有些胆怯,教师可举例一个来启发其思考的积极性,使之更加勇敢,一旦开来了个头儿,就你一言我一语地议论起来,并最终对先秦至南北朝的千年文论形成如下若干认识:

1. 意象批评传统:天人合一思维、身份兼职、形象生动、诗意美感。

2. 主体身份的二元性:两栖//兼职型批评家众多,融创作和批评于一体。

3. 以具象言抽象:从农业社会常见的景象或日常生活常见场景中选取意象,组合后抒发情思、表达哲理,绝非西方式玄思和书斋推理、抽象演绎。如老子、王充、孟子等皆以衣食住行中涉猎的东西来言说某种"道理",如"有无相生"的诞生、美具有共通性的理论等。

4. 浓郁的思辨性:考虑周全,顾及两面,并非走极端或一叶障目。如孔子"中庸"观的执行及其影响、老子有无一体。

5. 实用主义、理性至上:秦汉"政教派"的薪火相传、务"实",追问文学之"用"。

6. 来源多元，体式众多：子史体、序跋体、书信体、语录体、经传体、论文体、骈体、赋体等共十余种，从依附、随意日趋走向独立和成熟。

7. 基于当下社会和现实语境，很"接地气"：或充分考虑现实（如国治、人世等）而提出；或抨击社会、环境下提出（如老庄）；或立足于"文本"而提出（如曹、刘）；总之，中国传统文论大多是对时代、社会、作家、作品的回应与反馈，很"接地气"。

其中每一点如稍做阐发并添加个人的观点便可写成一篇不错的小论文。也许还有更多的方面，学生如有看法可进一步撰文。教师引导学生总结仅当抛砖引玉，虽不尽全面，但启发学生在任何一门课程结束后必须立即进行回溯和总结，从中得出对课程知识和体系呈特点或规律性的认识。有此线索在手，学生定能高屋建瓴地从不同角度、侧面去管窥、剖析中国文论。任课教师也在"授人以渔"，不仅在引导学生总结知识，拿捏内容，也在启发他们一种听课的方法，一种治学的思路。

三、贯穿教学全程的学习提示及人生理念

大学有些课程的学习是较枯燥乏味的，尤其是其理论性很强加之老师也不怎么风趣幽默时，更易如此①。我们多年观察并与学生交流后，发现很多学生以低头玩手机和看其他书的方式来打发不得不到堂的"漫长"时间，这样铃声一响就拿起课本流动，一次课下来根本没有多少实质性的收获。为了适当改善这种现状，我们除了在课程内容及方法上进行改革外，自 2015 年夏季新一轮教学以来，便尝试在每次课的第二节课上课铃响前 3 分钟，专门为学生配备一些"励志小点心"供品尝，如一张 ppt 为：

> 清华校长送给毕业生的五句话，值得一看：
> 方向比努力更重要

---

① 这与约 2008 年以后全国高校评价体系量化、对高校教师的科研绩效考核胜过教学水平和能力有关，中国高校普遍陷入"不育症"的处境，大学衙门化，犹如养鸡场，高校教师普遍被量化考评的体制裹挟和绑架，在夹缝中逐渐"异化"为科研的工具，学术的奴隶，更没有时间、精力和心思来从事原本极其重要、本应成为大学主业的"教学"上来。读者可参看四川大学历史学院周鼎老师于 2014 年 12 月的心声吐露，一石激起千层浪，呜呼，这是一个时代的悲哀！

能力比知识更重要
健康比成绩更重要
生活比文凭更重要
情商比智商更重要

人生应具备的八种心态：
学习、领导、持久、合作、
积极、付出、感恩、自信

随后结合现实和个人理解点拨几句（仅限一分钟）。课前适当提供几分钟的片花给学生读书、做人、学习、人生规划等方面些许启发和思考，虽初看起来和课程不相干，没有连接性，但为笔者精心所选或平时遇到的启发性资料，目的在于给学生添加些许营养，帮助提神（一节文论课后学生仅休息五分钟是不够的），全程下来约十余次的"小点心"在结课时有全面总结，现节选如下：

1. 大学期间的读书宜结合"兴趣"和"职业规划"，不至于陷入迷茫和偏离方向。

2. 直面浮躁、沉潜自己、直面经典，提升内涵。

3. 大学读书、听课及相关学习的五个层次（台阶）。依次递进：知识——理论——方法——习惯——修为；课前已演示。

4. 珍惜人生的"三单"阶段：单身、单一、单纯；在前、后"对比"中看清现实处境；两句诗（杜甫"在山泉水清"等）赠送。

5. 叶辛报告后的听课演示：如何把经历化为财富；无可替代即是成功；主动和积极的重要性；等等。

6. 围绕课程开设、据其实用价值来配套、同步、延伸、拓展来看书。

7. 儒家"中庸"的内涵及其运用：如孟子的善辩言。

8. 今后职场和人生中的"两手抓"：礼乐并用、节外和中，等。

9. 独自立言而不依赖：司马迁的替代性行为："成一家之言"（绝唱）；古代士人"建德树言"的追求与情怀。

10. 杨叔子晚年读老子数遍：读书——永远不晚！（邓老师：增强意识、下定决心、着手行动是关键）

11. "诗可以怨""发愤著书"：将生活中的哀伤、悲愤和挫折等等适当加以消化和转化，即可走向成功，并提升自己的人格魅力。（结合"蚌病成珠"讲

解）

12. 务必在大学期间培养自己独特的读书、听课和做笔记习惯及方法。（如简化、关键词、两种颜色、专本专用等）

13. 督促学生细读作品（尤其是先秦和魏晋文论）、直面文本，设计思考题，交流共享资料多篇。

14. 孟子的浩然正气（"集义以生"）、古人与天下人交友的宽广胸襟等。

16. 中文系学生大学四年的灵魂：文、史、哲、艺（美）；学会适当欣赏校园文艺演出。

16. 读书方法的提醒：磨刀不误砍柴工，适当看些方法论的书加以改进；通过一书了解一个时代，小中见大；正宗诗文之外，多读点纪实文学、调研报告，关注现实，了解民生，等等。（曾带书示范）

17. 矿大两届校长之异：提醒您——日后成为领导或走入职场，多关注人文，重视人文与人、社会的发展。

18. 中文系的舞台实践：阅读和写作，口表与笔头。当今社会"笔杆子"就业香饽饽，以高老师、本人之喜好为例，带书示范，提示并引导；

19. 赠送词汇：珍惜、开放、自律、勉励（侧重情商）；积淀、沉潜、审美（侧重智商）。

20. 人生学习、工作、生活、劳累之余，学会劳逸结合、张弛有度，不妨去"审美"吧！

21. 人在28岁前享受青春而不自觉，28岁后"加速度"前行；宜在美好的青春时光多多留影，比如生活场景和片段等，清水出芙蓉。

23. 信息时代知识爆炸，宜树立"终身学习观"，否则不进则退，数年啃老本。（带笔记示范两次；赠语"如果今天你不生活在明天，那么明天你就生活在过去。"）

23. 全程提供"短暂审美"近十次：经典歌曲《虞美人》《在水一方》《汴水流》《听说你要走》《妈妈我爱你》《情人》等歌曲，以及温玉娟朗诵屈原、典故"乐不思蜀"、史料"司马迁入狱"、故事"刘翮成长"等。

24. 全程带个人书籍、笔记、演出海报等资料传阅、手摸，共示范十余次。

25. 全程个别解答学生问题及咨询约五次。

26. 全程提供励志点心、传递正能量十余次：典型如清华校长的五句话、李嘉诚八言、邓心强老师"论大学学习"、数对"成功"公式、人生"六然"等。

27. 全程示范、发动、督促全体学生形成书单2份（自行打印），增强工科大学的人文氛围，并号召本科生积极行动，共同形成"发现·行动·传播·共享"的氛围。

28. 资料提供：义务为高年级学生推荐"考研"必读书 2 套；提供"意境"理论及"小说理论批评"资料 2 套；提供古文论学习电子资料若干，供下来钻研和日后温故。

29. 独家秘诀：义务为全体学生整理、发放大学期间必读经典书单上、中、下三份。（学生自行打印）

30. 反思和自律、总结和勉励对于人成长、成才的重要性。……

有时穿插着自己对大学学习的理解，写成一段简练的纯属原创的话①展示给学生，让其警醒或勉励其前行，如：

　　大学开始就要制定研读经典的计划，从先秦到明清，从古希腊到 20 世纪，中外的元典、母典都需要逐一研读，趁年轻多喝些墨水充实自己，这是你整个人生中最自由的积淀时期。

　　大学期间的课堂、讲座、校园活动等各种学习，既要以开放的姿态去迎接，又要以谦虚的姿态去吸纳，把自己的心态放低点，如同框里装满沙子仍能装些水的故事一样，心胸张开，多学习一点，就能避免眼高手低和年少轻狂。

　　……

在课堂上让学生们半分钟去体会。这学期共提供了三十余片（段），后编入公众号中供推送、传播。据课后交流，本轮课堂"小点心"也给学生很多启发。但愚以为在配备时三点需引起注意：一是必须简洁凝练，或警醒或幽默，字体要大，要具有概括性，不能过多过长；二是适当点评，把握好主、次，作为辅助物而不能过多占用课堂正常教学时间；三是内容要积极健康，传递正能量，必须关乎学习、人生和职业规划方面，要紧密结合学生实际，多替 19~23 岁左右的大学生着想，不能太偏。

这种教学尝试的目的只有一个：让学生在被引导中感受到一种思想与观念的冲击；适当地对学生进行引导，加强"育人"教育。

---

① 补充文字节选成为本书末尾所附"论大学之教与学"。

四、教学过程中提出的几大追问与思索

为引发学生思考，本轮教学在全程中设计一种能间断性地激发学生思考的问题，或者是结合时事，或者是结合课程内容，虽未在课堂上立即回答，但希望引起学生重视，课后调整自己的行为，或者撰文以博客、微信的方式进行传播和分享。本轮共点出了六大思考话题：

1. 建议思考并撰稿《时代·民族·原创力》：

为何整个民族在当今如此缺乏"原创力"？

（回忆、勾连近期五大事件：复旦大学校庆抄袭案；心理学指标中国皆为0[①]；毕业生近年来"查重"软件在网上异常火爆；当前论文中介骚扰电话不断；2015年媒体披露，海外8000名留学生被开除。）

2. 为何数代毕业生不约而同地怀念"大学"？

（惊叹81、91、01级毕业生返校团聚：反观现在，大学真有如此好吗？究竟有何魅力？）

3. 当代大学生"身"与"心"努力的方向：

（图片展示：毛泽东长征途中通读24史，80岁畅游长江：野蛮其体魄、文明其精神。）

4. 先秦诸家论"乐"有哪些主要派别和观点？你怎么看？

（学会梳理、辨析、简化并自我评析。）

5. 为何两汉数百年掀起了评析屈骚的高潮？原因何在？说明什么？

6. 从两汉士人评屈骚，你有哪些认识？

（可发散思维，形成话题，拓展文学传播相关知识等。）

7. 魏晋南北朝四部典范批评文本对我们今天的青年人读书、写作、生活和做人有哪些启示？

（立足现实、古为今用，欢迎撰文、分享。）

这种话题不求多，但必须具有警示意义和覆盖面，或具有一定的高度，宏观统括。

[①] 国内有心理学领域的学者，曾依次从"心理学流派""国际知名心理学家""心理学理论的提出"等诸多指标，来对比中国、日本和美、法等欧美国家，发现中国在这些方面的指标均为"0"。中国学界的原创性远不及欧美和日本。

五、扩大视野、传播共享：教学中的相关"书目"推荐

（一）带书传阅

回首自己最终能走上学术这条道路，与读研时周晓风教授上课时常常带书来课堂上传、摸有关，当老师在讲到某个内容时，为增强学生手感，激发其好奇心，他常将一至多本书带来供学生传阅。那种感觉很好，直接引领了部分像我这样的学生对知识的探究心和对文化传承的庄严与敬畏。后来读博时，武汉大学文学院宋词研究专家王兆鹏先生直接把教室移至家中，七八个硕、博士生在书房上课的场景至今难忘。文化的薪火相传大概就是凭借这种以身作则和现场示范吧！于是，工作数载后我便延续了这一习惯，经常性地带书到课堂上供学生传阅，后来搬家书籍都运到了新室，在这一轮教学中贯彻得更为彻底和全面，几乎每次带书，既有新书，也有古书，有时1本，有时厚厚的5~6本。据学生后来反映，在十几位专业老师中这还是开先例，其余所有老师只是拎自己的教案和水杯。寒暑易节，笔者之所以不厌其烦地"运输"和"传书"，一方面与自己求学期间所受到的影响有关，另一方面也希望借此激发学生对知识的渴求，希望在班级里带动几个成绩优秀的学生对文化的热爱和对知识的渴求，日后成为学有专长的学者。

（二）推荐书目

由于学生均为"一本"学生，加之成长环境较好，他们对知识的渴求程度极高，课堂中我会不时地穿插着推荐一些经典书目，有的和课程紧密相关，有的是人文类打基础或拓宽视野必看的，有的则具有前沿性或先锋性，有的纯属希望同学下来去课外拓展的。全学期推荐的书目零零碎碎，似并不显著，但最后一次课程整理发布后方才知晓教师贯穿全程的一种所谓"推荐理念"，现汇总如下：

1. 阎真：《沧浪之水》；
2. 桑·比尔斯：《魔鬼辞典》；
3. 《大学教育：问题与改革》等，熊丙奇、张鸣等学者关于中国高教问题研究；
4. 中国当代公共知识分子：推荐50人，提供名单；
5. 孔、苏人生及教育方法之对比；
6. 诸子经典语录（格言）；（课堂以孟子为例）
7. 工科版易中天、于丹（男女版）：杨叔子、郑强的视频、言论等；

8. 胡玫系列"中国优秀男人"作品系列：

9. 钱穆：《先秦七大哲学家》，其余如韦政通、傅佩荣、龚鹏程等；

10. 于丹论庄子、易中天讲先秦"马拉松"；从"文论"角度深入中国的"传统文化""轴心时代"；

11. 蔡志忠"漫话古人"：网上视频系列。

12. 纪实片：中国古代文化圣贤（约6集）；

13. 高校人文启示录丛书（华中科大报告汇总），矿大"读书节"与图书馆的讲座等；

15. 李松：《底层民意》《中国一定能》等书；

15. 马国川：《争锋：一个记者眼里的中国问题》；

16. 曹顺庆：十三经、川大屈骚考题、初学者的"之谜"系列；

17. "重读"系列：90年代先后出版，国内外皆有，如《重读庄子》等。

19. 在经常浏览B、I、K、C、G等类型书籍之外，多看看"纪实文学"，适当了解社会百态；多接触社科类、理工科类学生等。

19. 陈墨的"金庸"研究著作和欧阳友权的"网络文学"研究作品；（"试探"不同的学科、领域之前沿。）

20. 大学阶段宜经常浏览的"高品位报纸杂志"。（已示范）

21. 大学阶段宜经常浏览的"学习网站"。（已示范）

我不敢斗胆说书单丰富而有内涵，但可以确切地说，大学专业课教学中，每位老师都加大力度推荐经典好书，引领学生们去发现好书、阅读好书，则必能极大地拓宽本科生的视野，进而影响其"三观"乃至整个人生。

（三）催生书单

此外，为了在工科大学里推动学生从我做起，营造学生爱读书、勤读书的氛围，进而形成"读书—交流—传播—分享"的氛围，本轮教学起，引导、督促学生每人推荐经典好书一本，或是一个自己发现较好的博客、网站、公众号，先是任课教师带书来传阅并示范：

【书目推荐】：《争锋：一个记者眼里的中国问题》

【推荐理由】：1. 透视中国社会阶层各个方面，视野开阔；2. 以小见大，敢于说真话，直面现实；3. 思维敏捷、观点犀利，充满人文关怀。

【人物推荐】：马国川（1971—）高级记者

【推荐理由】：1. 经历丰富，接触社会各行各业，尤其常关注社会底层，传达多元信息，给读者思考；2. 擅长深度调查；3. 眼光敏锐，善于写作，并及时发现问题；

然后交代基本要求：比如书目必须是自己看过的、认为经典的、能给人极大启发的书籍；大浪淘沙的公认名著（如《论语》《战争与和平》）可以不列；原因数条，务必简练，不求枝蔓。最终形成2份书单，经我整理后传给每位学生并积极向公众号推送。我对他们说：

> 也许平时忙于四六级或计算机、驾照考试，但寒暑假的三个月可以对照这份书单来展开阅读，希望对得起自己。把书单保存好，它像一个班级平台，也许十年二十年后你们班级聚会，到时候很多同学名字记不起来，如读过他（或她）推荐过的某本书，你就终生难忘，至少对着书单能叫得出来名字……

学生的推荐热情都很高，书单的很多书目古今中外皆涉，尤其能反映出95后大学生的阅读趣味，老师可从中寻找到这种变化。篇幅所限，现附录三人的文字如下，以窥其一斑：

常维佳推荐：《乡土中国》，费孝通。

推荐理由：（1）为著名社会学家费孝通的代表作，对于我们了解中国基层社会的乡土社会面貌，在社会变迁的比较视野下对社会结构和秩序层面这对矛盾进行具体的分析有着重要的意义。（2）是一部以中国的事实来说明乡土社会特性的作品。虽然是一部通论式的书，但却并不枯燥。其中对于社会展开审视的视角以及独特的调查方法，尤其值得我们学习和借鉴。

贺芳推荐：新浪博客：嘉倩姑娘，博客网址：http://blog.sina.com.cn/u/1957813645。

推荐理由：1. 博客内容围绕"生活，行走，阅读，交换梦想"展开。2. "我并非勇敢，我只是没有能力过我不想过的生活。我们只活一次，唯一的一次机会，必须成为最喜欢的自己。"为每个人如何追寻自己想过的生活提供一种参考。3. 青春中我们都曾经迷茫，对于梦想我们都在坚持与放弃之间动摇。经历了辞职，独自上路，行走数十个城市，采访近千人，在各高校做公开活动，对于青春梦想，嘉倩姑娘有了更丰富、更深刻的感悟。读她的博客，追寻自己的青春。

许涛推荐：《目送》，龙应台，三联书店2009年版。

推荐理由：1. 是一本生死笔记，深邃，忧伤，美丽。2. 龙应台的文字，"横眉冷对千夫指时"，寒气逼人，如刀光剑影；"俯首甘为孺子牛"时，却温柔婉转仿佛微风吹过麦田。从纯真喜悦的《孩子你慢慢来》到坦率得近乎"痛楚"的《亲爱的安德烈》，龙应台的写作境界逐渐转往人生的深沉。

当然，这轮教学中也不是没有存在值得反思的问题，比如课时有限情况下如何集中精力突显重、难点，避免精力分散而两头不讨好的局面；比如点面结合亟待加强，教师没必要过于详尽和琐细，宜把握大方向和主干内容；比如对学生主讲内容，教师作为主持者要增强驾驭现场和应对变化的能力，这些都需要在下一轮教学中予以纠正或改进。

教学是一门可以也应当不断创新的艺术。为有源头活水来，在体制束缚的今天，教学模式的转换、教学方式的尝试尤其需要主讲教师不断付诸尝试和努力，在不断地图新鲜中摸索前行，在不断地调试中反思总结，很多新的教学成效都可从听课学生的评析中反映出来。如果把教学当作一种乐趣，则从事教学研究的乐趣绝不亚于面对五六十双眼睛产生的兴奋和激动。除了在学术研究中积极关注学科前沿、经常吸收国内新教材以外，每轮教学持续两三届就做一些调整与改变，这几乎成为笔者的一种教学习惯，也成就了本书诸章节的撰写。

附录：学生设计并成为期末考查试题的7个问题

1. 孟子曰"吾善养吾浩然之气"中的"气"所指为何？到了魏晋南北朝其又有怎样的转变？其多元含义在现代社会有何现实意义？

2. 老、庄的自然之道和自然之美的继承性和差异性。并结合作品，就你的理解，论述它对中国文学的深远影响。

3. 请将老子的"道法自然"主张与卢梭的"返归自然"主张比较。并结合作品，分析各自对中、西后世文学产生了怎样的影响。

4. 总结《礼记·乐记》中音乐的作用及音乐与政治的关系，分析儒家文艺思想的局限性。

5. 《毛诗序》中"上以风化下，下以风刺上"在现如今还有没有实际意义？请结合实际分析。

6. 论述两汉对屈骚的评论与经学意识之间的关联。

7. 《文心雕龙》是如何继承《文赋》中关于艺术想象的理论？

第五节 "经典研读"与中国古代文论教学

作为中文专业的一门基础课,中国古代文论在高校一般有两种教学方式:通史型和作品型。前者以朝代为阶段、时间为顺序,立足于讲解古代文论的产生、发展和演进,将重要的文论大家、著作及其观点置于"史"的脉络中予以梳理。后者则紧扣具体文本,通过作品的研读,来分析其中蕴含的文论思想和批评观点。与另外一门课程《中国文学史》一样,古代文论的两种教法在有的高校基于两种不同课程名称而存在差异,如《古代文学批评文选》侧重于讲作品,而《中国文学理论批评史》则以讲史为主。各高校各有侧重,这两种教学思路也引起过学界讨论,客观说来它们各有千秋。我们认为,立足于中国古代文论学科经典展开教学已成为当下一种趋势,它比通史型教学更有价值和意义,对学生思维、视野、方法和治学各个环节的锻炼也更为深远。

一、高校元典教学、经典研读的兴起及相关案例

1. 阶段表现

纵观 20 世纪至今的百年教育史,学科经典在不同阶段都曾得到过高度的重视。西南联大在抗战期间推行国民政府施加的"战时教育""实科教育"的同时,仍没有放弃"元典教化",尤其是中国传统民族经典的"教"与"学"。那是受西方学术体制的影响,各学科尚处于创建和发展中。一批知识分子筚路蓝缕、艰辛开拓,通过典籍的教与学,形成了文史哲等系列教材,也产生了很多名家,培养出了大批基础扎实的学生。如蒋梦麟在回忆中提出:"我们将在儒家知识系统的本土上移接西方的科学知识","若为今日之教育图长久计,当取中国之国粹,调和世界近世之精神,定标准,立问题,通新陈交换之理,察社会要需,采适当之方法以推行之。"[①] 此外,冯友兰的"互补论"、陈寅恪的"文化本位论"、吴宓等人的"学衡派"、雷海宗等人的"战国策派"等,均将元典视为不可弃置的重要文化载体。[②] 实践证明,新中国成立前的经典教学是成功的,促使了大批具有思想和才华的知识分子出现,催生了许多理论、派别和观

---

① 曲士培:《蒋梦麟教育论著选》,人民出版社 1995 年版,第 388 页。
② 刘增合:《元典命题与人文素质教育课程的建构》,载《复旦教育论坛》2006 年第 2 期。

点，学术较为活跃，也为各学科的蓬勃发展打下了坚实的基础。

当年西南联大开设西方哲学史课程便要求学生细啃《理想国》等元典，著名学者张世英曾回忆道："我转入哲学系后念的第二本原著是柏拉图的《理想国》，这是南开大学文学院长、美学家冯文潜先生序，柳漪在讲授西洋哲学史课程时要求我们必读的书。柳漪师特别嘱咐我：'要熟读柏拉图的《理想国》，这是西方哲学史上最最重要的必读之书，要像读《论语》一样地读。'做学问，首先要打好基础，熟悉原著，西南联大的老师们似乎都强调这一条。"① 而在学科创建初期，一批先生们也的确贯彻了这一教学理念，不像新中国成立后学科多以"概论""史论"的方式来教学。

"文革"后，一批高校招收尖子生或着手人才培养的改革，率先开设人文实验班、国学班，采用的也多是研读经典的教学方法。如武汉大学开设了中西哲学比较实验班，授课聚焦于中、西最著名的十几种传统文献，形成一种特别的"课程"，让学生通过阅读元典文献，领悟文献的真谛，并辅之以导师讲读，元典的真义，可以大致获得理解。② 这种教学改革对培养学生研读学科经典能力、直面文本增强分析研究能力，有着重要价值和长远意义。

又如中南大学高等教育研究所极为重视《大学》《中庸》《论语》《孟子》等元典的系统学习，仅《论语》讲读就达96个课时。四川大学文学院在前院长曹顺庆教授多年的倡导和坚守下长期进行元典教学③，在国内曾引起广泛争议和关注。学院规定凡报考川大博士者——无论什么基础或报考何种专业——都必考公共课"十三经"，入校后在研究生教学中开设"西方文论""中国古代文论"和"十三经"等元典解读课，有的课程虽是专题性质也是以研读学科经典为基础展开的。川大学子遍布全国各地，有相当一部分也在各高校延续此种做法。

甚至有学者受佛学目录分类方法的启发，提出大学理想课程的设置：经、论、律三者兼备。④ "经"最初是佛祖的经典，而在人文素质教育中"经"则指具有人文教化和人文关怀的元典文献，可涵盖文、史、哲、艺和伦理等诸多学

---

① 张世英：《沐浴在西南联大自由的阳光雨露下——我的哲学人生观》，载《文汇读书周报》，2009-10-23（01）。
② 郭齐勇：《大学的教育理念与目标》，载《中国大学教学》2002年第10期。
③ 参见曹顺庆、张金梅：《我们为什么要读十三经？——四川大学博士生导师曹顺庆教授访谈》，载《社会科学家》2006年第4期。
④ 程钢、徐葆耕：《大学课程的理想》，载《中国大学教学》2002年第10期。

科，主讲者完全可据个人钻研和兴趣有所侧重，在某一本经典上深入挖掘，集中教学。刘小枫在中山大学主讲《理想国》、邓晓芒在武汉大学主讲《古希腊哲学》，都是聚焦学科经典展开教学的典范。国内很多高校博士生阶段开设课程也是以研读经典、讨论经典为主，然而这种读"经"的意识在本、硕阶段贯彻的力度不大。

童庆炳教授在2011年举办的"文艺学新问题与教学改革"学术研讨上发言认为，今天恰恰不是危机而是机遇，是最安全的时期，研究者、教学者应大有作为，放开来做。怎样来做呢？他指出应从理论和实践两个方面着手。从理论来说，是回归名篇原著的阅读与教学。因为名篇、原著具有原创性、历史性、深刻性和未来性，它是一个学科之所以能够成为一个学科的根基，离开这个根基学科就不能成立，所以文艺学教学应避开现今的"概论""通史"一类教材的"二手转述"的写法，回到原著，回到"我注六经"式的新思路。这一观点引起与会学者的强烈共鸣。而实践中的具体讲课方式来说，童先生认为关键是要让学生实现三个接通：与文学经验接通，与历史语境接通，与人生体验接通。① 其论述给人耳目一新之感。

不仅学界和教育界重视元典与经典，出版界对学科经典和民族元典的出版也情有独钟。近几年，出版界涌现出一股再版民族或学科元典的热潮。例如广西民族出版社的"中国民俗元典注评丛书"（1999年），河南大学出版社的"元典文化丛书"（2001年），西苑出版社的"西方元典丛书"（2005）等。北京大学出版社最近编辑出版了一套"科学元典丛书"，包括哥白尼《天体运行论》、达尔文《物种起源》和爱因斯坦《狭义与广义相对论浅说》等人类科学史上最伟大的著作。总之，"元典丛书"的出版成为新时期的一种热潮，足见元典的文化魅力。

2. 原因评析

由此可见，对学科经典或民族经典展开教学不是某个时期的专利，不同阶段都有学者认识到其重要性并局部地在权限范围内探索教学改革。尤其是"文革"后，在国家教委统一领导下，各学科的教学大纲和权威教材颁发后，极大地限制了一些有经典意识的教师发挥其积极能动性，取而代之以大量"概论""史论"性的课程，认为这最有利于奠定本科生的学科基础知识，掌握入门知识

---

① 童庆炳：《回归文学经典的"教"与"学"——高校中国语言文学专业教学改革的方向》，载《安徽师范大学学报（人文社科版）》2012年第3期。

并逐渐在读研、读博阶段获得阅读文献的能力。在大学扩招以后的二十余年，伴随着高等教育的大众化，人才培养质量滑坡也引发了诸多有识之士的担忧和评析，认为课程的含金量不高、课程水分的增多是其中重要原因之一。这个话题讨论起来非常复杂，涉及高教改革的多个层面，兹不展开。总之"概论"性的课开设得太多、太泛，不利于学生阅读具体作品，不利于有潜力、有资质的学生发展，不利于培养他们发现问题、分析问题并从事科学研究的能力，不利于学生具备学术潜质和科研后劲。

经典的探讨，成为20世纪90年代的学界热点，但其余波一直延续至今。尤其是大众文化泛滥和网络传播弥漫以后，人们不断地回归和重温民族或国家不朽的经典，各学科的经典作品也日趋受到重视。近年来，随着学者们逐渐意识到大学生普遍不读作品，其阅读量微乎其微让人惊讶，倡导元典教学和经典研读的呼声日趋高涨，在高校各学科中普遍被推行。众多学者已把培养学生直面作品的能力作为专业培养中的一项基本功，常抓不懈。此外，经典文本永远是开放的，是常读常新的，能在不同时期获得多元解读，"矿藏"的资源极其丰厚。每个时代，总有一批精英知识分子坚守经典的立场并率先垂范。近三十年来，伴随着各书店、出版社展销各学科经典，形成研读的又一轮热潮，也在一定程度上推动了高校研读经典的教学出现。①

二、元典或经典教学的价值及必要性分析

当前经典研读与元典教学在各种"通史课""概论课"泛滥的高校，显得弥足珍贵。学科经典或民族经典是底蕴深厚的文化资源，值得不断开采，它常读常新，需要深入地挖掘、不断地激活。有学者认为元典教学是一个长期过程，不能等到研究生阶段才重视而应尽早着手，"我们在本科生、硕士生，甚至博士生教育中倡导元典教学，已经有些'亡羊补牢'的意味。然而，'补'总比'不补'要好，这种短时间的'恶补'固然很难造就下一个钱锺书，但对于每位个体来说，其积极的效果却是显而易见的。"② 元典或经典的"补课"和"挽救"还是颇为必要的。就笔者的阅读思考和实践经验来看，研读中国古代文论经典的重要性不言而喻，在当前高校教学中迫在眉睫。

---

① 广西师范大学出版社2007年前后，先后推出《大学名师讲课实录》丛书，发行数十种，便聚焦高校人文学科经典。
② 宋德发：《元典教学的价值与困境》，载《现代大学教学》2010年第2期。

1. 根基与要害

元典或经典是学科大厦的坚实的根基，对它展开研读是把握关键与要害。就中国传统文化而言，先秦产生的《周易》《尚书》《诗经》以及诸子著作，是后世众多学科的根基，如学习散文，不能不追溯到《庄子》，学习诗歌，当以《老子》《诗经》为鼻祖；学习法学，逃不过《韩非子》……轴心期产生的这批民族元典滋养了多个学科，它们是涉及政治学、伦理学、哲学、史学等领域，是具有很强交叉性的文化巨制，也是传统文化大厦的根基。虽然两汉以后围绕《诗经》《周易》等不断阐发和言说而形成了古、今文经学，但这都是元典的延伸，是经典在后世的生命再现。

在高校课程普遍压缩课时（以 32 节居多）的当今，"通史型"的教学显然已不合时宜，不仅老师"亚历山大"，面面俱到讲授不完，学生泛泛而被动地接受各种文论观点，也容易眼花缭乱，传统填鸭和灌输教学的弊端得以彰显。聚焦不同阶段的文论经典从而以专题的方式展开教学，已成为一种趋势并被一些学者率先尝试。① 讲先秦文论，以道家文论和儒家文论两派为中心，带领学生研读简洁、凝练、思想意蕴深厚的诸子语录和典籍要义，比泛泛地讲授先秦文论的背景、发生等，更能给学生深刻印象。讲两汉文论，立足于《毛诗序》《礼记·乐记》等几部经典以及《论衡》、诸家论屈骚的名篇，可谓抓住了此阶段文论的牛鼻子。元典或经典往往成为一个时代最重要的文献，对它展开研读能由点及面，牵一发而动全身。诚如学者南帆所言"政治是由帝王书写，文学是由经典构成"，每个学科抓住了经典，就大体把握了学科的要害。远比泛泛而论、讲究知识传授的全面性和系统性的教学更具有价值。

2. 细读作品、发现问题

元典或经典教学的突出特征在于，聚焦于一部或几部经典作品展开细读，它要求师生有共同版本的经典作品，在相对宽松的课时内放慢节奏，逐字逐句与文本展开对话，通过字词、语段的精心研读和思考分析，挖掘作品中或隐或显的思想意蕴。这是一种可靠而务实的学习状态，很能考验教师的基本功和学生的耐心与定力。抠字眼，梳理语义是起步，它要求师生逐字逐句读作品，亲自感受和体会，心静下来，与文本对话，思索经典蕴藏的丰富内涵与高超智慧。通常，在"概论"式教学中学生大量接触二手资料，常常把作品弃置一边，四

---

① 刘淮南：《从"通史性"到"专题性"——"中国文学批评史"教学改革尝试谈》，载《黑龙江社会科学》2013 年第 5 期。

年学习结束尚未读几本饱含"墨水"、奠基学科的书籍。经过中学六年的语文训练,进入大学本科阶段的学生基本上能独立阅读古代文言文,在古代文论学习中,适当借助字词典等工具书来读作品,疏通文义,一方面能促使学生把古代汉语、现代汉语、语言学、汉字学等课程的知识融会贯通、活学活用起来,另一方面能通过不断的文本研读,切实增强学生自己读作品、自己思考和寻找话题的能力。这是概论式教学所不具备的。笔者在多年的教学实践中为增强学生的文本细读能力,曾推荐过王先霈《文本细读讲演录》、孙绍振的《文学性讲演录》以及魏天无的《文学欣赏与文本解读》等入门书籍。

聚焦作品语段,要求学习者进得去,在思考、联想和发挥过程中反思和总结,形成新的认识和体验,尤其需要学习者调动自己的知识积累,去审视、质疑乃至批判。这既有利于师生发现问题,提出问题,从而形成研究话题,并在好奇心的驱使下去探索解决的方案。——而这便是"科研"的开始。这个过程中形成的思考与话题是从"内部"生发而非命题作文或外界推荐,故具有针对性,属于真问题,有很强的探讨空间和研究价值。如果说前期研读元典是"潜水游泳""只见树木",则读完后的审视、讨论乃至进一步查阅资料便是"走出来","见木又见林",退一步从而发现可探讨的话题,或通过中观、宏观的审视来由点及面,不仅训练学生的思维,更有助于培养学生发现问题的能力。而这恰恰是概论式、灌输式教学所不具备的。读作品是任何人也无法包办、代替的事情,必须在老师带领下,学生亲自去完成。总之,研读经典或元典有助于学生自己发现问题、寻找话题、获得选题;有助于培养学生直面文本并形成独特心得的能力,这是被多年教学实践所证明了的。

3. 元典和经典的特质与魅力

元典或经典被学界封为"圭臬",被教育界作为"教材",实为其内在特质和独特魅力使然,是它的自身特性在吸引着人们不断地"流连忘返"。元典或经典建立在现实基础上,但又具有相当的超越性。如国内研究"元典精神"的著名学者冯天瑜教授所论:

> 元典的不朽,主要并非因为元典讲述了一些具体知识(这些具体知识很可能早已陈旧过时),而是由于元典包藏的基本精神能够观照久远岁月。千百年间,人们依托这些基本精神,不断加以重新铸造、反复发挥,从而对相关民族的价值取向、行为方式、审美情趣、思维定式造成深远而又常新的影响,这是元典超越性的关键所在。这种超越性并非由神秘因子所造

成，乃是由元典的基本特质所导致——元典的思想对宇宙、社会和人生的普遍性问题具有指导作用，而这些问题又是各个时代、各个地域的人们所始终关心的，也就是说，元典讨论的是不朽的主题。同时，元典在回答这些始终激动着、困扰着人类的普遍性问题时，所提供的是一种哲理式的原型，而并非实证性的结论；是一种开放性的框架，而并非封闭式的教条。这就使元典不致因内容和形式的时代局限沦为明日黄花，而以一种灵感之源，一再发挥启迪功能。《周易》《佛经》《圣经》《理想国》等东西方元典都具有上述特性。①

而《周易》之"象"也是中国文论的起点，关乎古人的言说方式和传统艺术的形成。元典思考的问题关乎人类的生存和发展、元典具有开放性被不断地言说并启迪思路，这些都是元典或经典的特质之所在。此外，"元典能够成为后世取之不尽的启示渊薮，还与元典的内涵和外延拥有广阔的'不确定域'大有干系。这种'不确定域'使元典在历史进程中可以被人们不断做出新的诠释，以适应各个不同阶段人们的特殊需要。"并且"元典的诠释是一个以今判古、推陈出新的过程，因而元典的诠释史就无限丰富多彩，而元典自身在这一过程中成为本民族甚至域外民族历史上一棵永不凋谢的'常青树'。"②"不确定域"与其开放性、多元空间是相辅相成的。可见，"元典"不只是一本书，它在"滚雪球"般的历史演进中包含着众多学者的思考、阐发和不同理解，因而对元典的研读、学习还将带动一部诠释史，有可能牵动数千年学术史，引发广泛而持久的关注。这也是非元典或非经典性的其他书籍所不具备的。

4. 研读元典或经典，有助于学生本、硕阶段对接学习，并提高其治学能力

受大众文化、高校扩招、网络传播等多种因素影响，当前高校学生自觉性大不如从前，学习的态度、自觉性和成效也不敢恭维③。一方面，受整个社会风气想熏染和影响，学生求学变得心态浮躁、急功近利，无法安静下来认认真真地读书，如果缺乏老师的引领和辅导员的督促，则极少接触学科的经典书籍，而当前"概论"性的课程遍地开花，"通史"性的教材比比皆是，也不利于学

---

① 冯天瑜：《"元典之树"何以常青》，载《武汉大学学报》1995年第1期。
② 冯天瑜：《"元典之树"何以常青》，载《武汉大学学报》1995年第1期。
③ 参见董奇：《一流大学须有一流学风》，载《教育与职业》2014年第22期；姚跃林：《端正大学学风究竟靠谁》，载《辽宁教育》2014年第3期。此外顾骏、胡海岩等也就大学学风建设发表了自己的看法。

生接触为数不多但极为重要的不朽典籍。他们多数陷入短平快的浅层次阅读，有的甚至根本不读书，把读教材视为读书的全部，满足于考试过关和顺利就业，在人文精神和人文情怀上谈不上多大追求，变得极为庸常，现有教学环境使学生对"读书"之理解极为狭窄。另一方面，高校不再是纯粹的、让人怀念的所谓"象牙塔"，社会上看不见的"隐形之手"早已伸向大学校园，兼职、助理、实习、创业等各种花样让学生分身又分心，在没有准确定位和充分认识自我后，提前进入所谓"职场"状态，对读书的重要性认识不够。因此当前大学生普遍读书量不多，层次不高是主客与内外多个原因综合作用的结果。近年来，我们的同行在送走几届毕业生后感慨，95后的大学生面貌又明显不如90后，不仅心灵脆弱、想法多，而且毕业论文质量整体下滑。反映在学生读书被动，量少，缺乏必要思考甚至基本常识，有些论文"不堪入目"，甚至部分保研学生只会背记，完全是应试教育的牺牲品。而这种学生如果擅长应试后来读研，则无疑将损害研究生的培养质量。

　　基于此，我们认为当前在高校大力开设元典或经典研读课程，有助于推动学生自觉、主动去看书，看名著名篇，虽然在面上不一定能铺开，在量上不一定有保障，但催促看一些学科伟大的典籍，总是利多于弊的。这不仅有助于给因习惯短、平、快阅读从而"面黄肌瘦"的学生适当增加点"五谷杂粮"的营养，也有助于调动他们思考和发现问题，从研读作品起步，确保路子对、入门正派，打牢基本功，铺就一个好的底子，能真正从作品内部获得思索与启迪，获得讨论的话题，并最终作为毕业论文的选题，这对培养其科研能力也是一种很好的锻炼。否则，在现有环境和体制下，学生长期不读书，读一些没有专业价值和学术营养的杂书、闲书，在快餐文化中忘却归路，则会导致高校人才培养质量的急速滑坡，甚至学生无从得到科研的基本训练，在读研后还一窍不通，成为学术的门外汉。故元典和经典研读课程的开设，将有利于衔接学生本、硕、博阶段的学习，形成一种规范而严密的学术训练。

　　5. 现身说法：读博有感

　　笔者博士毕业已快十载。多少年后回忆起在重庆和武汉读研究生六年期间的诸多课程，仍然是"经典文本研读"课程给我留下了难忘而深刻的印象，在后来的教学和科研中终身受益。读研时我学的是文艺学专业，研一下期著名现当代学者周晓风教授据其研究领域和心得，开设"现代诗歌导读"，突破了诗歌史的教学模式，形成了研读现代诗歌专类文体的教学模式。课堂讨论中，他带领我们对诗歌展开多侧面解读、多维度分析，一窥诗歌王国之奥秘，使我们初步掌握了解读诗歌体式的相关理论和方法，极大地增强了分析具体作品的能力。其课程给我们的印象和收获要比其他课程多得多。而在武汉大学读博时主攻"中国文学批评史"，尚永亮教授开设的两个学期课，分别带领我们研读严羽《沧浪诗话》和叶燮《原诗》两部典籍。一书一学期，十余次读得非常细致和深入，每周下来查阅资料、准备发言，课堂上热烈地讨论，老师及时点拨和升华总结，培养了我们不惧怕经典、敢于对古代作品"啃螃蟹""动真刀"的能力。也正是在那两年的课程中，我相继发表了系列专题文章，在学术收获上有较大进步。

尚老师不仅给博士生开设经典研读课，在当时的硕士生中开设钟嵘《诗品》研读、刘勰《文心雕龙》研读课，我们也曾旁听和参与过，受益匪浅。事实证明，这在后来多年的教学和研究中非常实用。工作后，在自己带研究生时我也继续发扬这种传统，引领学生高度重视学科和民族元典、经典，让他们从读诸子著作起步形成"读书汇报"的制度，给他们推荐大量文本细读的理论和实践著作来消化，尤其是师生一起研读学科经典，探讨交流，是一种很正的学术路数。

三、必要的辨析

本节取名为"经典研读"，以区别于"元典教学"。从笔者近年来阅读的大量文献来看，古代文论界经常将"元典"与"经典"混为一谈①。尽管二者有紧密的关联，一个民族早期的典籍往往既是元典也是经典，但区别还是相当明显的。

1. 概念的混淆和释义

一般认为"典"是指可作典范的重要书籍，但并非一切古老而重要的书籍都能称为元典。据冯天瑜教授曾自述：

> 笔者曾以"原典"称呼此类特别文本，后经友人建议，决定改作"元典"，因为"元典'更能包容所要研讨的文本所具有的特征。原典之"原"，主要有初原，原始含意；而元典之"元"，内蕴甚丰，其中十义都切近我们所要论及的文本的性质。②

---

① 如《中国文论名篇注析》（人民出版社2016年版）"绪论"谈及元典教学的认识，并将古代文论名篇作为"元典"加以选注。
② 冯天瑜：《论"文化元典"——兼释"元典"》，载《东南文化》1992年第2期。

此后，他结合古代典籍论述，梳理了"元"所包含的十种含义：起始与开端、首与头、本与原、正嫡、美、善、上、宝等。都可看出，以元典而非原典来称呼中国先秦时期的大批典籍更为妥当。而当前学界对"元典"内涵大致解释为：能够深刻影响历史进程，给人的思想和观念施加强烈影响的古典文明文献，这些文献是某个民族、国家历史上的"始典、首典、基本之典、原典、长典、正典、大典、美典、善典、上典、宝典等意蕴"①，也是熊十力先生所强调的"文化与学术思想之根源"的典籍。这类典籍以其首创性，涵盖的广泛性，思考的深邃性，因而在某一民族、国家的形成中，变为其生活的指针。② 金宁先生在主编的《中华文化研修教程》（人民教育出版社 2004 年版）中指出，元典"集中反映了民族的集体经验和文化心态，往往具有首创性，博大精深，因而成为一个民族垂范永远的精神象征和取之不尽的精神源泉。"宋闻兵则认为，"元典"和"原典"在词义方面的差异性还是非常明显的："元典"强调典籍是人类文化和民族精神所具有的根本而又深远的影响意义，"原典"则强调典籍所保有的未经论释或违译的原始的性质。③ 二者在使用中应加以区分，避免在研究中继续混用。

2. 古代文论"名篇"多是经典而非元典

基于以上概念辨析，我们认为中国古代文论课程选择所谓"名篇"作为讲授对象，多是"经典"而非"元典"。按冯天瑜先生对元典的界定和分类来看④，在中国文化系统中堪称"元典"的主要是诗、书、礼、乐、易、春秋等"六经"等典籍，稍做拓展则扩大到《墨子》《孟子》《老子》《庄子》《仪礼》《周礼》等，它们是文化之鼻祖，是后世经典的来源。⑤ 固然中国早期文论很多寄生于古代、经、史、子集中，尤其是先秦政治、伦理、哲学著作中有大量的文艺思想片段，这个阶段文论研读还可称为"元典教学"，但两汉以后的著作基本上以"经典"著称。即中国古代文论典籍在"元典"和"典籍"之间具有一定的交叉性。并且，先秦文论处于萌芽和孕育阶段，虽然儒、道、墨、法文艺思想很重要，但相比发展和成熟期的后世文论，它不能成为中国文论的主导，

---

① 冯天瑜：《论"文化元典"——兼释"元典"》，载《东南文化》1992 年第 2 期。
② 刘增合：《元典命题与人文素质教育课程的建构》，载《复旦教育论坛》2006 年第 2 期。
③ 宋闻兵：《"元典"与"原典"》，载《语文建设》2008 年第 4 期。
④ 冯天瑜：《论"文化元典"——兼释"元典"》，载《东南文化》1992 年第 2 期。
⑤ 亦有学者将"元典"范围扩大至老、庄、孙、韩、心经、坛经和史记等。即有不同范围与说法。

无法占据绝对支配的地位。① 综合考虑，对于古代文论教学模式的选择，我们应以"经典研读"替代"元典教学"的称谓，似更为恰当。

四、以"经典研读"方式切入中国古代文论教学的方法与步骤

具体到中国古代文论，如何进行"经典研读"教学，还需要在实践中不断探索和总结。依笔者经验，大体从如下几个环节或步骤进行。

其一，确立名篇。

古代文论涉及上下三千年众多批评家的理论著作和文论观点，内容庞杂、博大精深。在有限的三四十节课内要想大体讲完，简直是天方夜谭。众多大学教师都感到了困惑和压力。在信息传播便捷化和人们接收信息进入"微时代"，要深刻反思传统的讲授式教学法，而采用研究性教学、小组讨论、慕课与微课、翻转课堂、对分课堂等多种教学模式与方法，将能带来新的转机。有学者突破通史性教学而采用专题性教学，也能给此课程教学带来新的生机。在各阶段中精挑细选文论名篇，确立文本研读的范围是第一步。

在先秦阶段，以儒家文论和道家文论为专题，挑选出孔、孟、老、庄四家著作中的文论语句和片段，读起来集中而快捷。至于《诗经》《墨子》《韩非子》文艺思想则只能大略提一提，或布置学生下来研读、消化。两汉阶段重点选取了"《毛诗序》和儒家的'诗教主张'"以及"'发愤著书'与'怨愤'创作心态"两大专题，既涵盖了此阶段主流的儒家文论（经学思潮影响下的文艺思想），也涵盖了司马迁的经典名篇。至于扬雄、班固、和王充文论则大略带过。魏晋南北朝是中国文论的巅峰期，依次选择曹丕《典论论文》、陆机《文赋》、刘勰《文心雕龙》、钟嵘《诗品》四家经典，作为主要专题以点带面展开，其余像沈约、挚虞、萧统的文论则略过。唐代儒、佛激烈碰撞，文论家众多，观点也相对零散，教学中仿照先秦阶段。选取"政教中心""审美中心"派两大派别，使皎然、王昌龄、司空图、白居易、韩愈等人的经典文论融入其中，避免"数铜钱式"地一个个零散论析。这两派内的名篇不像南北朝时期那么长篇大论，比较精炼。宋元文论以严羽诗学、元好问以诗论诗为无疑是经典，当加大教学力度。明清时期各体繁荣，争相斗艳，文论多而散，精选李贽、叶

---

① 故此，朱志荣教授主编的《中国古代文论名篇讲读》没有"先秦"部分。

燮、王国维三家经典文论作为研读篇目，小说戏曲评点可大略带过。① 这就使"经典"成为学科教学的主线，贯穿始终。

分各阶段挑选出的文论经典篇目，充分照顾到它在文论发展史上的地位和影响。基本上是"大浪淘沙"后具有重要理论价值和深远诗学影响的篇章。

其二，学生讲读。

为增强课堂效果，文论名篇需提前发送给学生，或在教材上划出范围提出要求，让学生充分地预习。把篇目分派给小组，让他们精心准备，上课按顺序逐段研读，这有助于发挥教师主导、学生主体的功能，让学生直面文本，落实到字句和语篇上去研读和思考，避免灌输式和填鸭式教学。实践证明，一味地由任课教师讲授是"吃力不讨好"的授课方式，在当今已经落伍和陈旧了。学生低头或睡觉，心不在焉或心猿意马，无暇认真听课和吸收。教师口干舌燥，讲得卖劲又吃力，看到学生不尊重自己劳动成果也容易灰心丧气，如此极易形成恶性循环，导致"老师不愿意讲、学生不愿意听"的不良局面产生。为此，推动学生研读经典文论文本的过程中，我们认为有两点特别需要引起注意：

一是教师要转变教学观念，改善教学模式。一定要从"前台"走向"后方"，让学生的主体功能得以充分发挥。教师是导演、编剧而非演员，不能角色错位。教师要充分看到新时期讲授法的局限和不足，要千方百计采用多种教学手段和方法的变换，督促学生去细致阅读，亲近文本，去准备发言，去展开讨论。教师的设计和组织能力至关重要，要把主要精力用来调动学生而非"一厢情愿"地传授和漫灌。

二是教师要提前布置篇目，明确任务和要求。全体同学在几天内研读某一篇章，一个小组课堂发言，其余小组发问和讨论，否则研读只能是小部分人的任务。教师要让所有学生都去阅读和准备，每个小组干什么，如何操作和进行，教师都应详细交代，避免任务和要求的模糊、不清晰，从而让学生钻空子，得过且过。

三是文论名篇的讲读，避免高中式逐字逐句抠字眼，从字、词上大做文章。高年级汉语言文学专业学生，经过两三年的专业学习，已初步具备阅读浅显文言文的能力。在工具书的辅助下，迅速疏通文义，把握主要意思，尤其是能拎

---

① 虽然小说戏曲批评是明清时期的主导，但作为名篇研读，它与专题讲解还是不同的，脂砚斋、金圣叹的小说戏曲评点不足以成为单独完整的名篇，故只能以讲授法大概提一提。

出段落中蕴藏的文论思想,做出初步理解。对于其中某些关键字词有不同理解,可单挑出来发表看法。这有助于培养学生的细读文本的能力,在实践中磨刀,增强专业基本功。

其三,文论分析。

课堂上小组对篇章的研读或发言讨论,毕竟是初步的,且学生容易依赖现有教材"照本宣科"地讲解。教师要能在精短的课时内做出言简意赅的评析,这颇需要教师对文本的理解能力和驾驭水平。我们以为,主讲教师一要能深入浅出又形象、生动地把经典文论篇章中的文艺思想概括出来,画龙点睛地分析其理论内涵、价值意义等,避免讲授太长或过多,陷入讲授式教学的套路,把控要适宜,毕竟学生已有一段的阅读和领悟基础。二要能就学生发言、讨论中存在的问题及时点评,高屋建瓴又落地生根地从做法、方法上予以提示和点拨,尤其需要发现学生阅读作品体现出的优势,一些好的表现和思考,一些可进一步拓展和延伸的话题等。教师要善于抓住课堂的闪光点,抓住与学生互动中带来的各种灵感。

其四,师生互动。

教师在简练地归纳、总结名篇的文论要义时,要适当地进行师生对话,避免单向度的灌输,或使课堂变成"一言堂",教师一个人的"独角戏"。要腾出一定的时间让学生提问,要能调动学生对文本或小组成员观点展开深入、多维思考,对其观点进行质疑,找出问题并进行解答和引导。尤其是要鼓励学生发散思维、创新性思考,分享研读经典而获得的体验与心得,能在研读中调整方式方法,总结开放文本带来的多重冲击。

五、从"经典研读"层面切入中国古代文论教学的相关思考

经典研读是一种既有价值也符合潮流的新型教学模式,值得在高校各学科中倡导、实践和推行。就中国古代文论而言,要想使这种教学深受学生喜爱和欢迎,要想上出一定成效,还必须不断积累和探索。以笔者有限经验和见识,如下两个方面可能需要引起足够的重视。

其一,让学生"动起来"。

由于传统"讲授法"在国内高校根深蒂固,尽管近年来遭受诟病但仍然大有市场,且许多教师对讲授法非常习惯和熟悉,限于考评体制和个人惰性不愿意去进行较大力度的教学改革。在采用其他多种教学方法时,容易自觉不自觉地回归到讲授法,从而剥夺了学生的思考权和参与度,不利于调动其积极性、

激发其创造力。文论经典研读法一定要让学生"动起来",教师"退居幕后"做主导,要精心进行教学设计让学生与文本对话和"恋爱",把研读经典的过程作为内化、吸收及自我建构的过程,这是任何教师无法包办的事情。学生只有亲自下水游泳、在路上开车才能获得生存的基本技能。我们认为,研读作品是中文系学生最核心的基本功,2019 年始,笔者组织相关老师撰写《中文系本科生基本功》一书,拟出版,阅读、研读是其中重要的组成部分。尤其对日后继续读研深造或留在高校从事科研工作的学生来说,则这一关必须扎实通过。

其二,教师的总结和分析。

古代文论的经典研读课不同于中学的语文课,不能沉浸在字、词、句的释义中出不来,只见树木不见森林,字词句是基础,要疏通文义,从中提炼出文论家对文学的评析与看法,并结合时代语境和学术思潮来对文艺观进行理解和阐发。在紧凑而有限的课时内,教师的设计、组织和指导极其重要。不仅要针对经典文本内容进行提纲挈领地点拨,帮助学生梳理理解的重点与难点,更要对学生的发言和讨论从观点、视野到方法等方面进行总结,尤其是培养学生直面文本阅读和分析的能力,从内部思考问题,生发学术话题。在一学期的研读结束后,学生能真正感受到深入学习文论经典带来的快乐与收获。

我们认为,每个阶段数篇经典文论中生发 2~3 个问题或话题,成为学术论文的选题,这样循序渐进有利于培养学生的治学能力,至少能通过课程来带领他们熟悉研究的步骤,增强问题探索和解决能力。当前有学者呼吁对高校有潜力和资质的本科生要重点培养,要创造机会让他们得到锻炼,通过加入团队和课题协作的方式让其脱颖而出,这不无道理。我们认为,培养学生独立思考、动手写作能力和从事学术科研的能力是重要的突破口。对于好的选题,在教师指导下不断打磨修改,直到达到发表的水平。从这个层面来说,在主讲古代文论时,教师可把"名篇讲解"和"人才培养"有机结合起来。

任何学科的经典都具有永恒的魅力,它会源源不断地给读者带来滋养和启迪。当前喧哗和浮躁的时代,人们热衷于大众文化和世俗生态,然而大学是研究高深学问之地,理应有对精英文化坚守与传播的义务。我们认为,呵护民族经典,传承学科经典,是当代大学老师义不容辞的责任。师生共同投入经典的研习,必将获得双倍的福报与馈赠,使自己脱离"庸常"的境地。文论经典的教学应常抓不懈,虽然一时难以看出成效,但持之以恒、久久为功,终将能在学生身上刻下烙印,留下远比"通史"型课程深刻得多的印象,以及沉甸甸的收获。

在古代文论教学中，教师要善于提问、发问，尤其要善于引导学生去设计问题，让他们沉浸在古文论世界中，获得人文启迪，使自己成为学习的主人，激发其主体潜能。教师不再是万能的上帝，或高高在上的布道者，他（她）要带领学生穿梭于文本内外，调动大脑思考，自行去设计问题，并成为考试（或考查）题目，这既有助于克服学习者的畏难情绪，也能发挥其"主人翁"精神。对于学生的有些好话题、好习题，教师可指导他们尝试去写作，去表达，学以致用。此外，教师在古代文论讲授中，要善于推荐趣味性书目扩大视野，贯彻生活理念并进行学习提示，适当讲评学生的作业，紧抓经典文本讲读，其效果要远比纯粹的"知识讲授"和"单向灌输"要好得多。

第五章

中国古代文论教学的多维视角

近十年来，我们一直以"古代文论课程"为园地不断尝试和推动教学改革，也陆续积攒了一些不太成熟的经验。在课时改为 48 节较宽裕的情况下，发现纯粹史的梳理虽然有助于学生形成知识脉络，能清晰把握学科演进，但对于学有余力或具有探究精神的学生来说，则不容易形成问题或话题，不利于深入钻研甚至能力培养。在年复一年的"重复"中，开始打破朝代、阶段、作品讲授的既有格局，抽取多个维度拉通观照整个古代文论，发现在"练兵"中有助于教师"驾轻就熟"。基于此，近年来，我尝试着横向选取若干"横截面"来切入古代文论教学，或在教学中，强化这些专题讲授。这既能使学生得到教育、获得启迪，也能促使主讲者融通"教学"与"科研"两大维度，实现双方互动和良性循环。

第一节 中国古代文论教学中的道德伦理视角

高校人文社科课程的教学不只是传授知识、应对考研那么简单，而是在系统学习书本知识的过程中加强对学生心灵、品性和情操的熏陶，使其人生观、世界观、价值观得到相应提升，至少在个人基础上得到一定的提高。在执教中国古代文论的过程中，笔者尝试贯穿这一教学理念，依托丰厚的传统文论资源对当代青年学子进行必要的道德教育和伦理感化。原因在于，当前大学生群体多是"95"后，他们生活在中国市场经济和信息飞速发展的互联网时代，与时代的巨大变化和社会的快速转型相比，这一群体的整体道德素质有待提高，急需高校政治思想教育工作者和任课教师齐抓共管，提升他们的道德修养。这也是贯彻"十八大"以来党中央关于加强中华优秀传统文化"创造性继承、创新性发展"精神的需要。笔者作为一名大学教师深感立足于专业课程对学生开展伦理道德和品性情操教育，在当前已刻不容缓，也义不容辞。现将所积攒的不成熟经验及相关探讨，写成文字与同行们共享，粗浅处还请批评斧正。

一、"美刺"说和"诗教"传统的弘扬

中国古代文论在千年演进中逐渐形成了自己独特的传统，其中先秦以来形成的"诗教"传统格外重视诗歌、音乐在个体人格熏陶和国家管理方面的教化功能。

（一）区分美丑，练笔传达

在周代，古人常将诗、乐作为对贵族子弟进行人格教育的重要载体和工具，赋予其浓郁的政治属性和道德色彩。"美刺"说和"讽谏"说便是古代诗教观的重要体现。《诗经》中"家父作诵，以究王讻"，"虽曰匪予，既作尔歌"等句是讽刺和暴露，是古人对当时社会现实中不满的事物、现象进行的揭示和斥责；而"吉甫作诵，穆如清风""吉甫作诵，其诗孔硕"等句便是对吉甫的讴歌和由衷的赞美。"美"和"刺"在《诗经》中都同时存在。因此，在古代文论教学中，要正确阐释古代的诗教观，使学生学会对身边美好的人和事及各种正面现象，用各种形式予以肯定、点赞和传颂，引导大学生学会对真、善、美事物的肯赞与弘扬，这对于完善其人格，学会在现实生活中区分美丑善恶，并恰当表明自己的态度和立场具有积极的作用。教师应因地制宜、因材施教，就近几年来中国大地不断涌现出的"最美教师""最美妈妈""最美司机"等现象，让学生作短诗予以颂扬；对于社会转型时期出现的不良现象，亦可让学生作诗予以批评。这种理论与实践相结合、教书与育人相结合的做法，能取得一箭双雕的教学效果。

孔子在《论语》中提出"兴观群怨"说，"兴"和"群"多数时候表达了古人通过刻画具体形象来抒发情感、进行思想教育的作用。对于其中传递正能量，表达古人对家乡的思念和对心上人的渴慕与追求等正常需求的部分，任课教师可结合相关作品（先秦时期主要有《诗经》《楚辞》以及神话传说等），"就地取材"对学生的心灵和人格进行熏染与教化，增进学生对"诗体批评"艺术特征的理解，激发大学生用诗歌含蓄表达美好心声的学习兴趣。在校园内、外，学生的生活丰富多彩，接触各类信息便捷及时，用诗、散文、小说等其他文学样式，传达、描摹和抒发对美好事物的情感，不仅能训练学生捕捉美、传达美的文字表达能力，而且能在伦理和道德层面培养学生观察、体验和感悟的能力，丰富大学生的心灵。

西汉时期被誉为儒家正统文论集大成的《毛诗序》在阐发"先王以是经夫妇，成孝敬，厚人伦，美教化，移风俗"时，使"上以风化下"的"诗教"传统得到不断完善，统治者将诗歌作为教化的工具，依照传统官方的政治要求和道德规范对臣民进行正面教育①。中国古代文论中类似的篇章很多，从伦理道德层面传递正能量，尤其注重个体的人格情操和社会的风气纯正，形成了中国的民族特色。这些都值得任课教师适时地加以利用，把知识传授融入文本分析所体现的伦理熏陶中，对学生进行伦理教育。受儒家思想的影响，在中国文论中，建构文章、文学、作家与伦理规范、人格操守之间的关联，几乎成为两汉以后一千多年中国文学发展的一条主线，开掘这一宝贵资源可以充分发挥传统文论的"育人"功能②。

对于"美刺"说的"刺"，《诗经》曰："维是偏心，是以为刺。"从文本分析看，《诗经》上百首诗以含蓄、委婉而优美的语言（"主文"）表达了老百姓对统治者残暴剥削的不满（"谲谏"），是对生活本质的真实反映："阶级社会是充满和积累矛盾的社会，丑恶的事物，不公平的社会现象，时时处处给人们制造着血泪和痛苦，因而它们在诗歌创作中得以比较普遍的反映，讽刺便成为普遍采用的手段。自古以来，诗歌创作以'讽'为主，好诗也多是讽诗，正是社会生活的必然反映。"③经过千年流传，这些作品成为诗经《国风》中的精华，教师在讲透"刺"的来源、表现、特征等知识点时，不妨适当地就当前存在的官员腐败、二代炫富、不良商家造假、诚信普遍缺失、电信诈骗屡见不鲜等现象对学生进行伦理道德教育，提升其辨析能力。

对当代大学生进行道德伦理教育，除了对美好和丑恶事物有清晰鉴别、区分和明晰的态度、处理方式之外，另一个重要衡量指标是要让学生讲究方式、明了分寸，懂得在合适的场合采用合适的方式方法，即言谈举止和待人接物趋于成熟，符合人性的发展规律及主流社会的价值规范。博大精深的中国传统文论在这方面也有其优势。比如，《毛诗序》紧承孔子"诗可以怨"后指出"下

---

① 夏传才：《中国古代文学理论名篇今译》（第一册），南开大学出版社，1985年版，第101页。
② 由于学术体制等多种原因，当前中国高校普遍陷入重视科研轻视教学的怪圈，很多高校教师只教书不育人或少育人，与学生接触很少，师生关系冷淡，这恐怕是近年来高校教学质量难以提升的一个原因之一。
③ 夏传才：《中国古代文学理论名篇今译》（第一册），南开大学出版社，1985年版，第17页。

以风刺上"，并谓"主文而谲谏，言之者无罪，闻之者足以戒"，可见古人在将诗歌作为讽刺工具，对统治者进行劝谏、促使其改良政治或改正过失时，必须"主文而谲谏"，即必须通过委婉的言辞含蓄地指出其过失，而"直谏"易伤害对方的自尊，也不符合交际中的接受心理，其效果往往会适得其反。又如，孔子提出"文质彬彬"说，"兴于诗、立于礼、成于乐"，也是重视言说方式的例证：或者具有一定思辨性，照顾到事物的两方面；或者礼乐兼备，同时使用。延伸到交际伦理层面，在为人处世和日常交往中，又何尝不具有普适性和启发性呢？批评过失、提出看法、处世交际，都要讲究方式、方法。由此可见，在讲授"诗教"传统时，任课教师可依据言说内容、言说方式，适当而灵活地对当代大学生进行伦理道德教育。

（二）弘扬道统，鉴别道德高下

秦汉时期格外重视纯正诗歌、音乐对人的正向熏陶、鼓舞和感染作用，诗、乐不仅在一定程度上扮演了人格教化的功能，而且还从喜好和趣味上区分了"君子"和"小人"。任课教师在剖析趣味和人品的正向对应关系时，可水到渠成地对大学生进行伦理品格教育。如《荀子·乐论》曰：

> 故乐行而志清，礼修而行成，耳目聪明，血气和平，移风易俗，天下皆宁，美善相乐。故曰：乐者，乐也。君子乐得其道，小人乐得其欲，以道制欲，则乐而不乱；以欲忘道，则惑而不乐。故乐者，所以道乐也。金石丝竹，所以道德也。①

这段话详细论述了乐对人的感化功效，可以作为实施伦理教化的重要思想来源。在对乐的喜好和对艺术的品鉴上直接反映出人的不同类型，甚至映照出人格的高下（即君子与小人的重要分野）。在教学中，教师可就学生喜好之"乐"进行讨论，以此启迪学生要有求"道"的志向，要在崇道、行道的生命历程中节制自我、克制欲望，拒绝诱惑，即平时要有积极向上、自我锻造成为君子的追求。这与孟子主张的聚结道义、弘扬浩然正气有异曲同工之妙。又如《荀子·乐论》写道：

> 且乐也者，和之不可变者也；礼也者，理之不可易者也。乐合同，礼别异。礼乐之统，管乎人心矣。穷本极变，乐之情也；著诚去伪，礼之经也。……君子明乐，乃其德也。乱世恶善，不此听也。于乎哀哉！不得成

---

① 王威威：《荀子译注》，上海三联书店，2014年版，第233页。

也。弟子勉学，无所营也。①

这段文论，我们抛开依"礼"论"乐"的固定模式化思维不论，就其"著诚去伪""弟子勉学"来看，完全可作为伦理道德教化的重要范本。结合前文论及"美刺"说的两个维度，教师在讲解时亟须引导学生在平时学习、生活中区分美丑、鉴别真伪并使自己不断向君子人格看齐，传承儒家伦理精华，通过"明乐"来"著诚"明德。

（三）发挥文艺的感召与熏陶作用

儒家文化尤其重视发挥文艺对人的积极、正面熏陶作用，使人明"理"、合"同"而具有温柔敦厚的君子风范。这启发我们不仅要有深厚的理论功底、开阔的文艺学视野，更需要深刻把握文艺的本质，通过把握文艺作品中的形象、抒情等特征对大学生进行伦理道德教育，克服枯燥的说教。在笔者看来，这种以"乐"为载体进行的伦理道德教育远比那种相对单一的说教方式、相对机械的管理方式更有成效。如《荀子·乐论》曰：

> 夫声乐之入人也深，其化人也速，故先王谨为之文。乐中平则民和而不流，乐肃庄则民齐而不乱。民和齐则兵劲城固，敌国不敢婴也。……是王者之始也。乐姚冶以险，则民流僈鄙贱矣。流僈则乱，鄙贱则争。乱争则兵弱城犯，敌国危之。②

这段文字对"乐"的魅力、效果等进行了深入阐发。虽侧重论及乐与"民"、乐与"治"之关系，但其基点在于化人、入人即对人产生伦理影响力。孔子非常推崇雅乐、反对郑声③，他把欣赏的重心放在了纯正、能体现周礼、能给人祥和之气的《韶》乐之上。后来荀子以及汉代诸儒都充分认识到了这一点，"舞《韶》歌《武》，使人之心庄"（《荀子·乐论》），经典佳作的良好熏陶感化作用得到了充分体现。

因此，在教学的全过程应把握两点：一是尽可能用好的文学作品充盈学生的头脑，降低学生接触低俗、劣质文艺作品的机会。"郑卫之音，使人之心淫"，"故君子耳不听淫声，目不视女色，口不出恶言。此三者，君子慎之。凡奸声感人而逆气应之，逆气成像而乱生焉。正声感人而顺气应之，顺气成象而治生

---

① 王威威：《荀子译注》，上海三联书店，2014年版，第235页。
② 王威威：《荀子译注》，上海三联书店，2014年版，第230页。
③ 《论语·季氏》记载："子曰：'恶紫之夺朱也，恶郑声之乱雅乐也，恶利口之覆邦家者。'"

焉。"(《荀子·乐论》)教师要通过古代文论的分析引导学生走进阅读。二是要不遗余力把一流的、经典的好作品推荐给学生，使其切实受到感化和熏染①。因为经典作品经过时代的淘洗和历代读者的检验而传承后世，其中蕴藏着作家伟岸的人格、高尚的情操和对人类处境与命运的各种思考，远远超过一般性的作品②，更具有育人的价值。

二、"人文精神"的传承与弘扬

中国古代文论凝聚了古人对文学现象、作家作品发表评论时有关"人"与"文"的真知灼见，体现了他们的审美情趣、伦理观念、人生价值甚至追求境界。无论是秦汉子书体中的篇章，还是后来序跋体、书信体中的思想见解，都承载和彰显了古圣先贤对"人"与"文"的诸多思考。千百年来，很多文论作品之所以流传不衰，影响深远，都是经过时代的沉淀而留下的精华。在民族复兴的当下，在党中央和国务院都高度重视中华优秀传统文化传承③的今天，这笔财富尤其值得开掘与弘扬。在中国古代文论教学中，笔者有意识地就其中具有浓厚人文精神的部分，侧重予以概括和总结，在钩沉、提炼中让学生受到熏陶。

（一）提升修养，拓宽视野

学习古代文论，通过与古今明贤交友、对话能增长当代大学生的见识，拓宽其视野，扩大其胸襟。

秦汉文论是整个中国古代文论建构、奠基的重要时期，尤其是先秦诸子思想和汉代儒家思想，体现出浓厚的伦理色彩和道德气息，具有鲜明的人文格调。《论语》就是孔子治国齐家、修身养性的圣经，其关于文艺的语录也有强烈的道德伦理教化色彩。其"思无邪"论、"有德者必有言"论、"韶乐尽善尽美"

---

① 笔者在近几年的教学中经常采用"推荐书目"的方式，把整理后的经典书单发给学生，人手一份，2019年曾在"矿大中文之家"公众号上推送。此方法有助于推动学生去发现，去阅读，去分享。
② 童庆炳：《文学经典建构诸因素及其关系》，载《北京大学学报》2005第5期，第72－78页。
③ 参见2017年1月中共中央办公厅、国务院办公厅印发的《关于实施中华优秀传统文化传承发展工程的意见》；2014年3月教育部向全国发布《完善中华优秀传统文化教育指导纲要》；2016年11月1日习近平总书记主持召开中央全面深化改革领导小组第二十九次会议审议通过的《关于进一步加强和改进中华文化走出去工作的指导意见》。近年来，社会各界对中华优秀传统文化研究的宣传、弘扬逐渐形成高潮。

论，都在启发世人率先做一个堂堂正正的君子，这是立言、论诗的基本前提。正是以行善、修身为出发点的孔子文论，奠定了中国古代政教中心派文论的基本格局，其中蕴含的伦理气息使其不失为对当代大学生进行人格教育的最好素材。

至于孟子提出的"养气"说，则主要从文艺学角度引申为论及作家主体要想写好文章必须在思想修养上下功夫，从而建构起"人"和"文"之间的紧密关联。其实，不单作家主体如此，生活中谁不想培养一种"至大至刚，以直养而无害"甚至"塞于天地之间"让人惊叹的浩然正气呢？其形成乃"集义所生"，需要"配义与道"。类似这些思想既包含了对今人进行伦理教育的丰富内容，也为青年学子指明了人生方向与践行人生理想的方式和途径。不仅如此，孟子那跨越时空与天下人交友的圣贤情怀，同样具有极强的感召力和鼓舞作用。

> 孟子谓万章曰："一乡之善士，斯友一乡之善士；一国之善士，斯友一国之善士；天下之善士，斯友天下之善士。以友天下之善士为未足，又尚论古之人。颂其诗，读其书，不知其人，可乎？是以论其世也。是尚友也。"（《孟子·万章下》）

在讲到"知人论世"时，如能以此为契机适当发挥，必能对大学生中的宅男、宅女、小群体等不喜欢与人交往的现象起到良好的教育作用。因此，以儒家文论为载体，培养大学生兼济苍生的情怀，也具有一定的现实价值。

此外，庄子以"重言"方式滔滔不绝引述古人，墨子逻辑鲜明地对乐展开的激烈批判，荀子"原道—征圣—宗经"观的提出，司马迁深情回忆"大抵圣贤发愤之所为作"时的连串举例，以及刘勰《文心雕龙·才略》篇对名流才华的列举等等，都是对当代大学生实施做人教育的良好教材。

（二）体察百姓生活，培育为民情怀

这在孟子和墨子那里表现得尤其明显，感人至深。孟子提出"审美具有共通性"的文艺观，便是基于他"与民同乐"的思想。《孟子·梁惠王下》曰：

> 与少乐乐，与众乐乐，孰乐？
> 今王与百姓同乐，则王矣！
> 为民上而不与民同乐者，亦非也。乐民之乐者，民亦乐其乐；忧民之忧者，民亦忧其忧。乐以天下，忧以天下，然而不王者，未之有也。

两千多年来，孟子的为民情怀感人至深，对尚未走出大学校园和尚未广泛接触中国底层民众的青年学子来说，无疑具有熏陶和教化作用，对其民本观的形成也具有一定的导向作用。

孟子基于"性善论"的理论立场，以夏桀等反面典型为例，告诫统治者如果不顾百姓的死活，"虽有台池鸟兽，岂能独乐哉?"（《孟子·梁惠王章句》）统治者只有体察民情、了解民意，急百姓之所急，才能得到百姓的认同和接纳，为百姓所拥护和支持，其统治才能稳固长久。孟子为民着想的大爱情怀，也是当今反腐的珍贵教材。

此外，墨子基于当时统治者劳民伤财、不顾百姓死活的现状而提出"非乐"的文艺观，也体现出强烈的为民情怀，同样可作为很好的道德伦理教育素材。当前大学生大多是95后，在中国快速发展和社会转型时期成长起来，没有太多接触社会，一些人形成了娇惯自我和好逸恶劳的不良习惯，如果教师能结合当前社会现实（比如政府高度重视民情民生、大批农民工进城所引发的住房难上学难等问题、社会贫富差距拉大导致的民众情绪不稳定、老百姓对贪污腐败的积怨等等）进行适当点拨，有可能取得良好的育人效果。尤其是党的十八大以来，新一届中央领导大刀阔斧地改革，任课教师如果借助中国文论中有关礼、乐、官、民的论述，并结合近年来热播的《永远在路上》《打铁还需自身硬》《人民的民义》等纪实片或电视剧，能对打算报考公务员的大学生进行有针对性的教育。

（三）基于不同人格实施伦理道德教育

在古代文论教学中，通过作品体现的伟岸人格予以赞赏与褒扬，对低俗的、平庸的、卑微的人格予以否定和批判，有助于当代大学生形成健全的人格。司马迁的"发愤著书"说对后世文论影响深远。如教师结合李陵之祸及司马迁因辩护而锒铛入狱、遭受宫刑的最终结局及其所思所想，来分析他为何在《报任安书》和《太史公自序》中跨越时空寻求在困境中依然发奋图强、在苦难中依然著书立说的前世知音①，指出对后世影响深远的著作"皆圣贤发愤之所为作也"，在对司马迁遭遇表示深切同情的同时，会由衷地被他刚直不阿、坚持真理、志向远大、目标坚定的人格魅力所感染，从而获得深深的鼓舞和启迪，得

---

① 参见《史记·太史公自序》曰："夫诗书隐约者，欲遂其志之思也。昔西伯拘羑里，演《周易》；孔子厄陈、蔡，作《春秋》；屈原放逐，著《离骚》；左丘失明，厥有《国语》；孙子膑脚，而论兵法；不韦迁蜀，世传《吕览》；韩非囚秦，《说难》《孤愤》；《诗》三百篇，大抵贤圣发愤之所为作也。此人皆意有所郁结，不得通其道也，故述往事，思来者。"

到人格的历练与提升。顺着这一思路,教师如果将司马迁跨时空寻求的"知音"——屈原、韩非子、孙子等——串成一条线,将"发愤著书"说与"不平则鸣"说、"穷而后工"说连成一条线,启发学生思考境遇、心灵与文论之间的关系,便能使其获得更大的启迪与收获。

在两汉评屈骚中,教师通过分析扬雄、班固等正统史学家、宫廷命官出于各自立场和性格原因,讥讽屈原"露才扬己""非明智之器",其文"皆非法度之政,经义所载"等等种种错误看法,让学生明白"生"与"义"的关系,明白在"原则"下该如何取舍、在"仁义"前该怎样抉择。同时,引导学生对给予屈原正面评价、高度肯赞其人其文的王逸等所展示出的学者的理性与良知,坚持正义的人格魅力进行欣赏,由此获得熏陶和感召,从而在解惑的同时实施育人。

此外,在讲解魏晋南北朝文论和唐宋文论时,对曹丕顾全大局、赏识英才、提携新秀所显示出的太子风度,对陆机陆云兄弟书信往来探讨文章写作涌现出的深厚情谊,对刘勰忍受孤寂一门心思畅读作品、在寺庙寒窗苦读以求建言树德的人生追求,对韩愈提携新秀扶持新人的大度情怀,对白居易少年时苦作诗精益求精的品格等等进行集中阐释,可以激起学生向慕美好情怀的内心情感。

当然,中国古代文论中包含的人文精神是复杂而丰富的①,远非以上三个方面所能全面揭示和概括,这需要任课教师不断挖掘,在品读和传承中使之影响、浸染更多的青年学子。

三、教学中的伦理追求

先秦儒家、道家、墨家、法家等在提出自己政治主张的同时,都表现出鲜明的伦理态度,其观点和看法,无论差异多大,都值得任课教师理性分析,引导学生正确取舍,把自己塑造成具有人格魅力、精神世界充实的祖国接班人。

(一)面对邪恶,勇于说"不"

在动荡的春秋战国时期,各种丑恶现象层出不穷,人的各种贪婪和欲望被空前激发。老子在《道德经·第十二章》中毫不留情地予以揭露:

> 五色令人目盲;五音令人耳聋;五味令人口爽;驰骋畋猎令人心发狂;难得之货令人行妨。

---

① 参见袁济喜:《古代文论的人文追寻》,中华书局2002年版,第1-2页;刘文良:《中国古代文论人文精神的张扬》,载《山东师范大学学报》2002年第3期,第60-63页。

所谓"目盲""耳聋""发狂"是老子对物质使人异化后的工笔描绘。他提醒圣人们对"难得之货"谨慎、提防。其无为和逍遥观也是基于他们对社会现实的洞察而提出的。老子并非盲目主张回到小国寡民的原始社会开历史倒车，而是基于物质使人欲望膨胀的批判：

> 绝圣弃智，民利百倍；绝仁弃义，民复孝慈；绝巧弃利，盗贼无有。此三者，以为文不足。故令有所属，见素抱朴，少私寡欲。（《老子·第十九章》）

言辞极为犀利，老子分析与批判当时社会入木三分。而庄子对社会批判的尖锐力度相比老子有过之而无不及，诸如触蛮相争、盗跖论道等大量寓言故事充分表明庄子批判立场之坚定，或者说其伦理态度之坚决。譬如《庄子·外篇·知北游》篇中写道：

> 故曰："失道而后德，失德而后仁，失仁而后义，失义而后礼。"

庄子对待问题的态度和方法都值得我们深入学习。他尤其善于抓住问题本质，在批判中寻求总根源。如任课教师经常以这些文论段落作为典范教材，则能启迪当今大学生敢于对身边邪恶现象勇敢地说"不"，使社会多一些内心耿直、立场坚定的"耿介人士"，抑制各种丑陋现象的频繁发生。

（二）坚守道德底线，健全个人"三观"

中国文论长河中自古以来不乏观点独特、个性鲜明的批评家，他们有自己的喜好与趣味，有自己的原则与坚守。如能充分接触其人、其文，则对自己的伦理、道德的形成自然是一种熏陶与感染。依托中国古代文论资源，可以培养自己在分辨中明察，在识别中拒绝的"底线"思维，不断端正"三观"，从而形成自己的伦理趣味。比如自幼"志于道""游于艺"的孔子便是一位一身正气、褒贬分明的人，他对韶音和郑声的态度分外鲜明：

> 子谓《韶》，"尽美矣，又尽善也。"谓《武》，"尽美矣，未尽善也。"（《论语·八佾》）

> 子在齐闻《韶》，三月不知肉味，曰："不图为乐之至于斯也。"（《论语·述而》）

> 颜渊问为邦。子曰："行夏之时，乘殷之辂，服周之冕，乐则《韶》舞。放郑声，远佞人。郑声淫，佞人殆。"（《论语·卫灵公》）

> 子谓伯鱼曰："女为《周南》《召南》矣乎？人而不为《周南》《召

南》，其犹正墙面而立也与？"（《论语·阳货》）

我们撇开其反对郑声不利于民间文学发展的方面不谈，但就其喜好和褒贬来看，孔子爱憎分明、立场明确。这对我们坚守原则和"底线"，端正"三观"而不随波逐流，使自己不愧为一个大写的"人"有正面教育意义。当然，"十年树木，百年树人"，当代大学生"三观"的形成是一个复杂而漫长的过程，远非区区一门课程所能承担。但如果各门课程的任课教师齐抓共管，都有意识地从道德、伦理角度进行引导，长此以往是会见到成效的。

（三）避免目光短浅，树立远大志向

依托中国古代文论资源，在讲解知识的同时引领当代大学生树立远大志向，摆脱肤浅、鼠目寸光的表层状态，这也是对以道德伦理观来育人的一种践行。

作为中国上古文化的浓缩与精华，《荀子》的"原道明圣"观折射出儒家对"仁""义"等精神理念的不懈追求。"原道、明圣、宗经"三位一体的诗学观无论是在扬雄还是刘勰那里，都彰显了古代文人学士的志向与追求，其中既有通过"修齐治平"来实现大同和谐社会的理想与期待，也有立足民族经典传承文化血脉的切实行动。如果教师能在知识的传授中结合孔子、孟子、荀子的曲折人生，并把它上升到"士人—追求—中国梦"的高度，将是对学生志向、操守与情怀的极好引导。当然这需要教师有很好的知识储备、文化素养以及课堂设计能力。此外，讲解韩非子"墨子为鸢""射稽唱歌"等寓言时，也可结合现实中常见的一种眼光狭小、急功近利的现象，对学生进行点拨，不仅能升华课堂，还能带给学生更多的思考与启迪。并且因古代文论很多名篇皆文笔优美，在审美中得到伦理的熏陶，往往更加自然和深刻。

（四）引导学生杜绝抄袭，催生创新意识

创新是一个民族进步的灵魂，是国家兴旺发达的不竭动力，这已成为学界共识。当下的中国处在全民创新的时代，尤其是在改革进入"深水区"的今天，创新是推动全面深化改革的根本动力。从"钱学森之问"的提出，到部分中国留学生近年来在海外被开除，很多国内学生过度依赖"模板"，中国大学生的创新能力不强，这已引起国内有志之士的高度关注。因此，我们应挖掘中国古代文论中的相关资源，及时对学生进行教育。

东汉时期的王充针对当时盛行的"崇古非今"，提出"今胜于古"的观念，其创新的思维在那个经学氛围弥漫和复古思潮笼罩的时代，是难能可贵的：

　　俗儒好长古而短今。……汉有实事，儒者不称，古有虚美，诚心然之，信久远之伪，忽近今之实，斯盖三增九虚所以成也。案书篇云：夫俗好珍古，不贵今，谓今之文不如古书。夫古今一也，才有高下，言有是非，不论善恶而徒贵古，是谓古人贤今人也。……善才有浅深，无有古今；文有伪真，无有故新。①（《论衡·案书》）

"儒者不称，古有虚美"，王充以犀利的言辞对"不论善恶而徒贵古"的现象给予了猛烈抨击。一味复古就是看不到当下的新变，在《论衡·超奇》篇中，他以"庐宅始成"到"奄丘遍野"的社会变迁，阐明文化在继承中向前发展、复古是对创新阻滞的观点。王充的创新观在中国文论史上颇具代表性，在今天依然很有说服力和学术价值。不独内容上创新宜引起关注，在文体形式、志向追求上的创新同样不宜忽视。如陆机以赋体论文、刘勰以骈体论文、韩愈提出"惟陈言之务去""辞必己出"等等，皆堪称典范。

四、余论

在社会处于转型期、多种思想激烈碰撞、人文精神不够彰显的今天，利用好人文社会科学的丰厚资源对当前大学生进行价值观和世界观教育，使之成长为社会所需求的人才，十分必要和迫切。俗语云："火车跑得快，全靠车头带。"人文社会科学如同带动社会前进的"火车头"，它的正确导引，能使人们有效规避因价值观冲突带来的各种问题，防止"车身"脱轨。在高校利用好各种人文社科课程，对当代大学生开展伦理道德教育，是一件意义深远的事情，这将成为学界共识。

当然，为了提升其实效性，笔者以为在实施过程中尤其需要注意以下几个方面：一是教师要对课程材料有意识地开发和挖掘，要学会在尝试中不断总结。初看古代文学批评的很多篇章都是讲理论说知识，很多老师在课时有限的情况下，都把教学重心放在文艺思想形成、内涵、意义和影响之上，这固然没错，但错过了对大学生进行道德伦理价值观方面教育的机会。如采用苏东坡读书"八面受敌"之法，则可在教学中有意识地挖掘其中蕴藏的伦理思想和道德资源，依托课程加强"育人"环节，潜移默化地促使学生形成正确的"三观"。二是充分把握当代大学生身心特点，贯穿道德育人和伦理化人的教学理念，在讲授中紧密结合现实，贴近学生的现实生活。无论是课堂上讲到某个知识点、

---

① 郭绍虞、王文生主编：《中国历代文论选》（第一册），上海古籍出版社2001年版，第122页。

涉及某位批评家，一定要准确到位地提炼出其蕴藏的道德伦理价值和批评家身上体现的精神人格。不和"当下现实"对话，不与学生熟悉的生活发生关联，不联系在信息和媒体时代学生熟悉的社会现象与时代热点，便很难调动学生的积极性，学生也难以真正得到感染和熏陶。我们认为，对现实的敏锐和关注，对当下生活的驾驭和把握，是任课教师从道德伦理层面激活中国古代文论课必须具备的一项教学能力。三是需要任课教师进行问题设计，对学生进行延伸性实践训练，比如师生互动发微博或传播与分享相关微博、公众号，在课时极其有限的情况下，教师应针对具体篇章精心设计具体问题，给学生布置课后作业，比如把"话题"写成微信或公众号在班级进行分享，还有"招标"式地让不同小组处理练习题，都是不错的选择。总之，要使学生喜欢一门课，充分发挥其育人功能，单纯靠主讲教师在有限的课堂上讲授，是远远不够的，教师的单边活动极易导致"灌输"和"填鸭"，一定要让学生脑子动起来，笔头动起来。因而设计问题、布置作业、互动交流，便是促使学生在思考、体验和分享中，得到更好的伦理感化，真正取得预期教学效果。

第二节　中国古代文论教学中的治学研究视角

十几年来，各地高校不时地有取消本科毕业论文的呼声，据了解持赞成者还不在少数。有的院校已开始改革（如新闻专业采用拍摄片子作为毕业论文）。这与大学持续扩招多年、高等教育进入大众化后本科生论文写作存在的弊端日渐显露有关，也与学生不知如何选题、态度马虎、容易抄袭、不懂格式规范等多个因素有关。我们则认为，这与高校课程教学质量滑坡、没有引导学生如何去选择有效话题有关。而近年来在不少微信公众号上，许多硕士生导师反映研究生不好带，毕业论文今不如昔，在结构、语句、修改方面师生存在"偏差"还很大。凡此种种，其中一个主要原因是缺乏对学生进行"治学"与"研究"的训练，让其在具体实践中掌握学术研究的步骤与流程，体会治学的要求、甘苦及得失，总结治学的经验与方法。总之，决不能只是等到学生大四、研三毕业时甚至答辩前夕再来哀叹或抱怨。学生在论文写作、研究过程中存在的诸多问题，不能只是等到毕业前夕由指导教师来全部解决。我们认为，各门课程在平时就应力所能及地担负起这个责任，有意识地结合课程内容传授给学生研究方法，或主讲教师结合自身课题示范、引领学生如何做研究。也许形势会发生根本性的转变。

中国古代文论的开设，旨在由任课教师引导学生系统、深入地学习中国古代丰富的文学理论和批评知识，巩固专业基础，提升其理论思辨和评析具体作品的能力。由于许多经典篇章是文论家发挥才识、呕心沥血写成的，许多典籍如《史记》《文心雕龙》《史通》《原诗》《艺概》《人间词话》等本身便是文论家的研究成果，在序志、自序、他评乃至文本的字里行间中体现研究者的初衷、方法和智慧。这些，都可予以充分挖掘，"就地取材"的来对学生进行"现身说法"。总之，这门课程中蕴含着自古至今无数先人丰富的治学、写作、研究等资源。近年来，我在教学全程中加大了引导学生体会治学、从事研究的训练，在课上、课下加大了讲解的力度，使治学训练渗透到平时，现将这一探索和尝试与诸位分享。

一、研究现状之书写：熟悉、了解和寻找空白

受传统讲解法的影响，当前高校老师们普遍反映本科生害怕和不会选题，等待指导教师"命题作文"的不在少数。而自主选题也比较陈旧、空泛，缺乏必要的新意。于是，一些总结选题途径和方式的文章便多起来，甚至学者去另外高校讲学也多结合自身经历和体会给研究生"传道授经"。选题决不会从天而降，也不会是写作前坐在桌子旁冥思苦想而得来，它来自平时大量的读书、看期刊和听视频，来自对一个领域或相关话题持续的关注与思考，来自对大量文献的整理、分类和阅读。这也就是教师写"本子"（指项目申报书）、研究生准备"开题"的第一关：国内外文献综述。而这方面刘勰和钟嵘具有代表性，《文心雕龙》和《诗品》之所以誉为南北朝文论史乃至中国文化史上的"乐府双璧"，具有重要的地位和深远的影响，与刘勰、钟嵘善于大量研读前代作品、思考自身著述门径有关。

在《文心雕龙·序志》篇中来看，刘勰成功写出这部不朽的杰作，与其心志追求、前期准备、总体设想是分不开的。他在提笔之前做了大量的文献准备工作，这篇序志无异于其"文献综述"，直道心声：

> 详观近代之论文者多矣：至如魏文述典，陈思序书，应场文论，陆机《文赋》，仲治《流别》，弘范《翰林》，各照隅隙，鲜观衢路，或臧否当时之才，或铨品前修之文，或泛举雅俗之旨，或撮题篇章之意。魏典密而不周，陈书辩而无当，应论华而疏略，陆赋巧而碎乱，《流别》精而少功，

《翰林》浅而寡要。又君山、公干之徒，吉甫、士龙之辈，泛议文意，往往间出，并未能振叶以寻根，观澜而索源。不述先哲之诰，无益后生之虑。

刘勰对曹丕、陆机、应玚、挚虞、弘范等前代文论家极为熟悉，对他们的批评著作了如指掌，能信手拈来地予以精准的评析，既有研究现状的梳理，也在问题和不足中寻找自己的研究路数，开辟自己的研究空间。通过"振叶以寻根，观澜而索源"，刘勰旨在整体地、系统地论文，从而超越前人。其专著体的厚度与深度要远胜此前的单篇论文或选本批评。紧承其后，刘勰提出了自己的研究思路："盖《文心》之作也，本乎道，师乎圣，体乎经，酌乎纬，变乎骚"，确立了自己的研究原则："原始以表末，释名以章义，选文以定篇，敷理以举统"。从"选题"到结构也便自然而然地形成。一部自报自批的"申报书"也由此生成。这源于刘勰此前在寺庙长期而艰苦的阅读。教学中，以此为契机，启发学生三点：一是研读文献是获得选题的第一步，好选题的前期工作是博观；二是做研究现状梳理古今皆然，要熟悉相关现状，在评析中发现问题和不足；三是要有自己明确的思路和设想。

此外，钟嵘写《诗品》也是别出心裁，他对前贤论文了如指掌，其序近似"文献综述"，集中反映了即将要研究五言诗的钟嵘对现状的整体把握。一是对诗歌发展史的梳理。在上品序开篇中，钟嵘用了很大篇幅对诗歌演进历程进行了盘点：

> 昔《南风》之辞，……夏歌曰……逮汉李陵……自王、杨、枚、马之徒，词赋竞爽，而吟咏靡闻……降及建安，曹公父子，笃好斯文；……尔后陵迟衰微，迄于有晋。太康中，三张、二陆、两潘、一左，勃尔复兴，踵武前王，风流未沫，亦文章之中兴也。永嘉时，贵黄、老，稍尚虚谈……

这启示我们，如初步选定一个领域、方向甚至选题，需首先弄清其学术史，在时间发展先后中去评析发展脉络和主要代表作，通过论析既肯定成绩也发现问题，并获得思路和启迪。二是钟嵘对此前文论家论文也有系统的评析，其阐述为：

> 陆机《文赋》，通而无贬；李充《翰林》，疏而不切；王微《鸿宝》，密而无裁；颜延论文，精而难晓；挚虞《文志》，详而博赡，颇曰知言：观斯数家，皆就谈文体，而不显优劣。至于谢客集诗，逢诗辄取；张隐《文

士》,逢文即书。诸英志录,并义在文,曾无品第。嵘今所录,止乎五言。虽然,网罗今古,词人殆集。轻欲辨彰清浊,掎摭病利,凡百二十人。预此宗流者,便称才子。至斯三品升降,差非定制,方申变裁,请寄知者尔。

所谓"通而无贬""疏而不切"皆是较辩证的评析,而非一味地资料罗列。这启示学生:学术研究没有捷径可走,熟悉并研读文献,在学术史中评析和思考,这是创新的前提,也是科研中最基本的工作。

二、问题意识及其培养

引导、培养学生善于发现问题,是从事学术研究的一项重要能力。对重要问题的敏锐与关注,应成为学者乃至学生的一贯行为。发现问题往往是获得一个好的、有意思、有趣味选题的基础与前提。当前大学生的问题意识需要增强,发现问题的能力需要通过论文写作、课题参与、课程示范等多种途径来提高和强化。

在古代文论教学中,我会在不同朝代中引导学生分析文论家发现问题的能力。这主要包括两个层面,第一是如何提出问题的?问题的质量和品质如何?其二是这个问题他是如何解决的?运用了哪些方法?提出了哪些文论思想或得出相关认识?在抽丝剥茧中呈现学术研究中的"问题"环节。

以钟嵘《诗品》为例,这部诗话体批评破立结合,其破者,便是基于文坛存在的突出问题而给予的批评。在品藻之风的影响下,当时文艺批评"准的无依""不显优劣""曾无品第",并且他看到了补假、用典在诗歌创作中的弊端,问题便由此彰显。钟嵘采用追溯诗人风格渊源和诗派流承的品第方法,便是为了解决这种问题而进行的批评创造。虽然,以才气取胜的钟嵘在《诗品序》中体现出鲜明的问题意识,这也是《诗品》在中国文论史上具有深远诗学价值的根本所在。这些都值得引发今人思考和借鉴。

在课程结束时,让学生总结所学多个朝代文论中文论家发现问题的渠道和方式主要有:一是从学术争鸣中提出问题;二是采用批判性思维,对既定的看法和结论给予质疑甚至批判;三是在文学研读中发现问题;四是审视一个阶段文坛现状指出存在的典型问题。五是从对方来信中获得问题。学生还可发现其他方式,进而布置作业让学生任选其中2~3类来提出话题,拟出大纲。这种训练有的放矢,能给学生深刻印象和实质性的训练。

三、巧借和移用

学术研究需要手、脑、心并用，灵活地开放眼、耳等多种感官，广泛吸收看书、听课、报告、会议乃至交流中的有效信息，避免两耳不闻窗外事、纯粹关起门来的研究。在信息时代，"书呆子"式的研究只会使自己孤立起来。要想心、脑获得多种启迪，需要走出去、敞开心灵、与人交流。这其中，从他人的研究模式、研究领域、研究思路和研究方法乃至研究题目中寻找启迪，获得借鉴和参考，不失为一种可以推广的有效方法。在古代文论教学中，我们可引导学生在平时阅读和思考中多借鉴他人和他书，为我所用。

仍以刘勰为例，他将著作取名为《文心雕龙》，便是博览和借用的结果。其《自序》写道："夫文心者，言为文之用心也。昔涓子琴心，王孙巧心，心哉美矣，故用之焉。古来文章，以雕缛成体，岂取驺奭之群言'雕龙'也！"刘勰直道心声，他是从已有的"琴心"、"巧心"等称谓中获得启发和灵感，取名"文心"，以探讨作家创作的艺术匠心。"文心"者，精准而优美也。在移用基础上适当加工，也不失为一种创造。这在聪明人的学术研究中，经常使用。我们认为，在求学时代就应增强学生的这种能力。

记得笔者当年在武汉大学读博时，宋词研究专家王兆鹏曾专门讲到，90年代后期他在图书馆现刊翻阅人大复印资料时，发现一些经管法社科类的期刊经常刊登量化的文章，有大量图表，用数字说话，真实可靠又有说服力。于是给他启发：如何嫁接、转移到自己正在进行的宋词研究中来？如何在摸索中寻觅新的选题？他十余年来相继从事了宋词量化和传播研究两大领域，也中标多项国家社科基金和教育部项目①。这给了我的教学和研究极大启发，"他山之石可以攻玉"，正是灵活地凭借着这种借用，很多学者在中年时期实现了学术研究的转型，获得了学术增量。

笔者平时在科研中也尝试这种"转移"和"嫁接"的方式，将他人、他书

---

① 据中南民族大学官网显示：其国家社会科学基金项目有：20世纪唐五代文学研究论著目录检索系统与定量分析，批准号：09BZW026，2009.6—2012.12.1；教育部人文社会科学研究基金项目：20世纪词学研究论著的定量分析，2003—2008年，批准号：03JB750.11—44013；湖北省社会科学研究基金重点项目：中国古代诗歌史的计量分析，1997—2000年，批准号：960240；教育部"211工程"二期建设项目：中国文学的传播与接受研究，2002—2005年；武汉大学珞珈学者特聘教授资助项目：唐宋诗词名篇的定量分析，2005—2008年；

中的思路和方法借用到自己的思考或课题中,往往能得到极大的启发。如2015—2018年期间我所从事的首个跨学科研究项目即是如此,当时听新闻、看立项,发现核心价值观在社会大量传播,国家和学界也很重视,尤其是听了南京图书馆一位老先生依托中华成语来涵养和培育核心价值观的讲座报道后,倍受鼓舞,于是思考可否立足于个人专业——中国古代文论,来探寻核心价值观涵养的新路径。起初隐约觉得自由和友善两个关键词在古代文论中有丰富的体现,而其余的诸如富强、民主和文明等,则没有把握。随着大量研读文本、消化资料、深入思考,才最终完成了《中国传统文论涵养社会主义核心价值观10词研究》的三十余万字书稿,近年来也发表了相关跨界研究的论文。教学中,教师要巧妙地结合治学实际来点拨学生,打开思路,从事研究,在学术山峰上攀登。

四、简约语言的追求

受书写工具和传播方式的影响,当代大学生在写作中的随意化比较明显,在原本讲究学理性和规范性的毕业论文中,夹杂口语及不规范、不雅洁的语句比较常见,更遑论平时的日常写作了。客观来说,在对语言的推敲、选词造句的讲究等方面,今人确实比古人要逊色不少。然古人在写作中对语言表达的不懈追求和丰富经验,应成为一笔宝贵的财富传承下来。对于古代文论,从先秦到近代众多文论家都论到语言的使用问题,在每轮教学中我们可结合治学感悟予以重点选讲。

这里包括两个层面。第一是文论名篇中对简约、雅洁的精辟论析,学习古人对语言的基本规定和要求。如司马迁评析屈原其人其文:"其文约,其辞微,其志洁,其行廉。其称文小而其指极大,举类迩而见义远。其志洁,故其称物芳;其行廉,故死而不容。"(《史记·屈原传》)这是高度概括的经典评论。以"文约""辞微"评屈原之文,屈原娴熟运用比兴、象征及引古述今、举类譬喻等手法,作品语言简明而概括力强,词意隐微而暗含讽喻,在普通事物的描写中寄寓着深刻的意义。这种简约是对"春秋笔法"的传承,是上古时期文论家评文的着眼点之一,也是中国文学史上对语言简约有力、包孕无穷的高度认可。这种观念深入人心。钟嵘评沈约曰:"夫人四言,文约意广。"而桐城派著名作家刘大櫆论"简洁"则堪称经典:

> 凡文笔老则简,意真则简,辞切则简,理当则简,味淡则简,气蕴则

简，品贵则简，神远而含藏不尽则简，故简为文章尽境。（《论文偶记》）

刘大魁以"简"为美，赋予了"义法"观新的内涵。这段论析集中国传统简练诗学之集大成，从字词到气味、神韵都体现出古代文人们的简练追求，几乎深入骨髓。这种创作上的孜孜以求，可挖掘出来启迪当代学生的治学与写作。

第二是以文论篇章为例，选择在简约表达中又不乏思想和观点的段落来示范。如王逸的《楚辞章句序》以富有张力的语言概括屈原，堪称文论史上经典之评：

故智弥盛者其言博，才益多者其识远。屈原之词，诚博远矣。自终没以来，名儒博达之士，著造词赋，莫不拟则其仪表，祖式其模范，取其要妙，窃其华藻。所谓金相玉质，百世无匹，名垂罔极，永不刊灭者矣。

先分论两类人的"博"和"远"，再合并以之评屈原，谓之兼备，先分后合，语言凝练且富有弹性和张力，世人认可的"名儒博达"之士，却都仿效屈原，模仿他创作辞赋的形式。一个"拟则""祖式"蕴涵极为丰富，完全是微言大义的春秋笔法之延续，既见出屈原在辞赋史上崇高而无可超越的地位，也可看出他对后世的深远影响，不尽之意见于言外。而"取""窃"乃字字珠玑，表明只是模仿形式（"华藻"）而缺乏内涵与情感（"要妙"）的创作，无法与屈原比肩，也同时表明了文论家主张文质不可或缺的鲜明态度。末尾18字"金相玉质，百世无匹，名垂罔极，永不刊灭者矣。"更是简练又对称，是对屈原人格和作品的盛大肯赞。整段评析赋予节奏感和音乐美，成为两汉文论史上的名段。

当然，中古及下古文论史上类似简约篇章还比比皆是，任课教师可大力挖掘此类资源，对学生的治学进行有意识地培养。长此以往，必见成效。

五、读书须知出入法

在信息时代，如何读书的确是一门学问。多年与本科生接触，发现他们普遍在读书上较为困惑和迷茫。古代文论中这方面的资源亦不少，值得激活与传承。南宋学者陈善在《扪虱新话》中道出了经典的"读书出入法"：

读书须知出入法。始当求所以入，终当求所以出。见得亲切，此是入书法；用得透脱，止是出书法。盖不能入得书，则不知古人用心处；不能出得书，则又死在言下。惟知出知入，乃尽读书之法也。

此言大道至简、深中肯綮，道出了读书之精髓，警醒与勉励了世代读者。

治学少不了读书，研究少不了大量阅读文献。而任何社会、民族和学科的学术研究都在不断地推陈出新、更新换代，经过了"文革"后四十年学术的大繁荣，国内很多学科在滚雪球中不断积淀，衍生出的大量文献成为摆放在研究者面前的高山。21世纪之初的学人写作某个话题必然需要在对资料去粗取精，如果不掌握出入法很容易被材料裹挟而出不来，甚至被材料牵着鼻子走而丧失独立思考，觉得研究很苦、很累。而古代文论家很多是饱读诗书的博学之士，他们在篇章中蕴藏着读书方法的资源，可待挖掘，其法亦待吸取运用。

如王充《论衡·超奇》顾名思义是在谈论什么样的人才能称为超等奇才。王充把儒分为儒生、通人、文人、鸿儒四等。能讲解一经的是儒生；能博览古今的是通人；能摘引传书，写报告，提建议，作传记的是文人；能精心思考，兴论立说，写书成文，博通能用的是鸿儒。因此，他认为鸿儒是"超而又超""奇而又奇"的"世之金玉"，扬雄、桓谭、周长生等即是。鸿儒的文章有深奥的道理、重大的谋略、治国的方法，而且能表达出自己真挚的感情，极有文采，能深深地感动人，是世上少有的。但由于多种原因容易被埋没、不受重视，王充鸣不平而指出应"优者为高，明者为上"。从王充的区分来看，"鸿儒"有别于专门讲解一经、视野未免狭窄的儒生，也与古今无所不晓的"通人"不同，还和替人代言的"文人"有别。他结合了此三类之所长，且能思考、会表达，关心时局，展现自身价值。这里便暗含了读书"出入"之道理。这启示我们：如学做鸿儒，要出得来，有补世用，善于思考和表达。在讲授中，教师要把这个层面的蕴含揭示出来。

六、亲近和研读民族经典

20世纪90年代市场经济兴起后，随着商业对社会的猛烈冲击，整个社会兴起"读书无用"的论调，实用主义和向钱看的潮流迅速弥漫整个社会。人们读书的欲望减退，兴趣下滑，数量和质量也今不如昔，致使人们空前地怀念"文革"后80年代全民崇尚阅读、大学生都平心静气读书的时代。新世纪之处，伴随着互联网的飞速发展和信息传播方式的变革，人们的阅读迅速陷入短、平、快的尴尬境地，致使每年4月23日"世界读书日"到来前后，众多学者开始反思中国人在读书方面存在的诸多问题，教育界和学术界也出台了很多举措以改善这一局面。

据我观察和了解，受实用主义和电子传播的双重影响，当代大学生普遍远离经典，尤其是对具有深厚文化底蕴、具有深远影响的经典普遍采取"敬而远之"的态度。他们虽然知道《论语》《庄子》《史记》《资治通鉴》等典籍的伟大意义,但就是远离或敬畏之。相反,对探险、鸡汤、玄幻类书则"情有独钟"。从各校图书馆借阅量来说,各学科的经典著作借阅甚至不及各类考证、过级和通俗网络文学作品。其实,在中国古代文论课程教学中,很多文论家评析经典或谈及自己的阅读史,自己感兴趣的书籍等,都可作为资源来对学生进行民族经典阅读教育。

何谓"经"?刘勰界定曰:"经也者,恒久之至道,不刊之鸿教也。"足见其永恒性和指导性。其后他从"象天地,效鬼神,参物序,制人纪,洞性灵之奥区,极文章之骨髓者也。"等层面,详尽论析了经典的功能和意义。《文心雕龙·宗经》更是直接道明民族经典乃后世文章体式之源:

> 故论说辞序,则《易》统其首;诏策章奏,则《书》发其源;赋颂歌赞,则《诗》立其本;铭诔箴祝,则《礼》总其端;记传盟檄,则《春秋》为根;并穷高以树表,极远以启疆,所以百家腾跃,终入环内者也。

多种文章体式皆以经典为鼻祖和仿效对象,经典的魅力无穷广大。"百家腾跃,终入环内",经典具有以一当十的决定功效和关键意义。又谓"至根柢槃深,枝叶峻茂,辞约而旨丰,事近而喻远。是以往者虽旧,馀味日新。"经典具有言简义丰的魅力,它能源源不断地开启读者的思索,"可谓太山遍雨,河润千里者也"。经典即是灵魂,经典即是枢纽。刘勰还用"性灵熔匠,文章奥府。渊哉铄乎,群言之祖。"等美妙的字句,感叹经典的价值,可谓肺腑之言。

刘勰是从文章写作角度论效法经书的六种好处:

> 若禀经以制式,酌雅以富言,是即山而铸铜,煮海而为盐也。故文能宗经,体有六义:一则情深而不诡,二则风清而不杂,三则事信而不诞,四则义贞而不回,五则体约而不芜,六则文丽而不淫。扬子比雕玉以作器,谓五经之含文也。

这一论析虽是针对当时浮糜文风而言的,不仅对当今文章写作避免诡诞、浮夸、芜杂等文风有启迪,如把经典置于更加广阔的视野,从经典的品格、经典化的过程、人成长的元素、经典和非经典的差异等多个维度来观照,在教学中引领大学生增强研读经典的意识,形成亲近经典的习惯,将发挥文论篇章"现身说法"的功效,对学生的成长和发展无疑具有重要意义。

又如刘勰对南朝形式主义的文风极力批判,弘扬刚健有力的文风,其"风

骨"范畴的提出,蕴含着他对儒家经典的推崇。《文心雕龙·风骨》篇谓:

> 若夫熔铸经典之范,翔集子史之术,洞晓情变,曲昭文体,然后能孚甲新意,雕昼奇辞。

所谓"熔铸经典之范,翔集子史之术"是一种经典的研读,作为文化遗产中的精华,经典的效能是"曲昭文体""雕昼奇辞",是写作创新的源泉。获得经典的滋养,能使文章体式雅正,打下良好的底色。

不仅刘勰宗经,陆机论创作之准备也对经典推崇有加:"伫中区以玄览,颐情志于典坟。……咏世德之骏烈,诵先人之清芬。游文章之林府,嘉丽藻之彬彬。"(《文赋》)谓之"骏烈、清芬",只有经典才具备。创作前感兴的创生来自两方面:静态地研读典籍;动态地走进自然。虽然陆机对典籍没有像刘勰那样明确指出来(可能是楚辞、乐府那样的文学经典),但重视经典的功用是一致的。此外,王夫之、叶燮等文论家也涉及过经典的阅读,这在三千年古代文论史中还是比较常见的。

高校同行都有同感,很多学生到了研究生阶段还喜欢读"二手"书籍,对本学科从古至今的经典重视不够,读得太少。致使三年学习下来缺乏典籍的熏陶,没有学科精华的滋养,轻飘飘的,学术论文也容易东拼西凑。虽有导师在入学时开出了经典书籍,但行动和完成并不理想。这尤其需要任课教师和指导教师经常对学生进行学科经典和民族经典的治学教育。

七、求真的心态

科学研究即是求真,在学科领域中探寻事物的本来面貌,把握学科的发展规律,得出有益的认识和结论。求真精神在理工类学科中表现得尤为明显,似已成为共识。而在人文学科中因不那么清晰,众多大学生产生了一些误解。人文学科的研究在言之成理、自圆其说、彰显个性等方面有一定侧重,但也并不是随意性地认识和推理,或采用不恰当的方法,得出错误的结论。材料的虚假、推论的不合逻辑、方法的误用、认识的偏差、结论的武断等,都是人文学科研究之大忌,是失实的表现。在当前大学课堂上,可充分利用中国古代文论之宝贵资源,从态度、方法等层面对学生进行"求真"教育。

(一)反对虚浮、空洞的文风,重视现实,讲究世用

王充的文艺观点主要见诸《论衡》中《艺增》《超奇》《自纪》等篇章,其文艺观重视文学"劝善惩恶""有补于世"的社会作用,他针对汉代谶纬迷行

盛行而形成的"华而不实,伪而不真"的浮华文风,提出"疾虚妄""归实诚"的观点,对虚妄文风进行了全面批判,要求文学真实反映现实。他要求人们分清真实和虚假。本着"求真"的原则,王充同时对有文无实的文风进行了猛烈抨击,倡导文质并重,华实相符,辞采并茂。虽文论界认为王充对文艺的夸张和虚构缺乏全面的认识,但在迷信盛行的汉代,唯物论者王充果敢而鲜明地亮出其反虚浮、求世用的观点,是人文学者求真的体现。此后,在诗文过度讲究语言、格律等形式之美而忽视了载道等充实内容时,总有求真务实的文论家勇敢站出来进行批判,纠正浮艳文风的泛滥,隋唐初年和北宋时期莫不如此。又如苏轼反对空虚务实的形式主义文风,提倡"有意而言""有所为而作"的文风。针对西昆派崇尚声偶之美,以华丽的辞藻掩盖其空虚的思想内容,苏轼作为有识之士力图遏制这种脱离现实、空洞无物的文风,要求文章具有充实的思想内容和充沛的思想感情。其《南行前集·序》《清波杂记》等篇章中,集中体现了这种"求真"的文论观点。在教学中讲透这种"求真",能从科学精神和人文追寻两个层面对学生产生教育效果。

(二)探寻公正的批评标准,总结批评规律

文学批评不同于文学欣赏,后者可基于个人趣味,而前者则需要一定的理性,体现出"求真"的精神。曹丕的《典论·论文》分析了西汉以来的两种错误倾向:一是"贵远贱近,向声背实";二是"暗于自见,谓己为贤""文人相轻,自古而然""各以所长,相轻所短"。系统指出了"文人相轻"的积习,曹丕在此基础上进而分析了造成这种局面的原因,"暗于自见,谓己为贤";故能之者偏也;唯通才能备其体。"文非一体,鲜能备善,是以各以所长,相轻所短"。针对这种不公正的批评,曹丕提出了科学的批评标准:"审己以度人"。从他分析表现、原因并给出方法来看,他是以科学求真的方式从事文学批评;再者他率先提出了公正客观的批评方法,开后来刘勰将批评科学化之先河。这是从批评标准的角度上"求真",它导向公正、客观,避免不良风气的形成,有着鲜明的学科特征,在古代文论中一以贯之。

当然,任课教师还可结合古代文论学术史,从材料、推论、结论等方面对科学求真予以分析。限于篇幅,仅论析这两点以窥一斑。

八、善于摆出观点,亮明"警句"

本科生在高中便开始训练议论文,对论点、论证和论据并不陌生。但进入大学受到中文专业四年的系统训练后,大四毕业论文在结构、层次、论析、表述等方面依然存在诸多问题。其中比较明显的是，很多段落从头到尾是句子的连缀，缺乏必要的主旨句来总领，即没有分论点来统领论据，沉浸在作品分析中"出不来"，仅自己知道所说内容。老师看完半天后往往不知所云，每年批阅诸多类似文章简直头昏眼花。我经常嘱咐学生在写完后，把每个部分的主要意思概括出来，把文章分布各处的主旨句单独勾画出来，让人一目了然。几届实践下来，效果还不错，学生的思维、表达和习惯方面大有改进，论文质量上也有所提高。

其实，在中国古代文论中有很多文论家论及警句对于写作的重要性。在具体教学中，我们可结合其观点集中讲解。如《文赋》中专门有一段话集中谈到警句：

> 或文繁理富，而意不指适。极无两致，尽不可益。立片言而居要，乃一篇之警策。虽众辞之有条，必待兹而效绩。亮功多而累寡，故取足而不易。

陆机指出文章要以警句带动周边零散的字句，或者总括文章观点、内涵意义，或者启人深思，给读者留下印象。他虽没对警句下定义，但从前后语境来看则近似于"诗眼"，是文章的中心句子。主旨句的功用可见一斑。

《文心雕龙·隐秀》篇曰："隐也者，文外之重旨者也；秀也者，篇中之独拔者也。"提出了"隐秀"这个思辨性极强的关键范畴。刘勰谓"隐以复意为工，秀以卓绝为巧。"并曰：

> 彼波起辞间，是谓之秀。纤手丽音，宛乎逸态，若远山之浮烟霭，娈女之靓容华。然烟霭天成，不劳于妆点；容华格定，无待于裁熔；深浅而各奇，穠纤而俱妙，若挥之则有余，而揽之则不足矣。

他以诗意的语言道出了秀句的魅力。简言之秀句使文章蓬荜生辉。秀句虽人工修改而成，但也应自然，它如同"一篇之警策"，使文章特别有光彩，具有"动心惊耳"之效果。其赞曰："言之秀矣，万虑一交。动心惊耳，逸响笙匏。"秀句集中体现了文章的思想内涵。缺少它，文章如同一盘散沙，有之，则文章如同千军万马有了"统帅"。

这启示我们，论文写作无论是采用总—分还是分—总式，无论用哪种思维写作多久，一定要学会收合，在发散和聚合中自如游走，要有点睛之笔的秀句，文章才不会松散和平淡。在课程教学中，可立足于写作和研究，让学生明了其中道理。如能辅以适当的训练，则能锦上添花。

九、精品意识

随着经济的发展，在商业的驱使、市场的运作以及一些部门的策划下，很多行业既缔造了精品也产生了不少泡沫。一些领域由粗放型发展开始向集约型发展转型，注重产品的质量和大众的口碑。对于学术研究也是如此，在中国教育产业化的二十年来，各级高校和科研院所实现了由最初追求数量、规模到如今追求成果的档次和水平转变，即当前高校学术界空前追求内涵式发展。尤其是2017年国家"双一流"方案公布后，再次在教育界和学术界引起轩然大波。各高校纷纷在推动学科建设的进程中，可联动师生形成追求精品的意识与理念。在中国古代文论中，很多文论家毕生追求一部传世精品，这方面的资源值得在课堂教学中挖掘和点拨，强化学生的"精品意识"。

司马迁创作不朽的《史记》便是典范。其《太史公自序》既是文论名篇，也是形成精品的范本。在开篇司马迁穿越时空，以一种巨大的文化担当与气魄表明了他著史的宏伟愿望：

> 太史公曰："先人有言：'自周公卒五百岁而有孔子。孔子卒后至于今五百岁，有能绍明世、正《易传》，继《春秋》本《诗》《书》《礼》《乐》之际？'"意在斯乎！意在斯乎！小子何敢让焉！

有了高标准的定位后，司马迁写史在内心得到了"合法正当性"，并由此产生了无穷的撰述动力，支撑他在遭受宫刑的磨难后，依然不屈不挠：

> 夫《诗》《书》隐约者，欲遂其志之思也。昔西伯拘羑里，演《周易》；孔子厄陈、蔡，作《春秋》；屈原放逐，著《离骚》；左丘失明，厥有《国语》；孙子膑脚，而论兵法；不韦迁蜀，世传《吕览》；韩非囚秦，《说难》《孤愤》；《诗》三百篇，大抵贤圣发愤之所为作也。此人皆意有所郁结，不得通其道也，故述往事，思来者。

系统回顾文化史上有坎坷遭遇却坚忍不拔地完成创作的文化圣贤，司马迁在历史长河中结交"知音"，获得心灵的抚慰，也得到了强大的精神动力，激励自己在隐忍中完成《史记》的宏愿。当然司马迁著史还受到家族的影响，希望传承父亲遗愿，有学者认为是遭受屈辱和压抑后的一种升华。从《与挚伯陵书》中来看，司马迁是把著述《史记》当作终生奋斗的事业：

迁闻君子所贵乎道者三，太上立德，其次立功，其次立言。

显然有此长远规划和高远格局的司马迁，是把立德、立功、立言作为三大理想和责任。他以严肃的态度对待《史记》的写作，称此书"成一家之言"。在《报任安书》中又说：

以拾遗补艺，成一家之言，厥协《六经》异传，整齐百家杂语，藏之名山，副在京师，俟后世圣人君子。

周罗天下放矢旧闻，考之行事，稽其成败兴坏之理，凡百三十篇，亦欲以究天人之际，通古今之变，成一家之言。

据学者分析，司马迁写史的企图与目的有三个方面：（1）整理学术遗产，推旧出新，肩负历史使命，开创史学新局面。（2）发扬传统，标榜独断，表明主体意识，对"天人"、古今、世道等等提出不同于流俗的新的史学思想。（3）写出创新的历史著作，以期传世不朽。这三点相辅相成，都表明史学家开创史学新天地的自觉性，三者是以"一家言"为主体。① 由此可见，《史记》是司马迁的文化精品，实际教学中，任课教师连同《太史公自序》为主结合诸篇，可对学生进行"学术精品"教育，让其在志向树立、前期准备、心理素质等方面受到启迪和熏陶。

此外，曹丕书写《典论·论文》、刘勰创制《文心雕龙》、司空图写作《二十四诗品》、严羽撰成《沧浪诗话》等，皆是精品之体现。任课教师结合作者的生平和遭遇来谈各自文论著作的撰写，也可紧扣作品本身，从其构思、体例、内涵、形式等多个方面分析其品格、特征、价值、影响等，以见出"精品"的酿造功夫。这对学生的读书与治学、修身和做人都会产生深远的影响。

十、观点与思维的辩证性

论文写作需讲清道理，治学研究须客观、公正，保持理性的姿态去言说。这尤其需要辩证地看待和分析问题，能发散地看到问题的多个方面，而避免静止和片面。在学术研究中，要合理取舍材料，科学辨析他人看法，在此基础上圆融通达甚至深刻精湛地分析问题，这是学者基本的品格。从文本来看，古代文论中反映文论家辩证看待问题，思辨提出范畴的资源，还是相当丰富的。主讲教师如是"有心人"，则可拈出来由点及面，对学生展开"治学"教育。

---

① 施丁：《论司马迁的"成一家之言"》，载《中国史研究》1996年01期。

批评家曹丕是如何辩证地评价建安作家的,且看:

> 应玚和而不壮,刘桢壮而不密。孔融体气高妙,有过人者,然不能持论,理不胜词,以至乎杂以嘲戏,及其所善,杨、班俦也。(《典论·论文》)

曹丕对其写作擅长和优缺点了如指掌,他并没有说到好处就吹捧上天,说到不足就一棍子打死,而是看到了两面,尤其是充分肯定他们在创作上的才华与成就,显得非常冷静和理性,这是当前在论文写作中应继承的。又如深受儒家中庸哲学观及佛家中道等观念和方法影响的刘勰,在《文心雕龙》中处处辩证地评析作家作品,思辨地提出诸如风骨、体性、通变等核心范畴①,将思辨哲学运用得出神入化,其辩证智慧也达到炉火纯青之境,在中国文论史上,几乎难出其右者。实际教学中,侧重讲解或重点突显这类资源,则有利于本科生辩证思维的培养。

大学生的研究能力和治学方法需要早培养。国内有学者依托自身专业开展治学研究,先后出版有桑兵《查》,朱志荣《学术研究方法》等,均已得到了学界的首肯。古代文论博大精深,是民族文化宝库中常读常新的珍贵资源。其中蕴含着古代士人读书与思考、修身与治学等多方面的智慧和方法,主讲教师如能以全新的视角去借读和挖掘,必能激活这笔资源,使其焕发生机,启迪、滋养当代的青年学子。在中国古代文论课程教学中,需要因地制宜、有的放矢的选取案例或典型篇章,能点、线、面三位一体地联系起来,拉通审视、立体观照,将能带给中文专业本科生更多的启迪,也将在人才培养的路途上,助其一臂之力。

第三节　中国古代文论教学中的创新能力视角

随着改革开放的深入推进和近二十年中国社会的快速发展,各领域对创新的呼声日益高涨,对创新的要求也与日俱增。在民族复兴的道路上,为面对社会转型并推动就业,如何调动、激发人才的创造能力也提上了日程。近年来各高校响应国家政策,如火如荼地开展创新、创业和创造的"三创"工程教育。

---

① 李建中:《文心雕龙讲演录》,广西师范大学出版社2008年版,第63-66页。

创新也因此被提上了空前的高度，被誉为是民族进步的灵魂，是获得不竭动力的源泉。从中央文件政策到各地项目评审，再到学生的论文、作业等，要求创新几乎成为民族共识，成为高校的"指挥棒"。

中国文论是在漫长发展中不断突破创新、积淀融汇而形成的，虽然有着浓厚的宗经、宏道及追求自由、丽辞美文的民族传统，但创新是其中不可忽视的一条线索。其中以庄子、荀子、王充、葛洪、陆机、刘勰、李贽、袁宏道、梁启超等大批文论家，在各自著作中或鲜明反对复古和守旧，呼吁创新和变革，或以实际行动对落后的文学观念进行改造、创新性地提出文论术语、命题和思想。这些都值得任课教师在课堂上顺带地讲解或有意识地点拨。

一、观念层面之"创新"

春秋战国时期，在老子提出回归"小国寡民"社会、孔子怀念周代而弘扬礼乐文化后，国内掀起了法先王与法后王之争，也逐渐建构起中国文化根深蒂固的"复古"传统。尤其是在儒道的深远影响下，在荀子、刘勰的征圣、宗观不断完善后，回望前朝的制度、观念乃至文化成为一种集体无意识的文化行为，系统学习和借鉴前人文章的做法、著述的观念等，便成为此后众多知识分子的心灵皈依。就"文学艺术"而言模仿、拟古在汉代一度成为声势浩大的文学思潮，它严重地阻碍了新兴作家创造力的发挥，不利于文学和文化的发展。一些文论家勇敢站出来维护创新、扶持创新，对是古非今的现象给予了严词驳斥。文论家兼思想家王充就是具有创新观念和狂狷人格的典型代表。

文学的特色在于具有个性，形成风格。两汉大量仿作充斥文坛，"因袭现象频仍，尤其赋体仿作更是理重事复，叠床架屋，以致千部一腔，失却文学的新颖魅力。例如枚乘首旨创《七发》之后，文人学士竞相模仿，皆以'七'字命题作赋，如傅毅《七激》、崔骃《七依》、张衡《七辩》、崔瑗《七苏》、王粲《七释》、曹植《七启》等等，虽说形了中国文学史上一道独特景观——'七体'系列，然毕竟单调乏味，缺乏新意。"① 而扬雄的四大赋——《羽猎赋》《长杨赋》《甘泉赋》《河东赋》，很大程度上是模拟司马相如《子虚》《上林》二赋写成的。王充对于这种因袭风气颇为反感，他深表担忧，持强烈的批评态度。他言辞犀利地指出：

---

① 邹然主编：《中国文学批评史》，北京大学出版社2006年版，第102-103页。

> 饰貌以彊类者失形，调辞以务似者失情。百夫之子，不同父母，殊类而生，不必相似，各以所禀，自为佳好。……必谋虑有合，文辞相袭，是则五帝不异事，三王不殊业也。(《自纪》)

所谓"饰貌""调辞"刻画了模拟者的小心谨慎的姿态，虽不遗余力地对文辞进行修饰，最终结果却"失形""失情"，已非自己的本来面目，结果与初衷适得其反，文字之间暗含嘲讽。这种并不"实诚"的作品毫无真情实感可言，而且也丧失了文学应有的思想活力和动人效应。

不仅通过激烈批判来阻止模拟风气的继续蔓延，王充还以细腻的笔墨逐层分析他反对模拟和守旧的原因，从而高举起创新的大旗。他认为人们头脑中存在一种"尊古卑今"的错误观念，先入为主地认为古代的文章都是好的，今人的创作都是差的。他用苹果和蜜酪譬喻，人为颠倒是非、不分好歹，无异于鼠目寸光。在《自纪》篇中，王充大声疾呼"各以所秉，自为佳好"，呼吁每个人要充分发挥自己的天资禀赋，创作出各有特色的优秀作品来。"新造"是体现王充创新观念的关键词，他强调文人要转变观念，激发潜能，各擅其长，创造出有真情实感、有独特个性面貌的作品，这是富有学术价值的观点，对后来曹丕、刘勰反对贵古贱今说产生了影响。学者认为，"刘勰不迷信古人，不轻视今人的进步思想倾向，具有发展眼光和实事求是的科学因素。"① 归根到底，这是刘勰的创新精神在起作用。

陆机《文赋》虽主要论创作构思，也贯穿着对创新的追求思想。他在文章中多次谈到要使自己的创作在言辞和意蕴上不同于前人，要有新创。如：

> 收百世之阙文，采千载之遗韵。谢朝华於已披，启夕秀於未振。观古今于须臾，抚四海於一瞬。

这段美文用意象表达创新观念，诗意盎然。前人用过的辞意，如开过的花朵，必须告别和抛弃；那些属于自己的新创的辞意，如同未曾开放的晚蕾。陆机论述在构思中既要借鉴和参考，也要格外注意独创性。虽然论及文学创作，引申开来对学术研究，对立言为文，乃至对办事等，莫不具有启发性。正如著名学者朱东润所说，伟大的批评家不独属于他所处的时代，他超越时代，在提出独创和新意方面，具有前瞻性②。又如《文赋》所论：

---

① 邹然主编：《中国文学批评史》，北京大学出版社2006年版，第104页。
② 朱东润：《中国文学批评史大纲》"自序"，上海古籍出版社，1983年版。

> 或藻思绮合，清丽千眠。炳若缛绣，凄若繁弦。必所拟之不殊，乃暗合乎曩篇。虽杼轴於予怀，怵他人之我先。苟伤廉而愆义，亦虽爱而必捐。

陆机论创作要有独特性，避免雷同，反对因袭。古人担心自己的观点、看法早就被人写出，与人不谋而合是写作缺乏特色所导致，不是说独创就要抛弃前人见解。这些观点都宣告了对创新的孜孜以求。

此外，王充将人才区分为儒生、通人、文人和鸿儒，也从主体维度表达了其创新观。他最为推崇和赏识的是能"精思著文，连接篇章"的鸿儒，他们独出机杼，不囿于前人意见而自出新意。观念之"创新"贯穿中国文化史，它是文论园地生生不息的动力源泉。

二、思维层面之"创新"

古代还有文论家，在思维层面也以创新见长，他们在思考问题时便以求新、求变为特征。这以擅长思辨、建构具有体系性文论著作的刘勰和叶燮最为突出。

《文心雕龙·通变》篇集中体现了刘勰关于文学发展的思想观点，提出了传承与创新如何有机结合这一著名命题。一方面他认为"设文之体有常"，诸如常用的诗、赋、书、记等文体的写作原则是相对稳定的，具有继承性和连贯性。而文辞气力，则赋予了广阔的创造空间，值得作家去尽情创造。刘勰历史性地总结了从远古到刘宋时期文学演变的趋势，认为齐梁文学抛弃了文学传统，只知追新逐奇，离开了"衔华佩实"的正道。他的"变"是建立在"通"基础上的，据蒋凡、郁沅先生研究，其主要观点是：

> 一是批判汉赋运用夸张手法"循循相因""五家如一"，未能创新；二是要求创作先从大处着眼，博览精阅，拓展思路，"凭情以会通，负气以适变"，根据表达内容要大胆继承创新；三是他所追求的乃是"采如宛虹之奋鬐，光若长离之振翼"（文采像虹蜺的拱背，光芒像凤凰之飞翔）的"颖脱之文"（出类拔萃之作）。刘勰的通变说既不同于以萧子显为代表、抛开统去求奇丽的新变洋，也有别于以裴子野为代表，只知走老路而不知创新的复古论。①

结合《序志》篇刘勰自己独辟蹊径地以弥纶群言的方式来著述，在博览群书后通评历代文章，足见他立志写出不同凡响的著作，其创新深入到了思维、观念、

---

① 蒋凡、郁沅主编：《中国古代文论教程》，中国书籍出版社1994年版，第133页。

行为等多个层面，在文学作品、文学发展等诸多方面皆有深刻而丰富的体现。

不仅在"通变"篇中，刘勰求变创新，他在《文心雕龙》全书中创造的系列范畴和术语诸如隐秀、体性、风骨等，都可看出刘勰的创造能力和创新思维。在思维层面，刘勰的创新体现在思辨和折中之间，理论通透而全面。兹不展开。

在《原诗》中，叶燮提出著名的"正变"论。他从理论上批判了一代不如一代的复古倒退论，也批判了全盘否定传统的错误观点。他以哲学来谈诗，以宇宙道理框正诗学，强调变化、发展是天地间不可阻挡的历史潮流：

> 盖自有天地以来，古今世运气数，递变迁以相禅。古云，天道十年一变，此理也，亦势也，无事无物不然，宁独诗之一道胶固而不变乎？（《原诗》）

而诗歌的变化也是必然趋势，"踵事增华，以渐而进"，其总的趋势是日新月异，今胜于古。"今就三百篇言之，风有正风，有变风；雅有正雅，有变雅。风雅已不能不由正而变，吾夫子亦不能存正而删变也；则后此为风雅之流者，其不能伸正而诎变也明矣。"叶燮如此密集地使用"变"，足见其对创新、变化的格外崇尚和推崇。基于此，他提出了"诗有变而诗因之"的文学发展观，肯定文学是随着时代而发展，正变相继，长盛不衰。并且叶燮论变还不是机械地重复，而是奔腾变幻，运动创新。① 创新或变化并不是一蹴而就或直线运动，叶燮指出其曲折向前的特征，"递衰递进"，正是正变相继，事物方可长盛不衰。

文论史上，从骨髓深处指出新变乃文学发展的必然规律，要数刘勰和叶燮等大批文论家。

三、内容层面之"创新"

一部中国文论史如此辉煌和璀璨，是诗、文、小说、戏曲评论不断产生新观点的结果，是众多文论家发挥才华、不断推陈出新的结果。就内容层面来说，中国文论精深而复杂，其创新有多种多样的方式，如敏锐看到文坛不足而提出新的文学思想，在熟悉和阅读作品基础上提出新范畴，在评论方式上运用不同寻常的语体，在著述建构上自成体系……凡此种种，不一而足。这里重点通过对比来看文论家的创新。

一是针对同一研究对象，评析更加细致和周密。如曹丕在魏国时期率先提

---

① 吴文治主编：《中国古代文学理论名著题解》，黄山书社1987年版，第458页。

出"四科八体"说,所云"诗赋欲丽"已具有相当的概括性,近乎魏晋文学"自觉"的先声。而诗、赋是两种不同的文体,各自特征如何,他并没有详论。此任务水到渠成地落到了数十年之后的陆机那里,则顺利得到解决。"诗缘情而绮靡,赋体物而流亮",陆机把文体分为十类,并准确地概括各自特征,绮靡和流亮比曹丕"诗赋欲丽"更为明晰。这是文体认识上巨大的进步。同样论文体,从评析方式来看,陆机的创新在于做了细致区分,更加具体化,就比曹丕进了一大步。到后来刘勰论文体,不仅在范围上,也在程度和角度上再次实现了创新。而平时学生总迷惑于选题陈旧,没有新题,其实老题变化角度和方法,也是可以旧瓶装新酒的。细化、深入,是实现创新的重要途径。

二是紧扣现实,采用批判性思维来提出问题。古代敏锐的批评家总善于观察文坛风向标,对创作中不合理的问题和现象指出来进行抨击,先破后立,从而实现创新。典型如钟嵘,认为当时文艺批评"准的无依",而"不显优劣""曾无品第"是内因,这成为他著述《诗品》的直接动力。而对现状的不满成为他的又一动力。当时作家们受声律的拘束,注重用典而被理性思维制约,用学问充当了情思,他一针见血地指出:

> 永嘉时,贵黄、老,稍尚虚谈。于时篇什,理过其辞,淡乎寡味。爰及江表,微波尚传:孙绰、许询、桓、庾诸公诗,皆平典似《道德论》。建安风力尽矣。

正是在不满创作和批评双方现状的基础上,钟嵘破立结合地开创了"吟咏情性"说、"直寻"说、"滋味"说等诗论观点,为古代文论贡献了诸多新的范畴,实现了创新。钟嵘把脉当时文坛过于讲究声律和用典,的确道出了问题所在,引发他对何谓好诗、诗歌创作应遵循怎样的法则等问题的深入思考。由此可见,教师通过分析讲解,要让学生明白创新并不那么神秘或艰难,只要找到切入点并得法,总是能提出新见的。

三是在既定范畴和术语基础上,充实其内涵或变化其所指。孟子提出"知言养气"说的著名文论思想,其"气"乃"集义所生",需要"配义与道",养气说侧重于指主体根据儒家伦理和道义标准加强人格道德修养。而曹丕提出"文气"说,则赋予了"气"新的内涵和所指,指向主体的个性与气质。其后魏了翁"辞根于气"、方孝孺"气畅辞达"说,均是对孟子文论的大力推进。此外,缘情说、象外之象说等大量古代文论范畴和术语,皆是这种方式的创新,这在整个古代文论史上极为普遍。通过任课教师分析、总结古代文论家在内容创新上的多种方式，让学生能于纷繁复杂的知识点中，窥到创新的门径，获得启迪，至少不再畏惧。

四、形式层面之"创新"

古代文论的形式即指言说方式，主要体现在文论家对批评体式、语体和风格的选择上。学界通常将文论家的成就和贡献聚焦在其言说内容即诗学观点上，而相对地忽略了其言说方式，内容和形式不是两张皮，彼此合二为一、相互依存。尤其是20世纪80年代随着文体学在国内的快速发展，形式研究逐渐为人所关注。我们认为在文学形式上，同样可看出古代文论家的独特创造。

且看魏晋南北朝诗、赋体批评得到普遍青睐。文学家兼文论家陆机和沈约等，充分利用擅长创作①的身份优势，顺其自然地将自身擅长的创作文体——赋体与诗体——运用到文学批评之中，姑且称之为文体的"借用"和"挪移"。从《文赋》中陆机所论："理扶质以立干，文垂条而结繁""其会意也尚巧，其遣言也贵妍。暨音声之迭代，若五色之相宜""或藻思绮合，清丽芊绵。炳若缛绣，凄若繁弦"来看，他非常认同文章辞藻就应该如锦绣般色彩富丽、光彩鲜艳。可见陆机对形式的选择是主动而自觉的，作为魏晋著名的辞赋家和诗人，他此前十分擅长赋体创作，其赋体创作涉猎过多个不同题材和领域。②自然地，由于对创作过程很有体验和感受，他得心应手地以赋体来论文，"对所描述的对象、所陈述的观点，作尽可能全面地铺陈和展开，并调动一切语言材料，灵活机动地运用一切修辞技巧，诸如排比、比喻、夸张、甚至用典等，使得所表现的事物形象全面完整和鲜明可感，语言精工华美，声律回环和谐。"③陆机以文学的表现手法来展开批评，就文学创作的构思、剪裁、文体、风格和语言等问题逐一进行了批评，首次全面实现了批评文体的文学化和批评方式的艺术化，演奏了批评和创作的"二重奏"。

沈约、颜延之、江淹等均是魏晋南北朝时期著名诗人，他们以诗体论文，开了唐宋论诗诗的先锋。沈约的《怀旧诗》九首是感伤文坛亡友之作，诗人结合所评对象，既论人也品诗，使诗体批评在这一时段中的批评文体中新颖别致，自成一格。其《伤谢朓》前四句论谢朓诗，美其才高，后四句对谢之死表示哀

---

① 关于陆机、沈约的创作情况，读者可参见《文选》。
② 陆机现存赋计25篇，其内容约分为文论、抒情、咏物、游仙四类。相关详细论述请参见李晓风:《陆机论》，中州古籍出版社2007年版，第165－174页。
③ 李小兰:《中国古代批评文体研究》，武汉大学2008年博士论文。

悼，在对谢诗的激赏中表示出自己找到了声律说知音者的欣喜之情。论诗诗最初是被作为创作文本来写作的，自然同样讲究押韵，服从诗体特有的句法和章法。它短小精悍，便于记忆和传送，追求"诵之如行云流水，听之如金声玉振"①的接受效果。诗人们凭借着汉语特殊的四声变化，讲求声调上的抑扬顿挫和韵律上的和谐动听，诗作也相应地具有流畅、和谐、悦耳的音乐之美。依此来看，沈约的这组伤感诗每首一、二、四字句末字都入韵，读来朗朗上口，极富韵律之美。颜延之在遭受排挤和打击时，为寄托自己的悲愤之情，而和诗对竹林七贤中五位作家的遭际、处世和辞章等进行了画龙点睛的品评，是出色的"作家论"，也是诗体批评的典范。江淹拟作三十首诗歌，以显示这些作家的风格和特色，揭示各自的成就，在以诗体论诗人方面表现出自身的识见，于文学批评史上也别开生面。同时，其首前的序跋连同诗体批评相得益彰，实现了文论史上多种批评文体的联姻与融合，也是批评的极大推进和创新。后来的论诗诗体制遍及古、律、绝诸体，但都发端于魏晋南北朝诗人作家型学者的批评尝试与实践。从形式方面论创新，在古代文论中相当普遍，值得我们在教学中总结和挖掘，这对训练学生的创新思维、增强其创新意识具有重要功用。

五、中国文论对"创新"品格的构建与论析

文论的创新终究是由富有创造能力的批评家完成的。分析主体的品格及其特征有助于寻根溯源，窥探到中国文论创新的缘由所在。有学者曾从德、志、胸襟方面对古代文论家的精神修养做了分析②，愚以为他们在才学方面的品格，更具有决定作用。无论是在文论哪个层面上创新，无论是有意识还是无意识地创新，都离不开文论家的艺术修养和批评才华。"古人论艺术修养，包括诗人的艺术才能、学养功夫、艺术鉴识力、艺术魄力、艺术胆量等方面的内容。"③ 而批判才华，在古代社会"文学批评"尚未独立成为学科之前（尽管有较为自觉的批判意识）是与才、胆、识、力相通的，从王充到刘勰再到叶燮，主体的这些要素被主体予以高度关注。

先看才。随着魏晋时期才、性之争的扩散和影响，才被众多文人争相评论。曹丕曾以"通才""才学"等词汇肯赞文人创作，表达出对创作才华的激赏。

---

① [明]谢榛:《四溟诗话》，人民文学出版社1961年版，第6页。
② 吴建民:《中国古代诗学原理》，人民文学出版社2001年版，第183—192页。
③ 吴建民:《中国古代诗学原理》，人民文学出版社2001年版，第193页。

而刘勰在《事类》《体性》诸篇中鲜明提出"能在天资""才自内发""才为盟主""因性练才"等观点,并专列《才略》篇,畅谈前代作家的才能问题。这充分显示出刘勰对才华的欣赏和器重。通观他在《序志》中描绘梦见孔子和写作《文心雕龙》的初衷来看,刘勰自身不仅有才华和想法,也有志趣和抱负。正是多年在寺庙博览群书,广涉历代经史典籍,熟读各类文人作品,他才不走注经的老路,而独辟蹊径以骈体、专著形式写成《文心雕龙》,从文本涉猎的作家范围、诗学观念的思辨表达、话语体系的精心建构以及前后相似著作的对比来看,这部堪与西方《诗论》媲美的巨制与其说是刘勰呕心沥血、勤勉耕耘的结果,毋宁说是他创造才华的集中展示,是他追求"立言不朽"这一心志的体现。刘勰评价作品的方式和语词、他写成"神思"等篇章所发挥的想象、他建构体系大厦所展示出的驾驭力,以及他运用农业社会常见的意象来表达抽象文论等方面,无不见证着刘勰的才华,这与他的识、力都是分不开的。

再看学。学是文论家创新不可或缺的重要元素。严羽所谓"以才学为诗",侧重指狭义的用典。实则古代"才"是多方面的,而无论是创作还是批评(在古代是融为一体的)都离不开对知识、书本的学习,主体需要扩充学问、参照传统、研习技法。如清代李沂《秋星阁诗话》曰:"诗须学富,而非读书则学不富。"可见只有不断加强书本的学习和吸收,创作才能得心应手。学养的提高需要诗人大量研读作品来逐渐积累和培养,严羽《沧浪诗话·诗辨》云:

> 工夫须从上做下,不可从下做上,先须熟读楚辞,朝夕风咏,以为之本;及读古诗十九首、乐府四篇;李陵、苏武、汉魏五言皆须熟读;即以李杜二集枕藉观之,如今人之治经。然后博取盛唐名家酝酿胸中,久之自然悟入。虽学之不至,亦不失正路。

从一系列熟读来看,正是丰厚的积淀和广博的涉猎,才使诗人获得领悟,走上作诗的正路。"诗人博取名家,广泛览读,诗法、诗理、技巧等久之自然悟入,从而酿成深厚的艺术修养。"[①] 王充和叶燮诗学中也论及"学"这一重要品格。

六、古代文论蕴藏"创新"资源的当代启迪和相关认识

虽与"千古未有之大变局"的当下社会相比,古人长期在农耕文明中追求创新,其意识、程度、范围等,都不及今人,但若跳出书外就文论史拉通来看,

---

[①] 吴建民:《中国古代诗学原理》,人民文学出版社2001年版,第198—199页。

古代文论家的创新是较为显著的。进入书内对文论篇章展开细读，我们发现有不少创新的思想论析同样值得令人把握与传承。结合这两大层面来看，中国古代文论课程教学中采用"创新能力"的视角，是有丰厚资源和现实价值的。

其一，主讲教师通过挖掘课程中的创新资源，要让学生感受到创新并不陌生和神秘，它就在眼前。要通过讲解来帮助学生克服畏难情绪，减轻创新的玄妙感。由于长期受应试教育的影响，中国学生普遍习惯于接受和背记，缺乏独立思考能力，在创新能力和品格的形成上是有欠缺的。在大学期间，应弥补这一课。不仅中国古代文论这门课，中文系的许多其他课程依然可发挥这一重要功能。

其二，教师要熟练课程知识内容，善于总结分析古代文论家"创新"的途径和方式，引导学生做文本解读，发散性地分析其创新的切入点、过程和结论。教师要能在课堂上通过典型来示范，这不仅有助于引导学生去创新，也能通过分析来熟练掌握知识、提高能力。

其三，必要的实践和反馈。在教学中，任课教师在示范、讲解之外，必须辅以一定的思考训练，或提供相关话题，要让学生亲自动笔去尝试，教师要有必要的反馈，能发现学生在训练中的闪光点，能引导他们亲自去"游泳"，体会创新，走近创新，真正地在做中学，在创新中成长和提高。

创新是民族不断进步和学术取得成就的重要推动力。在当前高校课程教学及其改革中，我们认为任课教师要有一定的格局与前瞻意识，与时代共振，为国家培养具有创新思想、创新能力的优秀接班人。这首先需要依托大学不同课程有意识地对青年学生们进行创新意识培养和创新方法训练，使他们对创新的重要性、方式与途径等有清醒而理智的认识，通过思维训练、视野拓展和实践锻炼，把自己塑造成为敢于担当并探索、具有一定创新能力的优秀人才。

第四节　中国古代文论教学中的思维训练视角

思维训练是高校人才培养过程中的重要环节，也是推动创新的重要方式与途径。就汉语言文学专业而言，各高校普遍重视本科生阅读、写作、沟通、交流能力的培养和训练，在论文指导方面重视选题、材料和格式规范，在课堂教学中注重知识讲解和传授，而相对忽视了学生的思维训练。一个重要原因是认为本科生开设有《逻辑学》课程，它正好承担了思维训练的教学任务，且思维训练普遍比较抽象，不好教学。因而很多任课教师忽视了这一环节。笔者多年来在研究和批改本、硕学生论文过程中，发现思维的训练非常重要和必要。也将之作为研究生培养的重要专题之一，推荐书目、布置任务，推动学生在"思维"的引擎上有更大进步。我认为作为专业课教师，在高校人才培养质量堪忧的当下，有义务和责任依托具体课程来对本科生有意识地进行思维能力培养与训练。这里将数载古代文论教学中的做法、经验和认识，与诸位同行分享并共勉。

就中国传统文论而言，它具有鲜明的民族特征，在千年发展与演进历程中形成重视整体思维、直觉思维、辩证思维、偶对思维和比较思维的突出传统，在该学科中有不少学者对其有过深入研究和分析①，如何将其融入古代文论课堂教学中，则是一个值得探索的新话题。

一、整体思维

整体思维是将对象作为一个整体来予以观照的思维方式，在传统文论中极为鲜明。它侧重于从宏观上对事物形成整体印象，并迅速把握其结构与特征，具有浓郁的诗性。作为与局部分解相反的传统思维方式，它根源于古代天人合一的文化传统，在儒道释多种文化形态中皆有体现。与类比推理一样，天人合一、物我一体的整体性思维方式也源于人类远古社会的"万物有生""万物同情"和"神人以和"。② 学者甚至分析了以己度物或以物比人走向极致就是物我一体，就是打破"此心"与"彼物"的界域，从而形成一种整体把握世界的思维方式。中国传统文化之中，天人合一、物我一体既是以"我"观"物"的基本方式，同时也是"物"呈现于"我"的和谐状态。③ 以和的方式来思考文学，将"和谐"视为文学美的最高境界，都是整体思维的鲜明体现。有学者以宏观

---

① 参见傅修延、黄颇：《文学批评思维学》，文化艺术出版社1989年版；胡大雷：《传统文论的魅力、模式和智慧》，凤凰出版社2005年版；白寅：《心灵化批评——中国古代文学批评的思维特征》，中国社会科学出版社2005年版；张伯伟：《中国古代文学批评方法研究》，中华书局2002年版；汪涌豪：《中国古代文学理论体系·范畴论》，复旦大学出版社，1999年版；蔡镇楚：《诗话学》，湖南教育出版社1990年版；邹云湖：《中国选本批评》，上海三联书店2002年版，等著作相关章节。

② 参见朱立元主编：《天人合一——中华审美文化之魂》，上海文艺出版社1998年版，第51页。

③ 李建中等：《中国古代文论诗性特征研究》，武汉大学出版社2007年版，第45页。

思维、系统思维来命名①，实则与整体思维殊途同归。如傅修延等学者认为"系统思维"是"一种把思维对象视为由两个或两个以上相互联系的要素按照一定的结构组成的有特定功能的有机整体，从而考察系统与系统之间、系统与要素之间、要素与要素之间的组织关系及结构功能的思维方式。"② 其突出特征是坚持从整体上把握对象，在透视部分时，时刻没有忘记整体，并且强调"整体不等于部分之和"；强调批评对象的不可还原性，不以唯一的基本要素或概念来对批评对象作终极的解释；思维路径是"自下而旋上，重点还在上面，在全局与整体上。"③ 曾有学者将这种思维归因于古代泛联系观④，自然不无道理，但从后世文学批评的实践来看，整体思维是批评主体方法自觉的一种体现。

　　古代士人创作时一贯追求"笼天地于形内，挫万物于笔端"的境界，而《周易》的"言不尽意"以及王弼开创"立象以尽意"，又启发人们从具体物象中去管窥宇宙全部信息，从有限文字中领略文学的奥妙。故此，庄子认为人心可以作为"天地之鉴，南朝万物之镜"，静与虚能使人回归到自然本真状态，与万物融为一体，实际上也就笼盖了宇宙的全部，也可看作系统思维的一种。"这种思维把宇宙看作一个最大的系统，其中的每一个子系统都与大系统之间相互感应交互影响，而且每一个子系统内部的诸元素也构成一个更小的系统，这个更小的系统又与它所属的较大的系统间相互影响相互感应，这是就横向而言。就纵向而言，每一个子系统又与其他子系统交互感应交互影响，最后形成经纬交织的感应之网，这个网上的所有扭结，都存在着交互感应的通路。"⑤ 可见，系统思维可从纵、横两方面展开，自身构成不同的层次。依此看，则魏晋南北朝文论家的系统思维，既体现在对最高"道"本位的追寻上，也体现在拟古意识作用下的溯源传统，同时也把文学置于宏观的由"时代、政治和社会"综合构成的网络系统中来审视，更把文学自身作为一个鲜活的生命体。其系统思维的运用体现在不同层次和方面，在这种思维的主导下，魏晋南北朝批评文体展

---

① 傅修延、黄颇：《文学批评思维学》，文化艺术出版社1989年版，第33—52页。
② 傅修延、黄颇：《文学批评思维学》，文化艺术出版社1989年版，第68页。且在该书第75页，他曾以林兴宅的《论阿Q性格系统》为例，分析了批评家对系统思维的成功运用，读者可参考。
③ 傅修延、黄颇：《文学批评思维学》，文化艺术出版社1989年版，第75页。
④ 白寅：《心灵化批评——中国古代文学批评的思维特征》，中国社会科学出版社2005年版，第111页。
⑤ 白寅：《心灵化批评——中国古代文学批评的思维特征》，中国社会科学出版社2005年版，第112页。

现出一种空前绝后的宏伟气象。这里选择两种常见方式稍做分析。

（一）将文论归于最高本位

儒家和道家都分别将文论归根于自然和道。孔子云"文质彬彬"，表面看似乎文质并重，其实不然。因他又云："君子义以为质，礼以型之，孙以出之，信以成只。君子哉！"（《论语·卫灵公》）可见他更偏重于质，《礼记》云："中正无邪，礼之质也。"儒家均将"质"作为万物的最高品质，"自然"是事物最本真的状态。追求内在自然之美便成为后世文论家共同的旨趣，魏晋时的"形神之辨"，李白的"天然去雕饰"，李贽的"童心"说，袁枚的"性灵"说等，都是这种美学观的体现。在刘勰论文时同样如此，从其首篇《原道》所论来看，"道"是文的本源，"道"必然要外发，而外发则以"文"呈现，故曰"道之文"。所以刘勰的思维方式首先从评析天地和两仪即生入手。而人立于天地之间，为五行之秀，乃天地之心，有情感，会语言，因此人之有文也是自然之事。人文就是天地之文的体现，就是道之文的最佳表现形态。这样，刘勰就把人文、文学和天地自然之文作为一个有机系统，既可看作类比推演，也是对"文"之最高本位——"道"的追寻。通常，这种系统思维方式和终极层面的本末思维是同为一体的。

（二）"家族寻亲"与溯源传统

在家本位的宗法制传统社会里，拟古意识有着悠久的传统和深厚的根基。表现在文学创作中模仿前代经典范本，表现在批评文体中则批评家动辄回归到文体的最初本源时期，谓之追本溯源，试图从文类的家族寻亲中确定文体之正变及特征。而这种历时性的追溯产生的显著效果是将传统和现代对接，使文本之源和当前作品有机地形成一个互文系统。自两汉起，批评家习惯于从历史系统中来分析作品的体式和风格的传承演变，上节在论及原始要终时也曾提及，但那主要是作为本末思维的铺垫而采用，和这里以系统思维来创造批评文体的宏富构架还是有区别的（侧重不同）。如《汉书·艺文志》中对中国学术源流体系的考察方法即可见一斑：

> 道家者流，盖出于史官，历史记成败存亡祸福古今之道，然后知秉要执本，清虚以自守，卑弱以自持，此君人南面之术也。合于尧之克攘，易之嗛嗛一谦而四益，此其所长也。及放着为之，则欲绝去礼学，兼弃仁义，曰独任清虚可以为治。

该著对儒家、阴阳家的阐发莫不如此。班固就是按照这种追本溯源的方式来考察了诸子十家，分别梳理其发源和流变。承袭班固的溯源方法，挚虞的《文章流变论》集中讨论各类文体及作家作品之间的源流：

> 哀辞者，诔之流也。崔瑗、苏顺、马融等为之，率以施于童殇夭折、不以寿终者。建安中，文帝与临淄侯各失幼稚子，命徐干、刘桢等为之哀辞。哀辞之体，以哀痛为主，缘以叹息之辞。

刘勰则首先把全部文章的来源都归属于《五经》：

> 故论说辞序，则《易》统其首；诏策章奏，则《书》发其源；赋颂歌赞，则《诗》立其本；铭诔箴祝，则《礼》总其端；记传盟檄，则《春秋》为根：并穷高以树表，极远以启疆，所以百家腾跃，终入环内者也。（《文心雕龙·宗经》）

本此宗旨，接下来刘勰便在"论文叙笔"的20篇分体文体论中将各体文学统摄入以五经为首的传承脉络中。此为学界之共识，不多论。

为贯彻"原始以表末"批评设想，刘勰率先论赋的含义及起源，着重说明赋和诗骚之间的密切关系，从而为后起新秀——赋体寻亲到"祖宗"；接着讲汉赋的创作情况，辨析大小赋之不同特点，第三部分评论先秦两汉和魏晋时期十八家有代表性的作家作品，最后第四部分总结赋的创作原则。从追溯赋之起源，到论述其汉代发展，再到评析魏晋赋家赋作，刘勰在非常短小的篇幅里，采用系统思维将赋体构筑在诗骚为第一层、汉代为第二层、魏晋为第三层的网络之中，将其传承、演变及特点剖析得一清二楚。整部《文心雕龙》其余19篇分体文学史，莫不如此，都有各自的小系统，共同构筑成刘勰评析文章的大系统，而五经无疑是系统之总纲，是历代文学子孙的"祖宗"。

而钟嵘的溯源寻求意识同样急切而明确，其系统思维也将整部《诗品》编织为一个中国历代五言诗网络。钟嵘品诗试图追溯诗人的风格渊源和诗派流承，并由此概括出诗歌特征、分出诗人高下。这种品评目的及方法通过界定品弟、追溯源流和分类比较得以完成。而溯源是构筑五言诗系统的重要手段。他将所品123位诗人（含五言诗）的文学风格归结为三种：《国风》《楚辞》《小雅》，实则为三种截然不同的文学风格。《诗品》全书除总论外，正文以上、中、下三品为经，以《国风》《小雅》《楚辞》三种文学风格为纬，逐一品评这123位五言诗人。经、纬交织，形成一个纲举目张的完善系统。它反映了《诗品》文体的宏富和精微，言其宏富，是建构了从《诗经》《楚辞》到魏晋五言诗的网络图,从源头到演进,从正到变,无一遗漏;言其精微,则指钟嵘三品论诗并非零散而无章法,正是在溯源中他把不同时期诸多诗人安放到各自相应的网络站点上,绝不造成混淆和交叉。而这一切,得益于运用系统思维时采用的溯源方法。以系统思维来从事批评,对后世文论产生了深远影响,明代李开先论词曲之演变、明代谢肇制论小说、清代章学诚论诗话等,都莫不采用系统思维,在构筑各自的文体网络中溯源寻求,从传承演进中清晰可见文学的发展长河。

(三)社会政治网络

在秦汉相当长一段时期,诗乐舞合一,文史哲不分,共同成为"礼乐文化"大系统下的子系统。即便是在文学日趋自觉的魏晋时期,广义层面上的大文学观依然存在,刘勰的《文心雕龙》文、笔、杂兼论即是例证。鉴于文学和历史、哲学的有机关联,和文学在儒家文化统摄下的功用和地位,古代文论家在进行批评时,常常横向地把文学放入文化的大系统中,"对它进行泛联系的文本解读",① 正如王令《上孙老书》中所解:

> 古之为《诗》者有道:礼义政治,《诗》之主也;风雅颂,《诗》之体也;赋比兴,《诗》之言也;正之与变,《诗》之时也;鸟兽草木,《诗》之文也。②

这里,王令评《诗》即把它同其他意识形态领域的精神产品及其余人类活动等联系起来,从而在大系统中赋予《诗》以开放多元的内涵和功用。如果说,前面论溯源寻求法是纵向联系法,则这里采用的是横向联系法,通过分析文学在政治、社会、时代的系统网络中价值、地位和功用,来宏观地展开批评。"这种横向联系法形成的文本分析往往不是纯文学的,而是与其他社会实践和社会意识形态一起,构成对作品意义的解析坐标。"③ 比如在《宗经》篇中,他将《诗经》放入到和其余四经共同构筑的系统中来审视:《诗经》有何特点,它和其余诸经有何不同? 以及五经各自的特点、成就等,都在系统中以对比的方式清晰地得到揭示。

六朝时期纯文学观念日渐建立。诸多文论家对"文"的辨析也是置于系统

---

① 白寅:《心灵化批评——中国古代文学批评的思维特征》,中国社会科学出版社2005年版,第113页。
② [宋]王令:《王令集》,上海古籍出版社1980年版,第293页。
③ 白寅:《心灵化批评——中国古代文学批评的思维特征》,中国社会科学出版社2005年版,第114页。

中得以确认的。如萧绎在《金楼子·立言》篇中将缺乏情感特征的诗歌和奏章类实用性文体，划入"笔"的子系统，而将可流连哀思和情灵摇荡的抒情性作品从传统的大文学中单列，自称文的小系统，同时将音乐作为另一个子系统以供参照，在这三个系统关联和对比中来论析究竟何谓"文"，读者自能从系统中看到"文"的独有特征，兹比照如下：

大文学：文——笔——乐
文　学：儒（经）：守其章义、迟于变通；
　　　　学（子、史）：博通子史
文（有韵）：创作；
笔（无韵）：公文；

萧统在《文选·序》中揭示文学"踵事增华，变本加厉"的规律，对三十七类文体进行了辨析，他也是采用了系统思维来确定文选范围。

如果说将文学置于文化的圈子里，与政治、时代、社会以及其他领域构成一个系统是外部研究的话，那么圈定文学，从结构、语言、修辞以及技法、风格等文学自身话题入手，则相对而言可称为内部研究，在互文中形成一种印证。魏晋南北朝批评家不仅精心构筑文学的大系统，也善于营造文学的小系统，体现出整体宏观研究和局部微观研究相结合的态势。这在《文赋》《文心雕龙》中皆有所见，不赘述。

中国传统文论中的整体思维，无论是对于把握文学作品的审美特征还是建构体系宏大的批评专著，都具有重要作用，它避免把研究对象作为客观、孤立的个体来肢解，避免停留在局部，"只见树木不见森林"，它既使传统文论具有浓郁的诗性特征，对艺术之美有到位的把握，也确保传统文论分析作家作品时有宏阔的学术视野。

以上我们分别从本体追寻、溯源传统、文学的外部等角度，对魏晋南北朝批评主体的系统思维方式进行了一番探究。可见这一时段批评家既擅长宏观考察，也擅长微观审视，把文学问题置于相应的系统中，用轴线贯穿以展开论述，从而使这一阶段的批评文体无论是从外部形态还是内部结构上，都显得谨严、有致。有学者认为，这种思维有助于拓展广度，能给文学批评带来一种高屋建瓴、纵观全局和一览无余的恢宏气度，其魅力就在于以小见大、林中观木，给人一种清晰透明的整体感，从而避免目光专注、细察局部和鼠目寸光。① 与注重开掘深度的微观思维相比，整体思维的特征是较为明显的。在教学中，任课教师可有意识对整体思维的文化渊源、多维体现、审美特征等予以揭示，将有助于本科生对文论作品本身的理解，有助于学生对古代文论学科特征的深入把握。

二、直觉思维

直觉思维属于"诗性智慧"，是中国古代文论最常见的思维方式，这与传统社会文论言说主体身份具有双重性（集诗人、理论家于一身），常以文学方式铸造文本有关。诚如钟嵘所言，"古今胜语，皆由直寻"（《诗品序》）。通观古代各种诗话、词话、曲话、小说评点，或者是文论家发表自己读书思考的印象和感悟，或者干脆就是诗、赋、骈文写成，使理论批评作品具有诗性之美。"当古代文论家用文学的形式言说理论问题时，他们不可避免地要以感悟的、直觉的、艺术的、审美的方式来思维。"②

中国古代早在先秦时期就形成了直觉思维方式，注重整体感悟和印象，与西方重概念、范畴内涵的明确性，讲究分析、归纳的逻辑性明显不同。古人鉴于宇宙的变化无穷和万事万物的运转变化，看到了人与自然的和谐统一。先秦老、庄道家文论的宇宙观和思维方式即可概括为"以物观物"，走向极致便是打破此心与彼物的界限，实现物我一体的融合。此后魏晋的玄学家王弼则把它发挥为"寄言出意"的体道、明道的思维方式。其后佛教徒又提出"不立文字、教外别传"之说。儒、道、释三家的观念使直觉感悟式思维方式在传统文化中尤为突出。③"这种思维方式，和艺术创作与鉴赏中的思维不应赤裸裸展示，而是应该运用具体感性形象，通过暗示、象征，诱发读者的联想的形象思维是一致的。"④ 影响之于文论，表现在对对象的整体、直观把握，不同于西方偏重条分缕析的逻辑思维。诸多范畴如比兴、文气、风骨、韵味、意境等，虽已上升为理性，但始终不偏离感性。总之，天人合一、以物观物的文化观念直接促成

---

① 傅修廷、黄颇：《文学批评思维学》，文化艺术出版社1989年版，第34-45页。
② 参见李建中主编：《中国古代文论》，华中师范大出版社2002年版，"导论"。
③ 李建中先生在阐发古代"物我同一的整体性思维"时，曾言"中国传统文化的'天人合一'遍涉儒道释三家。"可参见其主编的《中国文学批评史》（武汉大学出版社2008年版）第11页。
④ 蒋凡、郁沅主编：《中国古代文论教程》，中国书籍出版社1994年版，第5页。

古代直觉、感悟思维方式的产生。

且看钟嵘之"直寻"。在被誉为"诗话之祖"的《诗品》中,钟嵘就是大量使用直觉、感悟式思维来品诗论诗。他在《诗品序》中指出"观古今胜语,多非补假,皆由直寻。"集中表述了其"即目直寻"的观点,主张"寓目辄书",在直观感悟中,心与物直接对话而无须以逻辑推理作中介。郭绍虞《中国历代文论选》释"即目"为"写眼前所见",释"直寻"为"直接描写感受"①,正道出"即目直寻"的直觉思维特征。故钟嵘"即目直寻"观"主张诗歌取材于即目所见之物,反对借助经史等书本知识;主张诗歌以天机自流的言语进行描写,反对雕章琢句。"② 钟嵘认为,诗歌与"撰德驳奏""经国文符"不同,它是用来"吟咏情性"的,直接把或悲或喜之情抒发出来即可。③

其批评方法本身就是其诗论的贯彻和体现。我们在《诗品》中看到大量直觉、感悟式的批评,在"体味"中并不做任何推理和逻辑演绎。在具体作家作品的分析中,钟嵘或比较或比喻或知人论事或形象喻示,均以诗性言说见长。比如评范云、丘迟:

范诗清便宛转,如流风回雪;丘诗点缀映媚,似落花依草。

两个比喻加两个形容词,"用自己创造的新的'批评形象'沟通原来的'诗歌形象'",使人读后"有一种妙不可言的领悟,感受到甚至比定性分析更清晰的内容。"④ 又如钟嵘批评颜延之、谢庄诗歌"繁密",即用典太多;批评大明、泰始年间的诗歌"殆同书抄";指责任昉、王元长等人"辞不贵奇,竞须新事";其称颂古诗"清音独远"、曹植诗"情兼雅怨"、谢灵运诗"寓目辄书",均是凭借诗人兼批评家的敏锐直觉,纯属于感悟所得。

凯德洛夫在《论直觉》中断言:"没有任何一个创造行为能离开直觉活动。"⑤"我们的祖先凭借沉思与顿悟,似乎已经洞察了宇宙的一切奥秘,只是

---

① 郭绍虞主编:《中国历代文论选》第一册,上海古籍出版社1979年版,第315-316页。
② 李建中等:《中国古代文论诗性特征研究》,武汉大学出版社2007年版,第135页。
③ 李建中在主编的《中国文学批评史》(武汉大学出版社2008年版)中认为,中国文学批评中直觉思维是主体诗性智慧的表现,主要体现于"直寻"和"妙悟"两个方面。而后者是宋代严羽以禅喻诗,将禅宗直觉思维方式引入诗歌理论和批评的结果,也是承续魏晋南北朝"直寻"和"滋味"说之后而来,兹不赘述。
④ 曹旭:《诗品研究》,上海古籍出版社1998年版,第166页。
⑤ 转引自周义澄:《科学创造与直觉》,人民出版社1986年版,第19页。

不愿意把它们明白说出来而已。"① 对于古代文学批评而言，莫不如此。基于直觉思维而产生的大量文论批评，显示出远比逻辑式批评和分解式评析更大的魅力。"大部分都是直觉思维的点睛之笔，很少留下循序渐进思维的痕迹。一切细节都淹没在水面下，露在水面上的多半只有思维的结论——那种吉光片羽似的妙语精言、神龙见首不见尾似的隐喻暗示、鞭辟入里振聋发聩的玄言警句。"② 所谓"妙语精言、隐喻暗示"，赋予传统文论浓郁的诗性特征，让人品咂不尽、回味无穷，并因实现创作和批评的同构而创生出了巨大的艺术空间和审美张力。

三、具象思维

先秦哲学有"立象以尽意""圣人设卦观象"③ 之说，通过"象"去表达"意"，这便是具象思维的体现。此后刘勰首次以"意象"范畴描述诗人的创作状态："窥意象而运斤。"（《神思》）而传统诗文一向以抒发情志为主，常采用赋、比、兴三种主要手法，"叙物以言情""索物以托情""触物以起情"，《礼记·乐记》曾明确指出："凡音之起，由人心生也。人心之动，物使然也"，《文心雕龙》也提出"情以物兴""物以情观"等命题。刘熙载则谓："以鸟鸣春，以虫鸣秋，此造物之借端托寓也。"④ "山之精神写不出，以烟霞写之；春之精神写不出，以草树写之。故诗无气象，则精神亦无所寓矣。"⑤ 可见，古代批评家早已总结出诗文的创作必须运用意象思维，运用比兴手法，才能使诗歌形象生动、情韵悠长。

而对于文学批评来说，重在议论、评析，所言乃抽象之理，看不见摸不着，批评家采取怎样的方式把自己对文学的看法、见解传达出来，让读者知晓明白？象，通过塑造具体形象，理论的意象化也就格外明显。

文论意象化、评析具象化不独出现于魏晋南北朝，早在上古时期古人在阐发关于哲学、政治或社会的抽象理论时，均采用具体意象（具象）来表达。如《老子》《论语》《墨子》《孟子》等先秦典籍大量采用人们极其熟悉的身边事物来类比，将抽象之理落实到了实处（具象化），让人容易接受明了。此后，《古诗十九首》充满象征更是出神入化，功名、富贵、怨恨、思念以及生离、死别

---

① 傅修延、黄颇：《文学批评思维学》，文化艺术出版社1989年版，第161页。
② 傅修延、黄颇：《文学批评思维学》，文化艺术出版社1989年版，第161页。
③ 《周易·系辞上》，《周易正义》卷七，十三经注疏本，中华书局1980年版，第82页。
④ [清] 刘熙载《艺概·诗概》，上海古籍出版社1978年版，第74页。
⑤ [清] 刘熙载《艺概·诗概》，上海古籍出版社1978年版，第82页。

等,都在种种对应物如"浮云蔽白日""郁郁园中柳""青青陵上柏""秋蝉鸣树间""冉冉孤生竹""白杨何萧萧"等空间和时间的意象中表现出来。

汉魏时期人物品藻兴盛,以具体物象来生动地描摹、形容不同人物的形貌、个性和气质的方法,给魏晋文论广泛采用具象来论理以极大的启发。《世说新语》中如谓李元礼"谡谡如劲松下风",山巨源"如璞玉浑金"①,严仲弼如"九皋之鸣鹤",嵇康"岩岩若孤松之独立"② 等等,不胜枚举。由于人物内在的个性气质是难以形容的,品藻者就采用可视可观的意象进行烘托,使之栩栩如生,而文学之理论亦然,很难在读者心目中形成直观印象。自魏晋南北朝始,批评家开始大量采用意象思维来品诗论文,如《诗品》中评曹植"譬人伦之有周孔,鳞羽之有龙凤,音乐之有琴笙,女工之有黼黻",便通过具体的形象传达出对解释对象的审美理解,这样曹植在诗坛的地位及取得的成就可见一斑。据吴中胜的研究③,自魏晋南北朝起,批评语体中开始大量含有"如、若、犹、似、譬"等字眼,其思维即是具象思维,是文论家巧妙地借助具象、意象来传达抽象文学理论的体现。这在《文心雕龙》中比比皆是。如:

若夫宫商大和,譬诸吹籥;翻回取均,颇似调瑟。(《声律》)
章句在篇,如茧之抽绪。(《章句》)
是以执术驭篇,似善弈之穷数;弃术任心,如博塞之邀遇。(《总术》)

后世文论中的具象表达多用这种句式。

具象思维的另一种句式是所谓"对喻""平行的譬喻"。④ 先说喻体,后说本体。在《文心雕龙》中,这种批评句子也不少见。如:

《通变》:"练青濯绛,必归蓝茜;矫讹翻浅,还宗经诰。"
《丽辞》:"体植必两,辞动有配。"
《指瑕》:"丹青初炳而后渝,文章岁久而弥光。"

这种具象思维后来发展到极致呈现出一种既无系动词也非对喻的句式,即纯用具象画面呈现,用来表达某种文学风格或意境,典型如司空图《二十四诗品》。朱自清《诗言志辩》说该诗"集形似语之大成",意即集具象之大成。然

---

① 《世说新语·赏誉》。
② 《世说新语·容止》。
③ 李建中等:《中国古代文论诗性特征研究》,武汉大学出版社2007年版,第200页。
④ 朱自清:《诗言志辩》,华东师范大学出版社,1996年版,第56页。

而这种成熟运用绝不是一蹴而就的,其发端当在魏晋南北朝这一时期,批评主体将理论意象化、评析具象化,使批评文体产生了极强的审美效果。"在文论中运用比兴手法,文论家们把文论当作品来创作,力图使之更形象,更生动、更富于诗性。抽象的变成具体的,呆板的变成富于灵性的。在中国人看来,文学不是抽象玄虚之学,而是有声有色、有形有态、有滋有味、有气有温的,是可看、可听、可闻、可尝、可触、可摸的灵性物。"① 足以道尽具象化的无穷妙处。

具象化思维在魏晋南北朝批评家那里得到娴熟运用,以意象言理几乎成了他们的"拿手好戏"。如汤惠休评颜延之、谢灵运之诗曰:"谢诗如芙蓉出水,颜诗如错彩镂金。"鲍照亦评之则曰:"谢五言如初发芙蓉,自然可爱;君(颜延之)诗若铺锦列绣,亦雕馈满眼。"② 均以自然山水道其诗风,描摹得准确,对比得鲜明。此外,曹植评吴质诗、李充论潘安文皆以意象论之。魏晋南北朝批评家无论是概括作品特征、还是比较文本不同,都不大愿意采用指陈法,这大约与以"象"论文的传统及古人对言、象、意之关系的认识有关。再譬如陆机《文赋》几乎通篇以意象来言文理,言泉思如涌之状时说"若翰鸟缨缴,而坠会云之峻。"言吐辞艰涩之状时云"若游鱼衔钩,而出重渊之深",谈文章之"意"与"辞"主从关系没有完全理顺时说:"或虎变而兽扰,或龙见而鸟澜"……这些都是具有画面直感、采用具象道尽文心的千古妙句。而刘勰《文心雕龙》畅谈文理更是奇绝,论"神思"则谓"登山则情满于山,观海则意溢于海",说"风骨"则曰"若风骨乏采,则鸷集翰林;采乏风骨,则雉窜文囿",谈"物色"则云"一叶且或迎意,虫声有足引心;况清风与明月同夜,白日与春林共朝哉!"文论在具象的琴弦上被拨弄得赏心悦目、入木三分。《诗品》同样如此,钟嵘评论诗歌调动多种方式,或意象譬喻,或纵横比较,或摘句类推,不一而足,很少直接抽象或理性地道出文论观点,兹不赘述。

每一种文学批评都植根于其民族文化土壤中,其生根发芽、开花结果都离不开自身文化传统的滋养。魏晋南北朝批评家广泛使用具象来论文,为原本较为理性、抽象的批评增添了诗性的光辉,使批评与创作有机地实现"同构",初步奠定了中国传统文论的民族特色,这与我们自身天人合一、物我同构、主客不分的文化特征有关。而西方则认为人是有情感有理智的,其所主宰的天地万

---

① 李建中等:《中国古代文论诗性特征研究》,武汉大学出版社2007年版,第200页。
② 见李延寿:《南史·颜延之传》。

物只是纯客观的存在，人与自然处于对立状态，自然万物不过是被人征服、来证明人自身价值的对象罢了。这自然形成西方主客对立的思维方式。中西之不同反映到艺术上，则中国主张"心师造化"，用情感的眼去观察万象，以活泼的心去体悟百物，因为世间万物像人一样有情有意，草木有情，山水有意。西方人则主张模仿自然。主、客长期处于对立、分离状态，批评家自然很少去自觉类比，更谈不上对意象的大力摄入和倾注情感了。① 因此，西方文学批评中以意象来谈文论，用具象思维来展开批评就非常少见了。而这，恰恰是中国的民族特色，其初步成熟期当在魏晋南北朝时期。

四、偶对思维

仍然以魏晋南北朝文论教学为例。此阶段的骈赋体，被学界称为千古之美文，在文学批评史上以"空前绝后"形容毫不为过。自建安开始，众多文论家紧承两汉开始大量采用对偶的语句来展开批评，几乎和当时赋体发展同步，批评日趋讲究形式对称、语句工整，偶对思维在南北朝齐梁时期达到巅峰状态。以《文心雕龙》为代表的骈体批评将汉语形式美推向极致。魏晋南北朝批评文体普遍骈赋化，偶对思维营造的文体形式之美，使这一时段的批评文体独具风貌，影响也极其深远。偶对批评随处可见，广泛渗透到史传、序跋、书信、专文体之中。

作为一种语体形式，骈文在语言上表现出三个方面的特点：一是语句用骈偶和"四六"句式；二是词语大量用典和藻饰；三是语音平仄相对。骈文词句对仗精工，音韵协调，用典使事，雕饰藻采，形式上成熟而精美。

据李兆洛《骈体文钞序》解释，两匹马并列叫"骈"，夫妻成双为"俪"，故谓之"骈俪"，是以偶对思维为显著特征，也可看作是为适应我国汉字单音词较多的特征而容易构成配对的修辞手法。起源于人对事类相从而产生的联想，便于记忆，具有整练、对称之美。其渊源可追溯至先秦经、史、诸子中，当时骈辞俪句已广为使用。典型如《尚书·大禹谟》"满招损，谦受益"，《易经·文言》"元者，善之长也。亨者，嘉之会也。"《论语·卫灵公篇》"言忠信，行笃敬"等。此外，《诗经》《礼记》《左传》《战国策》《老子》《庄子》《荀子》中，也有许多句子采用骈偶形式。此外，俗谣民谚也多采用"连类而及、易于

---

① 详细论述请参见李建中等：《中国古代文论诗性特征研究》，武汉大学出版社2007年版，第188页。

记诵、短小整炼的排比、对偶形式"①，这在历史文献中均有记载，如《战国策》中"宁为鸡口，无为牛后"。《国语》中"众心成城，众口铄金""从善如流，从恶如崩"等，皆是有助于说理的偶对。

古人为何如此青睐偶对思维？为何在文章中抒情说理都大量使用骈俪语句？据钟涛博士分析，这可从中国汉字特点及远古文化意识中找到答案。骈俪形式是汉字特点在文学上的典型代表，汉字单音节使骈文的整齐对偶成为可能；古代文言以单音词为主，极易在外形和内在实质上形成整齐和对称，而复音词不仅如此，还为属对、调声的方式提供了极大的丰富性和变化性。同时，一字多义为骈俪及藻饰提供了条件，汉语词汇的不定位，在句中能任意转换位置，词义功能具有发散性。而传统阴阳二元论的世界观、讲求礼仪的行为观以及尊敬崇古的文化心态，更是促成了古人对偶对思维的格外喜好。② 应该说，这种分析是很中肯的。范文澜在《文心雕龙注》中也较为全面地分析了偶对修辞产生的原因，他认为骈俪之辞可以避免孤证，两句相扶，正可以繁简适中地举出证据，并且可以起到齐整文章字句的作用。

汉末魏晋辞赋作品中的骈化迹象颇为明显。汉代散文中插入整齐的骈偶句子，形成散中带骈的文体形式，可以起到警策动人的艺术效果。辞句由散趋整，不仅是语言形式发展的必然结果，更是创作主体需要借助骈俪抒情论理时的偶双形式，使情感得到酣畅淋漓地抒发，使道理讲得透彻明白，雄辩有力，并且偶对兼杂着排比，可以增强论辩力，使文体极富气势。若读汉朝张衡、蔡邕、仲长统等人的文章，就可以感知。"句法上的整齐排列，词义上的相反相成，辞采的精美、音调的谐和等完美的艺术形式令作家的情感宣泄达到极致。"③ 至南北朝，骈俪文体发展成为"四六"文，连同用典和藻饰，使骈文集情美、文美、声美、形美于一体。当时几乎所有的文体——不论是散文创作还是文学批评，抑或诏诰制书、赞颂记序、铭诔祭文等公牍文和应酬之文等，均使用骈体。纵观魏晋南北朝近四个世纪的文学批评，偶对思维所形成的骈俪文辞在各种文体中随处可见。

如论文体中：

---

① 章必功：《文体史话》，同济大学出版社2006年版，第213页。
② 可参见钟涛《六朝骈文形式及其文化意蕴》（东方出版社1997年版）第一章"六朝骈文产生的原因及文化背景"之第二、三节。
③ 李小兰：《中国古代批评文体研究》，武汉大学2008年博士论文，第四章第三节。

盖奏议宜雅，书论宜理，铭诔尚实，诗赋欲丽。（曹丕《典论·论文》）

或言拙而喻巧，或理朴而辞轻；或袭故而弥新，或沿浊而更清；或览之而必察，或研之而后精。（陆机《文赋》）

书信体中：

盖有南威志容，乃可以论于淑媛，有龙渊之利，乃可以议于断割。（曹植《与杨德祖书》）

家有千里，骥而不珍焉，人怀盈尺，和氏无贵矣。（曹植《与吴季重书》）

序跋体中：

贾逵儒而不艳，傅毅文而不典。（傅玄《连珠序》）

陆机《文赋》通而无贬，李充《翰林》疏而不切；……（钟嵘《诗品序》）

史传体中：

议者咸称二者有良史之才。迁文直而事核，固文赡而事详。（范晔《后汉书·班固传论》）

爰逮宋氏，颜谢腾声，灵运之兴会摽举，延年之体裁明密。（沈约《宋书·谢灵运传论》）

专著体中：

表以远大为本，不以华藻为先。（李充《翰林论》）

可见，偶对几乎成了魏晋南北朝批评家最惯常的思维方式，几乎化入文论家的骨髓里。偶对思维及其所形成的骈俪修辞不拘一格，形式多样，"结构相同、字数相等、意义关联的词组或句子并列在一起时，无论在审美形式上，包括视觉感受、节奏韵律，还是在意义蕴涵是都会蔓延出独特的艺术效果。这种修辞形式被普遍运用在诗赋、骈文、对联、八股文等文体中。"① 我们认为，其思维价值体现在如下几个方面。

一是偶对思维可诱导作者，避免孤证，进而从多个角度和方面来论文，使文体的理性色彩更加浓厚，同时也增强了批评文体的辩证性。如应玚在《文质

---

① 李瑞卿：《中国古代文论修辞观》，中国传媒大学出版社2007年版，第79页。

论》中写道:"且少言辞者,孟僖子所以不能答郊劳也;寡智力见者,庆氏所以困《相鼠》也。"批评家采用发散思维,当论及"少言辞者"时举孟僖子之例,为形成偶对,自然需寻找另一个例子——庆氏来应和,双重例子自然增加了理论的说服力,证明重质轻文的行不通。

陆机《文赋》云:"或因枝以振叶,或沿波而讨源;或本隐以之显,或求易而得难;或虎变而兽扰,或龙见而鸟澜;或妥帖而易施,或龃龉而不安。"批评采用四对偶对形成成片的骈俪语,将谋篇布局和立意遣词所可能遇到的各种情况,均进行了分析,几乎无一遗漏,文体的理性色彩自然融入感性的文辞之中,实现谨严和优美的统一。偶对思维必须成双,当是"反对"时,上句写完,批评家必须另寻思路,竭力想到与之相反的下句与之呼应,自然在这种思维的主宰下拓宽了批评的思路。陆机论到立言遣词在最初("始踯躅于燥吻")时,必然要设想最后("终流离于濡翰")与之相对,论到快乐的情状("思涉乐其必笑")时,必然辅以悲伤("方言哀而已叹")与之对应。无论相反或相对,这种成双成对的思维方式,都极有利于表达的透彻和深入。

二是它可充分发挥批评、创作中"类比"联想和"对比"联想之功用,使批评家论文理时显得丰富而深刻。所谓"类比"联想是指对一事物的感受引起与之在性质或形态上相似的事物的联想,例如骈俪之辞中的"正对",就是这种性质;而所谓"对比"联想,类似骈俪之辞中的所谓"反对"。如曹丕《与吴质书》中:"昔伯牙绝弦于钟期,仲尼覆醢于子路;痛知音之难遇,伤门人之莫逮。"偶对前后呼应,浑然一体。此外其《典论·论文》中曰"年寿有时而尽,荣乐止乎其身"一段亦然,不赘述。我们认为,批评家的偶对思维极大地增强了理论的力度,使论析更加深入,由此可见一斑。

三是偶对思维不仅使批评文体辞采斐然,而且可营造句式上的工整、对称与整炼,形成文体形式上的平衡美感。在刘勰看来,偶对与骈俪并非人为使之乃自然生成,所谓"造化赋形,支体必双;神理用焉,事不孤立。夫心生文辞,运裁百虑,高下相须,自然成对"(《文心雕龙·丽辞》)是焉。偶对思维是自然的体现,"骈偶是一种最能体现中国古典文学形式之美的语言形态,它把汉语言'高下相须,自然成对'的形式特征以一种特定的文章体式给表现出来,它是汉语言之自然本性的诗意化舒张。"[①] 如曹植在《与吴季重书》中动情地写道:"愿举泰山以为肉,倾东海以为酒;伐云梦之竹以为笛,斩四滨之梓以为乐

---

① 李建中主编:《中国文学批评史》,武汉大学出版社2008年版,第144页。

哉!"偶对思维把当年邺下文人集团饮酒和诗的胜景与豪情,描摹得无以复加。而最为工整对称的当属骈赋体。如刘勰《神思》篇将构思的想象活动描摹得透彻而精湛,将形象思维的规律以偶对形式论析得入木三分。骈俪文字优美动人,充满诗情画意。

批评语体至刘勰所在的南朝时期,成熟地发展为骈体而使偶对思维深入批评家骨髓。刘勰创造性地使用骈偶,在整部《文心雕龙》中几乎无处不用"偶对"论理。其言"神思"则谓"登山则情满于山,观海则意溢于海";说"风骨"则曰"若风骨乏采,则鸷集翰林;采乏风骨,则雉窜文囿。"这是文论,又是美文,是用美文织成的文论,是用文论充盈着的美文。除文学性极强的骈赋批评文体外,在序跋、书信、史传等体式中,偶对思维造成的形式美感也随处可见。尤其是批评家专门论各种文体特点及文章风格和作者特点的关系时,炉火纯青,将偶对思维运用到了极致,语言精美有致,上下对称整炼,使文体显示出超强的形式美感。在教学中充分挖掘此类素材,有意识地对学生进行偶对思维训练,有助于切实提升当代大学生的语言表达能力。

五、比较思维

"比较方法是指根据一定的标准把彼此有某种联系的文学现象的内部矛盾的各个方面加以对比分析,从而确定其相同与相异之点,深入认识文学现象本质的一种方法。"[①] 它是文学批评常用的一种方法,与比较文学是两个不同的概念。当批评家在评析某个作家解读某部作品时,总会选择历史上已有的或身边熟悉的作家作品作为参照,以发现其不同特点,进而评析其优劣或高低,确定其价值与地位等。从广义来讲,比较批评的思维基础基于系统型思维,这样,"人们在进行作品分析时,总要联系到它相关的其他子系统与批评对象的联系,或特征表现等方面的异同,从而导致一种比较。"[②] 刘勰对南北朝之前的文学进行臧否、诠品、泛举、撮题等,都与比较有关。甚至可以说,将作家作品进行纵横比较,是中国文学批评史上的一种思维惯性。自秦汉至明清,屡见不鲜。而我们要考察的是比较批评方法在魏晋南北朝时段是如何全方位地在文学批评的各个层面上深入灵活地使用,这种方法对批评文体的面貌又造成了怎样的

---

① 李国华:《文学批评学》,河北教育出版社1995年版,第128页。
② 白寅:《心灵化批评——中国古代文学批评的思维特征》,中国社会科学出版社2005年版,第272页。

影响。

（一）比较法在文学批评中的必要性

比较批评法在文论史上是运用得最为久远和广泛的一种。大凡论文，必然少不得此法，何以见得？

其一，批评家平素积累丰富的艺术欣赏经验、了解众多的审美规范，是为了在鉴赏作品时获得一定的艺术感受力和审美判断力，"以便在比较中对作品的精妙之处有敏锐的感知与发现。"并且在分析阐释阶段，"批评家也常常要运用对照比较的方法，把他发现的艺术特征、艺术事实放到相同或相异的文学现象中进行审视，使作家作品的某些突出特点在相互比较中得到解释和印证。"① 因此，比较需要根据现象的可比性确定比较对象和比较范围，就比较点对照分析，寻求异同。

其二，一名作家的地位与成就、一件作品的价值和成败该如何确定和评判，决不能依靠单向度的解释和阐发，作家作品的意义价值及其在文学史上的地位等并非固定与绝对，而是变化的、相比较而存在的。正如恩格斯所说："任何一个人在文学上的家族都不是由他自己决定，而只是同整体的比较中决定的。"② 必须"结合着他的整个时代、他的文学前辈和同代人"③ 来评价，批评家T. S. 艾略特说得更为直接和果断：

> 没有任何人、没有任何艺术家，单独具备完整的意义。他的意义，他的价值，是相对于已故诗人和艺术家而言的意义和价值。你不可能单独地评价他，你必须将他置于死者之间加以对照和比较。（《传统与个人才能》）

可见，比较法是一切批评模式和批评方法的基础，在任何学科、领域都具有普泛性意义，因此在中外文艺批评史上长盛不衰。

其三，从文学史哲学的角度来看，一切当前的文化都承续之前文化发展而来，作家、批评家等主体于所处的时代、社会环境中不可能不受到前代的影响，后人对前代的文化有哪些继承和发展，有怎样的创新和变异，这都需要纳入历时性的文化系统中进行比较观照，才能一目了然。因此，和传统进行纵向比较在批评史上屡见不鲜，中国的溯源传统极其悠久和发达。

---

① 赖力行：《中国古代文学批评学》，华中师范大学出版社1991年版，第157页。
② 《马克思恩格斯全集》，第一卷，人民出版社1960年版，第524页。
③ 北大中文系理论教研室：《马恩列斯论文艺》，人民文学出版社1980年版，第48页。

(二) 比较法在魏晋南北朝的运用层面

比较法在魏晋南北朝时期，被运用于文学批评的各个层面，从作家、作品论，到文体、风格论，再到时代、地域、阶段、手法等，可以说无处不渗透。

一是文体比较论。就文献记载来看，这一阶段最早的文体比较论当属曹丕的《典论·论文》。在众多批评文体中，曹丕一分为四，并准确地点出了各自的风格要求。其中诗赋、奏议等尚是合称，有待进一步辨析。而陆机《文赋》中划分为十种，具体到每一体的风格特征，实则就诗体不同的特征和风格进行了对比。而至刘勰《定势》篇，则文体比较更为细密和科学：

> 是以括囊杂体，功在铨别，宫商朱紫，随势各配。章表奏议，则准的乎典雅；赋颂歌诗，则羽仪乎清丽；符檄书移，则楷式于明断；史论序注，则师范于核要；箴铭碑诔，则体制于宏深；连珠七辞，则从事于巧艳：此循体而成势，随变而立功者也。虽复契会相参，节文互杂，譬五色之锦，各以本采为地矣。

刘勰一口气罗列、对比了数种风格，谓文章写作要体裁和风格相适应。而此阶段对文体论的推进和升华，前人已有多部著作深入研究，① 这非本文所论，我们从曹丕到陆机再到刘勰的比较来看，文体认识的不断深入是魏晋南北朝数百年来不同批评家接力棒般地不断研究所致，个体规范是在鲜明而细化的对比中得以明确的。而刘勰和萧子显在先后针对文笔之辨的比较，则开始从文体的特性上进行分析，更为精致，划分的方法也更为合理。这种比较、追求是对各体进行明确的性质与风格定位，是典型的分析与判断思维，它使批评文体呈现出理性化、科学化的一面。

二是作家比较论。作家比较论实则导源于汉魏人物品藻之风，在《世说新语》中记载了大量的关于人物品评的实例，大多用的是比较法。如：

> 孙兴公云："潘文浅而净，陆文深而芜。"(《德行》篇)
>
> 时人道思旷："骨气不及右军，简秀不如真长，韶润不如仲祖，思致不如渊源，而兼有诸人之美。"(《品藻》篇)……

其比较点从人物的外貌、个性、气质、风貌到生活特点、文学才华等，尤

---

① 依出版时间顺序，读者可参见贾奋然《六朝文体批评研究》(2004)、李士彪《魏晋南北朝文体学》(2005)、马建智《中国古代文体分类研究》(2008)等文体研究著作，详见本书参考文献。

其是涉及文与人的对应性时，便在评人的同时也在品文，或者说是从作家的身份来论人来进行比较的。紧承其后，曹丕先后在多种著作文体中评点、比较过建安七子的创作特点。在《典论·论文》中他以"文气"说作为立论根据，对当时一批著名作家进行了评论。曹丕的比较意识很鲜明：既就同时代作家对比，也和古人（扬雄、班固等）对比；既比擅长点，也比风格特征。而在他的另一篇书信体《与吴质书》中，他也评论了建安七子的文章及其特色，指出各自的长短处，与其反对文人相轻的观点深相吻合。此外，钟嵘《诗品》中的较量异同，纵横比较双管齐下，"经纬交织，形成绵密的比较批评网络"①，而刘勰在《明诗》篇就四五言诗作家的比较；张辅在《名士优劣论》中对班固和司马迁的比较；葛洪在《西晋杂记》中对枚皋、司马相如作赋的比较；萧纲《与湘东王书》中对谢灵运和裴子野的比较，刘孝卓在《昭明太子集序》中对众多辞赋家创作速度快慢等特征的比较，等等，都堪称这一时代"比较"之典范。至于唐宋以后结合作家不同的生活经历，对各自的生活态度、个性形成乃至文风形成进行比较的，则均为魏晋南北朝比较批评的推广和延续。从比较中，我们看得出，理性思维如一张巨网笼罩着批评文体，使其在文采斐然的诗意之间依然不离文学批评的本质。

三是作品比较论。而这通常是和作家比较论同时出场的，就某部作品的风格特点、创作情况进行比较，往往落脚点在作家风格上。较典型和纯粹的作品比较论如陆云在书信之八中评其兄诸赋。陆云就同一作家不同作品进行比较，而对于不同作家的不同作品，往往是比较作家本身，故不列入此类。由于钟嵘具有极强的鉴别异同的感受力，故在《诗品》中每每有对具体作品的鲜明比较：

徐淑叙别之作，亚于《团扇》矣。

彦伯《咏史》，虽文体未遒，而鲜明紧健，去凡俗远矣。

这种比较落实到具体某一首作品，多半是论作品之好坏与优劣，显示出批评家"滴水观秋叶"的批评鉴定能力。而在比较中见出一篇作品在文学史上地位的，莫过于刘勰《明诗》篇了：

又古诗佳丽，或称枚叔，其《孤竹》一篇，则傅毅之词。比采而推，两汉之作也。观其结体散文，直而不野，婉转附物，怊怅切情，实五言之

---

① 白寅：《心灵化批评——中国古代文学批评的思维特征》，中国社会科学出版社2005年版，第283页。

冠冕也。至于张衡《怨篇》，清典可味；《仙诗缓歌》，雅有新声。

刘勰从文采、风格、行文各个方面对《孤竹》一诗进行比较鉴定，已经近乎一种考察式的精细研究了。

四是风格比较论。钟嵘《诗品》中云：

（宋参军鲍照诗）其源出于二张。善制形状写物之词。得景阳之諔诡，含茂先之靡嫚。骨节强于谢混，驱迈疾于颜延。总四家而擅美，跨两代而孤出。

（宋光禄谢庄）希逸诗，气候清雅。不逮于王、袁，然兴属间长，良无鄙促也。

看似风格比较，实则评论鲍照集众多诗人风格于一身，是一代创作圣手。只是，钟嵘在比较风格时常常和诗人、诗作相联系。而大凡历时性回忆文学史的批评著作，多半在风格比较中有鲜明的取舍倾向，如檀道鸾在《续晋阳秋》中对汉代至东晋的文学发展做了史的概括，实则对玄言诗风进行了有力的批驳①；而这也可看作是以宏阔的眼光，对文学发展的阶段进行比较论。此外，邢邵在《萧仁祖集序》中就南北地域和时代不同导致的文学差异进行了比较；沈约在《宋书谢灵运传》中对汉魏四百余年文学史不同发展阶段的比较等，都是这一时段批评家采用比较方法的实例。

可见，魏晋南北朝批评家的比较触角几乎无处不伸，从作家、作品、到风格、文体再到地域、阶段等，批评家采用纵横对比的方式，试图就中国上古至南北朝已经出现的作家作品进行精细的盘点与探秘，其研究气概令人惊叹。

（三）比较法对后世文论的深远影响

比较批评方法自魏晋南北朝成熟实践后，广为后世沿用。比较兼象喻法的综合运用，成为古代诗文风格批评的主要方式，从皎然的《诗式》到司空图的《与王驾评诗书》再到严羽的《沧浪诗话》等，莫不如此。魏晋南北朝的比较批评对后世产生了很深的影响。随着比较对象的变化，比较批评在南北朝之后又经历了两大发展阶段②，清代比较批评中的理性分析和逻辑推论成分明显增加，实证精神得到增强，后来逐步发展到理性分析和实证的方法论阶段。而这

---

① 沈约在《宋书·谢灵运传》中对汉魏四百余年文学发展史的评析，也是对玄言诗派风格的极度不满。
② 详细论述请参见赖力行：《中国古代文学批评学》，华中师范大学出版社1991年版，第160-176页。

六、从"思维训练"视角切入中国古代文论教学之认识

在具体教学中厘清中国古代文论中存在的多种思维类型,不能只是采取学术研究的路数去挖掘和呈现,而一定要与课堂教学、学生接受结合起来。即教师要突破文本细读的格局,在前后方面做些延伸。如不仅知其然也知其所以然,分析这种思维是如何形成的?它由哪些文化原因导致?还要分析这种思维的魅力和特征,它的价值和意义,甚至当今在使用中如何延续这一传统,又如何辩证看待古人思维。

(一)在教学中,要善于分析思维类型的文化渊源和历史形成。

以直觉思维为例,一般学界认为它与中国文化史上源远流长的老庄哲学和禅宗思想有关,课堂教学中要分析他们之间的密切关联,让学生能寻根问祖,把握思维的源头。

和西方文学批评注重理论体系和逻辑推理不同,中国文论以体验感悟见长,多采取只言片语的评析为基本形态,缺乏深入和连贯的分析论证。老子提出"道可道,非常道",庄子又云"得意忘言""得鱼忘筌",开启了对不可言说的道的思索,从此建构了影响后世文论深远的言、意之思辨哲学。

禅宗公案多为直觉、感悟式对话,问者深藏机锋,答者奇显妙悟,以一种"问非求答,答非诣问"的超语言方式,直奔惯常的、逻辑的语言所无法企及的思维层面,最终使对话者"惑"落而"悟"起。熟参,即是艺术鉴赏和批评中的感悟方法,而古代文论中大量的诗词曲话及小说评点等等,都可以说是熟参之结果。① 诸如参、悟、妙悟等皆是对直觉思维的基本要求。受佛教的影响,很多文论家借用佛教的思想智慧来譬喻诗文创作和欣赏,将中国文论的直觉思维推向了极致。

宋代文论家严羽便是其中的典型代表。提出"别材""别趣"说,进一步强化了诗歌创作和欣赏中的直觉思维,作诗与"读书穷理"既相关又有别,它需要对前人作品遍参、熟参和活参。只有大量研读与积累,烂熟于心,才能如禅宗那样通过直觉式的妙悟去体验那个形而上的终极境界,才能达到真如本性并在内心获得第一义之悟,从而获得一种"不可言喻、不可凑泊"的审美感受。严羽以禅喻诗,用"空中之音,相中之色,水中之月,镜中之象"道出这种

---

① 李建中主编:《中国古代文论》,华中师范大学出版社2002年版,"导论"部分。

"别趣""妙悟"独特的魅力。正是佛教影响下的直觉思维在诗文批评中大量使用,才使中国古代作家、批评家的艺术触角特别灵敏,感受特别细腻丰富,才使古代文论文体美轮美奂,生机勃勃、诗意盎然。

(二)在教学中,要娴熟地分析每一种思维方式对中国文论文体建构的魅力与影响。

譬如以直觉感悟和体味法来进行文学批评,本身与中国文学以抒情为主的特性有关。刘勰曾谓"文情难鉴"(《知音》),批评家在面对"诗无达诂"的文学时大多简而论之,只能以简约的语言直观感悟,留与读者广阔的想象、体悟空间。笔者以为,这既是抒情作品的绝妙处,也是中国文论的奥秘处。这种重视直觉、感悟和体味的思维方式,对魏晋南北朝批评家建构批评文体具有重要的影响。

一是有利于批评家全局性、整体性把握批评对象,使批评文体在传达文学理论时精准、明晰,批评语言扼要、传神,语体极具凝练简洁之美,毫无繁冗拖沓之感。直觉思维往往绕开了知性分解,不经过推理和逻辑思维过程,直接把握批评对象的神韵和主旨,感悟性地传达主体对对象的整体印象和审美感受,避免了使用概念和术语。比如论及文体,曹丕《典论·论文》以"雅、理、实、丽"四个字分别概括"奏议、书论、铭诔、诗赋"等文体的艺术特质;桓范的《世要论》、陆机的《文赋》、挚虞的《文章流别论》、李充的《翰林论》,一直到刘勰的《文心雕龙》,均是深入探讨文体的典范。陆机《文赋》用并列词组形式来描述十种文体的特质,也是建立在直觉感受基础之上的整体把握。

如在论及具体作家、作品时,直觉感悟思维方式使批评家非常快速地把握批评对象,概括要旨。虽为片言只语,却一针见血、入木三分,精妙传神地把握住了作家作品的艺术精髓。比如评阮籍、嵇康文学风格的异同,刘勰曰:"嵇志清峻,阮旨遥深"(《明诗》)。"清峻"与"遥深"既是一种敏锐的直觉感悟,毋需更多赘言废语,读者对两位作家的人格魅力、作品风貌就心领神会。又如对一个时期(时代)整体文风的评析,直觉感悟使思维方式往往显得轻而易举。陆机《文赋》"观古今于须臾,抚四海于一瞬",刘勰《文心雕龙·时序》"原始以要终,虽百世可知也",都是以直觉论文来整体把握的典范。

二是当批评家在言说理论问题时,以直觉品诗,以感悟论文,不可避免地使批评文体与文学创作融为一体,文体因而充满诗性的特征,洋溢着艺术的气息,具有很强的审美品位。表现在批评时常精心选择优美的意象、以工整偶对的形式来传达对诗作的感受和看法。如汤惠休评颜延之、谢灵运诗为"谢诗如芙蓉出水，颜诗如错彩镂金。"鲍照评之则曰："谢五言如初发芙蓉，自然可爱；君（颜延之）诗若铺锦列绣，亦雕馈满眼。"① 曹植评吴质诗文风格曰："所得来讯，文采委曲，晔若春荣，浏若清风。申咏反覆，旷若复面。"李充《翰林论》评曰："潘安仁之为文也，犹翔禽之羽毛，衣被之绡縠。"等等，都具有很浓厚的诗意特征，批评文字妙不可言。

三是以直觉传达欣赏中的愉悦之感，引领读者玩味作品的多重意蕴。直觉感悟思维使批评文体情趣盎然，多了几份诗意，批评家常在鉴赏中"心物一体"，辅以大量意象的展示，批评家自然情不由衷地表现出鉴赏过程中的心理愉悦，如《文心雕龙·知音》篇所描绘：

> 夫唯深识鉴奥，必欢然内怿，譬春台之熙众人，乐饵之止过客，盖闻兰为国香，服媚弥芬；书亦国华，玩绎方美；知音君子，其垂意焉。

透过批评文体感性而优美的文字，读者常会受到极深的感染，并由此获得"欢然内怿""欣然忘食"的审美愉悦和心理快感。

四是初步形成批评家"片言居要"式的整体评析模式，也有学者称之为"整体浓缩型思维"②。这种在直观中聚合以迅速把握对象实质的思维方式，渗透到中国文学的方方面面。如学者所论"中国文论家们在表述整个文学流程时都尽力用浓缩精妙的语言。这是对文学印象式的整体把握，妙在直入主题，把握住了对象特质的主要方面，而对其枝叶细末则去之不顾，即一言道破天机。"③ 古人所谓"易、简，天下之理得矣"（《易·系辞上》）、"简言以达旨"（《征圣》）、"一言穷理"（《物色》）均是如此，文论家们借此"辩尽诸家，剖析毫芒"（高棅《唐诗品汇·总序》）。这种表达方式鲜明地表述出对象的异同、抓住问题的要点和实质，而不为其他枝叶、细节所遮蔽。

（三）教学中，主讲教师要善于分析不同思维方式对古代文论诗性特征的深刻影响。

兹以"意象"思维为例，在教学中分析它对营造文论诗性特征的贡献，从而体现这种思维的理论价值。约略说来有四端：

---

① 李延寿：《南史·颜延之传》。
② 李建中等：《中国古代文论诗性特征研究》，武汉大学出版社2007年版，第三章第三节，第120—130页。
③ 李建中等：《中国古代文论诗性特征研究》，武汉大学出版社2007年版，第123页。该书举例甚多，分析详细，读者可多参考。

一是有机地实现批评文体和创作文体的部分同构,使读者可将批评文体当作优美亲切的散文来欣赏,既从中得到理论的熏陶与提升,也可通过批评家精心营构的意象来获得美的愉悦。如学者所论:

> 无论是诗理的论说还是对诗文的具体评论,论家都将复杂抽象的义理和微妙丰富的审美感受化为具体直观的形象,用比兴托物,以语言的隐喻性形象指向艺术的深层体悟,使抽象的理论化为可感知的物象,让人一触了然。……直接导致了文论思想的审美化倾向和诗性特征。①

以日常经验、直观意象来从事文学批评,十分形象生动,后人曾深得其魅力。如《石林诗话》卷下曾说:"古今论诗者多矣,吾独爱汤惠休称谢灵运为'初日芙蕖',沈约称王筠为'弹丸脱手',两语最当人意。'初日芙蕖',非人力所能为,而精彩华妙之意,自然见于造化之妙,灵运诸诗,可以当此者亦无几。'弹丸脱手',虽是书写便利,动无留碍,然其精圆快速,发之在手,筠亦未能尽也。""精彩华妙""动无留碍"实在是对魏晋南北朝批评文体诗性特征的真正领略。

二是使批评文体具有鲜明的形象性,富有艺术气息,散发出一种含蓄之美,达到"情"(批评家自身情感、趣味)与"理"(文之理)的和谐共舞。文学批评以理性判断见长,而具象思维的运用可适当化解理论的冷静与艰涩,因为批评"并不是干巴巴的空洞说教,而是充满情韵,富有诗味,耐于咀嚼。在创作与欣赏过程中,那诸种神奇精髓而又奥秘无穷的境界往往只能会诸心而难诉诸口,无法全部通过理性的分析和逻辑的把握而穷尽。"批评家大量采用具象来论理,并结合比兴的手法,"把枯燥的理论问题,以具体可感的意象表达出来,精心选用形象化的语言,取材于物,取材于广为人知的典故,避免了理论常有的晦涩和难解,使人感到意味隽永诗意深长,与逻辑说理迥异其趣。"② 从而使批评文体呈现出形象和抽象的结合,寓抽象于形象之中,追求立论和求美的双重统一。

三是有利于批评家形成自然美的倾向。人类对理想自由及生命之美的追求多洋溢于"自然"(natural)之间。也许这就是为何自魏晋南北朝起,批评文体中大量布满具象的重要原因。该时段批评家以"具象"论文理,是在农业主导

---

① 李小兰:《中国古代批评文体研究》,武汉大学2008年博士论文,第四章第一节。
② 李小兰:《中国古代批评文体研究》,武汉大学2008年博士论文,第四章第二节。

的传统社会中推崇自然之美的一种表现。通常提及意象,不外乎自然意象和都市意象,而后者是西方文学的主流,作为中国传统文学主体的古典诗歌,几乎全部意象都是从农业大自然景象中提取的。历代文学批评亦不出此范围。对自然意象的大力摄取,代表了批评家对朴素、完美、幽雅、恬静的大自然的眷念与向往,为实现其自然美的理想提供了召唤。

四是以具象来比喻,不仅增添了批评的手段,而且极大地开拓了批评文体的理论空间。中国文学批评历来就有"赋比兴"的传统,以比喻评诗滥觞于《诗经》。① 而各式比喻被娴熟运用于文学批评——从论作家、作品到论创作手法,再到论文体特征、论诗文风格等——依然在魏晋南北朝时期。可见,以喻论文经过魏晋南北朝的批评实践,对后世文论产生深远的影响②,其在文学批评中腾挪跌宕,如鱼得水,成为批评的轻骑兵,极大地开拓了批评文体的空间。

中国古代文论如上诸种思维方式具有相当的理论品格,在批评的广泛性和独特性方面独树一帜。任课教师应结合具体教学来提炼文论家最具代表性的思维方式,适当分析其渊源和表现,尤其讲清这种思维方式具有的理论功用,以及对学生思考问题的重要价值。适当时候,任课教师可设计延伸性习题,来训练学生的迁移能力,真正做到活学活用。

第五节 中国古代文论教学中的地域文化视角

凡是教学文史哲相关专业的老师都有同感,在高校带"古"的课程普遍难讲,比如古代历史、古代哲学、古代文学莫不如此。而要讲得深入浅出、引人入胜更需多种教学方法综合运用,讲得深受学生欢迎更非易事。究其原因,一方面因时代久远,习惯于当下生活的学子们感到很隔;另一方面带"古"字的有些课程教材采用文言,这让很多90后学生难以适应。笔者在高校教学古代文论多年,深感其中甘苦,既是"古代"又偏重"理论",可谓双重门槛,"雪上加霜",要想讲好类似课程需要探索适合教与学的新方法。我们认为,从"地域文化"视角授课,不失为一种新的尝试。这里仅以笔者所在的江苏省为例。

---

① 如《诗经·大雅·烝民》:"吉甫作诵,穆如春风"等,即是比喻评诗的典范。
② 后世文论中大量以比喻来批评作家、作品、创作技法、诗风、诗体、古文等,可参见蔡镇楚《中国文学批评史》,中华书局2005年版,第14–17页。

一、引入地域文化教学古代文论的必要性及其课堂价值

为何要采用地域文化视角来教学古代文论？在课堂上引入地域文化因素有何价值和意义？我们认为，其学理依据有二：其一，古代文论的很多理论观点的形成离不开中国古代文化，或者说文论中的很多范畴、术语乃至命题多是传统儒、道、释文化孕育和滋养的产物①，古代文论家的著述情况和理论思想与传统文化具有密切的关联，前几年这方面的研究成果大批涌现。其二，据统计，中国古代三千余年先后产生了二百四十多位文论家（或批评家），分布于全国二十多个省市②，且很多文论家生前身为朝廷要职，或漫游全国，一生以求学、迁徙、移居、调动、贬谪、流放等多种方式辗转各地，在异域他乡留下了丰富的足迹，至今仍有不少文化遗存（如手稿、故居、名胜、景点等）供后人瞻仰、怀念。而他们以文字形式传世的批评著作、理论观点与其在各地留下的足迹休戚相关（如刘勰、颜之推、苏东坡、袁枚等人的著作）。因此，从地域文化视角切入来讲授中国古代文论不仅可行，而且对促进理论课程的教学改革具有先锋作用。

（一）有助于增强古代文论课堂教学的趣味性。

当前高校中文系本科生中，女生占据了绝大部分比例，她们擅长形象思维。而男生要接受相对偏重于抽象理论的古文论各种知识观点，也是需要辅以必要的生动性、形象性和直观性内容，否则学习艰涩的理论较有难度，甚至事倍功半。

如在讲到西汉文论家刘向时，除简略讲解这位沛县（今属江苏徐州）皇室子弟在政治风波中的起伏以外，淮海及周边地区有条件的教师还可直接带学生到徐州博物馆和徐州汉画像馆中去现场参观，从而对这位身兼经学家、目录学家和文学家的徐州籍文论家有更深入的了解和更直观的把握。刘向受诏校勘、整理采访来的书籍。他负责校经传、诸子、诗赋等类别（任宏校兵书、尹咸校术数、李柱国校方技等），在三阁校书19年，把数十年间堆积如山的宫廷藏书重加整理。每校完一书，乃条贯篇目，撮其旨意，编成当时国家藏书总目——《别录》，开创了世界上最早的图书目录工作之先例。其方法为：广罗遗本，较

---

① 见李建中主编：《中国古代文论》"绪论"，华中师范大学出版社2002年版。
② 此处，古代文论家人数是据《中国古代文学理论辞典》"理论家"和《中国古代文论家手册》统计而来。

之异同，除去重复，条别篇章，定著目次，然后再写定正本，撰写叙录。叙录的内容有：叙撰人之生平、辨书籍之真伪、剖学术之源流。《别录》记录了上古至西汉的文化典籍，为古代文化史之精华，对后世目录学、分类学有极深远的影响。该书已佚，今从《七略》可窥一斑。此外，刘向的辞赋33篇，今仅存《九叹》一篇，见于《楚辞》，其散文叙事简约、论理畅达、舒缓平易是其主要特色。此外，他还编著了《新序》《说苑》《古列女传》三部历史故事集，是魏晋小说的先导。明代张溥辑有《刘中垒集》，收入《汉魏六朝百三家集》中。通过地域馆藏的文化介绍，就对其文化作为有更加直观的感受和认识，对其文学批评贡献有更加准确的定位和评析。①

应该说，江苏古代诸多批评家如萧统、刘勰、高启、顾炎武等，皆可从地域文化视角来切入教学，提升课程的趣味性，这将使原本冷静、理性和相对枯燥、抽象的理论话语变得鲜活起来，赋予其亲切的面孔，更易走近当代大学生。

（二）引入地域文化因素使课堂原本抽象和枯燥的理论一下子鲜活起来，具有亲切感。

古代文论严格说来也是"文学理论"的重要组成部分，而理论一般都具有抽象性，相对枯燥、冷静和理性，对人的抽象思维力提出了较高要求，当前本科生接受起来效果远不及各种"文学史"的课程，这已成为当前高校的普遍共识。例如在讲到反对因袭、强调文章要有独创性的唐顺之时，可从常州"荆川公园"的由来、常州餐饮和房地产商关于荆川文化品牌的青睐入手（注："荆川"为唐顺之的"字"），分析他们以各种方式纪念明代这位常州籍杰出批评家。从地域文化角度来教学，似乎瞬间就把时空之隔的古代文论家带入眼前和现在，在"穿越"中一下子拉近了与学生之间的距离，便于学生迅速接受唐顺之的批评观点，其课堂效果由此得到增强。

（三）有助于传道、授业的同时，增强课堂的教育性。

知识的传授只是高校课堂教学的基本层面，让学生受到教育，得到鼓舞和感染、获得启发与熏陶才是课堂更进一步的境界与要求。如在讲到《文赋》时需涉及陆机以赋论文的主、客、内、外等缘由和因子，可顺带性地讲到陆云、陆机兄弟俩在吴地的书信体批评，并由此带入到陆机等文人在吴地的文学活动，以及以陆家为代表的中国古代苏州家族文学的兴盛，后来萧家（萧统、萧纲等

---

① 学界一般认为，刘向、刘歆父子在当时经学独尊的情况下，大力倡导研究诸子之学，对削弱官方学术思想的统治、解放思想是有积极意义的。

皇室子弟)、冯家(冯班兄弟)等皆是"批评世家"的典范，进而从"地域文化"角度分析古代苏州文学批评繁荣发达的成因及表现，这种由点及面的教学法，结合地域文化来展开，必将能对学生产生良好的教育效果。

(四)有助于对当代文史类大学生进行人文熏陶，提升其人文素养。

中国古代杰出批评家往往不拘泥于自身所处的时代，其批评观点与理论思想具有一定的超越性。他们在长期的文学实践活动中所显示出的人文精神值得今人认识、弘扬并传承。在古代文论课堂教学中，可从地域文化视角对这种人文精神加以提炼和概括，从而使大学生受到相应的启迪。如在讲到清代批评家顾炎武、赵翼、焦循、阮元、周济、刘熙载时，在大体介绍后，先让学生思索这些江苏批评家有一个怎样的共同点？然后在启发中展开思索，通过比较发现，他们都学富五车，几乎同时为史学家、文学家甚至训诂学家等多重身份，博学多才，在批评中融会贯通，善于进行跨领域研究，视野极为开阔，这几乎是清代批评家的共性。进而扩展到清代至民国期间江苏后来的批评家如刘毓崧、王韬、陈廷焯、黄人、刘师培、吴梅等人，让学生知人论世，进而去总结他们从事批评的地域性共通特点。

可见，课堂上适当结合地域文化因子，从江南吴中文化形成的博学、思辨传统，以及江苏古代教育发达、高度重视人才培养等传统来讲解，必能激发学生的兴趣爱好，起到新的教学效果。

二、从"地域文化"视角讲授古代文论的切入点与基本方法

地域文化包含的内容本身就非常丰富，如何在有限的课堂时间里从"地域文化"视角对批评家及其理论观点进行解读呢？为提高其操作性和成效性，我们以为，可大致从如下几个方面切入进行。

(一)课堂上选择有影响和代表性的经典批评家及其作品展开分析

立足于文论家的作品，就其理论主张、思想观点来讲解，历来是中国古代文论课程的重心所在，即一切关于文论家的生平、郊游、趣事的介绍等必须紧密围绕其诗学内容来展开，而不可本末倒置，教学必须突出学科的重、难点。因此，选择地域文化视角讲授古代文论，可在课堂上选择那些最有影响力、最具代表性的批评家作为"点"来多加透视，其余二线的或者不太典型的批评家则作为"面"择要带过。

比如讲到一代文豪、旷世奇才苏东坡的文论思想时，可结合他于1077年4月至1079年3月在徐州任知州近两年(实为23个月)的经历及其地方文化建

设来展开。因反对新法而被排挤的苏轼,此后贬谪地方数十年,在其执政密州、徐州、湖州、惠州、儋州各地期间,"游历山水以泄胸中忿气,所经之处墨宝点点,留下许多学林佳话,目前多已成为人文景观名胜。诸如浙江杭州西湖苏堤,山东诸城超然台,徐州黄楼,无锡惠山漪澜堂,苏州定慧寺苏公祠等。在知徐州期间,苏轼进行了抗洪水、建黄楼、祈雨劝农、抗春旱、查石炭、利国铁,医病囚、治军政、兴旅游、弘文化等活动,体现了他为民谋利的情怀,展现其精明强干的政治家风范。苏轼在徐州虽不足两年,但却勤政为民,四处郊游、唱和,并写诗为文,无论在硬件景观建设上,还是软件文化内涵赋予上,都为徐州做出了重大贡献,功不可没。① 其部分文学批评观点的提出、著作的撰写,就是在徐州任上完成的。在讲到苏轼的"诗是穷人物""寓意于物"等理论观点时,可结合苏轼出任徐州知州时的文学创作来展开。大略介绍了苏轼来到徐州的原因、作为和贡献,分析其遭遇、经历与其文论思想存在的关联。进而结合具体作品讲授此阶段苏诗所具有的三大新特点:题材特殊,如写抗洪、采煤、题画、批评新法等,均写亲身经历,抒一己之感受;艺术上达到新的高度,其中尤以题画诗在章法上分合有度、跌宕跳跃,描绘形象;批评新法诗在使事、用典上含蓄浑成,最具特色。这样,也可将文论课与文学史紧密结合起来,加深学生对批评家文论观点的深入理解。

(二)分析地域文化因素对文学批评的渗透与影响

每个人的人生都会打上家乡文化的烙印,甚至影响其一生的观念与情怀,对于批评家也不例外。当一位批评家成长、求学甚至长期居住、生活于某地,自然受到这个地区各种文化的影响,尤其对外界刺激信息格外敏感的文人而言,更是如此。以古代文论为例,当讲到两汉的刘向、刘安来自徐州后,进入汉末魏晋南北朝后,就会发现诸如葛洪、陆机、陆厥、萧统、萧纲、萧绎等,以及后来的刘知几、陈师道等皆来自苏州或常州等地,不仅顿生疑问:为何这么多批评家竟都出自江苏?进而勾勒出自汉至清两千余年江苏地区所涌现出的近60名杰出批评家,经统计占据全国近1/4。抛出话题让学生思考:江苏古代为何人才辈出,批评家竟接近全国的半壁江山?江苏古代的文学批评为何如此繁荣兴盛?其地域文化原因何在?这就带动、促使学生从地域角度展开深入思考和详细分析,形成单纯了解诗学思想以外的另外一些认识。经探究发现,江苏古代文学批评繁荣发达,远远超过全国其余省份,主要有五大原因:古代金陵是多

---

① 参见拙文:《近年来苏轼在徐州研究述评》,载《船山学刊》2012年第4期。

个朝代的政治中心,对周边文化形成辐射,感召力极强;江苏各地历史文化积淀较深厚;江河众多,水文化孕育了江苏文化的包容性与开放性;地理优势促使南北文化融合,对批评家形成吸引力;形成了多个批评世家;书院众多,教育发达,重视人才的栽培。而这些结论的得出,都与从"地域文化"角度审视有关。进而得到了通常教材上根本无法领会的另一种认识,也增强了学生发现问题的意识和分析、解决问题的能力。这里所论只是抛砖引玉,并非只限于江苏,对于全国其他任何省份的古代文学批评,都可采用此法在课堂上教学、分析。

(三)培养并形成研究性的学习方法,总结观点得出普遍性的认识

大学的教学绝不能只满足于传授知识,而应通过教师的表率作用在方法和思路上带给学生启迪,培养其研究性的学习能力及行为习惯。俗话说"授人以鱼不如授人以渔",任何死记硬背式地单向接受只能窒息学生的创造力,教学的目的在于通过引导和激发来使学生的迁移能力得到提高,以解决日后类似的相关问题。从这个角度来看,大学任何课程都具有激发、培养学生研究性学习能力的使命。以古代文论的教学为例,任课教师可从地域文化视角来示范如何逐渐形成这种能力,具备这种本领。

以江苏古代文论家为例,在陆续讲到葛洪、陆机、陆厥、萧纲等十余位江苏文论家后,引导学生思索:既然都为江苏批评家,这些生活在大致同一片土地上的士人,在批评风貌上究竟有何特色?具有哪些极为类似的共性?他们在批评特征上和安徽、山东、江西等省份批评家有何显著不同?……问题必然促使学生结合多位批评家展开深入思索和探讨,这实际已涉及对江苏批评家的人文精神、批评特征、文化品格乃至批评传统的总结与提炼了。最后任课教师在总结中指出江苏古代数十位文论家在批评实践活动中形成了如下五大优良的批评传统:力举创新,追求新变;勤奋学习、博学多才、视野开阔;批评世家较突出;书院发达,重视教育和人才培养;典籍保存完好,资料较为丰富。学生如有异议,可在课堂上切磋和商讨。这种激发式、引导式教学,不仅可使学生受到人文熏陶,也可锻炼他们在平时阅读和学习中去发现选题,进而由点及面地去寻找分析和解决问题的途径与方式。一旦学生在尝试和探索中逐渐能得出带有规律性的认识及总括性的结论,其学习的兴趣也就会被激发起来,教学成效自然比传统灌输式、单向讲授式更为显著。

三、从"地域文化"视角讲授古代文论的教学提示

当然,在以地域文化视角来教学古代文论,不得不兼顾课程的性质,考虑到学生的特点。依我们多年的讲授经验和教训,认为三个方面尤其需要注意,宜引起高度重视。

(一)以地域文化视角讲授古代文论,不可喧宾夺主,本末倒置

这门课程目前在高校多为40或48节,课时非常有限,加之跨度很大,内容庞杂,正常进度依次讲授几乎无法讲完。很多院校讲到六朝或唐代部分就宣告结束。因此,任课教师在课堂上应有的放矢,选择重要的、有代表性的典范文论家以结合地域文化展开,其余的约略带过。高校中部分教师对本地文化极为熟悉,讲起来往往滔滔不绝、口若悬河,没有遮拦,缺乏通篇考虑,一旦地域文化内容讲解过多过深,就会喧宾夺主,得不偿失,这恰恰是教学之大忌。因此,教学中应有主有次、有取有舍、有收有合,方可游刃有余。

(二)以地域文化视角讲授古代文论,还可在讲完某个阶段或朝代后整体进行,不必在讲到具体节次时逐一展开

其原因在于,一旦学生了解到多位本地(通常为本省)批评家后,就可避免限于一隅,而脱身开来整体观照,由点及面,从群体中挖掘、整理出带有地域规律性的普遍认识(如上文论及江苏诸多批评家的批评特征、人文精神和批评传统等),这对增强其学习能力、提高其研究方法大有裨益。开动脑筋,引导学生参与到课堂中来,不仅是今后高校教学的必然趋势,也是课程教改的重要维度。

(三)积极寻找话题,对作业进行反馈,以形成师生之间的良性互动

对于部分课堂上无法展开的、可用地域文化视角研究的个别话题,可采用布置作业下来完成、任课教师督促检查的方式来进行。这样不仅节省有限的课时,也培养和增强了学生的问题意识,在踩点中切实受到锻炼。任课教师还可将以这些话题或作业为切入点,形成自己的研究课题①,实现教研的融通,并积极反馈学生作业,形成师生之间的良性互动。

综上,高校教师在讲授古代文论时,既要注意到文论家诗学思想的分析和

---

① 著者曾以此为基础,在2017年申报的"江苏古代批评家资源开发与利用研究",获江苏社科联合会的年度社科应用研究精品工程B类资助(编号:17SYB-086);同年内课题"地域文化视野下的江苏'古代批评家'群体研究"(项目编号:2017SJB0926),获江苏省教育厅高校哲学社会科学项目立项资助。

阐发，也可适时地采用地域文化视角，以激发中文系学生学习文论类课程的学习兴趣。教师的职责在于传道、授业、解惑，而开启古文论学习殿堂的钥匙在于，通过地域文化视角的引入和应用，学生能形成过硬的学习迁移能力和分析、解决专业实际问题的能力，并激发对文化的热爱之情。

第六节　中国古代文论教学中"质疑精神与批判能力"视角

近二十年来，随着改革开放进入了"深水区"、社会对高层次人才需求不断增强，学界对高等教育人才培养质量予以了广泛关注和深度反思。在全民族呼吁创新的今天，各领域正在经历资源的重组和深刻的变革。在高等教育中加强对本科生进行批判思维和质疑精神的培养，是急需弥补的重要一课[①]。而依托具体专业课程培养学生的批判思维，刻不容缓也意义深远。兹以中国古代文论为例，稍做分析。

一、当前高校批判性思维普遍缺失原因分析

20世纪90年代随着高校各学科研究的深入和成果的繁荣，学术创新与人才培养引起学界的反思和关注，人们对质疑精神、批判思维日趋重视，对此二者与学生创新能力之间的关联展开着多方面的思考。自2003年北京大学在国内首次开设"逻辑与批判性思维"课程后，各高校陆续推出批判思维训练课程，并在"逻辑学"中增加"批判"和"质疑"等教学内容。二十余年来，诸如《批判性思维教材》《学会提问》《清醒思考的艺术》等教材和著作陆续出版，学界对质疑精神、批判能力与高校教学、学术创新之间的关联研究开始兴盛起来。

---

① 2015年8月，笔者在汕头大学参加过第五届全国批判性思维和创新教育培训班。此外搜集并研读过相关成果主要有：1. 刘彦：《研究生学术批判思维弱化及其教育调试》，西南大学2011年硕士论文；2. 陈倩：《高校研究生学术批判思维的训练策略研究》，西南大学2009年硕士论文；3. 武永江：《论导师与研究生批判共同体的构建》，载《学位与研究生》2013.3；4. 肖庆华：《论文科研究生的批判意识》，载《学位与研究生》2014.7；5. 汪纪锋、潘艺林：《论提高研究生批判素质的意义与策略》，载《集美大学学报》2002.2；6. 董康成：《大学自我批判精神式微归因及其建构路径》，载《继续教育研究》2015.7；7. 雷鸣：《论批判精神与研究生创新能力的培养》，载《江苏高教》2011.2。

尤其是当前全国掀起"创业"热潮，此话题更加引人瞩目。众多学者认为，在市场经济和大众文化的冲击下，当前大学人才培养模式与方法存在诸多问题①。其中批判思维与质疑精神的普遍缺失在当前大、中、小学各阶段教育中较为严重，已成为制约人才冒尖和推动创新的瓶颈，这与国人重视人脉关系轻视真理追寻、长期的应试教育制约了人才的发展、学校教育在质疑与批评方面的缺位等多种因素有关。当前对本科生加强批判思维和能力培养，无疑具有重要的现实意义。

（一）培养缺失

当前高校本科生批判思维普遍弱化，是多种因素综合作用的结果。它既受到中学教育的深远影响，也与当前高校教学方式较落后有关。批判思维的缺失不仅在学生身上普遍存在，在学者和老师们身上也很常见。它甚至成为当前中国教育界、学术界的普遍缺失。尤其是留学归来的高校师生见证了欧美等国外高校"教"与"学"的现状后，在强烈的差异和比照下，对此有更深入的认识和体会。

1. 中小学对批判思维的教育缺乏

长期以来，中、小学阶段缺乏对学生们进行批判思维和能力的训练，从知识点的讲解、习题作业的布置到考试方式的设置来看，对学生发散思维、分析思维、形象思维等训练具有一定帮助，但对逆向思维的训练是远远不够的。老师们普遍喜好服从、听话又认真学习的"乖孩子"，而对具有鲜明个性、敢对普遍认同的答案或价值观说"不"的学生不甚喜欢。学者指出，"不可否认，在中国教育中好孩子的普遍道德标准还是听话、顺从、守纪律等等，独立自主、个性解放还经常被视为异端，有独立个性的学生常要遭否定和打击。"② 这使原在幼儿或少年阶段具有好奇心、探究欲望强的学生，日益在教育的规训下失去了独立判断能力和科学抉择能力。在巨大的升学压力下，中小学课程讲授上普遍重视知识传授而轻视思维训练，题海战术在一定程度上剥夺了学生探讨、争鸣、切磋和表达的机会，并且所谓的标准答案极易促使学生在思考和表达上趋同而非求异，这恰恰是批判能力形成的劲敌。反观中国学生的求学与成长，6~18岁青少年的批判思维训练是先天不足的。

---

① 参看侯爱荣：《地方综合性大学人才培养模式研究》，中国海洋大学出版社2016年版；梅友松：《地方高校人才培养机制改革与实践》，科学技术文献出版社2016年版，等等。

② 鲁洁：《转型期中国道德教育面临的选择》，载《高等教育研究》，2000年第5期。

2. 当前高校教育模式和教学方法的阻滞

近二十年来高等教育涌现出诸多问题，学者们呼吁并探索高教改革之路，也在深入分析基础上给出了很多对策和建议。当前高校长期延续传统的讲授法，注重知识的传授，而较少采用合作式教学、探究式教学和自主研讨式教学方法。这种"填鸭"式和"满堂灌"的教学模式在高校相当顽固，虽然近年来随着教育信息化的到来，部分高校教师尝试利用微课、慕课、翻转课堂、对分课堂等多种教学模式或工具，但在重科研、轻教学和"项目化生存"的今天，讲授法依然占据主导，成为众多一线大学教师屡试不爽的"法宝"。他们习惯于传统的讲授法，能自我把控进度和节奏，避免其他教学方法的更新和采用带来备课时间与精力的大量投入。而学生批评思维的训练和质疑精神的形成，需要在互动、反馈和交流中进行。当前高校课时普遍压缩，很多教师无法讲解完教材内容和章节，且没有时间去批改和反馈学生的作业。此外，高校固定教室座椅的做法也不利于小班教学，不利于批评思维的训练和开展。总之，当前高校的整体教学环境和氛围是极难推动学生批判思维的训练。

3. 求真氛围的缺失和趋同心理的制约

如果进一步把视野从学生群体转换到国民，则中国自古以来就缺乏追求真理的人文氛围，古代以来长期形成了趋同的民族心理，也是批判思维欠发达的深层次文化原因。西方自古便有"吾爱吾师吾更爱真理"的传统，导致他们不畏困难、敢于挑战权威，对真理孜孜以求，求真的文化孕育了西方人的科学精神。而中国古代在儒家思想影响下，形成了趋善求治的伦理文化，缺乏对事物本真面貌的拷问，多以伦理判断取代事实判断，情操标准和道德观念弥漫于社会各领域，成为士人价值判断的主导。这将制约国人面对事实和真相的审视和思辨。在宗法制的影响下，中国人在血缘关系的带动下，不断建构起与地域网络交织的交际圈，形成高度重视人脉运作的熟人社会群体，并且在法先王和复古思潮的长期渗透与推动下，形成了尊敬长者、服从权威的心理意识。在面对不同的看法、观点和见解时，碍于情理和面子不敢于站出来进行辩论、反驳甚至独立发表见解，趋同心理长期根深蒂固。我们认为，这些都是导致中国自古缺乏质疑精神、当今难以深入推进批判思维训练的重要原因。

（二）意义价值

1. 多种思维的综合训练和创新能力的全面提高

批判思维在初级阶段以逆向思维方式呈现，即对已有的材料、观点或推理过程、认识结论做出逆向思考；在思维品格上以求异、出新见长。在具体论证中运用发散思维和分析思维,对他人观点的前提、论证思路做出细致辨析,从而谈出自己的看法。可见,批判思维在思维家族中具有统摄性,能全面带动学生逆向、发散、分析等系列思维的形成。并且,它有助于本科生创新能力的培养。愚以为,在创造思维训练过程中,学生能区分如下几个方面:一是不轻易相信权威和定论,对既有认识和结论抱有一份清醒和理性;二是能调动自己的潜能去搜集材料、充分论证和得出自己的看法,不人云亦云和步人后尘,不在一味附和中丧失自己独立思考的能力;三是善于找出不足、发现问题所在,对问题具有敏锐性和直觉性,而这恰恰是学术创新的重要基础。

2. 课程的深入掌握和个人学习能力的增强

依托课程来加强本科生批判思维的训练和质疑精神的培养,有助于巩固课程知识,促使学生对章节内容深入掌握、熟练运用。在中小学教育的模式下,大学生普遍习惯于讲授式教学,注重学科知识要点的识记与接受而淡化了独立思考、自主学习和迁移运用。由于大学课程学习没有那么多习题、作业和模拟考试的羁绊,学生对课程知识的掌握主要在适当的练习和考前复习中。一些自觉性不高和学习懒散的学生在平时知识的掌握与应用上表现较差,导致当前很多大学生重视考试结果而相对忽视平时学习过程。而批判思维的训练依托平时的课程学习,有助于学生牢固掌握知识要点,学会独立思考并对相关话题产生兴趣。无论是以书本知识要点为契机,还是做相关资料文献的拓展,都能产生批评的话题,使学生在思考前提、言说基础、逻辑推论、观点更新方面加深印象,并对新的思考路径、新的文献来源等,做出及时探索与关注。这将极大地增强学生的学习力。同时,无论是批判还是质疑,尤其需要主体更宽广的知识结构、更缜密的思维水平和更谨严的推论过程,这些都有助于学生成为自己的"导师",做学习的主人,主动去学习,在批评和质疑中享受思考、颠覆、推论、写作带来的成就感。

3. 大学学术的创新和未来创新型人才的培养

从近期效益和具体层面来说,批判思维有助于当前大学学术的创新。一方面,老师引导学生去批判和质疑,首先自己在备课、查阅资料、积极思考、笔头表达方面就要以身作则,做出精心细致的准备。同时老师要善于挖掘学科存在的问题,课程知识点之间的关联,同时对学科前沿动态和发展趋势等,也有相当的熟练与掌握。另一方面,大学教师是高校知识生产和学术科研的主力军,他们在论文写作、课题申报方面都需要与时俱进、不断创新,而具有这种教学意识和教学习惯的教师,必然会竭力避免陈旧、落后的选题,减少从事意义和价值不大的课题研究，促使自己在课题、论文的新颖度、前沿性方面出彩。而当前高校本科生、硕士生论文选题陈旧、重复，存在抄袭和剽窃现象，创新度不高已被学界广为关注。依托课程进行批判性思维的训练，将从课程论文、学年论文、毕业论文等诸多环节推动学生创新。如果能形成一种各学科都重视此种思维和能力的培育氛围，则无疑将储存了大量创新性人才，为未来的发展打下基础，也将引领一个社会风气的良性好转。

二、文本挖掘与具体分析

中国古代文论发展演进了上千年并有着丰厚的理论资源，诸多朝代均涌现出大型的文艺争鸣或有才情个性的批评家，这笔宝贵的矿藏有待于开发。我们认为，批评思维和质疑精神的培养，无疑是此课教学中一个重要的切入视角。

1. 先秦：荀子与墨子论"乐"。

先秦时期，思想家墨子和荀子围绕乐的存在与功用，展开了激烈的争鸣。春秋鲁国思想家墨子从保障民众物质利益的历程出发，谴责统治阶级穷奢极欲的享乐生活，鲜明提出"非乐"的文艺观。墨子"非乐"并不盲目或主观臆断，而是对乐的特征与功用有相当的了解，其谓"之声悦耳动听，镂华文章买卖夺目。""但同时他更认为，进行音乐演奏、从事华文技艺等娱乐活动要劳民伤财，会荒废政事，徒有害而无益。他尖锐地指出统治阶级这些活动都是要靠剥夺民力财力来实施的。"① 最终墨子小生产者的身份和意识占据主导，左右了他对乐的看法，他从民众生存的角度提出了"非乐"的三点原因：制造乐器于吃饭穿衣无补，无舟车那样的实用价值；训练乐工、组织乐队需要人马，他们脱离生产，"夺民衣食之财"；文艺演出产生大批观众，沉迷于乐的享受，使执政者荒废国家治理，百姓荒废田间劳作。墨子"非乐"观与其"三表法"（有本、有原、有用）一脉相承，是其学术的重要组成部分。他以缜密的逻辑逐层论析，令人信服，加之墨子生前追随者甚多，具有号召力，其"非乐"观无疑代表了春秋时期极具影响的一种思想学说。

然而在战国时期，这种"非乐"观遭到思想家荀子的猛烈抨击，他对墨子观点质疑，体现了百家争鸣时代士人的独立思考精神。《荀子·乐论》篇深入指出艺术的功用在于给人带来感官的享受与快乐：

---

① 邹然主编：《中国文学批评史》，北京大学出版社2006年版，第53页。

> 夫乐者,乐也,人情之所必不免也,故人不能无乐。乐则必发于声音,形于动静,而人之道,声音动静,性术之变尽是矣。故人不能不乐,乐则不能无形,形而不为道,则不能无乱。

荀子把乐提升到了人本能需要的程度,在于它能带给人快乐。"人不能无乐","人情之所必不免"几乎空前强化了乐的合理性。这是对墨子非乐的批判和反击,他认为"墨子蔽于用而不知文"(《荀子·解蔽》),并且,荀子还进一步提出"以道制欲"的理论观点,来消解了墨子的担心和顾虑,将他所认为的"乐"的危害置于儒家思想范围之内限定和区分。针对乐在乱世可能使人享乐、生产被荒废、乐的迷漫会促使人心颓废、道德堕落等系列现状,荀子指出:

> 故曰:乐者,乐也。君子乐得其道,小人乐得其欲,以道制欲,则乐而不乱;以欲忘道,则惑而不乐。故乐者,所以道乐也。

在乐上可区分君子和小人,只有将人对乐的享受和占用欲望限定在合理范围内,"要求乐舞的接受者端正思想,克制情欲,不可放纵而走向极端"① 从而将乐的追求置于儒家之道的规训范围内。荀子消解了墨子担心乐舞泛滥致使人的欲望无限膨胀、社会危机重重的担忧。从论证到观点,荀子都在批判墨子学说,其质疑也有理有据,显示出不拘一格、超越陈见的士人风度。当然,在先秦、墨荀以外诸家亦论"乐"谈"诗",皆可作为批评素材,在具体课堂教学中适当利用和展开。

2. 两汉:屈原及离骚争鸣

两汉诸多士人参与屈原其人其文的文艺批评,形成早期学术探讨的一大热点。其评析、议论观点相左者不在少数,"呈现出批评与反批评的现象"②,情况较为复杂。它们共同将两汉屈骚之争推向前进。

汉初争论家贾谊因有与屈原近似的遭遇,对其于楚国宫廷所经历的排挤及最后沉江的结局深有同感。故其《吊屈原赋》用系列比喻来说明屈原处境的环境险恶:是非不分、忠奸不辨、小人得志、义士被贬。他对屈原的遭遇流露出深切的惋惜之情,也提出了善意的批评:虽现实黑暗但可远走他乡,另择明君③。这在两汉文论史上初步奠定了对屈原崇高精神的肯定基调。

---

① 邹然主编:《中国文学批评史》,北京大学出版社2006年版,第43页。
② 邹然主编:《中国文学批评史》,北京大学出版社2006年版,第80页。
③ 邹然主编:《中国文学批评史》,北京大学出版社2006年版,第80页。

其后才思敏捷的刘安正面肯定屈原及其《离骚》：

> 《国风》好色而不淫，《小雅》怨诽而不乱。若《离骚》者，可谓兼之矣。……蝉蜕浊秽之中，浮游尘埃之外，皭然泥而不滓。推此志也，虽与日月争光可也。（刘安语，班固《离骚序》引之）

认为离骚兼具国风和小雅之优长，感情真挚、思想纯正。刘安的可贵之处在于对屈原的人格和精神做出了崇高评价，认为他与天地长存、与日月争光。

紧承其后，司马迁高度称赞了屈原的人格品质，"正道直行""竭忠尽智""其志洁，其行廉"等，同时对《离骚》的艺术特色有深入认识：

> 兼《国风》《小雅》之长，能"明道德之广崇，治乱之条贯，靡不毕见。

扬雄在褒奖屈原具有如玉般高洁人品的同时，也对他的过激行为表示了惋惜。这几乎成了围绕屈骚展开的文艺争鸣的转折点。其后班固持保守贬斥态度，虽然他对于屈原忠贞于楚国的品质及政治目的持肯定态度，但以"露才扬己"说对屈原的政治理想和崇高精神加以否定：

> ……咸以全命避害，不受世患。故《大雅》曰："既明且哲，以保其身。"斯为贵矣。今若屈原，露才扬己，竞乎危国群小之间，以离谗贼。然责数怀王，怨恶椒兰，愁神苦思，强非其人，愤怼不容，沉江而死，亦贬絜狂狷景行之士。（《离骚序》）

班固对《离骚》运用种种神话传说、夸张想象的写作手法也多有贬斥，"多称昆仑冥婚宓妃虚无之语，皆非法度之政，经义所载。"其眼光显得局促和狭隘，对《离骚》浪漫主义艺术特色缺乏正确的认识。应该说，班固的批判虽显得迂腐，但因在贬斥的同时也不乏对屈原的肯赞，其文艺观具有"二重性"，肯定与否定交织，斥责与称赞呼应，恰恰显示出他贵族的立场以及僵化思想的全部复杂性。

"反者道之动"，如果照班固之评析则屈原的爱国主义精神和《离骚》伟大的艺术成就在文学史上似乎无从呈现。然而历史终究会给人以公道。此后东汉文学家王逸则在融汇各家的基础上，重点对班固看法进行了批判与质疑。他在继承刘安、司马迁和扬雄同情屈原遭遇的基础上，对班固的指责予以批判，还原曾经误读和曲解的屈原以清白：

> 且人臣之义，以忠正为高，以伏节为贤。故有危言以存国，杀身以成仁。……若夫怀道以迷国，详愚而不言，颠则不能扶，危则不能安，婉婉

以顺上，逡巡以避患，虽保黄耇，终寿百年，盖志士之所耻，愚夫之所贱也。

　　故智弥盛者其言博，才益多者其识远。屈原之词，诚博远矣。至终没以来，名儒博达之士，著造词赋，莫不拟则其仪表，祖式其模范，取其要妙，窃其华藻。所谓金相玉质，百世无匹，名垂罔极，永不刊灭者矣。（《楚辞章句序》）

王逸切身体察，首先肯定屈原不顾个人利益、将生命置之度外的精神品格，其"不隐其谋""不顾其命"，乃是"绝世之行，俊彦之英"的体现，是尽"人臣之义"表现，符合儒家"微言存国和杀身成仁"的忠义品格，而班固谓其"露才扬己""苟欲求进"是贬损之语，"亏其高明，而损其清洁"。进而在此基础上，联通《诗经》和《楚辞》，指出屈原作品"引类譬喻"，采用象征艺术手法，并就其不同意象体现的象征蕴涵进行了分类和揭示。也是对班固指出《离骚》多"虚无之语"的有力反批评。

两汉文论史上，不同批评家针对屈原其人、其文有不同的看法，甚至针锋相对、水火不容，这种批评和反批评体现了史学家、学者、作家之间复杂的内心情怀及话语较量。在具体教学中，如果教师逐一讲解他们对屈原人与文的看法，极容易混淆，也易忘记，如果将持续数百年间的这六家评屈原（贾谊未评析，只表明态度）统统置入"批评思维和质疑能力"的框架内，则正反双方的立场、观点便非常鲜明，也有利于学生深入掌握。从我们近年几轮的教学中使用来看，效果要比单纯讲解好得多。

3. 南北朝：钟嵘的"破"与"立"

在南北朝之前，中国文论处于快速的发展阶段。周代文论寄生于子书和史书中，是早期诗人在抒发思想感情、历史学家在表达写史纪事、政治家和哲学家在谈论相关话题时产生的，从内容的深度和广度来说尚处于初级阶段，文艺观多伴随哲学、政治和诗文创作而出场。而两汉虽有专题性的屈原评论并对赋体也有批评，但处于承上启下的发展阶段并被笼罩在经学的氛围之中，文学理论与批评尚未真正独立和自觉起来。魏晋时期曹丕、挚虞、陆机等也以创论见长，而至南北朝的刘勰和钟嵘，则自觉批评的意识开始勃发，他们充分发挥才情和博学之优长，在批评基础上立论，在质疑之后别出机杼，破、立结合，创生自己独特的文艺思想。

钟嵘的才情在《诗品》中表现得非常鲜明，集中体现在他对已有书籍、诗歌创作方法的批评之上。首先，从著述初衷上，他言简意赅也较为精准地指出了相关书籍的缺点和不足：

> 陆机《文赋》，通而无贬；李充《翰林》，疏而不切；王微《鸿宝》，密而无裁；颜延论文，精而难晓；挚虞《文志》，详而博赡，颇曰知言：观斯数家，皆就谈文体，而不显优劣。至于谢客集诗，逢诗辄取；张隐《文士》，逢文即书。诸英志录，并义在文，曾无品第。嵘今所录，止乎五言。

在钟嵘看来，不区分作品质量的优劣和作家水平的高低，则失却了诗论的指导意义。其"轻欲辨彰清浊，掎摭病利"，即为了指出各家的长处和弊端。受品评人物和技艺的风气的影响，钟嵘很自然地把社会领域中大量使用的品第法移用到诗歌评论中来，他与曹丕、陆机突出的不同在于不只是评析诗人，也评析文论家和文论著作，并且下笔极为果敢，显得颇为自信。这根源于他采用了"滋味"说、"直寻"说等诗论主张，且对诗歌发展史做了大量研读和整理工作。在课程教学中，要分析质疑和批评是导致创新的重要途径，能促使主体独辟蹊径而避免重蹈覆辙。

其次，钟嵘诗论的提出还建立在犀利地批判和质疑基础之上。他指出文坛弊端是爱用声律、采用典故，致使诗歌的感兴思维受到限制，写诗如同书钞：

> 至乎吟咏情性，亦何贵于用事？"思君如流水"，既是即目；"高台多悲风"，亦唯所见；"清晨登陇首"，羌无故实；"明月照积雪"，讵出经史？观古今胜语，多非补假，皆由直寻。颜延、谢庄，尤为繁密，于时化之。故大明、泰始中，文章殆同书抄。

> 遂乃句无虚语，语无虚字，拘挛补衲，蠹文已甚。但自然英旨，罕值其人。词既失高，则宜加事义。虽谢天才，且表学问，亦一理乎！

钟嵘"直寻"说"就是直接来描写感受，就耳目感官所见所闻，自然抒发情感，无须刻意雕琢或用典。"[①] 这是一种重在兴趣的美学观的追求。他在后文提出"寓目辄书"和"直致之奇"便是"直寻"的最好注脚。古代文论中很多范畴、命题是批评家在熟读作品后自然概括而成；有的则是从社会、美学等领域中转移、借用过来的，有的则从现实文风不满的批评中而来，钟嵘的文论兼而有之，而在质疑、批评方面尤为突出。他敢于不拘时俗发表自己的观点，哪怕有些看

[①] 邹然主编：《中国文学批评史》，北京大学出版社2006年版，第159页。

法有失公正和客观（如将陶渊明列为中品、曹操列为下品），也在所不辞，甚至在"剑走偏锋"中显示出鲜明的学术个性和批评家应有的理论锋芒。教学中把钟嵘评五言诗的初衷、分类的标准、理论的得失等综合地置于批判和质疑的场域中，则能够在批判共同体中对其文论有更为深入和全面的把握。

4. 宋代：严羽文论

严羽是两宋数百年间在批判力度和质疑才华方面极为突出的文论家之一。其诗论思想也是破立结合之典范。破者，他对江西诗派展开了猛烈的抨击，语气极其干脆利落：

> 近代诸公乃作奇特，解会遂以文字为诗，以才学为诗，以议论为诗，夫岂不工？终非古人之诗也。盖于一唱三叹之音有所歉焉。且其作多务使事不问兴致，用字必有来历，押韵必有出处，读之反覆终篇，不知着到何在，其末流甚者，叫噪怒张，殊乖忠厚之风，殆以骂詈为诗，诗而至此可谓一厄也。

他把江西诗派依靠文字和议论为诗的做法称为诗歌遭遇厄运，丧失了出路。认为那不符合诗歌题材的要求，"诗有别材"，既肯定诗歌题材的特殊性；而"诗有别趣"，趣者乃在兴味、情趣、兴会，要求诗歌有自己独特的审美感受。正是基于对当时延续了很久并在文坛上占据上风的江西诗派的批评和质疑，严羽提出了诗歌情感性、趣味性等审美特质，将诗歌创作拉到了正常轨道，使其符合艺术规律和要求。在通篇《沧浪诗话》中，严羽从多个方面提出了自己的质疑，这些都值得在课堂中作为"案例"来解读。

此外，明代李贽提出"童心说"，公安三袁提出"独抒性灵""不拘格套"观，袁枚的"性灵"论等，都是具有浓郁批判色彩的文艺思想，主体的质疑精神也格外鲜明。

三、采用"批判与质疑"视角切入古代文论教学的认识

批判思维的训练和质疑能力的提高，是当前高校课程教学中极为缺乏却又十分重要的环节。深入挖掘学科内容，以书本知识为载体采用此视角展开教学，对师、生双方都是极具裨益的。从多轮教学实践来看，我们认为要想取得预期教学成效，如下四个方面需要引起足够的重视。

一是知人论世。孟子提出的"知人论世"观，启示我们在讲解某位文论家的理论观点时，不能孤立地就理论谈理论，要结合他的身世遭遇、生平思想及

其所处的社会背景、时代环境来讲解,将作品("诗")、作家("人")、时代("世")三者构成互文的"小体系",突破单纯对文本字面意思的理解。从如上论析来看,被批判的对象——先秦的"乐"、屈原采取迥异于《诗经》"比兴"的象征手法、两汉经学影响下的复古和拟作风气、江西诗派以才学和议论为诗的创作,等等——与当时社会状况、审美风尚、文化心理等都关联紧密,教师采用双重视角去备课和引导,既要熟悉文本,也要熟悉文论家批评和质疑的对象。其次,古代文论家评论作品多离不开对一个相当长时期文艺思潮的叛逆,离不开对既定创作模式的反思和重新审视。无论是荀子、王充、葛洪还是钟嵘、严羽、李贽文论,都不单纯是在批评一种具体观点,而是对一种普遍的文艺风气和创作观念的猛烈批判。这需要任课教师将所讲授的"这一个"置于前后文论的发展、演进中去考察,方能获得相对宏阔的视野,对其理论创新做出较为准确而客观的评析,对这位批评家的成就和贡献做出合理的定位。

二是文本研读。在具体教学中,教师可不拘一格,或以人(文论家)为单位,或者以批评观点为单位组织教学,形成教学单元,这都需要对文本深入研读和细致品咂。聚焦文论作品,将字、词、句贯通,从语段和篇章方面对经典文本作深度阐发和解读,是任课教师的基本功。惟其如此,才能对批判的对象、批判的成因、批判的切入点、批判的过程、新的认识与看法等有深入的把握,通过"慢镜头"来还原质疑的全过程。并且,只有在文本细读中,批评家的创新途径、个性风貌才能呈现出来,才能使文本的解读更加富有意蕴。

三是调动学生。从批评思维训练角度切入古代文论教学,与本章所论其他节次(角度)一样,不能采用单向度的由老师主讲的方式,那会固化填鸭和灌输式教学的既定模式,剥夺学生思考的权利,不利于调动他们的积极性。教师需要精心设计问题,抛出话题,采用分组讨论式教学,引领学生从批评缘由、批评对象、批评过程、批评结论等层面展开,让学生自觉而主动地进行批评建构,在参与中体会和把握。甚至教师可据选题采用辩论赛方式进行和展开,如墨子和荀子论乐,完全可组织辩论赛,通过具体的活动来促使学生"下水游泳",既有助于推动学生研读文本、准备发言,也有助于在双方辩论中加深理解、锻炼口才。对于在复古、声律、用典方面突出的文学创作模式,可组织小组去进行角色扮演。总之,任课教师需灵活自主进行课堂设计,统筹安排、精心部署,以充分调动学生积极性,避免包办和灌输。

四是主体精神。除熟悉批评语境、文本内涵和课堂组织外,任课教师尤其需要重点开掘文论家的主体精神,即他们在质疑和批评中涌现出的个性特点、精神品格和风貌追求。从字、词、句的解读中把握主体世界。比如其独立思考的品格、其独辟蹊径的理论追求、其切入批评的方式角度、其理论创新的路径，甚至治学的个性特点等，都值得在课程中予以概括和升华，以对学生的学习起到鼓舞作用。

千年中国文论受儒、道、释多元文化的渗透和影响，在发展演进中与政治、文化、审美等不可分离。几乎每个阶段围绕学术思潮产生了丰富多元的文论和批评，如先秦在子学推动下围绕礼乐展开了大型的文艺争鸣，两汉在经学影响下围绕《诗经》生发了众多阐释，魏晋围绕玄学产生了文质之辨，唐朝围绕佛学和理学有声势浩大的古文运动……这几乎构成不同阶段文论发展的主线。以此为基点从批判和质疑角度切入文论的讲解，不失为一种尝试，这对学生的创新能力培养具有重要意义。

第七节　中国古代文论教学中的价值观建构视角

一个人，接受教育便是向文明迈进的过程，其知识、思维、技能、能力等各个方面都会发生显著的变化。其中，个人修养的增强和境界的提升至关重要，它关乎一个人的素养水平、学识基础和追求情怀，是其综合素质的鲜明标志。这也成为是否接接受了高等教育的重要分水岭。世纪之交前后，社会伦理风尚受市场和商业的猛烈冲击而出现了道德滑坡的局面，曾引发学界和教育界的广泛关注和讨论。此后，社会各界也出台了系列政策措施以改进这一不良局面。新时期大众文化泛起，整个社会的浮躁状态直接影响到当代大学生的求学面貌和伦理观念，依托高校专业课程来对学生进行修身教育便迫在眉睫。青年是国家的栋梁，是社会主义事业的建设者与接班人，他们的整体素养和面貌将直接影响到未来整个社会的精神文明建设。

基于不同学科特点，文科生没有理工科那样的实验，在动手操作技能上要逊一筹。但他们在人文知识的储备、个人修养的提升、信息和视野方面的训练上，却比理工科更为直接也更受益。在高校青年学子的"三观"尚未彻底成熟时，通过具体专业课程来对学生进行立德树人教育，将具有重要的社会意义和时代价值。当前学者针对"弘扬和培育以爱国主义为核心的民族精神"提出要紧抓广大青少年这个重点，在文化知识的学习中立足于青少年身心特点，结合课程在具体的爱家庭、爱自然中展开。① 而笔者近年来一直在从事中国传统文论与核心价值观的培育涵养这一重要课题②，在接连几届讲授中国古代文论课程中结合研究心得，依托爱国、友善、敬业等关键词对学生开展修身和境界的教育，取得了初步的成效，现总结出来与诸位同人分享。

一、中国古代文论教学与"爱国"价值观建构

爱国是公民层面价值观的首要关键词，古往今来无论是战争还是和平时期，它都被人们高度认同和普遍信仰。有学者采用三分法来观照从古至今的爱国思想，并指出，"爱国主义具有鲜明的时代性，在社会发展的不同阶段、不同时期有不同的具体内容。爱国主义的初始形态，主要表现为古代社会的忠君意识和民族意识。在新民主主义革命时期，爱国主义主要表现为致力于推翻帝国主义、封建主义和官僚资本主义反动统治的斗争，把黑暗的旧中国改造成为光明的新中国。在当代中国，爱国主义主要表现为献身于中国特色社会主义伟大事业，献身于祖国和平统一大业。"③ 可见，爱国内涵是动态演进和存在差异的。具体来说，爱国既可以是一种思想情感，也可以是一种崇高美德，还可以是付诸实践的实际行动。它包含三个层次——个人、家庭与国家，分别对应于：我先做、齐家做、举国爱，即由个体扩散到社会、由公民上升到国家，逐层升级。这也为当今如何践行爱国价值观提出了具体的思路。在传统社会，"忠义忧患"是中华民族精神的"爱国"根基，它主要表现忠君爱国的伦理观念、舍生取义的价值取向以及"以天下为己任"的忧患意识三个方面。④ 依托这笔资源顺带性地对学生进行爱国价值观教育，有助于增强他们为国为家的天下情怀。

（一）上古之爱国：评屈骚

如以晋朝和明代为界限，将中国传统文论分文上、中、下三段，则每个阶段的文论对爱国均有鲜明的体现，师生共同学习起来，感人至深。如上古诸多文论家评价屈原其人、其文，表示出对爱国思想、爱国行为的高度讴歌与赞扬。

---

① 温小勇：《怡养涵育：培育社会主义核心价值观的传统理路》，中国社会科学出版社2015年版，第125-127页。

② 先后形成《中国传统文论蕴藏社会主义核心价值观点评》与《中国传统文论涵育社会主义核心价值观研究》两部书稿，拟于近年申报项目后出版。

③ 中共中央组织部党员教育中心组织编写：《兴国之魂：社会主义核心价值观五讲》，人民出版社2013年版，第118页。

④ 温小勇：《怡养涵育：培育社会主义核心价值观的传统理路》，中国社会科学出版社2015年版，第126-128页。

富有正义感的学者王逸在《楚辞章句序》中曰:

> 而班固谓之露才扬己,竞于群小之中,怨恨怀王,讥刺椒、兰,苟欲求进,强非其人,不见容纳,忿恚自沈,是亏其高明,而损其清洁者也。……

> 故智弥盛者其言博,才益多者其识远。屈原之词,诚博远矣。……所谓金相玉质,百世无匹,名垂罔极,永不刊灭者矣!

王逸以学者的良知驳斥了班固等人对屈原爱国主义精神的曲解,还原其真实,称颂其"杀身成仁"的崇高人格,并对屈原其人、其文给予了高度肯赞。正是爱国行为、爱国情怀的抒发,铸就了"离骚""涉江""哀郢"等伟大等篇章,成为后来辞赋家争相模拟的对象。王逸谓班固"明哲保身"观乃苟合取悦之行径,对屈原"进不隐其谋,退不顾其命"的精神予以了褒扬,认为这才在人格上合乎儒家气节,其作品才合乎"诗教"之旨。

教学中,任课教师可前、后互文,适当拉通这些资源集中讲解,采取"作家论"的专题方式对学生进行爱国主义教育。数百年后,文论家刘勰亦有深入而集中的论析:

> 自《九怀》以下,遽蹑其迹;而屈、宋逸步,莫之能追。故其叙情怨,则郁伊而易感;述离居,则怆怏而难怀;论山水,则循声而得貌;言节候,则披文而见时。是以枚、贾追风以入丽,马、扬沿波而得奇;其衣被词人,非一代也。故才高者菀其鸿裁,中巧者猎其艳辞,吟讽者衔其山川,童蒙者拾其香草。

> 赞曰:不有屈原,岂见《离骚》?惊才风逸,壮志烟高。山川无极,情理实劳。金相玉式,艳溢锱毫。(《文心雕龙·辨骚》)

"惊才风逸,壮志烟高",对屈原的爱国行为及建立在爱国情感上的作品给予了高度肯赞。"中巧者猎其艳辞",指出后世模仿者因未有屈原爱国的遭遇和行动,仅得其皮毛,难获真髓。学生通过王、刘等不同角度的评析,在优美的语言感染中,对爱国获得高度认同。屈原及其楚辞作品是上古时期爱国教育的最好题材。此外,《颜氏家训》《世说新语》中亦有相关素材,在古代文论教学中可串通起来略带讲一讲。

(二)中古之爱国:钟嵘和陆游

在古代,爱国思想和情怀还通过文人亲近祖国山水、珍惜自然赐予和思乡、恋家等多种方式体现出来。表现在中国古代文论中，就是大量采用意象来批评，使篇章文采斐然，充分体现了批评家（兼为诗人）擅长以诗意语言来传情达意、表达诗学思想的长处。

如南北朝文论家钟嵘《诗品序》曰：

> 若乃春风春鸟，秋月秋蝉，夏云暑雨，冬月祁寒，斯四候之感诸诗者也。嘉会寄诗以亲，离群托诗以怨。至于楚臣去境，汉妾辞宫。或骨横朔野，或魂逐飞蓬。或负戈外戍，杀气雄边。塞客衣单，孀闺泪尽。或士有解佩出朝，一去忘返。女有扬蛾入宠，再盼倾国。凡斯种种，感荡心灵，非陈诗何以展其义？非长歌何以骋其情？故曰："诗可以群，可以怨。"使穷贱易安，幽居靡闷，莫尚于诗矣。……

丰富的生活场景是诗歌取之不尽的源泉，叙及"或负戈外戍，杀气雄边。塞客衣单，孀闺泪尽。"是古代士兵保家卫国的鲜活体现，他们离妻别子、戍守边关，只为边防的稳固。此外，古代意象批评中大量地涉及文论家对祖国美好河山的描绘，诸如"春风春鸟，秋月秋蝉，夏云暑雨，冬月祁寒，斯四候之感诸诗者"等等，也是对家乡无比热爱的体现。没有对故土的眷念、对家乡的情怀，是难以写出如此优美文字的。又如司空图《诗品》大量地以意象论文学风格，具有诗情画意之美，"纤浓""沉著"等品把读者带入自然的和谐与静谧之中，没有人对自然浓郁的依恋之情，是很难写出如此篇章的。

中古还有不少文论家具有浓郁的爱国情怀，如王昌龄、杜甫、苏轼等。这个阶段是诗体批评极为发达的时期，杜甫、陆游、王若虚、元好问等皆以诗歌的样式评析作家作品，并表达出了浓郁的爱国之情，同样感人至深。如陆游《九月一日夜读诗稿有感走笔作歌》曰：

> 我昔学诗未有得，残余未免从人乞。力孱气馁心自知，妄取虚名有惭色。
>
> 四十从戎驻南郑，酣宴军中夜连日。打球筑场一千步，阅马列厩三万匹。
>
> 华灯纵博声满楼，宝钗艳舞光照席。琵琶弦急冰雹乱，羯鼓手匀风雨疾。
>
> 诗家三昧忽见前，屈贾在眼元历历。天机云锦用在我，翦裁妙处非刀尺。
>
> 世间才杰固不乏，秋毫未合天地隔。放翁老死何足论，广陵散绝还

堪惜。

在民族矛盾尖锐的年代,陆游在遭遇、感受中逐渐凝练爱国的思想与情感,并在家庭熏陶和前辈爱国人士的教育指导下,他的诗歌创作发生了巨大变化,此篇便记录了这种心路历程。"诗家三昧忽见前,屈贾在眼元历历。天机云锦用在我,翦裁妙处非刀尺",表明他"四十从戎驻南郑"后,广阔的现实世界和丰富的战地生活,极大地丰富了他的创作与诗论,使他能摆脱江西诗派的影响。所论"汝果欲学诗,工夫在诗外",皆是从军后领悟到社会生活和创作的密切关系。

陆游曾到夔州做通判,旋即从戎南郑。在此期间,其思想经历了从追求到破灭、从热情跌入失望的历程,这更激发了其爱国主义思想。民族对峙、时代巨变和经历体验共同促使陆游的思想在此阶段产生了飞跃和升华,如清人赵翼所说:"放翁诗之宏肆,自从戎巴蜀,而境界又一变。"而陆游晚年回忆这种巨变时曰:"汝果欲学诗,工夫在诗外。"(《示子遹》)不仅诗论如此,他在近60年中创作了近万首诗篇,许多抒写了抗金杀敌的豪情和对敌人、卖国贼的仇恨,风格雄奇奔放,沉郁悲壮,洋溢着强烈的爱国主义激情,在思想上、艺术上取得了卓越成就,在生前即有"小李白"之称,成为南宋一代诗坛领袖。总之,爱国情感、爱国观念贯穿隋唐元明清时期的中国文论。

(三)下古:近代文论中的爱国激情

进入清代中后期,社会发生翻天覆地的巨变。封建社会日趋腐朽,大批有为知识分子已有先见之明,通过文论、诗论来抨击社会的黑暗和政治的落伍。此后,数次鸦片战争中促使士人浓郁的爱国之情如火山喷发,缔造了近代文论史上不朽的爱国篇章。教师在讲授近代文论时,宜连成一片,选择典型人物结合时代巨变,有的放矢地对当代大学生进行爱国价值观教育。

如文论家张际亮论道:

> 汉以下诗,可得而区别之者,约有三焉:曰志士之诗也,学人之诗也,才人之诗也。……若夫志士,思乾坤之变,知古今之宜,观万物之理,备四时之气,其心未尝一日忘天下,而其身不能信于用也;其情未尝一日忤天下,而其遇不能安而处也。其幽忧隐忍,慷慨俯仰,发为咏歌,若自嘲自悼,又若自慰,而千百世后读之者,亦若在其身,同其遇,而凄然太息,怅然流涕也。盖惟其志不欲为诗人,故其诗独工,而其传也亦独盛。如曹子建、阮嗣宗、陶渊明、李太白、杜子美、韩退之、苏子瞻,其生平亦尝

仕宦，而其不得志于世，固皆然也。此其诗皆志士之类也。今即不能为志士所为，固当为学人，次亦为才人。（《答潘彦辅书》）

一生磊落有奇气但又抑郁不得志的张际亮（1799—1843），借诗论抒发壮志难酬的悲慨，揭露弊政民贫的社会现实，谴责外国列强的侵略，具有浓郁的爱国情怀。他将诗歌分为志士之诗、学人之诗、诗人之诗，而"志士之诗"要求士人在诗歌之先和诗歌之外"积理养气"，从欣赏曹植、李白、杜甫、苏东坡等志士之诗来看，他注重诗歌要有悯时救世的内容，具有崇高的政治志向和忧国忧民的精神。这在清朝中后期具有鲜明的时代意义。

如林昌彝《射鹰楼诗话》卷十论道：

诗有烟火气则尘，有脂粉气则纤，有蔬笋气则俭。无是三者而或矫同立异，或外强中干，则亦为馁而为败。故诗不可以无气，而气尤不可以袭而取，不可以伪为。其气逸而雄、清而壮者，汉、魏以来，少陵一人而已。苏子瞻云："天下几人学杜甫，谁得其皮与其骨？"皮且不可得，而况得其神髓乎哉！此无他，骨不灵而气以颓，心不侠而气以慑，虽日取杜诗而读之，而去杜益远矣。

结合时代背景和诗人遭遇来看，节选文字与"爱国"息息相关。文论家推崇杜甫诗歌气骨雄逸、清壮之风貌，借此而猛烈抨击当时文坛上烟火气、脂粉气等俗音滥调，他呼吁人们要像杜甫那样关心时务世事、直面世变、抒发忧愤。这实际是他所处时代19世纪中期中国社会被动挨打局面的折射和流露。"林氏之所以把杜甫作为榜样，与他所处时代和环境密切关系，其精神与当时的经世致用思想潮流是一致的。"① 此外，林昌彝还对"沉郁顿挫"的风格尤为器重，亦与近代诗歌能反映深重国难和忧患心灵有关。他的诗论强烈关乎时代主题和爱国情怀。又如丘逢甲《论诗次铁庐韵》记载：

芭蕉雪里供摹写，绝妙能诗王右丞。美雨欧风作吟料，岂同隆古事无征。

四海横流未定居，千村万落废犁锄。荆州失后吟《梁父》，空忆南刚日草庐。

展卷重吟民主篇，海山东望独凄然。英雄成败凭人论，赢得诗中自

---

① 黄霖、蒋凡主编：《中国历代文论选新编》第四册"晚清卷"，上海教育出版社，第19页。

纪年。

> 四海都知有蛰庵，重开诗史作雄谈。大禽大兽今何世？目极全球战正酣。

邱诗多慷慨激昂，抒发爱国情怀，笔力雄健，能表现新事物和新思想，为当时的"诗界革命"服务。从节选组诗中的三首来看，他追忆南阳卧龙诸葛亮咏诗抒怀，联想唐代杜甫乱世雄谈，回忆起抗击日军的失败经历，都表现了他在世界格局风云变幻、祖国遭受入侵的时代，那种忧民与爱国的情怀。无论从其生平遭遇还是从其创作文本来看，丘逢甲的爱国情怀付诸行动，热情洋溢、振奋人心，可看作晚清至民国时期中国精英知识分子众生相。

丘逢甲要求诗人爱国忧民，关心时政，他是晚清文人中倡导"诗界革命"的中坚力量，通过诗歌维新促进社会现实的变革。其毕生诗歌创作多抒发真情实感，彰显爱国情怀和慷慨悲歌，善于表现新思想、新事物，且笔力雄健，感召力强，是国破家亡时期中华民族的最强音。梁启超称其为"诗界革命之巨子"。他的作品体现出晚晴士人浓郁的爱国主义精神。

我们认为，在依托古代文论对学生进行"爱国"价值观教育时，一定要与当前国家弘扬的社会主义核心价值体系相结合，通过精心踩点，分析案例，并结合文论内容讲解，从而达到"润物细无声"的教学效果。

二、中国古代文论教学与"友善"价值观建构

深受儒家思想影响的中国传统文论，很多篇章体现出儒家的伦理道德观念，诸如仁爱、礼乐、诚信、道义等词汇不时地见诸篇章，甚至在有的文论中成为阐发的重点主题或论争的焦点话题。这些文论资源都与友善有着密切的关系，任课教师可予以深入挖掘，来推动学生道德观的建构。

（一）文论家对友善价值观的推崇

司马迁在《报任安书》中把"乐善好施"作为评价一个人是否仁义的起点和关键：

> 仆闻之，修身者智之府也，爱施者仁之端也，取予者义之符也，耻辱者勇之决也，立名者行之极也。士有此五者，然后可以托于世，列于君子之林矣。

这是友善价值观的体现，司马迁将其"乐善好施"作为志士的五种品德之一，传承孔孟论"仁"而来，同时也强化了中华民族"友善"的伦理维度。而

宋代文论家柳开则谓：

> 古之教民，以道德仁义；今之教民，亦以道德仁义。是今与古，胡有异哉？古之教民者，得其位，则以言化之，是得其言也，众从之矣；不得其位，则以书于后，传授其人，俾知圣人之道易行，尊君敬长，孝乎父，慈乎子。大哉斯道也，非吾一人之私者也，天下之至公者也。是吾行之，岂有过哉？（柳开《应责》）

弘扬道统的柳开指出了征圣、宗经的实质，古人以道德仁义来教化百姓，生前以表率示范，死后则以其著作来传道，人们因而尊崇君王，恭敬长者，孝顺父母，慈爱子女，此道为天下所公并成为伦理秩序，应当推行。柳开把自孔、孟、韩逐渐建构起来的儒家"友善"伦理道德观进一步传承、推进，文以载道，文以传道。

（二）在兄弟和朋友之间培育真情

当代大学生很多是独生子女家庭，从小得到精心照顾，甚至被过度宠爱而使自我主义膨胀，在集体生活或走入社会工作后，其弊端日益明显：以自我为中心，不善于体察谅解他人，缺乏同情心，甚至人际关系方面较为冷淡和隔膜，很难与人建立长期友好而互动的情谊。而古代文论中，一些篇章——无论是序跋还是书信，都洋溢着人与人之间的真情，无论血缘关系的兄弟，还是曾经朝夕相处的知音，都在帮助、怀念、体察中体现出一种难得的真情。这些资料可在古代文论教学中予以挖掘。

谢灵运在《拟魏太子邺中集诗序》中反映建安文人的相处：

> 小序建安末，余时在邺宫，朝游夕燕，究欢愉之极。天下良辰美景，赏心乐事，四者难并。今昆弟友朋，二三诸彦，共尽之矣。古来此娱，书籍未见，何者？楚襄王时有宋玉、唐景，梁孝王时有邹、枚、严、马，游者美矣，而其主不文；汉武帝徐乐诸才，备应对之能，而雄猜多忌，岂获晤言之适？不诬方将，庶必贤于今日尔。岁月如流，零落将尽，撰文怀人，感往增怆！

同一时期的有些文人是生活中的朋友、创作中的战友，互相唱和、郊游，往来不断，或赠送作品加以品评、勉励。一些批评篇章以史料形式记载了他们生前"友善"相处的场面或经历，此段文字即是。谢灵运分别以曹植、王粲、王琳、徐干等建安文人的口气写诗，以寄托自己的情思。这是文前的短序，介绍了建安末年邺下文人集团聚首的盛况和文人们四散零落的感慨,是建安时期文人关系的一种简练概括和鲜明反映,其中尽显友善与情谊,在课程讲授中充分控制和利用,将能产生极好的育人效果。

又如萧纲在《与湘东王书》中畅评文坛时,顺带展现了兄弟情谊,也极为感人:

> 至如近世谢沈约之诗,任昉、陆倕之笔,斯实文章之冠冕,述作之楷模,张士简之赋,周升逸之辩,亦成佳手,难可复遇。文章未坠,必有英绝领袖之者,非弟而谁?每欲论之,无可与语,思吾子建,一共商榷,辨兹清浊,使如泾渭,论兹月旦,类彼汝南,朱丹既定,雌黄有别,使夫怀鼠知惭,滥竽自耻,譬斯袁绍,畏见子将,同彼盗牛,遥羞王烈。相思不见,我劳如何?

这是入京为太子的萧纲给弟弟萧绎所写的书信,就当时文坛上模仿儒家经典、学习谢灵运和裴子野诗歌的风气进行了评论。兄弟二人情笃意深,文末视弟弟为文坛才子"曹植",深情地表达了兄长的勉励与期待。虽不乏自负之情,然兄弟之间的"友善"之情跃然纸上,鲜明可见。我们认为,这些都可成为课堂教学中的良好素材。

此外,存于《陆云集》中的三十五封《与兄平原书》,大致写于元康末至永康元年陆云由淮南赴洛以后,至太安二年冬,机、云兄弟被成都王颖所害的三四年间,主要目的在于整理旧文和定篇结集。书信主要就各自文章谋篇、修辞及写法进行了敞开心扉的探讨,坦诚指出兄弟创作的得失,在期待中勉励对方写出好作品。这种文论段落或篇章是当前对大学生进行人格教育的绝佳素材,可在教学中充分利用。

三、中国古代文论教学与"敬业"价值观建构

古代文论家在儒家立言以求不朽的影响下,大多刻苦攻学,勤勉写作。无论是著书立说还是表达观点,都体现出很强的敬业精神,这对当代大学生是有较强感召力和鼓舞作用的。

一是发愤著书。

司马迁在《报任安书》中写道:

> 且负下未易居,上流多谤议。仆以口语遇遭此祸,重为乡党戮笑,以污辱先人,亦何面目复上父母之丘墓乎?虽累百世,垢弥甚耳!是以肠一

日而九回，居则忽忽若有所亡，出则不知其所往。每念斯耻，汗未尝不发背沾衣也！身直为闺合之臣，宁得自引深藏于岩穴邪！故且从俗浮沉，与时俯仰，以通其狂惑。今少卿乃教之以推贤进士，无乃与仆私心剌谬乎？今虽欲自雕琢，曼辞以自饰，无益于俗，不信，适足取辱耳。要之，死日然后是非乃定。书不能尽意，略陈固陋。谨再拜。

司马迁用自序文字表明创作《史记》的初衷，读者能强烈地通过文字来窥探到他作为一名历史学家和作家对写史、创作的忠诚与敬业态度。这其中既有他出身史学世家，受父亲司马谈遗愿与嘱托的影响，更有他遭受宫刑后面对不公正刑罚而做出的对社会、历史和朝政的深入思考，从袒露心声的文字、从入狱后忍气吞声以超乎常人的毅力与决心写史，从《史记》一书庞大的框架与精心的结构，从他本着史家良知来书写信史，从其发誓"究天人之际、通古今之变、成一家之言"的宏愿来看，司马迁的"敬业"精神，都令后人无比敬佩和感动。他不仅为二十四史确立了史学标杆，也成为后来史学家忠诚、敬业的一面镜子。教学中应多挖掘这种素材，对学生进行价值观熏陶。

中国文论史上还有一种"敬业"观是主体虽然穷愁潦倒、贫病交加，毅然地著书立说、发表独见，或者身上体现出一种古代文人的骨气和气节，在有生之年发挥其价值，成名不朽，放光发热。明代文论家钟嗣成即是如此，其《录鬼簿序》曰：

予尝见未死之鬼吊已死之鬼，未之思也，特一问耳。独不知天地开辟，亘古及今，自有不死之鬼在。何则？圣贤之君臣，忠孝之士子，小善大功著在方册者，日月炳焕，山川流峙，及乎千万劫无穷已。是则虽鬼而不鬼者也。

余因暇日，缅怀故人门第卑微，职位不振，高才博识，俱有可录，岁月弥久，湮没无闻，遂传其本末，吊以乐章；复以前乎此者叙其姓名，述其所作。冀乎初学之士，刻意词章，使冰寒于水，青胜于蓝，则亦幸矣。名之曰《录鬼簿》。嗟乎！余亦鬼也，使已死未死之鬼作不死之鬼，得以传远，余又何幸焉。若夫高尚之士、性理之学，以为得罪于圣门者，吾党且啖蛤蜊，别与知味者道。至顺元年龙集庚午月建甲申二十二日辛未古汴钟嗣成序。

钟嗣成自号"丑斋"，屡试不第，一生潦倒、坎坷，颇有愤世嫉俗之情，仍然立志为古代身份、地位都很低下的戏曲作家立传，名之为《录鬼簿》，表示即便得罪了高尚之士，性理之学，也豁出去了。《录鬼簿》一书，书记载了金元曲家152人，两代知名曲家几乎被囊括殆尽。其著录杂剧名目已达四百五十二种，占了现存可考元人杂剧剧目的百分之八十以上，这成为后世研究元曲最重要的资料。这种在磨难中励志著书的文论材料，对当代大学生"敬业"价值观的建构，极有启发意义。

二是坚持道统与正统。

这体现为学术观点上坚持己见，不随俗和动摇，以鲜明的主张和看法来体现自己的身份。如唐代文论家皮日休的文艺观体彰显出浓厚的儒家道统意识：

> 咸通丙戌中，日休射策不上第，退归州东别墅，编次其文，复将贡于有司。发箧丛萃，繁如薮泽，因名其书曰《文薮》焉。……其余碑、铭、赞、颂、论、议、书、序，皆上剥远非，下补近失，非空言也。较其道，可在古人之后矣。古风诗，编之文末，俾视之，粗俊于口也。亦由食鱼遇鲭，持肉偶臇。《皮子世录》著之于后，亦太史公自序之意也。凡二百篇，为十卷，览者无诮矣。（《文薮序》）

在古代有些文论家深受儒家思想影响，论文时鲜明地以道统自居，主动地担负起传承孔孟衣钵的历史重担。皮日休揭示自己作诗目的在于"上剥远非""下补近失"，企图有益于现实政治而不为空言，故此他格外关怀政治与现实，推崇讽喻诗（见其《正乐府序》）。其"敬业"体现在对"文以载道"的坚守和对文化浓厚的道义感。

针对西昆体的盛行，欧阳修在《答吴充秀才书》中深表担忧而提出了"道胜文至"的文艺观，他批评了专门事文的文士们，作品存世者不多，即便"文章丽矣，言语工矣"，也多瞬间凋零。"大抵道胜者文不难而自至"，道胜是前提，要求文人在品性、修养和经验方面积累到一定程度，写出经得起读者和时间检验的妙文，是自然而然的事情。这一方面对"文"与"道"进行了调和，也是对儒家道统的坚守与遵循，欧阳修是"敬业"的，其文论与创作相呼应，也与他古文家的身份息息吻合。

李清照在《论词》中曰：

> 乃知别是一家，知之者少。后晏叔原、贺方回、秦少游、黄鲁直出，始能知之，又晏苦无铺叙，贺苦少典重。秦则专主情致，而少故实，譬如贫家美女，非不妍丽，而终乏富贵态。黄即尚故实，而多疵病，譬如良玉有瑕，价自减半矣。（《论词》）

李清照对北宋词坛以诗为词的做法很不满,并严厉批评了苏词不协音律、"非本色",王安石等人的词不忍卒读,故提出词体"别是一家",要求字音、乐律、调式相互谐和,并总结了四声转换的具体技巧,对词体风格的要求做了明晰的规定:高雅、浑成、典重以及铺叙。作为词人,李清照如此捍卫词体之做法和特征,追求其纯正性和本色,是有一种"敬业"精神的。

三是文学写作上的敬业。

这集中体现在对写作姿态、面貌的要求上。清代文论家章学诚提出"临文主敬"观:

> 凡为古文辞者,必敬以恕。临文必敬,非修德之谓也;论古必恕,非宽容之谓也。敬非修德之谓者,气摄而不纵,纵必不能中节也;恕非宽仁之谓者,能为古人设身而处地也。嗟乎!知德者鲜,知临文之不可无敬恕,则知文德矣。

他认为"临文主敬",从事写作应有严肃认真、心平气和、公允冷静的态度,不可草率马虎、意气用事或乖张偏颇,这样才能确保文章内容纯正、感情适当,尊重史实。这是从态度、原则方面论及文章写作中的"敬业"。

白居易在《与元九书》中写道:

> 仆始生六七月时,乳母抱弄于书屏下,有指"之"字、"无"字示仆者,仆口未能言,心已默识。后有问此二字者,虽百十其试,而指之不差。则知仆宿习之缘,已在文字中矣。及五六岁,便学为诗。九岁谙识声韵。十五六,始知有进士,苦节读书。二十已来,昼课赋,夜课书,间又课诗,不遑寝息矣。以至于口舌成疮,手肘成胝。既壮而肤革不丰盈,未老而齿发早衰白;瞥瞥然如飞蝇垂珠在眸子中者,动以万数,盖以苦学力文之所致,又自悲。

在这封提出"文章合为时而著,歌诗合为事而作"文艺观的著名书信中,白居易动情地回忆了自己小时候刻苦读书、努力作诗的经历:白天习赋、晚上习书,间隙又习诗,可谓夜以继日,口舌生疮,手肘出茧,依然克服坚持,"盖以苦学力文之所致",以至于未老先衰,徒增伤感。白居易的求学故事是古代作家中敬业的典范,是勉励后学们绝好的"励志"教材。主讲教师在课堂上抓住契机加以点化,将会给学生极大鼓舞和启迪,从而获得"敬业"价值观教育。

又如《文心雕龙·神思》篇记载:

> 人之禀才，迟速异分；文之制体，大小殊功。相如含笔而腐毫，扬雄辍翰而惊梦，桓谭疾感于苦思，王充气竭于思虑，张衡研《京》以十年，左思练《都》以一纪：虽有巨文，亦思之缓也。淮南崇朝而赋《骚》，枚皋应诏而成赋，子建援牍如口诵，仲宣举笔似宿构，阮瑀据案而制书，祢衡当食而草奏：虽有短篇，亦思之速也。若夫骏发之士，心总要术；敏在虑前，应机立断。覃思之人，情饶岐路；鉴在疑后，研虑方定。

从文思"快"和"慢"两个角度论古今文人的写作特点，曹植、王粲等人是才子型作家，机敏而熟练，一气呵成；扬雄、司马相如、桓谭和王充则为迟缓型，或思虑过度，或用脑入神，都数十年锤炼，不愧是敬业的典范。他们对心爱的文学事业是忠诚痴迷，倾情投入，方有精品的问世。这是文学创作上对"敬业"的最好诠释。这在激烈竞争的快节奏时代，对克服学生浮躁心、功利心，引导他们精心钻研业务，具有重要教育价值。

《文选》三十卷是我国现存最早的诗文总集，共选录先秦至梁代一百三十多名作家的诗、赋、诏、表、书信等多种文体，不仅时代跨度大，涉及文人也众多，并且要从中挑选出精品，这无疑是一项浩大而庞杂的工作。然在萧统主持与要求下，这部气势恢宏、贯通古今的选集得以顺利完成，从选文初衷交代和实际工作量来看，没有对文学的热爱与痴迷，没有敬业的态度和多年的守望，这项工作是很难最终完成的。从此角度看，后世刘勰《文心雕龙》论文体、萧统编《文选》、曾国藩编《经史百家丛钞》等，无一不是敬业的体现。正是因敬业而催生这几部"体大虑周"之巨制。

四是生产劳动中推崇敬业。

这和今天理解的敬业含义相近。《墨子·非乐》篇记载：

> 不强从事，即财用不足。今天下之士君子，以吾言不然；然即姑尝数天下分事，而观乐之害。王公大人，蚤朝晏退，听狱治政，此其分事也。士君子竭股肱之力，亶其思虑之智，内治官府，外收敛关市、山林、泽梁之利，以实仓廪府库，此其分事也。农夫蚤出暮入，耕稼树艺，多聚菽粟，此其分事也。妇人夙兴夜寐，纺绩织纴，多治麻丝葛绪、捆布縿，此其分事也。今惟毋在乎王公大人，说乐而听之，即必不能蚤朝晏退，听狱治政，是故国家乱而社稷危矣！今惟毋在乎士君子，说乐而听之，即必不能竭股肱之力，亶其思虑之智，内治官府，外收敛关市、山林、泽梁之利，以实仓廪府库，是故仓廪府库不实。今惟毋在乎农夫，说乐而听之，即必不能

蚤出暮入，耕稼树艺，多聚菽粟，是故菽粟不足。今惟毋在乎妇人，说乐而听之，即不必能夙兴夜寐，纺绩织纴，多治麻丝葛绪、捆布縿，是故布縿不兴。曰：孰为大人之听治、而废国家之从事？曰："乐也。"是故子墨子曰："为乐，非也！"（《墨子·非乐》）

在墨子看来，社会各阶层纷纷爱好听音乐会延误各自的本职工作，不利于劳动生产和整个社会的稳定维系。他从文艺学角度论及干好"份内事儿"，关涉敬业。王公大人、士君子、农夫、妇女等都坚守本分，勤勉敬业，竭力干好自己的本职事，就不至于产生诸多"荒废"。守本分、尽本职，即"敬业"也。

此外，庄子通过"轮扁斫轮"的经典寓言提出了"言不尽意"的文艺思想，也反映出古人在长期敬业、劳动锻炼中使技艺熟练起来。车轮匠"扁"用刀斧砍木制造车轮，兢兢业业从事老本行数十年，坚守岗位，技艺精湛，且颇有心得体会，并始终积累有不便言传的"斫轮"经验，堪称敬业典范。此外，《庄子》"庖丁解牛"等寓言，也雄辩地论述了敬业后的熟练，以及出神入化之境地。这些资源都可在具体教学中调来，对学生展开敬业价值观教育，前提是教师要古今贯通并适当提炼。

四、中国古代文论与人生境界、情怀的追求

作为学科，"古代文论"是近代大学学科分化和建制的结果，而在传统社会，它集中承载着古人的文学观与审美观，也体现着他们的政治观和价值观，尤其是体现农业社会里传统知识分子的文人趣味，他们的理想和追求，他们的志趣和情怀，他们的格局和境界。时至今日，我们依然能透过传承后世的文字看到古人的所思所虑及真实面貌。

（一）能以宽广的胸襟传授技艺，提携后学，急人所难

古代有的文论家非常体谅晚辈的难处，能以宽广的胸襟伸出援手，提携后学，切实帮助其进步。如唐代文论家韩愈在《答李翊书》中写道：

> 六月二十六日，愈白。李生足下：生之书辞甚高，而其问何下而恭也。能如是，谁不欲告生以其道？道德之归也有日矣，况其外之文乎？抑愈所谓望孔子之门墙而不入于其宫者，焉足以知是且非邪？虽然，不可不为生言之。
>
> 生所谓"立言"者，是也；生所为者与所期者，甚似而几矣。抑不知生之志：蕲胜于人而取于人邪？将蕲至于古之立言者邪？蕲胜于人而取于

人，则固胜于人而可取于人矣！将蕲至于古之立言者，则无望其速成，无诱于势利，养其根而俟其实，加其膏而希其光。根之茂者其实遂，膏之沃者其光晔。仁义之人，其言蔼如也。

韩愈和李翊，一个是文坛名家，一个是后起之秀。但在这封书信中看出了唐代文论史上的"友善"佳话。这体现在两个方面：一是韩愈言传身教，以自己创作古文的三个阶段和经验积累，来教导后学，所谓"气盛言宜"观皆承此提出。二是宣传古文的重要性时从儒家仁义道德修养功夫入手，勉励李翊多在修养、学识和为人方面下功夫。从回信来看，李翊真诚谦虚，为韩愈所打动——"问于愈者多矣，念生之言不志乎利，聊相为言之"，故文字没有架子，是掏心窝子说话。三是行动上韩愈在公元802年向主持进士考试的副手陆傪推荐李翊，李翊该年顺利及第。这种勉励、提携和扶持后学的友善之情，彰显出长者仁慈、宽厚的胸怀，亦感人至深。而类似事例在古代尤其是唐以后文论中屡见不鲜。

（二）珍惜光阴，立言不朽

古人对光阴流逝、生命短暂有着深刻的情感体验。从《古诗十九首》抒发"人生天地间，忽如远行客""人生寄一世，奄忽若飙尘"，到魏晋曹操发出"对酒当歌，人生几何"等，都充分体现出古人对韶华不再、生命可贵的深刻认识，乃至动乱时代生死无常、壮志难酬的喟叹。在中国文论史上，不乏篇章流露出古人在生命有限和高远志向强烈冲突之间的一种价值追求：通过立言使生命不朽，绽放才智光辉，以实现人生的理想与梦想。而创作是立言的重要方式之一。比如在《与杨德祖书》中，曹植写道：

……吾虽德薄，位为藩侯，犹庶几勠力上国，流惠下民，建永世之业，流金石之功，岂徒以翰墨为勋绩，辞赋为君子哉！若吾志未果，吾道不行，则将采庶官之实录，辩时俗之得失，定仁义之衷，而一家之言，虽未能藏之于名山，将以传之同好，非要之皓首，岂今日之论乎？其言之不惭，恃惠子之知我也。

曹植出生皇家，是建安时期重要文学家，文坛盟主之一。从此封书信来看，他热爱文学，创作数十年期间将大批文人笼入"囊中"寄文赠答，畅评其文。是对文学之"敬"也。其次，从观点来看，他认为作诗应多与人商讨，多听取别人的意见，多请人修改润饰。因为人们的爱好各不相同的，不能任凭自己的好恶而妄论别人的文章，这是不负责的表现。批评中允、客观而非任性、随意,也是他作为批评家"敬业"的表现之一。再次,推动曹丕敬业于文,还有更深一层的心理动因:成一家之言、传之于同好、立言以求不朽。所谓"建永世之业,流金石之功",是动荡的三国时期很多文人忠心耿耿写作的普遍期待。

在《典论·论文》中,曹丕还进一步写道:

> 是以古之作者,寄身于翰墨,见意于篇籍,不假良史之辞,不托飞驰之势,而声名自传于后。故西伯幽而演易,周旦显而制礼,不以隐约而弗务,不以康乐而加思。夫然,则古人贱尺璧而重寸阴,惧乎时之过已。而人多不强力;贫贱则慑于饥寒,富贵则流于逸乐,遂营目前之务,而遗千载之功。日月逝于上,体貌衰于下,忽然与万物迁化,斯志士之大痛也!融等已逝,唯干著论,成一家言。

从文论篇章上看,我们认为曹丕的"敬业"至少体现在两个方面:一是他在还是太子时就着手写《典论》,为登基后的魏国文坛和文化树立法式,引领文学风气。这虽是他职责之内的事儿,但从写作初衷和最后成书来看,曹丕精心结撰,高屋建瓴,是深谋远虑有备而来,谓之"敬业"楷模毫不为过。这其中不乏通过著述求"不朽"的士人心态之推动。二是他在书信、论文等篇章中对王粲、徐干等"成一家言"的友朋,颇为欣赏。同时深切地回忆了他们生前一起唱和、创作的愉快场景和难忘时光,从中看出他们对文学的深度热爱。没有对文学事业的忠贞、喜爱,是不会有类似名篇问世的。中国古代文论中这类素材可做深入解读,以影响当代大学生的价值观,从追求和境界层面,引导学生们走出"考证"时代、功利时代的"小我"。

(三)坚持不懈,循序渐进

古人的读书、创作是在农耕社会小生产劳动环境下进行的,远没有当下快节奏社会和各种体制束缚下的竞争和功利。总体而言,古人的心态较慢,较沉稳,这使其创作与著述能精益求精,坚持不懈地打磨。尤其是深受立言不朽价值观影响的文人知识分子,更是如此。即使读书、写诗的过程,古人也多能吃苦耐劳,坚持不懈。这种精神品格难能可贵,可由主讲教师挖掘和阐发,使之成为对当代大学生进行人生观、价值观教育的绝佳教材。在写给挚友元稹的书信中,白居易深情地回忆了自己小时学诗、写诗的经历,其勤奋与刻苦是常人看不到的:

> 仆始生六七月时,乳母抱弄于书屏下,有指"之"字、"无"字示仆

者,仆口未能言,心已默识。后有问此二字者,虽百十其试,而指之不差。则知仆宿习之缘,已在文字中矣。及五六岁,便学为诗。九岁谙识声韵。十五六,始知有进士,苦节读书。二十已来,昼课赋,夜课书,间又课诗,不遑寝息矣。以至于口舌成疮,手肘成胝。既壮而肤革不丰盈,未老而齿发早衰白;瞥瞥然如飞蝇垂珠在眸子中者,动以万数,盖以苦学力文之所致,又自悲。(《与元九书》)

在这封信中,白居易提出"文章合为时而著,歌诗合为事而作"的文艺观。他动情地回忆了自己小时候刻苦读书、努力作诗的经历:白天习赋、晚上习书,间隙又习诗,可谓夜以继日,口舌生疮,手肘出茧,依然克服坚持,"盖以苦学力文之所致",以至于未老先衰,徒增伤感。这种勤勉和磨砺成就了一代大诗人,求学故事是古代作家中敬业的典范,是勉励后学们绝好的"励志"教材。它让世人更清晰地明白一个道理:没有人能随随便便成功,成功多是汗水与泪水交织的结晶。

此外,该信中还有文字记叙了白居易和元稹在马上轮流作诗、相互唱和吟咏的珍贵画面,足见他对创作讽喻诗倾情投入、十分敬业,简直如魔似仙一般,如其自言:心灵劳苦,声气耗费,夜以继日,而不知辛苦,这不是"魔"又是什么?如驾着鸾鹤去游蓬莱瀛洲,那不是"仙"又是什么?这种热爱自己喜欢的事业、投入进去并充分享受的状态,极具典型性,也值得今人建构"敬业"价值观时借鉴与思考。

随着高等教育大众化浪潮的到来,教师在现有学术体制中面临着较为尴尬的处境,在科研与教学中较难获得平衡。但就"大学教师"这一角色,也出现了只教书不育人的局面,已为众多学者所诟病。这其中的原因是多元而复杂的。我始终坚持教师应通过教书(授课)来为国家和社会培养人才的理念。在国家倡导立德树人的今天,教师育人的角色不能也不该弱化,依托具体课程开发其中蕴藏的资源,对学生的思想意识、人格形成、价值观念等多方面进行教育,充分发挥古代文论课程以审美性、理论性和思辨性见长的学科优势,有可能会影响学生今后的人生与发展。尤其是在青春期,这种影响可能会伴随终生,持久发酵。

中国古代文论博大精深,世纪之交前后涌现出其"学术史"就达四五本。百年来,其研究日趋精细和深入。从教学的多维视角切入者,尚不多见。这与当前高校重科研轻教学的环境和氛围有关。本章重点选取"道德伦理""治学研究""创新能力""思维训练""地域文化""质疑精神与批判能力""价值观建构"七个维度予以分析，它远非全部，中国古代文论教学中还有儒家品格、道家智慧、佛家精神、文人趣味、原创能力等多个维度同样值得探索。这里仅抛砖引玉，以供读者们思索，供国内同仁们借鉴。

附　录

一、近年来著者"教学学术"研究相关立项、成果、获奖、培训及交流一览

（一）教学改革立项

（1）2017年6月—2019年7月：《中国古代文论》课程获中国矿业大学2017年度网络在线开放课程资助立项建设（编号为2017KCPY10）；

（2）2016年8月—2018年8月：《古代文学批评文选》获得中国矿业大学"精品课程培育立项建设"，拟于2019年参加评审、验收；

（3）2013年3月—2015年3月：主持中国矿业大学教务处青年课程建设与教学改革项目"《古代文学批评文选》教学资源库建设的研究与实践"（项目编号：2013Y32）；

（4）2014年6月—2015年10月：主持学校2014年度研究生院教改项目"新时期研究生学术诚信教育实效性研究"（项目编号：YJSJG2014－022）；

（5）2018年12月—2020年12月：参与中国矿业大学校级优秀教学团队建设项目"汉语言文学专业主干课程教学团队"，立项人：史修永、王青、孙慧、邓心强、陈博、朱云霞。

（二）教学学术研究专著

《汉语言文学课程教学研究》，中国矿业大学出版社2017年10月版。

本著为作者首部"教学学术"研究成果，共23万字。依托高校课堂，从教材、课堂、教师、学生等多个维度，对汉语言文学专业的"文学理论""中国古

代文学""实用美学""写作学"等主要课程展开教学研究,这在国内尚属首次。以改善课堂教学成效、提高专业教学质量、提高学生能力水平为目标,在当前教育大变革时代探讨适宜的教学方法,并逐步形成自己的教学风格和教育理念。本著对高校数门主要课程的教学研究,具有较强的典范性和可操作性,值得当前高校人文社科专业教师参考和借鉴,也可供广大文学爱好者领悟和学习。本著附录有术评两篇。

(三) 教育教学改革论文

1. 《中国文学批评史教学漫议·课程与教材篇》,载《中国大学教学》2013年第9期;

2. 《近30年古代文论教学研究述评》,载《西南交通大学学报》2015年第3期;

3. 《论慕课微课对当前高校教学的多元启示》,载《青海师范大学学报》2016年第2期;

4. 《论慕课微课对高校教师学术科研的启示》,载《青海师范大学学报》2017年第5期;

5. 《论慕课微课对当前高校学生学习的启迪与警示》,载《青海师范大学学报》2018年第3期;

6. 《当前"对分课堂"教学模式再认识》,载《知与行》2017年第10期;

7. 《中国古代文论教学的伦理道德视角》,载《武陵学刊》2017年第6期;

8. 《高校公选课实况调查与对策建议——以中国矿业大学为例》,载《煤炭高等教育》2017年内刊1期;

9. 《对中国古代文学教学的再思考》,载《渭南师范学院学报》2019年第1期;

10. 《中国古代文学教学方法新探》,载《河南教育学院学报》2018年第4期;

11. 《反思与前瞻:近三年高校研究生群体开展核心价值观教育综论》,载《重庆三峡学院学报》2017年第6期;

12. 《当前高校社会主义核心价值观教育研究综论》,载《长春工程学院学报》2017年第4期;

13. 《高校〈文学理论〉课程建设的三维思考》,载《高等教育研究》2008年第6期;

14.《高校文学理论课程调查研究》，载《新余学院学报》2006年第11期；

15.《论中国古代文论教学的人文关怀》，载《河南教育学院学报》2019年第1期。

（四）教学获奖和荣誉

1. 成果"立德树人：《中国古代文论》课程教学改革与创新研究"，荣获2018年度校级综合类教学成果"二等奖"，本人主持，排名第一；

2. 成果"《古代文学批评文选》教学资源库建设与本科生创新能力提升研究"，荣获2016年度校级教学成果奖"二等奖"，本人主持，排名第一；

3. 2017年12月，荣获公共管理学院第三届"学术之星"奖，获得证书及奖励；

4. 2016年12月，荣获公管学院首届"教学新秀"奖，获得证书及奖励；

5. 2014年3月，荣获中国矿大2013年度"优秀班主任"荣誉称号，同时获中国矿大"模范班主任"称号；

6. 2012年5月，荣获中国矿大2011年度"优秀班主任"荣誉称号；

7. 2012年10月，荣获中国矿大文法学院2012年度"青年教师教案评比大赛"一等奖；

8. 2011年10月，荣获2011年度中国矿大文法学院"首届青年教师说课竞赛"三等奖。

（五）近年来"教学学术"培训与交流一览

1. 2014年7月24日—30日：去深圳参加由中国教师教育服务中心主办的"MOOC时代的高校教学"系列研讨会，集中聆听报告4场；

2. 2015年8月，参加汕头大学文学院举办的"第五届全国批判性思维和创新教育研讨会"，并参听培训4天；

3. 2015年9月，参加清华大学公管学院组织的"MPA案例教学培训"和中国教育报刊中心组织的哲学社会科学培训会；

4. 2015年7月，参加北京航空航天大学人文学院举办的"第二届两岸四地现代书院制教育论坛"；

5. 2016年7月，在燕山大学参加"第八届全国教师教学能力提升培训会"，由中国教育报刊社组织，为期三天，聆听报告6场；

6. 2016年8月，在苏州大学参加"对分课堂教学培训研讨会"，由复旦大学张学新教授主讲，为期两天；

7.2018年7月，在厦门大学参加由中国矿业大学教务部组织的"第二批青年教师教学培训研讨会会"，为期五天，聆听报告场；

8.2019年1月13日—18日，在西南交通大学参加由中国矿业大学教务部联合组织的"全校四十岁以下青年教师教学培训研讨会"，为期五天，聆听报告约10场；

9.2019年1月19日—23日，在重庆大学参加由中国矿业大学教务部联合组织的"全校四十岁以下青年教师教学培训研讨会"，为期五天，聆听报告近10场；

10.2010年7月—2018年12月，工作九年期间在教学上不断充电、夯实内功，陆续听取校内外专家关于"高等教育和大学教学"的各类报告、讲座共三十余场。

二、论大学之"教"与"学"

论大学之"教"（上）

（一）关于备课：

1.备课时要对三套不同的教材来回比较，从而选择确定一种较适合师生双方的教材。70%左右要紧扣正在使用的教材，30%左右要纵横渗透，综合整合，做相关发挥。

2.在假期中把新学期的课大体备好，包括各次考试的题目，要有一个整体的备课框架，然后才上课。最好的教学策略是按照"整体→部分→整体"的方式进行教学。

3.备课要掌握教材的整体结构，要深入了解学生的现状与需求。广泛搜集相关资料，合理取舍讲课的内容。只能讲授学生可能懂的内容，不能讲授学生无法理解的内容。

（二）关于上课：

1.上课怎样开头，怎样结束，要反复推敲。开头要激发学生兴趣，结束要让人回味不尽。开头结束都力求短小精干，切忌拖泥带水。板书演示要清楚明了，重点关键要突出鲜明。坚决守时，决不压堂。

2.上课要关心每位学生。要使绝大多数都能真懂。在让学生思考、操作、讨论时，优秀生和后进生应有所区别，体现出"因材施教"。要使优秀生感到一定困难，要使后进生感到在进步。

3. 要善于提出恰当的问题，要让学生有独立思考和独立操作的时间。一堂课要有动有静，有张有弛，有严肃有笑声。每一节课的最精华之处，一定要放慢速度，让学生能铭刻在心。

4. 教学过程的关键是"交流—互动"。要依据教学内容和学生实际，尽可能让学生自己活动。学生的听、说、读、写、议、辩、练、评要交替进行。

5. 每次上课后，要及时记下自己成功之处和不足的地方。要做"教学日记"，随时总结经验，自觉进行反思。要及时将教学经验上升到模式建构，从个别上升到一般。

（三）关于考试：

1. 千方百计要让成绩差的同学考出好成绩。一定要增强每位学生的自信心，激发学生的学习兴趣。因材施教地改进学生的学习方法。让学生能建构地、主动地、体验地、合作地进行学习。

2. 要从"逻辑""操作""艺术""交往"这些不同的层面进行考试。让每一位学生在一学年中都曾有获得前三名的经历，对你的教学留下美好的回忆。

3. 对成绩优秀的学生，真正有效地促进方法是让他们深切地知道："不进则退"。考试要让他们感受到一定压力，保持必要的张力。避免他们盲目自满，但不能伤害他们的自信与自尊。

4. 每次考试后，应立刻将正确答案公布或发给每位学生。要学生"趁热打铁"，修正错误，巩固正确，打好基础。当天知道作业正确与否，对于有效的学习是十分必要的。

（四）关于提问：

1. 设计教案的核心是设计问题。问题要深浅适度，利于启发学生；问题要有生活背景，能激发兴趣；问题要有实际意义，为今后学习奠基；问题解答要及时反馈，真正巩固。

2. 提问与思维。"选择思维"的问题是："这是唯一的解决办法吗？还有其他解决办法吗？"增加思路。"前瞻思维"的问题是："如果那样做，会出现什么情况呢？"任课教师要有预见。

3. "情感思维"的问题是："出现这样的结果满意吗？我的情感上能接受吗？"尝试体验；"换位思维"的问题是："别人怎样看这个问题？别人会有怎样的感受？"设身处地。

4. 要鼓励学生提问题。要将学生的问题集中起来，进行系统研究。努力做到针对性强，切实帮助解决学生提出的问题。从问题到问题，学无止境。

（五）综合之经验：

1. 对学生好的言行，要及时给予肯定的回应；对学生不好的言行，及时给予否定的回应。大多数应是"肯定回应"；"否定回应"只占少数。

2. 每一学年都要调查统计学生喜欢什么样的教师。力争在自己最弱的一项上，有所改进。不断提高自身素质，重在提高教学的艺术性，体现出"审美和立美"，艺无止境。

3. 每上一节课，要设想全人类都在倾听，要认真负责、实事求是、力戒偏见。要以自己的全部智慧来上好一节课，让学生如坐春风。"生命和使命"，价值统一。

4. 要珍惜时间。力争以较少的时间，让学生掌握较多的知识，培养较强的能力，学会独特的审美，发展良好的人格。知识、能力、审美、人格是大学教学中不可分割的整体。

论大学之"教"（下）

——近年来对高校教学的转折性认识

（一）课前准备

1. 上课前务必研究教材，设计教学思路和方法，琢磨大纲，考量授课对象，以做到"因材施教"。

2. 备课要遵循"总体把握所讲内容、遵循某种先进教学理念"的原则，忌讳"只见树木，不见森林"。

3. 课前落实教学材料和相关教材等书籍，选择适合学生水平的最新教材。

4. 首次课亮出必要交代、上课考试纪律上达成一致非常必要和重要。

5. 认清班长和学习委员，弄清电话方式、学生名单、班级公邮，甚至明确讨论小组、布置任务。

（二）课中教学

1. 教学的一切皆为了学生，哪怕是课堂五分钟播放歌曲也应考虑90后学生的审美趣味和现实需求。

2. 首次课要宣布学习规定和要求，以及考试方式和相关纪律。

3. 务必多在课堂组织上精心设计：如何提问，怎样互动？怎样教学才能更有成效？大学教师要增强课堂驾驭和管理能力。

4. 主讲教师忌讳自我表演，自己累，学生也累，吃力不讨好，满堂灌和填鸭式教学已过时，必须善于设计环节调动学生的参与性和积极性，如临时提问；小组讨论；学生来讲；分组汇报；接力赛。

5. 平时要经常走近学生去关心他们，如听课效果、学习困惑、近期状态等，让他们感受到温情和人情，有利于评教。

6. 点名考勤要把握适当，不能太频繁以引起反感；也不能不点让学生觉得你不负责任，不把你上课放在眼里，后面难以收局。

7. 备课查阅资料时必须时刻有授课对象意识，多在课堂"生动性"和"直观性"上下功夫，多补充图片、音像和视频资料（授课后刻盘备份）。

8. 大学教师忌讳教堂上自我陶醉和孤芳自赏，要知道你只是在专业方面比他们熟悉一些罢了，要永远相信学生比你知道的要多得多，无论是常识、信息、还是材料、视野等。

9. 善于在平时把"知识传授、学科前沿、个人研究"三结合到教学和课堂中去。

（三）课后提醒

1. 平时耐心解答学生提出的各种问题，不可急躁和敷衍，加强平时印象。

2. 每次课结束回到家后，要及时对当天课堂进行反思和总结，弥补不足，避免重犯。

3. 学期课程结束后，最好组织不同类型学生听取对本门课程的看法，提出改进建议。

4. 关爱从点滴做起。微小、细致、耐心、及时和友善对待学生平时提出的各种问题：知识点的、考试的、学习的、其余的等等；

5. 某个阶段结束后，给学生班级公邮一定的教学资料，帮助他们扩展视野。

6. 最后一次课收齐作业、结束课程之前的必要交代：教学特点总结、学习方法归类；将心比心。改卷与评教的关联。

7. 学期课程结束后，或至少教学 2~3 轮后，要及时总结教学中的探索和尝试，以及成败得失，写写"教改论文"投稿发表，作为成果归档。

8. 考试后最好一周内批改作业，提交登录成绩，提交前必须仔细核实，确保万无一失没有改卷、统分等细节错误。事后修改层层审批，是相当麻烦的。

9. 考试后的教学日志和总结表格务必及时提交，打包入册，好的作业要存档和分析；总结要落实，具体而真诚、深刻，以迎接日后评优。

（四）平时注意事项

1. 平时遇到学生打招呼时，必须提前示意和亲切微笑，务必有回应和风度。

2. 无论外界环境如何变化，别人态度和认识如何参差不齐，自己务必妥当处理好教学和科研之间的关系。教学是生存和基础，科研是发展和生命。最好能协调二者，齐头并进。

3. 每年平时不定期地抽空钻研一些教学策略和提高艺术方面的书籍，对他人的良好经验要善于借鉴和吸取，并多看一些教学改进方面的讲座、报告等视频资料。活到老学到老。

4. 一种教学模式持续 2~3 届（轮）后，就要更新和重改，否则没有生机和活力，不仅自己思想僵化难以进步，学生收获也打折扣。

（五）新时期高校教师从教必备的教学观念及意识转变

从教十余年以来，我认为一名优秀的高校教师，必须在平时及时转变僵化甚至固执的教学观念（有些人盲目而不自知），更新和改造自己相对落后和陈旧的教学意识。据数载经验和教训、体验和实践，这些观念和意识具体说来如下：

一是备学生，对 90 后、00 后的需求、特点、风格等必须相当熟悉；

二是课堂效果不仅仅取决于每次 50 分钟的课堂上，更在于人情、亲近和互动中的感受；

三是课程必须竭力讲得形象直观、生动活泼些，忌讳尽是理论和平铺直叙，讲得枯燥乏味、一潭死水；

四是必须根据课程特点，想方设法调动学生积极性，激发其潜能，通过各种渠道和方式让学生"参与"进来，增强互动，实施结构主义学习观；

五是教一门课程教学效果的评析，一位老师教学业绩的评定，绝不只是单纯用传授专业课程、讲授知识点来衡量的，即必须让学生在视野、思维、方法、价值观诸多方面得到切实的锻炼和增强、改善和提高；

六是"教书"和"育人"从来是紧密关联、不可分割的，必须通过课程教学（专业知识讲解）来"育人"，最终达到让学生在学到"知识"之余，对你的人品、思想、追求甚至人格魅力形成感染、钦佩、敬仰和爱戴，即教学中必须善于合适地展现自己的人格魅力，传递正能量，激发学生潜能的同时，引导他们活得有热情和干劲，勇于去追求自己的人生梦想！

（六）重点和关键："功夫在平时"

一是善于在平时积累各种零散的、不起眼的教学资料，以便于日后申报各类教改项目；

二是善于在平时建立和学生之间的友好关系，打造自己的教学风格和印象；

三是善于培养和学生之间的感情，对学生须有亲和力，能鼓舞和感染学生，让学生值得信赖和钦佩；

四是善于在平时把"知识传授、学科前沿、个人研究"三结合到教学和课堂中去；

五是善于把平时的教学想法及思路、探索等熔铸成教学论文和相关成果（PPT、微课、教案等）。

论大学之"学"①

1. 期中考试。因设置不同，一些高校2个月集中上完一门课后立即结课考试，有的则是一个学期拉通上完，只有期末考试。前者节奏较快，上了一个多月就又得为应试紧张一次，准备半个月，这不利于平时看书，不利于满足兴趣爱好和拓宽视野。但作为学生，需要认清利弊，自行去调适。否则大学"应试"便成了中学的延续和翻版。

2. 无笔记本。据多年观察，很多学生上课压根儿就不带笔记本，要么只带教材要么空手来。这在00后新生中尤为明显。古人云，不动笔墨不看书，没养成记笔记的习惯，这是当前高等教育的一个败笔。

3. 外界浮躁。当前学生在大学校园，也难免受到社会浮躁和功利风气的影响，变得急躁而沉静不下心来，这需要改观，需要教务处、学生处和团委合力去改善环境和加强教育。但我一直认为，无论外界大的环境如何变化，一个人终究是可以有自己的理念、坚守甚至信仰的，如同庄子在动乱不堪的战国，依然可以建立一个安时处顺的心灵天地。屈原亦云，众人皆醉唯我独醒。尝试去做到了，就是对"内因"的坚持，就是真的强者。

4. 宿舍关系。每隔几年，国内就会发生马加爵、林森浩、吴谢宇和川师大音乐系同舍学生凶残的事件，这是全国高校辅导员都会关注的管理难题。关于宿舍关系，如果能相互坚持几个原则也许就好得多：定期反思并改良自己的性格和处世方式；宿舍制定大体遵守的作息时间并相互监督；不私自拿别人的物品；不背后闲言闲语说别人，多吸收对方的长处；学会适当的分享和鼓励；善于容纳不同的个性而使自己心胸变得坦荡一些；遇到困难及时汇报老师寻求解

---

① 在课堂教学和担任班主任过程中，为加强"育人"教育，著者陆续写了三万字，从多个角度全方位地对当代大学生进行学习引导和人生指导，此为节选的部分文字。

决的途径。

5. 课时锐减。在工科大学讲文学，很多课程从 48 节压缩为 32 节，砍掉了三分之一，课程几乎成了"压缩饼干"，这一方面需要学生听课集中，不能开小差，另一方面需要调动学生的自修能力，布置的一些章节下来要预习和消化。这是摆脱"填鸭式"教学、提升自学能力的重要训练方式。

6. 中文男生。通过多年的观察和了解后发现，高校中文系为数不多的男生，基本形成两种格局，要么是精品，要么是糟粕，贫富不均，分化极其明显。这似乎是人为造成的。同样的起点，有的放任自流，甘居人后；有的是潜力股逐渐彰显出来。目前大学里搞"感性"文学的研究者，几乎 80% 是男人。

7. 聚餐。这两年媒体多次报道 95 后特别喜好聚餐，名目繁多，频次可观，说他们花着父母的钱不心疼。一个人经常在酒桌上交朋友，大体是没有多少出息的。在高校里，依靠餐局来社交或者宣泄，也不如在读书社团、各类报告会、晚上跑步健身来的痛快。

8. 情商。一个班上的同学从不同省份里考上同一所大学，智商大体是相当的，但此后离乡背井后，四年里的情商和逆商，则事在人为。分野会如同天上、人间，有的能认清方向，掌控自己，学习进步，出国深造，又上 985；有的放任自流，无所事事，混个文凭，甚至退学、开除，差别可就大了。这类新闻经常有。十年来，我看到过录取通知书的闪光，也看到过一些父母的无奈甚至眼泪……从大学毕业和踏入社会来看，几乎没有谁能否认"情商"对一个成才和发展的重要意义。

9. 3 句话。人活着少不了支撑与信仰。每个人都应该在大学期间逐步建立起自己的"哲学观"。比如我在课堂上经常给学生鼓气四句话：谋事在人，成事在天；上苍有眼，天道酬勤；精诚所至，金石为开；因上努力，果上随缘。它们和每个人的追求与梦想、功夫与努力、过程与结局等，都息息相关。这几句话，也伴随我数十年，并将影响我的一生。这些信条，后面随着白发的增多，我会不断累积、添加的。

10. 读经典。在这个大众文化占据主导的时代，喧嚣、浮躁无处不在，一些青年学子对民族乃至人类积淀下来的经典视而不见，或者干脆敬而远之，这是不妥的，至少是和自己过不去。短、平、快的阅读是没有深度、缺乏营养的。敬畏经典，多去亲近它，哪怕一学期一两本，也会给你沉甸甸的收获，胜过千百本普通著作带来的积淀、鼓舞、感染和启迪。不信，试着瞧。

11. 舞蹈欣赏。几乎每年矿大和师大两边的舞蹈大赛我都会去欣赏，作为教师纯粹是为了"减压"和"审美",和年轻人在一起,被其青春活力感染,也换了一个活法。每年五六月是两校音乐、舞蹈系的学生毕业汇演的难得时节,俺只要能周转开,都是要去过艺术之"节"的。大学生,需要不断地利用环境去审美,提升自己的品位和修养。在难得的两三个小时中去感受"台上一分钟台下十年功"、团队的协作能力、父母的早期栽培、兴趣和擅长对一个人的重要性等,一切的一切。

12. 专业之长。每年看了学校的舞蹈、歌手大赛以及绘画展览后,我一直在思考,他们作为专业,用形体动作或嗓音歌喉、颜色线条付诸人的视听觉,来创造美,达到征服人让人钦佩和赞叹的目的。那么,"汉语言文学"又凭什么去让人欣赏和赞叹呢?这是每一个中文系的大学生四年期间应思考的问题。

13. 审美力。这是一个物质发达精神匮乏的时代,四处都是浮躁、功利和宣泄,不幸被我们这一代遇上了,数年来我见过很多学生,学什么都特别在乎"有何用",巴不得马上转换成生产力,立竿见影。这是要不得的,在校园里不妨多一些审美吧,在那短暂的一两个小时里沉浸其中,忘却自己,和艺术拥抱。在高校,审美和艺术,是继文、史、哲之后有利于学生全面发展的又一重要领地。

14. 产出。大约在上公选课时,经常看到学生逃课、旷课,纯粹为拿学分而来,教学区一打铃,涌向食堂的学生水鸭子一片,隔不几个小时就又重复着吃,一餐八元、十元的,一刷就没了,食堂阿姨乐开花,"成就感"十足。我便在黑板上写下过"大学投入和产出"的字样,帮学生分析这个矛盾关系:四年,近1100天,老天公平,花费8万~10万,每天又收获了多少呢?在"水鸭子"一片的大军里,自己每日背着个袋子往返数次,又装进去了多少东西呢?这个实在值得自问自答了。

15. 大课堂。在大学校园里学习,浸泡青春四年乃至七年(读研),要建立一种"大课堂"学习观。可学习的对象包括书本、课堂、教师、朋辈、报告、图书馆、网络资源、环境与氛围等。很多同学只单纯限于前二者,这很局限,凡是能给自己营养和补充的都可采用"拿来主义",后五者在平时呈现,可为自己的进步和成长服务。比如,不同讲座报告的观念熏陶,网络上大学公开课的自学等等,甚至会超过你课表上单纯的一门课,它们都可以建构、改变一个人的"三观"。

16. 开放心态。在大学学习期间,要逐渐构建一种开放的学习心态,海纳百川有容乃大,立足于个人专业,想方设法地利用各种资源来提高自己,壮大自己。不能闭门造车，在个人狭小的天地里自得其乐，在自己三分地里安于现状！尤其需要多学、多问，在学中问，在行动中开放自己的心胸，多和朋辈交流，多和老师碰撞，多利用网络有限资源去不断发现优秀的"人"和"事"，发现世界原来并不都是如身边的那么庸俗和功利，发现人生的舞台原来那么广阔，发现人原来可以有那么多的思想观念和不一样的活法。年轻人，尤其需要在这种"激荡"中成长。

18. 功利风气。这是个考证的时代，学生深受社会浮躁功利的风气影响，也沉不住气来，文科生对过级、涮分、考资格证和驾照的热情，似乎超过了对民族经典和专业好书的痴迷，闲下来，低头族和剁手党们哪儿还有心思和时间人去和中外文化的圣贤们对话呢？这时代，"诗人"是对人们最佳的嘲讽。我们都在社会的"染缸"中浸泡，但作为个体，能否像竹林七贤那样，面对外界动荡、冰刃、干戈、丑恶而安时处顺，建构自己宁静的心灵天地、逍遥而自由地活着呢？

18. 远离经典。远离经典几乎成了90后一代人的共性，他们生活在信息爆炸、视频四起、短平快阅读占据主导时代，几乎和父辈们80年代求学陷入饥渴的文本阅读，形成鲜明映照。近六年来，在"世界读书日"前后，我看到了学者们对当前国人读书情况的反思、和西方人对比存在的问题等评析性好文章，深感徒为之奈何？"反者道之动"，物极必反，也许下一个阶段会早些到来呢？谁知道呢！

19. 生活细节。在课堂上我提及过大学学习期间的十大细节，这关乎一个人的做人和修养：就餐能吃多少打多少，不能随意倒饭菜，浪费粮食；不能穿背心和夹板鞋到教室和图书馆，正式场合要讲究；不能在公众场合秀恩爱，两性亲密不检点；管理好个人财产如电脑、手机、钥匙、校园卡，掉了不仅是损失也影响心情；合理管好电话，公众场合调成振动，外出小声接听；别在下楼、走路时玩手机丢了命，不划算，等等。

20. 生活细节（续）。大学期间，平时自习严禁占座位，个人物品椅后或地上放，要考虑他人使用；进出门严禁哐当大声，不考虑他人感受，显得没素养；遇见老师要打招呼，哪怕微笑或招手，不能莽撞和无理；宿舍休息和玩耍要遵照集体作息时间，不能太随性，经常突破底线，或在他人背后非议他人。一句话，细节往往能看出一个人的内涵与修养；一个人能在多大程度上能替他人考虑，反映出一个人的成熟度。

21. 看潜能。工作九年来，送走学生一批又一批，接触多了，发现基本上能在大三就可看出一个学生能否考上研究生，或出国顺利实现。这几乎是一种职业敏感。究其原因，主要有：平时主动积极的干劲；是否勤问，不懂就交流，肯钻研和琢磨；对自己比较"狠心"，个人目标定位明确，有一定志向和梦想；时间利用得很充分，有规划，一步一个脚印，比较实在，不轻易羡慕嫉妒恨；复习效率比较高，又一定的持久性和爆发力；个人基础比较扎实。以这几条衡量，几乎八九不离十。

22. 考不上。毕业后分化会非常的大，同一起点，会有不同的走向。那些平时嘻嘻哈哈、管理不好自己的时间和情绪、大部分时间离不开集体、害怕孤独和寂寞、对自己心慈手软、对明天鼠目寸光、对手头活儿担心犹豫加徘徊、对自己想去哪里杞人忧天的人，一般都会名落孙山的。这社会，陪衬的、垫底的、打酱油的，一抓一大把，只是"遗憾"总比"如愿"多。

24. 大学之"本分"。在河南大二学生郑德欣因网上赌球亏钱数十万背债而远走青岛跳楼自尽的新闻之后，我给班上学生及时搞了一次班会。我认为这个学生和借他钱的14个同窗或者情商低，或者叫"不守本分"。学生的天职是学习，是通过系统的文化知识来提升自己的专业素养，储备衔接社会的各项技能。去买彩票，去想着买高档消费品，去经常庆祝生日聚餐，这都是不务"本分"的事儿。世上有因果，出来混总是要还的。拿着父母的辛苦钱读大学，不安分职守努力读书，不全力把"学习成绩"搞好，在我看来，这和司机经常闯红灯、酒驾、剐蹭甚至出车祸，以及做厨师掌握不好菜的咸淡、甚至菜里不时有苍蝇，是异曲同工的。

24. 功利之用。30岁以后，我开始大量使用"有无相生"的辩证观和"祸福相倚"的转化观来看待现象，分析问题。在当前高校学生选课、听课、读书、做实验普遍陷入功利和浮躁的今天，很多人对应该有的安静去读书、温习功课、到教室慢节奏看一些哲学文化类的书，有点不屑一顾，至少不太感冒。人生很多事情，当时是看不出它的效果的，事后才能发生真正的变化。在付出和耕耘的时候，不要老想着问何时收获，何时结个大果子。物极必反，事事都直奔着"结果"，人生就没有什么意义了，哪怕是现在的"活着"。

25. 思维视野。据调查，六成左右的大学生毕业后工作非所学，但大学期间形成的思维和视野，却是任何职业都受用的。绝不能只满足于于"专业开课"。大学是熔炉，会熏陶一个人的性格和气质。在大学期间，要竭力通过课程、阅读、演讲、辩论、报告、社会实践以及各种活动等，来训练自己的思维，拓宽自己的视野。多训练自己想问题的能力，多在狭小空间中看到大千世界的丰富与多元。

26. 杰出校友。今年学校组织了数场杰出校友返回母校报告会，听后心有灵犀，颇有感触。他们面对小十岁的学弟学妹们，几乎都不约而同地多次说出了同样的一句话："假如我的大学可以重来，……"，人生不同季节有不同的任务和风采，大学乃至人生都是不可以重来的，只有现场演出，没有彩排。记得一次看到毕业前展板上的这句话：假如昨天，期待明天，唯独今天。这"三维"构成了整个人生。

27. 毕业领导。在同样年级班级乃至一个宿舍毕业的同学，踏入社会八年十年后，有的可以成为同届学生的领导。昔日的同窗，一个在台上庄重讲话，一个在下面端茶倒水；一个是千乃至万人公司的经理、主管，一个则求之不得、暗打招呼去谋个职位。同样的起点，环境和青春，却完全不一样的走向，这反差也太悬殊了些！亲，你曾思考过吗？

28. 过滤。大学生活相比中学，长见识得多，有很多现象会看不惯，学会过滤吧！过滤无关的，认定想要的，每隔一段时间，你的底盘和芯片容纳不下那么多杂物，打包清盘吧！某个周末，打次球，痛快洗个澡，过滤清盘，向过去说再见。迎接明天的到来，那里充满朝阳和光辉……

29. 内功。大学是一个宽广的舞台，是一个小型的社会，各种事情见多了后，要使自己沉静下来，积淀自己的内功，整天像个猴子到处蹦跳，没有些许思考和反刍的时间，日后的负面效果就会彰显出来。古人云"非淡泊无以明志，非宁静无以致远"。如问什么是青春？青春该如何度过？在论及"梦想""远方""基础""思维""视野"等关键词以外，这需多揣摩和铭记"安静""积淀""内功"这几个词。

30. 磨刀。每一届总有学生如何读书，反映读书后印象不深，效果不理想，困惑得很。我帮其分析后，都提出看书要首先"磨刀"，俗话说，"磨刀不误砍柴工"，这需要在平时读书迷茫和困惑时，有针对性地学习一些古、今、中、外名流读书的方法、思想和经验，来加以应用和转化，形成自己独特的读书方法。

31. 人物评传。在大学期间，如要提升自己的人文素养，开阔视野，需要多读B、C、D、I、K、G类的书，它们各自带领里走进一个宽广而博大的奇异世界。在人的"三观"还没有彻底形成之前，在人还处在有限的校园空间里时，建议青年学子大量地看一些中外人物评传，在阅览其一生的经历遭遇和悲欢离合中，能"重塑"自己的人格。帮清楚自己搞懂究竟要做一个怎样的人。

32. 大学三年。在近十年接触了各类大学生后，我曾主张大学设置不妨改变一下，本科三年，专科两年。如同有的高校硕士两年一年，完全可以完成基本学习任务的。因为当下的4—3年制，很多学生浪费严重，到后期厌学混个文凭，甚至提前去大量打工接触社会。何必呢？三年照样完成本科学业，早些去上班，即便发现工作后需弥补，现在百度、夜校、网络课堂多的是，完全可以届时去充电。但国家从培养合格公民的角度并不敢放松，教育部完全可以去调研后再做改革。

33. 欣赏学生。这么多年来，接触很多大学生，我尤其欣赏五类学生：一类是积极主动、勤奋刻苦。他们平时很认真，努力，一般基础较好，自然时间利用也很充分，毕业时也会有个好的归宿。第二类是对老师尊敬，哪怕当朋友，具有空杯心态，很谦和，肯问肯交流，主动请教老师，老师也愿意力所能及地给予引导和帮助。第三类有很强的悟性，沟通交流或指导论文时，点到某个方面，能马上明白和体悟，去修改和执行。第四类是做个"有心人"，对于老师的某次班会，某个资源提及，某次书目推荐，某次人生提示，等等，都会放在心上，而不是抱"无所谓"的心态，轻易过滤掉。第五类是有感恩之心的学生。

34. 五步听课法。作为文史哲专业的学生，经常接触人文类课程和报告，可逐渐培养"五步听课法"。首先从知识和基础着手，逐次上升到能力和方法、理念和意识、行为和习惯、追求和境界等层面。每一门课程的知识，再庞杂再繁多，都是可以"百度"和温故的，但将课堂上所听、所感染、所启发甚至所联想到的东西，不断内化为自己的意识和行动，则是一种更高的熏陶渐染。

35. 大学演讲。在大学期间，我认为看准机会多多参加演讲、辩论和读书会三项活动，是非常有益处的。前二者会促使你去搜查资料，大量读书，锻炼胆量，增强口才能力和逻辑思辨力，这在日后工作后非常实用，千万懒不得。而读书会既能多结实志同道合的朋友，也能打开读书的窗口，发现一个个新大陆。

36. 三改。大学期间可养成书面作业和各种论文"三改"的习惯。一改主旨、材料、框架；二改语言表达，逻辑层次；三改标点符号和错别字。这有助于锻炼一种细致而认真的干事能力。

37. 驾驭力。大学期间相对地比较单纯，主要围绕学习展开听课、活动、考试等，而职场上则要复杂得多，需要人有三头六臂去里外应对。我觉得在大学期间，就应逐渐锻炼一种在同一时间段内能干多种事情的能力，这对以后非常有帮助。

38. "模板"依赖。这时代网上的文章模板很走俏，一套用就能成为自己的，省时省力。但因模板过于单一固化而丧失了活力，它使读者思维僵化，同时导致国民懒散、自我创新能力严重倒退。

39. 抄袭严重。当下很多大学生一遇到作业和考试、论文就第一时间"百度",自然易变成抄袭,这会造成严重的网络依赖症,同时逐渐丧失了自己的独创性与思考力。不知这是时代风气还是个人习惯使然,出来混总要还,恶习难改将遗憾无穷。

40. 身体与健康。都说"身体是革命的本钱",多少人刻骨铭心、自我当心呢?去过医院半个月以上的人才有刻骨铭心的体验,回来才会重视,从衣食住行的点滴中去重视,去改进。人生什么是最重要的?钱?功?名?利?禄?还是……到过医院就会豁然醒悟。

三、近年来对本科生实习、论文、求职和深造的指导要略

指导大三学年论文要略(每年秋季)

1. 目的:学习、训练学术论文的写作流程和步骤;(毕业后通用、写作功底和职业发展)

2. 一箭双雕两用,有一定基础,故必须根据个人兴趣、爱好决定选题;

3. 近期确定1~3个选题,比较后确定,视野要开阔,多动脑(语言、文学、古为今用、新现象);

4. 选题必须和专业相关(如武则天、民族关系等);

5. 忌讳杞人忧天,瞻前顾后:边看书边涌现想法、火花和灵感,并形成思路,以观点统帅材料;珍惜个人独特思考;

6. 去图书馆借阅1本关于学术论文写作的书,查看部分章节,学会自学;

7. 下载或复印相关经典范文一篇,学习、借鉴和模仿;

8. 同时进行看三种资料:理论缺啥补啥;系列经典作品,要细读;期刊评析文章;配好笔记本;

9. 在互动中看成绩:态度、修改、执行等;2:5:3比例;磨刀不误砍柴工、计划与响鼓;

在我们看来,学士学位论文的写作目的在于:其一,培养学生提出问题、思考问题、解决问题的能力;其二,培养学生的逻辑思维与学术研究能力;其

三,训练学生的文字表达与论文组织能力;其四,学位论文的写作所体现出的是学生的综合素质与能力,既相关于学生的问题意识、现实感,也相关于学生对学术及其研究的领悟。只有通过学位论文的撰写,才能在真正意义上达成人文教育和学术教育。亦正基于此,可以说,学位论文的写作是大学教育的一个至关重要的环节,学士学位论文的写作不仅是必要的,而且是有效的。

指导大三学生准备考研要略(年底秋季)

(一)在近年硕士就业"倒挂"的总体形势下,须根据个人情况理性判断和定位:

现有文凭和理想、兴趣职业之间的出入和差距;求职的敲门砖和砝码;个人的工作初步打算;

工作优势:早踏入社会、经验充足;上手快;可再考试;

读研优势:自身更自信;后面不担心文凭;有后劲和资质;思维、视野和追求有所差别;

(二)考研的时间准备:

1. 评估个人学习基础和学习能力、习惯等,分三种情况进行:3、5、7月;

2. 是否跨专业报考。

(三)院校选择:

1. 人文氛围;

2. 离家近;

3. 求稳、拿学位;

4. 如何看待院校知名度和竞争率、上榜情况;

5. 勇敢拼搏,忌讳犹豫、顾虑、不自信等。

(四)考研前期准备:

1. 三类课程;

2. 英语单词、阅读理解和作文训练;

3. 政治大纲,梳理线索;

4. 历届真题;

5. 关于联系院校和导师问题:重在通过初试,以后双选。

跨专业考研的方向分析:汉语言、文史哲、新闻传播、信息学、社会政治等;对外汉语;

相关提醒:辩证看待就业率;平时附带看书钻研;增强学习能力;

（五）关于考研班问题：

1. 评估个人情况而定：经济实力、基础和底子、学习能力；有的放矢，忌讳随大流；

2. 分为三个阶段：选择某个部分来进行，不必都上；处理内因和外因关系；

3. 忌讳盲目：多打听口碑、成效等。

（六）工作之准备：成绩靠前；能力锻炼；加强了解；多考证件。

（七）实习单位寻找问题：亲戚朋友；自己见报联系；家中周边；能力和课程。

（八）就业前景问题：中文相对尚可，找好单位较需实力；功夫在平时。

（九）课程态度，书目看不完：同步经典；挤时间多勤奋学习；结合职业和兴趣；反思调整；注意方法；少打工干助岗。

（十）学年论文困惑：确定选题；缺啥补啥；联系导师互动；借鉴范文；在修改中进步。

（十一）中国矿大中文研究生的报考：

1. 矿大中文一级学科和师资情况。

2. 保研和考研两种，因人而异。

3. 欢迎报考本老师：古代文学和文艺学方面；基本保证：学术流程、夯实基础、开会视野、增强悟性、提升悟商、考博就业指导等。

指导大四学生准备考研要略（年底秋季9月）

（一）妥善处理好几种关系：

1. 考研和课程学习；2. 考研和就业；3. 考研和投资、身体；4. 考研和爱情。

（二）书目的选择：精准、有益。

（三）重要阶段的协调和处理：基础——强化——冲刺。

科目投入时间和复习方法也应与时俱进地调整。

（四）考研贵在"坚持"：

分析个人优势；分析竞争人群中的类别：被逼、底子差、随大流、没恒心、在职冲突等。

（五）相关提醒：

1. 多体会、琢磨、研究、分析真题：知识面、角度、程度等；

2. 按照复习计划，切实行动，随时调整；

3. 多在"方法"和"效率"上突破：对个人要"狠"，增强学习能力。

（六）增强文科生的答题能力：立足现实、理论与作品结合、发挥饱满有血有肉、有个性言之成理，等等。

指导大四学生准备就业要略（年底秋季9月）

（一）定位区域和类别：

是公务员还是事业单位，是记者编辑还是秘书办公室？是自己创业还是其他。

建议：年轻就去闯荡、青春是宝，跌倒可以重来；

（二）信息要畅通；重点捕捞和逐一排查。

（三）多了解职场注意事项，防止和预防。

（四）突出优势、积极主动。

（五）不以己悲，沉得住气；最后总会"出嫁"。

指导学生参加毕业答辩体会

【夏季指导论文提醒】：

1. 初稿要指定大致时间，防止拖延；改稿让组长收齐送来；
2. 递交改稿时写一段中心主旨；发送邮件格式：姓名+标题；
3. 二稿留给自己；
4. 互改时最好要齐整不缺；
5. 利用上课等机会集中讲解，提高批改效率；
6. 有两种签字：指导进程；教师评语等，可授权学生代写；
7. 答辩前集中召集学生一次，有针对性地讲解注意事项（如下）；
8. 答辩前后数天有"指导教师"和"互评教师"的评语（约15份），可抽个时间集中、高效弄完，或者字面打印后粘贴。

【答辩前注意事项】：

1. 增强自信，沉重冷静：步骤和检测手段；面对考验增强心理素质。
2. 答辩前数天适当地"猜题"，有助于自己高屋建瓴地重新"审视"题目，并做出相应准备，心里有数。
3. 看情况，决定是否采用一张纸，当堂发给老师。
4. 陈述内容：选题初衷，写作目的，价值意义，创新点。

5. 陈述过程：思路清晰，条理分明，语速适中，铿锵有力，大将风度。

6. 答辩过程：带好纸笔，养成习惯；口才非常重要；类似问题可合并；先易后难；实事求是（态度比能力还重要）；脸皮不能太厚；本人建议采用鲜明的1、2、3层次，敢于直面问题，不绕。

7. 及时修改格式、细节等，定稿上交。

8. 考研同学可完善后研一投稿发表；一箭双雕即可评奖学金，又可顺利就业。

9. 关于答辩后的审议：综合各位老师打分情况，再适当权衡，根据点：答辩效果；平时学习态度等。（给成绩时的分配比例，2∶5∶3；两大考核点：选题、答辩过程和效果。）素质好者（如考研者）基本能脱颖而出。

10. 关于毕业前的相聚，珍惜同学情谊。

【答辩有感】：

1. 基本要求：目录要有三个以上部分；注释8个，文献16个，不够的要补充。

2. 格式方面普遍存在的问题：注释序号应在引号外面；用而不注释，造成抄袭，要求言必有据，有据可查；参考文献乱排，没有顺序和原则；文献不要出版月份；文献要新颖和有权威，不可太多引用职大和师专学报，最好不要；尽量少用"转引自"，要查原文；引文单独成行，字体要变。

3. 摘要问题：太简单，才数行，必须300~500字之间；太笼统，看不到主要观点；不得出现"本文"字眼；不是结构、思路的简单相加。

4. 建构不均衡，头重脚轻，或者虎头蛇尾；要强化若处，或者提炼小标题。

5. 查阅资料、整理材料过程中普遍发现学生视野狭窄，缺少必要的拓展和应用的关注，容易被问道，思考不周密：如武侠小说三家；王安忆、林徽因等女性小说。

6. 论述不是材料的叠加，要"接着说"，材料之后要有自己的看法和观点。

7. 背景、交代等不必要单独作为一部分，可融入后文之中。

8. 概念要学会辨析，否则容易被问道，不能哭：女性主义、女权主义；现代与后现代等。

9. 选题非常重要，没有新意的选题事前就要换掉，如："三国演义"的虚实艺术、李清朝词风新论、安娜的复杂多元性、思嘉的形象分析等，都很传统，难出新意，不如"狼图腾"的生态平衡、劳伦斯的生态思想、台湾摇滚乐、古典元素融入当代歌曲等选题。（选题是会后老师参评的重要指标之一。）

忌讳没有大量查阅材料就想当然地认为有新意可做，或为了完成任务草率选题，选题如同房子地基选址，至关重要。

不可只顾及兴趣来选题，必须查阅资料来进行，寻求平衡，否则一叶障目，鼠目寸光，吃力不讨好。

10. 建议少用叙事学的选题，有难度。且容易用作品去套理论；建议跟着本人做，如高老师的红楼梦述评系列，掀起个案研究热潮，积累材料。

11. 缩水：压缩大段的叙述文字，增添议论、评价，提高学术性。

12. 防止口语化和抒情化：显得随意而不庄重，抒情在空间和博客中可大量使用，学术文体中当克制或少用。

13. 答辩只是看学生的态度、水平、基础等。通过询问来看你花了多少工夫、态度、成效如何。

14. 语句、细节问题：忌讳太多的错别字，打印出来逐一修改；不寻找理由和借口。

四、首部教学学术专著《汉语言文学课程教学研究》书评两篇[①]

高校人文学者对教学改革的探索与教学理念的创新
——评邓心强新著《汉语言文学课程教学研究》

文/李　翔[②]

近年来，随着中国高等教育院校招生人数的不断扩招，高校教学面临着巨

[①] 关于本著另有三篇书评，参见：邓统湘：《高校汉语语言文学专业课程过程化多维考核模式的探讨与实践研究——评〈汉语言文学课程教学研究〉》，载《高教探索》2019年第8期；代红：《高校汉语言文学教育中的素质教育研究——评〈汉语言文学课程教学研究〉》，载《新闻战线》2018年第23期；徐清华：《汉语言文学课程教学的多维思考与改革——评〈汉语言文学课程教学研究〉》，载《语文建设》2019年第7期。

[②] 作者简介：李翔（1991—　），男，江苏连云港人，中国矿业大学公共管理学院中文系2016级硕士研究生，从事中国古代文学的学习与研究。

大的挑战，高校教学改革和理念创新已经迫在眉睫。高校教育的快速发展，使得高校教师评价体制逐渐走向僵化、固态和模式化，十余年来，国内高校普遍形成了"重视科研而轻视教学，重视学科学术而轻视教学学术"的风气。当前高校教师面临着教、研的双重压力，为了评职称必须不断地申报课题从事研究，而精力的有限使他们开始无暇顾及教学。而教学作为为师之天职，又不可大意，怎样在两者之间取舍，如何在兼顾中获得平衡？这是摆在众多高校教师面前的难题。中国矿业大学邓心强博士十余年来扎根于高校教学，在总结自己的教学经验和教学成果的基础上，撰写出《汉语言文学课程教学研究》（以下简称《教学研究》），为上述问题的解决提供了新的答案和探索方向。

一、新时期高校"教学研究"的一次重大尝试

本书系著者"十年磨剑"之作，其问世从教学实践、教学改革和理念创新等多个方面对中国高校教学做出了有益探索和提出了新的解决办法，为当前高校教学改革提供了示范，注入了血液。全著以汉语言文学专业中国古代文学、文学理论、实用美学等七门主干课程为研究对象，针对当前高校普遍"重科研轻教学"的现状，在教学理念的确立、人才培养目标、育人方法的选择和人文精神的传承等方面做出了一系列的探索与分析，并进行了相应的理论提升。同时也可资众多高校的一线教师、教学管理者、人文社科学生的学习提供启迪。拜读后，这几点印象尤为深刻，特向学界、教育界推介并分享。

其一，研究对象和角度的新颖性。高校招生人数的不断扩招是中国高校教育发展的大势所趋，人数的增加和高校评价体系的模式化使得高校教学质量出现不同程度的下滑，学生的能力也每况愈下，高校学生出现了"一届不如一届"的尴尬局面。高校教学质量的滑坡和学生能力的下降已经成为阻碍高校发展的重要因素，所以高校教学改革已经箭在弦上，同时也是大势所趋。《教学研究》依托高校课堂和教学实践，从教材、课堂、教师、学生等多个维度，对所授汉语言文学专业的七门主干课展开研究，对高校教学改革进行了比较深入的探索和勇敢尝试，其另辟蹊径的教学风格和教学方法具有较强的可操作性和典范性，值得当前高校人文社科专业的教师和教学管理者参考和借鉴，在研究对象、研究方法、研究角度和改革内容等方面对高校教学改革具有一定的指导意义。

依托汉语言文学专业的主干课展开研究，其"研究对象"是新颖的，它不同于通常意义上招标式的"学术课题"。依笔者所见，这在国内中文专业教学改革中还属首次。本着的研究角度也是比较独特的，它围绕中文专业的课堂、教材、学生等展开教学研究，这在人文社科领域中也具有一定的典范性。以此作为突破口，在当前高校普遍开展的教学改革与研究中具有一定的先锋意义,此其一。

其二,该著在研究方法上独具特色,作者选取研究方法因地制宜、不拘一格。全书共分七章,每一章论述一门汉语言文学专业课程的教学研究。七门课程性质不同,研究对象相对复杂,作者并未死板对它们都使用同一种方法,而是因地制宜,根据不同课程灵活采用不同的研究方法。例如对《文学理论》课程的教学研究,作者就采用了调研访谈的研究方法,亲自设计准度和效度较高的调查问卷,然后根据回收的有效问卷进行细致分析,针对结果中出现的教师讲授方法不适用、课程教材陈旧、多媒体使用不当等问题,提出了相应的教学改革方向和思路:"教师应提高自身素养,应博学、善学,发现并结合新事物灵活教学"[1]9;教师应选择学生易接受、符合学生身心特点和包容性强的教材;教师应多思考授课方式,将传统教学和多媒体教学相结合来讲授课程。在此基础上,作者又进一步从教材编著、教师教学和学生学习三个方面对高校《文学理论》课程进行了深入的三维思考,并将此门课程的调查问卷附于文后,改革措施实施的注意点详细,在日常教学的反思中进行再反思,这一点难能可贵。著作架构合理,条理清晰,研究思路明确,剖析也很细致,很多地方让人耳目一新。

其三,"以学生为本"的教学模式之建构。该著全面贯彻以人为本的教育原则,促进学生的全面发展,培养学生的致用精神和人文情怀,即从学生的角度来思考教学改革是其重要特色。著者自幼喜爱师范,立志成为人民教师,进入大学十余年来,恰逢教育产业化浪潮冲击,人才培养质量不断滑坡。他对师生间的冷漠关系和学生的整体面貌较为痛心,认为高校教学改革一定要有益于学生的全面发展。"无论教学内容怎么安排,教学方法怎么变革,最终目的都在于学生能力的增强和素养的提高"[1]53,高校教学改革应以促进学生的全面发展和增强学生的能力为目的。在写作学章节中,他提出高校教学改革应该构建"以学生为本位"的教学模式。这需要教师改变课堂授课方式,也需要调动学生来共同配合。首先,教师要引导学生博览群书,让学生进行模仿式写作。其次,教师可以使用争鸣式教学、研讨式教学、写作经验交流会、课堂情景模拟现场作文等新型教学方式,多管齐下,全面培养学生的兴趣,提高其写作能力。再次,教师要以身作则,鼓励和带领学生多写多投,在适当的时候可以使用奖励机制鼓励学生多写多练多发表。最后,教师要教导学生培养学以致用的精神和人文情怀,督促他们关注现实,多利用网络平台进行自主学习和写作。新时期写作之重要性毋庸置疑,而本着通过写作课程教学研究,使学生进入社会之后能独当一面。故从"学以致用"角度来探索和思考,是该著的另一个重要特色。

其四，本着对七门课程的教学模式都进行了"新探"，及时给出了可操作性较强的对策和建议，比较接地气。所授的文学理论、中国古代文学等均是中文主干课，每一门课都有不同特点和性质，作者对其教学改革没有一概而论地给出统一意见，而是针对不同课程的不同性质在每一编的后半部分给出最适合、最恰当的意见、建议，其思考是基于对教师、学生、课堂和教学管理者等多个维度而展开的，具有一定的全面性和综合性。这是著者十余年的教学心得和经验之谈，在当前高校具有一定的普适性和实用性，值得向高校同行们推荐。

二、致力于教学理念的探索与创新

新时期高校教学改革一直在如火如荼地展开。本着给我们提供了眼前一亮的总体思路，以及操作性较强的具体措施。全著在教学理念的思考与创新上格外明显，体现出一名青年学者可贵的探索。高校教师要有自己的教学理念，这是上好课的灵魂与关键。作者在书中提出了不少让我们醍醐灌顶的教学理念，成为当前教学改革的重要资源。

比如作者在《以学生为主体的高校写作学课程教学模式构建》一编中提出了"大写作"观念，他认为"任课教师必须平时熟练备课，打开思路，形成'大写作'观念，做生活的有心人来储备材料"[1]90。对于学生来说，写作时间是非常重要的，学生执笔锻炼，离不开教师的悉心指导，更离不开教师教学理念的指导。写作来源于生活并且高于生活，教师要立足于包罗万象的现实生活，在"大写作"观念的指导下相对开放和多元的搜集和整理教学材料，让学生的视野更加开阔，底蕴更加深厚。这与此前聚焦在课堂上下提笔即写的所谓"小写作"（练笔）更具有启发意义。学生只有见多识广才能在毕业后走向社会时怡然不惧、学以致用，该著"大写作观"的探索对于促进学生的全面发展无疑具有深远的影响。

再如，大学"青椒"教学理念和"五步升级"教学理念的提出也让人眼前一亮。高校项目化生存的体制让很多高校教师无暇顾及教学，更不要说进行有些吃力不讨好的"教学研究"了。近年来高校人才培养质量的滑坡已经成为一种隐忧。康德曾说："教育的目的是使人成为人"。在作者看来，研究"教学"即"教学学术"，它与"科研学术"相对应，理应成为当前高校的"两翼"，以受到大学教师的普遍重视。每一名高校教师都应该有自己的教学理念，而且"在信息时代和社会转型时期，社会对人条件、素养的需求是多元的，是变化的，是趋新的，如何培养高素质的新型人才是一项时代课题"[1]193。因此，作者依托公文写作课程鲜明提出了大学"青椒"教学理念和逐层递进的"五步升级"教学理念。其内容表现为：知识、基础→方法、能力→意识、理念→行动、习惯→境界、情怀，五个级别依次递进，逐步升级，不断强化。学生在这种理念的教学中，不仅可以获得知识、能力，而且可以获得视野、情商等传统课堂上很难获得的东西，这能促使学生全面发展，为他们以后进入社会，开始自己的职场生涯打下坚实的基础。而且体现这种教学理念的课堂也能学生"面目一新"，增加了他们上课学习的兴趣和乐趣。我们认为，这一理念的提出为当前高校人文社科类课程教学理念的创新做出了有益的示范，并且给了当前高校教师诸多启迪，也为中国大学敲响了"教学研究"不可忽视或荒废的警钟。

  本着针对当前高校普遍存在的"教学只是基础，科研才是发展是硬道理"等认识，重新提出"教好书、育好人"的教学理念，回归教育的应然面貌和良知本位。目前高校项目化生存体制、重科研轻教学的传统、教师队伍良莠不齐的现象导致了中国大学"只教书、不育人"的尴尬局面愈演愈烈，在这种背景下，"教好书、育好人"这一教学理念的重提与强化，是十分必要的。著者针对当前高校"教学"和"育人"相脱节的现状，认为只教书、不育人是大学人才培养质量滑坡的重要原因之一，而尚未引起很多教师们的重视。基于此，著者满怀对高校教育发展的热忱和期待，以七门主干课程作为"责任田"，浇水施肥，探索尝试，在日常教学中反思应该"依托课程开展育人教育"，在自己教学生涯的基础上，创造性地提出了"构筑心的桥梁"和"大课堂观"的教学理念。汉语言文学的课程教学，需要教师有浓郁的人文关怀，有鉴别是非美丑的能力，在讲授知识的同时也要对学生进行人格、三观和道德伦理等方面的教育，教师必须依托"具体课程"担负起"育人"的重担。"构筑心的桥梁"的教学理念主张师生之间敞开心扉，以一问一答的形式（内容不限）进行交流，增进师生感情，切实改变师生之间的冷漠关系。同时，教师以认真回答学生提出的问题的形式，以身作则地教导学生如何写作，教师回答学生疑问要以"尽自己所能来解开心锁，在方向、途径、观念、思维等方面给予学生启迪"为标准，帮助他们形成良好的世界观、人生观和价值观。"教好书、育好人"教学理念的重提，"构筑心的桥梁"和"大课堂观"教学理念的创造性提出，无疑是全著的另一亮点，也为解决当下中国高校普遍冷淡的师生关系提供了全新的路径。

  当然，作为青年学者的早期探索之作，该书也存在些许不足之处。本书以汉语言文学的七门课程为研究对象进行教学研究，尚未扩展到该专业的全部课程，著者依托所上过的课程展开，而对语言学、外国文学等则未涉猎，可能与著者的上课范围有关。此外，该著中针对教学改革多提出的解决方法和改革建议是比较中肯和具体的，但在教学经验向教学理念的提升和凝练上，尚可进一步充实使其饱满而有张力，并具有一定的思辨性和前瞻性。当然瑕不掩瑜，该著立足于汉语言文学专业的七门具体课程，从教学方法、教学设计、教学理念、育人方式等多个维度展开的研究，提出了诸多教改思路、创见和方法等，均值得当前高校人文社科类专业教师警醒、参考和借鉴，也值得广大文学爱好者领略、参悟和学习。

十年耕耘终不倦　教学初探迎新果
——评邓心强新著《汉语言文学课程教学研究》

文/张　楚①

中国矿业大学中文系邓心强老师新著《汉语言文学课程教学研究》（以下简称《教学研究》），于2017年底正式问世。这部立足于汉语言文学专业文学理论、古代文学、实用美学、中国文化概论等七门主干课程的研究著作，从教材、课堂、教师、学生等多个维度，运用多种研究方法，深入而系统地对当前大学教学展开了研究，在国内似不多见，体现出较强的探索精神与开拓意识。该书是作者十余年教学实践与思索的成果，无论是在教学理念、教学创新上，或者在指导具体的教学实践上，都饱含着作者长期致力于"教书育人"的热忱，能给读者带来意想不到的收获与启迪。

一、勇于探索实践：依托汉语言文学主干课程的教学研究

该著依托十余年来主讲的七门汉语言文学主干课程，根据每门课程的学科特点与教学重点，对教学的方方面面做了深入而系统的研究。作者因地制宜地采用了调研访谈法、文本细读法和学科比较法。多种研究方法的综合调度和灵活使用，使其课程教学的研究展开得全面、深入而系统。其中，调研访谈法最具特色，组织和带领学生就"文学理论"课程设计调查问卷，在调研访谈后精心撰文。作者在这门课程的教学研究中，充分考虑到理论课程独有的特定与性质，因地制宜地采用了调查分析方法。作者通过调查与分析，倾听学生的心声，搜集了学生在学习本课程时的困惑与难点，以及课程结束

---

① 作者简介：张楚（1993—　），女，江苏徐州人，中国矿业大学公共管理学院中文系2016级研究生，从事于中国古代文学的学习与研究。

后的收获与建议。看似很简单的研究方法，却能从学生的角度对该课程予以思考，从而对推进其教学改革有一种理性、清晰地认识。当然，作者不仅限于从学生的维度进行教学研究，还善于从教材的编著、教师的教学、学生的学习三个维度进行思考和分析。著者善于利用文本细读法，特别是深入研究现有文献，分析总结前人和同辈教学经验，并在课堂实践总结经验并升华成教学理念。如在对高校汉语言文学专业最核心、最重要的课程——中国古代文学进行教学研究时，作者就研读了近三十年的一百余篇相关论文，对其进行分析与总结。并在此基础上结合自身年复一年的教学实践，对古代文学课程教学方法有了新的探索和应用。

笔者认为，该著对多种教学方法的运用并不是一成不变的或者刻板的，而是认为"必须根据班级的专业特点和学生情况选择使用，要有的放矢，不能盲目照搬，此其一；其二，一些方法需要综合使用才能富有成效。"[1]33通读全书，印象尤为深刻的是著者全面总结了自己在多年的教学实践过程中得出的教学理论升华和教学经验总结，针对每门课程都提供了指导性较强的教学建议以及相关注意事项。作者勇于探索实践的精神透露在该著的字里行间，他列举了自己在教学实践过程中的很多细节，可操作性也很强。在当前高校普遍重视科研轻视教学的当下，这部书稿的问世具有很强的示范性和说服力，代表了高校青年教师对"教学研究"（与"学术研究"成为高校的"一体两翼"）的宝贵探索，也为众多高校一线教师、教育管理者、专业学生的学习提供了良好的示范和启迪。

二、教书育人终不悔：以学生为本的教学探索

在当前国内众多高校课堂上，"低头族"比比皆是，照本宣科、"念"PPT的教师不在少数。菁菁校园本是纯真烂漫的年轻人尽情绽放青春之花的美好地方，大学课堂却缺少了那份该有的青春活力与弹性张力。信息、网络时代下成长起来的90后甚至是00后，标新立异、个性十足，已经成为大学校园的"主力军"。谁又能说，其中大学课堂成为"低头族"的他们，与大学教师一成不变的教学模式没有关系呢？诚然，在重科研而轻教学的大环境下，大学教师背负着沉重的科研压力，但只细数各级科研课题的获得和各种论文的发表数量，而相对忽视当代大学生的身心灵成长，从高校扩招十余年来的实际成效来看，高校人才培养的质量在不断地下滑。如何与时俱进，有效激发当前大学课堂的活力？大学教师怎样建构好自己的课堂，切实满足当代大学生身心灵的成长？教

师怎样"教"才能不负"教书育人"的使命？这一系列问题提上日程，著者就此展开深层思索，不惜花费十余年的时间，在自己的"责任田"里挥洒汗水，孜孜不倦地探索出一片教学新天地。这种执着的教学探索，根本原因在于著者对大学真正的使命有着清晰而理性的认识。诚如此著所言，"大学的首要功能在于'教书育人'，培养社会需求的各类人才。"[1]1同时，作者的姑姑是小学老师，从小在她的熏陶下喜欢当老师，此后硕博多年求学过程中，受到不同风格老师的影响，立志教书育人的作者，从踏入大学教书那一天起，"就发誓绝不能'单条腿'走路，只重科研而忽视教学。"[1]1这部《教学研究》就是在作者"以学生为本""育人为本"的理念贯穿下，积极激发学生的主动性与创造力，想方设法地让学生"动起来"。比如，作者在教授古代文学这门课程时，尝试运用了多种教学法。其中有学生参与表演式教学法，该教学法打破了传统的由老师口干舌燥主讲、学生被动接受的教学模式，具体又分为诵读法、角色扮演、戏剧表演法以及演讲辩证法。经过作者细心规划，热心实践，欣喜发现"这种参与式教学法帮助学生加深了对作品的深刻理解，使学生终生难忘。"[1]44在教授应用写作课程时，作者给学生布置作业，让每个人推荐自己近年看过的最喜欢的书籍或经典博客，并简要写出推荐理由，最后编辑、汇集成一份书单，大家共享。这能让全班每个同学都能"动起来"。当然，针对其他课程，作者建议道："不同课程可采用另外富有成效的'运动'方式，不让学生'闲'下来，甚至视情况加大'运动量'，是一种值得推荐的教学理念。"[1]195此外，作者还把班级进行了分组，每个组根据课程进度轮流完成任务。并引导学生看《中国教育报》《光明日报》《青年文摘》等具有较高品品和认可度的报刊，推动学生去发现、分享和关注。因为在作者看来，"在信息时代，学会发现并分享，是中国大学生应该培养的一项基本能力。"[1]197从实践反馈来看，"有助于他们养成及时读书看报的良好习惯。"[1]197这无疑也会让大学课堂焕发出青春的活力，无疑也是探索更好地教书和育人的路子。

作者甘为学生的"孺子牛"，不仅在教学上下功夫，而且答疑解惑，和学生积极构筑"心的桥梁"，助力青年学子健康成长，真正做到了"育人"教育。作者认真答复学生提出的问题，热心帮助青年学子走出困惑和迷茫。"哪怕是备课到深夜突然收到学生在QQ上发来的消息，也立即给予回复。"[1]203"有的问题甚至答复了八九条之多。"[1]204可以说，为当下高校上完课就急匆匆赶路的大学教师做出了"育人"的榜样。

在作者深层意识来来，"育人是门良心活儿"。[1]212在学界普遍认为当前高校教师只"教书"不"育人"的大环境下，作者以"育人为本"的教学执着，振聋发聩，令人钦佩。就这一层面而言，我们认为该著有着其独特的教育价值和时代意义，值得向学界同仁推介。

这部《教学研究》彰显了一位青年教师对自己岗位的责任感与社会担当，也无疑是当代高校普遍重视科研、轻视教学不良现状下的一盏明灯，指引着更多的高校教师回归"教学"，回归高校"教育"本质。

[1] 邓心强：《汉语言文学课程教学研究》，中国矿业大学2017年版。

主要参考文献

一、中国古代文论作品及其研究

（一）文论作品与典籍：

［晋］陆机著，张少康集释：《文赋集释》，人民文学出版社2005年版

［梁］刘勰著，范文澜注：《文心雕龙注》，人民文学出版社1958年版

［梁］钟嵘著，陈延杰注：《诗品注》，人民文学出版社1961年版

［唐］杜甫著，郭绍虞集解：《杜甫戏为六绝句集解》，人民文学出版社1978年版

［唐］司空图著，郭绍虞集解：《诗品集解》，人民文学出版社1963年版

［明］吴讷/徐师曾著，于北山、罗根泽校点：《文章辨体序说·文体明辨序说》，人民文学出版社1998年版

［明］许学夷：《诗源辩体》，人民文学出版社2001年版

［清］叶燮、薛雪、沈德潜著：《原诗·一瓢诗话·说诗晬语》，人民文学出版社1979年版

郭绍虞、王文生主编：《中国历代文论选》，上海古籍出版社2001年版

穆克宏、郭丹编著：《魏晋南北朝文论全编》，江苏教育出版社2004年版

郁沅、张明高编选：《魏晋南北朝文论选》，人民文学出版社1996年版

（二）学术史及其反思：

陆海明：《古代文论的现代思考》，北岳文艺出版社1988年版

张海明：《回顾与反思：古代文论研究七十年》，北京师范大学出版社1997年版

张文勋：《文心雕龙研究史》，云南大学出版社2000年版

韩经太：《中国文学批评史研究》，福建人民出版社2006年版

黄念然：《中国古代文论研究的现代转型》，中国社会科学出版社2006年版

蒋述卓，刘绍瑾，程国赋，魏中林：《二十世纪中国古代论学术研究史》，北京出版社2005年版

叶金宝：《儒家和谐思想的当代价值》，广东人民出版社2006年版

黄念然：《20世纪中国古代文论研究史》，东方出版中心2006年版

唐凯麟、曹刚：《重释传统：儒家思想的现代价值评估》，华东师范大学出版社2008年版

李春青：《20世纪中国古代文论研究史》，山东教育出版社2008年版

（三）文体学研究：

朱艳英主编：《文章写作学：文体理论部分知识》，东北师范大学1991年版

蒋原伦、潘凯雄：《历史描述与逻辑演绎——文学批评文体论》，云南人民出版社1994年版

童庆炳：《文体与文体的创造》，云南人民出版社1999年版

陶东风：《文体演变及其文化意味》，云南人民出版社2000年版

吴承学：《中国古代文体形态研究》，中山大学出版社2000年版

李长徽：《文心雕龙文体论研究》，山东大学2001年博士论文

褚斌杰：《中国古代文体概论》（修订本），北京大学出版社2003年版

李士彪：《魏晋南北朝文体学》，上海古籍出版社2004年版

郭英德：《中国古代文体学论稿》，北京大学出版社2005年版

贾奋然：《六朝文体批评研究》，北京大学出版社2005年版

章必功：《文体史话》，同济大学出版社2006年版

马建智：《中国古代文体分类研究》，中国社会科学出版社2008年版

（四）批评与思维类

白寅：《心灵化批评——中国古代文学批评的思维特征》，中国社会科学出版社2005年版

陆海明：《中国文学批评方法探源》，中国社会科学出版社1994年版

李清良：《中国文论思辨思维》，岳麓书社2001年版

卢明森主编：《创新思维学引论》，高等教育出版社2005年版

李国华：《文学批评学》，河北教育出版社1995年版

张利群：《多维文化视野中的批评转型》，中国社会科学出版社2002年版

张利群：《文学批评学》，广西师范大学出版社2004年版

（五）其他类别：

郭绍虞：《元好问论诗30首小笺》，人民文学出版社1978年版

王元化：《文心雕龙创作论》，上海古籍出版社 1979 年版
詹瑛：《文心雕龙的风格学》，人民文学出版社 1982 年版
叶嘉莹：《王国维及其文学批评》，广东人民出版社 1982 年版
蒋凡：《叶燮和原诗》，上海古籍出版社 1985 年版
张连第等：《中国古代文论家手册》，吉林人民出版社 1985 年版
周振甫：《文心雕龙今译》，中华书局 1986 年版
吕德申：《钟嵘诗品校释》，北京大学出版社 1986 年版
王气中：《刘熙载和艺概》，上海古籍出版社 1987 年版
牟世金主编：《中国古代文论家评传》（上、下），中州古籍出版社 1988 年版
姜小东主编：《中国美学家评传》，吉林教育出版社 1993 年版
曹旭：《诗品集释》，上海古籍出版社 1994 年版
罗宗强：《魏晋南北朝文学思想史》，中华书局 1996 年版
黄侃：《文心雕龙札记》，华东师大出版社 1996 年版
祖保泉：《司空图诗文研究》，安徽教育出版社 1998 年版
曹旭：《诗品研究》，上海古籍出版社 1998 年版
张伯伟：《钟嵘诗品研究》，南京大学出版社 1999 年版
孙立：《中国文学批评文献学》，广东人民出版社 2000 年版
汪春泓：《文心雕龙的传播和影响》，学苑出版社 2002 年版
黄应全：《魏晋玄学与六朝文论》，首都师范大学出版社 2004 年版
戚良德：《文论巨典——文心雕龙与中国文化》，河南大学出版社 2005 年版
吴建民：《中国古代文学理论的当代阐释与转化》，凤凰出版社 2011 年版

二、百年中国古代文论主要教材

(一) 民国至 1976 年间涌现的教材：
郭绍虞：《中国文学批评史》，百花文艺出版社 1999 年版
罗根泽：《中国文学批评史》，上海书店出版社 2003 年版
方孝岳：《中国文学批评中国散文概论》，三联书店 2007 年版
陈钟凡：《中国文学批评史》，江苏文艺出版社 2008 年版
朱东润：《中国文学批评史大纲》，武汉大学出版社 2009 年版
傅庚生：《中国文学批评通论》，商务印书馆 1947 年版
王运熙、顾易生主编：《中国文学批评史》（上、中、下），上海古籍出版

社1979—1985年版

王运熙、顾易生主编：《中国文学批评通史》（七卷），上海古籍出版社1989—1996年版

敏泽：《中国文学理论批评史》，人民文学出版社1981年版

（二）1978—1989年代间涌现的教材：

郭绍虞、王文生：《中国历代文论选》（四卷本），上海古籍出版社，1979、1980年版

王运熙、顾易生：《中国文学批评史》（上、中、下），上海古籍出版社1979、1981、1985年版

郭绍虞、王文生：《中国历代文论选》（一卷本），上海古籍出版社1979年版

郭绍虞：《中国文学批评史》，上海古籍出版社1979年版

敏泽：《中国文学批评史》（上、下册），人民文学出版社1981年版

黄海章：《中国文学批评简史》（增订本），广东人民出版社1981年版

周勋初：《中国文学批评小史》，长江文艺出版社1981年版

北京师范大学中文系文艺理论教研室：《中国古代文论选注》，陕西人民出版社1983年版

赵则诚、陈复兴、赵福海：《中国古代文论译讲》，吉林人民出版社1984年版

夏传才：《中国古代文学理论名篇今译》（一、二册），南开大学出版1985、1987年版

蔡钟翔、黄保真、成复旺：《中国文学理论史》（全五册），北京出版社1987年版

苏宰西、王缵叔：《中国历代文论选讲》，宝鸡师范学院1985年印

霍松林：《古代文论名篇详注》，上海古籍出版社1986年版

湛兆麟：《中国古代文论概要》，湖南文艺出版社1987年版

王乃彬、谢常青、陈德义：《中国古代文论概述》，重庆出版社1988年版

王达津、陈洪：《中国古代文论选》，辽宁教育出版社1989年版

赵盛德：《中国古代文学理论名著探索》，广西师范大学出版社1989年版

孙耀煜：《历代文论选释》，江苏教育出版社1989年版

朱恩彬：《中国文学理论史概要》，山东文艺出版社1989年版

（三）20世纪90年代（1990—1999）涌现的教材：

李壮鹰主编：《中华古文论选注》，百花文艺出版社出版1991年版

敏泽：《中国文学理论批评史》，吉林教育出版社1993年版

孟蓝天：《中国古代文论精华》，河北教育出版社1993年版

蒋凡、郁沅：《中国古代文论教程》，中国书籍出版社1994年版

吴枝培：《中国文论要略》，南京大学出版社1994年版

张少康、刘三富：《中国文学理论批评发展史》（上、下），北京大学出版社1995年版

张少康：《中国历代文论精品》，时代文艺出版社1995年版

李铎：《中国古代文论史》，中州古籍出版社1996年版

杨星映：《中国古代文学理论批评纲要》，重庆大学出版社1996年版

彭会资：《中国古代文论教程》，广西师范大学出版社1996年版

成九田、畅孝昌：《中国古代文论概述》，山西古籍出版社1998年版

韩湖初、陈良运：《古代文论名篇选读》，中国书籍出版社1998年版

张少康：《中国文学理论批评史教程》，北京大学出版社1999年版

蔡镇楚：《中国古代文学批评史》，岳麓书社1999年版

王思焜：《中国古代文学理论教程》，南京师范大学出版社1999年版

（四）新世纪初（2000—2018）涌现的教材：

邓承奇、蔡印明编著：《中国古代文学理论导引》，东北师范大学出版社1989年版

李泽厚：《中国古代文学批评简史》，辽宁大学出版社2000年版

牛月明：《中国古代文论读解》，青岛海洋大学出版社2000年版

李铎：《中国古代文论教程》，北京大学出版社2000年版

郭绍虞、王文生：《中国历代文论选》（四卷本），上海古籍出版社2001年版

蒲友俊：《中国文学批评史论——先秦至魏晋南北朝卷》，巴蜀书社2001年版

李壮鹰：《中国古代文论》，高等教育出版社2001年版

王运熙、顾易生：《中国文学批评史新编》（上、下册），复旦大学出版社2001年版

王运熙、顾易生：《中国文学批评史》（上、中、下册），上海古籍出版社2002年版

王济民：《中国古代文论陈述》，华中师范大学出版社2002年版

李建中主编：《中国古代文论》，华中师范大学出版社2002年版

张伟，李泽淳主编：《中国古代文论选读》，辽宁师范大学出版社2002年版

赵建新、吴维中、庆振轩、王爱和：《中国古代文论选》，兰州大学出版社2002年版

彭玉平：《中国古代文论》，中山大学出版社，2002年版

袁峰：《中国古代文论选读》，西北大学出版社2003年版

赖力行：《中国古代文论》，南海出版公司2003年版

傅雨贤：《中国古代文论》，中山大学出版社2003年版

张少康：《中国历代文论精选》，北京大学出版社2003年版

赖力行、李清良的《中国文学批评史》，湖南教育出版社2003年版

赖力行、李清良：《中国文学批评史》，湖南教育出版社2003年版

成复旺：《中国文学理论史简编》，中国人民大学出版社2004年版

陈洪、卢盛江：《中国古代文学理论读本》，南开大学出版社，2004年版

李壮鹰、李春青：《中国古代文论教程》，高等教育出版社2005年版

李辉、余松：《中国文学理论纲要》，云南大学出版社2004年版

蒋凡、郁沅：《中国古代文论教程》，中华书局2005年版

蔡镇楚：《中国古代文学批评史》，中华书局2005年版

谢建忠：《中国文学批评史述略》，巴蜀书社2005年版

袁济喜：《新编中国文学批评发展史》，中国人民大学出版社2006年版

朱志荣：《中国古代文论名篇讲读》，北京大学出版社2006年版

邹然：《中国文学批评史》，北京大学出版社2006年版

夏传才：《古文论译释》（上、下），清华大学出版社2007年版

黄霖、蒋凡：《中国历代文论选新编》（全四册），上海教育出版社2007年版

黄霖、蒋凡：《中国历代文论选新编》（精选本），上海教育出版社2007年版

孙秋克：《中国古代文论新体系教程》，浙江大学出版社2007年版

李壮鹰主编：《中国古代文论读本》，北京：高等教育出版社2008年

李建中主编：《中国文学批评史》，武汉大学出版社2008年版

李建中主编：《中国文学批评史》，北京大学出版社2009年版

李春青主编：《中国古代文论新编》，北京师范大学出版社2010年版

王汝梅、张羽：《中国文学批评史》，北京师范大学出版社2011年版

刘淮南：《中国文学批评史十六讲》，安徽大学出版社2012年版

张利群主编：《中国古代文学批评史论》，广西师范大学出版社 2014 年版

李春青主编：《中国文学批评史》，高等教育出版社 2014 年版

李春青主编：《中国文学批评史经典精读》，高等教育出版社 2016 年版

张金梅等：《中国文论名篇注析》，人民出版社 2016 年版

黄霖、李建中、李春青主编：《中国文学理论批评史》，高等教育出版社 2016 年版

（五）研究生课程代表性教材：

孙耀煜：《中国古代文学原理》，江苏教育出版社 1996 年

陈良运：《中国诗学批评史》，江西人民出版社 1991 年版

樊德三：《中国古代文学原理》，光明日报出版社 1991 年版

陶东风：《中国古代心理美学六论》，百花文艺出版社 1992 年版

吴建民：《中国古代诗学原理》，人民文学出版社 2001 年版

李建中、吴中胜主编：《文心雕龙导读》，武汉大学出版社 2015 年版

周兴陆：《文心雕龙精读》，北京大学出版社 2015 年版

杨明：《文心雕龙精读》（第 2 版），复旦大学出版社 2016 年版

（考虑到时代性，这里按教材在学科史上最初问世的先后顺序编排，与当前一般排序稍有不同；部分教材此后再版，也有所体现；研究生教材各校因课程开设和教学的不同，选取代表性的若干种，以飨读者。特此说明。）

三、中国古代文论教学研究

吕亚宁：《中国古代文论》教学漫谈，载《新疆教育学院学报》2003 年第 2 期

高林广：《不述先哲之诰无益后生之虑——古代文论基本教学原则之我见》，载《内蒙古师范大学学报》2003 年第 4 期

柳倩月：《高校古代文论教学的传统文化视野》，载《中国成人教育》2005 年第 2 期

吴中胜：《古代文论双语教学中的文本翻译问题》，载《赣南师范学院学报》2005 年第 2 期

王瑞云、彭友舜：《中国古代文论教学改革浅探》，载《科学大众》2007 年第 10 期

孙秋克：《论高等师范院校本科古代文论课程的教学改革》，载《昆明师范高等专科学校学报》2007 年第 3 期

刘玲：《面向元典，基础知识与实践能力相结合——古代文论教学方法探新》，载《南宁师范高等专科学校学报》2007年第3期

李建中、吴作奎：《借石攻玉，依经立论——中国古代文论教学方法新探》，载《郧阳师范高等专科学校学报》2008年第2期

于光荣：《让多媒体技术走进"中国古代文论"课堂》，载《邵阳学院学报》2008年第S1期

黄毅：《新时期古代文论教材的编写与出版》，载《昆明学院学报》2008年第3期

陈香：《中国文论研究的"学科史"怎么变成了"学科死"》，载《中华读书报》2008-06-18.

贺根民：《刍议古代文论教学的取舍策略》，载《廊坊师范学院学报》2008年第6期

刘雪燕：《发挥现代多媒体技术在古代文论教学中的优势》，载《电影评介》2008年第20期

钟一鸣、孙旋：《古今通变，古为今用—论古代文论思想方法在大学语文教学中的继承》，载《海南师范大学》2009年第3期

李建中：《古代文论教学的当代视野》，载《中国大学教学》2009年第5期

李宜蓬、高岩、姜广振：《中国古代文论课程教学改革的实践与思考》，载《绥化学院学报》2009年第5期

齐海英：《中国古代文论课程接受效果优化论》，载《高教论坛》2010年第1期

司宁达：《中国古代文论教学存在的问题透视》，载《南阳师范学院学报》2010年第2期

贺根民：《古代文论教学的复眼透视观发微》，载《教育文化论坛》2011年第3期

汪超：《中国古代文论教学的探讨与思考》，载《安庆师范学院学报》2011年第1期

陈志刚：《中国文学批评史教学的现代转化与传统衔接——兼谈当代文论的建构》，载《曲靖师范学院学报》2011年第1期

黄晋卿：《试析〈中国古代文论〉教学中例证的使用原则和方法》，载《语文建设》2012年第5期。

朱宏胜：《中国文学批评历史教学》，载《职业教育》2013年第12期

刘淮南：《从"通史性"到"专题性"——"中国文学批评史"教学改革尝试谈》，载《黑龙江社会科学》2013年第5期

邓心强：《中国文学批评史教学漫议·教师与课堂篇》，载《中国大学教学》2013年第9期

邓心强：《近30年古代文论教学研究述评》，载《西南交通大学学报》2015年第3期

邓心强：《中国古代文论教学的伦理道德视角》，载《武陵学刊》2017年第6期

邓心强：《中国古代文学教学方法新探》，载《河南教育学院学报》2018年第4期

汪国林：《中国文学批评史教学原则新探——以批评史元典与现代阐释及文化背景为考察中心》，载《教育与教学研究》2014年第4期

段宗社：《"问题意识"与"中国古代文论"教学》，载《安康学院学报》2014年第6期

贺根民：《高校"中国古代文论"教学的点面思维断论》，载《北京教育学院学报》2015年第3期

党圣元：《选本与中国古代文论教学——从古代文论读本编纂谈起》，载《人文杂志》2017年第11期

四、高校教学改革与研究

周光明：《大学课堂教学方法研究》，西南师范大学出版社2007年版

黄淑芬：《教学管理与教学方法改革研究》，对外经济贸易大学出版社2008年版

丛晓峰，刘楠：《高校教学改革与质量管理研究》，中国海洋大学出版社2008年版

吴高臣：《大学教学改革研究》，首都师范大学出版社2012年版

彭南生、刘建清：《传授 引导 激发：华中师范大学教学方法改革研讨论文集》，华中师范大学出版社2014年版

宋德发：《大学教学名师研究》，湘潭大学出版社2015年版

王彤：《应用型大学教学方法改革与实践》，知识产权出版社2015年版

后 记

自执教"中国古代文论"（又名"中国文学批评史"）课程以来，我便邀请闫续瑞教授、周凌云副教授等老师联合组成一个团队，利用申报各种教学改革项目的机会对其予以建设，也先后取得了一些实际成效。2016年，《古代文学批评文选》获校级精品课程资助立项建设，周期三年；2017年，课程获得校级网络在线开放课程资助立项建设（2017KCPY10），周期两年。并在2016、2018年接连两次获得校级教学成果改革"二等奖"（这在学院众多、人才济济的工科大学，相当难得）。这些都是对笔者和团队的一种勉励。课程改革没有科研作为基础，也难以稳步推进。在多项教学改革的资助下，分专题、多维度对古代文论课程教学展开教学研究，也是结题的基本要求。书稿部分内容曾在《中国大学教学》《武陵学刊》《西南交通大学学报》等刊物上陆续发表，在此对多位有爱心、有眼光的责任编辑表示衷心感谢！

十年来为不断充电改进教学方法，在课程教学中我先后购买和研读了《探究学习与课堂教学》《教学技能导论》《课堂教学有效性标准研究》《课堂教学技能与评价》《教师工作压力管理》《教师心理健康教育百问百答》等著作近二十部，其著者多是高校教育学领域学者甚至是中学特级教师。非常钦佩他们对大学"教学学术"研究的心得与经验。也曾陆续辗转合肥、深圳、苏州、燕山、成都、重庆、北京等地，听取了"中国教师发展研究中心"举办的教学理念改革、教学技能提升等多场报告，收获良多。2018年7月，与单位其余骨干教师一同到厦门大学参加高校教学能力提升培训会，听取报告五天，参与教学沙龙和相关活动多场。2014年6月辗转乘车 26 小时前往深圳参加慕课、微课与大学精品公开课、资源共享课建设的学术研讨后，回来后趁热打铁写文章，这些都成为生命中难忘而珍贵的记忆。在当前高校普遍重科研、轻教学的体制与环境下，我依然坚守教书育人的天职，在申报项目之余抽出点时间从事"教学学术"研究，既是兴趣使然，也是基于学科来探求研究和教学的融通，以走出自己独特的人生之路。这部著作，十年来零敲碎打、陆续写成，也是思考与积累的结晶，是坚韧与不懈的见证。

本书稿共五章，从百年古代文论教材、课堂教学模式、课程反思和审视、教学方法与风格特点、学生能力培养等多个层面对这门课程展开教学研究。写作周期长，基本上在每一轮教学后撰稿 1~2 篇，2018 年完成第一章、第五章。原本计划就慕课微课、翻转课程等新型教学模式与古代文论课程教学写几篇，但其实践需要好几轮教学，就只得暂时搁置。我自幼热爱师范又深受多名教师的影响，不愿意做一名保守、死板性的教师，并保持多年教材、教案不变的特点，反而对教育变革时代新的教学模式、教学工具、教学理念、教学方法等较为敏感也颇感兴趣。这方面会在今后教研中进一步涉猎。附录内容较丰富，涉及对大学教学的体会、教学中对本科生的指导，相关书评也依稀能看出自己在大学"教学学术""课堂教学研究"方面走过的历程及相关思考。希望它们能对当前高校人文社科的师生们尤其是刚入职的青年教师有所启发。

为确保书稿的启发性，每次写作我不只是单纯写下操作步骤、教学流程和课堂感悟，基本按照学术研究的套路和方法进行，先大量浏览、研读关于此门课程教学的各类文献，结合自己的思考和想法，贯穿于课堂教学中，训练学生思维，扩大学生视野，课后及时总结后写成较规范的文章。在最后"参考文献"附上可查阅到、笔者基本上研读过的教研资料，以给更多同仁带来便捷。虽然当前课程教学改革的成果很难发表在高级别刊物上，但因其针对性较强，我基本上都下载逐一拜读，受益良多。在此，尤其要对这批老师们表示衷心感谢！

博士毕业前几年上了不少课，随着人到中年，发现前辈所叮嘱"术业有专攻，人一辈子要上好一门课"，实乃肺腑之言。每年对比和回味，常有醍醐灌顶、豁然顿开之感。是的，教师一方面要教书育人，竭力做好本职工作，另一方面要立足于专业和学科，以科研为龙头去带动教学，实现"教"与"研"的融通。教师要把自己最喜好的、最拿手的课上得娴熟而自如，上出境界和水平，上得让自己满意、让学生怀念。此后很多课再也不敢轻易接手了。这部书稿立足于"中国古代文论"一门课程，展开立体和多维度的教学探究，在国内具有较强的代表性、典范性和可操作性，希望能从"大学教学"维度促进本学科的发展，希望广大同仁们能从中获得些许启迪和参考，则心愿足矣。

感谢中国矿业大学前党委书记罗承选教授、扬州大学文学院资深教授古风先生提携后学，百忙中毅然为本书赐序！感谢单位学院书记和院长多年的大力支持！感谢我的家人多年来无私的扶持和奉献！感谢出版社责编为本书校对、出版付出的辛勤劳动！这部书稿的问世离不开领导、责编、岳母、妻子多年的关心和付出！由于能力、经验和学识所限，书稿存在着诸多问题，还请广大读者批评指正。

作者：邓心强

2018年12月于江苏徐州寓所